A TORRE

A TORRE

DANIEL O'MALLEY

TRADUÇÃO
Santiago Nazarian

Título original: *The Rook*

Este livro foi revisado segundo o Novo Acordo Ortográfico da Língua Portuguesa.

Curadoria: Affonso Solano
Preparação: Luiz Pereira e Mariana Oliveira
Diagramação: Crayon Editorial
Revisão: Crayon Editorial e Anna Beatriz Seilhe
Capa: Victor Mayrinck

Dados Internacionais de Catalogação na Publicação (CIP)
Angélica Ilacqua CRB-8/7057

O'Malley, Daniel
A torre / Daniel O'Malley ; tradução de Santiago Nazarian. – São Paulo : LeYa, 2016.
432 p.

ISBN 978-85-441-0254-1
Título original: The rook

1. Literatura australiana 2. Literatura juvenil 3. Literatura fantástica I. Título II. Nazarian, Santiago

15-0541 CDD 823

Índice para catálogo sistemático:
1. Literatura australiana

LEYA EDITORA LTDA.
Av. Angélica, 2318 – 13º andar
01228-200 – Consolação – São Paulo – SP
www.leya.com.br

Para meu pai, Bill O'Malley,
que lia para mim na hora de dormir,
e minha mãe, Jeanne O'Malley,
que lia para mim no restante do tempo.

1

Querida Você,

O corpo que está usando costumava ser meu. A cicatriz no lado interno da coxa esquerda está aí porque eu caí de uma árvore e empalei minha perna aos nove anos. A obturação no dente do fundo, do lado superior esquerdo, é resultado de eu ter evitado o dentista por quatro anos. Mas, provavelmente, você pouco se importa com o passado desse corpo. Afinal, estou escrevendo esta carta para que você leia no futuro. Talvez se pergunte por que alguém faria uma coisa dessas. A resposta é simples e complicada. Simples porque eu sabia que seria necessário. E complicada pois pode levar bastante tempo.

Você sabe o nome do corpo em que está? Chama-se Myfanwy. Myfanwy Alice Thomas. Eu diria que é o meu nome, mas você está com o corpo agora, então imagino que seja o seu. As pessoas tendem a se confundir com a pronúncia, mas eu gostaria que você ao menos soubesse como dizer. Não adoto a tradicional pronúncia galesa, então para mim o W é silencioso e o F é duro. Assim, Mif-fa-ni. Simples. Na verdade, pensando melhor agora, rima com Tiffany.

Antes de eu te contar a história, há algumas coisas que deve saber. Primeiro: você tem alergia mortal a picadas de abelha. Se for picada e não agir rapidamente, você morre. Eu guardo esses troços injetores de adrenalina por perto, então consiga um antes que precise. Deve ter um na minha bolsa, um no porta-luvas do carro e um em quase todo casaco que você tem. Se for picada, abra a tampa do troço, enfie na sua coxa e injete. Você deve ficar bem. Quero dizer, você vai se sentir uma merda, mas não vai morrer.

Tirando isso, você não tem nenhuma restrição de dieta, nenhuma outra alergia, e está em ótima forma. Há uma tradição de câncer de cólon na família, então faça check-ups regulares, mas não apareceu nada ainda. Ah, e álcool não cai muito bem para você. Mas, provavelmente, não precisa saber disso ainda. Você tem coisas mais importantes para se preocupar.

Espero que você esteja com minha carteira, e que nela estejam os cartõezinhos plásticos que são tão vitais para sobreviver no mundo eletrônico de hoje. Carteira de motorista, cartão de crédito, seguro-saúde, cartão da biblioteca e todos os pertencentes de Myfanwy Thomas. Com exceção de três.

E esses três, no momento, são os mais importantes: um cartão de caixa eletrônico, um cartão de crédito e uma carteira de motorista no nome de Anne Ryan, um nome que não está ligado a você. O número de identificação pessoal de todos eles é 230500. É meu aniversário, seguido da idade que você tem. Você é uma recém-nascida! Eu sugeriria que você tirasse um pouco de dinheiro da conta de Anne Ryan imediatamente, fosse a um hotel e desse entrada com o documento dela.

Talvez você já saiba dessa próxima parte, pois, se está lendo isso significa que conseguiu sobreviver a várias ameaças diretas, mas ainda está em perigo. Só por você não ser eu, não significa que está a salvo. Junto desse corpo, você herdou certos problemas e responsabilidades. Vá encontrar um local seguro e então abra a segunda carta.

Atenciosamente,

Eu.

Ela permaneceu tremendo na chuva, vendo as palavras da carta se dissolverem sob a enxurrada. Seu cabelo pingava, seus lábios estavam salgados e tudo doía. Sob a luz tênue de um poste próximo, ela vasculhou entre os bolsos de sua jaqueta, buscando alguma pista de quem era, onde estava, o que estava acontecendo. Encontrou duas cartas no bolso interno. O primeiro envelope estava endereçado simplesmente *A Você*. O segundo envelope tinha o número “2” escrito.

Ela balançou a cabeça com raiva e olhou para cima, observando os raios se bifurcarem pelo céu. Procurou em outro bolso e seus dedos se fecharam em uma forma volumosa. Puxou-a e olhou para a pequena caixa fina de papelão que estava ficando encharcada e desfigurada. Havia um longo termo químico datilografado em uma etiqueta de receita médica com o nome de Myfanwy Thomas. Ela apertou com os dedos e sentiu o plástico firme da injeção de adrenalina, então colocou a caixa de volta no bolso.

Essa sou eu, pensou com amargura. *Não tenho nem o privilégio de saber o meu nome. Não tenho a chance de começar uma vida. Quem quer que fosse essa Myfanwy Thomas, ela conseguiu me colocar numa baita encrenca.*

Ela fungou e esfregou o nariz na manga da jaqueta. Olhou em volta, pensativa. Era um tipo de parque. Salgueiros derramavam seus longos ramos ao redor da clareira, e ela estava no que poderia ter sido um gramado, mas que estava se tornando rapidamente uma poça de lama. Chegou a uma decisão, tirou o pé do lodo e tentou não pisar nos corpos espalhados ao redor. Estavam todos imóveis, e todos usavam luvas de látex.

Ela se abraçava, completamente encharcada, quando conseguiu sair do parque. Lembrando-se do aviso da carta, ficou em estado de alerta, examinando os arredores para se certificar de que não tinha ninguém escondido entre as árvores. Um raio caiu perto dela, fazendo com que se esquivasse para longe. O caminho a levou para fora do parque, que ficava no meio de uma área residencial — havia uma fileira de casas de estilo vitoriano diante dela. Sem dúvida eram bonitas, pensou ela, mas não estava no clima de admirá-las como mereciam. Não havia luzes em nenhuma das janelas e um vento frio começou a soprar. Ela forçou a vista até o fim da estrada e viu um distante brilho neon que prometia algum tipo de comércio. Suspirando, ela começou a caminhar naquela direção, enfiando as mãos geladas nas axilas para que parassem de tremer.

Depois de uma passada no caixa eletrônico e uma ligação em um telefone público bem detonado, ela se sentou no banco traseiro de um táxi, e foi conduzida a um hotel cinco estrelas. Olhou para trás várias vezes, verificando se algum carro a seguia, e em dado momento ela pediu para o taxista dar duas meia-voltas. Nada de suspeito aconteceu, apesar dos olhares estranhos do taxista pelo retrovisor. Quando chegaram ao hotel, ela murmurou algo sobre um namorado que a perseguia, e o motorista assentiu, compreendendo e olhando para ela demoradamente.

Os estagiários do hotel, encarregados do turno da madrugada que estavam na entrada, fizeram jus ao treinamento e nem piscaram ao abrir a porta para a mulher encharcada. Ela atravessou o luxuoso saguão, deixando um rastro molhado no piso.

A recepcionista, vestida com uma camisa impecável (às três da manhã! Que tipo de robô monstruoso era aquela mulher?), sufocou, educada, um bocejo e mal abriu os olhos quando aquela pessoa que hesitantemente se identificou como Anne Ryan deu entrada, sem reserva ou bagagem. O mensageiro teve dificuldade em se mostrar desperto, mas conseguiu conduzir a moça até o quarto e inserir o cartão-chave na porta. Ela se absteve de dar gorjeta, mas supôs que sua aparência detonada fosse uma boa desculpa para isso.

Tirou a roupa e descartou a ideia de relaxar na banheira, considerando que poderia adormecer e se afogar num esquecimento de perfumes florais. Em vez disso, tomou uma ducha e notou que tinha manchas roxas enormes espalhadas pelo corpo. Sentia tanta dor que perdeu o fôlego quando se abaixou para pegar o sabonete. Por isso terminou a ducha, enrolou-se num grande roupão felpudo, e cambaleou até o quarto. Percebeu com o canto do olho o reflexo de um corpo se movimentando, e observou a estranha no espelho. Olhou automaticamente para o rosto, que estava dominado por dois olhos negros tenebrosos.

Caramba, pensou ela. *Não é à toa que o taxista caiu na história do namorado surtado.*

Parecia que ela havia levado dois murros nos olhos, e o branco estava vermelho de chorar. Seus lábios estavam muito vermelhos e arderam bastante quando ela os lambeu.

— Alguém tentou acabar com a sua raça — disse para a garota no espelho.

O rosto que a encarava estava exíguo e, apesar de não ser bonito, também não era feio. *Sou comum*, avaliou. *Feições comuns com cabelo escuro na altura do ombro. Hum.* Ela abriu o roupão e olhou de modo crítico para o corpo. *Vários adjetivos começados pela letra P são apropriados aqui*, refletiu com pesar. *Pequena. Patética. Peitinhos. E os joelhos? Imprestáveis* (apesar de que isso, presumidamente, era apenas temporário).

Ela recordou de algo da carta e olhou o interior da coxa esquerda. Uma pequena e profunda cicatriz.

Por cair de uma árvore e empalar essa perna aos nove anos, lembrou.

Não se podia dizer que seu corpo estava em forma, mas parecia abençoadamente livre de celulite. Os pelos das pernas estavam raspados. A virilha fora recentemente depilada com cera, de modo conservador. Ela ia descobrindo mais detalhes, mas eles não escondiam o fato de que seu corpo não era *sexy*.

Acho que eu poderia melhorar. Não chegaria a ser "gostosa", mas daria pra ficar "atraente". Se tivesse grana. Ou, pelo menos, um pouco de maquiagem.

Seu olhar desviou de seu corpo para o reflexo do quarto: uma cama enorme, com grandes travesseiros fofos, um cobertor com aparência bem macia, e lençóis brancos tão alinhadinhos que poderiam ser usados para esculpir alguma coisa. Era quase exatamente o que ela precisava. Se apenas tivesse... oh, mas ali estava! Uma balinha de menta de boas-vindas em cima do travesseiro! Bom, se havia uma bala de menta de boas-vindas, então talvez valesse a pena cambalear pelo enorme carpete para chegar até à cama. O carpete era macio, e ela poderia ter dormido nele sem dificuldades, mas a ideia da bala foi o suficiente para impeli-la à frente. Arrastando os pés, ela se jogou na cama e conseguiu adormecer sem morrer engasgada com a bala.

* * *

Teve sonhos confusos, apesar de depois, quando acordou, ter se perguntado se eles só foram confusos porque envolviam pessoas dos tempos pré-amnésia. Mas, mesmo enquanto sonhava, estava confusa. Ela beijava alguém, mas não podia vê-lo. Tudo o que podia fazer era sentir e estremecer. E quando a língua dele se estendeu até sua garganta, ela não entrou em pânico.

Do nada, ela se viu sentada para o chá da tarde em uma sala com piso de ladrilhos pretos e brancos, repleta de samambaias. O ar estava quente e úmido, e uma idosa vestida com roupas vitorianas se sentou ao lado dela. A senhora bebericava pensativa seu chá e olhava para ela com frios olhos cor de chocolate.

— Boa noite, Myfanwy. Peço desculpas por perturbar seu sono, mas me sinto na obrigação de agradecê-la.

— Me agradecer?

— Myfanwy, não pense que não entendo o que fez por mim — disse a senhora, de maneira fria. — Eu não gosto de estar em dívida, mas graças a você, uma ameaça a mim e a minha família foi afastada. Se algum dia eu tiver o poder de retornar o favor, creio que terei a obrigação de fazê-lo, por mais fatigante que seja. Chá?

Ela serviu uma xícara a Myfanwy e continuou a beber a sua. Myfanwy experimentou um gole com hesitação, e percebeu que gostava.

— É delicioso — disse, educada.

— Obrigada. — Veio a resposta distraída. A mulher olhava para ela com curiosidade. — Está tudo bem com você? Há algo estranho... — Ela parou e espiou Myfanwy, pensativa. — Sua mente está diferente. Algo aconteceu a você; é quase como se... — Ela se levantou abruptamente, derrubando a cadeira, que se dissolveu, e se afastou da mesa. As plantas se contorceram, se contraindo ao redor dela. — Quem é você? Não entendo. Você não é Torre Thomas, e ainda assim você é!

— Myfanwy Thomas perdeu a memória — respondeu de modo neutro a mulher mais jovem, com o estranho desapego de quem sonha. — Fui eu que despertei.

— Você está no corpo dela — disse a senhora lentamente.

— Sim. — Myfanwy relutou em responder.

— Que inconveniente — disse a senhora com um suspiro. — Uma Torre sem lembrança de quem é. — Houve uma pausa. — Que saco.

— Desculpe — falou Myfanwy, mas se sentiu ridícula por se desculpar.

— Sim, vejamos. Dê-me um momento. Preciso pensar. — A senhora caminhou por alguns instantes, parando de vez em quando para cheirar as flores. — Infelizmente, mocinha, não tenho tempo para refletir sobre todos os fatores. Tenho meus próprios problemas e não posso ajudá-la ativamente, aqui ou no mundo desperto. Qualquer movimento incomum da minha parte nos colocaria em perigo.

— Você não está em dívida comigo? — perguntou Myfanwy. — Thomas a ajudou.

— Você não é Torre Thomas! — retrucou a senhora, irritada.

— Não acho que ela vá aparecer para cobrar — respondeu Myfanwy, seca.

Ela se acalmou um pouco.

— Bom argumento. Mas o melhor que posso fazer é guardar o seu segredo. Não vou me mover contra você ou contar a ninguém o que lhe aconteceu. Todo o restante depende de você.

— Isso é tudo? — perguntou Myfanwy, incrédula.

— É mais do que você imagina, e pode fazer toda a diferença. Agora, preciso ir, e é melhor você acordar.

As plantas ao redor dela se retorceram mais uma vez e começaram a desaparecer. Uma escuridão escorria do teto de vidro sobre as mulheres.

— Espere um segundo — pediu Myfanwy, e a senhora pareceu amendrontada. Ergueu uma das sobrancelhas e as trevas que se espalhavam pararam sobre suas cabeças. — Não vai ser mais prestativa?

— Não — disse ela com certa surpresa. Mais uma vez se sentou à mesa. — Você com toda certeza não é Myfanwy Thomas. — Ela observou enquanto se servia de uma nova xícara de chá. — Boa noite.

— Boa noite — disse Myfanwy.

A senhora ergueu uma das sobrancelhas de novo, e Myfanwy corou. Claramente ela deveria dizer algo mais, e uma leve noção surgiu, uma minúscula migalha da memória que morrera.

— Boa noite... milady?

A mulher assentiu em aprovação.

— Bom, aparentemente você não se esqueceu de *tudo*.

Ela acordou e tateou a lateral da cama, buscando o interruptor. O relógio mostrava que eram sete horas da manhã. Apesar de estar exausta, não havia chance de voltar a dormir. Havia perguntas demais circulando em sua cabeça. O que eram aqueles sonhos? Ela deveria levá-los a sério?

Parecia uma injusta perda de tempo dar mais importância à conversa do sonho do que ao sonho do beijo de língua. Entretanto, a conversa tinha sido muito vívida. Ela acreditava que os sonhos eram mensagens do subconsciente? Estava quase os desconsiderando como uma busca do cérebro peneirando o lixo de seus pensamentos enquanto dormia, mas não tinha muita certeza.

E quem era essa Myfanwy Thomas afinal? Uma Torre? Isso não era um tipo de construção? Sem dúvida, o sonho poderia ser desconsiderado, já que ela não era uma torre. O fato de falar, pensou, irônica, era apenas uma indicação disso. Da forma como estavam as coisas, ela não tinha ideia de nada. Quantos anos tinha? Era casada? Nenhum anel em dedo algum; nenhuma incriminadora marca de bronzeado. Tinha um emprego? Ela não pensou em verificar o saldo da conta. Estava ocupada demais em não morrer de frio. Tinha família? Amigos?

Com um suspiro e alguns grunhidos de dor, ela rolou para fora de sua confortável cama e caminhou cautelosamente até a mesa onde havia jogado sua jaqueta. Seus joelhos feridos doeram quando ela se abaixou, e seu peito ardia se ela respirava fundo. Estava prestes a esvaziar os bolsos quando viu o cardápio do serviço de quarto.

— Olá, é do quarto cinco-cinco-três.

— Sim, bom dia, senhorita Ryan — disse uma voz educada e, ainda bem, nada atrevida. — Em que posso ser útil?

— Ah, eu gostaria de pedir o café da manhã. Poderia me trazer um bule com café, panquecas de mirtilo, suco de laranja, torrada integral, geleia e dois bifes crus?

Espantosamente, não houve uma pausa de surpresa: a voz animada do outro lado concordou em mandar tudo.

— Preciso dos bifes para meus olhos; tive um acidente. — Ela sentiu que precisava explicar.

— Claro, senhorita Ryan, em breve estarão aí.

Ela também perguntou se o hotel poderia lavar suas únicas peças de roupa, e a voz no telefone prometeu mandar uma pessoa buscá-las imediatamente.

— Obrigada — falou enquanto olhava pela janela. A tempestade tinha passado e não havia nuvens no céu. Depois, ela caminhou até as portas que levavam à varanda. Estava prestes a abri-las quando houve uma discreta batida na porta.

Lembre-se: alguém lhe deu uma baita surra e ainda está atrás de você.

Ela espiou pelo olho mágico e viu que era um tímido jovenzinho uniformizado, com um saco de lavanderia vazio. Ela olhou para as roupas molhadas que formavam um trilha até o banheiro e deixou a paranoia de lado.

Estou disposta a me arriscar por roupas limpas.

Ela abriu a porta, agradeceu ao jovem e, corando, reuniu rapidamente suas vestimentas amarrotadas e as jogou no saco à sua espera. Então, sentindo-se culpada por não ter dado gorjeta ao mensageiro na noite anterior, recompensou o garoto com uma gorjeta exagerada.

Estava assistindo ao jornal da manhã, espantada com a falta de notícias sobre corpos num parque, quando o café da manhã chegou e lhe foi servido com todo capricho, gerando outra gorjeta descabida. Ela se sentou, remexeu o bolso da jaqueta e tirou o envelope identificado como "2". Só de olhar para aquilo já se sentia levemente irritada com a mulher que escreveu, a mulher que a colocou naquela situação.

Vejo isso daqui a pouco. Assim que tomar um pouco de café.

Ela deixou o envelope de lado, pegou a carteira e mordeu uma torrada enquanto olhava os cartões. Havia duas carteiras de motorista, uma que confirmava que ela era de fato Myfanwy Alice Thomas. O endereço indicado não provocava nenhuma lembrança, apesar de ter ficado intrigada ao notar que parecia ser o de uma casa, em vez de um apartamento. O documento identificava o cabelo dela como castanho, seus olhos como azuis, e sua idade como 31 anos. Ela olhou a foto com desdém. Traços comuns, pálida, semblante independente.

A carteira também continha vários cartões de crédito e débito e uma pequena mensagem escrita à mão que dizia: "Entendo o que está tentando fazer, mas você não é o tipo de pessoa que coloca a vida em uma carteira."

— Muito engraçado — disse a si mesma. — Parece que eu me achava bem espertinha antes de perder a memória.

Revirando os outros bolsos ela tirou um pacotinho de lenços, um celular descarregado e um crachá. Passou alguns minutos infrutíferos examinando esse último item, que era da grossura de uns quatro cartões de crédito e tinha apenas uma foto dela com a cara emburrada e um código de barras. Ela deixou a jaqueta de lado e tomou um longo gole do ótimo café. Não havia momento melhor do que aquele para ler uma carta enviada por si mesma. Ela só esperava que essa carta fosse mais esclarecedora que a última. Bom, pelo menos essa tinha sido digitada, em vez de escrita à mão.

Querida Você,

Já notou que não a estou chamando de Myfanwy? Estou fazendo isso por dois motivos: primeiro, sinto que de certa forma seria rude impor meu nome e, segundo, isso é muito estranho. Por falar em estranho, creio que esteja se perguntando agora por que eu escrevi essas cartas, como eu sabia que elas seriam necessárias.

Está se perguntando como eu sei sobre o futuro.

Bom, tenho más notícias para você. Não sou vidente. Não posso ver o que está por vir. Não posso prever os números da loteria para esta noite, o que é uma pena porque seria bastante útil. Mas, durante o ano passado, fui procurada por várias pessoas que alegavam poder ver meu futuro. Estranhos aleatórios. Alguns deles sabiam que de vez em quando tinham vislumbres de previsão, enquanto outros não podiam nem explicar por que me abordavam na rua. Eles tiveram sonhos, visões, pressentimentos. No começo, supus que não eram nada além de loucos aleatórios, mas quando continuou acontecendo, ficou mais difícil de desprezar.

Então, eu sabia há algum tempo que você se encontraria parada na chuva, sem qualquer lembrança de quem é. Eu sabia que você despertaria cercada de gente morta usando luvas. Eu sabia que eles estariam no chão depois de serem derrubados com força, nas palavras de uma velha surtada que falou comigo em uma rua de Liverpool.

Eu me pergunto, você é feita de partes minhas? Ou é uma pessoa completamente nova? Você não sabe quem é, disso eu tenho certeza, mas o que mais se perdeu? Suponho que você não teria como saber que *Jane Eyre* é o livro de que menos gosto no mundo. Ou que qualquer livro de Georgette Heyer é meu favorito. Gosto de laranja. Gosto de massas.

— Gosto de panquecas? — se perguntou a garota no quarto de hotel, dando uma mordida naquela delícia recheada de mirtilo. — "Claro que eu gosto", você responderia pra mim.

Para dizer a verdade, acho tudo isso inquietante. Tenho uma vida confortável e organizada. É um pouquinho não ortodoxa, mas consegui fazer funcionar. E agora tudo o que posso fazer é juntar as coisas pelo que me contaram.

1. Sei que vou perder minha memória. Não tenho ideia do motivo, mas vou tentar descobrir e me preparar, para tornar isso o mais fácil possível para você.

2. Eu sei que eu ou você será atacada, vai lutar e vai vencer. Estou apostando que a última parte seja você. Eu sou boa em organizar as coisas, mas não luto. Porém, os olhos roxos provavelmente são meus. Esse tipo de coisa costuma acontecer comigo.

3. Sei que todos os homens que me atacam usam luvas de látex, o que é muito importante. Sei que não parece relevante, e sim uma tara. Você não entende quão significativo é, mas eu sim, e vou lhe explicar, se quiser. Tudo o que precisa saber imediatamente é que alguém em quem eu deveria poder confiar decidiu que preciso ser eliminada. Não sei exatamente quem. Não sei por quê. Pode ser por algo que eu nem fiz ainda.

Não posso ter certeza de que você vai ler esta carta; não posso nem ter certeza de que você vai ler a primeira carta. Simplesmente coloquei cópias delas em todos os meus casacos e jaquetas, para me certificar de que estejam acessíveis para quando você precisar delas. Espero que meu conhecimento limitado do futuro seja útil a você, e que tenha outras boas sacadas sozinha.

E que eu esteja vestindo um casaco quando acontecer.

Em todo caso, precisamos encarar os fatos. Há uma escolha que você deve fazer, porque não vou fazer por você. Você pode se afastar da minha vida e criar uma nova. Se escolher isso, então vai precisar deixar o país, e este corpo vem com uma grande quantidade de dinheiro — mais do que o suficiente para comprar uma vida confortável. Eu deixei instruções de como você pode criar uma nova identidade e listas de nomes e fatos que pode usar para se proteger. Nunca será uma vida completamente segura, mas será tão segura quanto eu, uma pessoa que sabe como organizar algo, pude arrumar para você.

Também pode escolher adotar minha vida como sua. Pode descobrir por que motivo foi traída. Já disse antes que minha vida é boa, e é verdade. O corpo em que você está teve privilégios o suficiente para ter dinheiro, poder e conhecimento além dos sonhos de pessoas normais. Você pode ter essas coisas também, mas essa escolha será perigosa. Por qualquer que seja o motivo, uma injustiça foi cometida contra nós duas. Uma injustiça contra você porque você não fez nada, e uma injustiça contra mim porque eu não posso acreditar que vou fazer algo para merecer isso.

Então, é essa a escolha que você precisa fazer. Injusto? Com certeza. Mas ainda assim você tem de decidir. Há duas chaves neste envelope, e ambas são de cofres no Banco Mansel, em Bassingthwaighte Street, no centro; a 1011-A contém tudo o que você precisa para fugir e a 1011-B a coloca de volta na minha vida. Não vou culpá-la por nenhuma das escolhas.

Não desejo a você nada além do melhor. O que quer que faça, tome cuidado até que tenha aberto a caixa. E lembre-se: eles querem você morta.

Atenciosamente,
Myfanwy Thomas.

* * *

Ela colocou a carta na mesa, pegou seu café e caminhou até a porta da varanda. Hesitou, mas então deixou o medo de lado.

Ninguém me seguiu, pensou. *Não vai ter nenhum atirador esperando que eu saia. Recomponha-se.*

Ela abriu a porta da varanda e saiu na manhã. Era um belo dia. Viu que ao redor haviam quartos de hotel nos quais as pessoas estavam comendo a mesma comida que ela, e varandas em que outras pessoas curtiam o mesmo sol de final de inverno e olhavam para o mesmo vapor vindo da piscina aquecida (e completamente deserta). Mas ela imaginou ser a única pessoa prestes a decidir quem seria dali em diante.

Bem, senhorita Thomas, sua história é muito instigante. Você deliberadamente tentou me provocar a buscar justiça. Não me deu detalhes da vida que eu estaria herdando. Você quer que eu fique curiosa. E, apesar de continuar não fazendo ideia de quem eu sou, parece que tenho uma quedinha por criar intrigas. Não sei se peguei isso de você, mas tenho bom senso o suficiente para perceber que sua pequena missão é uma furada. E não estou nem um pouco intrigada pela promessa de "dinheiro, poder e conhecimento além dos sonhos de pessoas normais". Pode me ouvir de algum ponto no fundo dessa mente? Se pode, escute isso: não se vanglorie, querida. Sua vida não me atrai em nada.

Ela olhou para as nuvens, e não conseguia se lembrar de sequer tê-las visto antes. Bebeu café, e, apesar de saber que era bom e que gostava com leite e açúcar, ela não se lembrava de ter experimentado antes. Ela podia se lembrar dos movimentos do nado borboleta, apesar de não se lembrar de ter entrado em uma piscina. Havia tantas lembranças a construir e experiências que ela sabia que iria curtir.

Se alguém vai tentar me matar, então quero estar bem longe, gastando o máximo do dinheiro que você me deixou. Tudo o que faltar de coragem, eu vou compensar com bom senso.

Ela voltou ao quarto, pegou uma caneta e firmemente circulou "1011-A".

Ficou deitada na cama com um bife sobre cada olho, pensando no que iria fazer em seguida. Havia alguns assuntos a tratar. Primeiro: como ela iria chegar ao banco sem chamar atenção (e a consequente a ira) de algum psicopata com um fetiche por luvas cirúrgicas? Segundo: para onde ela iria depois de abrir a porta de sua nova vida? O primeiro problema parecia relativamente simples. Em seu pânico na noite anterior, ela sacou uma grande quantidade de dinheiro. Com certeza, era o suficiente para alugar um carro com motorista para levá-la ao banco. Quanto ao segundo, bem, apesar de todos os defeitos óbvios, a senhorita Myfanwy Thomas não parecia ser uma mentirosa. Ela esperava encontrar tudo o que precisava na caixa 1011-A. Thomas disse que haveria instruções e conselhos sobre como construir uma nova vida. Claro, permanecia a questão sobre por que Myfanwy Thomas não escolheu pegar essa riqueza que ela alegava possuir e fugir do país ela mesma, antes de perder a memória. Ela podia ter evitado a amnésia e estar se bronzeando em alguma varanda em Bornéu, se tivesse tido coragem. Então o que a impediu?

Talvez, pensou, *tenha sido o número de previsões que ela recebeu. Mas que tipo de pessoa acredita em "videntes" aleatórios da rua? E, se Thomas estava certa de que sofreria um ataque, estava igualmente certa de que eu poderia escapar com vida. Thomas foi tímida demais para mudar seu destino, mas eu não serei!*

Com uma certeza repentina, ela tirou os bifes dos olhos e examinou o resultado no espelho. O inchaço diminuíra, mas os hematomas ainda estavam escuros e espalhados. Levaria dias até todos os sinais desaparecerem, e a dor continuava a ser um problema. Ela seguiu até o banheiro para limpar o suco da carne que tinha ficado no rosto e no cabelo, e aproveitou para pegar um chocolate no frigobar.

Quarenta e cinco minutos depois, entrou num carro que a aguardava e foi conduzida com conforto até o centro da cidade. Suas roupas estavam limpas, seu cabelo tinha perfume de flores em vez de carne crua, e sua mente estava focada em como ela iria cuidar da própria vida. Era óbvio que ela e Thomas eram pessoas diferentes. Bem, ela seria grata pelo que foi deixado a ela, e a garota que costumava viver dentro de seu corpo poderia descansar em paz.

Tomada por um capricho inesperado, ela pediu ao motorista para passar em alguns dos principais pontos turísticos de Londres. Enquanto eles passavam pela Trafalgar Square e pela Catedral St. Paul, ela olhou para fora e forçou a vista. Conhecia esses lugares, mas parecia apenas ter lido sobre eles ou visto fotos.

O longo carro negro parou em frente ao banco, e o motorista assentiu em concordância quando ela pediu que ele esperasse.

Será que Thomas tem esse mesmo gosto para o luxo? Se não, é uma pena, já que ela pode pagar por isso. Depois do café da manhã, ela verificara o extrato das contas de todos seus cartões no caixa eletrônico do hotel e ficou impressionada com a quantidade de zeros que apareceram. Se essa era a riqueza que Thomas mencionou em sua carta, então ela iria viver com muito conforto. Se havia mais, então seria uma vida excessivamente boa. Ela desembarcou do carro e subiu a escada do banco, olhando de maneira sutil ao redor em busca de alguém a observando. Não vendo nem sombra de luva ou de alguém olhando em sua direção, relaxou e entrou.

Tenho de pensar num nome, creio eu. Certamente não posso continuar sendo Myfanwy Thomas se estou tentando fugir do passado. E não estou particularmente apaixonada por Anne Ryan. Deve ser perigoso tomar qualquer decisão antes de saber o que Thomas planejou. Pode haver um passaporte ou algo assim. Apesar de eu sempre ter gostado do nome Jeanne.

Pelo menos, acho que sempre gostei.

Ainda refletindo, ela seguiu as placas, desceu de elevador até a área dos cofres, empurrou as pesadas portas de madeira e caminhou até a recepcionista.

— Bom dia, sou Anne Ryan — disse ela, mostrando a carteira de motorista.

A recepcionista se levantou, acenando. Ela usava luvas de látex. E antes que a mulher anteriormente conhecida como Myfanwy Thomas pudesse dizer uma palavra, a recepcionista deu um giro e a acertou com um soco no rosto.

Ela caiu para trás, com os olhos latejando, e guinchou como um apito de trem. Mesmo com a vista embaralhada, ela viu três homens entrando na sala e fechando as portas atrás deles. Eles a cercaram, e um dos homens se inclinou na direção dela com uma injeção em mãos. Tomada por uma raiva repentina, ela girou e o chutou forte entre as pernas. Com um grito, ele se dobrou ao meio, e ela o atacou com o punho, acertando-o com força no queixo. Ele cambaleou para trás, caindo sobre um dos outros homens, e então se levantou, com os dentes à mostra; o pânico dela aumentava conforme percebia que não tinha ideia de como lutar. Mas há coisas que são instintivas. Ela deu um empurrão no homem a quem havia chutado, jogando ele e o amigo contra a parede. O homem que restara e a mulher se levantaram de novo, como que hesitando em tocá-la. Ela notou que os homens também usavam luvas de látex. A mulher lançou um olhar indagador para o sujeito que estava de pé.

Tirando vantagem disso, ela saltou em direção à mulher, calculando ser o alvo mais fácil. Eles não aparentavam ter arma alguma, e até então apenas a mulher parecia disposta a bater nela. Entretanto, em vez de acertar seu alvo, ela levou uma inesperada chave de braço. Ela estava sendo atacada por especialistas. *Desculpe, Thomas. Parece que você me superestimou.* Um dos homens se adiantou e a acertou com força. A dor a fez balançar e ela vacilou sob os braços da mulher. A maldita apertava seu braço de tal maneira que parecia que vários ossos estavam prestes a quebrar. Então o homem a socou.

— Desgraçados! — urrou ela. O primeiro homem foi mancando até ela, carregando a seringa. A dor crescia dentro dela, e, quando a mulher apertou seu braço um pouco mais, a agonia explodiu. Ela fechou os olhos e gritou. Não havia nada no mundo além daquele grito, impondo-se sobre todo o resto, até sobre a dor. Todo o ar saiu de seus pulmões, e ela não sentiu ou ouviu nada além da própria voz. Quando abriu os olhos e respirou fundo, ela percebeu que não havia ninguém lhe segurando. Ao contrário, as quatro pessoas estavam no chão, se contorcendo.

Que diabos acabou de acontecer? O que eu fiz?

Ela vacilou, ofegante, mas conseguiu se equilibrar. Olhou ao redor, esperando que mais gente aparecesse, mas ninguém veio. *Nem mesmo os funcionários do banco?*, pensou, mas pelo jeito as portas eram grossas o suficiente para abafar qualquer som. Seu primeiro instinto foi fugir, mas então ela foi tomada por uma determinação incrível. Sua existência até aquele ponto fora bizarra, é verdade, mas ela tomara decisões baseada nos fatos coletados. Agora, nada que ela achava que compreendia poderia ser levado a sério. Qualquer suposição que ela tinha sobre quem era Myfanwy Thomas ou o que acontecera a ela era falsa. Havia muito mais no mundo do que supunha, e ela queria saber de tudo.

Cuidadosamente, ela fez uma busca nos bolsos da recepcionista, se esforçando ao máximo para ignorar seus espasmos cada vez mais fracos. Nada. Um rápido exame na mesa revelou uma gaveta de chaves numeradas, cada uma em seu próprio pequeno compartimento. Ela encontrou as chaves apropriadas que combinavam com as que ela já tinha e, passando por sobre as pessoas caídas no chão, entrou na sala onde ficavam os cofres. Tomou um susto ao encontrar uma mulher inconsciente com um crachá de identificação, indicando que ela era a recepcionista.

Acho que eles a nocautearam, pensou Myfanwy. *Como podem ter me encontrado? E se posicionado tão rápido...*

Ela passou pela funcionária do banco, examinou as enormes fileiras de prateleiras até encontrar as certas e colocou as chaves nas duas fechaduras.

Por um momento, ficou tentada a mudar de ideia, mas um olhar sobre o ombro para os corpos no chão a fez decidir. Ela levantou a cabeça e abriu a caixa 1011-B.

Dentro havia duas malas. Ela abriu a primeira e viu vários objetos enrolados em plástico-bolha. Então, ela abriu a segunda mala e deu um passo para trás, surpresa. A mala estava cheia de envelopes, todos numerados a mão com a letra inconfundível de Myfanwy Thomas.

2

A decepção inicial de ter encontrado uma mala cheia de papel em vez de equipamentos de alta tecnologia ou dinheiro deu lugar a um forte interesse. Ela não estava certa sobre o que iria encontrar, e imaginou que cartas faziam tanto sentido quanto qualquer coisa. Com sorte, Myfanwy Thomas deixara instruções para uma situação como essa. Mas haveria tempo de lê-las com atenção? Ela arriscou olhar por sobre o ombro e viu que as quatro figuras não haviam se erguido e não estavam caminhando em direção a ela; pararam de estrebuchar e estavam deitadas, imóveis. A recepcionista não parecia estar prestes a acordar. Ela avaliou as possibilidades em sua mente, e então a razão venceu a curiosidade. *Que se foda, vou ler no carro.*

Enfiou o primeiro envelope, marcado com um "3", no bolso traseiro, tirou as duas malas (que eram muito mais pesadas do que ela imaginara) da gaveta e colocou-as no chão com dificuldade. Manobrou cuidadosamente ao redor dos corpos e entrou no elevador, que a levou ao saguão.

— Fique calma — disse para si mesma. — Fique calma. Nem todos no banco estarão usando luvas de látex.

De fato, ninguém estava usando luvas, e ninguém pareceu prestar a mínima atenção nela. *Bem, isso só vai durar até alguém checar o cofre*, pensou e se apressou para sair. As escadas saindo do banco apresentaram alguns problemas, mas o motorista do táxi percebeu sua dificuldade e gentilmente colocou a bagagem no carro. Myfanwy agradeceu e se sentou no banco traseiro.

— Apenas dirija — disse ela. — Vá, por favor. — Ela recostou no banco, sem forças, e se concentrou em controlar sua respiração e em não ter um ataque cardíaco.

Ok, você está a salvo, pensou. *Bem, e agora?* Ela tirou o envelope do bolso e abriu.

Querida Você,

As chances de estar lendo isso são poucas ou nenhuma. Quem teria escolhido a incerteza e os avisos vagamente formulados em vez de uma nova vida de riqueza e luxo? Posso apenas presumir que você passou uma quantidade enorme de estresse, tocou a pele de alguém e o deixou paralisado.

Ou cego. Ou perdeu a habilidade de falar. Ou sujou as calças. Ou vários dos outros efeitos que não vou citar neste momento. Em todo caso, sei como é a primeira vez em que acontece. É como uma porta se abrindo dentro de você, não é? Como se tivesse sido atingida por um caminhão. Não dá para ignorar. Então, mesmo que tenha preferido abrir a outra caixa (que, por sinal, teria permitido que você vivesse o resto da sua vida como Jeanne Citeaux), estou feliz que tenha feito esta escolha.

Pegue as duas malas e vá para o endereço abaixo. A chave neste envelope abre a porta da frente e você deve ficar a salvo lá. O local não tem ligação comigo, oficialmente. Abra o próximo envelope quando já estiver lá dentro. Tente não ser seguida.

Esta carta não estava assinada, e a chave que ela tirou do envelope não trazia marcas de identificação. O endereço não constava de nenhuma das carteiras de motorista e parecia ser um tipo de apartamento. Myfanwy colocou a carta e a chave no bolso e passou o endereço ao motorista, com a instrução de que ele deveria tentar não ser seguido. O motorista assentiu e começou a seguir uma rota com tantas curvas e mudanças abruptas na direção que ela acreditou que ninguém poderia segui-los sem ser notado. Quando ela comentou isso, ele deu um leve sorriso.

— Estou acostumado com isso, dona. Muitos dos nossos clientes têm *paparazzi* na cola.

Assentindo de forma pensativa, Myfanwy pegou a chave e a rodou em suas mãos enquanto olhava pela janela. Agora eles haviam saído da cidade. Em alguns pontos, seguiam junto ao Tâmisa, que estava bem bonito, com barcos de passeio. Então eles fizeram uma curva, trocando de vias e serpenteando por bairros residenciais. Só quando o carro foi para o leste, rumo à zona das docas, ela começou a digerir os acontecimentos do banco.

Finalmente o carro parou na frente de um prédio residencial. O motorista carregou as malas até o saguão e ela o recompensou pela excelente condução com uma gorjeta generosa. Depois de arrastar as malas até o elevador, foi até o nono andar, encontrou o apartamento e abriu a porta.

Era claro que o apartamento estava vazio há semanas, se não meses. Uma pequena luz entrava, mas as cortinas estavam fechadas. Ela acendeu a luz. O lugar todo cheirava a abandono. Estava sinistramente silencioso. Ela deu alguns passos hesitantes, como se estivesse se intrometendo ou invadindo a casa de alguém.

Estava diante da sala, com alguns móveis cobertos por lençóis empoeirados. Não havia quadros nas paredes. À sua direita estava a cozinha. Ela abriu a geladeira e encontrou caixas com garrafas d'água e latas de refrigerante. O *freezer* continha vários tipos de comida congelada pronta e algumas bandejas de plástico com carne congelada. Havia talheres em uma das gavetas, e louça de barro num armário. Ela voltou para a sala e puxou os lençóis que cobriam os móveis, revelando alguns sofás grandes e de aparência amarrotada e cadeiras de cor vinho. Uma grande TV ficava pendurada em uma parede.

Que minimalista. O quarto também estava desprovido de personalidade, com uma grande cama sob outro lençol empoeirado. Ela tirou o lençol e viu que a cama já estava feita, com cobertores de aparência macia. Um leve perfume se espalhou quando ela descobriu a cama, e sob os cobertores encontrou alguns sachês de lavanda. Havia sabonete, xampu e toalhas no banheiro. E também algumas escovas de dente novas ainda na embalagem, pasta de dente e enxaguante bucal sobre a pia. Nada de maquiagem, mas havia uma escova de cabelo e, curiosamente, alguns frascos de tintura de cabelo.

Não me diga que estou ficando grisalha aos 31 anos!, pensou com horror, mas notou que nenhuma das cores era a dela. *Provavelmente são para o caso de eu precisar me disfarçar*, concluiu. Havia também um grande kit de primeiros socorros em uma prateleira.

O outro quarto era um tipo de escritório, com um grande computador e uma impressora que parecia ser complicada, coberta com um plástico. Havia uma prateleira baixa de livros com alguns folhetos. Ela puxou um aleatoriamente e abriu. Parecia trazer os detalhes do aluguel do apartamento em que ela estava. Tomada por um pensamento repentino, ela voltou ao quarto principal e abriu o guarda-roupa.

Havia algumas peças de vestuário neutras, a maioria preta e cinza. Algumas blusas brancas, um par de ternos, uma saia e dois jeans. Todas as roupas foram penduradas com cuidado e pareciam criadas para não encorajar as pessoas a olharem para quem as vestia.

Bem, pelo visto eu não tenho bom gosto, avaliou, espantada com a falta de graça da variedade oferecida. Ela estremeceu, porque tinha algo de perturbador na ideia dessas roupas em seu corpo sem sua mente presente. Entretanto, enquanto ela tocava nas peças, percebeu que ainda possuíam as etiquetas de preço. Ela fechou as portas e foi para a sala de estar, onde abriu as cortinas e deixou toda a luz do sol entrar.

As janelas eram imensas e tinham vista para o rio, com todo seu movimento. A mobília lhe pareceu mais aconchegante com a luz natural, e ela percebeu que tudo fora posicionado com cuidado nos melhores pontos. *Thomas passou muito tempo pensando neste local,* refletiu. *Isso não é apenas um buraco para eu me esconder, e sim um lugar para ficar confortável.* Ela sentiu uma leve pontada de carinho pela mulher que viveu em seu corpo. Não dava para não gostar de alguém que fez todo esse esforço para fazê-la se sentir bem-vinda.

Além disso, ela é a única pessoa que eu conheço, pensou de forma um pouco ridícula. Arrastou as malas para a sala e abriu a que estava cheia de objetos embalados em plástico-bolha. Pegou um deles e avaliou o peso em suas mãos. Era pesado e havia uma etiqueta em que se lia POR VIA DAS DÚVIDAS. Ela tirou a fita e a embalagem com cuidado e, então, perdeu o fôlego, surpresa. Era uma pequena, mas aparentemente muito eficaz, submetralhadora. Ela observou a mala com receio, como se fosse ejetar mais armas, então reembalou a arma antes de guardá-la e fechou a mala.

Então abriu a segunda mala e tirou a próxima carta. Era muito mais grossa do que todas as outras, escrita com uma alegre tinta violeta. Ela chutou seus sapatos para longe e se sentou no sofá, que era extremamente confortável, perfeito para um cochilo.

Querida Você,

Apenas terei de acreditar que você está onde deveria estar e parar de fazer todas essas conjecturas vagas sobre onde pode estar. Dito isso, é melhor que esteja no apartamento que eu montei para você, porque levou uma eternidade para prepará-lo. Há todo o tipo de coisas que eu queria aqui, esperando por você, e foi ficando cada vez mais difícil fazer tudo isso sem ser notada. Eu (e agora você, creio) vivo sob certa vigilância. Então a criação desse esconderijo, onde me sento do lado direito do sofá, escrevendo para você, é uma conquista e tanto.

Ela olhou para o outro lado do sofá, em que seu antigo eu tinha sentado. Era meio que uma companhia, apesar de estar sozinha.

Há muita coisa que eu tenho de explicar a você, mas preciso priorizar com cuidado. Antes que eu possa contar quem sou, o que faço e por aí vai, há algumas coisas mais imediatas que você deve saber. Na minha última carta supus que você tocou alguém e interrompeu o controle dessa pessoa sobre o próprio corpo. Vou continuar supondo isso, já que é a única razão que posso imaginar para você ter escolhido o armário B. Como um adendo, vou dizer que me sinto mal por você — acionar esse dom inconscientemente causa muita dor. Espero que nada tenha sido quebrado ou rompido dentro de você, já que isso seria bem inconveniente. Mas não, eu decidi que não iria entrar nessa de "o que pode acontecer". Você está no apartamento, a salvo.

Na primeira vez que aconteceu comigo, eu tinha 9 anos e havia subido em uma árvore. Eu caí e um galho pontudo entrou na minha perna. Eu gritava de dor enquanto meus pais me levavam ao hospital. Eu estava usando um moletom, então creio que foi por isso que meus pais não chegaram a tocar na minha pele durante a coisa toda. De qualquer forma, o percurso de carro foi horrível para todo mundo; para mim porque estava sangrando e sou uma tremenda covarde quando se trata de dor, e para eles porque eu não parava de gritar.

Finalmente chegamos ao hospital e não havia muita gente na espera, ou meus gritos provocaram o privilégio de pular a fila, porque eu fui levada na mesma hora até o médico, que, gentil, cortou minha calça (pois estava colada na minha perna). Quando ele tocou na minha pele, imediatamente caiu e começou a gritar. Ele perdera o controle das pernas. Outra pessoa do hospital correu e tentou cuidar de mim e do médico. Quando ela tocou minha pele nua, ficou cega.

Então agora tínhamos três pessoas gritando e estrebuchando, apesar de naquele momento eu ter ficado tão impressionada com tudo aquilo que comecei a me acalmar e só dava um gemido ocasional quando lembrava. O terceiro médico teve bom senso (ou talvez apenas sorte) de cuidar primeiro dos outros dois. E a terceira pessoa a me tocar também teve o bom senso de usar luvas, então minha perna foi costurada e enfaixada e, quando acordei, já era seguro me tocar novamente.

Eu sabia que tinha causado aquele caos, e sabia que podia fazer aquilo de novo se quisesse. Busque em sua mente, tente lembrar, e você vai ver que também sabe como fazer isso. Se ainda não fez (não posso evitar essa conjectura, porque é importante demais), então vai ter de fazer seus poderes pegarem no tranco. Em uma dessas malas, há um folheto vermelho com sugestões que você pode consultar.

Isso só pode ser brincadeira, pensava Myfanwy, incrédula, mas deixou a carta de lado por um momento e mexeu na mala até encontrar o tal folheto vermelho. Nele havia descrições detalhadas sobre como pressionar seu próprio braço ou perna até o ponto de quase quebrar (sem quebrar de fato) e como induzir uma variedade de outros tipos de danos horríveis, mas não permanentes.

— Inacreditável — murmurou. O incidente no banco foi tenso, mas pelo menos ela não precisou fazer nada disso.

No começo, pareceu que aquela tarde bizarra havia passado sem consequências. Ninguém nos processou, e meus pais nunca falaram comigo sobre isso. Mas alguém em algum lugar deve ter falado disso e a fofoca chegou em quem se interessava por ela. Descobri posteriormente que três meses depois da minha visita ao hospital, meu pai recebeu uma carta de um setor obscuro do governo. Gosto de pensar que ele e minha mãe conversaram sobre isso, mas o resultado final foi que meu pai e eu fomos levados a um velho edifício de pedra no centro da cidade, e eu fui apresentada à Lady Linda Farrier e ao Lorde Henry Wattleman, do Grupo Checquy.

Fomos levados a uma sala cheia de livros e impressos. Nós nos sentamos em poltronas e nos serviram chá e biscoitos. Então Lorde Wattleman e Lady Farrier explicaram para o meu pai por que era necessário e juridicamente legal que eu fosse afastada da minha família e colocada sob os cuidados do Grupo Checquy. Eu não estava prestando muita atenção em tudo aquilo porque só tinha 9 anos e meio e porque eu não conseguia parar de olhar para Lady Farrier, que me era estranhamente familiar.

Ela não era jovem, era bem magra e o cabelo estava penteado para trás e para cima. Seus olhos eram castanhos muito escuros, e ela falava de um modo bastante calmo. Nada parecia alarmá-la ou surpreendê-la, nem quando derrubei minha xícara de chá no chão, que se estilhaçou em milhões de pedacinhos e esparramou chá por todo lado. Ela nem piscou, apesar de Lorde Wattleman ter se alarmado e eu achar por um segundo que ele iria bater em alguém.

Lembro-me do meu pai sendo contra eu ser levada, mas de uma maneira um pouco tímida, como se ele já soubesse que iria perder. Lady Farrier repetiu, paciente, algumas frases da lei que ela havia citado antes, e não houve nem o menor traço de pena em sua voz, mas Lorde Henry pareceu ter um pouco mais de pena dele. Isso é irônico, uma vez que eu descobri depois que ele era um dos homens mais perigosos do país e tinha sido responsável por muitos assassinatos — a maioria dos quais ele mesmo cometeu. Mesmo assim, naquele momento, ele foi de longe o mais humano dos dois e estava se esforçando ao máximo para consolar meu pai. Ele até deu tapinhas no ombro dele.

Eu achava cada vez mais difícil prestar atenção naquela conversa, pelo meu fascínio por Lady Farrier, que me ignorava completamente. Só quando meu pai abaixou a cabeça e concordou em partir sem mim eu me lembrei de onde a conhecia. Minha mente estava a mil enquanto eu dava o último beijo e abraço no meu pai, e sinceramente não consigo me lembrar de quais foram nossas palavras de despedida. Ele partiu com Lorde Henry e eu fiquei alheia, enxugando as lágrimas do meu pai da minha bochecha, olhando para a mulher que, por mais inacreditável que possa parecer, eu reconhecia.

Pareço uma filha terrível por ignorar meu pai enquanto ele caminhava para fora da minha vida, né? Olhando para trás, eu estremeço e fico assombrada. Normalmente eu não era egoísta. Eu adorava minha família e tinha uma irmãzinha mais nova e um irmão mais velho que eram minhas pessoas favoritas no mundo. Nos próximos dias, eu iria me debulhar em lágrimas pensando neles. Mas, naquele momento, não havia nada além dela.

Toda noite, nos dois meses anteriores, eu tinha sonhado com ela. Eu me sentava com essa mulher em uma sala com piso preto e branco e contava tudo a ela. Ela era rígida e formal, mas eu a adorava. Surgia comida nas mesas, e ela extraía de mim cada detalhe da minha vida de modo paciente. Estava especialmente interessada no meu dia no hospital, mas tolerava ouvir minhas descrições de todos os meus bens materiais e das minúcias do meu dia. Acho que foi a paciência dela que me conquistou. Com que frequência uma criança de 9 anos tem uma plateia tão cativa? Em todo caso, ela me escutava, e agora eu estava cara a cara com ela.

Myfanwy abaixou a carta por um momento, e olhou para o teto, pensativa. Essa mulher, Farrier, parecia com a mulher de seu próprio sonho. E o aposento que Thomas descreveu era exatamente o mesmo. Até o nome Grupo Checquy fazia levantar os pelinhos da sua nuca e do braço. Sua memória estava voltando? Ao menos um pouquinho? Ela voltou para a carta.

"Bem, senhorita Myfanwy", disse Lady Farrier, pensativa. "Aqui estamos novamente." Anestesiada, assenti, concordando, espantada demais para dizer qualquer coisa. "E agora parece que você virá morar conosco", ela acrescentou, olhando para mim, séria. Foi então que a ficha caiu, e comecei a fungar. Talvez eu esperasse que, como uma tia bondosa, ela corresse para me confortar, mas tudo o que ela fez foi tomar outro gole do seu chá. Enquanto eu me desmanchava em soluços, ela simplesmente beliscou os bolinhos e esperou que eu terminasse. Lorde Henry voltou à sala, se sentou em sua cadeira e também não fez nada. Apesar de ele ter se comovido com o drama de um homem adulto, não reagiu ao choro de uma garotinha. Eu consegui me recompor e, assoando o nariz na minha manga, comecei a olhar pensativamente para a bandeja de biscoitos. Lady Farrier assentiu levemente, e eu peguei algo gostoso de chocolate.

E esse foi o começo de minha parceria com o Grupo Checquy. Eles me queriam pelo que eu podia fazer — o que você pode fazer. Com sorte, parte do meu treino permaneceu em você, porque levou anos para eu atingir esse nível de maestria. Agora, com apenas um toque, posso ter o controle do sistema físico de alguém. Posso retirar qualquer um de seus sentidos, paralisá-lo, fazê-lo sentir o que eu quiser.

O Grupo Checquy achou que eu poderia me tornar um tipo de ultraespiã, viajando pelo mundo e, sei lá, fazendo pessoas se jogarem na frente de carros ou algo assim. Infelizmente, pelo menos para o Grupo Checquy, não sou o tipo espiã. Não sou uma pessoa agressiva, fico muito enjoada em aviões, e sou bem tímida. A Corte ficou decepcionada, mas eu era um bem valioso demais para eles descartarem. Em vez disso, eu me tornei uma operadora interna. Eu sou uma administradora capaz e tenho grande habilidade com números. Uso meus poderes muito raramente. Assim, enquanto outros membros da organização atingiram altas posições por meio de suas notáveis conquistas de campo, eu me tornei um membro da Corte simplesmente pelo meu trabalho burocrático.

Isso parece pouco? Sou boa, muito boa. Não há um caminho formal para subir na Corte. Na verdade, a maioria das pessoas nunca entra. Eu sou a pessoa mais jovem na Corte atualmente. Cheguei lá depois de dez anos trabalhando na administração. A pessoa mais jovem depois de mim chegou na Corte depois de dezesseis anos de trabalho de campo muito perigoso. Isso mostra o quanto eu sou uma boa administradora.

— Que nerd. — Myfanwy suspirou. Balançando a cabeça, deixou a carta de lado e foi até a cozinha para pegar uma garrafa de água na geladeira. Ela a bebeu inteira e pegou mais uma. Milhares de perguntas enchiam sua cabeça. O que era esse poder sobre os outros que ela herdou? Thomas disse que era necessário contato físico, mas no banco ela havia conseguido derrubar quatro pessoas, todas usando luvas e três que nem a tocaram. E o que era esse Grupo Checquy? Eles buscavam pessoas com poderes, eram liderados por uma mulher que podia entrar em sonhos, e tinham respaldo legal para afastar uma criança de sua família. E Thomas era parte disso. Ela caminhou devagar de volta ao sofá.

Suponho que você esteja se perguntando sobre o Grupo Checquy. Ah, e, por favor, note que se pronuncia Ché-qui. Influências francesas, creio eu. Ou possivelmente apenas deturpado por gerações de funcionários pronunciando errado. Não se preocupe se o nome não significar nada para você. A maioria das pessoas nunca ouviu falar, mas o grupo existe há séculos. Era ligado à Casa de York, tendia a ignorar os Tudors e tolerava a Casa de Stuart.*

Entretanto, na verdade não importa quem esteja governando — desde o início, a lealdade da organização foi à Grã-Bretanha em vez de a um governante em particular. Quando Oliver Cromwell se tornou Lorde Protetor,** os quatro líderes da Irmandade Checquy (um nome pomposo e pouco preciso para uma organização) estavam a postos para oferecer seus serviços a ele. Você pode achar que Cromwell, um dedicado puritano (na verdade, um puritano dedicado), não teria permitido que um grupo assim sobrevivesse, muito menos empregá-lo. Os registros que li descrevem a demonstração de poder que os líderes deram ao Lorde Protetor e, como resultado disso, a Irmandade continuou existindo. Nós suportamos os caprichos da história, recebendo novos governantes e nos submetendo a quem estiver no poder, independentemente de quem seja. Somos uma ferramenta da nação, uma propriedade das Ilhas Britânicas. Aqueles que trabalham no Checquy podem conquistar o que ninguém mais pode, portanto são o braço secreto do reino.

Se parece que eu tenho orgulho de ser um deles, é porque tenho mesmo. Ameaças surgem todos os dias, ameaças que pessoas normais não podem saber. É o Grupo Checquy que as protege, apesar de quase não haver reconhecimento. E, apesar de eu não ser uma agente de campo, sei que tenho um papel essencial em defender pessoas comuns. Adoro meu trabalho, e é

* As Casas de York, Tudor e Stuart foram dinastias da Grã-Bretanha (N. E.).

** Oliver Cromwell (1599-1658), militar e político inglês, foi um dos líderes da Revolução Puritana ou Guerra Civil Inglesa (1642-1651). Em 1649, depois de, junto com seu grupo, depor o Rei Charles I e instaurar a República (*Commomwealth*), tornou-se o presidente do Conselho de Estado que passou a governar a Inglaterra. Em 1653, Cromwell dissolveu o parlamento, por conta da oposição ao seu governo, e se autointitulou Lorde Protetor dos ingleses, cargo que exerceu até a morte. (N. E.).

por isso que essas previsões dos videntes me atingiram tanto. Não sei qual membro da Corte vai se voltar contra mim, mas, se de fato acontecer, significa que há algo podre em seu núcleo e que todos estão em perigo.

O Grupo Checquy é composto de centenas de indivíduos. Alguns são como eu — possuem poderes que os diferenciam das pessoas normais. Os membros sem poderes são só a nata de suas respectivas áreas. Isso não deve ser entendido como se eu não os admirasse. Ao contrário de outros membros da Corte, não vejo os sem poderes como inferiores. Talvez seja porque eu não tenha a coragem de sair e encarar o que eles fazem, mas, em todo caso, sei que eles são tão bons quanto eu. Ainda assim, por antigas tradições e por política, indivíduos sem poderes não podem se tornar membros da Corte — o círculo dominante. A Corte responde apenas aos mais altos indivíduos da nação, e nem sempre a eles.

Os indivíduos com poderes são procurados pelo Grupo Checquy de várias maneiras, e a organização tem, há muito tempo, autoridade para reivindicar qualquer cidadão que queira. Pais são enganados ou coagidos a abrir mão de seus filhos, às vezes recebendo grandes quantias em dinheiro. Adultos são atraídos com promessas de poder, riqueza e com a oportunidade de servir à nação. A iniciação é uma mistura de juramentos antigos e contratos modernos sob as leis de sigilo oficiais e não oficiais do governo. Quando um indivíduo se torna de fato um membro, ele está preso por um milhão de laços diferentes. Agora você entende o que sua saída significaria?

Eu sei de apenas três pessoas que tentaram deixar o Checquy, e conheço suas histórias de trás para a frente. Desses três, o primeiro era um poderoso indivíduo chamado Brennan, o Intransigente, que rompeu em 1679. Ele estava prestes a cruzar o Canal da Mancha até a França, onde havia sido atraído por promessas do governo francês, quando foi detido. Foi crucificado nos penhascos de Dover.

O segundo foi um soldado que, em 1802, enlouqueceu depois de presenciar algo em um esconderijo em John O´Groats, e fugiu para a casa de seus pais. Ele foi cautelosamente levado de volta para a fortaleza de Checquy e enterrado vivo no cemitério de sua vila.

A terceira foi uma mulher que podia criar tentáculos em suas costas e destilava um tipo de toxina aterradora pela ponta de seus dedos. Ela fugiu para Buenos Aires em 1875 e conseguiu viver lá por três meses antes de ser alcançada pelo Checquy. Atualmente, seu corpo empalhado está em exibição sobre uma lareira em um dos escritórios de Londres. A pequena placa de bronze indica que ela viveu por seis meses depois que a pegaram.

Viu como o Grupo Checquy lida com quem tenta sair? Eles gostam de torná-los exemplos, e tendem a ser criativos sobre o modo de fazer isso. E mencionei que nenhum desses que tentaram escapar eram membros da Corte? Você pode imaginar quão mais criativos eles seriam se você fugisse e eles a pegassem? Não se preocupe, você teria escapado em segurança. Logo que eu aceitei o que iria acontecer comigo, comecei a reunir todos os meus recursos e conhecimento para criar meios de protegê-la.

Você não precisa saber de todos os detalhes, mas é suficiente dizer que criei uma série de contingências que, se fossem ativadas, teriam prejudicado a habilidade do Checquy de persegui-la e interrompido o funcionamento diário da organização ao mesmo tempo e de tal forma que eles não teriam como dispor de pessoal e de recursos para seguir Myfanwy Thomas — especialmente uma Myfanwy Thomas que fez cirurgia plástica e corrompeu os registros que continham seus detalhes pessoais.

Como? Eu quase posso ouvi-la perguntar. Bem, envolveu algumas coisas.

1. Muita e muita pesquisa, que começou como uma tentativa de descobrir quem teria motivos para me atacar e acabou me dando uma compreensão bem maior da organização e de como sair dela. Também me possibilitou construir alguns dossiês bem detalhados sobre vários membros da Corte. Alguns dos dossiês descrevem... bem, vamos chamar de indiscrições. Não são crimes sérios a ponto de um escândalo que pudesse derrubar o governo, mas são graves o bastante para, caso alguns oficiais em altos postos os descobrissem, gerar investigações inconvenientes que iriam tomar uma quantidade enorme de tempo da Corte.

2. A alteração sistemática da maioria dos arquivos que me descrevem, incluindo detalhes de digitais e DNA. As amostras físicas, ao menos. Usei meu cargo e certo talento em computação para escrever um programa que irá corromper as cópias eletrônicas.

3. A inserção de um vírus no sistema de computação que, caso seja acionado, irá obstruir até o trabalho mais mundano. O Checquy ainda conseguiria seguir com suas atividades do dia a dia, mas com muito menos eficiência do que o normal. A confusão resultante daria a você um bom tempo para sair do país, arrumar um novo rosto e fazer algumas outras coisinhas.

Se você tivesse escolhido partir, eu a faria parar num posto avançado abandonado, na estação Waterloo, entrar no sistema e mandar por e-mail palavras-chave para algumas contas da central do Checquy. Ao ativar esse plano de contingência, você seria tecnicamente culpada de traição contra a nação por enfraquecer (temporariamente) suas defesas. Então, de certa forma, ficar e assumir minha vida é mais seguro. É um negócio muito complicado, eu admito.

Se serve de consolo, estou bem feliz que tenha tomado essa decisão.

Então, ainda que você não saiba quem está tentando matá-la no momento, há sete candidatos — os outros membros da Corte. Um dos videntes confirmou isso.

Ah, antes de eu te dar mais detalhes, descubra que dia é hoje. Se for um dia de semana, bem, acredito que seja bem óbvio que você faltou ao trabalho. É tarde demais para ligar dizendo que está doente?

Ela verificou o relógio na mesma hora e viu que era sábado. Então algo lhe ocorreu...

Sim, você vai trabalhar. Sim, você vai para um escritório onde alguém está tentando matá-la. Você escolheu não partir, e essa é a única forma de poder ficar. Há um fichário roxo na mala com as instruções. É grosso porque descreve o Checquy e o que você faz para eles. É bem provável que vá precisar consultá-lo bastante. Se hoje for um dia útil, você deve ligar para dizer que está doente. Instruções sobre como fazer isso estão no topo da página um. Do contrário, vai querer usar um traje mais corporativo para seu primeiro dia no trabalho. Se for final de semana, continue lendo.

Da última vez que falamos sobre nossa heroína (nós), ela tinha 9 anos e estava prestes a se empanturrar de chocolate. Se bem me lembro, nós terminamos nosso chá, mas nem Lady Farrier nem Lorde Henry falaram diretamente conosco. Eu me lembro de me sentir meio irritada com isso, mas não a ponto de não começar a engolir tudo o que tinha na bandeja de quitutes. Então Lady Farrier me mandou para a Propriedade.

A carta continuava, mas ela estava cansada demais para prosseguir lendo. As páginas caíram no seu colo e logo ela estava dormindo no sofá, um sofá escolhido por ser extremamente aconchegante.

Se ela sonhou, não se lembrou depois.

3

— Meu nome é Myfanwy — disse ela, preocupada em quão insegura sua voz soava. O rosto que viu no espelho até poderia pertencer a alguém com aquele nome, mas demorava para pensar em si mesma como Myfanwy. Entretanto, estava começando a pensar na pessoa que havia ocupado seu corpo anteriormente como Thomas. — Me chamo Myfanwy — repetiu, de forma um pouco mais convincente dessa vez. — Você era uma pessoa diurna, Thomas? — perguntou em voz alta enquanto lutava para sair da cama. Havia passado a maior parte do dia anterior dormindo e lendo os dossiês que Thomas deixara para ela. Caiu no sono por volta da meia noite, seu rosto coberto por um relatório sobre a relação diplomática do Checquy com a Grande Barreira de Corais. Agora eram cinco da manhã de uma segunda-feira e ela acordara sobressaltada, assustada por estar atrasada.

Por um momento ela cogitou ligar para o trabalho dizendo que estava doente, mas vários fatores a dissuadiram. Para começar, a autora da carta relutava em sugerir a falta como opção. Além disso, a ideia de ficar sozinha no apartamento mais um dia era, bom, um pouco assustadora. Não, era hora de ir trabalhar e descobrir o que diabos estava acontecendo. Ela cambaleou até o chuveiro e pensou na variedade de combinações do guarda-roupa antes de escolher um terninho. Myfanwy Thomas tinha escolhido as roupas, então pelo menos ela não precisava se preocupar em não parecer com Myfanwy Thomas.

Ela notara na manhã anterior que o armário da cozinha estava desprovido de alimentos para o café da manhã. *Estamos nos descuidando, hein, Thomas? Que tipo de "administradora muito capaz" esquece de deixar café da manhã para a mulher que habita seu corpo no futuro? Nem mesmo um biscoito? Um croissant congelado? Fala sério.* Ainda assim, havia grãos de café e um moedor, e ela pôde se sentar com uma xícara de café e aquele fichário roxo gordão.

Thomas parece ser uma pessoa do bem, mas é muito fanática por documentos, pensou com pesar. *Mesmo que trabalhe em uma versão paranormal* *do MI5,* é provável que faça coisas entediantes. "Céus! Algum tipo de lobisomem está comendo a Rainha! Pegue uns formulários e peça para ela preencher em três vias, para que possamos ajudá-la em algum momento do próximo trimestre."* Bufando, Myfanwy abriu o fichário e leu as instruções que Thomas deixou para se preparar.

Meia hora depois, ela estava usando um dos ternos feios do guarda-roupa, segurando uma pasta e explicando, ansiosa, para um homem no telefone que ela gostaria de um táxi assim que fosse humanamente possível e admitindo que, sim, ela estava atrasada e deveria ter se planejado melhor. Os quinze minutos que se seguiram foram gastos no saguão do prédio, esperando o carro. Quando ele finalmente apareceu, ela deu o endereço a um motorista extremamente desleixado que admitiu não saber onde era.

Enquanto este examinava o mapa, ela folheou o fichário roxo. Só conseguiu ler o resumo, que era detalhado o suficiente para pirar a cabeça. Havia encontrado alguns *post-its* no escritório do apartamento e estava marcando várias passagens importantes. Como resultado, todas as páginas estavam marcadas, algumas delas mais de três vezes. Aparentemente, Thomas não achou que um sumário seria necessário, apesar de haver uma pequena lista do conteúdo.

— Então você não tem ideia de onde fica essa casa? — perguntou o motorista. Era um homem idoso, e usava uma daquelas boininhas estranhas.

— Não — admitiu ela, enquanto virava uma página e encontrava um tópico novo e alarmante.

— De quem é a casa, então?

— Ah, é minha — respondeu ela, distraída. Estava tão concentrada na leitura que não notou o olhar que ele lhe lançou. Na verdade, ela manteve a cabeça abaixada durante todo o trajeto, então não tinha ideia de onde ficava a casa mesmo quando eles chegaram. Agradeceu ao motorista enquanto olhava espantada pela janela para o prédio na sua frente. *Putz! Eu devo ser milionária!*

— Você mora num casarão — comentou o motorista.

— É, parece que sim — respondeu ela.

— De bom gosto também. Eu diria que é da metade do século XIX.

— É?

— É. Os traços ao redor das janelas e a cumeeira são bem singulares.

— Isso e o número, "1841", gravado sobre a porta.

* Agência de inteligência britânica. MI5 significa "*Military Intelligence, section 5*". (N. E.)

— Tem um Rolls-Royce parado do outro lado da entrada e o motorista está vestido de roxo — apontou ele.

— Sim, é meu carro, acho. — Ela fechou o fichário, pagou e saiu do táxi.

— Se precisar de um táxi com um motorista a quem possa dar uma boa gorjeta, quando ligar na central mencione o meu nome, Hourigan. Eu posso colocar uma camisa roxa se você quiser.

— Obrigada.

O motorista do Rolls-Royce saiu e ela o observou com cautela. Havia uma nota sobre isso no fichário:

Os Serventes

A hierarquia é algo complicado no Grupo Checquy, resultado de séculos de tradição e de líderes que veem na falta de mudança uma evidência de vigor cultural.

Mas, para colocar as coisas de forma bem, bem simples: se você tem poderes e não está na Corte, você é um Peão. Se você não tem poderes, nunca vai estar na Corte, então você é um Servente.

Claro, há muitos níveis diferentes nessa estrutura. Peões não são automaticamente colocados acima dos Serventes — pelo menos, não mais. Um Peão e um Servente podem ter o mesmo nível de autoridade; ambos podem ser supervisores ou chefes de seções. Um Servente pode estar a serviço dos Peões, e vice-versa. Na prática, os preconceitos permanecem. Em grande parte, se a opção é entre um Peão e um Servente, um Peão fica com o cargo. Mas há mais Serventes do que Peões.

Serventes vêm de vários lugares. Claro, são selecionados no governo, no exército e no clero. Temos agentes em universidades atentos para encontrar pessoas habilidosas e que conseguem ser discretas. Há sempre uma disputa pelos melhores e mais brilhantes, porém, temos um orçamento incrível, e nosso pessoal tem talento para identificar os melhores enquanto ainda são jovens. E também escalamos Serventes no setor privado.

Eles são cruciais para o Grupo Checquy. Eles trabalham na administração, inteligência, segurança, medicina — em tudo. Há apenas algumas seções do Checquy que um Servente não pode exercer funções, em geral as posições nas quais é vital ter um poder.

Um subsistema de Serventes que você precisa conhecer são os assistentes pessoais dos membros da Corte. Isso inclui secretários, motoristas, seguranças etc. Os seguranças trabalham para membros da Corte apenas durante ocasiões cerimoniais ou em momentos de grande alerta. Então, sim, você terá várias pessoas fazendo a sua segurança o tempo todo, mas com certeza eles não estavam por perto quando perdi minha memória. Em todo caso, você pode distinguir os Serventes pessoais dos Serventes normais porque eles se vestem de roxo — é um uniforme, usado há muitos séculos. Eu incluí uma lista dos seus assistentes pessoais, com fotos, no final do fichário.

Os Serventes estão ligados ao Checquy por vários meios. Contratos legais. Juramentos religiosos. Juramentos de fidelidade. Penalidades sob o Ato de Segredos Oficiais. Penalidade sob várias regras de confidencialidade não oficiais. Ameaças de retaliações terríveis. As pessoas não aprendem os verdadeiros segredos do Checquy até serem parte do grupo, então não podem sair. Claro, não há motivo real para querer sair. Eles trabalham e ganham bem, além disso temos uma excelente e prestativa equipe de terapeutas.

— Bom dia, Torre Thomas — disse o homem de roxo, abrindo a porta do carro para ela.

— Bom dia — respondeu ela, sem jeito.

— Para o Rookery?

— Hum, claro. Quero dizer, se é segunda tenho de ir ao Rookery, certo? — comentou, tentando fazer piada com a sua confusão.

— De segunda à sexta — retrucou o motorista, pesaroso.

— É o preço de ter um emprego, eu acho. — Ele sorriu, mas pareceu um pouco surpreso. *Ótimo, já estou saindo do personagem*, pensou, desanimada. — Bem, melhor irmos.

Ela tinha dado uma olhada em um material sobre o Rookery mais cedo, mas agora achou melhor se aprofundar nesse assunto. Examinou, ansiosa, o conteúdo do fichário e folheou até encontrar:

O Rookery

De todas as fortificações do Checquy, o Rookery é tanto a mais óbvia quanto a mais bem escondida. Localizado no centro da cidade, o Edifício Hammerstrom foi adquirido há alguns anos com o patrocínio do então Torre Conrad Grantchester. Serve como quartel-general para as operações internas do país e para os Barghests, e possui uma instalação temporária de contenção e interrogatório. Também contém um dos principais arsenais do Checquy, assim como residências alternativas para as Torres usarem em tempos de emergência ou quando ficamos no trabalho até ser muito tarde para voltar para casa. Os dois tipos de situação acontecem com uma regularidade deprimente. Até onde o mundo externo sabe, o prédio é usado apenas por vários escritórios de advocacia e de contabilidade — nenhum deles com clientes que não seja o próprio Checquy. Nas áreas abertas ao público, há um banco, um restaurante e um pub. O restaurante é terrível, evite.

Levou anos para o prédio ser reformado segundo as especificações de Grantchester, o que envolvia uma infinidade de passagens secretas, fiação especial e fortificações de segurança escondidas. Ele também foi responsável pela decoração de espantoso mau gosto da sua residência no Rookery. Quão de mau gosto, você pergunta? Bom, já que você vai ver, eu não deveria estragar a surpresa. Mas que diabos — estou encarando traição, ataques pessoais e a perspectiva de toda a minha identidade ser apagada, então acho que devo me dar ao luxo de me divertir como posso. É completamente horrendo. Estamos falando de um típico apartamento de solteiro, com muita atenção dedicada ao sistema de som e um carpete tão grosso, denso e verdejante que você precisa de um facão para chegar até o banheiro. Foi desenhado com o objetivo de fazer mulheres irem para a cama com seus ocupantes.

De muitas formas, esse apartamento na fortaleza é a pior parte da sua nova vida. Comparado com a decoração, o fato de alguém estar tentando matar você é quase tolerável. Há dois apartamentos assim; meu azar é que fiquei com um cujo dono anterior não morreu, mas acabou se tornando o segundo homem mais importante no grupo, e meu superior imediato. Ele pergunta sobre a residência toda vez que nos encontramos, o que acontece pelo menos três vezes por semana. Então eu nunca pude redecorar.

Em todo caso, por ser uma Torre, você é uma das chefes do Rookery. Assim, tem acesso a todas as áreas, conhece todas as passagens secretas, e todo mundo tem de fazer o que você manda. As passagens secretas estão marcadas em uma agenda eletrônica que fica na gaveta da sua mesa e nos esquemas do fichário; as trancas estão programadas para abrir com sua impressão digital, a impressão das suas palmas ou o código de acesso que te dei na primeira carta. Oficialmente, as passagens secretas são feitas para a privacidade e segurança das Torres, mas acredito que, na verdade, elas existem porque os anos de agente de campo tornaram Grantchester totalmente paranoico — e também porque ele gostava de entrar na fortaleza com alguma garotas.

Este é o Rookery. Está escondido dos olhos da população e é uma fortaleza secreta que protege as pessoas normais, mesmo que elas ignorem isso. É um testamento da propensão da humanidade em ignorar o óbvio.

— Porta da frente ou garagem, Torre Thomas? — perguntou o motorista.

— Oh, está um belo dia — respondeu ela. — Vou pela porta da frente.

O carro desacelerou e ela levantou o olhar em expectativa, ávida por ver o bastião de poder oculto. Seus olhos se esbugalharam quando ela viu que parecia haver um acampamento na frente do prédio. Várias pequenas tendas tinham sido montadas na calçada e gente malvestida tomava a porta, levantando placas com dizeres repletos de pontos de exclamação em vermelho.

"CHEGA DE CONSPIRAÇÃO!", dizia um cartaz empunhado por um homem de barba grande. "A VERDADE ESTÁ AQUI!"

"SABEMOS A VERDADE!", proclamavam várias placas empunhadas por crianças pequenas. Os manifestantes estavam gritando algum verso que não rimava, dizendo que o edifício Hammerstrom era o quartel-general do departamento sobrenatural do governo.

— Não acredito — murmurou consigo mesma, observando espantada os cidadãos do bairro de negócios desviarem o olhar ao passar pelos manifestantes. Olhando para o prédio, ela simpatizou com ambos os lados. Era o último prédio do mundo em que alguém esperaria encontrar algo de interessante. Tinha cerca de nove andares construídos de um concreto cinza nada impressionante, parecia o tipo de lugar no qual as empresas mais entediantes tratavam de seus negócios ainda mais entediantes. Não era ornamentado com esculturas ou decorações, nenhuma pista do que poderia ter lá dentro. Dificilmente alguém entraria no edifício Hammerstrom só para ver o que há lá. Sempre haveria coisas melhores a fazer.

O motorista abriu a porta do carro, e ela percebeu com um susto que deveria sair do carro. Aceitou agradecida a mão que ele oferecia e deu alguns passos hesitantes em direção à porta da frente. Os manifestantes, vendo aquela mulher baixa olhando ao redor com o olhar inseguro e assustado, acharam que ela poderia aderir à causa e a abordaram em bando.

— Moça! Moça! — Houve uma cacofonia de vozes, mas finalmente o homem com barba se estabeleceu como o porta-voz. — Talvez a choque saber que esse prédio é lar de uma das maiores conspirações da história!

— É mesmo? — perguntou ela, franca.

— Nesse prédio o governo guarda segredos sobre a verdade!

— A verdade?

— Sim! — Ele fez uma pausa para causar impressão.

— Sobre o quê?

— Como?

— A verdade sobre o quê? — questionou ela, paciente.

— Sobre tudo o que estão escondendo! Você está ciente de que o governo britânico tem escondido evidências sobre pouso de alienígenas pelos últimos vinte anos?

— Mesmo?

Mesmo? Ela decidiu pesquisar sobre alienígenas nos arquivos que Thomas deixou para ela.

— Sim! E isso não é tudo! Eles têm equipes em operações secretas por todo o país. Não temos certeza do que eles estão fazendo, mas exigimos saber! Gostaria de assinar nossa petição e fazer parte do nosso *mailing*? — Com uma das mãos ele estendeu uma prancheta sob o nariz dela, e com a outra abanou vários panfletos.

No final, ela assinou a petição. Recusou entrar no *mailing*, mas aceitou alguns dos panfletos caseiros, enfiando-os dentro da pasta antes de seguir direto para o prédio, para horror dos manifestantes, através das portas giratórias de ar modesto.

Deu de cara com um saguão pequeno e sem graça, com um segurança grande e sem graça atrás de uma mesa. Havia três elevadores e um quadro listando as empresas sediadas no prédio, que ela sabia que eram fictícias. Ela olhou ao redor e viu que o guarda ficou de pé na mesma hora e endireitou sua gravata.

— Bom dia, Torre Thomas — cumprimentou ele, desviando o olhar dos ferimentos e dos olhos ainda roxos e mirando os sapatos dela. — Como foi o final de semana?

— Foi legal — disse ela, pega de surpresa. — Sim, bem, bem... legal — acrescentou, sem conseguir dar nenhum detalhe. Houve uma pausa desconfortável, mas, para seu deleite, o grande segurança parecia muito mais desconfortável do que ela.

— Sim, bem, se quiser entrar... — falou ele enquanto tateava embaixo da mesa para apertar um botão, que a fez passar por uma discreta porta de vidro fosco. Ela se adiantou, agradecendo-o, e se encontrou num corredor muito iluminado que a levou (a não ser que estivesse enganada) por trás dos elevadores, através de um arco detector de metais, até um saguão que era levemente maior e mais bem arrumado do que aquele de onde ela tinha vindo. Um segurança ligeiramente maior e mais apresentável se levantou de sua mesa.

— Bom dia, Torre Thomas.

— Bom dia. Tive um final de semana de merda, o pior de que posso me lembrar — adiantou ela, honesta.

— Hum, sim, parece que foi feio — respondeu ele, sem graça, talvez se referindo aos ferimentos dela. — Bem, pode passar o seu cartão de acesso e entrar — concluiu ele, apontando para as quatro portas giratórias na parede. As divisões eram feitas com pesadas barras de aço e placas de metal presas e intrincadas. Ela colocou seu cartão sobre um pequeno painel preto e ouviu uma série de toques e trancas pesadas destravando. As portas de metal começaram a rodar e ela entrou rapidamente.

Ali estava o verdadeiro saguão, é claro. Um teto alto arqueado com graça, portas de elevadores alinhadas nas paredes. Ela lembrava de ter visto em suas leituras que alguns levavam para a garagem subterrânea e outras para os andares superiores — um movimento deliberado para assegurar que todos que entrassem no prédio tivessem de passar por vários níveis de segurança e pelos guardas grandes e armados, sentados nas mesas ordenadas em um círculo no meio da sala. Era um belo saguão e estava cheio de gente alvoroçada.

Seus saltos faziam barulho ao bater no chão de mármore, e ela segurou o fôlego quando as pessoas pararam de falar e abriram caminho para que ela se aproximasse de um elevador específico. Todos os olhos estavam fixos nela, e ela estava bem ciente de seus sapatos sujos de lama e seus olhos roxos. Ela endireitou a coluna e caminhou com cuidado. Era imaginação dela ou uma mulher havia feito um princípio de reverência? Ela assentiu e continuou andando. Um homem fez uma estranha reverência e um cavalheiro mais velho, com um casaco de lã, fez uma breve saudação empolada. O que ela deveria fazer? Levada por um impulso repentino, ela parou diante do homem que a saudou e sorriu. Os olhos bem fixos à frente, sem encará-la.

— Sim, Torre Thomas?

Ela ficou surpresa pela deferência que esse homem, pelo menos vinte anos mais velho, mostrava a ela.

— Oh, hum, está ocupado? — perguntou ela, sem graça nem ideia do que dizer.

— Não caso esteja precisando de mim, madame — falou ele, mantendo o olhar longe.

— Por favor, venha comigo para meu escritório. Eu gostaria de ouvir suas ideias sobre o projeto em que está trabalhando. — E, com isso, ela começou a caminhar para o elevador. O único jeito de fazer isso, decidiu, era ser descarada. Até aquele homem ter lhe respondido com medo e respeito, ela não havia percebido o poder de ser Myfanwy Thomas. Não era apenas o medo do que ela poderia causar nele se o tocasse; era a autoridade de sua posição.

Quando as portas se fecharam, ela pôde sentir quão desconfortável seu acompanhante estava. Ela deu um jeito de ficar no fundo do elevador para que ele fosse obrigado a apertar o botão para o andar, já que ela havia esquecido onde era sua sala. Ele ficou parado, tenso, e evitou contato visual.

— Então... — começou ela, mas ele a interrompeu.

— Sim, Torre Thomas?

— Sim. No que está trabalhando neste momento?

— Minha seção está preocupada em arrumar tudo depois da explosão da praga em Elephant and Castle. Todos os corpos estão sendo dissecados com cuidado e as testemunhas estão sendo orientadas.

— Oh, bom — respondeu ela com a voz fraca. — E tudo está indo bem?

— Sim, de fato.

— Excelente; isso é muito... satisfatório. — Então houve uma longa pausa. — Você tem alguma... observação? Ou... sugestões? — O que começou com um breve teste da autoridade estava se transformando em uma entrevista humilhante, na qual nenhum dos dois sabia o que dizer.

— Não, não, estamos seguindo o procedimento padrão.

— Hum — comentou ela, como uma manobra engenhosa para não ter de dizer nada. Outra pausa constrangedora surgiu.

— Entretanto...

— Sim? — Ela se agarrou às suas palavras como se fossem uma boia salva-vidas.

— Devo confessar, e por favor não leve isso como uma crítica ao Grupo, que o processo não está tão eficiente como deveria ser.

— É mesmo? — perguntou, sem fôlego. — Marcaremos uma reunião para que você possa me falar mais sobre suas ideias. Vamos para minha sala, e você pode marcar uma hora com minha secretária. — Com isso, as portas do elevador se abriram no andar dela, e ela o deixou sair na frente, já que não tinha ideia de onde era sua sala.

Sua assistente executiva, que o fichário identificava como Ingrid Woodhouse, era igual à foto. Uma distinta mulher em traje roxo. Ingrid se levantou e a cumprimentou de modo educado.

— Bom dia, Torre Thomas. Como está?

— Ótima, obrigada. Este cavalheiro tem algumas ideias que quero muito ouvir, então, se puder encontrar uma brecha em nossas agendas, seria ótimo. — Ela olhou ao redor com curiosidade enquanto Ingrid e o homem, cujo nome ela não havia conseguido saber, marcavam uma reunião para ele contar algo sobre o que fazer com uma praga.

É, valeu a pena. Eu nunca encontraria meu escritório de outro modo. Além do mais, o pobre homem de fato parece achar que tem algumas ideias interessantes. Ela sorriu um adeus ausente para o homem que transpirava, nervoso, e a quem Ingrid tratou como coronel. Ele partiu, visivelmente aliviado, e Myfanwy voltou sua atenção para sua assistente executiva.

— Como foi o seu final de semana? — perguntou, evitando, assim, perguntas sobre suas próprias experiências.

— Ah, foi legal — disse Ingrid. — Lembra que eu contei que minha filha Amy estava vindo de York para passar o final de semana em casa?

— Ah, certo. E foi bom?

— Sim, foi ótimo — comentou Ingrid, passando uma pasta de couro para Myfanwy. — Aqui está o resumo da situação atual. Deseja que eu sirva um café?

— Sim, um café seria maravilhoso, por favor — respondeu Myfanwy enquanto caminhava hesitante para sua sala. Por um momento, ela parou e olhou ao redor, tentando absorver os traços permanentes da sua antecessora. Era uma sala grande, lindamente mobiliada. Duas das paredes eram cobertas por imensas janelas de vidro com vista para a cidade. Uma coleção de retratos estava pendurada nas outras duas. Num canto da sala, um vaso com um arranjo de rosas estava sobre uma mesa pesada. Havia uma grande mesa antiga diante dela, e de um lado uma área de estar com sofás e uma mesinha de centro. Ela se sentou atrás da mesa e olhou para as várias pilhas de papel com uma certa agitação. Todas pareciam oficiais e importantes. Ela abriu espaço sobre a mesa e abriu a pasta que Ingrid tinha entregado.

Havia menção a uma praga em Elephant and Castle e os detalhes das providências relativas a isso. Aconteceram três incidentes no final de semana, mas nenhum precisou dos comandos Barghest (o que quer que eles fossem); havia um ataque marcado num culto de satanistas naquela manhã, com E. Gestalt participando. Sete pessoas estavam sob vigilância na área da grande Londres, e ao todo 34 nas Ilhas Britânicas. Preparações preliminares começaram para a resenha anual.

Bem, tudo isso parece ser bem legal. Se eu soubesse o que significa, tenho certeza de que ficaria entusiasmada. Enfim, tudo parece estar sob controle, então de volta à minha programação normal.

Myfanwy estava checando as gavetas da mesa, curiosa, quando Ingrid entrou com uma xícara de café e uma agenda de compromissos tão grossa que poderia ser usada para matar um boi. Myfanwy deu um longo gole contemplativo enquanto sua assistente a informava de seus compromissos.

— Ingrid?

— Sim, Torre Thomas?

— Hum, desculpe interromper, mas eu gostaria de mais creme e açúcar... — Ingrid olhou para ela sem entender. — Decidi mudar um pouco. — Myfanwy sentiu que tinha de explicar a mudança abrupta num hábito que parecia estabelecido há anos. — Estou fazendo isso porque... — *Por quê? Porque quero engordar? Porque falaram que preciso de mais açúcar na minha dieta?* — porque tenho dormido mal. Então quero diluir a cafeína. Mas não cortar totalmente, por causa das dores de cabeça. — Ingrid olhou para ela de um jeito um pouco estranho, pelo que Myfanwy não pôde culpá-la, mas saiu para trocar o café. *Deus, quem diria que seria tão complicado personificar alguém?*, e voltou ao fichário de Thomas.

Assassinato de membros da Corte

Uma das razões pelas quais essa trama toda tem sido tão difícil de desvendar é que poucos membros da Corte foram assassinados internamente na história do Checquy. Considerando tratar-se de uma organização centenária que opera sob um véu de sigilo, com excesso de tradições e burocracias barrocas (e às vezes rococós), que a maioria dos membros é treinada para matar, tem habilidades sobrenaturais e os membros da Corte exercem autoridade com uma liberdade terrível, você poderia imaginar que existisse mais violência interna.

Mas não.

Ah, houve alguns assassinatos por organizações externas (sobrenaturais ou não — Lorde Palmerston atirou num Bispo), e muitas mortes no trabalho de campo, mas, até onde sei, aconteceram apenas quatro mortes de membros da Corte que foram obra de outros membros da Corte. Houve algumas execuções legais, é claro, incluindo um massacre monumental em 1788 que só depois foi declarado legal, mas os quatro assassinatos são notórios.

1. Em 1678, Lorde Charles Huxley foi jogado num poço por ordem de sua esposa, Lady Adelia Huxley.

2. Em 1679, Lady Adelia Huxley foi espancada até a morte com uma chaleira pelo amante de seu marido, Bispo Roger Torville.

3. Em 1845, Torre Angelina Corfax foi atropelada por uma carruagem. Descobriu-se que isso foi feito por ordem de sua colega, Torre Cassandra Barlett.

4. Em 1851, Bispo Donald Montgomery foi estrangulado com a própria gravata por Torre Juniper Constable.

Naturalmente, é ilegal que um membro do Checquy mate outro — não apenas porque é assassinato, mas porque destitui as Ilhas Britânicas de parte de sua defesa. Nos casos mencionados, todos menos um dos assassinos foram localizados bem rápido e julgados, mas executados com uma visível falta de rapidez. A exceção foi Torre Cassandra Barlett, que escondeu com sucesso sua participação na morte de Corfax; fato descoberto em seu diário, apenas anos depois de sua morte. Ela deve ter sido um verdadeiro gênio para evitar as habilidosas investigações do Checquy.

A questão é: geralmente não acontece.

E com certeza não é o que está acontecendo comigo.

Quem quer me matar, quem conseguir destruir minha memória, bem, está se colocando em um grande perigo. Não consigo imaginar quem correria esse risco dentro do Rookery.

Um dos meus pensamentos iniciais era de que você poderia pedir um guarda-costas em tempo integral, mas teria de explicar o porquê, e isso levaria a todo tipo de especulações sobre você. Então teria alguém ao lado o tempo todo e, para ser honesta, não queremos atrair tanta atenção. O motivo pelo qual eu não tinha um guarda-costas é porque eu sabia que não serviria de nada.

— Torre Thomas, acabo de receber uma ligação da secretária de sua contraparte. Todos os corpos estavam fora da cidade em diferentes missões no final de semana, e nenhum deles voltará nas próximas horas, então sua reunião de segunda de manhã será adiada — disse Ingrid, voltando com o novo café.

— Minha contraparte? Sim... — respondeu Myfanwy, começando com uma pergunta, mas mudando na mesma hora para uma sentença que indicava reflexão. Decidiu dizer o óbvio. — Então, a reunião está sendo adiada.

— Sim. Todo o Torre Gestalt deve estar de volta depois de seu encontro com a diretora da Propriedade, exceto, talvez, por Eliza, dependendo de como for o ataque dos satanistas.

— Ah, ok — falou Myfanwy, tentando entender o que acabara de ouvir. *Acho que entendi... Um das duas Torres. Há duas Torres. Como no xadrez. Sou uma, e a outra é minha contraparte. Torre Gestalt.* Começava a fazer um pouquinho de sentido. Ela tinha uma vaga ideia do que fazer, mas algo a incomodava. *O que ela quis dizer com* todo o *Torre Gestalt?*

— Às nove e meia, você vai encontrar os contadores da Apex House para auditar o orçamento da operação Elephant and Castle — continuou Ingrid, aparentando ter decidido ignorar os problemas de sua chefe em entender a língua inglesa.

— A operação da praga? — perguntou Myfanwy sabiamente, alegre de ter lembrado.

— Sim. Às 10h15 você tem uma reunião de meia hora com a diretora da Propriedade e então, às 11h, você se reune com Torre Gestalt. Vou cancelar seu compromisso com o ministro da Defesa.

— Tudo bem fazer isso? — Ela se espantou com a facilidade com que sua secretária deixava de lado o ministro da Defesa.

— Claro.

— Bem, ok — concordou Myfanwy, em dúvida. — Mas eu gostaria de ter um tempinho hoje para rever alguns números. — *E me familiarizar com a organização que eu pareço estar comandando.*

— Se houver algum tempo livre, eu me esforçarei para não preenchê-lo.

— Seria bom.

— Sim. Você não tem nada agendado para o almoço, devo pedir algo para que possa comer na sua sala?

— Não, quero almoçar em algum lugar bom. Veja se consegue uma reserva em um lugar com ótima comida.

— Tudo bem — respondeu Ingrid, parecendo um pouco surpresa. — Pode ser o Christifaro's?

Myfanwy assentiu.

— Vou cuidar para que seu carro esteja pronto. E depois do almoço, o chefe da segurança, Clovis, virá da Apex House, e você jantará com Lady Farrier.

— Ok. Então, sobre o que são essas reuniões? — Ela pegou uma caneta e se preparou para fazer algumas anotações.

— A diretora da Propriedade deseja repassar uma lista de aquisições em potencial, e você pediu a reunião com o chefe de segurança. Receio não saber o motivo.

— Ah, bem, tenho certeza de que vou me lembrar.

— Para o jantar você tem uma reserva no Simpson's — falou Ingrid. — Aviso quando o carro estiver pronto.

Myfanwy concordou e Ingrid saiu do escritório.

Acho que devo me dedicar mais à lição de casa para saber como essa organização funciona.

* * *

Como esta organização de fato funciona

Há um fluxo constante de informações vindas do serviço civil até nós. Ocorrências não naturais não estão limitadas a cemitérios, funerárias e sedes de cultos esquisitos. Não me entenda mal, acontece muita coisa nesses lugares, só que muito mais acontece em situações totalmente mundanas, o que de fato as torna mais perturbadoras. As pessoas estão mais propensas a aceitar a aparição de um zumbi num cemitério do que em uma sorveteria ou no provador de uma butique. Elas não ficam felizes com a aparição de zumbis no cemitério, mas elas costumam ficar menos assustadas.

Para poder detectar todas as coisas que competem a nós, recebemos uma avalanche de informações, a maioria sem importância. Pilhas de relatórios, páginas de estatísticas e toneladas de arquivos. Temos equipes de analistas que trabalham com as informações que nos são enviadas, cuidando de todos os detalhes e minúcias, e é assim que encontramos as tendências que revelam quando o mercado de trigo é manipulado por um vampiro.

Também estamos conectados à burocracia pelas Linhas de Pânico. Vários oficiais de altos postos em todos os ramos do governo local e nacional recebem briefings discretos feitos para serem específicos e vagos ao mesmo tempo. Não dizemos a eles para procurarem gremlins ou tempestades de bile, mas alguns slides perspicazes e o uso generoso do adjetivo "anormal" garantem que eles captem o espírito. Como resultado, recebemos nessas linhas chamadas de chefes de polícia, ministros do governo, membros da aristocracia, oficiais militares, conselheiros regionais, agentes de inteligência, membros da igreja, cirurgiões, diplomatas, administradores de hospital etc. Também temos pessoas alocadas em organizações-chave que nos mantêm a par de desenvolvimentos significativos.

Ainda assim, apesar de todas essas conexões, mantemos nosso sigilo. O nome do Grupo não aparece em nenhum documento fora de nossa organização. Na verdade, poucos de fora sabem que existimos. As pessoas recebem um número de telefone e a informação chega por meio de canais tortuosos. Nossa rede de computadores não está conectada a nenhum sistema externo. Se tentar nos localizar, você não vai nos encontrar, mas nós encontramos você.

A reunião com o pessoal da contabilidade se mostrou espetacularmente desinteressante, com Myfanwy aprendendo quão barato se pode remover corpos infectados por praga de modo ilícito e dissecá-los. O crédito para o custo-benefício foi para o cavalheiro educado que fora coagido a tomar o elevador com ela (seu nome era Coronel Hall). Ela fez uma nota mental para fazer algum tipo de elogio a ele. Apesar do tédio, Myfanwy tomou o cuidado de ser gentil com os contadores, que se remexiam desconfortáveis em seus assentos e pareciam morrer de medo dela. *Creio que Thomas exercia certa autoridade. Uma pena que fosse só com os nerds.*

— Torre Thomas? — interrompeu Ingrid. Ela entrara de maneira silenciosa, e sua voz matou metade dos contadores de susto.

— Sim, Ingrid? — Ela levantou o olhar das fileiras de números que, para sua surpresa, faziam muito sentido. Thomas dissera que ela era uma administradora capaz e, ao que parecia, parte do talento lhe havia sido passado.

— A diretora da Propriedade está aqui. — Julgando pela reação dos contadores, Myfanwy supôs que essa pessoa também fosse impressionante e amedrontadora para eles, então ela os dispensou de modo educado. Quis se aproximar para receber a diretora, mas Ingrid ficou plantada na porta e fez questão de anunciar em voz alta:

— Frau Blümen, Chefe Instrutora da Propriedade!

— Sim, obrigada, Ingrid — Myfanwy se preparou para receber a mulher rechonchuda que entrava. Frau Blümen era quase redonda e só conseguia passar pela porta virando de lado e encolhendo o peito. Seu cabelo loiro estava preso no alto da cabeça em intrincados cachos e tranças, e ela se aproximou de Myfanwy com os braços abertos.

— Pequena Miffy! Minha *Liebchen*! O que aconteceu com seus olhos?

Ela tinha um pesado sotaque alemão. Era a primeira pessoa que ousava comentar sobre os olhos roxos que ainda adornavam seu rosto. Antes de Myfanwy conseguir articular uma resposta, a mulher envolveu a infeliz Torre em seus braços gorduchos e a abraçou com força.

— Que prazer em vê-la, Frau Blümen — falou Myfanwy, sem fôlego.

Os braços que a apertavam se soltaram.

— Frau Blümen? Por que tanta formalidade, Myfanwy? Não, concordamos quando você chegou à Corte que iria me chamar de Steffi. Você se meteu em uma briga? Claro que não! Desde pequenininha você odiava brigar, entendeu agora por que era preciso aprender? É, parece que sim. — A afeição da mulher era bacana, mas o hábito de fazer perguntas e ela mesma responder era um pouco desconcertante.

— Eu estava, hum, tentaram me assaltar.

— Pobres idiotas! — A mulher gorducha riu.

Myfanwy hesitou. Essa pessoa tinha muito carinho por ela, mas até saber exatamente quem era, tinha medo de revelar demais, então deu de ombros.

— Você está muito calma! Eu imaginaria você tremendo e chorando. Venha, deixe-me olhar para você. — Myfanwy recebeu um aperto gentil nos ombros e seu rosto foi levado para perto dos olhos de Frau Blümen. — Hum, você foi atingida... o que, há dois dias? Talvez um pouco mais? Oh, minha pobre Miffy! Eles eram assaltantes normais? Nada sobrenatural, né? Afinal, seus poderes não são segredo para nós. Ninguém na comunidade seria tão idiota... Agora, eu gostaria de um chocolate quente. Faria a gentileza de pedir para sua secretária...? Ah! Maravilha. Muito obrigada. Venha, Miffy, pegue seu café e vamos nos sentar nesses sofás superconfortáveis e ter uma bela e longa conversa. — Ela conduziu Myfanwy para os sofás e jogou seu corpo pesado sobre as almofadas.

— Steffi... — Myfanwy começou a falar, hesitante. — O que você quis dizer sobre meus poderes não serem segredo? Quero dizer, como membro da Corte...

Frau Blümen a interrompeu.

— *Liebchen*, mesmo que você não tivesse ascendido para a Corte, todo mundo saberia dos seus poderes. Meu Deus, você foi a descoberta mais empolgante em décadas! Todos nós sabíamos do seu potencial. Os tutores da Propriedade só falavam de você para todo mundo! — Ela deu um longo gole no chocolate quente. — E, claro, eu sempre soube do seu dom intelectual. Você teria subido à Corte mesmo que não tivesse esses poderes. — O interesse de Myfanwy fora fisgado. A carta mencionara um pouco sobre a timidez de Thomas, mas havia uma oportunidade de ter a opinião de outra pessoa sobre ela.

— Tenho pensado muito nessas questões ultimamente, Steffi. Eu gostaria de ouvir sua opinião sobre meu potencial.

Frau Blümen ergueu uma sobrancelha.

— Bem, estou feliz de saber que você está se interessando pela sua carreira. — Myfanwy abaixou os olhos, tentando projetar a imagem de uma administradora tímida, mas capaz. Uma que não tivesse perdido sua memória e não estivesse tentando tirar toda a informação que pudesse. — Muito bem. Quando você chegou, estava de mãos dadas com o motorista, tinha chocolate lambuzado por todo o rosto e os olhos cheios de lágrimas. Minha pobrezinha *Liebchen*. Estava agarrada àquele homem como se ele fosse uma boia inflável e você estivesse flutuando no Mar Negro. Farrier era tudo o que você ainda tinha naquele momento, e quando você percebeu que ela não era leal, eu vi a última luz de confiança morrer em seus olhos. Aquela idiota! Você a adorava, e ela era presunçosa demais para perceber.

"Em todo caso, antes de você chegar, ficamos sabendo dos seus poderes e fomos muito cuidadosos. Eu li todos os arquivos e registros e, no final da minha pesquisa, conclui com segurança que a sua habilidade era algo novo, diferente de qualquer coisa já vista nas Ilhas Britânicas.

"Então, naturalmente, nós estávamos ansiosos por descobrir toda a extensão de suas capacidades, mas tínhamos medo de pressioná-la. A maioria das crianças que chegam é afastada da família com muito mais delicadeza do que você foi. Isso é o que dá deixar os líderes fazerem algo para o qual não estão qualificados. Ela podia entrar nos sonhos das pessoas e ele havia matado muitos nazistas enquanto estava nu, então nós os endeusamos, mas, na verdade, eles não têm lá as melhores qualificações."

Steffi lamentou a estupidez de seus superiores e então perguntou se tinha alguns biscoitinhos para servir. Myfanwy disse que deveria ter e fez o pedido a Ingrid, que logo entrou na sala com uma calma imperturbável e um pratinho de doces.

— Excelente! Obrigada, Ingrid. Enfim, assim que soubemos dos seus poderes, contamos a Farrier e ao Wattleman. É de praxe manter a Corte a par de qualquer talento promissor. Aliás, é por isso que estou aqui agora! Mas eles notaram como estávamos empolgados e quiseram ver por conta própria, para que pudessem criar uma ligação com você, torná-la leal a eles. Mas o poder e a autoridade que confundiu seu pai foi o suficiente para oprimir por completo uma criança como você. Então você chegou traumatizada e, para meu grande pesar, nunca se recuperou de fato.

Myfanwy estava sentada com o café nas mãos. Ela podia ver a cena claramente, apesar de estar certa de não ser uma memória voltando. Tudo fazia sentido. As cartas que ela lera davam a impressão de que Myfanwy havia sido magoada de alguma forma.

— Continue — pediu ela, baixinho.

— Veja, Miffy, você não deve achar que não tenho orgulho de você, mas era óbvio que seu potencial de poder era muito maior. Deve saber disso. Você pareceu nunca gostar de usar seus poderes. Apenas aprendeu a controlá-los da forma como precisava, nada mais, e ficou claro que você nunca seria uma agente de campo eficiente. Céus! Você deixava suas chaves caírem se alguém gritasse com você. Pode imaginar o que aconteceria se colocássemos uma arma em suas mãos?

Steffi sorriu e deu uma risadinha triste.

— Não, estava claro que você não poderia ser mandada para qualquer esgoto, floresta ou casa geminada em que algum monstro resolvesse viver.

Você tinha boa memória, mente rápida, e estava tão imersa no Checquy que não havia possibilidade de devolvê-la ao mundo real. Então a deixamos entrar para a administração. Mas não sem certo arrependimento.

— Humm — murmurou Myfanwy.

Ela estava prestes a perguntar quão poderosa Thomas poderia ter sido, quando a secretária voltou.

— Sinto incomodá-las, Torre Thomas, mas Torre Gestalt estará aqui em quinze minutos.

— Aqui? — perguntou Steffi, surpresa. — Diga-me, Ingrid, que corpo Gestalt está vestindo hoje?

Que corpo?, pensou Myfanwy, espantada.

— Os gêmeos, Frau Blümen.

— *Ugh*, bem, nesse caso eu devo partir agora — disse a mulher corpulenta, estremecendo. — Se você já se preocupou por não ter desenvolvido seus poderes, Miffy, olhe para esse aí. Um guerreiro impressionante, mestre dos dons sobrenaturais e, na minha opinião, um completo fracasso como pessoa. — Ela balançou a cabeça. — Em todo caso, vamos marcar outro encontro em breve. Tínhamos tanto a atualizar e relembrar que nem tivemos chance de falar sobre os candidatos. — Blümen deixou uma pasta de perfis na mesa de centro, deu um tapinha na bochecha de sua antiga pupila e saiu.

Myfanwy foi para sua mesa e acrescentou algumas anotações na lista de termos e nomes que ela precisava verificar. A Corte. A Propriedade. Steffi Blümen. Wattleman (matou nazistas *pelado*?). Farrier. Mas para lidar com o futuro imediato, ela voltou para o sofá e folheou, apressada, o fichário até a parte sobre Gestalt.

Torre Gestalt

Nove anos antes de eu nascer, uma pobre mulher deu à luz quatro crianças de uma vez só. Três garotos e uma menina. Dois dos meninos eram idênticos. No entanto, essa não é a coisa mais estranha. A coisa mais estranha foi que, quando os quatro pares de olhos se abriram, apenas uma mente estava por trás de todos eles. Essa era Gestalt.

Gestalt é meio desconcertante, porque aquilo/ele/ela/eles é/são dividido(s) em quatro corpos. As pessoas evitam chamar Gestalt de qualquer coisa a não ser Gestalt, porque eles ficam confusos com a gramática. Entretanto, é muito cansativo escrever "Gestalt" constantemente em vez de usar um pronome. Então, quando eu precisar de um pronome nessa descrição vou me referir a Gestalt como aquilo. Eu não faço isso nas conversas em geral — seria rude.

Seus pais ficaram bastante perturbados com sua cria peculiar — o que é compreensível. Acho que quando você tem quatro filhos e todos fazem exatamente as mesmas coisas ao mesmo tempo ou um deles faz algo enquanto os outros três ficam desmaiados no chão, você acaba surtando. Além do mais, há o estresse de se recuperar de ter quatro bebês de uma vez. Então, quando o Checquy apareceu no primeiro aniversário dos bebês e se ofereceu para tirá-los das mãos de seus pais, o casal ficou sem palavras de tão aliviado. Infelizmente, é assim que o Checquy adquire as crianças, na maioria das vezes. São crianças estranhas, com necessidades estranhas.

Gestalt chegou ao Checquy como quatro estranhos patos que compartilhavam uma mente coletiva. Ou talvez seja uma mente estranha habitando quatro patos. Tanto faz.

Por isso é tão irritante trabalhar com Gestalt.

Em todo caso, o Checquy levou Gestalt para a Propriedade. Eles ensinaram, treinaram e criaram aquilo no ambiente mais amável que aquele tipo de lugar poderia propiciar. Aquilo convivia com outras crianças, crianças que também eram estranhas. Garotinhos com presas. Meninas adolescentes que podiam conversar com nuvens e receber respostas inteligíveis. Um pobre jovem com poder psíquico para controlar flamingos. Falando como alguém que viveu na Propriedade, posso dizer que não é um lugar ruim para viver, especialmente se você é diferente e tem habilidades além do alcance dos meros mortais. Mas para Gestalt não funcionou.

Para começar, aquilo tinha poucos amigos. Você poderia pensar: "Ei, eram três irmãos e uma irmã, eles não precisavam de mais ninguém", mas estaria errada. Você deve sempre lembrar que Gestalt é uma pessoa com oito olhos. É um erro comum pensar nos quatro como pessoas diferentes. Gestalt tira proveito disso. Os corpos têm vozes diferentes e, de alguma forma, aquilo desenvolveu maneirismos diferenciados para cada corpo. Os corpos não se movem em uníssono nem se sentam sempre da mesma maneira, a não ser que aquilo decida que quer que eles assim o façam. Aquilo é um ator brilhante, a ponto de fazer seus corpos se envolverem em uma discussão ou conversa de tal forma que você esquece que há uma mente única controlando os fantoches.

As outras crianças da Propriedade esqueciam que Gestalt era uma mente única. Eles apenas achavam que os irmãos eram esnobes. Eu sei disso porque eu estava lá. Convivemos na mesma casa por apenas um ano; então Gestalt completou 19 anos e se formou. Agora, tenha em mente que eu era uma menina de 9 anos muito tímida, e Gestalt era quatro loiros impressionantemente lindos, destinados a serem a próxima sensação no Checquy. Eu tinha uma queda por um dos irmãos — o que não era gêmeo. Então eu os observava, e percebi que Gestalt definitivamente não era uma pessoa normal. Nem mesmo quatro pessoas com leves peculiaridades. Mas era uma pessoa espetacularmente poderosa, e todo mundo sabia disso.

Eu li os arquivos de Gestalt. Como aluno, aquilo era excelente. Tinha ótima memória, podia pensar rapidamente (quatro cérebros, imagine) e absorvia instruções com rapidez e facilidade. A educação formal foi sugada por essas quatro cabeças de modo imediato e, sob uma tutela cuidadosa, aquilo ganhou um controle brilhante de seus poderes.

Quando tinha 9 anos, Gestalt podia controlar várias combinações de seus corpos, ter várias conversas ao mesmo tempo, e organizava torneios bizarros nos quais seus corpos lutavam um contra o outro.

Quando tinha 12 anos, foi demonstrado que Gestalt podia ficar sempre acordado, deixando um dos corpos dormir enquanto os outros estavam de pé. Aquilo fez isso por cinco meses.

Quando tinha 15 anos, os corpos foram espalhados pelo mundo para investigar a distância segura que poderia existir entre eles. Foi comprovado que eles podem estar em pontos opostos do planeta sem malefícios.

Gestalt se formou na Propriedade e imediatamente foi enviado para o campo. Ganhou seu status de Torre por causa do desempenho notável em inúmeras operações. Com quatro corpos, constituía-se de sua própria equipe. Durante dezesseis anos no campo, realizou uma série de tarefas aparentemente impossíveis, culminando com a destruição de um vampiro de 488 anos que estava, de modo secreto, controlando a indústria de trigo há 252 anos. Isso aconteceu em 1980, antes disso foram necessários 45 soldados para matar um vampiro de 64 anos.

Gestalt é durão.

Aquilo subiu ao posto de Torre cinco anos atrás, e sou obrigada a trabalhar com aquilo em muitas, muitas operações. Eu vejo aquilo todo dia, e tenho reuniões com aquilo toda segunda, quarta e sexta, às nove da manhã. Geralmente, por causa da coisa dos múltiplos corpos, Gestalt tem pelo menos dois corpos no campo supervisionando operações. Em geral, uma Torre não é chamada a não ser que haja um problema grande, mas Gestalt gosta de detonar, e eu tenho de admitir que aquilo lá faz um ótimo trabalho em coordenar as coisas in loco. Pelo lado negativo, geralmente há pelo menos um dos corpos de Gestalt circulando pelo escritório. Ainda assim, é melhor do que ter os quatro, já que nenhum deles sabe lidar com nosso sistema de arquivamento.

Se Gestalt quer você morta, precisa ter muito cuidado.

— Torre Thomas? — chamou Ingrid baixinho. Myfanwy levantou o olhar, assustada. — Torre Gestalt está aqui para vê-la.

4

— Ah? Chegou? Torre Gestalt? Que... bom. — Myfanwy se remexeu. — Me dê só um momento para minha pele se recuperar dos arrepios. — Era imaginação dela ou a secretária a olhava com um toque de solidariedade? — Sim, tudo bem, Ingrid. Peça para Torre Gestalt entrar. — Ela se levantou e compôs seu rosto em uma apropriada máscara de autoridade.

Por um momento, Myfanwy se perguntou se teria tempo para fazer algum penteado mais profissional, como um coque; seu cabelo estava apenas preso com uma fivela. Mas era tarde demais. *Além disso, os dois olhos roxos vão acabar afastando qualquer ar de profissionalismo. E, além do mais, sabe-se lá como Thomas se apresentava.* Quando Ingrid enfim anunciou a entrada de Torre Gestalt, num tom cantado, Myfanwy jogou a cautela ao vento. *Ninguém realmente conhece ninguém mesmo.*

— Torres Gestalt, como estão? — exclamou ela em aparente êxtase. Dois homens loiros, idênticos, olharam para ela com espanto. — Cavalheiros, por favor, sentem-se. — Ela os convidou, apontando para as cadeiras na frente da mesa. — Bem, vocês dois estão muito bem.

— Obrigado — respondeu um deles.

Era verdade, ela tinha de admitir. Não importava como os outros corpos fossem, esses dois eram lindos. Fartos cabelos loiros, olhos azuis e bronzeado dourado. *Neste país? Como, em nome de Deus, eles conseguem isso? Os estranhos poderes genéticos deles incluem a habilidade de se bronzear sem luz do sol?* Eram claramente gêmeos, mas haviam tomado cuidado para que parecessem diferentes entre si. O gêmeo da direita tinha cabelo mais curto, penteado de forma engenhosa com gel, enquanto o gêmeo da esquerda tinha um corte de cabelo padrão, escovado com cuidado. Usavam ternos diferentes. Um irmão se jogou na cadeira e o outro se sentou atento, apesar de nenhum dos dois parecer confortável. E um olhava para ela, pensativo, enquanto o outro endireitava o tecido da calça. Ela mentalmente os batizou de Gêmeo Descolado e Gêmeo Certinho.

Foi bem bizarro lembrar que havia uma única mente nessas duas cabeças. Mais bizarro ainda quando ela se lembrou de que havia outros dois corpos em algum lugar por aí, controlados pela mesma mente. *Fique calma e tente não surtar pelo fato de que você está conversando com uma mente-colmeia que assusta até os mais assustadores do Checquy. E não julgue de cara que é esse quem está por trás do ataque a Thomas. E, mesmo se for, ele não vai fazer nada de mal no seu escritório.*

— Acabamos de voltar da operação em Essex — o Gêmeo Descolado começou a falar. — Você parece, hum, um pouco diferente, Myfanwy.

— É o olho roxo — sugeriu o outro gêmeo.

— Não — discordou o irmão. — É outra coisa.

Myfanwy tentou parecer enigmática e provavelmente fracassou. Ela percebeu que eles se mexiam nas cadeiras.

— O que aconteceu com seus olhos? — perguntou o Gêmeo Certinho.

— Ah, hum, alguém tentou me assaltar — falou ela.

— Mas está tudo bem com você? — continuou ele.

— Estou bem — disse Myfanwy. — Meio dolorida, mas bem.

— Interessante... — refletiu o Gêmeo Descolado.

Merda, não estou parecendo a meiga e discreta Myfanwy Thomas, ela percebeu. Pensou em parecer mais traumatizada, mas optou por mudar de assunto.

— Então, onde seus irmãos estão hoje? — perguntou ela. As notas de Thomas não incluíam fotos de Gestalt, e ela queria muito ver o irmão pelo qual sua antecessora teve uma quedinha.

— Eliza está liderando uma equipe em Aberdeen, buscando aquele culto de satanistas — respondeu um deles, sem dar importância. — Robert está na nossa sala.

— Bem, espero que eles estejam bem.

Esse Gestalt é bom, pensou ela, *é como se eles fossem mesmo três irmãos e uma irmã*. Myfanwy percebeu que um dos gêmeos estava falando e ela não havia prestado atenção.

— Sinto muito, o que você disse?

— Alex estava dizendo que sabemos que eles estão bem — explicou o Gêmeo Certinho.

— Ah, claro, claro — concordou Myfanwy, irritada em como ele soava didático. — Eles estão bem. Vocês estão bem. Eu estou bem. Estamos todos bem. Posso te servir uma bebida?

Um deles pediu café e o outro, um suco de laranja.

— Claro. Ingrid? — A secretária, que devia estar ouvindo toda a conversa, apareceu como que por milagre com uma bandeja.

— Soube que você chegou um pouco atrasada esta manhã — comentou o Gêmeo Descolado.

— Desculpe? — respondeu Myfanwy, com um ar assustado.

— Bem, normalmente você é a segunda pessoa que chega ao Rookery, depois da sua secretária — completou o Gêmeo Certinho.

— É? — disse Myfanwy.

O que é isso, esses caras patrulham minhas idas e vindas?

— Bem, eu... tive um compromisso.

Eles a observaram com expectativa, então ela teve vontade de afastar aqueles olhares.

— Estava no ginecologista. — Ela sorriu para os gêmeos. — Para examinar minha vagina — acrescentou.

Eles assentiram em uníssono e, para satisfação particular dela, pareceram um pouco desconcertados. *Ah, eles têm um corpo feminino,* ela se lembrou, frustrando-se um pouco. *Provavelmente não vão se assustar com a menção de questões femininas.*

— E... ela ainda está... lá. E direitinha.

— Que... bom — disse o Gêmeo Certinho.

— Sim... enfim, vamos falar de negócios. — Felizmente Thomas havia deixado anotações para o encontro com Gestalt, bastaria seguir os tópicos da lista, mas Myfanwy tinha bagunçado as meticulosas pilhas. — Ok, vamos ver... — Ela mexeu nos papéis.

— Creio que você tem alguns documentos para eu assinar — disse o Gêmeo Descolado.

— Sim —respondeu, encontrando onde havia deixado os papéis. — Então, vocês precisam assinar esses... troços... que eu já assinei, creio. — Ela passou os olhos pelos papéis e viu a assinatura de Myfanwy Thomas. — Sim, assinei, e agora é a vez de vocês. Então, aqui está uma carta para o... primeiro-ministro... da Grã-Bretanha, que declara que não sabemos nada de que ele precise saber. — Ela passou os documentos para os gêmeos, que começaram a assinar. Ela os observou com fascinação, enquanto eles faziam assinaturas idênticas simultaneamente, um com a mão esquerda e o outro com a direita.

— Você esqueceu de assinar esta via — comentou o Gêmeo Certinho, passando a ela um contrato.

Ela pegou o papel e algo terrível lhe ocorreu. *Merda. Assinatura. Como é a assinatura de Thomas?* Ela tinha visto um minuto atrás, e Thomas assinara pelo menos uma das cartas, mas ela não passou muito tempo examinando sua forma ou traço. Pensando bem, isso foi um belo erro. *Ai, Deus.* Ela respirou fundo e percebeu que o Gêmeo Certinho a estava encarando. Sorriu curto para ele, então assinou. É isso? Parece familiar. Ainda assim, nenhum dos gêmeos parecia muito interessado na assinatura dela. Nem compararam a nova com as antigas.

— Muito bem, obrigada. Fico com esses papéis e me certifico de que irão... para onde precisam ir. Agora, a agenda desta semana. Ok, parece que tenho um monte de reuniões com contadores sobre... vocês estão bem? — perguntou, quando viu os gêmeos Gestalt olhando para o nada. *Que bizarro.*

— Estou prestes a entrar no quartel-general do culto — disseram os gêmeos em uníssono. — Quer um relatório?

— Hum, claro — disse Myfanwy. — Devo fazer anotações?

— Não necessariamente — respondeu Gestalt pelas duas bocas. — As equipes têm material de gravação. Estamos nos reunindo na porta e Peão Kirkman está olhando através dela. Está fazendo sinal de que há três pessoas armadas do outro lado. Cooper, quando Meaney derrubar a porta, jogue duas granadas de choque. — Myfanwy levantou o olhar, surpresa. As vozes dos gêmeos haviam mudado, estavam mais agudas e atentas. Ela percebeu que estava ouvindo a voz da irmã deles dando ordens. — Estou fazendo a contagem regressiva: Três! Dois! Um! — O braço esquerdo dos irmãos repuxou de leve, provavelmente replicando os movimentos de sua irmã, a mais de 300 quilômetros de distância.

"Meaney derrubou a porta a socos e nós recuamos para evitar o choque. Agora estamos dentro, com cinco homens na minha frente. Eles cobriram o saguão e... pegue-o! Pegue-o! Ok, um homem com chifres foi derrubado. Equipe um, tome o saguão. Equipes dois e três, entrem. Tenham em mente que queremos o mínimo de baixas possível, pessoal. Imobilizem-nos. Kirkman está examinando as salas próximas. Vocês quatro, tomem aquela sala. Sigam em frente."

Pelos 45 minutos seguintes, Myfanwy escutou atentamente Gestalt liderando o ataque. Soldados foram orientados, ordens foram dadas, membros do culto foram imobilizados ou eliminados, dependendo de sua dedicação à causa. Ela recebeu um relatório golpe a golpe, enquanto a Gestalt mulher era surpreendida por um ataque e seus guardas eram empalados pelas pontas dos chifres de um sacerdote. Ela viu os músculos dos gêmeos tensionarem enquanto sua irmã chutava, girava e socava apenas com exclamações curtas e agudas saindo dos lábios deles. Finalmente, depois de um grito agudo, eles se endireitaram, respirando profundamente e explicaram que Eliza tinha quebrado o pescoço do líder satanista e que o complexo fora tomado.

— Uau. Ótimo — disse Myfanwy. — Bom trabalho.

— Eliza tem sangue nas botas — falou o Gêmeo Certinho, como que distraído.

— Isso é ótimo, Gestalt — replicou Myfanwy, tentando se manter tranquila. — Mais café? Ou mais suco de laranja? Não? Talvez eu deva pedir que Ingrid traga a vocês um par de toalhinhas úmidas.

Assim que os gêmeos saíram (ainda de certa forma instáveis nos próprios pés), Myfanwy ficou revirando as coisas em sua mente por um longo tempo. Depois do relatório ao vivo, os irmãos focaram no resto da pauta, e concordaram em cuidar do restante dos detalhes administrativos depois. Vendo a satisfação com a qual eles narraram o ataque e ouvindo o passo a passo das habilidades de sua irmã, ela sentiu os próprios músculos tensionando. Os ferimentos em seu corpo doíam e ela podia imaginar os gêmeos batendo nela, seus olhos ganhando vida com violência.

Eu não posso encontrar cada membro da Corte e automaticamente supor que ele ou ela é o traidor, decidiu. *É totalmente possível que Gestalt não tenha comandado o ataque a Thomas e que eu passei a reunião toda transpirando por nada. Mas quem deu a ordem?* Myfanwy se inclinou para trás na cadeira e juntou as mãos atrás da cabeça.

Muitas perguntas. E eu nem sei tudo o que Thomas sabia. Ainda não. Mas vou saber.

Ela buscou o fichário roxo.

As Torres

Nos primeiros séculos, as Torres eram as líderes marciais do Checquy. Quer dizer, comandavam todas as ações militares. Tradicionalmente, as Torres eram membros da nobreza, pois a posição pedia conhecimento enciclopédico de tática e estratégia, e um pouco mais. Se os Peões eram a lâmina que o Checquy brandia, as Torres eram o punhal.

Os antigos líderes do Checquy viam as Torres como armas e nada mais. Eram cães a serem soltos, e, mesmo que fossem os cabeças da matilha, ainda eram apenas cães. Em 1702, elas lideraram o ataque quadrifurcado em Brigadoon e queimaram cada estrutura do lugar. Alguns de seus cidadãos foram executados, e os demais foram mandados para o País de Gales, fadados a trabalhar nas minas de chumbo. Os proprietários das minas evitaram as fugas e todos faleceram em cativeiro. (No final dos anos 1960, entretanto, um indivíduo alegando ser o "último filho de Brigadoon" apareceu e provocou uma confusão por anos, até ser contido e dissecado.)

Uma Torre notória, Rupert Chamberlain foi mantido acorrentado nas catacumbas abaixo da Torre Branca até ser requisitado, ocasião em que foi transportado em uma jaula para um local apropriado e arremessado sobre o alvo infeliz que os líderes escolheram. Durante seu mandato, ele devorou o duque de Northumberland, os embaixadores da França e da Itália, um Bispo e um dos colegas Torre.

Então, em 1788, a situação mudou de forma drástica. Uma imensa redistribuição de poder mudou o status das Torres. Em vez de serem generais do Checquy, ficaram encarregadas de diferentes assuntos internos. Tornaram-se guardiões administrativos do Reino Unido. Agora, se algo estranho acontece nas Ilhas Britânicas, são as Torres que lidam com isso. Nós somos executivos, embora ainda usemos de violência, por delegação. Não temos de sujar nossas mãos, a não ser que queiramos. Eu, por exemplo, prefiro ficar no escritório, mas Torre Gestalt parece gostar do trabalho de campo.

Sua maior preocupação será se especializar no comando e na política das forças internas do Checquy. Você vai se encontrar e coordenar equipes de Peões, determinando diferentes tarefas. Também vai supervisionar a administração do Rookery, trabalhando com Gestalt.

Ah, isso vai ser divertido, pensou Myfanwy.

E você vai se encontrar regularmente com outros membros da Corte para coordenar os movimentos do Checquy.

É tudo bem autoexplicativo mesmo.

Ah, ótimo, muito obrigada, Thomas, concluiu Myfanwy, com amargura. *Parece que eu sou a Ministra da Defesa dos Fantasmas e Duendes, mas como o trabalho é "autoexplicativo", não tenho dúvidas de que vou ficar bem. O país pode ser tomado por brownies e árvores falantes, mas que diabos — sempre teremos a Austrália!* Fervendo, ela soltou o fichário roxo e percebeu que estava roendo as unhas. *Ótimo, provavelmente é um hábito novo. Não consigo ver Torre Thomas, a extraordinária administradora, roendo as unhas. Isso deve significar que estou finalmente desenvolvendo minha própria identidade.* Aborrecida, olhava para os retratos das Torres e se perguntava qual dos sujeitos havia sido acorrentado na Torre de Londres quando Ingrid entrou alvoroçada.

— Torre Thomas, precisei cancelar seu almoço no Christifaro's.

— Por quê? — perguntou Myfanwy, desanimada. — É a única coisa que eu estava ansiosa por fazer!

— Apareceu uma emergência, e tanto você quanto Torre Gestalt foram chamados para um interrogatório — respondeu a secretária, sem se agitar.

— Ah, ok. — Myfanwy olhou para sua mesa, pensou por um momento, então levantou o olhar. — Vamos ser interrogados ou fazer o interrogatório?

Ingrid pareceu um pouco espantada, mas explicou que algum pobre coitado capturado pelo Checquy iria ser interrogado. Aparentemente, um membro específico da equipe faria as perguntas, e Myfanwy e Gestalt estariam lá apenas na plateia.

— Então não tenho de fazer nada?

— Não, senhora.

— Devo levar alguma coisa, você sabe?

— O quê, tipo salgadinhos?

— Vou levar minha prancheta. E uma caneta.

— Eles têm estenógrafos lá, você sabe. E câmeras. — Ingrid apontou.

— Sim, eu sei — respondeu Myfanwy, com sarcasmo. — Mas quero fazer minhas próprias anotações.

— Muito bem, senhora.

— Sim. Agora, me acompanharia até o interrogatório... o interrogador... o... lugar de interrogar? Eu gostaria das suas observações. — Afinal, ela não poderia pedir indicações, poderia?

— Certamente, senhora. Eu a acompanho. — Ingrid abriu caminho para deixar Myfanwy caminhar na frente.

— Não, não. *Eu* a acompanho.

— É muito irregular, Torre Thomas — observou Ingrid.

— Surpreenda-me.

— Como queira.

As duas mulheres caminharam com pressa pelos corredores, e as pessoas que estavam pelo caminho se pressionaram contra as paredes para que a Torre e sua assistente pudessem passar com facilidade. Pesadas portas de madeira pontilhavam os corredores. Sempre que passava por uma porta aberta, Myfanwy diminuía o passo e dava uma espiada. Em uma sala, três homens estavam debruçados sobre um mapa, gritando um para o outro em vozes abafadas, como bibliotecários raivosos. Em outra, um cavalheiro paquistanês idoso, com um monóculo, brandia uma bengala sob o nariz de um gordo baixinho de caftã. Por outra porta, havia uma sala cheia de estantes. Sentado atrás de uma enorme mesa de madeira, um homem com cabelo encaracolado lia atentamente um livro contábil e acariciava distraído a cabeça de um grande condor que se empoleirava orgulhoso em seu pulso. Ele levantou o olhar surpreso quando elas passaram.

Finalmente elas chegaram a um par de gigantescas portas de ferro, com uma placa de outro metal. Ingrid deu um passo para o lado e olhou para Myfanwy com expectativa. Felizmente, ela se lembrava vagamente de ter lido algo sobre isso. Ela se moveu para a frente e colocou suas duas mãos sobre a placa. O metal se aqueceu sob suas palmas, e as portas se abriram devagar, com um som de engrenagens rangendo. Por trás daquelas portas havia, num impressionante anticlímax, outro conjunto de portas, que abriram deslizando para os lados. Um elevador.

Elas desceram vários andares, até ficar claro que estavam vários níveis abaixo do solo. Nenhuma das duas disse nada, e Myfanwy aproveitou a oportunidade para observar sua secretária nas paredes espelhadas. Ingrid era alta, tinha 40 e poucos anos, e seu cabelo castanho estava preso quase que de modo imaculado. Era magra e atlética, como se passasse todas as tardes jogando tênis. Usava algumas joias douradas e discretas, incluindo uma aliança. Myfanwy inspirou de forma suave pelo nariz e sentiu o bom perfume de Ingrid. O terninho que ela usava era lilás, elegantemente cortado.

Myfanwy se olhou no espelho. O cabelo que ela prendeu num grampo estava se soltando e seu terno (apesar de bem mais caro do que o de Ingrid) estava amarrotado. Ela havia deixado de se maquiar e aqueles malditos olhos roxos a deixavam parecendo um guaxinim. Um guaxinim que levou um soco na cara. Depois de uma vida inteira de desnutrição.

O silêncio foi quebrado pelo zumbido do elevador e pareceu ostensivo.

— Então, Ingrid — disse Myfanwy, puxando conversa. — Você não se cansa de roxo? — A secretária olhou para a chefe com surpresa mas, antes que pudesse responder, as portas se abriram.

5

Querida Você,

Eu não sou bipolar, só tive uma vida bipolar que me foi imposta.

Minha vida pessoal consiste em voltar para casa, sentar no sofá com uma tigela de pipoca e revisar longos e entediantes documentos.

Minha vida profissional consiste em longas horas de responsabilidades executivas diversas, interrompidas por... bem, por exemplo, hoje no trabalho tive de lidar com uma oficial do governo argentino em visita que espontaneamente manifestou a habilidade de criar animais de ectoplasma. O único problema era que ela não conseguia controlar esses animais, e os bichinhos apareceram no meio da cidade de Liverpool.

Fiquei sabendo porque as luzes do meu escritório começaram a piscar. Não sei bem quem foi o responsável pela iluminação nos escritórios e alojamentos das Torres serem ligada às Linhas de Pânico, mas isso me condicionou a me encolher toda vez que uma lâmpada deixa de funcionar. Nem seria necessário, estritamente falando, porque se acontecer algo importante, o telefone da minha mesa brilha com uma luz vermelha e emite um som diferente, agudo. O mesmo acontece com o meu celular, e uma mensagem aparece nas duas telas do meu computador.

Tudo isso aconteceu esta noite.

Então, eu recebi os detalhes. Quatro civis mortos. Milhares de libras em danos de propriedades. A argentina parecia estar tendo um colapso nervoso, e ninguém conseguia chegar perto dela porque havia um rebanho de cervos, leopardos e lhamas verdes e fantasmagóricas a cercando.

Nesse momento, as palmas das minhas mãos ficaram encharcadas, mas minha mente estava absolutamente focada. Sou boa em crises, mas não porque eu não sinta medo. Sempre tenho medo. Fico tão estressada que quero vomitar. Mas sou boa com crises porque sou muito, muito boa em organizar tudo. Tento pensar em cada ângulo, planejar cada eventualidade.

Como você pôde perceber.

Mas voltando à fauna luminosa recém-lançada em Liverpool. O homem do outro lado da linha era o comandante do turno do Escritório de Crise, localizado em Londres.

— Nossas tropas foram mobilizadas? — perguntei.

— As equipes de Liverpool ou estão lá fora ou estão a caminho, mas isso parece ser grande — disse ele, e eu pude ouvir uma inquietação em sua voz, o que era muito preocupante. Oficiais de crise tendem a ser as pessoas mais calmas em toda a organização. É possível que sejam as pessoas mais calmas da terra. Se esse soava preocupado, então eu quase podia acreditar que não haveria mais a cidade de Liverpool na manhã seguinte. — Não tenho certeza de que eles serão capazes de lidar com isso.

Eu abri uma planilha e a examinei até achar o que queria.

— Há uma equipe de formandos da Propriedade fazendo manobras secretas a uma hora e meia de distância dos limites da cidade. Vamos enviá-los para assistência inicial.

— Isso é permitido?

— Sim. De acordo com o contrato da escola. Um segundo. — Afastei o telefone e chamei Ingrid para informar Frau Blümen. Então voltei para a ligação. — Como está a situação com a imprensa?

— Nada até agora. — Foi a resposta tensa ao telefone. Dava para ouvir pessoas ocupadas de forma frenética ao fundo. — Houve certo falatório, mas cuidamos disso bem rápido.

Avaliei a situação e respirei fundo.

— Corte a comunicação da cidade.

— Como? — Foi a resposta espantada.

— Faça isso, e me ligue quando estiver feito... espere, Lewis! Está aí?

— Sim, Torre Thomas.

— Quão escuro está agora?

— O quê?

— Quão escuro está? São seis e quinze da noite aqui, e está escuro. Liverpool é mais ao oeste, então o sol se põe mais tarde. Quão escuro está? — Ouvi uma voz indistinta atrás de Lewis. — O que ele disse?

— Ele disse que está escuro lá. Tão escuro como aqui.

— Ok, então... vamos ter de cortar todo o suprimento de energia. Precisamos de um blecaute — falei, me retorcendo pelos problemas que isso ia causar. — Agora.

— Podemos fazer isso?

— Técnicos da Torre colocaram uma entrada de emergência nos computadores das usinas elétricas das 16 maiores cidades do Reino Unido — respondi, revelando a existência de um projeto iniciado nove meses atrás.

— Nunca ouvi falar sobre isso.

— É... restrito.

Na verdade, o conhecimento era restrito à Corte e aos técnicos que haviam feito o trabalho.

— Vou mandar a ordem e nós desligamos.

— A cidade toda? — perguntou ele, sem firmeza.

— A área relevante, se possível; todo o lugar, se necessário. Mas as comunicações precisam cair. Quero tornar difícil para a imprensa descobrir os detalhes e quero dificultar bastante, de preferência impossibilitar, que filmem alguma coisa.

— Ok, bem, vou avisar as equipes.

Desligamos ao mesmo tempo. Então fiz uma ligação para o Departamento de T.I. e deixei a cidade de Liverpool às escuras.

— Ingrid, o foco é argentino? — gritei.

— Sim.

— Então preciso falar com um dos Cavalos. Me coloque na linha com quem quer que esteja lá. E por que Gestalt não me ligou?

— Eckhart está em Paris, Gubbins está na linha um e Gestalt está na linha dois — respondeu ela com tranquilidade. Eu peguei o telefone e bati na linha um.

— Harry?

— Um segundo, Myfanwy — ouvi que ele abaixou o telefone e falou com outra pessoa. — Sim, ministro, acontece que houve uma força misteriosa que causou a queda daquele avião. Sim. Sim. Qual foi? Costumamos chamar de gravidade. — Ele suspirou ao pegar o telefone conectado a mim. — Sabe, Torre Thomas, é por isso que nos mantemos em segredo. As pessoas buscam as desculpas mais ridículas. Não é a toa que a era da razão foi tão bem-vinda. Finalmente deixou o sobrenatural tirar umas férias.

— É, fascinante — respondi, enquanto examinava os detalhes que havia recebido por e-mail. — Olha, uma oficial do governo argentino entrou espontaneamente em situação crítica em Liverpool. Talvez tenhamos de derrubá-la... leia o e-mail que estou mandando, considere as implicações se a matarmos, e fique de prontidão.

— Jesus! — exclamou ele e desligou. Eu apertei o botão para atender a linha dois.

— Gestalt? Onde estão seus corpos?

— Um está em Wolverhampton, outro em Notthingham, ambos a caminho de Liverpool. Também estou no Rookery, na minha sala.

— Ótimo. Cortamos a energia da cidade. Você vai poder cuidar do controle da população assim como da tática?

— Sim.

— Precisamos terminar isso o quanto antes — falei e desliguei.

— Lewis está na linha um — avisou Ingrid.

— Lewis? A energia foi desligada? — perguntei.

— Sim, mas...

— Mas o quê?

— Há uma equipe de TV no local e não conseguimos encontrá-los.

— Ai, merda! — Encerrei a conexão e liguei para o ramal do Departamento de Abafamento de Mídia.

— Aqui é Torre Thomas. Há uma equipe de TV no centro de Liverpool. Pode me explicar como chegaram lá?

— Eles têm uma estação de TV no centro de Liverpool — respondeu secamente Caspar Dragoslevic, chefe do Departamento de Abafamento de Mídia.

— Permitimos isso?

— É claro, não tenho a habilidade sobrenatural de influenciar na localização das instalações físicas das empresas de comunicação. Temos alguém na estação que vai nos dizer que tipo de imagens eles conseguiram. Assim que soubermos, talvez possamos fazer algo.

— Boa sorte. Se é o tipo de imagem que eu acho que é, eles vão guardar como as próprias vidas. O que seus Mentirosos têm?

— Eu gostaria que não os chamasse assim. — Dragoslevic suspirou. — Eles são a equipe de Farsas Midiáticas Táticas.

— Caspar, vamos precisar contar algo às pessoas... há uma argentina que cospe ectoplasma que se transforma em animais perigosos... Bom, isso cai na categoria de coisas que nós deveríamos evitar que fosse descoberto.

— Sabe, Torre Thomas, com uma habilidade de articulação como essa, é impressionante que não esteja no meu departamento.

— Me dê algo, por favor — respondi e desliguei. Logo em seguida, o telefone tocou novamente.

— Sim?

— É o Lewis! Tivemos mais três mortes, e há mais duas equipes de jornalismo no local.

— Qual é a situação das tropas? Preciso enviar os Barghests?

— Acho que não; estão fechando no alvo. Espere... ela caiu — disse Lewis.

— Morreu?

— Sim, confirmado.

— E o grupo de animais?

— Estão evaporando — respondeu ele, o alívio em sua voz refletindo minhas próprias emoções.

— Ok, remova a mulher e tente limpar os indícios incriminadores. Vamos religar as luzes e os telefones em dez minutos.

— Sim, senhora.

Eu dei ordens para que os serviços fossem religados, olhei no relógio e vi com espanto que apenas 31 minutos haviam se passado. Eu sorri. Somos mesmo muito bons. Mas então Ingrid entrou e me disse que estávamos recebendo chamadas frenéticas do alto escalão do Ministério do Interior; do Departamento de Meio-ambiente, Alimentação e Agricultura; do Conselho da Cidade de Liverpool; do Departamento de Polícia de Liverpool; da empresa de eletricidade; da Sociedade Real para Prevenção da Crueldade contra Animais.

— Ok, coloque-os na linha, um de cada vez.

Então tive de passar por uma série de ministros irados (de alto e baixo escalão) e por membros da minha própria organização. Apesar de o incidente todo ter tomado apenas meia hora e a energia ter sido cortadas por apenas quinze minutos, limpar os desdobramentos levou mais de uma hora e meia. Enquanto eu dizia banalidades, assistia a três televisores, esperando por alguma imagem, ansiosa.

— Ingrid — falei, depois de encerrar a ligação com o Bispo Grantchester, um dos meus superiores imediatos —, ligue para Caspar Dragoslevic e descubra que diabos vamos dizer ao público.

Abri uma gaveta na minha mesa e tirei uma aspirina. O telefone tocou e eu estremeci com o som.

— Torre Thomas falando.

— Sou eu, Caspar.

— Em que pé estamos? — perguntei, receosa.

— Tenho notícias excepcionalmente boas, Torre Thomas — disse Dragoslevic. — Graças à falta de eletricidade e ao número de pessoas tentando sair da cidade, as equipes de mídia não conseguiram chegar ao epicentro da ocorrência. Estavam apenas à margem, e as câmeras não registraram os constructos, o ectoplasma não foi registrado em filme nem digitalmente.

— Graças a Deus— suspirei. — Você conseguiu uma história plausível?

— Temos coisas bem boas, sem sermos muito específicos, sobre fuga de animais de um navio de carga, falta de energia e saques resultantes disso.

— Parece meio enrolado. O quanto preciso me preocupar sobre pessoas relatando rebanhos de animais fantasmas?

— Aconteceu em um bairro comercial às seis da tarde, no meio da semana, então não chegou nem perto do quão ruim poderia ser. Mas havia algumas pessoas. Elas vão engolir a explicação dos jornais, especialmente porque soltamos alguns animais por lá e fizemos com que fossem capturados diante das câmeras — disse Caspar. Ele trabalhou na televisão por 23 anos antes de ser selecionado e confio na habilidade dele de avaliar o que a humanidade é capaz de aceitar. Quis perguntar que animais eram esses, mas decidi que minha vida seria mais fácil sem esse conhecimento.

— Ótimo, bem... só tente não passar da conta — pedi. — Não será nada bom se matarmos mais pessoas soltando búfalos selvagens entre elas.

Fiquei exausta, mas a necessidade de me preparar para você, combinada com os hábitos de trabalho infundidos em mim na escola, me forçam a ainda estar no escritório às onze da noite. A explicação dos Mentirosos foi transmitida há horas e, apesar das perguntas inevitáveis e de uma limpeza difícil, o desastre, em grande parte, foi contido. Mas estou aqui, na minha mesa, fazendo pesquisas sobre o passado para preparar o seu futuro.

Estou consultando velhos arquivos, buscando algo — o menor sinal de impropriedade — para me ajudar a descobrir quem está tentando me destruir, mas até agora não tive muita sorte. O lado bom é que quando as pessoas entram no Checquy, têm arquivado praticamente tudo o que já fizeram. Isso vai requerer um trabalho de detetive das antigas, para o qual eu não tenho tempo nem propensão. Não posso parar tudo para ficar de olho nesse povo, e receio que meu tempo esteja acabando.

Continuo tendo esses episódios embaraçosos em que começo a chorar. Ser uma Torre já é um trabalho exaustivo por si só, e essa ameaça não tornou minha vida nem um pouco mais fácil. Felizmente, esses surtos de choro acontecem no escritório, e eu posso ir para a residência e relaxar um pouco. Daí eu lavo o rosto e volto para minha mesa. Minha secretária vem avisar sobre outro compromisso e sobre uma pilha de arquivos, e me pergunto se ela percebe o que aconteceu.

Estou feliz de ter essas cartas para escrever. Pelo menos posso confessar meus medos a alguém, mesmo que nunca nos encontremos e que você não saiba pelo que estou passando antes de tudo acontecer.

Exaustivamente,

Eu.

6

A sala diante de Myfanwy e Ingrid era grande e luxuosa. Havia um carpete grosso no chão e quadros nas paredes. Um bufê do lado esquerdo oferecia queijos e frutas e, do lado direito, havia um bar repleto de decantadores e garrafas. Um lustre pendia do teto ornamentado. No final da sala, de frente para uma parede coberta com pesadas cortinas vermelhas, havia algumas cadeiras. Alguns homens de terno estavam reunidos ali.

— Torre Thomas? — Um homem vestido como mordomo se postou ao lado de Myfanwy. Ela o olhou, assustada.

— Sim?

— Posso lhe servir uma bebida? — Ele apontou em direção ao bar.

— Ah, seria ótimo. Por favor, pode me trazer um café? Ingrid, o que vai querer? — A secretária e o mordomo pareceram embaraçados, mas acabaram concordando que Ingrid também teria uma xícara de café. Julgando pelas expressões congeladas, Myfanwy percebeu que as pessoas do Checquy vestidas de roxo estavam lá para servir, mas não para serem servidos. Dando de ombros, ela foi até o bufê e encheu um prato com morangos e queijo.

— Ah, Torre Thomas! — exclamou um dos homens. Ele era pesadão, barulhento, com dentes grandes e um rosto vermelho, e foi em direção a ela como um caminhão. Myfanwy olhou para ele, sorrindo de maneira educada, e ficou em seu canto, colocando um morango na boca. Ele hesitou, um pouco intrigado, como se esperasse que ela desse um passo para trás ou se encolhesse, mas então continuou a se aproximar até estar desconfortavelmente perto, obrigando-a a inclinar a cabeça para trás para olhar para ele.

— Boa tarde — disse ela calmamente.

Quem é esse cara? Devo ser reverente ou ele que deveria me reverenciar? Ela teve a impressão de que ele esperava alguma hesitação ou deferência de sua parte, mas que não ficou ofendido com sua atitude, apenas surpreso. *Talvez ele esteja acostumado à tímida Thomas, a Torre que não ousa levantar a voz.*

— Muito inconveniente ter de cancelar nossa agenda para esse procedimento, hein? — começou ele, apesar de agora haver menos exaltação em sua voz do que antes. Sob o olhar fixo dela, ele parecia de fato estar murchando. Mesmo assim, tentava disfarçar com seu volume e, aparentemente, seus fluidos.

— Você está cuspindo em mim — disse Myfanwy, fria.

Ele gaguejou algo enquanto ela limpava o rosto com um guardanapo. Ela continuou a encará-lo nos olhos e viu o olhar dele vacilar para um ponto atrás dela. Ele estava nervoso, deu um passo para trás e acenou de maneira educada para quem quer que tivesse chegado.

— Torre Gestalt — saudou ele, com um tom de voz respeitoso. — Boa tarde.

Ah, então é assim. Myfanwy pensou. *Gestalt tem a deferência e Thomas faz a contabilidade.* Ela se virou e deu um passo atrás, confusa. Não eram os gêmeos que surgiam do elevador, mas um homem muito mais alto e mais corpulento. Ela entendeu que devia ser o terceiro corpo de Gestalt, e olhou para ele com interesse. *Ah, Thomas. Você tem bom gosto...* Robert Gestalt era bonito e forte. Vestido de modo informal com uma camisa de manga curta, ele se movia com um palpável ar de confiança.

— Boa tarde, Perry — falou Gestalt suavemente. Então virou sua atenção para ela. — Myfanwy, você parece bem — comentou, com uma dose extra de charme. Apenas os olhos o entregavam.

Não se esqueça, lembrou a si mesma, *você acabou de ter uma reunião com esse homem e o ouviu matando um bando de gente. Ele pode estar com uma pele diferente, mas ainda é ele.*

— Sinto muito que isso tenha surgido — continuou ele. — Sei como esses interrogatórios a chateiam. Nós só temos de nos esforçar para aguentarmos. — Ele ofereceu o braço a Myfanwy para acompanhá-la para as cadeiras. Ela aceitou com hesitação.

Quando a pele dos dois fez contato, ela sentiu um choque.

Era como se tivesse sido jogada em uma piscina cuja correnteza girasse em torno dela. Cada corrente era distinta, separada das demais. Ela sentiu como se pudesse se estender e interromper o curso daquele movimento, recanalizá-lo, desviá-lo, ou pará-lo por completo. As correntes eram complexas, horrendamente complexas, mas ela podia ver que englobava o ser físico do Gestalt.

Ah, meu Deus!, pensou Myfanwy. De repente ela tinha controle sobre esse homem: não por meio da violência, mas por toda a força e poder da mente dela. Ela não estava mais indefesa; ela era perigosa. *Thomas, posso ver por que você hesitava, mas não precisava sentir medo disso!*

Perplexa, ela se permitiu ser conduzida para uma das cadeiras no centro, e recebeu sua xícara de café. Olhou para Gestalt intrigada e viu uma satisfação presunçosa no belo rosto dele. *Acha que estou tontinha porque você é lindo? Estou tonta porque descobri que poderia esmagá-lo*. Ela olhou ao redor e viu outras pessoas se sentando nas cadeiras. Duas fileiras de cadeiras confortáveis, num padrão de ferradura, com a fileira externa levemente mais baixa para não obstruir a visão dos que se sentassem atrás. Era como estar num camarote bem caro de um jogo de futebol exclusivo. Um cavalheiro de aparência distinta, vestindo um terno, ficou diante das cortinas. Ele pigarreou de modo esquisito.

— Caros Torres, senhora e senhores, temos este indivíduo sob vigilância desde que ele entrou no país, há três dias. Seu passaporte é holandês e informa que seu nome é Peter Van Syoc. Seu disfarce é uma viagem a negócios para seu empregador, a Companhia de Pesca Zeekoning. Ao chegar em Heathrow de Amsterdã, certos fatores chamaram a atenção de nossos agentes e, de acordo com os procedimentos codificados por Torre Thomas, ele foi colocado sob discreta observação. Entramos em seu quarto, em uma pensão, e sutis equipamentos de escuta e câmera foram colocados lá pela nossa equipe.

"Os agentes do Checquy observaram que o senhor Van Syoc passou na frente do Rookery várias vezes e dedicou certa atenção ao prédio. Ontem à noite, ele contratou os serviços de uma prostituta e permaneceu em suas acomodações a noite inteira. Esta manhã, o sujeito ativou habilidades inumanas e deu início ao assassinato e, acreditamos, à destruição da prostituta. Com isso, os Peões entraram em ação. Quando eles apareceram, o sujeito demonstrou ter outras habilidades, demolindo parte da arquitetura da pensão antes ser contido."

A voz do homem era cuidadosamente seca, sem emoção. Seu tom contido tornava todo o discurso ridículo.

— Então, ele foi transportado imediatamente para o Rookery.

Diabos, pensou Myfanwy. *A coisa é bem pesada*. Ela se virou para procurar Ingrid e viu que a secretária estava sentada bem atrás dela. Estava obviamente desconfortável, mas bem. Myfanwy sorriu para ela que, pega de surpresa, sorriu também. Quando Myfanwy se voltou para a frente, houve um farfalhar sob ela, como se ela estivesse sentada sobre um papel. Ela tateou e achou um saco de papel-vegetal cuidadosamente dobrado.

— Gestalt? O que é isso?

— Você sempre tem um saco de papel. Sabe como é normal que esses interrogatórios a façam ficar enjoada — disse ele com um tom que deveria ser reconfortante, mas que ela achou condecendente.

— Ah, claro. Eu só não esperava sentar nele — respondeu Myfanwy, colocando o saco de volta em seu colo. *Thomas fica enjoada com essas coisas?* Ela podia visualizar a pessoa tímida nesse corpinho, vomitando na frente desses homens. Tirando Ingrid, que Myfanwy havia convidado no calor do momento, ela era a única mulher da sala. *Pobre Thomas*, pensou. *Quão humilhada deve ter sido*. E então, observando as cortinas em frente de si com desconfiança, se perguntou: *O que exatamente vai acontecer?*

As cortinas balançaram e começaram a abrir. Enquanto o tecido vermelho se afastava, as luzes da sala diminuíram. *É exatamente como no teatro, e estamos no nosso camarote*, pensou ela, desconfortável. Diante deles havia um vidro grosso, e atrás uma sala de azulejos azul-claros. Luzes suaves brilhavam do teto. A imaginação de Myfanwy tinha criado um cenário de pedras com alguma pobre alma presa por correntes e faixas, mas em vez disso ela viu algo mais parecido com uma cadeira de dentista muito acolchoada. Sentada nela estava um homem com os olhos fechados. As mangas de sua camisa foram cortadas com cuidado, e as pernas das calças enroladas. Ele estava parado. Estava preso à cadeira pelos pulsos, tornozelos e cintura. Algo na objetividade clínica daquilo era mais alarmante do que as imagens medievais que ela criara.

— Ai, Deus — murmurou Myfanwy consigo mesma, e atraiu um olhar de pena de Gestalt.

Ficou ainda mais tensa quando um homem entrou na sala. Ele usava óculos, vestia um avental e usava uma máscara cirúrgica. Ela tentou ver alguma bandeja ou carrinho com instrumentos brilhantes de metal, mas não viu nada. A tensão crescia nela. Se não havia equipamento, então como os membros do Checquy poderiam extrair informações? Haveria alguma tortura surreal, a pele e os ossos do homem se rasgando sozinhas? Um telepata iria arrancar os pensamentos da mente dele? O que horrorizava tanto Thomas para ela vomitar durante essas sessões? Os dedos de Myfanwy agarraram o braço de sua cadeira, amarrotando o tecido macio. Ela se remexeu mais uma vez contra o assento quando o interrogador, usando as luvas de látex, ergueu os braços em direção ao homem. Ao lado dela, Gestalt se inclinou para a frente, atento, e o silêncio tomou conta da sala.

O interrogador descansou suas mãos na cabeça do homem e começou a examiná-la com os dedos, traçando o contorno do couro cabeludo. Ele se inclinou um pouquinho para trás e falou rapidamente num microfone pendurado no teto.

— Seus ancestrais provém quase que exclusivamente da Europa ocidental, exceto por um tataravô da Polônia — falou ele.

O homem barulhento que tentou intimidar Myfanwy bufou. O interrogador batucou os dedos com raiva na cabeça do interrogado e continuou:

— Ele tem talento para música e matemática, mas também é propenso a duvidar de si mesmo. Tem uma coragem física extraordinária e pouco ou nenhum senso de humor. Também tem compulsão por matar.

O interrogador correu seus dedos por um dos braços do homem e parou no pulso. Comprimindo os olhos, Myfanwy podia ver que ele pressionava e que tinha fechado os olhos.

— Ele tem 32 anos e é o segundo filho de seus pais. Nasceu em junho. Passou por várias cirurgias complexas e recebeu vários implantes. Entre outros órgãos, seus rins e pulmões foram substituídos. — Houve uma longa pausa, e o interrogador virou sua cabeça como se escutasse algo. — Essa cirurgia aconteceu quatro anos atrás. Ele é destro. Alérgico a laticínios.

O interrogador virou a palma do homem para cima. Ele se abaixou um pouco e se aproximou de um dos braços da cadeira, espiando a palma da mão do homem com atenção.

— Nasceu em Bruxelas e seu pai morreu quando ele tinha 4 anos. Na universidade, conheceu uma pessoa alta e morena. Uma mulher. Não deu certo. Ele aprendeu a digitar. Por vários anos, teve empregos esporádicos. Principalmente trabalhos manuais. E viajou muito. Então, com 25 anos, entrou para o exército. Aprendeu artes marciais. Viajou ainda mais. Houve violência. E ele cometeu a maior parte dela.

O interrogador caminhou até uma pia no canto, umideceu uma toalha de papel, limpou a mão do homem com cuidado e voltou a observá-la, agora com uma lente de aumento.

— Após dois anos no exército, sua vida deu uma grande virada.

— Doutor Crisp, que virada foi essa? — interrompeu o homem barulhento.

O interrogador levantou o olhar, irritado.

— Não tenho certeza — respondeu com impaciência. — Algum tipo de mudança profissional, mas bem drástica.

— Como sabe? — perguntou o homem barulhento.

— Por favor, não comece. — Myfanwy ouviu um homem sentado ao lado do grandalhão cochichando para ele.

— Porque suas digitais foram removidas — respondeu o interrogador.

Myfanwy fez uma anotação; Gestalt tentou espiar com sutileza, mas ela cobriu o papel.

— O que mais você vê, doutor Crisp? — perguntou ela.

Ele removeu os óculos e forçou mais a vista na mão.

— Muitas viagens. Ele reencontrou uma pessoa baixinha e bonita que já conhecia muito bem. Parece ter encontrado o amor verdadeiro. E teve três filhos. Um deles morreu. Duas vezes.

— Duas vezes? — exclamou Perry. — Como consegue ver isso?

O interrogador abaixou a lente, exasperado.

— Tudo bem, quem falou isso? — perguntou Crisp.

— O quê, não reconhece minha voz? — zombou Perry.

— As vozes são eletronicamente modificadas, seu tolo colossal! Mas me deixe arriscar um palpite... é alguém cuja filha mais velha ainda não casou e nunca vai casar?

— Bem, claro que *agora* ela não vai mais casar, seu engodo! Que tipo de pessoa diz a uma menina de 18 anos que ela nunca vai casar? — Perry ficou de pé e bateu com o punho no vidro.

— Uma previsão precisa! — gritou Crisp, avançando para o vidro e tirando a máscara que revelou bigode e cavanhaque.

— Como ousa? Você é uma fraude! Um mentiroso sujo!

— Meus talentos são inquestionáveis! — gritou Crisp, cuspindo de raiva por todo o vidro. Infelizmente, ele não era capaz de ver através do vidro e escolheu ficar bem na frente de Myfanwy, com os olhos fixos num ponto imaginário.

— Duvido! — gritou Perry de volta. — Você traumatizou minha filha com suas histórias difamadoras. Que tipo de porco baba na mão de uma menina em plena festa de Natal e mente para ela sobre seu futuro?

— Para começar, *você* disse para ela se consultar comigo. E eu não disse nada que não fosse perfeitamente óbvio para qualquer idiota miserável com quem ela falasse! Ela tem a personalidade de um descanso de copo! — Ambos estavam batendo no vidro agora, e seus gritos evoluíram num rugido incompreensível de insultos. *Isso é inacreditável,* pensou Myfanwy. Todos os outros assistiam à cena fascinados, e ela achou que deveria fazer algo. *Sou a Torre, afinal. E parece que Gestalt não vai tomar a iniciativa.* Ela deu uma espiada na sua contraparte, que parecia se divertir.

— Cavalheiros — interferiu Myfanwy com calma, mas sem resultados porque todos os outros homens na sala se levantaram e estavam alimentando a briga. — Cavalheiros — repetiu, erguendo um pouco a voz. Nenhuma resposta. *Certo, já deu,* pensou exasperada. Sua paciência acabara. — Cavalheiros! — A voz dela cortou o barulho como uma foice sobre um poodle.

Houve um silêncio mortal e todos olharam atordoados para ela. — Vocês todos devem se calar e se concentrar na tarefa. Doutor Crisp, poderia continuar o interrogatório? Será que pode despertar o indivíduo e interrogá-lo?

Todos os olhos se voltaram para o sujeito na cadeira e os homens se sentaram. O doutor Crisp, por sua vez, recolocou a máscara cirúrgica e se reaproximou do suspeito.

Uma enfermeira entrou trazendo uma bandeja de aço escovado na qual havia uma seringa cheia de um fluído índigo. Crisp pegou a seringa, agradeceu à enfermeira, e injetou o líquido no braço do homem. Os cílios dele tremeram e Crisp aproveitou a oportunidade para trocar as luvas. O prisioneiro acordou, olhando confuso ao redor.

— Bom dia — disse o doutor Crisp, tentando soar calmo e recomposto.

— Deveria dizer boa tarde, já passou de meio-dia — corrigiu Perry secamente.

— Cale a boca! — exclamou Crisp, olhando atravessado para o vidro. — Agora — continuou, voltando-se ao homem —, vou fazer algumas perguntas e você vai responder honestamente. Se mentir, eu vou saber e não vai ser bom para você.

O homem olhava para ele sem piscar.

— Tenho certeza de que entende. — Ele pousou a mão no pulso do homem gentilmente, colocando os dedos sobre o ponto da pulsação. — Vamos começar.

Myfanwy se sentiu desconfortável enquanto olhava através do vidro. Ela tinha relaxado um pouco quando Crisp leu as linhas das mãos do sujeito. O exame físico havia sido passivo, não invasivo. Mas agora ela podia antecipar que haveria dor e violência. Ficou sentada sem se mexer, ciente do olhar de Gestalt sobre ela. Seu coração começou a acelerar.

— Qual é seu nome? — perguntou Crisp.

— Peter Van Syoc — respondeu o sujeito. Seu sotaque holandês era pesado e, apesar de estar calmo, seus olhos estavam bem abertos, encarando o vidro. Myfanwy sabia que o homem não conseguia ver através dele, mas ela se mexeu desconfortável em seu assento.

— Verdade — disse Crisp. — Agora, para quem você trabalha?

— Companhia de Pesca Zeekoning — respondeu Van Syoc. Houve uma pausa.

— Isso é, no máximo, uma verdade parcial — falou Crisp. — Agora que você pode ver que sei diferenciar mentira e verdade, eu pergunto: para quem você trabalha?

— Já disse, Companhia de Pesca Zeekoning! — exclamou Van Syoc. Houve um pequeno som quando Crisp sugou seus dentes por trás da máscara, com um ar de reprovação. Manteve uma mão no pulso de Van Syoc e colocou a outra nas pontas dos dedos do sujeito. Cuidadosamente, posicionou cada dedo num lugar específico, e Myfanwy viu seus braços ficarem tensos por um minuto. Van Syoc se contorceu e respirou fundo, com uma pontada de choque.

— Para quem você trabalha?

Tudo o que ele recebeu de resposta foi um olhar aterrorizado. Crisp suspirou e apertou mais uma vez. Van Syoc gritou, e desta vez eram palavras. Myfanwy escutou atentamente; para ela, parecia uma coleção de sílabas aleatórias, mas todos os homens na sala ofegaram. Ela se virou, espantada. Os líderes das diversas seções estavam pálidos, e Gestalt parecia chocado. Era como se eles tivessem obtido a confirmação de que Satã havia chegado e estava prestes a devorar Glasgow.

Ela fingiu entender o significado das palavras de Van Syoc. Teria de perguntar a Ingrid mais tarde. Enquanto isso, Crisp se preparava para outra pergunta. Julgando pelos olhares atentos do resto da plateia, Myfanwy achou que seria uma bem importante.

— Por que está aqui? — Os dedos de Crisp ficaram tensos nos delicados pontos de pressão da mão de Van Syoc e era evidente que a dor aumentava. — O que eles estão fazendo?

Os músculos da face do sujeito estavam se contraindo. Sua mandíbula se apertou, seus olhos se esbugalharam. Mesmo assim, ele não falou. Gestalt fez um som com a garganta e o doutor soltou a mão do prisioneiro. Crisp se aproximou do vidro e olhou bem à frente, com as mãos na cintura.

— Pois não, senhor?

Gestalt levantou o dedo, aparentemente perdido em pensamentos, e encarou o homem caído na cadeira. Por fim, Perry teve coragem de quebrar o silêncio.

— Torre Gestalt, precisamos mesmo saber o que está acontecendo aqui.

Gestalt assentiu devagar.

— Extraia a informação, doutor Crisp. Você está autorizado pelas Torres. — disse Gestalt.

— Com licença? — falou Myfanwy sem pensar, surpresa em não ser consultada, recebendo um olhar espantado de seu colega.

— Isto é, se não tiver objeções, Torre Thomas — concluiu Gestalt, um pouco confuso. A sala toda olhava para ela com surpresa.

— Não. Acho que não tenho objeções — retrucou ela. — Por favor, prossiga, doutor Crisp.

O interrogador fez uma pequena mesura e voltou ao homem na cadeira. Colocou-se atrás de Van Syoc e abriu bem os dedos, que tocaram ao redor do crânio da vítima. Começou a pressionar e a espetar a pele.

— Por que está aqui?

Van Syoc se contorcia em sua cadeira, seus membros lutando consigo mesmo. Por baixo de sua camisa havia estranhos tremores, como se seus órgãos estivessem tentando sair do corpo. Um peculiar som de estalo cruzou a sala, ecoando de modo estranho pelos microfones. Por um momento, Myfanwy não conseguiu identificar a origem desse som, mas então percebeu que eram os dentes de Van Syoc, chacoalhando na gengiva. Uma onda de terror passou por ela, e sua pele arrepiou.

— O que eles querem?

A agonia do homem era palpável. De fato, ela quase conseguia *ver* as sensações do homem. Elas pulsavam na frente dela, como fitas incandescentes que reluziam e ondulavam, impressões fluindo pelos canais de seu corpo.

— Por que está aqui?

Myfanwy balançou a cabeça, tentando focar em Van Syoc em vez do tormento que ele exalava. Em desespero, ela se virou para olhar as pessoas ao redor e ficou surpresa. Envolta de cada pessoa tremia uma aura de sensações, círculos concêntricos que se sobrepunham uns aos outros. Ela sentiu que, com um toque de sua mente, poderia deixar cada um deles caídos, em coma, ali no chão. Sua atenção foi atraída de volta para Van Syoc e a dor que ele estava suportando. Os sentidos dele vibraram com os dela, e ela cambaleou internamente. Seu estômago se apertou. Ela engoliu a bile de volta. É por isso que Thomas está sempre enjoada. Olhou para o sujeito e sentiu pena.

Myfanwy foi até o homem com sua mente. Hesitante, sem entender de fato o que estava prestes a fazer, ela tocou a corrente que brilhava mais forte, e desligou a dor dele.

— Por que está aqui?

O corpo de Van Syoc continuou a tremer sob o toque de Crisp, mas Myfanwy podia ver que sua mente não sentia mais aquilo. Apesar dos tendões em seu pescoço ainda se projetarem, seus olhos iam de um lado para o outro, buscando uma explicação.

Sentada do outro lado do vidro, ela manteve seu contato com o sistema de Van Syoc. *Impressionante*, pensou, traçando os caminhos dos nervos dele. *Então isso controla a dor*. Ela virou sua atenção para outra porção. *E essa rede é ligada aos olhos. Mas o que é isso? Isso não pode estar certo.* À medida que examinava a anomalia, franziu a testa. Muito do sistema dele parecia óbvio para ela, quase autoexplicativo, mas havia partes que não faziam sentido algum. Então uma pulsação provocou ondas no sistema dele, obra do doutor Crisp. Com esforço, ela trouxe sua atenção de volta ao resto do mundo, onde tudo não estava bem. O interrogador percebeu que algo estava errado, e estava suando em profusão.

— O que eles querem?

Crisp pressionou mais e sentiu as junções de nervos e as energias mais sensíveis, se rompendo e se agitando. Atrás do vidro, Myfanwy notou seus esforços, sentiu-os despencando contra as barreiras que ela colocou. Ela admitiu que havia um limite do que podia fazer contra as habilidades de Crisp. A influência dele fluía acima dos muros que ela criara, e acabaram caindo sobre o sujeito com uma força inimaginável.

— Por que está aqui?

Van Syoc gritou, um uivo longo e trêmulo. Sua boca abriu e fechou, seus lábios tremiam e ele lutava contra si mesmo. *Isso são palavras?*, pensou Myfanwy. *Isso é uma resposta?*

Um zumbido veio de algum canto e foi aumentando. Todos olharam ao redor, exceto Crisp, que estava atento ao seu trabalho. Então houve um estalo úmido, e o doutor tirou as mãos do paciente e deu um passo para trás, com um grito de espanto. Perry deu uma rápida risadinha quando viu o médico tremendo e xingando.

— Não seja tolo, Perry — disse Myfanwy. — Olhe o corpo!

— O corpo — ecoou Gestalt. Todos olharam para Van Syoc. Permanecia firmemente preso na cadeira, mas havia uma quietude alarmante.

Leves traços de fumaça fluíam ao redor dos restos de Peter Van Syoc.

— Que Diabos foi isso, Crisp? — gritou Gestalt.

O médico tinha levado para a sala de observação e estava na frente de um grupo de executivos e um Torre irados. Myfanwy e Ingrid ainda estavam sentadas, mas todos os homens se levantaram, apresentando uma frente unida.

— Você disse que poderia quebrar qualquer um, que podia nos conseguir a informação que queríamos!

— Torre Gestalt, você sabe que meu histórico é perfeito — falou o doutor Crisp, olhando para o chão. Seus punhos estavam fechados ao lado do corpo, mas, pelo que Myfanwy podia julgar, a tensão do homem era resultado mais de medo do que de raiva. Claro que com Gestalt raivoso diante de si seu medo era justificado, mas ela podia sentir sua confusão também.

— Se seu histórco é assim tão perfeito, então por que esse troço aí está morto? — questionou Gestalt. As portas do elevador se abriram e os gêmeos entraram, igualmente bravos. Todos na sala deram um passo para trás.

— Eu mesmo não tenho certeza — disse Crisp, nervoso. — O homem tinha uma tolerância incrível, mas eu não esperava nada menos de alguém com o treino dele. Eu o pressionei bem além do normal mas, francamente, ele devia ter se entregado bem antes.

— E morrido? — zombou o Gêmeo Certinho.

— *Isso* deveria ter acontecido bem antes, Crisp? — perguntou o Gêmeo Descolado.

— Precisamos de repostas, Crisp! — gritou o Gestalt bonitão. — *Eu* preciso de respostas, e graças a você, não as teremos!

— Senhor, sinto muito. Honestamente eu não consigo entender — respondeu Crisp, com suor na testa.

— Não? — perguntaram os três Gestalt juntos. — Talvez eu possa ajudá-lo a entender. — E suas mãos se esticaram e se juntaram no pescoço de Crisp. Trabalhando juntos, os irmãos levantaram o médico do chão. — Consegue entender *isto*?

— Gestalt! — *Ele vai mesmo matar essa pessoa na frente de todos nós? Isso é normal? Que diabos de organização é essa?* — Pare!

Todas as atenções se voltaram para ela. Ela podia sentir os três pares de belos olhos azuis a encarando, frenética e raivosamente.

— Ainda que eu não tenha dúvidas quanto ao talento do doutor Crisp, acho que está muito além do poder dele fazer um corpo entrar em combustão. Correto, doutor Crisp?

O homem assentiu freneticamente, mesmo com o pescoço preso.

— Há algo acontecendo aqui que não não estamos vendo. Então vamos ser sensatos e colocar o doutor no chão. — *Seu psicopata.* Ela viu a razão voltar às três faces. Crisp foi colocado no chão.

— Alguém tem alguma sugestão engenhosa? — Sugeriu o corpo de Robert, subitamente calmo.

Os gêmeos deram as costas e saíram em direção ao elevador. O doutor Crisp, caído no chão, buscava ar, e todos os homens olhavam para Myfanwy em expectativa. Presumidamente, eles pensaram que era menos provável Gestalt a estrangular.

— Bem, Torre Thomas, o que *você* sugere?

— Há algumas coisas... — Ela começou a falar, buscando mais tempo para pensar. Abriu seu caderno e folheou as páginas, sua testa se franziu como se ela estivesse procurando alguma informação obscura. Então, se lembrou de algo. — Estou curiosa sobre o que Van Syoc berrou no final. Doutor Crisp, concorda que nosso objeto foi compelido a lhe dar uma resposta?

O médico conseguiu assentir com a cabeça, apesar de ainda estar ofegante.

— Sim, Torre Thomas. O que quer que ele estivesse tentando dizer, não estava mentindo. Eu saberia.

— Nesse caso... — começou ela, mas foi interrompida por Perry, que estava cético demais para o gosto dela.

— Ainda que eu esteja certo de que todos nós apreciamos as pequenas sugestões de Myfanwy, é perigoso colocar muita ênfase nessa possibilidade. Afinal, é claro para *qualquer um* que tem experiência em operações que este homem — ele apontou em direção à janela e ao corpo caído de Van Syoc — estava simplesmente reagindo a dor brutal que estava sentindo. Eu entendo que isso assustaria você — disse ele a Myfanwy, batendo no ombro dela —, mas pode ficar tranquila, é tudo muito normal nessas circunstâncias. — O tom arrogante de Perry deixou Myfanwy no limite.

— De fato — respondeu Myfanwy, olhando fixamente para Perry —, graças a Deus temos você aqui para nos dizer quando seus superiores devem ser ouvidos e quando devem ser ignorados. — Ela podia ver as linhas ao redor de seu corpo e resistiu à vontade de deixá-lo sem movimentos. Em vez disso, observou suas bochechas corando e seus olhos esbugalhando. — Devo confessar, Perry, que não me lembro dessa responsabilidade em particular estar listada como parte do seu ofício, mas talvez seja só um serviço que você ofereça de graça. — O foco da sala agora estava nele, e ele estava tão vermelho que podia parar o trânsito. — Em todo caso —, ela acenou como quem não quer nada —, deixe alguém descobrir o que esse tal de Van Syoc estava tentando dizer.

Pelo canto do olho ela viu o mordomo se virar para um Peão e acotovelá-lo para longe, presumidamente em busca de algum especialista. *Que bom*, pensou consigo mesma, e deu um longo gole no café.

— Além disso, eu gostaria de saber por que há fumaça saindo do corpo dele. Doutor Crisp, por que você afastou as mãos da cabeça de Van Syoc tão rápido? — perguntou ela, se esforçando ao máximo para ignorar os senhores estupefatos ao redor dela.

Crisp tinha conseguido se levantar e estava se afastando de Gestalt.

— Bem, senhora, senti como se tivesse levado uma mordida, como se algo tivesse atacado meus dedos — explicou ele, se desculpando.

— Deixe-me ver suas mãos, por favor — pediu Myfanwy, e ele as estendeu. Crisp ainda estava usando as luvas de látex, e ela virou as mãos dele para examiná-las mais de perto. Seus dedos não eram normais: longos, com enormes juntas e articulações.

— Doutor Crisp, há pequenas marcas de queimadura na ponta de suas luvas. Tire-as por favor. — Ele as tirou e apresentou seus dedos para inspeção. Pareciam bambu rosa. Myfanwy se esticou e ele se retraiu.

— Não seja tolo, não vou machucá-lo. — Ela o assegurou, tocando suas mãos gentilmente. Elas eram macias e estavam cobertas pelo talco das luvas. Mesmo assim, ela podia ver pequenos pontinhos de fuligem em seus dedos. — Fascinante. Queremos tanto as luvas quanto seus dedos analisados. E claro, o falecido senhor Van Syoc também precisará ser examinado. Profundamente. — Ela olhou ao redor e viu que ninguém estava fazendo nada. Todos estavam ocupados demais a observando, incrédulos. Ela estalou os dedos várias vezes e todos ficaram espantados. — Vamos lá, pessoal! Comecem a trabalhar e avisem as Torres quando descobrirem alguma coisa. Ingrid, vamos encerrar? — Sua secretária ficou de pé ao seu lado e elas caminharam até o elevador.

— Bem! — Myfanwy explodiu de frustração assim que as portas do elevador se fecharam. — Que diabos foi aquilo?

— Talvez... — começou Ingrid, mas foi cortada pela explosão de Myfanwy.

— Quero dizer, aquele pamonha do Perry vem com tudo na minha direção como se eu estivesse chegando a uma zona proibida e então cospe na minha cara! — falou, limpando a bochecha, desta vez com a manga. — E aquele maldito bonzinho do Gestalt! "Oh, aqui está seu saquinho de papel de mulherzinha para o seu vômito de mulherzinha, se precisar", e passa o tempo todo olhando para mim, esperando que eu surte.

— Apesar de que para ser... — tentou responder Ingrid, mas Myfanwy estava à toda, e a menos que lhe costurassem a boca, havia pouca ou nenhuma chance de pará-la.

— Talvez eu devesse ter deixado que eles não fizessem nada, já que se provaram capazes disso quando Gestalt estava estrangulando um funcionário. — Myfanwy abanou as mãos no ar, balançando sua cabeça de forma tão violenta que seu cabelo escapou do grampo. Ingrid tirou o grampo que ficara pendurado.

— Esses paspalhos insolentes! Obrigada, Ingrid. Quem eles pensam que são? — concluiu Myfanwy.

— Bem, eles *pensavam* que eram os líderes do Rookery, a elite, os mais confiáveis e poderosos entre os executivos — replicou Ingrid, seca. — Mas você provavelmente os colocou de volta em seus lugares.

— Que seja — disse Myfanwy. Com sua raiva descarregada, ela apoiou uma mão contra a parede e se inclinou para a frente, ofegante, a cabeça abaixada. Houve uma pausa reflexiva.

— Claro, não é inteiramente inesperado — comentou Ingrid, baixinho.

Myfanwy, ainda inclinada, levantou o olhar.

— O que disse?

A mulher olhava para a frente, deliberadamente não fazendo contato visual.

— Torre Thomas, você sabe que nunca comentei sobre a forma como se comporta profissionalmente — começou Ingrid.

— Oh... sim, eu sempre apreciei isso — disse Myfanwy, tentando esconder o fato de que ela não fazia ideia se era verdade.

— E claro que sabe que tenho a mais alta consideração por suas habilidades profissionais. Então, por favor, não fique ofendida... — Ingrid fez uma pausa e Myfanwy esperou. — Por favor, não fique ofendida quando eu digo que você nunca assumiu um papel dominante no Checquy.

— Oh, é isso? Nossa, não me ofendo mesmo com *isso* — falou Myfanwy sem dar importância, enquanto as portas do elevador se abriam.

— Tem certeza?

O que ela acha que vou fazer, deitar em posição fetal no chão?, se perguntou Myfanwy.

— Sim, sem problemas. Agora, como está o resto do dia? — De repente, ela se sentia pronta para qualquer desafio. Ela sentia como se tivesse bebido seis xícaras de café. Ingrid olhava para ela com estranhamento. — O quê? Vamos! Reuniões etc. Eu não tinha um tipo de reunião com o cara... chefe... de segurança?

— Nenhum compromisso até as três — interrompeu Ingrid. — Você ainda quer almoçar? Eu tive de cancelar sua reserva, mas posso ver se eles têm uma desistência.

— Não, eu me enchi de queijo e morangos no interrogatório. O que você vai fazer agora?

— Eu? — perguntou Ingrid, estarrecida.

— Sim, quero saber o que você acha sobre o que acabamos de ver — afirmou Myfanwy, entusiasmada. — Achou que você foi comigo só por diversão?

Foi um programa clássico, com salgadinhos e um show, agora espero que você faça por merecer. Vamos pedir um chá e você fará a sua crítica. *E com sorte eu descubro que diabos o pobre homem disse, a coisa que fez todo mundo perder o ar, como se ele tivesse revelado que fosse o príncipe herdeiro disfarçado.*

— Bem, isso será um prazer — disse Ingrid. — Me dê alguns minutos para preparar tudo.

— Ótimo — falou Myfanwy quando entraram no escritório. — Tenho algumas coisas de que preciso cuidar também. — Havia algumas leituras que ela queria fazer, e, a não ser que estivesse errada, tinha visto um frigobar na sala. *Espero que Thomas tenha tido o bom senso de manter o minibar estocado.*

Vinte minutos depois, Myfanwy fez um intervalo na leitura e estava contemplando, alegre, um Toblerone quando Ingrid entrou, como se pedisse desculpas.

— Torre Gestalt está aqui para vê-la, senhora — anunciou Ingrid.

— Oh, ok... Bem, espere um segundo — pediu Myfanwy, de certa forma desanimada. Ela se recompôs, tirou o cabelo do rosto e ajeitou o casaco. — Estou bem? Profissional? — Ingrid assentiu dubiamente e voltou para a antessala para conduzir Gestalt. Myfanwy a observou com calma e então tirou o chocolate da mesa.

Os gêmeos entraram e sentaram. E, julgando pela forma como eles continuavam se mexendo de modo estranho, Myfanwy apenas concluiu que aquelas eram cadeiras deliberadamente desconfortáveis.

— Gestalt, olá. — Houve outra dessas longas pausas de expectativa. — Toblerone? — Ela finalmente ofereceu.

7

Querida Você,

Como eu havia dito, Farrier e Wattleman me adquiriram dos meus pais. Eles tiveram apenas de conduzir um senhor Thomas bem abalado para fora do prédio e agora encaravam a perspectiva de uma garotinha que estava literalmente lambuzada de lágrimas e chocolate. O chá tinha acabado, e os dois conversaram comigo sobre como eram importantes, por que eu deveria me esforçar ao máximo para deixá-los orgulhosos e felizes e que eu iria a um tipo de colégio interno. Abalada como estava pelos acontecimentos da última hora, eu apenas assenti de maneira espantada e consenti em ser levada para fora do prédio e colocada nos fundos de um carro, no qual fui conduzida por muitos quilômetros, para bem longe de Londres.

Parecia que a viagem nunca acabaria. Eu me lembro de olhar ao redor, perdida. Tudo que eu conhecia sumiu, e eu estava sendo levada para longe, rumo ao desconhecido. Sozinha, nos fundos de uma limusine, eu choraminguei e então chorei mais um pouco antes de o motorista ter pena de mim e me colocar sentada no banco da frente. Eu cai no sono, esticada desconfortavelmente sobre o câmbio, minha cabeça no joelho do motorista e meu rosto grudado na calça do seu uniforme por uma combinação maculada de chocolate, baba e coriza escorrendo do nariz.

Quando o carro finalmente chegou à Propriedade, fui sacudida para acordar e recebida por uma mulher grande com um sotaque estranho, que ficou horrorizada com as circunstâncias da minha viagem. Depois de reclamar da falta de cuidado de seus superiores, ela se apresentou como Frau Blümen, a diretora da minha nova escola.

Frau Blümen era simpática e gentil, boa com crianças, e parecia bastante confortável para se dormir em cima. Mas eu estava terrivelmente alerta contra todos. Assim que saí do carro, o motorista em quem eu havia cochilado foi embora sem nem dizer adeus. Parecia que eu não podia contar com ninguém, ninguém era de confiança.

Essa crença permaneceu comigo por muito tempo.

Frau Blümen me mandou direto para a cama, onde eu desmaiei na mesma hora, exausta pelos acontecimentos do dia.

Na manhã seguinte, acordei em uma nova vida, uma pessoa diferente do que eu era no dia anterior. É um pouco estranho pensar que você está vivenciando o mesmo tipo de coisa — quantas pessoas fazem isso, ainda mais no mesmo corpo? Você se lembra de cada momento do seu primeiro dia? Eu me lembro muito bem do meu.

Foi o dia mais desorientado e exaustivo da minha vida.

Fui acordada pelo som de um galo cantando. Ainda estava escuro lá fora, mas havia pessoas se mexendo no quarto, e as luzes se acendiam sozinhas, aos poucos. Percebi que não tinha opção a não ser sair da cama, especialmente quando senti alguém cutucando meu queixo. Quando consegui abrir os olhos, vi uma menina chinesa da minha idade me olhando com expectativa.

— Bom dia! — cantarolou ela. — Sou Mary, e preciso te mostrar como são as coisas por aqui! É hora de levantar! — Tudo que ela dizia tinha um tom animado, e ela provou ser uma dessas pessoas que estão sempre de bom humor.

Ainda assim, parecia pouco natural para mim, mesmo na minha idade, que alguém pudesse apenas saltar da cama e estar desperta. O que eu não sabia era que todos os alunos na Propriedade recebiam extensivos treinamentos e lavagens cerebrais destinados a torná-los o mais eficiente possível. Isso inclui se tornar uma "pessoa diurna". Para tornar as coisas piores, todos os alunos no meu ano estavam na Propriedade desde bem pequenos. Não há uma época específica em que os poderes das pessoas se manifestam, pode acontecer em qualquer momento de suas vidas, mas geralmente acontece antes da adolescência, o que é conveniente para o Checquy, porque fica muito mais fácil doutriná-las. Eu era a única pessoa da minha idade cujos poderes não tinham sido detectados no ventre. Todos haviam passado praticamente cada minuto dos últimos oito anos juntos, então além de já estarem mais em forma do que a maioria dos atletas profissionais e ter mais autodisciplina do que um samurai, as crianças tinham um grupo fechado e coeso de amigos.

Foi neste ambiente que a pequena Myfanwy Thomas foi jogada, ainda absorvendo a ideia de que nunca mais voltaria para casa e lidando com a vaga, mas opressora, ideia de deixar Lady Farrier e Sir Henry orgulhosos. E havia algo a mais incomodando, algo que tornou todo esse cenário mais perturbador. Aquela foi a primeira noite, em meses, que eu não recebi a visita de Farrier nos meus sonhos. Nenhuma discussão, nenhuma explicação — ela simplesmente me abandonou.

Quando levantei, vesti um uniforme azul-marinho, minhas mãos foram besuntadas de hidratante e cobertas com luvas de látex e fui mandada para o pátio, onde nós fizemos alguns aquecimentos antes de uma série de aulas de aeróbica de alto impacto, seguidas de um tipo de yoga destinado a melhorar as habilidades contorcionistas.

Os cinco minutos finais dessa tortura, em que pudemos deitar e fingir estarmos mortos, foram o melhor momento do dia. A corrida de três quilômetros que tivemos de fazer em seguida foi o pior.

Durante toda essa provação fui encorajada por Mary, mas podia ver que ela estava ansiosa para voltar ao resto do grupo, que terminou a corrida bem antes de mim. No tempo que precisei para terminar essa pequena expedição (que nos levou a um morro íngreme, por um trecho de areia e um riacho), fomos ultrapassadas por cinco grupos de crianças mais velhas, que saíram depois de nós. Depois disso, fizemos uma longa sessão de alongamento, que envolvia ter nossos membros puxados por colegas entusiasmados, colocar um traje de banho e marchar em fila para uma longa fileira de chuveiros cujas temperaturas foram calculadas para mudar exatamente da forma certa a garantir que nossos músculos não explodissem.

Depois disso fomos até a capela, para um misericordiosamente rápido sermão sobre dever e patriotismo e, enfim, passamos para o café da manhã, ou pelo menos, café para todos os outros. Mary, desculpando-se (de maneira animada), explicou que os médicos iam fazer alguns testes em mim. Como resultado, eu não tinha permissão para comer nada ainda. Assim, tive de assistir enquanto um refeitório cheio de gente engolia a comida que foi feita para dar o máximo de energia, garantir um crescimento saudável, fornecer todos os nutrientes valiosos, produzir um cabelo sedoso e proporcionar boa digestão. Para piorar as coisas, tinha aparência e cheiro deliciosos. Eu me sentei no meio de um grupo de meninas e meninos que conversavam sem parar, fazendo referências a coisas que eu nunca tinha ouvido e rindo de piadas que eu não entendia (o que não me surpreendia, considerando que eles estavam em um nível cinco vezes maior do que o meu e eram fluentes em duas línguas estrangeiras). Eles tentaram me incluir na conversa, mas eu estava exausta, confusa e morrendo de fome.

No final do café da manhã, o sol começou a nascer. Descobri mais tarde que o canto dos galos que nos acordou era uma gravação, provavelmente de algum galo cujo canto era o mais arquetípico e cujo som iria tocar uma parte primitiva dos nossos cérebros e acordá-los, como teria feito com nossos ancestrais.

Era assim na Propriedade. Cada aspecto de nossas vidas tinha sido desenhado e coordenado com cuidado para ser o mais eficiente possível. Assim como nós.

Do café da manhã, seguíamos para a sala de aula, e as matérias incluíam clássicos, química e desmontar três tipos diferentes de rifles. O almoço parecia delicioso, mas em vez dele eu recebi umas pílulas que disseram que iam me "desentupir", em preparação para meus testes. Eu não tinha ideia do que isso significava até o meio da próxima aula, quando fui obrigada a deixar a sala de repente, no meio de uma leitura de técnicas de observação. Eu também tive de sair da sala durante a aula introdutória de francês (com o que eu fiquei bem aliviada, já que estava cercada por crianças de 3 anos). E durante a aula de judô. E a de informática. No final do coro, eu me sentia sugada, emocional e intestinalmente.

Por fim, quando todo mundo saiu a campo para trabalhar em seus poderes, fui direcionada ao sanatório, onde uma equipe médica, usando jalecos amarelos não ameaçadores e luvas de látex, iniciou uma série de testes e exames que não deixaram nenhuma parte minha sem ser examinada, raspada, sondada ou analisada. Tiraram fotografias, raio-x e fizeram entrevistas. Tiraram uma amostra de cada fluído do meu corpo, assim como de alguns dos sólidos. Tiraram as impressões digitais das mãos, dos pés, das palmas, tive os olhos examinados, a voz, e o conteúdo da minha exalação foi registrado. Recebi um novo corte de cabelo (abaixo do ombro não era aceitável para nossos "aventureiros"), tive uma cárie obturada, recebi óculos e uma cirurgia a laser para os olhos foi agendada para quando eu tivesse idade suficiente; o mesmo aconteceu em relação ao aparelho ortodôntico, que deveria começar a usar em breve; e recebi uma carga especial de musculação a fim de me elevar o máximo possível aos padrões da minha faixa etária.

Eles testaram alergias, e encontraram uma para abelhas. Testaram fobias e encontraram de espaços fechados e abertos, escuro, cobras, aranhas e falar em público. Fui encaminhada a um psiquiatra e à terapia. Quando acabei os exames, eles tinham detalhes sobre minha condição física, mental e espiritual suficientes para preencher um arquivo inteiro. E foi só o começo.

De lá fui mandada para o outro lado do gramado, um prédio robusto onde estava alojado o departamento que tratava dos traços especiais dos alunos, aquelas vantagens responsáveis pela vinda deles para a Propriedade. Passei pelas salas de prática em que crianças matavam animaizinhos cantando, levantavam refrigeradores sobre suas cabeças e tinham conversas profundas com pinheiros. Finalmente cheguei ao escritório do chefe do departamento, que me entrevistou por umas boas duas horas sobre o que acontecera quando eu caí da árvore.

Essa entrevista ficou na minha lembrança como uma das experiências mais torturantes de todo aquele dia torturante, e isso inclui as idas apressadas ao banheiro. Mas, ao final, dei a entender que poderia repetir meu pequeno truque ao tocar as pessoas. Não me ocorreu na época me perguntar o que teria acontecido se eu decidisse que não conseguiria fazer o truque de novo. Anos mais tarde, aprendi que o tratamento da Propriedade nessas situações é algo do tipo: "pássaros que podem cantar e não cantam precisam ser obrigados a cantar".

Eu me integrei às aulas, à rotina, e se fiquei dolorida como o diabo por causa das primeiras semanas, bem, foi o preço de entrar em forma. Essas pessoas sabiam exatamente até onde podiam me pressionar. Aquilo não era uma escola fanática de balé tentando garantir que seus pupilos nunca entrassem na puberdade, ou um colégio cujos alunos iriam cometer suicídio se não entrassem na universidade apropriada. A Propriedade tomava muito cuidado para não pressionar demais. Afinal, era o interesse dos administradores produzir seres humanos adultos excelentes, e fazer uma pressão exagerada nos nossos frágeis ossinhos e mentes não garantiria isso.

Dito isso, vale lembrar que crianças podem lidar com muito mais pressão do que é normalmente exercida sobre elas.

A bateria de testes médicos acontecia mensalmente e era padrão para todos os alunos. A Propriedade desejava descobrir as fontes das habilidades não naturais dos estudantes e o fracasso quase completo nessa tarefa não os desencorajava. Descobriram uma conexão entre um garoto e fenômenos atmosféricos na Islândia, mas num nível tão profundo e complexo que ninguém conseguia entender como eles se relacionavam. Outro menino podia apenas tentar explicar como ele estava ligado ao estado emocional de cada canhoto do planeta. Era uma situação que levava a uma ampla perda de cabelo entre os médicos, que arrancavam tufos e mais tufos ou sofriam de queda relacionada ao estresse. Ainda assim, a equipe fez leituras, análises, e empilhou informações, esperando vagamente que futuros funcionários do Checquy tivessem tecnologia ou visão para entender os dados.

Eu não fiz amigos. As primeiras semanas consistiram em um esforço frenético para me adaptar à rotina, às expectativas. Quando relaxava o suficiente para notar quem estava ao meu redor, achava difícil falar com eles, e, por eles estarem sempre conversando entre si, ninguém notava que eu não estava dizendo nada. Eu nunca conseguia manter o ritmo deles nas corridas, não porque eu não estivesse em forma (eu fiquei extremamente em forma), mas porque com o tempo de treinamento que tinham, eles eram atléticos de um modo não natural. Em termos de conquistas acadêmicas, eu estava entre os dez melhores, mas sempre no fim da lista. Eu nunca fui um deles de verdade.

O trabalho que os instrutores fizeram com minhas habilidades teve progresso, apesar de não satisfazê-los, penso eu. Treinar um indivíduo com poderes sobrenaturais já é uma tarefa difícil. Há uma enorme variedade de habilidades que se manifestam, e é muito difícil treinar alguém para fazer algo quando você não pode de fato fazer você mesmo. Pelo menos, os alunos da Propriedade são ensinados desde pequenos a terem entusiasmo por seus poderes. São encorajados a explorar as fronteiras de suas habilidades e querem aprender.

Eu, entretanto, não queria.

Eu associei meus poderes com sangue, dor e médicos gritando e se debatendo. Eu também entedi que foram esses poderes que me tiraram da minha família. Combine isso com um recém-adquirido receio por outras pessoas, e você tem uma criança extremamente desmotivada a tocar pessoas em geral, quanto mais a tentar se conectar com seus sistemas nervosos.

Porém, apesar de ter sido necessária muita dor e estresse para ativar meus poderes da primeira vez, tive sorte de ter sido capaz de acioná-los com facilidade dali em diante. Mas, apesar de ser capaz de fazê-lo, eu não queria. Não queria tocar meu dedo no braço nu da assistente de laboratório. Não queria ver se eu podia fazê-la cerrar o punho. Não queria estender meus sentidos através dessa conexão e explorar o corpo dela. Não queria estar próxima de pessoas e com certeza não queria colocar minha mente dentro delas.

Claro que, no final, fiz tudo isso. O progresso foi dolorosamente lento, mas, com o passar do tempo, obtive o poder de tocar pessoas e ter controle instantâneo de seus corpos. Eu podia fazê-los se moverem para onde eu quisesse. Eu podia ler sua condição física, detectar gravidez, câncer, uma bexiga cheia. Com o tempo, desenvolvi um controle muito mais sutil, introduzindo novas sensações nas suas percepções ou, em alguns casos, ativando suas habilidades especiais sem o consentimento delas.

Era horrível; eu odiava.

Além disso, todo mundo na Propriedade sabia sobre minhas habilidades e minha limitações. As pessoas se desdobravam para evitar contato físico comigo. Não digo que fui excluída — eles eram bem legais, e ninguém foi cruel ou caçoou de mim, mas se afastavam quando eu passava nos corredores. Eu tinha mais espaço pessoal do que os gêmeos que podiam deixar você daltônico com um toque ou a menina cuja mão direita fazia crescer furúnculos. Basicamente, o único contato físico que eu tinha era num ambiente clínico. E era o bastante para mim.

Quando me formei na Propriedade, eu tinha apenas uma habilidade registrada e uma profunda aversão por usá-la. Eu também tinha a impressão de que meus poderes não tinham avançado tanto quanto o Checquy esperava.

8

— Não, não queremos Toblerone — disse o Gêmeo Certinho.

Por um momento, Myfanwy cogitou comer o chocolate, mas o Gêmeo Descolado estava ocupado abrindo um documento, e o Gêmeo Certinho começou a falar.

— Myfanwy, parece que suas suspeitas estavam corretas. O Departamento de Interrogatório fez um exame completo nas fitas e transcrições do interrogatório, como você sugeriu. Parece que você os deixou com muito medo. — O Gêmeo Certinho sentou-se, enquanto o Gêmeo Descolado terminava de consultar os documentos e entrava na conversa.

— Doutor Crisp ordenou que eles prestassem atenção especial aos últimos momentos, os guinchos antes da morte. Quase imediatamente os técnicos perceberam que *eram* palavras coerentes. E logo que os tradutores descobriram o que estava sendo dito, mandaram um mensageiro para seu escritório. — O gêmeo fez uma pausa. — O mensageiro tropeçou em mim no corredor, e eu disse que iria dividir a informação com você. — Myfanwy se esforçou ao máximo para parecer calma, mas por dentro estava fervendo. *Como ele ousa ler minha correspondência?* Quando Gestalt ofereceu a ela a mensagem, ela praticamente arrancou da mão dele. Ignorando as testas franzidas dos dois irmãos, ela passou os olhos pela mensagem. Não a surpreendeu constatar que o doutor Crisp tinha uma letra medonha. Mesmo assim, foi capaz de decifrar quais foram as últimas palavras esbaforidas de Van Syoc.

Eu trabalho para a invasão... vamos matar vocês todos.

— Invasão... — sussurou ela. Olhou para os gêmeos e percebeu que suas feições cerradas não eram de desagrado, mas de medo. — Gestalt, precisamos saber mais.

— Concordo — disse o Gêmeo Certinho. — E a Corte deve ser informada o mais rápido possível; essa informação é importante demais, não pode vazar. Você concorda?

— Sim — concordou Myfanwy, séria.

— Ingrid — chamou o Gêmeo Descolado. A mulher de roxo veio imediatamente. — Quanto tempo até o pôr do sol?

— Aproximadamente três horas e meia, Torre Gestalt — respondeu Ingrid sem pestanejar.

— Os dias precisam começar a ficar mais longos — disse o Gêmeo Certinho, estremecendo. — Contate Apex House e diga a eles que a Corte precisa se reunir o mais rápido possível. A reunião terá de ser antecipada para hoje à noite, assim que o sol se pôr. — Ingrid assentiu e saiu da sala rapidamente. — Bem, Torre Thomas, parece que vamos ficar acordados até mais tarde. Eu a aconselho a tirar um cochilo e jantar bem cedo.

Myfanwy o encarou, incrédula por ele lhe dar ordens daquela maneira. Além disso, ela não ficou muito feliz com o tom com que ele se dirigiu a Ingrid. Sob o olhar dela, os gêmeos pigarrearam, desconfortáveis.

— Torre Thomas, também quero me desculpar por perder a cabeça tão violentamente durante o interrogatório, quando o sujeito mencionou os Grafters. Você sabe as histórias que nos contam na Propriedade.

— Sim — concordou Myfanwy, emburrada, sem ideia do que Gestalt estava falando.

— Eu... falei com Crisp, e ele concordou que nada mais precisa ser dito sobre o incidente — continuou o Gêmeo Certinho, olhando para ela de modo incisivo.

Depois de uma pausa, Myfanwy concordou. *Quem são esses Grafters que podem fazer Gestalt surtar a ponto de tentar estrangular alguém?* Os gêmeos pareciam aliviados quando se levantaram.

— Muito obrigado, Torre Thomas. Pelo... choque, você sabe. Devo dizer que você está lidando muito bem com isso. Muito melhor do que eu esperava — disse o Gêmeo Certinho.

E, com isso, os gêmeos se retiraram. Myfanwy anotou *Grafters* e Ingrid entrou.

Lady Linda Farrier se mexia, desconfortável, em seu sono, seu rosto se contorcendo de ansiedade. Suas pálpebras se mexiam de maneira suave, e ela mordeu o lábio inferior, demonstrando sua concentração. A mulher alta e magra estava deitada em um divã, com o rosto para baixo, um braço sob a cabeça, e o outro largado para fora, com as pontas dos dedos raspando no chão. Ela ressonava.

O quarto era circular e pouco iluminado. Não havia janelas, e as paredes chegavam até uma galeria de observação, que se estendia por toda a sala. Nessa galeria estavam vários homens, todos armados até os dentes. Ficavam parados, como gárgulas vestidas de roxo.

Então ela abriu os olhos e se movimentou um pouco, bocejando. Um pequeno homem de roxo sentado perto da porta ficou de pé e caminhou até ela.

— Harrison, por favor, informe o Escritório de Assuntos Externos e Coloniais que o embaixador da China terá de ser substituído imediatamente. Ele gosta demais de dinheiro para resistir à tentação. Além disso, há um jovem cavalheiro na cidade de Milton Keynes que está se tornando insano com muita rapidez. Não consegui seu nome, mas ele vive em uma casa branca, número 57 de alguma rua. A casa tem uma caixa de correio azul e um bambuzal no gramado da frente. Ele tem cabelo ruivo e não é circuncidado.

O secretário assentiu de modo obediente e fez anotações em uma agenda eletrônica.

— Milady, as Torres convocaram uma reunião de emergência na Corte. Pediram que a reunião executiva da sexta-feira seja antecipada.

— As *duas*? — perguntou ela, surpresa.

— Sim, madame.

— Interessante. Então, quando é essa reunião de emergência? — perguntou ela, endireitando o casaco.

— Quinze minutos depois do pôr do sol esta noite. — Foi a resposta tímida.

— Ah, claro. Temos de levar isso em conta, não temos? — Ela suspirou, exasperada.

— De fato, madame.

— Tudo bem. Avise o escritório da Torre Thomas que eu ainda quero jantar com ela e adie nossa reserva.

— Sim, madame — respondeu Harrison.

— Vou voltar a dormir — disse ela, deitando-se novamente. — Vou ver se tem alguém interessante dormindo nos Estados Unidos.

— Isso me parece uma contradição, madame.

— Meu Deus, você é tão esnobe.

O Cavalo Herectic Gubbins (Harry, para os amigos) olhava com aflição para seu computador. O maldito aparelho tinha travado com doze páginas ainda não salvas de diretrizes, e ele tentava descobrir como reiniciá-lo sem perder tudo o que havia escrito. Passou a língua pelos dentes, pensativo, avaliando as possibilidades. Finalmente, deu um bom tapa na máquina.

Nada.

— Seu monte de lixo! — gritou ele. Respirou fundo, tentando se acalmar. Inspirou profundamente. Expirou devagar. Então deu outro bom tapa no computador.

Mais uma vez, nada.

— Inacreditável! — gritou. Sua secretária entrou. — Chame alguém do suporte técnico ou aquela mulher que diz que sabe se comunicar com computadores e arrume isso. — Ele voltou sua atenção para o aparelho, então levantou o olhar de novo. — O que foi?

— Você está se equilibrando em uma mão só novamente, senhor — respondeu a secretária. — E está deixando pegadas no teto. A equipe de limpeza tem reclamado.

— Ah. Ótimo. — Gubbins se aprumou e sua secretária revirou os olhos.

— Em todo caso, senhor, a reunião da Corte foi adiantada para hoje, logo depois do pôr do sol. É uma emergência.

— Tá bom. — Gubbins suspirou, levantou uma perna do chão e voltou a se apoiar sobre um só dedo. — Merda de computador.

— E *por isso*, ministro, é que você não pode ir para a Austrália! — retrucou Conrad Grantchester. — Você vai morrer e vai ser num ambiente bem público, bagunçado e repleto de veículos da imprensa. — Ele apertou um botão e o próximo slide surgiu na grande tela de projeção. Grande parte estava em vermelho, mas foram os pedaços verdes que de fato chamaram a atenção do ministro. Você fez inimigos entre gente muito poderosa. E eles mantém *essas* coisas como animais de estimação. Vê as partes pontudas? Vê? São feitas para entrar *nessas* coisas macias, fazendo as coisas macias saírem; essas coisas macias, ministro, não deveriam sair do seu estômago. — Grantchester ignorou os protestos e prosseguiu. — O governo, o povo e o Checquy desejam que essas coisas macias permaneçam em seu estômago. Portanto, o senhor não vai para a Austrália.

Então ele se levantou e caminhou apressado para fora da sala de conferência escurecida, deixando rastros de neblina escura atrás de si.

— Ele vai precisar de alguns minutos — comentou Grantchester com os assistentes ministeriais, que aguardavam no corredor. — Joan! — Ele chamou sua secretária, que estava bem atrás dele. — Mande alguém limpar todo aquele vômito, por favor. Qual é meu próximo compromisso?

Joshua Eckhart caminhava por um longo túnel pouco iluminado. Os azulejos estavam úmidos e uma grossa camada de mofo crescia. As galochas de borracha de Eckhart chapinhavam a água, que estava na altura do tornozelo e tinha formado lama. Acima, as luzes fluorescentes (ou o que restava delas) piscavam. Atrás de Eckhart avançava uma mulher pequena, vestida com um macacão impermeável, botas e guarda-chuva roxos. Ela segurava de maneira severa um documento encapado com plástico. Atrás *dela* havia dois homens de roxo, segurando armas enroladas em plástico.

Eles chegaram a uma enorme porta com listras de latão, chumbo e cobre. Eckhart pressionou sua mão contra uma placa no centro e sentiu o calor emanar de sua palma. Pequenas bolhas se projetaram no metal ao redor de seus dedos, provocando o som de maquinário hidráulico. As folhas da porta se abriram e cada metade deslizou pela parede. Ele estava prestes a entrar quando sua secretária tocou seu ombro.

— As Torres convocaram uma reunião emergencial da Corte, senhor — disse ela, segurando um celular à prova d'água. — Quinze minutos depois do pôr do sol.

— Entendido. — Ele suspirou.

Em seguida, passou pelas portas e sua comitiva o seguiu. Houve um grito profano, um estrondo de milhares de correntes, e o som de enormes apêndices emborrachados batendo uns contra os outros em uma fúria impotente. Então se ouviu a voz de Eckhart:

— Boa tarde, vossa majestade. Você continua a mesma. Agora, talvez devêssemos conversar sobre seu país. Seus súditos estão muito vulneráveis sem a proteção única que você pode dar a eles. E é por isso que você fará o que mandamos.

A resposta foi um uivo frenético.

— Não? Bem, vamos ver. Cavalheiros, por favor, atirem em vossa majestade. Na cabeça esquerda dessa vez, acredito.

Era um quarto velho em um prédio velho decorado em um estilo muito peculiar que mostrava que os decoradores não tinham nem imaginação nem um segundo cromossomo X. A pintura, que já não era vibrante, estava agora desbotada num bege agonizante. O carpete não era felpudo e talvez nunca fora. Até a luz entrando pelas janelas era cansada.

Poltronas forradas de couro foram ocupadas por idosos, gordos, homens. Isso não quer dizer que os ocupantes possuíam apenas uma das características acima. Eram todos, sem exceção, homens. Gordura ou idade ou ambas eram desejáveis, mas não compulsórias.

Tabaco fora mascado, cachimbos sugados e rapés fungados. Um amontoado de cadeiras era ocupado por um grupo de homens cujos nomes só seriam reconhecidos por um estudante particularmente ávido por política entediante e obscuros escritórios governamentais. Ainda assim, eles tinham poder.

Sir Henry Wattleman estava sentado entre esses homens e se perguntava se podia simular algum tipo de ataque. Depois de conversarem por várias horas, até velhos entediantes podem ficar cansados de estarem cercados por velhos entediantes. Ele balançou a cabeça, pensativo, como faria uma pessoa no comando de um pontificado obscuro e importante. Um garçom se aproximou, trazendo um telefone sem fio em uma bandeja. Os estatutos do clube proibiam os membros de carregar telefones celulares dentro das instalações, o que não era um grande sacrifício já que poucos deles sabiam como usá-los.

— Sir Henry, há uma ligação para o senhor.

— Obrigado — disse ele, dando três vivas por dentro. — Alô?

— Sir Henry, aqui é Marilyn — falou sua secretária do saguão do clube, que era o mais perto que ela podia chegar no prédio, por não ter conseguido preencher nenhum dos critérios de associação. Ela havia mencionado que poderia facilmente voltar para o escritório e seguir com seu deveres de lá, mas era um sinal de status no clube ter uma assistente esperando por você, pronta para lhe servir. — As Torres convocaram um encontro de emergência da Corte. Os senhores se reunirão na Apex House logo depois do pôr do sol.

— Entendo. Já estou indo — respondeu, com o tom pesado de um falso lamento.

— Não, não, senhor. Você ainda tem várias horas.

— Sim, com certeza. Prepare o carro — respondeu Wattleman. — Cavalheiros, sinto terrivelmente, mas parece que precisam de mim. O dever me chama. Agora mesmo.

Valeu a pena esperar para comer o Toblerone e Ingrid aceitou algumas das montanhazinhas. As duas estavam sentadas no sofá, Ingrid com a postura impecável e Myfanwy jogada nas almofadas, com os pés apoiados na mesinha de centro.

— Então, Ingrid, o que você achou do interrogatório? — perguntou Myfanwy.

— Muito interessante — disse Ingrid.

— Oh, sim? Sabe, Ingrid, não acho que "interessante" seja a resposta adequada de uma pessoa inteligente. Significa "não faço ideia, mas acho melhor dizer algo". — Ela olhou para sua secretária, que estava corada. — Vamos ser um pouco mais específicas: O que você achou das respostas do pobre senhor Van Syoc?

Ingrid respirou fundo e olhou para suas mãos.

— Bem, Torre Thomas, acho que a coisa mais espantosa é o fato de que os Grafters estão mandando agentes de volta para as Ilhas Britânicas. A segunda coisa mais espantosa é eles ainda existirem. Eu tinha a impressão de que a organização havia sido dissolvida e seus líderes, executados há centenas de anos.

— Sim, os Grafters — comentou Myfanwy, pensativa. — Fiquei chocada com isso também.

Ela sublinhou disfarçamente a anotação de *Grafters* em seu caderno.

— Apesar de que... — hesitou Ingrid.

— Sim? — interrompeu Myfanwy, ávida por aproveitar a abertura de informação.

— Não tenho muita certeza de que o restante da plateia ficou tão chocada. — Ingrid fez uma pausa e Myfanwy gesticulou, incentivando-a a continuar. — Quero dizer, ficaram espantados, mas apenas Torre Gestalt teve o tipo de reação que eu esperava.

— Você esperava que ele fosse estrangular o doutor Crisp? — perguntou Myfanwy.

— Bem, não — respondeu Ingrid, estremecendo. — Apesar de não me surpreender. Quero dizer, você sabe como o pavio de Gestalt pode ser curto, e, lembre-se, a Gestalt mulher esteve em combate esta manhã. A secretária de Gestalt me disse que todos os irmãos ainda estavam bem energizados. — Myfanwy assentiu, lembrando da caminhada irregular dos gêmeos quando eles deixaram seu escritório depois de narrarem o ataque ao culto de chifrudos. — Além disso, os Grafters são um tipo de bicho-papão para os formandos da Propriedade, como você mesma sabe.

— Sim — disse Myfanwy, completamente perdida. — Concordo.

Foi quase um alívio quando o telefone tocou e Ingrid se levantou para atendê-lo.

— Escritório de Torre Thomas, Ingrid falando. Sim? Com certeza. Vou informar a Torre agora mesmo. Adeus. — Ingrid anotou algo e olhou para Myfanwy. — Lady Farrier pediu que ainda jante com ela antes da reunião na Apex House. Talvez você queira trocar de roupa.

— Por quê? — perguntou Myfanwy. — Este é um terno de grife.

— Oh, é bem respeitável — disse Ingrid, desconfortável —, mas, bem, você sabe como Lady Farrier gosta que as mulheres se vistam para jantar.

— Sim, claro. Lady Farrier e seus requisitos de vestimenta — ironizou Myfanwy. — Por favor, arranje um carro para me levar de volta para casa.

— Não vai usar a residência? — perguntou Ingrid, surpresa, apontando em direção aos enormes retratos na parede.

— Oh, sim, boa ideia — improvisou Myfanwy. — Não achei que havia algo aqui que eu pudesse usar para o jantar, mas agora que mencionou, acho que pode ter. Vou verificar. Talvez eu tire um cochilo também. Obrigada, Ingrid.

— Não se esqueça, você tem um encontro com o chefe de segurança do prédio às três. Devo mandar uma mensagem quando ele chegar?

— Por favor.

Myfanwy observou Ingrid enquanto ela deixava a sala, então pegou sua caderneta e o fichário roxo e caminhou para a parede de retratos. Ela tentou espiar atrás do primeiro. Nada. No processo, ela quase derrubou uma foto da parede e foi obrigada a segurá-la rapidamente para se certificar de que não cairia. Ela quase teve de pedir ajuda, mas acabou conseguindo pendurar o retrato de volta. Ela se aproximou dos outros quadros com muito mais cuidado e encontrou um com dobradiças. Ela deu um passo para trás e o contemplou por um momento.

Era um homem alto e bonito, com cabelo escuro. Seus olhos negros brilhavam. O fundo era estilizado, com uma tinta preta jogada em pinceladas grossas. Uma plaquinha de cobre dizia CONRAD GRANTCHESTER, TORRE. Sob o toque dela o retrato girou e revelou uma pesada porta de metal, com a agora já familiar placa que esquentava sob a palma da sua mão. A porta se abriu deslizando e degraus acarpetados a conduziam acima.

Dramático. Qual desses retratos esconde a porta do banheiro? Ela rearranjou o pesado fichário nos braços e caminhou escada acima. A escadaria deu duas reviravoltas antes de repentinamente se abrir num enorme quarto cheio de luz. Grandes janelas que davam para a cidade de Londres também iluminavam a decoração escolhida pessoalmente por Torre Conrad Grantchester.

— Uau! — exclamou ela. — Ok, agora entendi o que Thomas quis dizer. — *Esse cara devia se achar o maior galã do mundo*. Era óbvio que o apartamento tinha sido decorado duas décadas atrás para o propósito expresso de seduzir jovens mulheres. Elas eram levadas até lá de modo discreto, talvez perdessem a fala com o couro preto e o forro de madeira escura da decoração e faziam sexo no luxuoso carpete roxo, em frente à lareira. Os muitos ornamentos de metal refletiam seus corpos e os amplificadores massivos estariam gritando as músicas mais recentes. Myfanwy tentou resistir ao desejo de dar uma risadinha, mas acabou explodindo em gargalhadas. Ela teve de se sentar para se recompor, jogando o fichário no chão.

Por fim, ela levantou e caminhou pela residência. Sua sobrancelha esquerda chegou a doer de tantas vezes que ela teve de levantá-la. Havia uma grande banheira dourada em forma de concha, e uma mesa de bilhar laranja. Pequenos holofotes iluminavam pinturas abstratas e esculturas. *Oh, preciso ver o quarto. Me pergunto se há...* Havia. Uma cama redonda com espelhos no teto. *Como, em nome de Deus, Thomas conseguia olhar para o rosto desse cara?* O estúdio, ainda bem, era muito mais moderno e profissional, com prateleiras cheias de obras de referência, a maioria livros de anatomia. Myfanwy imaginou que eram de Thomas e resolveu dar uma olhada neles mais tarde, para se familiarizar melhor com como os seres humanos eram de fato montados.

Ok, hora de estudar.

9

Os Grafters

Os Grafters, ou os Wetenschappelijk Broederschap van Natuurkundigen, remetem ao século XV. Até onde eu sei, havia uma boa quantidade de alquimistas vagando pela Bélgica. Ou, pelo menos, pelos territórios que um dia se tornariam a Bélgica. Enfim, estou certa de que você pode imaginar o tipo de gente que eles eram. A maioria era de homenzinhos esquisitos vivendo em porões, fazendo coisas bem desastradas com mercúrio e estrume em nome do conhecimento maior da humanidade. Alguns deles, entretanto, eram homens de grande riqueza, nobres que se envolveram com a irmandade para conquistar maiores retornos financeiros.

Pessoalmente, acho difícil acreditar que alguém achou que esses homenzinhos toupeiras iriam fazer ouro do chumbo, ou do atum, ou do que quer que eles estivessem trabalhando. Mas o duque de Tal Coisa e o conde de Outra Coisa decidiram que esse era um investimento que valia a pena e investiram uma quantidade obscena de dinheiro no financiamento da irmandade. Isso é algo que normalmente me irritaria, a ideia de toda essa riqueza sendo gasta em um empreendimento inútil, exceto por um detalhe engraçado.

Eles conseguiram.

Claro, eles não transformaram de fato chumbo em ouro, mas aqueles cientistas encardidos e iludidos fizeram uma descoberta de mesmo valor. De alguma maneira, eles dominaram a arte de moldar a carne, de alterar radicalmente as propriedades do corpo humano. Essa irmandade de geeks medievais podia moldar e transformar a matéria-prima das pessoas. Eles podiam liquefazer carne e ossos. Incorporar novos membros. Criar novas criaturas.

Gosto de pensar que esses alquimistas imundos tinham as melhores intenções. Com sorte, eles tinham em mente curar aleijados ou acrescentar um... seja lá o que for. Entretanto, os nobres investidores tinham ideias diferentes. Com o conhecimento que esses novos processos lhe conferiam, os membros da irmandade estavam na posição perfeita para tomar o poder. Em qualquer outro país, uma enorme guerra sangrenta teria acontecido. A terra seria tomada pelo horror, amálgamas malditas de carne teriam lutado nos campos de batalha e as noites teriam novos terrores indescritíveis.

Felizmente, é da Bélgica que estamos falando.

Em vez de criar um exército de monstruosidades marchando pelos campos verdejantes e pisando em soldados, os ricos patrocinadores se reuniram com o governante daquela época e tiveram uma conversa muito educada e civilizada. Possivelmente conversaram enquanto tomavam alguma sopa feita de creme. Graças a essa conversa, a irmandade se tornou oficialmente afiliada ao governo, tal como era. Quer dizer, não querendo difamar a Bélgica ou seus antecessores, mas era o século XV. Ninguém era muito organizado.

Nos séculos seguintes, os Grafters não fizeram muita coisa para influenciar os negócios na Bélgica ou, de fato, em qualquer lugar. Receberam uma grande quantia de dinheiro e um mandato para seguir com seus estudos, o que eles fizeram com foco notável, dado que as terras onde eles viviam mudaram de governantes e foram divididas várias vezes. Por sorte, os novos governantes aparentemente não foram informados das atividades dos Grafters, e os Grafters não tiveram interesse na situação política, ou nós teríamos Hapsburg Grafters, Grafters Espanhóis e provavelmente até Imperial Abbey of Stavelot-Malmedy Grafters soltos por aí.

Em vez disso, os Grafters usaram os fundos que foram alocados a eles para melhorar e refinar suas técnicas. O Checquy estava vagamente ciente deles, mas não os considerou muito importantes. Vamos falar a verdade, eram nerds belgas congelando em um porão qualquer e fazendo experimentos atrozes com porcos. Ninguém ligava. Mas, no começo do século XVII, eles foram capazes de produzir máquinas assassinas de tamanha eficiência que um agente do Checquy, que por acaso os observou em ação, escreveu, tomado pelo pânico, um relatório de trinta páginas bastante manchado de lágrimas e vômito. Ele também se tornou um homem muito mais religioso.

Como resultado desse relatório, o Checquy começou a prestar muito mais atenção nos Grafters. Margaret Jones, a Lady Alabaster da época, enviou sete agentes para a Bélgica com o claro propósito de observá-los. Não foi nada fácil, pois eles trabalhavam em diferentes propriedades guardadas e patrulhadas por grandes criaturas quitinosas, com a capacidade de farejar como cães de caça e com os instintos de hospitalidade de tubarões. Ainda assim, o Checquy improvisou e foi capaz de reunir informações importantes. Um agente, que fez observações enquanto estava na forma de uma gaivota, confirmou que havia um regimento inteiro de soldados multiplicados, todos montados em enormes criaturas que foram descritas como "crias bastardas de aranhas e cavalos Clydesdale". Os Grafters se tornaram uma grande preocupação internacional.

Lamentavelmente, ao mesmo tempo que o Checquy percebeu que os Grafters eram grande coisa, os Grafters também perceberam o que podiam fazer. De repente, eles tomaram consciência de seus gloriosos e monstruosos músculos e ficaram bem empolgados com a ideia de flexioná-los. Arriscaram ir até o líder do governo da época, que ficou bem impressionado e viu grandes oportunidades para seu próprio avanço pessoal. Agindo de acordo, ele não se sentiu compelido a informar sobre os Grafters a seu chefe, o rei da Espanha, e os incitou a usar seu potencial. O único problema era que eles viviam em uma época bem religiosa, e havia certa preocupação sobre a reação pública se eles soltassem uma força de criaturas que pareciam ter saído do cu do inferno. Veja, apesar de toda a genialidade deles em criar força e resistência, os Grafters não tinham senso estético. Eu vi desenhos de carvão e pinturas a óleo representando o que eles faziam, e eram todos horrendos.

Sendo assim, teriam de usar essas coisas com discrição. Os Grafters precisavam de uma área relativamente pequena e reservada para testar as habilidades de suas criaturas. Eu não tenho ideia de qual gênio pensou na localização, mas espero que tenha sofrido de uma hemorroida excruciante, porque ele propôs que a Ilha de Wight seria um alvo preliminar ideal, o que foi consentido.

Em 1677, monstruosidades saíram do oceano e uma guerra sobrenatural começou em solo britânico. Em resposta, o Checquy soltou os Peões sob o comando direto das Torres. Batalhas foram travadas por três semanas e centenas de civis morreram. Aos poucos, derrotamos os invasores; cada criação dos Grafters foi derrubada ao custo de dezenas de soldados Checquy.

Doze de nossas tropas — os últimos antropófagos das Ilhas Britânicas — se uniram e chacinaram dezessete monstros. Durante essa batalha, uma vila inteira foi exterminada e os campos próximos se tornaram tóxicos. O Peão Hamish McNeil, um leproso, lançou uma doença virulenta e anormal sobre as tropas Grafter, fazendo seus corpos despencarem sob seus próprios esforços trêmulos.

Por fim, tudo o que restou dos invasores foi seu general, um guerreiro hercúleo que se provou invulnerável a todos os tipos de ataque que o Checquy podia organizar. Finalmente, um dos meus... dos nossos antecessores foi levado ao extremo. Torre John Perry, o único Torre sobrevivente, ligou sua mente com a do general Grafter e deu um tiro na cabeça, matando os dois.

E esse foi o final da incursão Grafter na Inglaterra. Pelo que eu sei, o governante inglês da época, rei Charles II, não queria nada mais do que invadir a Bélgica (sei que tinha outro nome na época, mas é tudo Bélgica agora, e é menos confuso se eu apenas chamar de Bélgica), tendo as forças Checquy (aparentemente) provado sua superioridade. Os Lordes e Ladies do Checquy, no entanto, apontaram, de modo tácito, que não apenas nossas forças haviam sido dizimadas, mas nossos generais mais competentes estavam mortos. Notavelmente, o rei teve bom senso, e negociações com o governo belga foram feitas. O rei se esforçou ao máximo para evitar que os belgas soubessem de nosso estado precário e um tratado foi outorgado em nosso favor.

Sob os termos do tratado, o governante belga concordou em dissolver os Grafters. Todos os fundos foram retirados, todos os experimentos cancelados e todas as propriedades e bens confiscados. Se isso parece uma enorme concessão, é porque foi mesmo. Mas até onde os belgas sabiam, o poder das forças Checquy estava pronto para descer sobre eles e provocar horrores desconhecidos. Então, eles concordaram.

Até onde o Checquy (ou qualquer um) podia ver, os Grafters não eram mais uma ameaça. Sob a rigorosa supervisão dos cavalheiros do Checquy, todo o projeto foi desmantelado. Há registros detalhados de como os líderes foram executados diante de dezenas de testemunhas do alto escalão e seus restos apagados. Os cientistas foram mortos discretamente por soldados do Checquy, seus restos serviram de ração para os porcos, e os porcos foram mortos e queimados. As instalações e quartéis foram incendiados e os bens redistribuídos entre a Igreja. Todas as entidades alteradas, até os humanos, foram mortos — um processo que levou meses, não por causa da quantidade (apesar de serem muitos), mas pela tenacidade das criaturas. Todos os servos e burocratas envolvidos foram incentivados a esquecer tudo que sabiam e encontrar novas ocupações.

Não houve desaparecimentos misteriosos (além dos organizados pelo Checquy). Não houve motivo para suspeitar que os Grafters não estavam liquidados. Eles foram um capítulo interessante na história do sobrenatural, e alguns lamentaram a perda de seu conhecimento revolucionário, mas a maioria concordou que era melhor que eles sumissem.

Acredita-se que a história dos Grafters termina aí. Eles foram exterminados a um custo horrível, e todo o incidente permanece como um exemplo de quão importante o Checquy é e do que é capaz. Fim da história.

Amém.

Só que...

Só que a elite sabia de mais coisas. Durante a Primeira Guerra Mundial, nossos agentes coletavam corpos em territórios não ocupados entre as trincheiras. Foi uma época sombria, o país estava desesperado, e tentativas secretas foram realizadas por ambos os lados. Entre o escalão mais sombrio do Checquy, o projeto seguia por baixo dos panos; precisava-se de cadáveres, e pouco se questionava se os corpos eram adquiridos em campos de batalha ou na própria Inglaterra. O projeto acabou fracassando e foi arquivado. Apenas com uma pesquisa mais cuidadosa eu descobri isso.

Entretanto, no processo do trabalho com os corpos, os cientistas encontram um fenômeno intrigante. Eles sabiam que as anomalias só podiam ser obra dos Grafters. Ou seja: eles ainda existiam e agora suas habilidades eram bem maiores do que quando eram patrocinados pelos belgas.

Naturalmente, a organização tinha de ser informada. Os Grafters — uma das ameaças mais terríveis que o Checquy, ou melhor, a nação, já conheceu — estavam na ativa. Ainda assim, os cientistas que descobriram as anomalias estavam receosos de informar a Corte com nada além de conjecturas baseadas em cadáveres em avançado processo de decomposição. Oras, eles eram homens da ciência. Então decidiram reunir mais informações.

Dois Peões foram enviados em segredo à frente de batalha para investigar. Thomas Ryan era um exímio soldado dotado de visão telescópica, que podia ver através da pele humana. Charlotte Taylor podia cozinhar um ser humano por dentro. Eles viajaram de forma discreta e chegaram até Ypres, onde os corpos suspeitos foram coletados.

Ryan enviava relatórios regulares, mantendo os líderes do projeto atualizados de todos os progressos, nos quais relatava as histórias contadas pelos soldados nas trincheiras. Eles contaram sobre criaturas que serpenteavam entre crateras e viviam entre a lama e o sangue. Contaram também sobre os homens estranhos que vislumbravam de noite, caminhando, silenciosos, entre os corpos e deslizando pelo arame farpado com uma graça inumana. Às vezes, era possível vislumbrar um rosto em meio ao gás venenoso, antes de novamente sumir na densa neblina. Mesmo que disparassem contra esses seres estranhos, nenhum corpo era encontrado.

Ryan e Taylor tinham muito respeito pelos soldados ao redor deles — jovens que tinham mais chances de morrer. O medo estava sempre presente nas trincheiras, e eles não queriam aumentá-lo ainda mais. Mesmo assim, os operadores do Checquy os pressionavam para saber o máximo de detalhes que pudessem ter, e eles decidiram ir "além do limite".

Em uma noite de tempestade, os Peões saíram da trincheira com cuidado e foram para o território não ocupado. A chuva caía, encharcando o solo e tornando o terreno uma extensão devastada de lama. Raios cortavam o céu, multiplicados por explosões e faíscas. Trovões rugiram e metralhadoras gritaram. Não sei como aquele território foi negociado, mas sei que eles tinham de pisar sobre os corpos de seus conterrâneos e avançar com o lodo na altura da coxa. Os arquivos não informam até onde eles caminharam, mas, em algum ponto daquela área, encontraram o que estavam procurando.

Encontraram pesadelos.

Taylor foi breve e objetivo:

"Perdi minhas botas na lama, Ryan em uma explosão e um olho para as garras de algo não natural. A evidência foi coletada e está a caminho."

As amostras coletadas por Taylor foram suficientes para garantir evidências consistentes de que os Grafters não tinham sido eliminados. A Corte entrou em pânico, convencida de que eles estavam prontos para atacar o Checquy, e mais Peões foram enviados para a frente de batalha. Porém, mesmo se aventurando nas áreas mais funestas e dúbias, depois de meses de observações os Peões não encontraram nada.

A guerra terminou, e ainda não havia progressos em relação aos Grafters. Não houve sinal deles durante a Segunda Guerra Mundial, e o Checquy se permitiu relaxar um pouquinho. Apesar de saberem que seus inimigos estavam lá, nenhuma ação hostil foi realizada. Os membros da Corte diziam a si mesmos que talvez os Grafters não tivessem interesse em remoer casos antigos. Talvez estivessem se dedicando exclusivamente a seus estudos obscuros, ainda que perturbadores. Talvez possamos nos permitir não pensar neles.

Talvez.

Por décadas, não houve razão para se preocupar. Os Grafters não ressurgiram, nem em momentos de conflitos nem de paz. Uma dúvida persistente, porém, permaneceu, só que, com tantos assuntos necessitando de atenção, o Checquy precisou focar em suas responsabilidades. A Corte decidiu não compartilhar a informação da existência dos Grafters, uma vez que o terror da guerra com eles ainda estava vivo na memória de seus membros. Os alunos da Propriedade contam histórias sobre os Grafters para assustar uns aos outros.

Para o Checquy, eles são um dos inimigos mais assustadores com quem já se deparou. Se eles voltarem à tona com todo o vigor, será um desastre.

Impressionante, pensou Myfanwy, meneando a cabeça sem acreditar. Thomas havia incluído algumas fotocópias de velhos desenhos e, apesar de serem rascunhos e borrões, os detalhes que podiam ser percebidos eram o suficiente para revirar o estômago. Carapaças brilhantes, espinhos afiados. *Quão grandes essas coisas deveriam ser?* Ela leu a descrição. *Em 1677 eles estavam criando cavalos do tamanho de Humvees?* Bem, animais* parecidos *com cavalos — cavalos com escamas e presas. Que droga.* Então ela lembrou as revelações do interrogatório.

Essas são as pessoas que querem acabar conosco? Ela observou os retratos mais recentes. Mordeu os lábios enquanto lia com atenção os detalhes e as notas.

Caramba, estamos completamente ferrados.

E eu tenho de ir jantar com Lady Linda Farrier.

Estamos sendo invadidos por costuradores de cadáveres, fleshcrafters** *belgas malignos, e não tenho nada para vestir.*

Myfanwy contemplou pesarosa o conteúdo do guarda-roupa da residência. *Thomas não usava nada além de preto e cinza? O armário está cheio de ternos de qualidade, mas nenhum com personalidade. Nenhuma saia acima do joelho, nenhuma blusa que não seja branca.* Ela passou as pontas dos dedos nos casacos e então, acometida por um pensamento repentino, deslizou a mão pelo bolso de um deles. Tirou dois envelopes, cuidadosamente marcados com *Para você* e 2. O resto dos casacos trazia envelopes idênticos, e ela os amontoou em uma pilha no chão. *Vou ter de verificar todos os casacos e abrir todos esses envelopes.*

Ela abriu o outro armário e encontrou alguns vestidos no mesmo estilo dos ternos. *Mais ofertas da Casa do Puritano,* pensou. Ainda assim, ela fez o melhor que podia e conseguiu montar um traje "elegante" e que dizia "eu controlo uma organização secreta do governo".

A reunião com o chefe de segurança do prédio acabou sendo mais fácil do que ela imaginara. Ela estava receosa, já que fora sua antecessora que convocara a reunião, mas felizmente o chefe de segurança abriu a discussão

* O *High Mobility Multipurpose Wheeled Vehicle* (HMMWV) [Veículo Multifuncional de Alta Mobilidade], comumente conhecido como Humvee, é um veículo de uso militar que pode ser usado para transporte de cargas ou tropas, ambulância, suporte aéreo, entre outras funções. (N. E.)

** Referência a uma classe de personagens encontrada em jogos de RPG. *Fleshcrafter*, como o nome já diz (*flesh crafter*, em tradução livre, "artesão da carne"), é um ser que faz experimentos com corpos humanos. (N. E.)

e Myfanwy ficou sabendo por que havia um pequeno grupo de fanáticos acampando do lado de fora do prédio. Aparentemente, eles estavam convencidos de que o Rookery era a base governamental para os agentes secretos sobrenaturais.

— Percebo que isso pode soar um pouquinho ingênuo, mas não é isso mesmo? — perguntou ela, um pouco confusa. — Quero dizer, é o que fazemos aqui, certo?

— Oh, sim — concordou o chefe de segurança, um homem alto de ascendência sudanesa, chamado Clovis. Ela lembrou que ele também havia acompanhado o interrogatório, era um dos homens que estavam de pé nos fundos da sala, observando tudo em silêncio. — Eles estão completamente certos. — Ele sorriu.

— E você não está preocupado que nossa elaborada cortina de fumaça, os seguranças destinados a enganar o público e a esconder nossa existência, tenha sido penetrada por um grupo de nerds de computadores e teóricos da conspiração? Quero dizer, nossas melhores mentes se esforçaram muito para que pudéssemos operar em segredo.

— Isso é verdade — assentiu ele.

— E falharam.

— Sim. De fato, o grupo está fazendo o máximo para informar os passantes sobre a natureza das nossas operações.

— Estamos tentando fazer alguma coisa em relação a isso?

— Não — respondeu ele, calmo.

Myfanwy suspirou. Ela simpatizou com Clovis na mesma hora e decidiu não deixá-lo sentado em uma das cadeiras desconfortáveis. Ela passou os dedos no cabelo, agitada.

— Ok, Clovis... posso te chamar de Clovis?

— Certamente, Torre Thomas.

— E em particular, você pode me chamar de Myfanwy — permitiu ela, no calor do momento.

— Obrigado.

— Agora, me explique por que não estamos nos preocupando em afastar essa gente.

— Myfanwy...

— Essa gente que construiu o que chega a ser uma vila de tendas na entrada da nossa organização — disse ela, batendo os dedos na mesinha de centro.

— Sim, mas...

— Essa gente, que está alardeando a verdade sobre nós para cada Kev ou Nigel que passa por aqui. — Ela respirou fundo e olhou para ele com seus olhos negros. — Explique para mim, por favor, Clovis.

— Ninguém presta atenção em nerds e teóricos da conspiração — respondeu ele, simplesmente.

— Como assim? — perguntou ela, pega de surpresa.

— Myfanwy, ninguém presta atenção nesses caras — repetiu Clovis, calmo — Até ambientalistas são ignorados, e os argumentos deles fazem sentido. Pense no que essas pessoas estão alegando e você vai perceber que ninguém em sã consciência vai dar ouvidos a eles. Nem vão lhes dar dinheiro por pena.

— Tem certeza? Me parece uma perturbadora quebra de segurança.

— Por favor, esses fãs de *Arquivo X* estão dando um tiro no pé. Reparou na forma como eles se vestem?

— Bem, se você tem certeza, então... — disse Myfanwy.

— Absoluta — interrompeu Clovis. — Agora, há mais uma coisa.

— Há?

— Sim, e creio que pode ser uma questão de profundo interesse para a nossa segurança nacional — falou, num tom fatídico.

Inferno... isso está ficando um pouco demais para meu primeiro dia de trabalho.

— Alguém andou te procurando no Google.

— Alguém... quê?

— Digitaram seu nome no Google — falou mais uma vez, se inclinando para frente com gravidade, como se tivesse acabado de anunciar que o primeiro-ministro havia explodido.

— Nossa — disse Myfanwy. — Isso é... Tem certeza de que era eu?

— Como assim?

— Bem, quero dizer, Myfanwy é um nome galês, não sou a única pessoa com este nome. E Thomas é um nome bem comum também. Deve haver mais algumas Myfanwy Thomas por aí.

— Há doze que saibamos — respondeu ele, sério. — Nove delas estão no Reino Unido, uma na Austrália, outra nos Estados Unidos e a última na Nova Zelândia.

Eles mantêm uma lista das Myfanwy Thomas?, pensou Myfanwy. *Bem, para isso serve o imposto que pagamos.*

— Entretanto — continuou Clovis —, você é a única Myfanwy Alice Thomas. Além disso, também digitaram sua data de nascimento.

— Espera, como sabemos que alguém está me procurando no Google? — perguntou Myfanwy. *Não somos donos do Google, somos?*

— Colocamos os nomes de todos os membros da Corte em uma lista de observação — explicou Clovis. — As várias organizações com as quais temos acordos e relações nos informam se algum desses nomes aparecer.

— Ok — disse Myfanwy. *Não acho que sejam os Grafters. Quero dizer, eles já sabem onde é o Rookery, Van Syoc estava observando. E eu imagino que eles têm mais recursos à disposição do que o Google.* — Bem, sabemos onde essa pessoa estava?

— Foi nesta manhã, em Londres. Em um *cyber café*. Pagou com dinheiro.

Quem estaria procurando informações sobre mim?, se perguntou ela. *Isso é, além de mim.*

— Eles não teriam encontrado nada, teriam?

— Não, você não tem dados na internet. Somos muito cuidadosos em manter toda a equipe do Grupo fora da rede, claro. Mas consegue pensar em alguém que estaria procurando por você? Alguém fora do Checquy? Quem mais sabe que você existe?

Está brincando?, pensou Myfanwy. *Nem* eu *sabia que eu existia alguns dias atrás.*

— Não faço ideia.

— Bem, é muito estranho. Mas vamos manter a vigilância.

Myfanwy estava perguntando se havia outra forma de ela ser localizada quando Ingrid irrompeu no recinto.

— Sinto muito, Torre Thomas, mas o carro a espera — falou ela.

— Carro?

— É hora do seu jantar com Lady Farrier.

— Ai, merda. — Ela suspirou. Então notou a expressão chocada de Clovis. — Quero dizer, ah, muito bem, isso vai ser uma maravilha.

10

Lady Linda Farrier.

É temida por todos no Checquy. Não apenas por ser a chefe. Ou por ser de fato uma aristocrata de família antiga e ser amiga íntima da monarca da nossa nação. Não é nem mesmo pelo fato de que ela pode entrar na nossa mente enquanto dormimos.

É que ela emana autoridade. E olha para você como se soubesse tudo o que você está pensando e tudo o que fez de errado. Seu olhar nos faz querer nos endireitar e fazer xixi nas calças ao mesmo tempo.

A extensão de seus poderes e influência é incerta. Apesar de todo mundo no Checquy saber que Lady Farrier pode entrar nos sonhos e controlá-los, também há rumores sobre outros poderes. Que ela pode fazer sugestões hipnóticas (alguns dizem que ela pode fazer uma lavagem cerebral bem ao estilo do filme *Sob o domínio do mal** e que vários membros do Parlamento passaram por isso). Que ela pode prender uma pessoa em um sonho para sempre. E também enlouquecê-la.

Eu me pergunto: se ela pode entrar na mente de alguém e fazer o que quiser... então talvez isso faça dela a traidora? É ela que vai entrar na minha cabeça quando eu estiver dormindo e apagar minha memória?

Se for, você está ferrada.

* *Sob o domínio do mal* (*The Manchurian Candidate,* 1962), é um filme norte-americano que conta a história de Ben Marco, oficial do exército que participou da Guerra da Coreia e foi submetido a intensa lavagem cerebral e hipnose por militares russos e chineses. (N. E.)

11

Por que Thomas tinha tanto medo de usar seus poderes? Myfanwy se perguntava enquanto o carro a levava para longe do Rookery, em direção a um bairro mais gastronômico. Ela estava ciente de suas habilidades. Até ao olhar, pela janela fumê, para atrás da cabeça do motorista vestido de roxo, ela sabia que podia cortar a luz dos olhos dele. Claro, isso provavelmente o faria bater o carro. Mas o ponto era que ela poderia fazer, se quisesse. Ela não precisava tocá-lo, como Thomas deixou implícito na carta. Parece que sua antecessora avaliou mal a extensão de seus poderes.

Entretanto, era evidente que os anos de treinamento pelos quais Thomas passou na Propriedade deram a ela um controle muito mais refinado do que Myfanwy tinha no momento. As cartas de Thomas mencionaram feitos que ela não tinha ideia de como realizar. No momento, ela sentia que podia afetar apenas as funções corporais mais básicas. Mas, ao contrário da sua antecessora, ela estava ávida por explorar suas habilidades. *Se eu pudesse me sentar com alguém por algumas horas e apenas ler o seu sistema, eu teria uma compreensão muito melhor.* Porém, ela não podia pensar em nenhuma forma de fazer isso além de contratando os serviços de uma prostituta. *O que, definitivamente, seria sair do personagem.*

Myfanwy ainda estava refletindo quando foi entregue à porta da frente do Simpson's. Todos os jovenzinhos descolados estavam vestidos do jeito mais formal que seus orçamentos permitiam, enquanto os poderosos se vestiam da forma habitual. Um maître charmoso a guiou pela multidão, enquanto ela atraía alguns olhares, até a mesa à qual se sentava, com toda sua importância, Lady Linda Farrier.

— Boa noite, milady — cumprimentou Myfanwy, perguntando-se se deveria fazer uma reverência. Era a mulher de seu sonho, disso não havia dúvida. Aqueles olhos, aquela concentração intensa e o equilíbrio imperturbável dos poderosos. A última vez que se falaram, Myfanwy tinha apenas algumas horas de vida e ambas estavam dormindo.

Houve uma pausa na qual Farrier a encarou por alguns segundos e, então, fez sinal para que ela se sentasse. Sob seu olhar, Myfanwy endireitou o vestido e examinou os talheres.

— Sabe quem eu sou? — perguntou a senhora.

— A senhora é Lady Linda Farrier, uma das chefes do Checquy — respondeu Myfanwy, tranquila.

— Sabe quem você é?

— Até certo ponto.

— Mesmo? Da última vez que nos falamos, você não tinha ideia de quem nós duas éramos. Pelo menos um problema foi solucionado.

— Sim, milady.

— E você conseguiu aparecer segunda-feira no Rookery e seguir com seu trabalho. Muito impressionante. Partir nunca foi uma opção para você. Afinal, eu sabia que você havia perdido a memória, mas duvido que qualquer um dos outros acreditaria. E, é claro, ninguém deixa o Checquy. Myfanwy Thomas compartilhava de segredos de estado do mais alto nível. Mesmo que não tenha retido essas lembranças, só de aparecer hoje para trabalhar, já se inteirou de coisas que ninguém fora da organização pode saber. Você é um verdadeiro problema de segurança. Ainda assim, eu tinha uma vaga esperança de fazer um tipo de arranjo para você. Talvez algum tipo de aposentadoria segregada.

— Só isso? — perguntou Myfanwy. — Você não deve algo a Myfanwy Thomas?

O que me lembra: preciso descobrir qual é a dívida.

— Minha jovem, não sei que tipo de relacionamento você acha que eu tinha com Myfanwy Thomas, mas não éramos amigas. Ela brigou comigo, do jeito dela, em várias questões. Éramos cordiais e isso, em si, já não foi fácil. Manter esse segredo dela, um segredo de implicações gigantescas, por sinal, e permitir que você assuma sua vida serviu para pagar minha dívida.

— Mas, e se eu tivesse morrido? Tenho inimigos, é evidente. Você não pode deixar alguém vagando por aí sem nenhuma lembrança de quem ela é! — Ela não sabia o que Farrier deveria ter feito, mas deixá-la afundar sozinha não parecia lá um grande favor.

— Claro que posso. E, sinto muito, mas se você tivesse sido morta, isso seria, simplesmente, uma inconveniência — retrucou Farrier, dando um gole no vinho.

— Uma inconveniência — repetiu Myfanwy.

— Do que podemos chamar uma Torre que não tem lembrança de quem ela é? No melhor dos casos, um peso morto; no pior, um perigo. Felizmente, você se mostrou bem mais flexível do que eu esperava — replicou Farrier, com certa satisfação.

— Ah, é?

— Claro. Você não sabia nada da sua vida e apenas dois dias depois de "acordar", já está bem estabelecida no Rookery, reunindo-se com algumas das pessoas mais poderosas do país, e comandando assuntos que são secretos e aterrorizantes! Não acha isso um pouquinho peculiar?

— Lady Farrier, isso não é a coisa mais peculiar que eu ouvi hoje. Não fica nem entre as dez mais — respondeu Myfanwy, secamente.

— Não, creio que não seja — concordou Farrier, com um sorriso fraco. — Este é o problema da nossa profissão. Quase nada que é improvável consegue nos impressionar. — O garçom chegou e, sentindo a tensão entre as duas mulheres, ficou bem nervoso em anotar os pedidos. — Entretanto, ainda podemos nos surpreender. E você é a coisa mais surpreendente que eu vejo há muito tempo. Como aprendeu sobre quem e o que é?

Myfanwy a encarou e, por um momento, ficou tentada. Poderia explicar que Thomas sabia o que estava por vir — que sabia e se preparou. Farrier era poderosa e poderia ser uma aliada valiosa. *Além disso, é difícil passar por tudo sozinha. Foi só um dia no trabalho, e eu já sei de tantas coisas terríveis. Um exército monstruoso está prestes a atacar o país. Alguém na Corte me quer morta. E ainda não sei por quê. Sou responsável por arrumar essas coisas, e não consigo nem lembrar meu nome do meio! Quero contar a alguém!*

Era tentador, mas, ainda assim, Myfanwy sabia que não podia. Se ela tinha herdado os poderes de Thomas, provavelmente também tinha herdado seus inimigos. Fosse Farrier uma inimiga ou não, também não era uma amiga.

— Parece que aprendo rápido — respondeu Myfanwy e bebeu um longo gole de seu copo d'água.

— Você se importa se eu fizer uma pergunta pessoal?

— Por favor, faça.

— Isso pode soar estranho, mas quem você pensa que é? Você se vê como Myfanwy Thomas, Torre de Checquy? Ou é apenas a pessoa usando seu corpo? Tem alguma lembrança de ser ela?

— Boa pergunta — retrucou Myfanwy, com um pequeno sorriso. — Ainda estou decidindo sobre isso.

— Mas...

— Mas não sou ela. — Ela piscou e, quando seus olhos abriram, era uma nova pessoa.

Alrich acordou.

— Posso fazer uma pergunta? — perguntou Myfanwy a Lady Farrier.

— Creio que sim.

— Como era Thomas? — perguntou ela e foi encarada com um olhar assustado.

— Ah, é... minha nossa... — começou Farrier, que foi de certa forma pega desprevenida. — Ela era... legal.

— Legal? Ela era *legal*?

— Você deve entender que é um pouco desconcertante dizer a *você* o que eu achava de Myfanwy Thomas — argumentou Farrier, não sem alguma razão.

— Com certeza, mas não estou perguntando se você confiaria seu Bentley a ela. Só quero saber como ela era.

— Ah, bem, só um momento — disse Farrier. Seus olhos ganharam o mesmo ar distante de três noites atrás, quando havia sido surpreendida no sonho de Myfanwy. — Thomas era ao mesmo tempo uma tremenda decepção e uma habilidade tão surpreendente e valiosa. Quando adquirimos a criança, foi uma bela jogada. Um talento novo, sem fraquezas ou deformidades alarmantes. Sabe quão raro é isso? Em uma ilha tão pequena? A organização sondou a vida dela intensamente. Se você quiser, pode encontrar nos registros da Propriedade até o que ela jantou todas as noites durante os três meses entre a nossa aquisição e a manifestação de seus poderes. Assisti aos sonhos daquela menininha por semanas e registrei cada detalhe, buscando qualquer tipo de instabilidade mental. Eu a entrevistei, tomando cuidado para que cada sonho se passasse em um lugar que a testasse... — Farrier não conseguiu mais falar.

— E?

— E estava tudo bem. Ela era saudável, feliz e sã. Era *nossa*.

Um jovem atraente foi levado ao quarto de Alrich, e os olhos de Alrich se iluminaram.

— Então, como ela pôde ter sido uma decepção? — perguntou Myfanwy, já sabendo parte da resposta, mas querendo ouvir a versão de Farrier.

— Foi uma dessas coisas que não podia ser prevista. Uma garotinha brilhante, que parecia ser resiliente, mas que simplesmente não respondeu bem à transferência. Muitas crianças têm problemas quando são tiradas de suas famílias e a Propriedade está preparada para minimizar o impacto. Seu propósito é acolher os estudantes, fazê-los se sentirem confortáveis e amados, e treiná-los para o uso eficiente de seus poderes. Mas Myfanwy Thomas se isolou. Ela parecia quase patologicamente tímida. Em algumas ocasiões, creio eu, isso é aceitável. Mas, com um talento que se revelou ser ligado somente ao contato físico, foi desastroso. E havíamos depositado altas expectativas em você... quer dizer, nela. — Farrier parou de falar e observou, pensativa, a mulher sentada à sua frente.

Sei o que você está se perguntando, Lady Farrier. Você se pergunta se os poderes de Thomas ainda estão no corpo. Você está pensando: "Quando todas essas células cerebrais deram um perdido e Thomas desocupou este corpo, aquele grupo de lóbulos que a deixava controlar o corpo de outras pessoas também foi danificado?" E foi por isso que você não se moveu para me cumprimentar, não é?

— Então, lá estávamos com essa garotinha que, além de ser capaz de controlar outras pessoas, parecia ter a habilidade de criar uma concha emocional e social intransponível ao seu redor. E não havia a hipótese de deixá-la ir embora, porque ninguém deixa o Checquy.

— Nem as crianças? — perguntou Myfanwy, baixinho.

— Nem elas. Estávamos empacados com ela, essa lembrança constante de potencial não atingido. E não pense que desistimos de você como um mal negócio! A equipe e os professores da Propriedade passaram anos trabalhando com você. Tão decepcionante. — Farrier meneou a cabeça, negando.

Você esqueceu, por um momento, que não sou a mesma pessoa, pensou Myfanwy, enquanto Lady Farrier examinava o salão do restaurante. *Há um pouco de culpa aí? Deve haver.*

Alrich sentou-se à mesa e começou a ler relatórios, limpando os lábios, enquanto atrás dele, em um sofá, o homem roncava.

— Quando ficou claro que não havia esperança de os poderes de Myfanwy Thomas serem desenvolvidos, a Corte não prestou mais atenção ao restante da educação dela — continuou Farrier. — Discretamente, ela avançou nos estudos, conquistando, por sinal, um desempenho nota dez, até chegar na administração.

Ela continuou não sendo notável e você a enfiou em alguma posiçãozinha tediosa num departamento sem muita importância, foi a legenda mental de Myfanwy.

— Então, graças a Deus, ela se redimiu. E se mostrou bem capaz. Mais do que capaz... ela era brilhante. Sob suas mãos, a administração do Checquy foi revolucionada e ela subiu ao escalão de Torre.

Ah, e aposto que você ficou bem animada com isso. O fracasso que você esperava varrer para debaixo do tapete agora se sentava no meio da sala.

— Ela provou ser uma das executivas mais competentes da história do Checquy, uma organização que ao longo de sua história secular teve em suas fileiras as maiores mentes da nação. Não se engane, Myfanwy Thomas fez por merecer sua posição como Torre — comentou Farrier.

Myfanwy e Farrier foram em carros separados para a reunião na Apex House. As notas de Thomas diziam que o Checquy tinha instalações por todo o país, mas as três maiores eram o Rookery, o Annexe, onde as operações estrangeiras estavam baseadas, e esse lugar — Apex House —, o quartel-general derradeiro. Quando se aproximaram do prédio, ela reparou na grande estrutura de forma crescente com curiosidade. Era um visual distinto, com colunas e decoração sóbria nas janelas. Myfanwy passou para os fundos do prédio. A base do Lorde, da Lady e dos Bispos continha muitos dos aparatos legais e financeiros da organização. Também era o lugar onde a Corte do Checquy se reunia toda sexta-feira, para coordenar as atividades do departamento.

Para onde foi meu dia?, pensou Myfanwy, folheando o fichário desesperadamente. *Não sei quem vou encontrar ou o que fazem. Ah, merda, merda, merda. Que administradora você é, Thomas. Você não podia colocar uma seção de notas para trapacear?* Myfanwy estava surtando quando enfim chegou a uma seção chamada *A Corte*.

A Corte

A Corte do Checquy é o conselho executivo encarregado de cuidar de toda a organização. E desde que o jogo de xadrez foi reconhecido nas Ilhas Britânicas, a hierarquia do Grupo se baseia nas peças de xadrez.

É um sistema terrível.

Problemas:

O Checquy é uma organização governamental em um país monárquico. Você não pode ter pessoas por aí sendo chamadas de rei e rainha quando não são o Rei e a Rainha. Especialmente quando são pessoas com poderes sobrenaturais, que comandam um exército privado. É inevitável que esse tipo de nomeação acabe chegando ao Rei ou à Rainha de fato. Sendo assim, depois de algumas conversas, os títulos dos líderes do Checquy foram mudados para Lorde e Lady — que fogem do tema do xadrez e ainda são bem insolentes, mas poderia ser pior.

Os títulos de Lady e Lorde determinam gênero, o que torna a coisa um tanto constrangedora quando uma vaga aparece e a pessoa mais qualificada tem o tipo errado de genitais. Como resultado, durante os anos 1920, a organização foi marcada pelo desconfortável exercício de Lady Richard Constable, um homão barbado que uma vez arrancou a dentadas a cabeça de um cão de caça irlandês. Ele sucedeu Lady Claire Goldsworthy e por puro sangue frio se recusou a mudar de título. Mesmo quando o então Lorde morreu, Constable se recusou a trocar de posição.

Apesar de, como vimos, o Checquy ocasionalmente fugir do tema do xadrez, ainda há lealdade à ideia de que deve haver dois de cada posição. (Bem, tecnicamente, deve haver quatro de cada posição, mas isso é outra história.) Nós dividimos a responsabilidade por nossas jurisdições com nossas contrapartes, mas as fronteiras não são bem definidas. É um pesadelo para a logística e para delegar as responsabilidades. Fica implícito que as Torres, por exemplo, irão se consultar e cooperar com os assuntos domésticos. Em alguns casos, isso funciona bem. Torre Gestalt e eu completamos um ao outro: enquanto eu faço o trabalho burocrático, Gestalt faz o trabalho de campo. Entretanto, houve parcerias menos bem-sucedidas. Em uma ocasião memorável, em 1967, as Torres acidentalmente conduziram golpes simultâneos mas separados ao mesmo ninho de górgonas, só porque se recusavam a falar um com o outro.

Os Bispos não são de fato membros do clero. Não mais.

Os Cavalos não são necessariamente cavaleiros do reino.

Nossos títulos não podem ser usados na frente de civis, o que costuma causar situações desconfortáveis.

Algumas pessoas acham que o título Peão tem conotações desagradáveis. Somos treinados sabendo que podemos ser sacrificados a qualquer momento por um bem maior, mas a sugestão de que podemos ser sacrificados e sem pensar duas vezes é desanimadora.

Nem todos na organização têm um título do xadrez. Quem não tem poderes incomuns não é um Peão, é um Servente. Deixar uma boa parte da nossa equipe tão afastada do restante não ajuda muito na moral corporativa.

De vez em quando, alguém aponta essas falhas e tenta instituir uma mudança, mas essa pessoa é censurada. As razões para essa censura são:

1. Se você está na Corte e tem um título bacana, não vai querer mudá-lo para algo genérico.
2. Tradição.
3. O sistema atual nos lembra da importância de estratégia e da hierarquia.
4. É bacana.

Eis uma lista básica dos membros da Corte: nomes e escritórios. Você tem cartões de visita na gaveta de cima de sua mesa de escritório.

Torres (responsáveis por operações domésticas; com base no Rookery)
1. Os irmãos Gestalt (Alex, Teddy, Robert e Eliza)
2. Myfanwy Thomas (você)

Sim, obrigada por me avisar, pensou, irritada.

Cavalos (responsáveis por operações estrangeiras; com base no Annexe)
1. Major Joshua Eckhart
2. Herectic Gubbins

Bispos (supervisores do Checquy, ajudantes dos diretores; com base na Apex House)
1. Alrich
2. Conrad Grantchester

Lorde e Lady (diretores do Checquy; com base na Apex House)
1. A honrosa Linda Viscountess Farrier
2. Lorde Henry Wattleman

Infelizmente, não havia fotografias nem desenhos. *Creio que eu vou ter de me virar*, pensou Myfanwy. *Estou ficando boa nisso.* Ela levantou o olhar quando o carro parou. De perto, o prédio exalava uma autoridade discreta e dinheiro velho. O homem mais gordo que ela já vira, vestido todo de roxo como uma ameixa embonecada, abriu a porta do carro.

— Boa noite, Torre Thomas. Posso carregar sua pasta até a sala do conselho para você? — perguntou ele, apontando para o fichário roxo e a pasta.

— Não, obrigada — respondeu, distraída, olhando para os grandes pilares que marcavam a entrada da Apex. — Na verdade... — começou ela,

reconsiderando. *Uma vez que eu não tenho ideia de para onde eu devo ir...*
— Se você pudesse, seria ótimo.

Ela seguiu o homem enquanto ele cambaleava até o elevador e, então, pelos vastos corredores. Aproveitou a oportunidade para ler o sistema dele. Comparado com o radicalmente alterado Van Syoc, a biologia de um humano normal era harmoniosa, elegante. Ela se concentrou, localizando os impulsos e conexões de cada movimento. Era fascinante, o jogo de músculos e neurônios, a complexidade que havia em dar um passo, em virar a cabeça. Ela tentou fazer um teste, e a mão dele se abriu, jogando a pasta no chão.

— Sinto muitíssimo, Torre Thomas — disse o Servente, parecendo surpreso quando se abaixou. — Que mão furada...

— Não se preocupe — comentou ela, tranquila, sorrindo para ele. Eles seguiram e ela ficou concentrada na energia frenética da espinha dele e nas mensagens em um vai e vem entre o cérebro e o restante do corpo. Era a coisa mais bonita que ela já tinha visto.

— Torre Thomas?

— Sim?

— Chegamos — disse o Servente gorducho, estendendo com cuidado os braços. Ela saiu do estado de contemplação e pegou a pasta e o fichário.

— Desculpe — falou ela. *Preciso ser mais cuidadosa. Mas estou melhorando.* Cada vez que ela usava seus poderes em alguém, adquiria um conhecimento maior de como as coisas funcionavam, sentindo as conexões intuitivamente.

O Servente abriu a porta e ela entrou na sala de reuniões, que a decepcionou um pouco. Com todo esse papo de Corte e por seu escritório ser tão impressionante, ela estava esperando algo extraordinário. Tinha imaginado que poderia ser uma sala bem tradicional, com muita madeira envernizada, ou bem tecnológica, com vidro e metal. Não esperava uma sala simples, precisando de pintura. Havia uma mesa detonada no centro e já havia quatro homens sentados. Dois deles eram Gestalt. Os gêmeos.

— Torre Thomas — disse um dos homens que não era Gestalt, levantando-se para cumprimentá-la.

Ele era alto e magro, com cinquenta e poucos anos, e muito bonito. Seu cabelo preto ondulado estava rareando levemente nas têmporas, mas seus olhos azuis-acinzentados eram impressionantes. Era imaginação dela ou o homem estava chamuscado? Ele lhe parecia familiar, mas ela não conseguia imaginar de onde o conhecia.

— Boa noite — cumprimentou ela, lançando um leve sorriso.

Apesar da diferença de idade, Myfanwy se sentiu aquecida sob o olhar ardente e corou um pouco quando ele pegou na mão dela.

— Não creio que você se importe de nos dizer por que a reunião foi adiantada.

— Bem, acho que devemos esperar até todos chegarem — comentou Myfanwy.

— De acordo — respondeu ele, sorrindo. — E como está a residência? A decoração continua encantadora?

Ah, já sei! Esse é o Conrad Grantchester, o homem do retrato, o dono da cama redonda! Myfanwy corou mais uma vez, ao pensar no apartamento. *Aposto que aquele colchão redondo já teve bastante uso.* Ela decidiu não dormir nele se pudesse evitar.

— Bem, Bispo Grantchester, a decoração continua a mesma — respondeu, educada, contendo um bufar indigno de uma dama. Ela voltou sua atenção para o outro estranho na sala, que também se levantou e estava esperando para cumprimentá-la. Ele tinha bastante cabelo, castanho, grosso e encaracolado, nada de sobrancelha, e um grande bigode estilo morsa. Não era um homem que se poderia chamar de atraente, mas seus olhos eram bondosos.

— Torre Thomas, que bom ver você — falou ele, com um sorriso que parecia ser sincero. Ela gostou dele de imediato. — Mas o que foi que aconteceu com seus olhos?

— Assaltantes, imagine só — respondeu ela, tentando desesperadamente descobrir quem ele era. — Dois homens me atacaram e tentaram pegar minha bolsa.

— Meu bom Deus! — exclamou ele, com preocupação. — Está tudo bem com você?

— Ah, sim — retrucou Myfanwy. — Você sabe, qualquer um que se meta com um de nós se arrepende.

— Bem, é claro. Sei de várias pessoas que chegam a rezar por uma chance de bater em uns malfeitores. Um dos meus contadores circula por áreas perigosas, esperando ser atacado. Ele sempre se decepciona, pobre coitado. Acho que ninguém tenta roubar um cara que tem o corpo do Colosso de Rodes — refletiu ele, levantando uma das pernas do chão de forma distraída e a dobrando até a curvatura das costas.

— Sim, enfim, você parece estar... bem — comentou ela, tentando não demonstrar surpresa. Ele balançou a outra perna e acabou se equilibrando no calcanhar. — É... alguma novidade acontecendo no seu escritório?

Felizmente, a conversa foi interrompida pela chegada de Farrier. Ela estava segurando o braço de um velho cavalheiro alto e de aparência rude, e todo mundo fez uma reverência respeitosa. *Lorde Henry Wattleman*, supôs Myfanwy. O Lorde e a Lady cumprimentaram a todos pelo nome, o que ajudou Myfanwy a descobrir que o contorcionista de cabelo encaracolado era Heretic Gubbins, um dos dois Cavalos.

Quando cumprimentaram Myfanwy, ela abriu seu sorriso mais encantador e fez uma pequena mesura, que lhe garantiu um olhar aprovador de Wattleman e um olhar seco de Farrier, detectando o prazer de Myfanwy.

Eles haviam acabado de se sentar quando outro homem entrou apressado, fumando um cigarro e conversando num telefone celular. Ele cumprimentou os presentes com um gesto e continuou a dar orientações pelo telefone.

— Não, não, não. Deixe-a sair do avião, deixe-a caminhar até a alfândega. Então, você alega que há um problema com o visto dela e a escolta para a sala de entrevista que montamos. — Ele fez uma pausa. — Ela não pode receber comida. Ela pode ir ao banheiro desde que esteja acompanhada, mas você tem de coletar tudo o que sai dela. Mantenha-a *longe* dos canos conectados ao grande sistema. Pode dar água. Não responda às perguntas dela — ordenava, frenético. Desligou o telefone e se digiriu aos presentes. — Boa noite a todos. Peço desculpas por chegar tarde. Sou o último? Claro que não, ainda estamos esperando por Alrich, não estamos?

Então ele deve ser Eckhart.

Ele se sentou na frente de Myfanwy e rapidamente acendeu um novo cigarro usando a brasa do velho. Ela olhou para ele com interesse. Joshua Eckhart era loiro, o cabelo rareando e uma aparência rígida. Seu bronzeado sugeria ter passado um bom tempo trabalhando no sol. Sua postura era militar e seus olhos estavam alertas. Quando levou o cigarro aos lábios, Myfanwy notou as muitas cicatrizes em suas mãos.

Então Bispo Alrich entrou e Myfanwy prendeu a respiração.

Alrich era alto e tinha pele branca como marfim, salpicada com leves sardas. Seus traços eram angulares, andróginos e perfeitos. Seu cabelo vermelho-sangue era comprido, abaixo da cintura. Ele estava usando um terno azul-marinho elegantemente cortado.

— Sinto muito terem que esperar por mim. Trabalhar no turno da noite significa que esta é a hora em que estou mais ocupado. — Alrich falava com uma voz rouca, rosnada, o que era um pouco chocante vindo de alguém tão suave e elegante. — Torre Thomas, você me parece um pouco diferente.

— Bem, recentemente me arrancaram o couro — respondeu ela.

— Ah, então é isso — respondeu Alrich e se sentou na cadeira ao lado dela, com uma graça sinuosa. — Agora, qual é a emergência que causou este encontro adiantado?

— Os Grafters — disse Myfanwy calmamente. *Gestalt vai ter que liderar essa questão, então é melhor eu começar com minha deixa enquanto eu posso.* Ela olhou para os vários membros da Corte enquanto eles absorviam a informação. As reações variaram de um estreitamento de olhos, por parte de Eckhart e Grantchester, para Heretic Gubbins parecendo que ia vomitar. Ela notou com interesse que não houve nenhuma mudança na posição ou comportamento de Alrich. — Esta manhã, um agente Grafter chamado Peter Van Syoc foi preso em uma adorável pensãozinha em Harrow. Durante o interrogatório subsequente, ficamos sabendo que ele foi mandado para cá pelos belgas. Gestalt?

O Gêmeo Certinho ergueu o olhar, surpreso, então remexeu em suas notas.

— Obrigado, Torre Thomas. Para começar, acabamos de receber as imagens da captura. Apesar de nem eu nem Torre Thomas termos assistido, creio que isso sirva como uma demonstração eficiente.

As luzes foram diminuídas, uma tela desceu do teto atrás de Myfanwy e Alrich e se acendeu. Todos se viraram para assistir.

Era uma pensão *bem* boa. Evidentemente os Grafters têm um bom agente de viagens, porque a cama parecia confortável e o quarto foi decorado com muito bom gosto. Van Syoc parecia à vontade enquanto matava tempo no quarto. Era um pouco sinistro ver o homem circulando despreocupado, depois de tê-lo visto sendo torturado. Seu corpo expelia um vapor naquela hora, mas agora ela o via checar o frigobar e comer amendoins.

Myfanwy se sentiu um pouco ridícula naquela situação: os maiores poderes secretos do país assistindo juntos a um vídeo de um homem sentado na cama, petiscando devagar antes de colocar as meias e os sapatos. O tempo parecia se arrastar enquanto Van Syoc dava um nó em sua gravata e verificava seu cabelo no espelho. Enquanto isso, Joshua Eckhart fumava seus infinitos cigarros e Heretic Gubbins contorcia o corpo de forma perturbadoramente complicada. Todos estavam inquietos em suas cadeiras executivas, com exceção de Alrich, que estava sentado quietinho, com a perfeição de uma escultura de Donatello. Myfanwy desejou ter pipoca ou algum livro para ler quando uma mulher saiu do banheiro fechando a frente de seu vestido.

— Ela estava lá o tempo todo? — perguntou Lorde Henry. — Ela também é uma Grafter? — Era óbvio que ele não tinha lido o relatório.

— É a prostituta — disse Lady Farrier friamente, e todo mundo se encolheu.

— Bem — disse a mulher —, se precisar de alguma coisa, você tem meu número.

— Uma coisa — disse Van Syoc, e a mulher pareceu surpresa. Ele estendeu a mão para ela.

Aaah, não pegue a mão dele, pensou Myfanwy, se contorcendo. Mas a mulher pegou, com um sorrisinho. Van Syoc tinha o mesmo sorrisinho no rosto enquanto a puxava devagar ao encontro a ele. A mulher girava nos seus braços como uma dançarina. Myfanwy assistia àquilo paralisada. Por um momento, eles pareciam astros de Hollywood, a mão dele sob o queixo dela e os olhos dela fixos no dele... então, ele se contraiu e arrancou o rosto dela.

Myfanwy levou as mãos, que durante toda a cena estavam entrelaçadas nervosamente em seu colo, à boca para conter o grito de horror. Sua respiração estava acelerada, e parecia que seu coração ia saltar de seu peito. *Ai, puta merda, em que tipo de trabalho eu me meti?* Enquanto Van Syoc quebrava o pescoço da mulher de forma displicente, Myfanwy olhou para as pessoas ao redor e ficou um pouco aliviada em ver que todas estavam boquiabertas. Até Alrich, que para ela pareceu ser um cara tranquilo, ficou com os olhos esbugalhados de surpresa.

Na tela, Van Syoc fazia biquinho, como se fosse dar um beijo, quando houve uma batida forte na porta, o que fez todos saltarem. Van Syoc também saltou e deixou o corpo e o rosto caírem no chão; o barulho fez todo mundo na plateia estremecer.

— Só um minutinho — Van Syoc disse, olhando para a porta enquanto fuçava sorrateiramente em sua mala, tirando uma pistola.

— Senhor Van Syoc? — chamou uma voz feminina, hesitante e educada.

— Sim? — perguntou ele, fazendo aquelas complicadas coisas mecânicas para uma arma estar pronta para atirar.

— Aqui é a Louisa, da recepção. Desculpe incomodá-lo, mas houve um problema com sua documentação.

Van Syoc não abaixou a arma. Em vez disso, ele recuou para longe da porta.

— Então — continuou Louisa —, se puder sair, talvez possamos resolver isso.

— Claro, desculpa, eu estava entrando no banho — mentiu Van Syoc, enquanto erguia a arma e apontava para a porta. — Posso descer quando tiver terminado?

— Ah, sim, claro. Desculpe ter incomodado.

E a porta explodiu para o lado de dentro.

Myfanwy saltou na cadeira e soltou um gritinho. Felizmente, Gubbins fez a mesma coisa, então ela não se sentiu tão ridícula. Eles trocaram um olhar de embaraço. Todos os outros mantiveram seus olhares fixos na tela.

A fumaça estava entrando pela porta e a parte superior do quadro ficou pendurado de uma forma estranha, como se tivesse sido arrebentada pelo teto. Van Syock não saltou nem gritou, continuou parado, com sua arma apontada com todo o cuidado para a porta. Nada podia ser visto através das nuvens de fumaça. A tensão aumentou, mesmo entre os membros da Corte. Então três homens irromperam pela fumaça, carregando armas pesadas. Estavam vestidos com armaduras pretas, capacetes pesados e viseiras com luzes verdes ameaçadoras. Myfanwy os achou parecidos com besouros samurais.

— Parado, filho da puta! — gritou um dos soldados. — Largue a ar... — Ele foi interrompido quando Van Syoc atirou no meio da viseira dele. Houve um rugido ensurdecedor, abafado no mesmo momento no vídeo, quando torrentes de chumbo saíram das duas armas imensas e bateram no peito de Van Syoc. Seu corpo tremeu e derrubou a arma no chão.

Nossa, pensou Myfanwy. *Isso foi incrivelmente rápido. Me pergunto se...* seu pensamento foi interrompido ao ver que Van Syoc se sentou e, com dois tiros casuais, matou os soldados blindados do Checquy.

Myfanwy teve orgulho de si mesma por não ter gritado outra vez, e Gestalt disse algo sobre balas perfuradoras de armadura. Mas ficou de queixo caído quando Van Syoc se levantou e as balas começaram a sair do corpo dele. Então, uma jovem mulher saiu da fumaça e Myfanwy notou, espantada, que ela não estava usando armadura ou carregando nenhuma arma, mas que vestia um conjunto de moletom e tinha uma bandoleira de bolsinhas atravessada no peito. Usava luvas protetoras grossamente acolchoadas, feitas de um material preto qualquer.

Van Syoc pareceu um pouco ressabiado, mas Myfanwy teve de lhe dar um crédito — ele não hesitou em atirar na mulher. As mãos dela viraram um borrão quando ela se estendeu e pegou as balas no ar. Myfanwy podia ouvir o som das balas sendo abafadas dentro das luvas. Van Syoc pareceu chocado, mas era um profissional e permaneceu de pé, corrigindo sua postura. Seu corpo tremeu por um instante, então seus músculos e seus braços começaram a crescer e inchar. Como cachos de uvas, nódulos de força brotaram em seus membros. Era imaginação de Myfanwy ou ela de fato *ouviu* a pele de Van Syoc se manipulando?

Então o rosto dele passou a mudar de forma. Sua testa inchou e suas sobrancelhas também; a pele ao redor de seus olhos cresceu para fora, para protegê-los. O pescoço se expandiu até atingir a largura da cabeça, e depois ficou mais largo. Era como se a parte superior do seu corpo se estreitasse. O nariz de Van Syoc arrebitou e murchou, deixando duas pequenas fendinhas em seu rosto.

Myfanwy estava espantada com a transformação; viu o cabelo de Van Syoc se retraindo em seu escalpo. Ela mordeu com força o lábio inferior e olhou para Alrich, cujos olhos estavam fixos na tela.

— Você não tem um saco de papel, tem? — perguntou ela baixinho. Ele olhou para ela e sacudiu a cabeça negativamente, se desculpando. Por sorte, quando a transformação pareceu estar completa, outro Peão entrou no quarto, um homem de meia-idade vestido como um professor de história, com um paletó com remendo de couro nos cotovelos e tudo o mais, carregando uma mochila. Van Syoc se lançou à mulher, que tirou as luvas e avançou em velocidade estonteante. Ela bateu no pescoço e nos ombros dele, acertando pontos específicos de pressão. O pescoço parecia ser feito de um material elástico e esponjoso. Van Syoc a agarrou pelos ombros e a forçou contra a parede. As mãos dela viraram um borrão no rosto dele, mas ele continuou firme, empurrando-a pela parede até o corredor.

O Peão professor estava olhando horrorizado, e era evidente que se perguntava o que deveria fazer. Estava claro que lhe faltava força para levar Van Syoc para fora. Ele alcançou sua mochila e, com um movimento rápido das mãos, tirou de lá um longo e delicado chicote. Ele envolveu o torso de Van Syoc e o puxou com todo seu peso, abalando o equilíbrio da criatura. Aquele monstruoso Behemoth recém-criado se virou desajeitado e, nas cavidades profundas do seu crânio, seus olhos se estreitaram. Ele jogou a mulher pelo corredor e deu um passo para trás no quarto, segurando firme o chicote. O Peão, reconhecendo que esse era um cabo de guerra em que ele não tinha chance, largou o chicote e pegou mais dois na mochila.

— Quantos desses ele costuma carregar? — perguntou Eckhart, com seu cigarro ainda nos lábios.

Eles todos viram quando o Peão prendeu com habilidade as pernas de Van Syoc e as puxou. Com outro movimento rápido de punhos, os chicotes foram estendidos ao redor do pescoço do inimigo. A mulher Peão ressurgiu por trás de Van Syoc, parecendo bem desgrenhada depois de seu passeio pela parede, e o alcançou com suas mãos rápidas, amarrando o Grafter de modo que a cabeça dele ficou entre os tornozelos. Ainda assim, seus braços enormes se debatiam, acertando tudo que estava ao seu alcance. Mais dois chicotes foram trazidos, e os Peões prenderam e imobilizaram aqueles braços, enrolando-os em metros de cabos grossos, trançados. Então a mulher tirou uma enorme agulha de seu cinturão e a injetou atrás da orelha da criatura. Van Syoc resistiu por um tempo, mas as convulsões se reduziram a um tremelique, e ele então parou. Seus músculos murcharam, e o homem e a mulher apertaram os nós. O corpo de Van Syoc caiu inconsciente.

— Preciso de uma bebida — disse a mulher, exausta, checando os pulsos dos soldados mortos.

— Preciso de um curativo — disse o homem, examinando sua mão. De repente, Van Syoc começou a se contorcer de novo contra as amarras. — Jesus Cristo! Eu achava que esse troço podia apagar um elefante.

— É usado para apagar elefantes. É um tranquilizante de elefantes — retrucou a mulher, colocando a mão no ouvido. — Está imobilizado por enquanto, mas chame o Peão Depuy. — Ela abaixou o olhar, viu que Van Syoc estava lutando contra os chicotes e suspirou. — Ele vai arrebentar isso?

O professor (como Myfanwy o havia silenciosamente batizado) olhou para o assassino que se debatia no chão e assentiu resignado. Tirou várias outras cordas da mochila e começou a acrescentá-las à rede ao redor de Van Syoc. — Jesus, ele vai arrebentá-las também! Chame Depuy aqui *agora*!

Um senhor mais velho com uma bengala apareceu na porta, acompanhado por uma mulher num uniforme de enfermeira. Com enorme dificuldade, ele cambaleou até a massa de cordas que se contorcia no chão, inclinou-se até o rosto de Van Syoc e soltou uma única baforada rápida. Van Syoc imediatamente ficou parado, e Depuy levantou e saiu do quarto.

— Muito bem — suspirou a mulher Peão. — Melhor movê-lo. Jogue uns lençóis sobre ele, pegue o carrinho de mão e vamos começar a limpeza.

— Van Syoc foi transportado para o Rookery — disse Gestalt —, onde foi colocado num sistema de restrições que garantiram que ele não iria ativar seus implantes. O doutor Crisp o despertou dos sedativos e iniciou o interrogatório, com as Torres e alguns dos líderes de seção presentes. Ficamos sabendo que ele era um agente dos Grafters e que eles têm planos específicos.

Ele parou de falar e Myfanwy aproveitou a oportunidade para continuar a história.

— Van Syoc morreu durante o interrogatório, sob circunstâncias que estão sendo investigadas. Estamos considerando a hipótese de que algum tipo de mecanismo de autodestruição foi ativado. Mas certos detalhes foram extraídos. Parece que Van Syooc era um explorador e que estava aqui como precursor de uma invasão dos Grafters. — Gestalt estava assentindo, sério, mas todos os outro pareciam incrédulos. *Acho que deve ser difícil para eles. É como dizer que os normandos estão organizando uma represália.* Finalmente, Wattleman saiu do seu transe e se dirigiu aos Cavalos, Eckhart e Gubbins.

— Cavalheiros, vocês são responsáveis pelas operações internacionais. Vocês tinham alguma ideia de que havia a probabilidade de isso acontecer? — Myfanwy de repente se sentiu mal pelos Cavalos, um com seus cigarros e outro que parecia estar trançando os braços.

— Bem, Lorde Henry, você deve se lembrar de que não supervisionamos de fato o mundo todo — apontou Eckhart, sutilmente. — Se fosse assim, precisaríamos de um orçamento bem maior.

— Se este país está prestes a ser invadido, então não parece insensato esperar que vocês soubessem disso — disse Lady Farrier.

— Creio que não — respondeu Eckhart —, mas não realizamos operações de espionagem profunda. Somos armas. Somos apontados e disparados. Há outros ramos do governo que lidam com reuniões de inteligência internacional. Eles nos dizem o que é uma uma ameaça e cuidamos disso.

— Bem, suas contrapartes de assuntos nacionais parecem ter identificado o problema, e agora é com vocês *cuidar disso* — falou friamente Wattleman.

— Perdoe-me — disse Conrad Grantchester —, mas alguém poderia ajudar a reavivar minha memória sobre esses Grafters? — Todo mundo se virou em expectativa para Myfanwy e ela congelou. *Ah, parece que eu sou a nerd aqui. Graças a Deus que fiz meu dever de casa.*

— Os Grafters são os Wetenschappelijk Broederschap van Natuurkundigen, o que pode ser traduzido mais ou menos como "Irmandade Científica de Cientistas" — começou ela.

— Um nome fácil de lembrar — comentou Eckhart.

Ela então fez um pequeno resumo e Farrier acenou com aprovação (e surpresa).

— Bem — disse Grantchester —, a quem informamos?

— Ao Palácio? — perguntou Farrier.

— Ao primeiro-ministro? — sugeriu Wattleman.

— Ao ministro da Defesa? — questionou Eckhart.

— Aos chefes das agências de inteligência? — optou Gubbins.

— Meu Deus, precisamos? — perguntou Grantchester, cansado. — São sempre tão insolentes quando descobrimos algo que eles não sabem, e qualquer coisa, mesmo que seja algo só um pouco fora dos padrões, os deixa nervosos. Podem imaginar o que eles fariam se vissem essa fita? É tão embaraçoso quando espiões começam a chorar.

— Quanto somos obrigados a contar a eles? — quis saber Gubbins, que estava estalando o pescoço, tendo torcido sua cabeça para a direita além do que era normal para um ser humano.

— Vocês todos devem lembrar que quando o sistema de resposta a grandes incidentes foi instalado, depois do bombardeio em Londres, recursos especiais foram requisitados para o Checquy — disse Eckhart. — Podemos fazer aeroportos e balsas aumentarem a segurança, focando nos passageiros que chegam. Eles nem precisam checar a bagagem.

— Nem precisam mesmo — confirmou Grantchester. — Aparentemente, eles podem armazenar todas as coisas importantes dentro de seus corpos. E eu suponho que seus aperfeiçoamentos não apareçam em detectores de metais.

— Isso é verdade — concordou Myfanwy. — Mas cães farejadores podem notá-los. Eles ficaram bem alertas com Van Syoc, e foi uma das coisas que atraiu nossa atenção para ele. Seus bens foram vistoriados no aeroporto, assim como suas cavidades internas. Quando a segurança do aeroporto não pôde especificar o que estava deixando os cachorros loucos, eles notificaram o Checquy.

— Van Syoc deu alguma explicação para o interesse dos cães nele? — perguntou Alrich.

— Ele disse que veio de Amsterdã, onde curtiu coisas que são legalizadas lá, mesmo que não sejam aqui — respondeu Myfanwy.

— Esperto — disse Lorde Henry. — E plausível.

— Exceto pela treinadora dos cães ser uma das nossas agentes — continuou Myfanwy. Uma ideia se formava conforme ela falava. — Ela tem habilidades olfativas apuradas e não conseguiu detectar drogas nele. Não conseguiu farejar nada fora do comum, na verdade. Então penso que devemos ficar de olho em todos a quem os cães tenham um interesse especial e façamos uma busca. Se não aparecerem drogas, os suspeitos passam para a vigilância do Checquy. Dessa forma, podemos localizar os Grafters sem informar o governo que estamos encarando um problema sério.

— Muito inteligente, Torre Thomas — comentou Wattleman de forma benevolente.

— Eu sei — concordou ela, conquistando alguns olhares surpresos.

— Mas qual é a melhor forma de implementar isso sob o radar? — refletiu Farrier. — Nenhum pronunciamento formal; eles levantariam muitas perguntas que não queremos que sejam feitas.

— E você lembra que nem todos os indivíduos vindos do Continente são automaticamente checados? — perguntou Alrich.

— Ao inferno com todo esse negócio da União Europeia! — disse Wattleman. — É muito bom ter queijos baratos, mas ninguém parou para pensar que o continente europeu está conectado com alguns países que não são necessariamente tão... tão...

— Amistosos? — sugeriu Myfanwy.

— Seguros? — questionou Eckhart.

— Cheios de queijos bons e baratos? — disse Gubbins.

Farrier olhou feio para Gubbins.

— Talvez se o novo procedimento fosse gentilmente informado às pessoas certas? — comentou Grantchester.

— Sim, grande ideia! Eu podia levar ao Secretário de Interior no clube — concordou o senhor Wattleman, com entusiasmo. — Ele vai saber a melhor forma de arranjar isso. Está decidido. Agora, qual é nossa próxima ação imediata?

— Mas como vamos saber que eles não vão nos invadir nesta noite? — perguntou Gubbins. — Quer dizer, pode haver monstruosidades caindo de paraquedas em algum lugar. Em alguma vilazinha pobres idiotas podem estar sendo comidos vivos agora mesmo.

— Duvido muito — disse Eckhart. — Você não envia seus exploradores preliminares apenas uma manhã antes de invadir o país.

— Sim, bem pensado — concordou Grantchester. — É apenas bom senso.

— Temos certeza de que ele era apenas um explorador preliminar? — perguntou Farrier.

— Sim — respondeu Eckhart com convicção. — Se três Peões podem detê-lo, então ele não representa o melhor dos poderes dos Grafters.

— Além do mais — acrescentou o Gêmeo Certinho —, ele disse isso durante o interrogatório.

— Não temos informação suficiente para planejar nosso próximo passo — avisou Myfanwy. *Alguns aqui nem sabem quem são os nossos inimigos.* — Precisamos saber mais.

— Excelente! Boa ideia, Torre Thomas! — falou Wattleman com alegria. — As Torres e os Cavalos vão trabalhar juntos e apresentar suas conclusões para os Bispos amanhã à noite. A não ser, é claro, que sejamos invadidos hoje.

Nesse caso, vocês podem nos acordar. — E gargalhou em seguida. Ninguém mais riu quando Wattleman e Farrier se levantaram de suas cadeiras e seguiram para a porta. Grantchester assentiu e abriu um leve sorriso para todos, o sorriso de alguém que não é responsável por um problema e também saiu da sala, deixando um rastro de fumaça.

As Torres e os Cavalos ficaram com Alrich, que simplesmente permaneceu sentado. *Caramba, ele é lindo*, pensou Myfanwy. *Se ele ao menos piscasse de vez em quando. Ou se movesse. É meio assustador.* Na verdade, o Bispo Alrich parecia estar assustando aos outros também. Gubbins mexia os dedos com nervosismo e Eckhart estava dando mais atenção ao cigarro do que o necessário.

— Eu não os invejo — comentou Alrich, de repente, se levantando de sua cadeira com uma estranha suavidade. — Ainda assim, tenho plena certeza de que vocês vão pensar em uma boa solução. — E ele se foi.

Os quatro membros remanescentes da Corte (bem, cinco se Gestalt fosse contado como dois, o que Myfanwy não fez) olharam um para o outro.

— Falar sobre isso no clube? — sugeriu Gubbins. — O que ele vai dizer para os caras? "Ah, bela jogada no gamão, Chumsey. Aceita outro conhaque? Ah, por sinal, olha que coisa louca: um grupo de belgas mutantes das antigas, que tentou nos conquistar alguns séculos atrás, está voltando para terminar o serviço. Esses estrangeiros, hein? Agora, onde está a seção de esportes do meu *Times*?" Inacreditável. — Ele ficou de pé, chutou seus pés no ar e começou a se equilibrar na mesa na ponta de seus cotovelos.

— Você pode parar com isso, por favor? — pediu Myfanwy. — Não é uma visão muito agradável.

— Desculpe — falou Gubbins, apoiando-se nos pés.

— Agora, o que precisamos fazer? — questionou Eckhart.

— Proteger o país — disse o Gêmeo Descolado, como se fosse óbvio.

— Claro! São só 12.429 quilômetros de costa — ironizou Eckhart, contendo o sarcasmo. — Talvez possamos mobilizar os faroleiros e os pescadores.

— Podemos colocar a nação em alerta máximo — disse Gubbins, devagar.

— Teríamos de contar a eles o motivo — apontou Myfanwy.

— Aí também teríamos de explicar aos americanos... — completou Eckhart. Ninguém pareceu gostar da ideia.

— Parem um momento e pensem — ordenou Myfanwy. — Nós estamos tão bem informados quanto qualquer um. Alguém notou qualquer coisa que leva a crer em algum tipo de invasão iminente? — Todos negaram, balançando a cabeça. — Então, presumidamente, temos pelo menos um pouco de tempo. Invadir a Grã-Bretanha não é um empreendimento fácil. Precisamos reunir informações sobre os Grafters. Sobre suas atividades no exterior e as atividades na Inglaterra. Precisamos colocar equipes em campo. Por enquanto, nossa única pista é Van Syoc. Eu sei que temos uma equipe no Rookery abrindo o corpo dele, e com isso vamos conseguir reunir algumas ideias sobre as atuais habilidades dos Grafters. Parece razoável?

Ninguém respondeu, mas Gubbins conseguiu assentir com a cabeça antes de Myfanwy continuar.

— Vamos ter de designar uma equipe para traçar seus movimentos anteriores e descobrir exatamente de onde ele veio, a partir dos detalhes que a equipe do Rookery vai coletar. Vocês dois, cavalheiros — ela apontou para Gubbins e Eckhart —, devem ter agentes no continente que podem procurar os Grafters. Vamos nos encontrar amanhã de manhã e coordenar a ação.

Myfanwy ficou de pé.

— Eu tive um dia muito longo, estou com uma dor de cabeça de rachar e vou para casa.

Todos a seguiram quando ela caminhou até o lado de fora, e o carro dela foi o primeiro a sair.

Ele seguiu para a casa de Myfanwy Thomas.

12

Querida Você,

Percebi que eu ainda não expliquei direito como soube que iria perder a memória. Quero dizer, mencionei os videntes — mas foi tudo o que contei. Desculpe por isso.

Videntes geralmente não têm a mais alta apreciação no Checquy. Eu sei, poderia ser o tipo mais comum e útil de poder por aqui. Afinal, a avó de todo mundo supostamente sabe ler folhas de chá. E o que poderia ser mais proveitoso no Checquy do que saber o que outra pessoa está pensando ou o que vai acontecer no futuro? Além do mais, seria superútil para propósitos de investimentos. Mas, na verdade, videntes genuínos são mais do que raros e superdifíceis de detectar.

A maioria dos videntes por aí diz coisa como: "Tenho a impressão... que você está pensando... nisso! Estou certa? Não? Bem, isso significa algo para você? Sim? Viu, sou vidente!" Pior ainda são as previsões vagas e as profecias que só parecem ser reais se você olhar para elas com os olhos meio fechados.

Na verdade, os videntes mais eficientes são aqueles que nunca percebem que são videntes, e conseguem viver vidas excelentes tomando as decisões certas. Seus poderes de fato os guiam pelos percalços da vida sem eles saberem. E o Checquy tende a ser um grande percalço. Os melhores videntes aparecem no nosso radar só depois que morrem, quando seus poderes não os mantêm mais fora de vista.

Há tantos farsantes impressionantes por aí, e esse é um tipo de poder tão vago, que o Checquy mantém uma postura bem cética. (Isso é em parte resultado de duas semanas frenéticas sob o comando de um antigo Lorde que mandou os integrantes de toda a organização aprisionarem qualquer estranho moreno e alto que encontrassem.) Somos muito mais propensos a aceitar que um sujeito possa ter o poder de transformar pessoas em banquinhos do que de ler mentes ou ver o futuro. O mais próximo que conseguimos são as tentativas de leitura de mão do doutor Crisp, e ele só lida com o passado das pessoas. Então, quando comecei a receber avisos de pessoas aleatórias, fiquei desconfiada.

A primeira previsão veio durante um almoço — em uma dessas raras ocasiões em que eu não tinha uma reunião e não era obrigada a comer na minha mesa. É um pouco estranho relembrar isso. Foi o último dia em que tudo o que me preocupava era cuidar de uma grande agência do governo e coordenar operações que lidam com o sobrenatural. Foi o último dia que eu acordei tranquila depois de uma noite de sono.

Era uma tarde agradável e eu decidi ir até a cidade para almoçar num pub que eu conhecia. De tempos em tempos, é gostoso circular entre as pessoas normais. Claro, não dá para evitar examinar os passantes buscando pequenos sinais que entregam que eles são especiais. O treinamento que recebemos é tão rigoroso que mesmo o pessoal de escritório do Checquy está sempre à espreita por uma mulher com unhas ultraperfeitas que sugerem garras retráteis autoafiantes, ou um terno sabiamente cortado que esconde uma pele feita de ralador de queijo. As estatísticas do Checquy indicam que 15% dos homens que usam chapéus escondem chifres. Mas sair para almoçar ainda é uma coisa agradável de se fazer.

Então lá estava eu, caminhando pela rua, desfrutando o sol batendo no meu rosto e sem muitos pensamentos na cabeça, além de que tipo de sanduíche eu queria. Havia bastante gente na rua e, ainda que eu tivesse o cuidado de não esbarrar nas pessoas, gostei da ideia de me perder na multidão. Eu estava apenas indo para o Ivy and Crown quando ouvi algo que chamou minha atenção.

— Torra.

Olhei ao redor e vi um cavalheiro sem-teto agachado contra um muro. Ele tinha um chapéu à sua frente com algumas moedas, e estava olhando atentamente para mim.

— Está falando comigo? — perguntei.

Ele levantou a mão e apontou o dedo com a unha suja para mim.

— Você. Sua memória será levada. Será lambida de você, tudo o que faz você ser quem é. Para sempre. Você vai fugir para um parque, e lá, na chuva, alguém diferente vai abrir os olhos que costumavam ser seus.

Ele falou numa voz partida, e olhei para ele com horror.

— Vai abrir seus olhos, seus olhos negros, e ver cadáveres ao seu redor. Cadáveres usando luvas.

— Eu... perdão, o que disse? — perguntei.

— Você me ouviu — respondeu ele, abaixando a mão.

— Não vou te dar dinheiro — falei, com uma voz débil.

— Que seja — retrucou ele.

Nesse ponto, eu percebi que, ao contrário das entrevistas mais penosas e desconfortáveis que já participei, era capaz de sair dessa. Então fui para longe do sem-teto louco, apesar de não dar totalmente as costas para ele, e entrei no pub.

Londres é uma cidade grande com um razoável número de sem-teto loucos. E admito que não sou uma especialista no comportamento deles. Mas algumas coisas nesse cara me pareceram... estranhas. Como o fato de ele não pedir dinheiro (não que eu fosse dar mesmo). E de ele ter me apontado no meio da multidão. Mas como o corpo dele não explodiu em corvos e ele não trouxe uma tempestade de granizo, considerei como um encontro irritante com alguém fora do Checquy, e resolvi não sair mais para almoçar por um tempinho.

Então comi um sanduíche de carneiro assado, que me deixou com a mente bem mais tranquila.

Mas o incidente ainda me incomodava.

No dia seguinte, Gestalt e eu tivemos de ir à Propriedade, em nossa função de tutores da escola. Não damos discursos em dias de formatura, isso é papel estrito do Lorde e da Lady do Checquy, mas somos obrigados a ir quatro vezes ao ano para verificarmos se os alunos estão aprendendo e se todo o campus não foi reduzido a uma grande cratera fumegante. É tedioso e um dia jogado fora, além do fato de passar várias horas num carro com um dos corpos de Gestalt ser sempre meio sacal. Geralmente ele coloca o corpo para dormir e vai fazer negócios em outro lugar com os outros três.

Desta vez o corpo feminino, Eliza, foi minha companhia. Ela é tudo o que eu não sou: alta, loira, charmosa, peitos grandes. Percebi que não via Eliza há meses e estava secretamente feliz de ver que ela havia engordado um pouco. Fiquei ainda mais feliz quando ela esticou suas longas pernas no assento com um suspiro, fechou os olhos e me deixou ler meus relatórios.

Eu estava revendo os registros de matrícula da Propriedade, mas minha atenção dispersava. Eu continuava pensando no sem-teto. Era óbvio que ele tinha problemas, e ser um sem-teto era apenas mais um deles. E eu não estava certa de que ele tinha falado Torre. Soava mais como Torra ou possivelmente até Turra. Podia ser que ele quisesse contar a alguém de sobrenome Torres sobre a coisa da memória sugada. Em todo caso, logo se tornou claro que eu não faria grande progresso com meus arquivos, então me contentei em olhar pela janela e observar a paisagem.

A Propriedade é adorável. Está localizada em uma ilha saindo da costa nordeste da Inglaterra. Até os anos 1950, os jovens admitidos no Checquy eram treinados sob um esquema rotatório de mestre-aprendiz. Wattleman foi instruído sob esse antigo sistema. Todo ano ele era colocado com um novo mentor, que o treinava numa variedade de disciplinas. O professor levava o aluno para sua casa e o instruía em tudo, de diplomacia a uma objetiva falta de diplomacia. Claro que o Checquy também tentou categorizar e estudar diferentes poderes, mas nossos poderes confundem os cientistas até hoje, então você pode imaginar quão malsucedido foram seus estudos nas décadas anteriores.

Depois da Segunda Guerra Mundial, entretanto, um dos Bispos fez uma pequena avaliação sobre este método. O bombardeio de Hiroshima e Nagasaki nos mostrou principalmente o quão longe a ciência havia ido. Pela primeira vez, um mecanismo feito pelo homem ultrapassou o nível de poder mais alto conhecido de qualquer operante na história do Checquy. Todos ficaram nervosos com isso, mas as pessoas também estavam curiosas sobre o que a ciência podia fazer. A ciência poderia trazer respostas sobre os operadores do Checquy e seus poderes? Talvez testes mais rigorosos fossem necessários.

Além disso, ficou evidente que nem todo mentor do Checquy estava preparado para ser professor. Os agentes que estavam se formando revelavam deficiências em certas áreas. Então, o Bispo Bastin decidiu criar um currículo na melhor tradição do serviço público (sobrenatural ou não): ele formou um comitê.

Entretanto, diferentemente de outros comitês, esse foi criado para fazer e acontecer. Era composto de mestres e professores de universidades, generais e sargentos das forças armadas, e uma variedade de cientistas (até uns sujeitos com sotaque alemão e ideias bem originais, que de uma hora para outra ficaram sem espaço). Como resultado, tivemos a Propriedade.

Então, voltando a esta viagem, Eliza e eu paramos numa vila minúscula para pegar a balsa que leva até a Ilha Kirrin, onde fica a escola. Desembarcamos nas docas e fomos recebidas por Steffi Blümen, que nos cumprimentou com um aperto de mão, mas me deu um beijo e observou que Eliza engordou um pouquinho (Yes!) e parecia cansada (Yes duplo! Se isso faz de mim uma filha da mãe, então que seja).

Andamos até a escola, um conjunto de belos prédios de tijolos com telhados vermelhos, jardins, alvos para tiros, ginásios, e todo tipo de terreno esculpido com cuidado para treino especializado — penhascos, um pântano especialmente projetado, enormes estufas com pequenas florestas tropicais e selvas. Vi o dormitório onde eu havia morado e o centro médico que mais parecia uma fortaleza no qual passei por uma bateria de testes todos os meses.

Percorremos as salas de aula e assistimos a algumas aulas sem fazer barulho, com os alunos nos olhando com o canto dos olhos. Eu agradeci às minhas estrelas da sorte por essa não ser uma das visitas em que temos de conversar com os alunos e, pelo passo cauteloso de Eliza, percebi que ela também agradecia.

— Você parece um pouco estressada, Torre Gestalt — disse Steffi. — Talvez devêssemos ir para um lugar mais calmo. — Ela abriu uma porta e nos conduziu para uma sala suavemente iluminada.

Olhei ao redor com interesse, porque ali estavam os recursos mais preciosos do Checquy: nove bebês recém-chegados de todas as partes do Reino Unido. Eu havia lido suas fichas na noite anterior e podia dizer o nome de cada um deles. Dois garotinhos de ascendência indiana. Uma menina africana. Três anglo-saxões minúsculos. Dois árabes-britânicos. E uma japonesinha perfeita, que tinha delicados chifres prateados despontando em suas têmporas.

— Shuri Tsukahara — murmurei. — Deve ter sido um pesadelo de parto.

— Foi cesariana, é claro — comentou Steffi. — Feita por cirurgiões do Checquy e em instalações da organização, assim que estava seguro para mãe e filha. Estávamos nos preparando e seguindo a evolução dela desde o primeiro ultrassom.

— Ela é linda. Qual foi a história inventada?

— Complicações — respondeu Steffi. — É um termo que engloba muita coisa e, graças à cirurgia que fizemos, a mãe sobreviveu e será capaz de ter outros filhos. — Ficamos no berçário olhando para o futuro e sentindo o cheiro suave de bebês. Havia sido um ano fecundo, e os nove bebês representavam uma continuação vigorosa para o Checquy. Com o tempo, eles seriam seguidos por outros, aqueles cujos poderes não foram revelados no útero.

Nos anos 1800, quando a teoria da evolução estava se espalhando, houve algumas preocupações de que os dotados do Checquy pudessem ser uma espécie em extinção. É raro um indivíduo sobrenatural gerar uma criança sobrenatural, e, embora os membros do Checquy tivessem um vago conhecimento sobre Mendel e vissem a obra de Darwin com certo ceticismo, os princípios da procriação eram bem conhecidos. Entretanto, um pouco de garimpagem nos arquivos e uma contagem mostrou que a população do Checquy permanecia relativamente estável em comparação com a população britânica e, ainda mais interessante, permanecia estável em relação ao número e nível de ameaças que surgem. Principalmente. Interprete isso como quiser.

Em todo caso, foi muito agradável olhar para os bebês, até que um começou a se contorcer e gritar. Uma enfermeira veio, pegou gentilmente a garotinha árabe e a levou para uma cadeira de balanço. Ela abriu a camisola e levou a criança ao seio. Fiquei envergonhada, afastei o rosto e me surpreendi em ver que Eliza fazia a mesma coisa. Ela tinha tantos corpos, era difícil imaginar que fosse pudica. Naquele momento, seu telefone tocou. Ela atendeu e escutou com atenção.

— Certo. Entendo. Fique na linha. — Eliza segurou o telefone em seu peito e se virou para nós. — Steffi, tenho uma urgência... há uma sala onde possa atender essa ligação?

— Claro — respondeu Steffi, conduzindo-a para uma sala de aula vazia.

— Algo em que eu possa ajudar? — perguntei-lhe, enquanto ela saía.

— Não, é algo que apenas eu posso cuidar. Continue a visita, eu alcanço vocês depois.

— Estamos indo ao sanatório agora — avisou Steffi. — Se terminarmos a visita lá antes de você terminar aqui, ligue para Miffy.

Deixamos Eliza e caminhamos pelo corredor.

— Bem, isso é muito conveniente. Você e eu poderemos fazer um bom passeio sem ela. — E entramos no sanatório.

Dizem que o olfato é o sentido mais ligado à memória. Não posso confirmar isso, mas, se você for à Propriedade, pare no sanatório, abra a porta, respire fundo e veja o que acontece. Eu digo isso porque nunca tinha visitado o berçário antes, mas conhecia intimamente o sanatório. Durante meu tempo na Propriedade, fui internada com várias crises de gripe, terror noturno, gritos histéricos, joelhos esfolados, diarreia nervosa, vômito induzido pelo estresse, sangramento nasal por ansiedade, torção nos tornozelos, exposição ao meio depois de me perder numa viagem de acampamento (um acidente memorável) e também depois de ser pescada do fundo da piscina, semiafogada. Digamos que me senti um pouquinho desconfortável quando entrei lá.

Alguém da equipe médica parou Steffi para discutir a recuperação de uma criança que se machucou na pista de obstáculos, me deixando sozinha. As crianças doentes e eu nos olhamos com certo receio. Elas estavam lá por vários motivos, desde ferimentos causados na prática de esportes à remoção de múltiplos apêndices, passando por amigdalite e até um caso de laminite.

Eles sabiam quem eu era, claro, e, apesar de terem sido educados sobre a autoridade de uma Torre e de o potencial dos meus poderes sobrenaturais ser uma lenda, eu tinha certeza de que as anedotas humilhantes da minha juventude foram repassadas de aluno a aluno. Fiquei ligeiramente encorajada, entretanto, ao vê-los recuando um pouco sob meu olhar. Por fim, depois de alguns minutos, me senti compelida a ir até a criança que me encarava com os olhos mais esbugalhados.

Era Martin Heyer, um menino de 9 anos cujo toque podia coagular o sangue de alguém. Ele era uma coisinha adorável, com cabelo loiro escuro, e usava as luvas de látex tamanho infantil que o Checquy dá a jovens que ainda não dominaram o controle de seus poderes baseados no toque. Eu fui forçada a usá-las por algumas semanas no início de minha estada na Propriedade. Repassei em minha mente os arquivos de Martin e me lembrei de que ele curtia futebol e ciências, e estava sendo conduzido para a área de pesquisas. E, aparentemente, estava com pneumonia.

— Olá — falei, hesitante. — Meu nome é...

— Eu sei, você é Torre Myfanwy — disse ele, respirando com dificuldade. — Sonhei com você noite passada.

— Ah, é? O que sonhou?

— Sonhei que um membro da Corte deu uma ordem — cochichou ele —, então um homem apagou sua memória.

Ele olhou para mim aterrorizado, e eu o encarei de volta, passada.

— O quê? — sussurrei.

— Você não vai saber quem você é — falou bem baixinho, começando a respirar num fôlego profundo e trêmulo. Suas pupilas estavam enormes, e seus olhos megavidrados. Eu notei, alarmada, que ele estava começando a ficar um pouco azul. Meu celular tocou, e eu olhei ao redor. As outras crianças, longe de estarem preocupadas com a aparente falha respiratória do colega, tinham voltado a atenção para seus livros, aparelhos eletrônicos e videogames portáteis. — Eu tentei contar pra você, mas você não sabia quem você era. Você só ficou lá, com seus olhos negros.

Uma enfermeira se aproximou.

— Oh, querido, estamos tendo algum problema? — perguntou ela para a criança sem ar.

Ela desenrolou uma máscara de um suporte ao lado da cama e a levou à boca dele.

— Tudo bem, querido, respire fundo.

Seus olhos estavam enormes acima da máscara.

Meu telefone ainda estava tocando na minha bolsa.

— Torre Thomas — atendi.

Minha mente girava e eu estava revirando minha memória, tentando lembrar se os arquivos de Martin mencionavam algo sobre propensão a prever o futuro. A chamada era do advogado chefe do Rookery, e recebi um briefing sobre um incidente processual menor. Eu respondi a cada declaração assentindo distraída, o que deve, de certa forma, tê-lo desconcertado, já que era uma conversa ao telefone.

Mas eu estava surtando por dentro. Eu começava a cogitar a possibilidade de que o jovem Martin e o cara sem-teto tinham me passado informações importantes. Na verdade, fiquei bem convencida disso. Ambos pareceram intensamente certos e suas previsões coincidiam. Isso sem mencionar a chance mínima de que eles tivessem combinado tudo.

Eu cambaleei pelo resto da visita sem absorver nada. Enquanto trovões irrompiam no céu, me mostraram os novos alvos internos de tiro e inspecionei os guardas das fronteiras. Fui apresentada aos novos cirurgiões e reencontrei Eliza Gestalt. Todos esses eventos são um borrão distante. Entramos na balsa, e a viagem de volta para o continente foi tempestuosa e difícil. Raios se espalhavam à frente conforme a noite caía. Choveu a maior parte do caminho de volta para Londres, e ficamos num silêncio sepulcral todo o tempo.

"Tudo o que faz você ser quem é." Foi o que o homem sem-teto disse e que continuava se repetindo na minha cabeça. "Para sempre."

Tudo o que me faz ser quem eu sou. Minhas memórias. Minha personalidade. Minha alma. Perdidas para sempre. Obliteradas. Isso é pior do que morrer.

Eu pedi ao motorista que parasse e me deixasse sair antes de chegarmos ao Rookery — estávamos em East End. Desci e o carro foi embora. Foi quando desabei. Parada na rua escura, comecei a chorar. Por meia hora eu fiquei lá, chorando, chorando, chorando.

Quando finalmente fiquei sem lágrimas, comecei a andar. Algo na escuridão e nas ruas me atraía. Minha negação e tristeza estavam dando lugar a uma anestesia. Entrei no pub de pior reputação que pude encontrar e me dei conta que não conseguia pensar no nome de nenhum coquetel. Então pedi ao atendente para me dar uma bebida que apagasse a dor e não tivesse gosto de merda. Ele me olhou, pensativo, e preparou um drinque com uma quantidade alarmante de camadas. Eu aceitei sem pensar, dei um longo gole por um canudo tortuoso e me virei para observar o salão, minhas pernas pendendo do banquinho.

Foi interessante observar pessoas normais interagindo. Elas se sentavam e conversavam, falando muito mais alto do que o pessoal do Checquy. Elas não examinavam o salão buscando ameaças, e é muito difícil que alguma delas tenha escolhido assentos em posições que lhe dessem uma boa visão das portas. Elas não haviam se posicionado em lugares que lhes permitiam controlar linhas importantes de fogo. E eu podia apostar que nenhuma delas tinha pedido bebidas alcoólicas numa tentativa de lidar com o conhecimento de uma obliteração iminente.

Dei mais alguns goles e percebi que havia duas *cockney** loiras perto de mim, comentando livremente sobre a sociedade em geral e sobre os clientes do pub em particular. Uma era alta e magra, e a outra tinha o corpo de uma pessoa normal. Estavam encostadas no balcão, examinando o salão.

Na Propriedade, somos transformados em observadores de alto nível, com grande habilidade de avaliação, mas a lista intensamente analítica que essas duas garotas estavam fazendo dos clientes do Eight Bells era impressionante.

— O cara de azul é gay.

— Gay e não sabe.

— A menina de chapéu é do Leste Europeu.

— E só teve acesso a boas lojas de roupas há dois dias.

— Ok, aquela baixinha de terno do outro lado do balcão...

— Vai perder a memória, eu sei! — gritei para elas. — Estou ciente. Caramba!

Eu tirei o canudo tortuoso da bebida, joguei minha cabeça para trás, engoli meu drinque ridículo e saí do lugar.

Foi assim que soube que eu iria perder a memória, e acabei aceitando que era verdade. Quando cheguei em casa, no momento em que destrancava a porta, lembrei outra parte do que o sem-teto disse.

— Alguém novo vai abrir os olhos que costumavam ser seus.

Haveria alguém novo no meu corpo. E o pequeno Martin disse que a pessoa não saberia quem eu era. Eu não havia decidido fazer nada disso — isso levou um pouco mais de tempo —, mas foi pensando nessa pessoa, em você, alguém até mais sozinha do que eu, que superei aquela noite e me pus a escrever essas cartas para você.

Na manhã seguinte eu soube que o pequeno Martin tinha morrido por causa de complicações.

* Em geral, moradores do East End de Londres têm um dialeto e sotaque distintos. (N. E.)

13

Myfanwy acordou na cama bem confortável de Thomas. Lançou um olhar para o relógio e viu que ainda era cedo. Aparentemente, ela era uma pessoa diurna. Pelo menos ela tinha alguns minutos para se aninhar de volta nas almofadas e pensar um pouco antes de ter de encarar o dia.

O grande problema é que eu não tenho ideia de como imitar Myfanwy Thomas. Ninguém parece capaz de concordar sobre como ela era. Muito tímida, mas ainda assim audaciosa em suas atitudes. Quieta e reservada, mas chegou até a Corte. Quando assumi a liderança ontem, visivelmente desequilibrei a Corte. Estou correndo o risco de estragar meu disfarce? Eles não podem dizer que não sou Myfanwy Thomas, porque eu sou Myfanwy Thomas. Podem fazer todos os testes físicos que quiserem, e vou passar. E se Torre Thomas começa a se comportar diferente, bem, ela tem o poder de fazer o que quiser, desde que cumpra seu dever. Então tudo o que tenho de fazer é cumprir meu dever.

Myfanwy saiu da cama e foi explorar o ambiente. Na noite anterior, depois que deixou a reunião, o carro a levou para a casa de Thomas. Ela entrou, desativou o alarme (o bom e velho 230500) e vagou perdida pelo segundo andar até encontrar um quarto com uma cama. Até onde ela sabia, podia estar no quarto de hóspedes. Ainda assim, julgando pela mesinha de cabeceira com um pratinho cheio de moedas e receitas, esse era provavelmente o quarto de Thomas. O que significava que esses eram os armários de Thomas. Ela abriu um, depois o outro, decepcionada em ver que as roupas naquela casa eram tão sem graça quanto as do apartamento e de seus aposentos no escritório.

Em grande contraste com o guarda-roupa, a casa de Thomas era adorável, de uma bela arquitetura, bem decorada e cheia de coisas interessantes. As paredes eram forradas de estantes altas e cheias de livros.

Na cozinha, ela encontrou um bilhete no balcão.

Senhorita Thomas,

Recebi a ligação da sua secretária, então não vou ficar. Sei que está saindo para jantar, mas deixei uma refeição para você na geladeira, por via das dúvidas, e troquei a caixinha de areia de Wolfgang. Até segunda ordem, nos vemos amanhã de tarde.

Val

Ok, então eu tenho uma empregada, pensou Myfanwy. Ela fuçou a geladeira e viu que estava muito bem abastecida com carnes, queijos e vegetais. *Ela cozinha! E tem um gato! Wolfgang!* Depois de comer um punhado de cenourinhas, Myfanwy passeou pela casa.

— Wolfgang?

Não ouviu miados ou passinhos. Checou as portas procurando por uma abertura para gato e não encontrou nada. *Ai, Deus, é melhor que seja um gato. Se ela tem uma coisa peluda e bizarra andando por aí...*

— Wolfgang?

Houve um leve movimento e Myfanwy se deparou com um coelho de orelhas caídas e extremamente longas.

— Oh! Eu tenho um coelhinho! — Myfanwy se ajoelhou e estendeu a mão. Wolfgang continuou a olhar para ela, mas cedeu ao carinho e aceitou uma cenoura. — Como você está, Wolfgang? — Sem receber resposta, ela se acalmou, vendo que não era um coelho sobrenatural, e mudou o curso dos pensamentos para o que precisava ser feito.

Ela precisava cuidar do assunto dos Grafters — especialmente se eles mandaram mais agentes. Wattleman ficou irado só por um Grafter ter pisado em solo britânico. Se aparecesse mais algum, ele iria cuspir balas. Mas as operações do dia a dia do Rookery não podiam ficar suspensas, e Myfanwy tinha de aprender tudo o que podia sobre seu trabalho. Ela ainda não tinha ideia de quem na Corte havia ordenado o ataque a Thomas.

Myfanwy voltou ao quarto para se vestir. As Torres e os Cavalos iriam se encontrar, e ela queria conhecer melhor com quem estava lidando. Os Cavalos pareceram tranquilos na noite anterior, apesar de ninguém estar realmente no seu melhor quando fica sabendo de uma invasão iminente. Ela gostou bastante de Heretic Gubbins, apesar de ter sentido uma ânsia esmagadora de pegar um lápis de olho e fazer algumas correções no rosto dele sem sobrancelha; ficou impressionada com o número enorme de cigarros que Eckhart consumiu. Grantchester, ela estava disposta a admitir, era atraente para caramba, mesmo sendo algumas décadas mais velho do que ela e com a imagem da residência "estilosa" pairando atrás dele. Gestalt era desconcertante. E que coisa era aquela com Alrich? Ele era lindo, mas sua presença causava uma sensação estranha no estômago — e não em um bom sentido. Era hora de voltar ao fichário roxo.

Cavalo Major Joshua Eckhart

Nasceu em uma família qualquer em York. Tenha em mente que eu não estou em posição real para julgar, já que, pelo que me lembro, minha família não é nem um pouco especial. Mas meus pais eram pessoas decentes, jantávamos juntos e eu os amava. Me sinto relativamente segura em afirmar que o pequeno Joshie Eckhart não amou os pais de forma alguma. Eles parecem ter sido duas das piores pessoas já nascidas na Grã-Bretanha, e eu considero um milagre que, depois de se conhecerem, eles tenham decidido se casar e ter um filho em vez de matarem um ao outro. Claro, matarem um ao outro teria sido um favor para o resto do mundo, então creio que foi para manter uma conduta típica de casal que permaneceram entre a humanidade.

Você sabe, fico sabendo de muitos fatos deprimentes no trabalho, mas poucos me deixam tão para baixo como saber que os pais do Cavaleiro Eckhart não estão mortos e ainda vivem juntos em York, recebendo uma discreta pensão do Checquy. O que os redime é que eles só tiveram um filho, e ele foi tirado deles.

O Eckhart pai participou de várias atividades criminosas típicas. Entretanto, não vamos atribuir nenhum talento ou glamour a ele. Não estamos falando de um furto leve ou de habilidade para bater uma carteira. Sua carreira era limitada aos crimes menos sofisticados. Se a coisa não necessitasse de habilidade ou moral, ele se dispunha a fazer. Na verdade, era basicamente a única coisa que ele estava disposto a fazer. É um homem estúpido e violento, que gosta de quebrar coisas como janelas, garrafas e a mandíbula do filho de 6 anos.

A senhora Eckhart era um pouquinho melhor. A única razão pela qual ela não dava surras violentas por dinheiro era que lhe faltava a força apropriada; isso e o fato de que ela raramente se afastava da garrafa o suficiente para fazer qualquer coisa além de adquirir a próxima garrafa.

Os relatórios da assistente social encarregada da família de Eckhart parecem ter sido escritos por Stephen King para a revista *House & Garden*. A mulher que inspecionava o local exagerou nos pontos de exclamação e aguentou mordidas de um bulldog e do próprio Joshua. Como resultado de sua criação negligente, o garoto era sujo, subnutrido e agressivo. Dormia debaixo da cama, roubava comida de quem estivesse por perto e seu conhecimento da língua inglesa era baseado em grande parte nas conversas que ele ouvia entre seus pais. Seu vocabulário de palavras obscenas é amplo, apesar de geralmente não usar nenhuma delas.

Joshua foi levado para um orfanato público, onde floresceu. O pobre garoto nunca saiu de lá, mas teve a sorte de ser colocado aos cuidados de boas pessoas. Pela primeira vez em sua vida, foi amado e valorizado. Ele provou ser inteligente e agradável — pelo menos quando conseguiam fazê-lo parar de morder as pessoas.

Graças aos endossos entusiasmados que Joshua recebeu de seus professores e guardiões, conseguiu uma bolsa integral para a universidade e se formou em história militar. De lá, seguiu para o Exército, no qual logo se destacou como um excelente soldado. Confiaram a ele muitas responsabilidades e, quando tinha 35 anos, começou a ser enviado para missões extremamente delicadas ao redor do mundo. Assim, mesmo antes de entrar no Checquy, Joshua Eckhart já estava bem familiarizado com os aspectos mais sutis da segurança nacional.

Diferentemente da maior parte dos membros do Checquy, os poderes de Eckhart não se manifestaram até a idade adulta. Durante uma missão em Jacarta, ele provocou a ira da população de batedores de carteira da cidade pois conseguia segurar a mão de um ladrão enquanto ela estava em seu bolso. Ele, então, acusava o ladrão em voz alta, causando muito constrangimento ao azarado pretenso batedor de carteiras. Pelo que parece, ele achava isso engraçadíssimo. Até que os ladrões, ofendidos, o atacaram, golpeando-o com inúmeras facadas. Em um mundo normal, ele teria morrido com pelo menos sete facadas.

Quer dizer, ele teria morrido das facadas SE as facas o tivessem acertado. Mas não acertaram. As sete facas derreteram ao tocar o corpo de Joshua Eckhart e o metal escorreu por sua camisa.

Não se sabe quem ficou mais surpreso, os ladrões ou Eckhart.

Boatos correm bem rápido, e pelas ruas de Jacarta se ouviam rumores de que Joshua Eckhart era um bruxo. Três dias depois, tentaram decapitá-lo com uma tesoura de jardinagem. Os agressores fracassaram e, quando tentaram escapar, o carro que dirigiam foi dobrado na forma de um cubo ao redor deles. O Checquy procurou Eckhart, oferecendo-se para ajudá-lo a explorar suas novas habilidades. Também fizeram alusão aos prêmios e à satisfação de trabalhar nas áreas menos ortodoxas do governo.

Eckhart foi trazido imediatamente para a Inglaterra e levado para a Propriedade. Lá, entre as crianças bizarras do Reino Unido, ele testou o alcance dos seus poderes. Partiu dois anos antes de eu chegar, mas soube que os alunos o adoravam. Havia poucos alunos adultos na Propriedade, e Eckhart era muito amável com as crianças. Os instrutores têm sempre o cuidado de criar um ambiente educativo, mas eles não tomam o lugar dos pais. Eckhart não precisava ser cuidadoso e, como resultado, ele foi — e é — altamente popular entre os Peões.

Quando entrou na Propriedade, Eckhart já era casado e tinha filhos. Nisso ele era diferente. Desde que o Checquy começou a aquisição sistemática de crianças, houve poucos agentes dotados de poder que constituíssem famílias. Somos submetidos a um treinamento tão rigoroso e nossa dedicação é focada de modo tão deliberado na nossa missão, que as crianças formadas na Propriedade saem sem estar preparadas de verdade para ter vidas pessoais.

Eu admito, apesar de só confidenciar isso a você, que represento a consequência extrema disso. Não fico à vontade com a ideia de... intimidade. E até mesmo os mais sociáveis e abertos Peões têm problemas com isso. Namorar é difícil até dentro da organização, especialmente por sermos todos criados juntos. Mas acho que é melhor assim.

Myfanwy captou um traço de melancolia quando leu isso.

É por isso que o Checquy é uma força focada e dedicada, sem afetos inconvenientes.

Ainda assim, Eckhart tem sua família e eles são próximos. Fiquei curiosa para saber como ele lidou com toda a coisa do treinamento, mas ele ia para casa todo final de semana. Até onde sua esposa e seus filhos sabiam, ele estava trabalhando numa missão especial do governo. O que era bem verdade. Ainda assim, posso imaginar: de manhã, Eckhart se sentava entre uma garotinha feita de vapor e um grupo de irmãos chamados Gestalt e aprendia sobre os segredos do mundo em que vivia. De tarde, com uma equipe de cientistas, professores e lutadores, ele testava, com cuidado, os limites de suas habilidades.

Eckhart pode manipular metal. Sob seu toque, o metal se torna fluído, maleável; assume qualquer forma que ele desejar. Não é magnetismo. Ele não pode atraí-lo ou repeli-lo. Ele o esculpe, reunindo em grandes punhados e moldando em novas formas. Com seus tutores, Eckhart desenvolveu técnicas de luta novas. As armas que ele carrega mudam de forma para se adequar à situação, e balas não são um problema. Se Eckhart for o traidor, você vai ter de acertá-lo com um taco de críquete, supondo que ele não a mate antes. Há um grande peso de papel de mármore na sua mesa de trabalho, se for necessário.

Depois de se formar na Propriedade, Eckhart passou a chefiar sete outros Peões e seu grupo operou pelo mundo todo resolvendo problemas. Se uma equipe normal não conseguia resolver uma situação, Eckhart e seu pessoal eram chamados.

Na Grécia, eles resgataram três cidadãos britânicos que foram possuídos por fantasmas espartanos.

No território norte da Austrália, eles reprimiram uma opala suscetível que abriu uma fenda e sepultou todo um bairro.

Na Alemanha, eles lideraram uma equipe de Peões numa campanha de cinco meses contra a Infantaria da Noite.

Na Toscana, atuaram como guarda-costas de um feiticeiro desertor. Tirando o fato de terem atropelado sem querer um familiar do feiticeiro, um tipo raro de iguana, a operação foi um sucesso.

Esse tipo de carreira incrível seguiu por vários anos e culminou na entrada de Eckhart na Corte, no mesmo ano em que me formei na Propriedade. Ele virou um Cavalo, supervisionando os trabalhos internacionais da organização.

Ele é membro da Corte há sete anos e continua sendo o cara a ser procurado quando o assunto é conhecimento militar. Não é apenas um lutador brilhante, mas provavelmente o estrategista mais habilidoso do Grupo. Sua experiência no Exército e seus estudos na universidade lhe forneceram um conhecimento profundo em aplicações militares. Eckhart já comandou operações de várias dimensões.

Ele inspira lealdade e afeição e parece ser um homem bom de verdade. Não posso evitar o desejo de que ele estivesse na Propriedade quando eu estava lá. Podia ter tornado tudo diferente.

Myfanwy se espantou com uma batida na porta e levantou o olhar. Conferiu seu relógio e abaixou o fichário.

— Torre Thomas? Sou eu, seu motorista — chamou o homem, com a voz constrangida.

— Certo, só um segundo — ela respondeu.

Juntou suas coisas e se despediu de Wolfgang.

— Bom dia, Ingrid. Algo assustadoramente bizarro acontecendo?

— Não mais do que o normal, Torre Thomas — respondeu a secretária. — O doutor Crisp a aguarda e depois sua manhã provavelmente será toda ocupada pela reunião das Torres com os Cavalos. Eu remarquei os outros compromissos. À tarde, você receberá as pessoas que esperavam vê-la de manhã. — Ela entregou a Myfanwy uma xícara de café e uma pasta grande. — E aqui estão os relatórios mais atuais dos arredores.

— Obrigada. Quanto tempo até a reunião? Ah, e vai ser aqui? — perguntou Myfanwy, folheando os relatórios com ar distraído.

— Sim, será aqui. Você tem meia hora.

Myfanwy assentiu e foi para sua sala, onde o doutor Crisp aguardava sentado de forma desconfortável numa das cadeiras desconfortáveis.

— Bom dia, doutor Crisp. — Ela o cumprimentou alegremente.

— Torre Thomas, vou ter de retirar minhas desculpas — falou, com determinação.

— Hein? — Myfanwy soava como uma completa idiota, mas Crisp estava tão focado no que tinha a dizer que ela podia ter tido uma convulsão que ele nem notaria.

— Sim, sinto muito.

— Você sente muito por retirar suas desculpas? — perguntou ela espantada.

— Eu não matei Van Syoc — disse Crisp.

— Tudo bem — disse Myfanwy.

Ela se sentia um pouco culpada por ter interferido no interrogatório, mas de jeito nenhum ia deixar alguém ser torturado na frente dela. De repente se perguntou, com o estômago revirando, se ela não havia causado a morte de Van Syoc por ter usado suas habilidades para "vê-lo" por dentro.

— Torre Thomas, aprecio a confiança que tem em mim. Sua intervenção com Torre Gestalt depois do interrogatório significou muito para mim, mas eu mesmo tinha dúvidas. Eu achei que tinha cometido um erro, feito algo que não pretendia, mas... — Ele parou de falar por um instante, antes de dizer as palavras mais doces que Myfanwy escutou em sua curta vida. — Mas a morte daquele homem veio de dentro dele. Nenhuma força externa poderia tê-lo matado daquela forma.

— O quê? — perguntou ela numa voz trêmula.

— Torre Thomas, não estou certo se você está familiarizada com os detalhes do que eu faço — comentou Crisp, com cuidado.

— Doutor Crisp, sinto muito admitir que eu não sei praticamente nada sobre o que você faz — confessou Myfanwy. — Mas posso dizer com toda a franqueza que gostaria que você explicasse para mim agora mesmo.

— Oh! — disse ele, parecendo um pouco aturdido. — Bem, para começar, eu não causo dor.

— Sim, você causa — contradisse ela.

— Não, não causo.

— Sim, você causa — insistiu ela. — Eu vi.

— Ah, você fala das reações? — perguntou ele. — Os dentes rangendo e aquelas erupções no torso dele? Não, isso não fui eu. Não. Eu nunca faria algo assim. — Ele estremeceu. — Aquilo eram os implantes dos Grafters.

— Mas doutor Crisp, eu *vi* a dor. Eu vi passando por ele — falou ela. — Com meus poderes.

— Meu bom Deus, sério? — perguntou ele, fascinado. — Que coisa incrível. Mas me perdoe, Torre Thomas, o que você viu não foi dor. Foi compulsão.

— O quê?

— Eu o forcei. Sob meu toque, as pessoas *querem* falar. Elas querem responder. É o que eu faço. Seus corpos e mentes não são feridos.

— Então o que aconteceu?

— Para começar, os Grafters escolheram um homem notável como seu agente. Eu nunca encontrei ninguém que resistisse a compulsão tão eficientemente.

— E a compulsão não machuca? — perguntou Myfanwy. Esse era um ponto sobre o qual ela queria muito ter certeza.

— Eles só desejam. Não há dor física, nenhuma, mesmo. Eles só querem responder, dizer a verdade. Van Syoc deve ser um modelo de autodisciplina por não ter falado antes. Ele queria. Ele estava ansioso por revelar.

— Mas então o que aconteceu? Por que ele morreu?

— Os Grafters foram muito longe, Torre Thomas — começou a falar Crisp. — Suas habilidades são impressionantes. O corpo de Van Syoc foi enlaçado com fibras, com mecanismos. O que eu e minha equipe descobrimos, entretanto, é que ele tinha controle total sob as partes que lhe foram acrescidas.

Myfanwy ficou em silêncio, pensando consigo mesma. Será que ela tinha total controle de seus poderes? Mas o doutor Crisp ainda falava, chamando a atenção dela de volta para ele.

— Temo que Van Syoc não era o único na sala de interrogatório.

— Os Grafters. — Ela respirou horrorizada.

— Sim. Quando pareceu que Van Syoc podia falar, seus implantes foram acionados para trabalhar contra ele. E quando ele enfim falou, seus mestres ordenaram que seu corpo fosse destruído. Seu cérebro foi forçado a se despedaçar. Vários de seus órgãos se contraíram e se romperam, e uma eletricidade controlada passou por seu sistema.

— Foi por isso que seus dedos queimaram. — Myfanwy se deu conta.

— Sim.

— Doutor Crisp, eu tenho de me desculpar com você. E devo confessar algo. Eu interferi em seu interrogatório.

A testa dele franziu por um momento, e então ele escutou, fascinado, enquanto ela explicava os detalhes.

— Cavalheiros, os aperfeiçoamentos de Van Syoc são de alta tecnologia, com um charme do velho mundo — anunciou Myfanwy, olhando para os três homens na sala.

Naquela manhã, Gestalt era apenas o Gêmeo Certinho, que Myfanwy podia agora identificar como Teddy. Gubbins estava torcendo seus dedos para trás para tocar seu pulso, e Eckhart fumava com intensidade. Por um momento, os olhos dela se fixaram no Cavalo, pensativa. Por curiosidade, ela puxou a ficha dele em seu computador e viu as fotos de quando era menino. De uma criança patética e subnutrida, quando foi colocado sob custódia, Eckhart tinha uma história fotográfica que mostrava sua recuperação e crescimento até se tornar um jovem saudável. Agora, um homem de meia-idade, ele parecia ter estabilizado sua forma em uma combinação vigorosa de soldado e executivo. Ela não conseguia evitar sorrir para ele, e ele sorria de volta com o cigarro na boca.

Myfanwy voltou para suas anotações.

— Os implantes se mostraram ser bem mais extensos do que nós acreditávamos. Para começar, sua espinha foi inteira coberta com um tipo de sílica.

— Com qual propósito? — perguntou Gubbins.

— Armadura? — sugeriu Eckhart.

— O doutor Crisp e sua equipe ainda estão investigando — falou Myfanwy com cuidado, prestando atenção nas reações de Gestalt.

Os olhos dele se estreitaram, como se estivesse fazendo suposições, quando ela começou a apresentação; ele estava ciente de que ela recebera informações que ele não tinha. Myfanwy estava bem segura de que teria de lidar depois com esse probleminha intradepartamental.

— Entretanto — continuou —, sabemos que é uma estrutura delicada para uma armadura. A ressonância magnética mostrou as marcas do instrumento utilizado para aplicar o material ao osso. Eles suspeitam que assim sua espinha possa ter se transformado em algum tipo de antena. Ela tinha algumas propriedades piezoelétricas interessantes e estava presa ao cérebro de Van Syoc.

— Então o cara era um telefone celular ambulante — comentou Gubbins, enrolando o bigode. — Fascinante.

— E também uma câmera digital — acrescentou Myfanwy. — Van Syoc seria capaz de transmitir basicamente tudo o que ele quisesse.

— Então pra que o computador? — perguntou Eckhart. — Havia um laptop em seu quarto conectado à internet. Por que se preocupar com isso quando se tem um telefone celular que vai para onde você for?

— Pode haver muitos motivos. Talvez seja uma linha dedicada — sugeriu Gubbins. — Ou para usar só uma vez.

— Não encontramos nada especialmente revelador — prosseguiu Myfanwy. — O pessoal do Departamento de Computação está revirando o laptop dele, mas, até onde viram, ele só o usava para mandar e-mails para a família. — Ela respirou fundo e voltou a ler o relatório. — Parece que esta foi a única modificação em seu esqueleto. Agora, quanto à musculatura, é uma história bem diferente. Vocês provavelmente notaram que foi feito um certo trabalho nela.

— Bem, o inchaço absurdo de sua cabeça e ombros meio que entregaram — comentou Gubbins.

— Meu palpite é que isso foi feito para proteger os olhos e o nariz — continuou ela. — E para aumentar sua força e permitir que ele atravessasse paredes. É sempre útil.

— Tudo isso é muito interessante. Mas todos nós sabemos das capacidades dos Grafters — interrompeu Gestalt, frio. Seus dedos estavam batucando freneticamente na mesa.

— Sim, Torre Gestalt, mas os detalhes são importantes porque eles representam uma mudança drástica nos métodos dos Grafters — respondeu Myfanwy, no mesmo tom. — Tradicionalmente, eles passavam por alterações complicadas. Van Syoc não possui grande número de acréscimos potenciais. Não há armas escondidas em sua estrutura. Nenhuma modificação impressionante. Da última vez que um Grafter colocou os pés em solo britânico, tinha o tamanho de um cavalo de carga e parecia ser filho de algum tipo de ouriço do mar. Eles nunca foram conhecidos por serem sutis e a moderação nas modificações desse homem são bem perturbadoras.

— Eu concordo — falou Eckhart. — No entanto, Torre Thomas, digo a você que eles podem estar tentando uma conduta diferente. Faz muito mais sentido mandar espiões discretos para vasculhar o ambiente.

— Então você acha que há mais deles por aí? — perguntou Gubbins. — Outros belgas com cabeças inchadas que vão tirar fotos com os olhos e enviá-las para Bruxelas pelas vértebras?

— Não sei — respondeu Myfanwy. — Van Syoc foi imediatamente marcado no aeroporto por nossa gente na alfândega. Parece improvável que outros espiões possam ter passado.

— Acho muito difícil eles tentarem nos invadir — continuou Eckhart. — Quando tiveram os recursos de um país inteiro, tudo o que tentaram pegar foi uma ilha. Agora eles não têm nada, e estamos preocupados que estejam tentando tomar toda a Grã-Bretanha? Não faz sentido! — Ele parou de falar para observar Gubbins estalando os nós dos dedos. Então seus pulsos. Daí seus cotovelos. Daí seus ombros.

— Desculpe — falou Gubbins, sob o olhar de todos.

— Estamos fazendo suposições demais. De fato, não sabemos de nada com certeza. — Ela arriscou um olhar para Gestalt. Teddy estava afundado na cadeira, mas parecia um pouco mais calmo. — Heretic, você e Joshua sabem de algum evento recente que pode estar ligado a isso? — Eles balançaram a cabeça negativamente. — Nada? Nenhuma morte incomum ou desaparecimento?

— Nenhuma que seja mais incomum do que o comum — respondeu Gubbins espertamente. — Se tivéssemos a menor pista sobre os Grafters, teríamos informado a Corte inteira.

— E então? — perguntou Myfanwy, frustrada. — Aceito a possibilidade de que há um grupo sobrenatural secreto que exerce poder nos assuntos do país sem revelar seu trabalho. Eu tenho de aceitar, porque faço parte deste grupo. Mas há limites para quão grande pode ser um segredo que consiga se manter tão bem escondido. Pense em quão grandes e fortes eles precisam ser para nos conquistar. Joshua, você acha que pode haver um exército inteiro se preparando para nos invadir? Uma força que pode dominar o país inteiro?

Eckhart estava brincando com uma moeda. Enquanto Myfanwy o observava, aguardando uma resposta, ele revirou a moeda entre os dedos e o metal derretido escorreu. Então, ele abriu as mãos e revelou uma moeda sólida.

— Não — respondeu. — Nós saberíamos. Não há exército. Não pode haver.

— Então é outra coisa — disse Gubbins. — Algo que não vemos.

O resto da reunião foi pouco produtiva, com exceção da promessa por parte de todos de manter as antenas ligadas e de se encontrarem regularmente. Eckhart e Gubbins iriam direcionar equipes específicas para além-mar. Gestalt ofereceu sem entusiasmo ser o ponta de lança da investigação doméstica.

— Se você, Torre Thomas, estiver disposta a supervisionar as operações domésticas normais.

Talvez Myfanwy pudesse escolher, mas ela não sabia. Até onde ela podia ver, esse era o procedimento padrão.

— Sim, isso seria bom, Gestalt.

— Entendo que você normalmente não tem um papel tão direto no trabalho de campo e não gosta muito de ser chamada para essas situações — disse Teddy —, mas tenho certeza de que você acabará se entusiasmando.

Ou talvez eu acabe com o controle que você tem da sua bexiga, pensou em dizer. *Eu posso descobrir como fazer isso.* Mas ela se conteve e deu um sorriso que mostrava muito mais dentes do que o normal.

— Alguém vai precisar apresentar a situação aos Bispos — lembrou Gubbins. — E eu não posso porque há uma situação complicada na China.

— Sim, uma situação que requer a atenção dos dois Cavalos — comentou Eckhart rapidamente.

Rapazes sutis. Bem sutis, pensou Myfanwy. Antes que Gestalt pudesse pensar em algum tipo de desculpa esfarrapada, ela se adiantou.

— Eu vou falar com eles, mas espero todo tipo de concessões culpadas de vocês.

Não posso crer que a segurança da nação foi confiada a essas pessoas. Ela os viu partir e se conformou, desolada, em passar mais uma noite sob o olhar desconcertante dos Bispos.

— ... e essas são nossas descobertas, cavalheiros — concluiu ela.

Ela não podia evitar se distrair um pouco com os Bispos sentados na sua frente. Apesar de ambos serem atraentes, eles não podiam ser mais diferentes. Não era apenas por parecer que Alrich era cinco anos mais novo do que ela, enquanto Grantchester já tinha passado dos 50 anos. Tudo neles representava dois extremos diferentes.

Havia algo exótico e hipnótico na beleza do Bispo Alrich. Seus traços pareciam quase delicados. Seus lábios eram muito vermelhos e brilhavam com a luz. Seus olhos encontravam e prendiam os dela. Naquele profundo e glorioso olhar, Myfanwy vislumbrou algo que era ao mesmo tempo impressionante e assustador.

Ela fez um esforço para desviar os olhos dos dele e examinou Conrad Grantchester, que estava fazendo anotações rápidas em sua agenda eletrônica. Enquanto Alrich era assexuado, esse homem era, definitivamente, masculino. Passava a impressão de sofisticação misturada com luxúria em medidas iguais, e havia algo intrigante nos seus modos sarcásticos.

Era como falar com uma escultura e um escultor.

O silêncio se arrastou por pelo menos um minuto e Alrich não piscou uma vez. Ela tentou desviar a atenção para sua prancheta e então lançou um olhar furtivo para ele, só para ver se ele ainda a encarava. Distraída pelos dois belos Bispos, ela continuava se perdendo com as anotações e pensando em cenários inapropriados.

— Proponho então que selecionemos membros de avaliação da Apex para a tarefa de criar uma análise de estratégia de risco de alta prioridade — disse Grantchester, levantando o olhar da sua agenda eletrônica. — Tal análise nos ajudaria a identificar os alvos potenciais de ataques e permitiria que fossem tomadas as devidas medidas de segurança. — Torre Thomas, toda nova informação que chegar sobre os Grafters, seja do exame de Van Syoc ou das investigações dos Cavalos e da Torre Gestalt, vai ter de passar pelos Bispos para que o grupo de análise possa estar o mais bem informado quanto o possível.

Myfanwy assentiu e fez uma anotação.

— Então, por enquanto — continuou o Bispo, com calma —, devemos simplesmente permitir que as coisas se desdobrem. Todos os visitantes passarão por um exame severo antes de entrarem no país. Temos tanto os Cavalos quanto os corpos de Torre Gestalt buscando mais informações. Estou confiante de que não temos nada com que nos preocupar. Não ainda, pelo menos. — Soava como se ele estivesse ensaiando para sua apresentação para o Lorde e a Lady. — Obrigado, Torre Thomas.

Grantchester se levantou e partiu. Myfanwy se virou para Alrich, mas constatou com espanto que ele já havia partido. Assustador. Portanto, aparentemente, ela estava dispensada. Olhou para seu relógio; passava um pouco das oito. Bem, a reunião tomou menos tempo do que ela esperava. Talvez até desse para assistir a algum *reality show* na televisão mais tarde.

14

Bispo Conrad Grantchester

Se Gestalt ascendeu à Corte pela excelência de suas habilidades como soldado e Eckhart por causa de sua genialidade como estrategista, Grantchester subiu ao poder baseado em seus talentos como patrocinador e diplomata. Afinal, o Grupo Checquy não é apenas um exército, uma escola, uma prisão ou uma instalação de pesquisa — é todas essas coisas juntas e mais. Alguém tem de manter controle sobre tudo e se certificar de que tudo esteja funcionando e de que as contas sejam pagas.

É por isso que gente como Grantchester e eu entramos.

Conrad Grantchester entrou no Checquy depois dos 30 anos. Nasceu numa família de classe média alta em Londres e cursou a Eton College antes de ir para a Universidade de Genebra. Ele era popular, apesar de não ter atividades extracurriculares que não provocassem um rebuliço bem grande entre suas colegas mulheres. Na universidade, destacou-se nos estudos em direito e economia.

Depois que se formou, várias agências de inteligência (incluindo o Checquy) tentaram recrutá-lo para seus serviços, mas Grantchester não estava interessado. Todos os relatórios concordavam que ele era bastante ambicioso, mas não apresentava ideologias políticas para as quais alguém pudesse apelar. Em vez disso, Grantchester entrou no mundo do dinheiro e do lucro.

Seu trabalho numa firma de investimentos provou que, quando ele não estava trepando com meninas de cabelos compridos e saias curtas, tinha uma educação bem boa. Seus empregadores o enviaram para todo o mundo, onde ele juntou grandes quantias de dinheiro e muitos contatos úteis. Era focado e objetivo, e valia vários milhões aos 30 anos. Apesar de ainda ser popular com as mulheres, aos 32 anos se casou com Caroline Marsh, que era de uma família muito boa e frequentava os melhores círculos sociais.

Aos 33 anos, Grantchester começou a experimentar sensações incômodas em pontos específicos de sua pele. Naturalmente, foi aos melhores médicos do país, que fizeram descobertas bem interessantes depois de extensos exames — todos passados para nós.

Conrad é capaz de produzir uma variedade de compostos químicos que passam por seus poros na forma de uma fina neblina. As propriedades desses compostos vão de uma toxina mortal, passando por um lacrimejante não letal (um gás que provoca lágrimas), até um spray que não tem efeito nenhum. Todos esses gases, entretanto, emergem como uma nuvem negra que escurece a área ao redor.

Mas, apesar da sua óbvia utilidade para o Checquy, Grantchester ainda se mostrou difícil de recrutar. Como mencionado, ele foi abordado depois de terminar a universidade, e tinha desenvolvido um tipo de imunidade a recrutadores do governo. Ele faturava uma quantidade imensa de dinheiro. Ia ser duro comprá-lo.

Porém, enfim, a oportunidade de participar de aventuras, o estímulo intelectual e o poder genuíno o persuadiram, e ele se juntou a nós.

Ele também recebeu um salário extraordinário.

Grantchester passou por alguns cursos na Propriedade para se ambientar a esse novo mundo e então foi encaixado na seção de assuntos exteriores. Viajou para todos os cantos do mundo e provou que nem todo problema sobrenatural precisa ser solucionado com uma cruz, uma estaca ou uma espingarda. Muitos deles podem ser resolvidos com manobras diplomáticas discretas ou pequenas concessões. E também em jantares estratégicos — não eram só as habilidades linguísticas de Grantchester e a visão de negócios que o faziam valioso. Como foi provado, seu belo rosto e os modos excelentes se mostraram úteis.

Ele intermediou um tratado com as Sereias do Mar Mediterrâneo (parte da diplomacia até aconteceu de pé), supervisionou a deposição tática de um ditador na Antártida e facilitou a instalação de um tirano numa pequena nação africana. Presumia-se, sem a menor dúvida, que ele ascenderia à Corte, mas todo mundo ficou bem surpreso quando ele recebeu a posição de Torre em vez de Cavalo.

Como Torre, ele consolidou e simplificou as finanças domésticas do Checquy muito bem. Eu tive a oportunidade de ver como estava a situação antes de passar pelas mãos dele, e era mesmo um nó cego de trustes, contas, heranças, fundos arbitrários e propriedades. Não estávamos jorrando dinheiro, mas havia certo vazamento gradual. Grantchester arrumou isso.

Ele também se mostrou ótimo em designar pessoas para tarefas a que elas serviriam bem — ele era excelente em entender as forças e as fraquezas dos outros. Creio que seja uma característica corporativa. Enfim, ele fez várias promoções pouco ortodoxas que muitas pessoas questionaram e que, mais tarde, se mostraram geniais. Sua experiência em negócios também o ensinou a ser um caçador de talentos eficaz. Ele recruta pessoas excepcionalmente talentosas para o Checquy.

Ele supervisionou o projeto e a reconstrução do Rookery, o que dá uma ideia sobre o tipo de mente que ele tem: respeitável por fora e sorrateira por dentro. Grantchester gosta de estar preparado, com todas as contingências cobertas e tudo organizado em sistemas metódicos. Ele não é uma pessoa de combate, apesar de não ter problema em ordenar assassinatos — mas só faz isso quando todas as outras negociações fracassaram.

Após oito anos como Torre, Grantchester pulou para o cargo de Bispo, o que deu a ele uma visão da organização inteira. Examinou a grande estrutura financeira do Grupo, que se mostrou até mais enrolada e falha do que as operações domésticas. Grantchester arregaçou as mangas e nos tornou lucrativos.

Pessoalmente, eu o respeito muitíssimo. Suas inovações administrativas revolucionaram a organização e ele é brilhante como homem de negócios. Eu herdei a posição dele e seu apartamento de solteiro (ele não era solteiro quando o construiu e decorou, por sinal). Ele é uma aposta certa para liderar o Checquy quando Wattleman e Farrier largarem esse osso (se um dia largarem), então imagino que vou trabalhar abaixo dele por um tempinho.

Já mencionei como ele é bonito?

Além do mais, vale ressaltar que ele não limita suas atividades amorosas a relações externas, e já dormiu com várias funcionárias do Checquy. Não comigo, me adianto em dizer, o que me deixa com sentimentos conflitantes. Suas conquistas sempre foram muito discretas, mas descobri algumas relações durante minha pesquisa que formariam um tipo de material para chantagem. Não há filhos ilegítimos, mas uma menina, membro muito popular do Checquy, se matou quando eles se separaram. O suicídio dela abalou a organização, mas só eu e Grantchester sabemos que ele foi o motivo.

15

— Torre Thomas? — Ingrid entrou na sala com cautela.

Myfanwy levantou assustada o olhar dos relatórios que estava lendo. *Impressionante, acho que eu nunca a vi realmente assustada antes.* A secretária estava, de fato, transpirando.

— Ingrid, está tudo bem? Você parece ansiosa... Não é... — Ela parou de falar, envergonhada. Afinal, Ingrid já tinha uma certa idade.

— Não, não é isso! — retrucou Ingrid. — Acabei de receber uma notificação de que os americanos estão vindo!

— Todos eles? — perguntou Myfanwy.

— Sabe, não é inteligente ser sarcástica com sua assistente executiva — comentou Ingrid curta e grossa. — E não é o povo americano, são os Bispos americanos.

Há Bispos americanos? Há um Checquy americano? Isso provavelmente deve estar explicado em algum lugar do fichário roxo, mas nos últimos dois dias ela ficou tão mergulhada no trabalho que não teve muito tempo de consultá-lo. Supervisionar todos os detalhes e se certificar de que tudo se encaixava bem era algo que exigia toda sua atenção. Esse talento do cérebro de Thomas parecia ter permanecido. Uma ou duas vezes ela se esqueceu de que não era a mesma Myfanwy Thomas que todo mundo acreditava que ela era. Ela não se preocupava mais se o que falava ou fazia iria colidir com a imagem mental que todos faziam de Torre Thomas. E ela aprendeu que mostrar um pouco de ignorância não iria revelar seu segredo. Enfim, ela estava conseguindo apreciar o poder de ser membro da Corte.

— Certo, então os Bispos americanos estão vindo — disse Myfanwy. — Suponho que eles estejam aqui para incomodar Conrad e Alrich. Todos os velhos diplomatas reunidos para tomar conhaque ao redor da lareira, fazendo o trabalho sujo e decidindo o destino de nações entre goles e petiscos, hein? — Ela levantou uma das sobrancelhas.

— Não, Torre Thomas — respondeu Ingrid. — Eles estão aqui para ver você.

— Eu? — perguntou ela, incrédula.

— Você.

Elas se entreolharam.

— Você está me dizendo isso porque eu fui sarcástica sobre os americanos virem?

— Não. Apesar de que seria um bom troco, sem dúvida.

— Bem, quando eles chegam? — perguntou Myfanwy.

— Em 45 minutos.

— Quarenta e cinco minutos! Que merda! — Myfanwy levantou e começou a arrumar a mesa freneticamente. O prato de biscoitos foi para a gaveta e os papéis foram empilhados com pressa, tombando em seguida. — Sabe, eu podia pedir uma pizza e ter mais tempo para me preparar para essa reunião. — Ela olhou para suas roupas. Não estava usando uma roupa informal, mas tinha se vestido para um dia sem reuniões. — Por que eles querem falar *comigo*? — indagou ela, desesperada.

— Você escreveu o relatório, Torre Thomas.

— Que relatório?

— O relatório sobre os Grafters, aquele que você escreveu depois que as Torres e os Cavalos se encontraram.

— Aquilo era sigiloso! Era para o Checquy apenas! — Ela empilhou os papéis mais uma vez.

— Os Grafters estão na Lista, é um dos assuntos que inicia alertas automáticos — explicou Ingrid. — Certos assuntos são automaticamente passados pela comunidade.

— Bem, tá, mas se eu soubesse que outras pessoas iriam ler, eu teria...

— Sim?

— Sei lá! Eu teria usado o corretor ortográfico! — Era impressão ou Ingrid estava se divertindo com tudo aquilo? — Tudo bem, então eles estarão aqui em 45 minutos. Há algum tipo de cerimônia de recepção ou algo assim?

— Os diretores do Checquy vão oferecer um encontro formal para receber os hóspedes amanhã à noite. Isso é feito assim para dar a eles tempo de se recuperarem do *jet lag*. Mas por hoje, de acordo com uma tradição de longa data, executei o sagrado cancelamento de seus outros compromissos e fiz reservas no sagrado templo de comida italiana. — Myfanwy olhou desconfiada para sua secretária. Ingrid estava cada vez mais atrevidinha. Então ela falou com seu tom maternal. — Torre Thomas, você não precisa entrar em pânico. Vá para a residência, troque de roupa e fique pronta, eu aviso quando eles chegarem.

Myfanwy assentiu, obediente, abriu a porta atrás do retrato e subiu para seu apartamento.

Os americanos

Quando os ingleses chegaram ao Novo Mundo, o Checquy também estava lá. A segunda pessoa a sair do barco em Jamestown foi um agente do Checquy, que passou a maior parte do tempo de cara fechada com as coisas assustadoras que os colonizadores estavam fazendo e aplaudindo em silêncio conforme eles sucumbiam à sutil guerra tática e mágica dos nativos. Ele voltou à Inglaterra com um novo gosto por milho e um forte desejo de não voltar às colônias. Este agente convenceu a Corte de que seria necessária uma tentativa mais eficiente (e melhor embasada) para avaliar o potencial sobrenatural do continente. Sendo assim, eles mandaram vários outros agentes para o Novo Mundo.

O mais importante deles foi Richard Swansea, que encarou a tarefa bem assombrosa de ser um agente secreto paranormal do governo na colônia de Plymouth. Suas cartas para a Inglaterra são uma leitura fascinante, especialmente pelo pobre homem não concordar com a religião de seus vizinhos.

Cercado de fanáticos amargos, Swansea foi obrigado a fazer uma performance brilhante; se seus vizinhos descobrissem os registros escondidos em sua casa, sem dúvida ele seria enforcado. Entretanto, por causa de suas boas ações públicas e sua aparente piedade, ele se tornou um herói local, tratado com uma reverência ainda maior do que os anciãos da comunidade. Nenhum homem se vestia mais sobriamente ou era mais rápido em condenar o laxismo dos outros. O pobre homem devia estar no inferno.

Enquanto esteve em Londres, Richard Swansea levou uma vida de decadência notável. Filho de uma madame bem-sucedida, Swansea cresceu vagando, livre, entre dois mundos. Metade de seu tempo foi gasto correndo loucamente pelas ruas, e a outra metade conhecendo os clientes da elite inglesa que sua mãe recebia no... estábulo. Um desses clientes era um alto membro do Checquy. Então, assim que seus poderes de pele camaleônica, regeneração de pedaços do corpo e hipercontorcionismo se manifestaram, aos 12 anos, ele foi pego.

Durante o treinamento, Swansea impressionou seus professores e conquistou a adoração de seus colegas. Ao se formar, tornou-se o agente mais proeminente da organização. Os seus muitos contatos na elite e seu conhecimento profundo do submundo permitiram que ele realizasse algumas das operações mais notáveis de sua época. Assim, quando surgiu a oportunidade de criar o primeiro grande posto avançado americano do Checquy, o melhor Peão foi enviado.

Posso imaginar sua frustração enquanto vagava emburrado pelo Novo Mundo, usando chapéu com fivela e carregando uma arma. Ele era um homem acostumado a ser um almofadinha, um queridinho das prostitutas de Londres, um cavalheiro que circulava pelos jantares da elite e pelos esgotos com a mesma facilidade; e agora estava condenado a uma entediante província, povoada por fanáticos religiosos cuja ideia de diversão era não ter diversão nenhuma.

Se não fosse por sua lealdade extraordinária ao Checquy, Swansea teria renunciado ao cargo e recebido de braços abertos qualquer monstro excursionista na cidade de Plymouth. Acho que ele até teria providenciado a eles mapas detalhados e depois comemoraria enquanto eles devoravam os peregrinos.

Deduzo que seu único alívio eram as longas expedições que fazia na natureza, nas quais fez bons amigos entre os nativos. Ele se esforçou ao máximo para avisá-los dos perigos que os homens de seu país ofereciam e incitou as tribos a irem embora. Os nativos assentiram de maneira gentil, mostraram a ele os segredos de sua terra, mas ignoraram os avisos. Ele assistiu ao resultado com tristeza, mas sem nenhuma surpresa.

Por 107 anos, Swansea criou uma operação flexível, que matinha suas ligações próximas com a organização-mãe. Esse Checquy americano, cujo nome local é Croatoan, se espalhou pelas colônias. De várias formas, os membros encararam um desafio inimaginável. Tecnicamente, eles eram encarregados de registrar todas as entidades sobrenaturais que surgiam no Novo Mundo. Se houvesse uma ameaça, eram orientados a dominá-la e, se possível, mandar a entidade para a Inglaterra, a fim de passá-la por exames. Eles tentaram seguir essa ordem, mas os recursos e as necessidades muitas vezes ditavam que eles acabassem com qualquer ameaça. Cada colônia tinha um minúsculo posto avançado; todo o empreendimento era um pequeno arquipélago diante de um oceano de natureza selvagem.

Cada colônia tinha seu escritório da Croatoan, mas não pense na organização como mais do que era. Faltavam os recursos massivos de pessoal que o Checquy possuía, de modo que as forças croatoanianas consistiam em uma miscelânea de tropas, qualquer indivíduo com poderes no qual seus membros conseguissem colocar as mãos. Swansea procurou as tribos buscando recursos e explicou a situação; ele notara que entre os nativos havia uma incidência bem maior de recém-nascidos com poderes. Eles educadamente recusaram. Ao que parece, sentiam que milhares de anos de experiência os deixaram bem preparados para lidar com qualquer perigo que sua terra nativa pudesse trazer. Mas lhe desejaram boa sorte.

Swansea encarou grandes problemas. A natureza religiosa e independente das colônias significava que os croatoanianos não podiam depender da autoridade governamental para adquirir crianças. Se os colonizados se ressentiam em pagar impostos em chá, eles ficariam ainda menos empolgados com a ideia de entregar sua prole. E ninguém melhor do que ele sabia do perigo de trazer o sobrenatural para os puritanos. Isso os fazia pensar na forca. Portanto, ele foi pressionado a adotar medidas extraordinárias para construir uma força que pudesse proteger a população.

Ele adquiriu algumas crianças. Essas crianças, cujas famílias queriam que fossem aprendizes de proeminentes "mercadores" locais, se tornavam agentes com relativamente poucos problemas. Crianças com pais menos flexíveis eram, bem, sequestradas. Swansea e seus agentes as pegavam pelas ruas ou as tiravam, de forma sorrateira, de suas camas e as mandavam para outra colônia. Lá, elas recebiam novas identidades e aprendiam a importância da missão Checquy incorporada pela Croatoan. Eram educadas, aprendiam um ofício e protegiam sua comunidade.

Ele também atraía adultos. Periodicamente, o Checquy mandava reforços que eram recebidos com empolgação. Além disso, Swansea fazia o que podia. Numa reviravolta irônica, marinheiros eram recrutados à força e obrigados a deixarem os navios. Qualquer adulto que manifestasse poderes tinha uma possibilidade acima da média de ser executado pela comunidade (vale a pena apontar que Swansea nunca encontrou nenhuma manifestação de poderes sobrenaturais, em adultos ou crianças, na vila de Salém). Em todo caso, o croatoaniano resgatou várias dessas "bruxas" e as reinseriu. O seu carisma e dedicação ajudaram muito a converter essas flores tardias. Os escravos passavam por uma avaliação e, quando demonstravam ter poderes, eram comprados por ele. Quando integrados à Croatoan, recebiam a liberdade. Alguns agentes se declaravam indignados com a ideia de libertar escravos e deixá-los operar como iguais. Esses protestos cessaram quando o nível geral de habilidade dos africanos superou o dos outros agentes.

Havia muitas ameaças às colônias — na verdade, elas surgiam com uma regularidade terrível —, e a Croatoan tentou enfrentá-las. Quando possível, enviavam reforços para seus irmãos aflitos. Foi essa unidade que possibilitou que o grupo enfrentasse a revolução. Talvez também tenha sido pelo fato de nenhum membro ser obrigado a pagar impostos (um privilégio que nunca foi estendido ao Checquy na Grã-Bretanha, devo acrescentar. Você não acreditaria no quanto eu pago em impostos) e de os representantes visitantes do Checquy os tratarem com profundo respeito. Ainda assim, eles eram realistas, reconhecendo que sua missão era tanto proteger o povo quanto ser leal ao trono.

Durante a Revolução, os agentes da Croatoan não lutaram em nenhum dos dois lados. A enorme carnificina e o caos das muitas batalhas empolgaram parte da vida selvagem mais exótica, e as equipes se ocuparam de dominar os moluscos gigantes que gostavam de ir para as fazendas isoladas e se banquetear de famílias. Quando a guerra acabou, os croatoanianos tinham sido reduzidos pela metade, com perdas significativas causadas pelas operações desesperadas e pela violência incidental da guerra.

Nesse ponto, as forças remanescentes da Croatoan se encontraram numa situação difícil. Eram agentes de um governo que fora, de modo incisivo, convidado a deixar o país. Se eles se revelassem para George, Ben, Thomas e o restante da turma, podiam ser expulsos do país. Ou sucumbidos a boa e velha forca. Jefferson e Franklin até podiam ser bem esclarecidos, mas alguns dos membros da antiga Croatoan ainda tinham receio de se revelar. Entretanto, o país era tanto deles como de qualquer outro. E era evidente que ninguém no novo e ainda confuso governo estava nem perto de compreender os horrores sobrenaturais que vagavam pela paisagem noturna, quanto mais enfrentá-los. Desnorteados e exaustos, os croatoanianos que sobraram continuaram a proteger seus vizinhos e a mandar educadas cartas desesperadas para o Checquy, pedindo instruções.

Enquanto isso, os membros da Corte do Checquy na Inglaterra estavam enfrentando os próprios problemas. Algo repulsivo havia nascido na Cornualha, e a atenção da Corte toda se voltara para a eliminação desta coisa. Em 3 de setembro de 1783, quando o Tratado de Paris foi assinado e ratificado, o Grupo estava se recuperando, enterrando seus mortos e apenas começando a voltar a prestar atenção às partes do mundo que não eram a Cornualha. A chegada de cartas da Croatoan levaram o senhor Crimson a gritar "puta merda!" dentro da igreja.

Apesar de a Croatoan estar prestando serviços vitais para o bem da humanidade, o Checquy decidiu que não podiam pedir fundos ao rei George para manter os colegas americanos trabalhando. Seria necessária uma sutil aproximação com o novo governo do país. A Croatoan decidiu enviar uma pessoa para conversar com o novo governo e explicar sua missão, oferecendo seus serviços. Alguém com habilidades suficientes para impressionar as autoridades. Alguém que não teria dificuldade em escapar se o presidente recém-eleito buscasse um mosquete na mesma hora. Até eles estarem certos de que o governo os tinham aceitado, pediram aos demais croatoanianos que mantivessem suas cabeças abaixadas e se comportassem.

O representante escolhido era um Bispo, um antigo escravo chamado Shadrach. Sua aparição no lar de George Washington seria inexplicável e causaria uma grande impressão no presidente se ele estivesse lá. Infelizmente, Washington havia escolhido passar o dia inspecionando algumas tropas. Por sorte, a entrada de Shadrach, acompanhado de uma nuvem de mariposas, e seus modos impecáveis impressionaram Martha Washington o suficiente para que ela concordasse em deixá-lo esperar até que seu marido voltasse à casa. Por várias horas, a primeira-dama e o ex-escravo permaneceram sentados na sala de visitas, e Shadrach explicou tudo sobre a Croatoan e sua missão. Martha tinha uma mente bastante aberta e era sensata o suficiente para compreender que ter a Croatoan seria bom para a inexperiente nação.

Acompanhados de um bom chá não taxado, Martha e Shadrach discutiram os detalhes da absorção croatiana pelo governo. As negociações foram complexas e a comunidade sobrenatural ainda discute quem foi o negociante mais astuto. De qualquer forma, quando George Washington chegou em casa, ele era o comandante de uma agência sobrenatural secreta.

Historiadores notaram que George Washington era um grande mestre espião e gastou boa parte de seu orçamento em inteligência. Bem, posso dizer que parte considerável foi gasta nas atividades da Croatoan. Em vários aspectos, a organização se espelhava no Checquy. Ela também recebeu um orçamento absurdamente grande e mantinha uma estrutura hierárquica, apesar dos protestos de Martha de que ter uma Corte no comando não estava de acordo com os ideais da nação. Entretanto, Shadrach fora muito incisivo. Mas, diferentemente do Checquy, foi negado à Croatoan o direito de tirar crianças que manifestassem poderes à força de suas famílias. Martha, na verdade, tinha aceitado isso, mas o presidente foi inflexível nesse ponto. Em vez disso, os membros da Croatoan foram obrigados a atrair seus agentes com referências exuberantes ao dever e à responsabilidade, que funcionaram quase tão bem quanto a força e tinham a vantagem de não serem uma afronta flagrante à Constituição.

Por fim, e o mais importante, foi concordado que a Croatoan, assim como o Checquy, não iria interferir em assuntos não sobrenaturais. Sua área de atuação estava estritamente limitada ao reino do sobrenatural.

Conforme a nação crescia, o mesmo acontecia com a Croatoan. Entretanto, elas não cresceram na mesma proporção. Por alguma razão, muito menos crianças dotadas de poderes nasciam nos Estados Unidos do que no Reino Unido. Isso teria sido causa de preocupação, não fosse pelo fato de que também havia muito menos ameaças sobrenaturais. Isso não significa que não tinham problemas. Foi na América que as irregularidades criadas matematicamente surgiram, torcendo o próprio material do tempo e do espaço enquanto manipulavam a indústria dos filmes mudos. O Culto à Alienação. O Cavaleiro da Fome. O Deus Chocante. Todos eles foram casos duros, mas, em termos de números, ameaças sobrenaturais não pareciam ser um grande problema nos Estados Unidos.

Richard Swansea, antes de morrer com repetidas decapitações feitas por uma amante civil menosprezada (e cada vez mais confusa e desnorteada), notou essa tendência, e uma possível explicação foi encontrada em seus diários. A amizade próxima de Swansea com os nativos americanos permitiu que ele observasse seus rituais e suas práticas. Ele postulou que uma série de proteções foram colocadas, tecidas na própria malha da terra. Mesmo quando as tribos acabaram, seus trabalhos perduraram, e o continente permaneceu relativamente livre de manifestações paranormais.

Apesar da separação causada pelo estado das duas organizações, a Croatoan e o Checquy continuaram a manter excelentes relações. No início, arranjos formais foram evitados, mas a comunicação era regular. Quase uma década passou sem que nenhum membro das Cortes visitasse o país do outro lado do oceano. Em 1850, um acordo formal — o Pacto Sororitas — foi estabelecido, codificando as várias ligações de amizade dos dois grupos. Entre os elementos desse acordo foi estabelecida a Lista, o compromisso da extradição de transgressores e a promessa solene e compulsória de que nenhuma das organizações iria consentir ser parte de uma guerra contra o país da outra. A Lista era um catálogo de ameaças que cada grupo via como as mais alarmantes. Quaisquer acontecimentos que envolvessem uma das ameaças da Lista deveriam ser comunicados de imediato.

Houve até alguns esforços colaborativos. Durante a Guerra Civil Americana, a Croatoan pediu reforços quando os moluscos gigantes, excitados pela violência, se levantaram e atacaram a terra mais uma vez. Em 1903, o Checquy apelou para seus irmãos americanos quando um portal se abriu em Hong Kong e demônios começaram a se infiltrar na comunidade. Em 1989, os dois grupos coordenaram a eliminação de mortos-vivos no Havaí — um Estado que não compatilha a imunidade mística de seus parentes continentais. O sucesso dessas campanhas serviu para fortalecer os laços de amizade.

Hoje, os membros da Croatoan são os nossos aliados mais sólidos. Eles sabem de segredos que nem nossos compatriotas sabem. Estão em menor número do que nós e policiam um território muito maior do que o nosso. Pessoalmente, eu não poderia deixar de ter o maior respeito por eles.

Bem, tudo muito legal, pensou Myfanwy. *Mas você de fato já encontrou algum deles? Vocês têm piadinhas internas? Eu preciso perguntar sobre seus filhos?* Myfanwy folheou o fichário, mas nada chamou sua atenção. Ela olhou para o relógio e percebeu que já estava na hora de se trocar. Por sorte, uma coisa que não faltava a ela era um monte de terninhos apropriados. Quando Ingrid anunciou a chegada dos americanos, ela já estava no escritório vestida com a formalidade que a ocasião pedia.

16

— Torre Myfanwy Thomas do Checquy, eu apresento Bispo Shantay Petoskey da Croatoan — anunciou Ingrid, em tons musicais. *O que ela fez, aulas de oratória?*, pensou Myfanwy, ficando bem corada. O eco ainda reverberava pela sala quando Bispo Petoskey entrou, e Myfanwy abriu os olhos que havia fechado com força de tanta vergonha. Ela olhou para Petoskey e não pôde evitar se demorar em fazê-lo. Sejam quais fossem suas expectativas, Shantay Petoskey não correspondia a elas.

A mulher tinha talvez cinco anos a mais do que ela, e era adorável. Era negra, magra, e alta, alta, alta. Vestia algo que não importava ter sido caríssimo ou baratíssimo e que ficava fantástico nela.

Por favor, faça com que ela tenha transado com alguém para alcançar essa posição. Ninguém merece ser tão bonita e também inteligente.

Petoskey tinha uma expressão em seu rosto que sugeria que ela estava tentando não explodir em risadas.

— Obrigada por sua adorável apresentação, Ingrid — disse Myfanwy.

— É a tradição — comentou Ingrid, calmamente.

— Sim, claro que é — retrucou Myfanwy.

E, dirigindo-se para Petoskey, fez um gesto bizarro com a cabeça que pretendia ser formal e gracioso, mas que provavelmente parecia ridículo.

— Bispo Petoskey.

— Torre Thomas, que adorável conhecê-la — falou Petoskey. — E por favor, me chame de Shantay.

— E eu sou Myfanwy — respondeu ela. *Oh, graças a Deus que nunca nos encontramos!*

Ela olhou com atenção para além de Shantay, mas tudo o que viu foi Ingrid voltando para sua mesa.

— Desculpe, achei que Ingrid tivesse dito que ambos os Bispos viessem.

— Bispo Morales não estava se sentindo bem, então ela ficou no hotel.

— Oh, espero que não seja nada sério.

— É a viagem. Ela fica exausta — explicou Shantay. — Nós sabíamos que ela não viria a esta reunião.

— Deixe pra lá. Há 45 minutos eu nem sabia que haveria uma reunião, não é grande coisa.

Não acredito que eu disse isso.

— Não acredito que você disse isso — falou Shantay. Houve um breve momento de uma tensão terrível, durante o qual Myfanwy se preparou para uma declaração de guerra. Então Shantay abriu um largo sorriso. — Você é bem mais engraçada do que me disseram. — Ela piscou e Myfanwy sorriu de volta, gostando bastante da mulher.

E, de repente, lhe ocorreu que as duas ainda estavam de pé.

— Sinto muito — disse Myfanwy. — Vamos nos sentar. Não aqui! — Ela impediu Shantay de se sentar nas cadeiras desconfortáveis. — Vamos nos sentar nos sofás. Você gostaria de uma bebida quente?

Logo elas estavam acomodadas nas profundezas do sofá e Ingrid servia café para as duas.

— Então, Shantay! — começou Myfanwy, esparramando-se confortavelmente e se deixando ser absorvida pelas almofadas.

— Sim, Myfanwy? — perguntou Shantay, com o mesmo conforto e descontração.

— O que a traz tão de repente para a Inglaterra? Não que não estejamos encantados com sua presença.

— Oh, naturalmente. Para começar, toda nossa Corte ficou muito impressionada com o relatório que você escreveu — elogiou a Bispo, arrumando o vestido com cuidado. — E ele chegou na hora certa.

— Mesmo?

— Sim. Há cerca de quatro horas, uma equipe dos nossos Peões apreendeu uma mulher que entrou no país pelo aeroporto de Los Angeles. Ela foi examinada extensivamente e mostrou ter alguns implantes específicos. — Shantay fez uma pausa expressiva. — Não eram silicone.

— Deixe-me adivinhar — falou Myfanwy, secamente. — Aperfeiçoamentos Grafter?

Shantay assentiu, soturna.

— Merda. — Ela suspirou. — Foram os cachorros que a notaram?

— Não. Ainda não fizemos o esquema dos cachorros.

— Ah, sério?

— Sim, nós a seguimos porque ela era belga — comentou Shantay, em um tom seco.

— Interessante — disse Myfanwy baixinho. — Não sei se isso funcionaria aqui. E ela apenas surtou no aeroporto?

— Bem, ela *pode* ter surtado por causa dos três albinos que a estavam seguindo. Mas eles foram bem discretos. Sério, ela estourou sem nenhuma provocação.

— É alarmante.

— Extremamente. Assim que fomos informadas, Bispo Morales e eu nos preparamos para vir para cá. — *E tudo isso aconteceu há algumas horas,* se maravilhou Myfanwy. *Provavelmente é melhor que eu não pergunte.* — Os Grafters representam um perigo plausível para nossos países — continuou Shantay. — A aparição de um já é o suficiente para causar preocupação. Mas dois, num período tão curto... Bem, é um pouco mais perturbador.

— A pessoa ainda está viva? — indagou Myfanwy.

— Sim, apesar de não ter sido fácil dominá-la. Ela conseguiu matar 13 pessoas no aeroporto.

— Algum civil?

— Quatro civis, nove Peões.

— Ai, Deus. Sinto muito. As pessoas estão sabendo?

— É impossível acobertar algo assim quando acontece num aeroporto. As únicas coisas que conseguimos esconder foram os aspectos mais bizarros. Por sorte, nenhum dos nossos Peões ativou seus poderes à vista do público.

— Então como... — perguntou Myfanwy.

— Franco-atiradores. — Foi a resposta sintética.

— Sério? O nosso se mostrou à prova de balas.

— Não usamos balas.

— Ah. Por favor, aceite minha mais profunda solidariedade, e de todo o Checquy, por essa tragédia.

Shantay assentiu, aceitando.

— Seus Cavalos serão oficialmente informados dentro de uma hora, mas queríamos estar aqui para a inevitável conferência — continuou ela.

— Certo. Me perdoe, mas você disse que o ser ainda está vivo. Já iniciaram o interrogatório?

— Não tivemos sorte. Nós a levamos para nosso QG, em Nevada, mas ela se colocou num tipo de estado de coma, e até agora nenhum dos nossos conseguiu despertá-la.

— Um de nossos Peões teve certo sucesso em despertar Van Syoc — comentou Myfanwy, pensando nas cuidadosas técnicas do doutor Crisp. — Tenho certeza de que podemos falar com ele. O doutor Crisp é nosso chefe de extração de informações. Ele lê mãos e entranhas, então pode ler uma pessoa por dentro e por fora. Atualmente, todas as suas atenções estão voltadas para os Grafters, mas deve ser capaz de conseguir mais informações de uma pessoa viva do que de um morto.

— Se ele não puder, temos uma mulher que é ótima com os mortos — soltou Shantay. — E não quero ser rude, mas o doutor Crisp não matou a última pessoa que interrogou?

Myfanwy fez uma pausa.

— Não, ele não matou Van Syoc. Os Grafters mataram.

Então ela explicou tudo o que o doutor Crisp havia descoberto.

— Jesus! Então a mulher que temos em custódia... eles podem ordenar que ela se autodestrua?

— Ninguém precisa ordenar nada. Eles mesmos podem fazer isso.

— Pior ainda. Vou fazer uma ligação e ver se eles podem colocá-la em algum lugar à prova de som.

— Boa ideia. Mas não fique decepcionada se não funcionar. Colocamos Van Syoc cinco andares abaixo do nível da rua. Vou pedir ao doutor Crisp que fale com seus Peões, ele pode ter algumas ideias. — Por alguns momentos, as duas mulheres se ignoraram enquanto Shantay falava no celular e Mynfawy explicava a situação à Ingrid. Quando terminaram de passar as instruções, voltaram-se uma para a outra.

— Almoço? — perguntou Myfanwy.

— Eu adoraria — respondeu Shantay.

Querida Você,

Pesquisar, até quando é para descobrir quem quer me matar, é bem tranquilizador para mim. Afinal, lidar com vastas quantidades de informação é o que eu faço. A maior parte da informação pode ser acessada pelo nosso sistema de computação. É uma rede fechada, então nenhum computador que contém qualquer referência ao material do Checquy é conectado à rede mundial de computadores. E-mails vão de um escritório do Checquy para outro pelos nossos satélites; não há chance de algum adolescente americano insolente, com muito tempo sobrando, entrar no nosso sistema. Não há cruzamentos, e se você acha que montar esse tipo de esquema é caro, você não faz ideia.

Enfim, posso ver a maior parte das coisas no meu computador e minha posição como Torre me dá privilégios ao acesso de quase tudo. Então, posso examinar arquivos e mais arquivos. De tempos em tempos, preciso de algo que está no sistema. Se o material está disponível no Rookery, eu pesquiso nos arquivos, que é uma parte bem bonita do prédio. Carpetes verde-escuros, grandes estantes de carvalho, estudantes silenciosos — gosto de lá. Em especial, de seguir a trilha de informação, indo de prateleira em prateleira, passando pelos mostruários de vidro que guardam honradas coisas mortas, e depois passar pelas portas de metal para as catacumbas.

Nas catacumbas, há alas e mais alas de segredos. Armários altos com gavetas de madeira brilhante. Arquivos selados com cera. Caixas de papéis ordenadas. Então sigo mais em frente, coloco um casaco e entro na área de depósito frio, onde armários pesados de aço guardam os detalhes.

Está sempre lá, em detalhes.

Porém, algumas informações não estão disponíveis no Rookery, e se elas estão numa das outras quatro instalações de Londres, eu rondo as pilhas do Annexe ou da Apex House nos finais de semana. Se os registros estão em outro lugar, peço que me mandem, e recebo arquivos detonados que Ingrid tem de protocolar para entregar na minha mesa, enrolados em plástico, com vários selos sobre eles. Gosto de olhar os nomes dos lugares de onde vieram. Bath, Stirling, Orkney, Ilha de Man, Manchester, Portsmouth, Edimburgo, Whitby, Exeter. Estamos em tudo quanto é lugar.

Agora, estou vasculhando as finanças, que não têm centenas, mas milhares de páginas. Os antigos métodos e sistemas financeiros do Checquy eram um pesadelo e mesmo os novos são complexos, como se pode esperar de qualquer agência do governo gigante e quase independente, que opera no mundo em segredo. Números se retorcem diante de meus olhos — números de contabilidade, de transação, números de identidade dos funcionários, números de autorização, números de destinos. Estou com os pés mergulhados em caixa dois, estou desconfiada de fundos fiduciários, e faço perguntas perspicazes sobre fundos arbitrários.

Por que estou revirando os registros financeiros? Bem, é porque na minha carreira descobri que mesmo no mundo secreto do poder, do misticismo e das maravilhas escondidas, quem manda é o dinheiro. E eu me pergunto se minhas habilidades com números e finanças, combinadas com meu acesso aos registros do Checquy, são o motivo pelo qual alguém na Corte vai me destruir. Talvez eles temam que eu os pegue em alguma falcatrua financeira.

O que, ao que parece, pode ter acontecido. Não é grave, mas parece que as finanças de Lorde Henry e de Gestalt são um pouco... não ortodoxas. Agora, pode ser só o resultado de os dois terem vidas bem peculiares. Lorde Henry tem uma vida extensa e já operou sob alguns nomes e identidades diferentes, então há questões aí. Dinheiro foi perdido. Enquanto isso, Gestalt recebe o salário de quatro pessoas, mas não é muito claro por quantas ele paga imposto.

O fato é que isso não é concreto. Eu não sei ao certo se alguma fraude foi cometida por um deles. Confirmar qualquer transgressão, o que significa examinar as finanças deles, levaria mais tempo do que eu tenho. Entretanto, o que encontrei seria o bastante para garantir uma investigação profunda. Motivo pelo qual essa situação faz parte do meu plano de contingência de chantagem.

Mas não acho que a improbidade financeira de nenhum dos dois seja suficiente para garantir minha destruição. Deve ter outra coisa. Assim, toda noite, toda manhã, todo passeio de carro, e toda hora do almoço (nas raras ocasiões em que tenho uma), quando não estou examinando os detalhes dos registros pessoais da Corte, estou analisando os registros financeiros. Claro, os bens do Checquy são vastos e variados, e não posso examinar tudo. Mas, no meu papel de Torre, pedi auditorias duplas das maiores catacumbas e mandei que fossem feitos por seções rivais, na tentativa de garantir que não haja colaboração. No meio tempo, estou revendo pessoalmente as finanças dos maiores projetos do portfólio do Checquy. Esses são bem complexos, o que torna fácil fazer uma mutreta financeira.

Mas também torna uma merda fazer a análise.

No momento, estou mergulhada no orçamento alocado para a Propriedade todo ano, e não se engane — é muito dinheiro. Tem de ser. Cada pessoa que sai de lá aos 19 anos teve o equivalente a uma educação universitária integral, treinamento militar rigoroso, e a maestria mais completa possível de seus poderes. O orçamento inclui instalações da melhor escola pública no país, equipamentos para diagnosticar e testar uma grande variedade de habilidades sobre-humanas, acomodações de uma população de estudantes geneticamente instáveis, salários dos professores mais qualificados e de mente mais aberta no mundo, e segurança para manter tudo isso em segredo. Sem mencionar terapia para todos os envolvidos.

Estou dizendo isso porque, como resultado de minhas semanas e semanas de estudo noite adentro e de análise do desvio de dinheiro, encontrei outra irregularidade, uma que pode ser grande o suficiente para justificar minha destruição.

E logo que eu tomar uma aspirina, vou atrás disso.

Atenciosamente e com dor de cabeça,

Eu

— Bem, isso vai ser muito melhor do que o sanduíche que eu trouxe de casa — ironizou Myfanwy, depois que elas chegaram no restaurante mais exclusivo da cidade e se sentaram em um ambiente iluminado. — Shantay é um nome interessante. É abreviação de algo?

— Que eu saiba não — disse Shantay. — Por quê? O seu é abreviação de algo?

— Myfanwy? Poderia ser abreviação do quê?

— Só Deus sabe, mas o nome das pessoas são estranhos. Especialmente esses inventados.

— O seu é inventado? — perguntou Myfanwy, curiosa.

— Não — respondeu Shantay.

— Então que tipo de nome é?

— Bem, Shantay é um nome francês — disse ela, aceitando uma taça de vinho de um garçom obsequioso.

— E a parte Petoskey? Você não parece polonesa.

— É indígena, do povo chippewa, significa "o sol nascente". Não se sinta mal, sempre confunde as pessoas.

— Pelo menos você sabe como pronunciar seu nome.

— E qual a origem de Myfanwy? É escocês?

— Galês.

— Sério? Não sei nada sobre os galeses.

— Nem eu.

— Seus pais não contaram nada sobre seus ancestrais? — indagou a Bispo americana de maneira distraída, enquanto acenava chamando o garçom. — Meus pais sempre me contam sobre meu passado cultural e étnico. Na verdade, vamos ficar com uma garrafa. — Ela emendou para o garçom, que claramente iria fazer jus a sua gorjeta.

— Na verdade, não conheço meus pais — comentou Myfanwy, ajustando com cuidado seus óculos escuros. A varanda daquele restaurante era o melhor lugar para fazer uma refeição em Londres, numa tarde ensolarada. O ar estava frio, mas os aquecedores estavam ligados. Normalmente, é preciso ser muito famoso para conseguir uma mesa na varanda, mas de alguma forma Ingrid tem relações muito boas com cada restaurante da cidade. Quando Myfanwy e Shantay chegaram, uma carregando um cartão de crédito que parecia mesmo ser feito de ouro e a outra parecendo uma deusa núbia, elas foram rapidamente acomodadas no melhor lugar, sentadas à frente de um grupo de verdadeiros astros de cinema que tinham esperado dez minutos.

— Você não conhece seus pais? — repetiu Shantay.

— Não, eu fui tirada deles quanto tinha 9 anos — disse Myfanwy, arriscando provar o vinho.

— Oh, meu Deus, eu esqueci. É assim que fazem aqui, não é? — retrucou Shantay, horrorizada.

— Sim.

— Sabe, não quero ser grossa. Mas realmente não consigo acreditar que vocês tiram as crianças dos pais.

— É a tradição — respondeu Myfanwy, escolhendo um prato que tinha uma longa e detalhada descrição no cardápio. Se ela ia usar dinheiro do Checquy, queria pedir algo que fosse dar muito trabalho ao *chef*. — Pessoas como nós são meio que consideradas propriedade da nação.

— Bem, tínhamos uma tradição parecida nos Estados Unidos: pessoas como propriedade. E então tivemos uma pequena guerra que meio que estabeleceu que essa tradição iria acabar.

— Claro — comentou Myfanwy.

Nesse momento, um garçom apareceu e anotou os pedidos, um procedimento que levou mais tempo do que o normal, porque as duas mulheres insistiram em ler a descrição dos pratos até o fim.

— Mas você se lembra de seus pais? — perguntou Shantay quando o garçom se afastou, oprimido de tantos adjetivos culinários.

— Nadinha — respondeu Myfanwy, com completa honestidade.

— E isso não te incomoda? — perguntou Shantay.

— Não muito. — Myfanwy deu de ombros. Ela se perguntou, um pouco absorta, como Thomas se sentia. — E como *você* terminou na Croatoan?

— Fiz exames cedo. Temos esse programa todo... muito completo. Temos tão poucas manifestações que não podemos nos dar ao luxo de perder qualquer possibilidade. Enfim, lá estavam meus pais, em Flint, Michigan. Já esteve lá?

— Acho que já ouvi falar. Não havia um unicórnio correndo por lá no ano passado?

— Não, isso foi em East Lansing — respondeu Shantay, fazendo pouco caso. — Enfim, quando eu era pequena, meus pais estavam tendo muitas dificuldades para criar os três filhos.

— Acho que eu fui uma de três crianças também.

— Ah, é? Qual era você?

— Estou quase certa de que era a do meio — falou ela, tentando se lembrar.

— Eu era a mais velha — completou Shantay. — E, apesar de não termos passado fome, não estávamos longe disso. Então, eles receberam uma carta com uma aparência bem oficial.

— Do governo?

— Não, de um colégio interno muito caro em New Hampshire, oferecendo alojamento, alimentação e educação de graça.

— Bem, então... Agradeça a Deus pela honestidade escrupulosa do departamento sobrenatural do governo americano. — Ela fez uma pausa em seu bem-humorado uso do sarcasmo como um instrumento contundente. — Mas como isso o torna um sistema mais ético para vocês?

— Meus pais puderam escolher. Os seus, devo acreditar, não puderam.

— Sim, apesar de haver algumas vantagens no nosso método. Havia outros benefícios?

— Eu voltava para casa nas férias.

— Bem, com certeza você me ganhou aí.

A comida realmente era deliciosa. Depois da sobremesa, elas discutiram as minúcias dos esquemas de segurança das suas nações, enquanto eram levadas de volta ao Rookery.

— Torre Thomas — disse o motorista —, parece que os manifestantes decidiram montar uma barricada na frente da entrada do estacionamento. A segurança está trabalhando para tirá-los, mas pode levar um tempo.

— Pode nos deixar em frente ao prédio, então — respondeu Myfanwy, colocando suas luvas. — Obrigada, Martin.

Quando saíram do carro, elas olharam para os manifestantes com aversão.

— Já pensou em colocar a polícia contra eles? — perguntou Shantay.

— Acho que apenas iria atrair a imprensa para cá — falou Myfanwy, que teve a atenção atraída por uma mulher que estava do outro lado da rua e lhe parecia familiar.

— Talvez você pudesse colocar a culpa em uma briga de gangues.

— Estamos em Londres, não em Los Angeles. Além disso, este é um bairro comercial. — A conversa foi interrompida quando a tal mulher cruzou a rua e se aproximou delas.

— Com licença — disse a jovem. — Sinto muito incomodá-la.

— Sim? — perguntou Myfanwy. *Ela parece bem familiar; é do Checquy?*

— É... você é Muvvahnwee Thomas?

— Acho que sim — comentou Myfanwy. — Me desculpe, nos conhecemos?

— Meu nome é Bronwyn. — A moça olhou hesitante para ela, esperando alguma reação. — Bronwyn Thomas. Sou sua irmã.

17

Elas olharam uma para a outra, a mulher alegando ser uma irmã chamada Bronwyn com os olhos cheios de expectativa, e Myfanwy sem reação. Nem ver Gestalt estrangulando o doutor Crisp foi tão chocante para ela quanto essa revelação. Ela olhou para a mulher, reconhecendo os próprios traços, apesar de a mulher ser muito mais bonita (na verdade, linda, vamos admitir), além de mais alta e com um longo cabelo loiro tingido da cor da moda.

Por isso ela pareceu familiar, avaliou Myfanwy, estupefata. Ela percebeu que Shantay estava boquiaberta, e todos os sons do mundo pareciam ter ficado mudos. Em vez disso, havia apenas Bronwyn, e ela sentiu uma conexão, uma sensação que poderia ser chamada de familiaridade, como se essa moça se encaixasse em sua vida, preenchendo um buraco no formato de irmã.

O que é isso? Será possível? Ela fitou aqueles olhos que eram exatamente como os seus. *Essa é mesmo minha irmã? Eu deveria dizer alguma coisa, acho que já passou quase um minuto.*

— Meu Deus — exclamou Myfanwy, e então não conseguiu pensar em mais nada para dizer. — Oi. — Ela a cumprimentou, hesitante, e então estendeu a mão. A mulher que dizia se chamar Bronwyn a encarou um pouco espantada, mas pegou a mão dela com um sorriso.

— Deve ser um choque tremendo — disse Bronwyn. — Eu, aparecendo assim, do nada.

— É a coisa mais assustadora que já me aconteceu — comentou Myfanwy. — A coisa mais maluca... — Ela parou, ainda olhando, ainda segurando a mão de Bronwyn.

— Sou Shantay. Trabalho com Myfanwy — falou Shantay, direta, dando um passo à frente. — Me parece que ela está um pouco chocada.

— Oi — cumprimentou Bronwyn.

— Sabe, me desculpa *mesmo* — replicou Shantay —, mas há uma coisa muito importante que temos de fazer. E não pode esperar.

Há uma coisa que temos de fazer?, pensou Myfanwy, meio letárgica.

— Bronwyn, você precisa me passar seus contatos. Seu endereço e tudo o mais. Vou te dar o meu, e planejamos um encontro. — Ela soltou relutantemente a mão de Brownyn e abaixou o olhar. *Ela tem as mesmas mãos que eu. Jesus, e nem tirei as luvas quando toquei a mão dela!* Ela fez uma careta. — Você pode ir na minha casa, e vamos saber mais uma sobre a outra — completou, apressada. Porém, enquanto falava, ela já tomava consciência de centenas de complicações que isso poderia gerar.

Elas trocaram detalhes e combinaram algo para a noite. Myfanwy disse que iria ligar depois, para marcar uma hora. Houve uma despedida sem jeito, e ela deixou Shantay conduzi-la ao Rookery.

— Bem — começou Shantay, quando elas já estavam no elevador —, isso meio que veio do nada.

— É. — Myfanwy fungou. Shantay passou a ela um lenço. — Eu não tirei minhas luvas quando peguei a mão dela — afligiu-se Myfanwy. — Eu fiquei tão chocada, que nem *pensei* nisso.

— Graças a Deus! — exclamou Shantay. — Menina, se aquela mulher tentasse dar um beijo, ou ter *qualquer* contato físico, eu teria quebrado o crânio dela na calçada.

— O quê?

— Fala sério? Uma moça aparece na rua, você não sabe o *que* ela é! Diabos, ela pode ser uma agente Grafter!

— Eu sei que tenho uma irmã, e essa mulher parece exatamente comigo... bem, algumas partes — corrigiu Myfanwy, pensando naquelas longas pernas.

— Ai, por favor, você sabe o que os Grafters podem fazer — replicou Shantay. — Claro que vocês se parecem muito, mas você está lidando com gente que é basicamente o Deus da cirurgia plástica e de estranhas armas biológicas. Merda, imagina se ela toca um dedo em você. Se parecesse que ela ia *respirar* sobre você eu teria avançado.

— Shantay, se essa mulher fosse me matar, ela não precisaria usar uma arma Grafter. Aquele cara do hotel tinha uma arma. — Ela se sentiu exaurida com o pensamento.

— Verdade! — percebeu Shantay. — Aquela moça tem sorte de não ser um cadáver sem cabeça na rua agora mesmo.

— Bem, isso poderia ter causado alguns problemas — disse Myfanwy. — Mas você está certa sobre a moça. Não sei nada sobre ela. Ela precisa ser examinada antes de entrar na minha casa. Vou precisar de dossiês sobre Bronwyn Thomas, incluindo fotos, histórico pessoal, histórico de viagens, onde ela está morando. A verdadeira Bronwyn Thomas pode estar na Austrália agora...

— Você está bem? — perguntou Shantay. — Vou ajudá-la com a pesquisa. Podemos fazer isso juntas.

— É, eu só... espero que seja mesmo ela e que não haja problemas. Seria legal ter uma irmã.

— Talvez ela seja mesmo sua irmã — falou Shantay. — Vamos verificar e, se tudo der certo, vocês vão tomar uns drinques esta noite. Mas daí você tem muitos outros problemas.

— Tipo o quê?

— Tipo onde você vai dizer a ela que passou toda sua vida?

Myfanwy se sentou num canto do sofá de sua casa, com os pés descalços apoiados num banquinho e a cabeça inclinada para trás. Apesar da taça de conhaque e da presença plácida de Wolfgang em seu colo, ela ainda se sentia nauseada com a ideia da chegada de Bronwyn.

Ela e Shantay passaram a tarde fazendo um exame de segurança frenético. Myfanwy não gostou da ideia de ninguém — nem mesmo Ingrid — saber que ela estava pesquisando sobre sua irmã. O assunto poderia chegar ao alto comando, que por sua vez poderia lhe proibir de encontrá-la. Se essa Brownyn *era* mesmo sua irmã, então Myfanwy estava determinada a conhecê-la.

E se não era, bem, então seria preciso tomar alguma atitude.

Myfanwy pediu para Ingrid desmarcar todos os compromissos da tarde, e ela e Shantay se trancaram em seu escritório. Então, se dedicaram a saber tudo o que podiam sobre Bronwyn Laura Thomas. Ser uma Torre significava que ela tinha acesso praticamente ilimitado a informações do governo sobre seus cidadãos, e o foco de seu antecessor em pesquisa e preparação significava que ela podia fazer quase tudo de seu escritório.

Bronwyn Laura Thomas não vivia na Austrália. Ela morava em Londres, em um apartamento perto de Marble Arch. Estava matriculada na Universidade de Artes de Londres. Nenhum registro criminal. Nunca deixou o país para ir a lugar algum, muito menos à Bélgica. Seu uso da internet era ortodoxo — quase dava pena. Nenhum e-mail para ninguém na Bélgica, ou para ninguém suspeito. Não havia tempo de verificar cada pessoa para quem ela enviou um e-mail nos últimos seis meses, mas uma seleção aleatória não mostrou nada suspeito. O número de seu celular era exatamente o que ela havia dado a Myfanwy. A pessoa nas fotos que elas acessaram era idêntica àquela com quem elas falaram.

— Bem, parece tudo ok — comentou Shantay. — Pode mesmo ser ela.

— Acho que é ela — disse Myfanwy. — Acho mesmo.

— Então, o que você vai fazer?

Myfanwy se sentou e mordeu os lábios. Desde que entrou nessa vida, houve pouca coisa que a preencheu de um prazer genuíno. O saldo na conta dela. A refeição que ela comeu no jantar com Lady Farrier. Sua amizade espontânea com Shantay. A ideia de encontrar — ou de *ter* — uma irmã era deliciosa. Ela estava cansada de ser órfã. Queria uma família. Ou pelo menos mais uma amiga.

— Vou ligar para ela — decidiu Myfanwy, e buscou o telefone.

— Espere — pediu Shantay. — Não ligue para o celular, ligue para o telefone fixo.

— Ela não me deu o número do telefone fixo — contestou Myfanwy. Então, a ficha caiu. — Tá, certo.

Ela ligou para o telefone fixo e falou com uma Bronwyn Thomas que estava aguardando sua ligação. Elas conversaram um pouco e combinaram que Myfanwy iria mandar um carro para pegá-la. O que seria em cinco minutos. Val, a empregada, que ela finalmente conheceu, estava muito empolgada com a ideia da irmã de Myfanwy vir e insistiu em preparar uma grande bandeja de comida.

— Sabe que sempre me preocupei com você, senhorita Thomas — comentou ela, com seu sotaque carregado. — Você é muito resguardada. Não é saudável para uma jovem trabalhar o dia todo, depois cair de sono no sofá. Estou feliz que sua irmã venha fazer uma visita. Talvez ela possa lhe dar bons conselhos. Há quanto tempo vocês não se veem?

— Anos — respondeu Myfanwy, com perfeita exatidão.

— Anos! É absolutamente inaceitável! Típico de vocês que só pensam na carreira. Você arruma um emprego e esquece de todo o resto. Sabe que essa é a primeira vez que ouvi você falar sobre sua família?

Quando conheceu Val, Myfanwy percebeu que Thomas a havia empregado por dois motivos. Primeiro, era uma espécie de conforto ter alguém querendo mandar na sua vida e, segundo, ela era uma cozinheira e uma empregada maravilhosa. Com medo de ofendê-la, ela apenas concordou, resignada, com tudo que Val sugeriu, incluindo o conhaque.

— Normalmente eu não incentivo o consumo de álcool. Mas eu nunca a vi tão nervosa. — Val serviu a Myfanwy a bebida e disse para ela se sentar e relaxar. — Eu abro a porta para sua irmã, daí sigo para minha casa.

Então Myfanwy estava acariciando Wolfgang, apesar de ainda não ter bebido nada do conhaque. Em vez disso, estava tentando relaxar os músculos e, ao mesmo tempo, permanecer alerta. Aqueles malditos sapatos, que ela era obrigada a usar quando interpretava o papel de Torre, eram assassinos de tornozelos. Ela estava tão focada em olhar o teto que não ouviu a campainha tocando, não ouviu Val abrir a porta e não percebeu que Bronwyn entrara na sala.

— Myfanwy? — perguntou Brownyn, timidamente.

Myfanwy se espantou e olhou ao redor, ansiosa.

— Oi! Entre. Eu levantaria, mas estou com Wolfgang no colo, e ele não gosta de ser acordado — explicou ela, gesticulando, impotente, em direção ao coelho, que parecia bem confortável. O rosto de Bronwyn se iluminou, e ela acariciou o bichinho.

— Ele é uma fofura! Há quanto tempo você o tem?

— Ai, Deus, nem sei mais — comentou Myfanwy, pensativa. — Quer pegá-lo? — Bronwyn se sentou ao lado dela no sofá e Myfanwy transferiu Wolfgang para seu colo. — Então — disse ela, nervosa.

— Então.

— Não sei quanto a você — começou Myfanwy —, mas quando acordei esta manhã, isso não era o que eu esperava que acontecesse. Como conseguiu me encontrar?

— Não foi fácil. Eu estava num café na cidade, olhando coisas na internet, e sabe quando a gente faz uma busca por nós mesmos? Fiz isso, e daí, por curiosidade, digitei seu nome para ver o que acontecia.

Ah, a misteriosa busca no Google. Bem, acho que podemos arquivar esse caso.

— Não tive resultado nenhum, além de uma menina na Nova Zelândia que tricota peras de lã e feltro e as vende na internet. Mas isso me deixou curiosa sobre você, então dei uma procurada por aí. Procurei um certificado de óbito, que é um documento de domínio público, você sabe, mas não consegui encontrar nada.

— Eu não sabia disso — respondeu Myfanwy. *Era de se pensar que o Checquy teria cuidado desse tipo de coisa.*

— Ah, sim. Com essa informação eu sabia que você estava viva, e tenho um amigo que trabalha na administração fiscal. Ele não queria, mas localizou uma Myfanwy Alice Thomas que vive aqui. Você é a única Myfanwy Alice Thomas que mora no Reino Unido.

Claro. Morte e impostos. Sempre pegam você.

— É realmente impressionante.

— Eu sempre fui uma ótima pesquisadora — falou Bronwyn, com modéstia.

Ah, então é isso *que temos em comum! Mas você não herdou o poder de fazer as pessoas cagarem nas calças. Você tem de amar os acasos da genética.*

— Mas eu ainda não estava certa de que era você. Eu vim até aqui e estava criando coragem para tocar a campainha. Mas então eu a vi e você se parece tanto com minha mãe. Então eu te segui até o escritório. Fui até o saguão do prédio, mas seu nome não estava no diretório. Sei que parece perseguição, mas fiquei rondando o prédio. Pensei que se você não saísse pela frente, eu voltaria e tentaria ficar no portão. Daí você apareceu do outro lado da rua. — Ela balançou a cabeça impressionada, e ficou claro para Myfanwy que Bronwyn estava tentando descobrir como fazer todo tipo de pergunta. Então ela se adiantou.

— Bronwyn, você tem 25 anos, certo?

— É, eu só tinha 3 anos quando você... foi embora. Então eu não me lembrava mesmo de você — acrescentou, com a voz um pouco culpada.

Eu também não lembrava de você!, pensou Myfanwy, enquanto tentava pensar no que mais dizer. Houve uma pausa desconfortável e então Bronwyn escolheu a tática mais fácil.

— Gosto bastante da sua casa. Há quanto tempo vive aqui?

— Ah... alguns anos — respondeu Myfanwy, displicentemente. Como ela havia passado a maior parte da tarde verificando a vida de Bronwyn, não teve muito tempo para preparar uma história convincente. — Fui promovida e comprei este lugar. Daí passei uma eternidade decorando.

— É adorável. Então, o que você faz?

— Trabalho para o governo — explicou Myfanwy. — Sou especialista em assuntos internos. — Ela observou a luz de interesse nos olhos de Bronwyn se esmorecer, exatamente como deveria ser. — Faço muita coisa de supervisão. Longas horas, uma vida social meio parada, mas eu gosto. — E era verdade, percebeu. Não era apenas da administração que ela gostava, apesar de ser boa nisso. Ela gostava da coisa toda.

— Tá, preciso perguntar — disse Bronwyn. — O que aconteceu? Jonathan me disse que tínhamos uma irmã, e que havia algumas fotos suas, mas a mãe e o pai nunca falaram sobre você. Por anos achei que você tinha morrido ou algo assim.

— Jonathan é nosso irmão, certo? — perguntou Myfanwy hesitante. Ela tinha de ser cuidadosa, mas também estava muito curiosa.

— Você não se lembra? — Bronwyn estava incrédula.

— Não muito. Eu era muito criança quando parti, e muita coisa aconteceu.

— Que tipo de coisa?

— Bom, é complicado. O que seu... *nosso*... pai te contou? Ou nossa mãe? — perguntou Myfanwy, com medo de contradizer qualquer história já formulada.

— Não disseram nada. Quando Jonathan e eu tentávamos conversar com eles sobre você, eles apenas se recusavam. Especialmente nosso pai, ele disse que não deveríamos jamais perguntar a ele sobre você. Quando você se foi, disse que devíamos tentar esquecê-la e apenas seguir com nossas vidas.

Ela manteve seus olhos firmes em Wolfgang conforme falava, e Myfanwy ficou com a impressão de que houve brigas feias sobre esse assunto. Gritos, silêncios e vergonha. Crianças foram mandadas para o quarto sem o jantar. Ela se sentiu culpada.

— Tive um problema de saúde. E foi uma coisa muito séria, as chances de eu viver eram muito pequenas. — Bronwyn lançou um olhar preocupado. — Estou bem agora — assegurou ela —, mas, por um bom tempo, eu fiquei por um triz. A maior parte do tempo, eu tomava remédios, completamente apagada, em alas fechadas. — Ela inventou no calor do momento. — E era por isso que vocês não puderam visitar. Nossos pais sabiam que eu iria morrer e que eles não podiam me ver. Então, deve ter sido mais fácil para eles apenas não pensar nisso.

— O que você tinha? — perguntou Bronwyn, hesitante.

— É uma coisa complicada, bem rara — disse Myfanwy, deixando tudo muito vago. — Você não precisa se preocupar, não é um problema genético. Mas eu não gosto de falar nisso.

— Mas você melhorou?

— Há cerca de quatro anos, eles descobriram um coquetel de drogas que me restabeleceram. Ainda assim, foi um grande trabalho para me recuperar. Eu tomei muitos remédios por anos e acabei ganhando alguns vícios bastantes sérios — falou Myfanwy, levemente impressionada com quão facilmente vinham as mentiras.

— Que terrível! — exclamou Bronwyn. — Mas você nunca pensou em nos procurar? — Estava claro que ela não queria ofender Myfanwy, mas também se sentia ferida. Era incompreensível para ela que sua irmã não tentara encontrar sua família.

— Havia tanta coisa acontecendo e tão rápido. Eu vivia nessa neblina criada pelas drogas. Tive ajuda para arrumar um apartamento e um trabalho. Estava tão acostumada a focar em apenas uma coisa, que não parecia haver espaço para nada além de trabalho e me desintoxicar. Ainda hoje saio muito pouco para o mundo real. Fico nervosa. — Ela olhou atentamente para Bronwyn, querendo que ela não ficasse chateada. — E minhas lembranças de vocês eram tão vagas. Quando pensava nisso, era como se tivesse sonhado.

Bronwyn assentiu, parecendo estupefata. No final, sua irmã era uma viciada em drogas em recuperação e uma agorafóbica.

— Não sei o que dizer — disse Bronwyn. — É muita coisa para processar. Deve ter sido tão duro para você.

— Sim, bem — concordou Myfanwy, dando de ombros de maneira tranquila. — Cada um sabe onde o calo aperta, e estou bem grata por como tudo se arranjou no final.

— É — falou Bronwyn, suavemente. Ela olhou para suas mãos, acariciando Wolfgang.

— Tudo bem com você? — perguntou Myfanwy, incerta.

— Sim, só que já seria pesado se fosse apenas uma amiga me contando isso, mas você é minha irmã — respondeu Brownyn, ainda olhando para baixo. Ela respirou fundo. —Sinto como se eu já devesse saber tudo isso, como se isso devesse ser parte do *nosso* passado e nossa família simplesmente deixou você ir. Você deve se sentir assim também, como se não nos importássemos. — Ela ergueu o olhar e Myfanwy viu lágrimas em seus olhos. — Não há razão para você sentir nada por mim, mas quero que saiba que mesmo sem nos conhecermos ou nos lembrarmos uma da outra, estou feliz por ter encontrado você. Quero mesmo que você seja minha irmã.

E Myfanwy sentiu essas palavras dentro do seu coração.

— Eu também — afirmou ela.

Então, ela se adiantou e as duas se abraçaram e choraram, rindo ao mesmo tempo. Enquanto ela abraçava a irmã, Myfanwy sentiu uma faísca em seus poderes, como se gasolina tivesse sido jogada no fogo. Ela conseguiu sentir as amarras genéticas que tinha com essa garota, seus próprios padrões refletidos na irmã, num certo grau. Myfanwy a afastou com gentileza, examinando Bronwyn à distância de um braço, então a puxou de volta, rindo de novo.

Tudo o mais parecia ser parte da vida de Thomas. Algo herdado. Mas isso, isso é tão meu quanto poderia ser dela. Esta garota é irmã deste corpo, e este corpo é tão meu quanto de Thomas. E, com isso, ela relaxou.

— Agora — disse Myfanwy, depois que elas se acalmaram e limparam os rostos. — Me conte sobre você. E a família.

— Ai, meu Deus. Bem, odeio ter de dizer isso, mas nossos pais estão mortos — começou Bronwyn, com tristeza. Isso não foi bem uma surpresa; Myfanwy lera nos arquivos. Mas agora, com sua irmã contanto, ela sentiu o choque. De alguma forma, era mais real, mais relevante. Não eram apenas os pais de um corpo que ela herdou, eram os pais *dela*. Sentiu uma lamentação pungente, e ela sabia que demonstrava em seu rosto.

— Morreram há oito anos, num acidente de carro — continuou sua irmã. — Foi um motorista bêbado. Eu me mudei para Londres, para morar com Jonathan. Ele é banqueiro; tem 33 anos. Quando a mãe e o pai morreram, ele se tornou meu guardião legal. Não foi fácil, estar numa escola nova e tudo o mais. Eu terminei os estudos, mas raspando. Então fiquei de bobeira alguns anos, tive uns empregos de merda. Daí Jonathan disse que eu tive tempo o suficiente para superar isso, então agora estou estudando. Nós, Thomas, fazemos melhor quando temos uma missão. Você já deve ter percebido isso sozinha.

Elas sorriram uma para a outra, e Myfanwy se sentiu muito estranha. Ver seus próprios traços carimbados no rosto de outra pessoa era, de alguma forma, reconfortante.

— Nós acreditávamos que você ainda estava viva — prosseguiu Bronwyn. — Jonathan e eu olhamos todos os papéis de nossos pais e encontramos alguns documentos.

Jesus, eu acabei de contar uma mentira detalhada, apenas para ser flagrada?, pensou Myfanwy, horrorizada. *O que esses documentos dizem?*

— Eram registros financeiros. Meu pai e minha mãe recebiam pagamentos regulares. Jonathan os localizou por meio de seu trabalho e descobriu que eram do governo. Algum departamento obscuro. Tentamos localizá-la, mas era muita burocracia. E não tínhamos ideia de onde você estava, o que estava acontecendo. É que ficou mais fácil não pensar nisso também. Mas os pagamentos continuaram chegando. Estão pagando pela minha universidade — concluiu Bronwyn, timidamente.

Compensação do Checquy. Me pergunto quanto eu valho.

— O que você está estudando? — perguntou.

— Moda — disse Bronwyn.

— Oh, fantástico! Talvez você possa me ensinar — comentou Myfanwy. — Sou completamente ignorante em todos os aspectos da moda.

— O quê? Olhe o que você está usando!

Myfanwy olhou para si mesma.

— É? — Não era um terno que gritasse "Olhe para mim!". Na verdade, parecia que dizia "não repare em mim".

— Bem, é de boa qualidade — respondeu Bronwyn, apreciando o tecido ao tocá-lo. — E custa mais do que o que ganho em três meses de trabalho como garçonete.

— É, bem, minha estratégia geral é pagar uma quantidade assustadora de dinheiro por uma roupa, de modo que as pessoas não percebam como fica terrível em mim — ironizou Myfanwy.

Elas ficaram acordadas até tarde, e Myfanwy descobriu muitos detalhes da vida de sua irmã. Ela ainda morava com Jonathan. A única razão pela qual ela não havia trazido seu irmão para ver Myfanwy era que ele estava no Japão por algumas semanas, a trabalho. Bronwyn queria ser designer de moda, mas duvidava tanto do seu talento quanto da possibilidade de encontrar emprego. Ela fizera apenas poucos amigos desde que se mudou para Londres e não tinha namorado.

— Sei como é isso — comentou Myfanwy. — Nunca tive um namorado. — *E não tive nem tempo de pensar em ter um*, pensou desanimada. A explicação escrita por Thomas de sua falta de vida social foi sucinta, um pouco lastimosa, e estranha. Muito como Myfanwy imaginava que a própria Thomas era. Todo aquele aspecto de sua vida precisava de certa reflexão. Ela tinha encontrado um vibrador movido a bateria na gaveta da mesinha de cabeceira, mas estava receosa de usá-lo. *É fato que é meu. E só foi usado no meu corpo. Mas não por mim. Esse é um aspecto da amnésia do qual as pessoas normalmente não falam.*

Depois que ela mostrou a Bronwyn o quarto de hóspedes, Myfanwy voltou para a sala e terminou o conhaque. Ela procurou Wolfgang e o colocou em seu cercadinho para passar a noite. Então, levantou a almofada do seu lado do sofá, pegou uma arma que estava escondida e a trancou na gaveta da mesa no escritório.

18

Querida Você,

Bem, eu fiz uma descoberta valiosíssima. Sabe, há uma razão pela qual o FBI emprega contadores e nerds fissurados em informática. Gira sempre em torno do dinheiro. E toda a revolução eletrônica causou um tremendo problema para aqueles com inclinações ilegais. Costumava ser assim: você podia só pegar um punhado de dobrões e gastá-los. As autoridades não podiam localizar, de fato, os dobrões. Agora, entretanto, há sempre uma trilha. Especialmente se você está lidando com muita grana. Sabe a irregularidade que mencionei antes? É, bem, por acaso foi muito dinheiro. E eu descobri para onde ele estava direcionado.

Localizar o dinheiro perdido foi de fato meio engraçado, ainda mais se comparado com todos esses registros de transações de crédito corporativo pelos quais eu tive de passar. Aquela merda era entediante. Há uma razão pela qual não há um programa de TV chamado "CSI: Contabilidade Forense". Mas eu vou dizer que agora eu realmente, mas realmente, conheço o Checquy do avesso. E eu sei para onde o dinheiro perdido foi.

Considerando todo o orçamento total do Checquy, a quantidade que foi se perdendo no decorrer dos anos não era muita coisa, mas era o suficiente para comprar muita terra na parte sul do País de Gales, erguer alguns prédios e montar um pequeno exército de supermoleques.

Isso aí: há uma segunda Propriedade.

Talvez você não ache isso impressionante, mas eu não me surpreenderia se houvesse uma segunda família real escondida no vale aos fundos dessa segunda Propriedade. A coisa é grande assim. A primeira Propriedade representa o verdadeiro núcleo do poder do Checquy. A habilidade paranormal não é o que torna nossos agentes os melhores do mundo, apesar de seus talentos sobrenaturais lhes darem uma vantagem, sem dúvida. Eles são os melhores porque são recrutados ainda crianças e submetidos a um treinamento rigoroso. É assim que o Checquy permanece tão poderoso, e é por isso que os pesadelos ficam debaixo da cama em vez de subirem nela. E agora há outro, então seja lá quem o controle, tem uma arma bem grande e ilegal.

Eu não podia acreditar, então resolvi ir até lá. Eu tinha um final de semana de folga, e podia ou passar umas semiférias no País de Gales ou ficar na minha casa examinando registros administrativos. Então, na tarde de sexta-feira, depois do trabalho, eu carreguei o carro, coloquei Wolfgang na sua caixinha de transporte, fui para trás do volante e dei partida.

Eu gosto mesmo de dirigir. Um dos muitos benefícios da minha posição é não ter de me preocupar com multas de trânsito, e tenho dinheiro suficiente para poder ter um carro bom, cheio de frescuras e um bom sistema de som. Então fui dirigindo, cantando alto para justificar a velocidade, mas não tão alto a ponto de Wolfgang não conseguir ficar de pé sem cair.

Ah, o País de Gales! Terra dos antepassados! Nossos antepassados! Você é parte galesa, sabia? Quero dizer, nossa família saiu do País de Gales há algumas gerações, e, apesar de provavelmente termos parentes espalhados por lá, não me lembro de tê-los conhecido.

Desde que descobri que no futuro próximo um dos meus compatriotas iria tentar me matar, fiquei meio paranoica. Para ser franca, acho que é justificável. Então escolhi não ficar numa pousada e dormi ao ar livre, num saco de dormir.

Eu não dormia num saco de dormir havia anos, desde o treino feito na natureza na Propriedade. Deus, eu odiava os treinamentos na natureza. Odiava todo mundo no meu grupo, e não ajudava o fato de que eu tinha de dividir uma tenda com Emmie, a menina que soltava insetos pela boca. Mas dessa vez eu achei realmente muito agradável dormir ao ar livre. Estava toda aconchegada no meu novo saco de dormir, olhando para as estrelas, ouvindo Wolfgang brincar em sua caixinha. Não havia lua e eu estava ali, na natureza selvagem do País de Gales, então não tinha excesso de luz artificial. Apenas quinhentos milhões de estrelas brilhando para mim.

No dia seguinte, dirigi para mais longe, para uma vilazinha onde fiz perguntas bem discretas. No início me senti desconfortável, puxando conversa com gente que eu nunca havia visto antes. Eu temia que fossem corrigir a forma como eu pronunciava meu nome. Quer dizer, eu olho o W no meio e sempre fico com medo de não estar pronunciando direito. Quem já ouviu falar de um W silencioso? Além do mais, eu achava que eles iriam gritar comigo por meter meu nariz no negócio dos outros, mas foi bem fácil. Gente normal gosta de falar da própria vida e as senhorinhas no cabeleireiro foram minas de ouro de informação.

Até onde os residentes da vila sabem, a propriedade secreta é alguma instalação militar que lida com assuntos bem sigilosos. Pelo menos, eu acho que foi o que eles disseram. Todo mundo com quem falei tinha um sotaque bem carregado. O lado positivo foi que consegui um bom corte de cabelo.

As pessoas da propriedade nunca vão à vila. Caminhões cheios de suprimentos descem a rua principal pela manhã, mas os motoristas nunca param para nada além de comprar uns cigarros. A propriedade está cercada com seu pequeno vale murado. Há uma estrada que passa por bosques que devem ser de períodos anteriores aos romanos. Encontrei alguns adolescentes perto de um pub e os aticei por informações. É engraçado, os moleques revoltados da minha adolescência se rebelavam tentando fugir de uma instalação militar secreta, e esses tentam ao máximo entrar numa.

De acordo com Darren, Lucy, Ricky e Maysie: "Há um lugar onde a cerca meio que passa por um canal e dá para deslizar por baixo. Você pode se sentar embaixo das árvores, levar umas cervejas e binóculos e observar o show. É tão impressionante."

A reputação de ultrassecreta desta propriedade talvez resulte das coisas estranhas vistas no céu sobre ela. Formas cruzando a noite, luzes brilhantes saindo de nuvens e pessoas como fantasmas nos gramados, fazendo exercícios de ginástica bizarros. Para os adolescentes entediados da vila, é como ter o Cirque du Soleil e uma equipe de dublês acrobatas morando ao lado. Para mim, é como estar em casa.

Agora, me deixe esclarecer as coisas para você. Há apenas uma Propriedade. Não é o caso de colocar todos os ovos em uma só cesta; é uma questão de manter todos os seus bens valiosos em um cofre. Todo o potencial genético das Ilhas Britânicas está lá, um vasto recurso de dinheiro e poder. E, ao reuni-los no mesmo lugar, garantimos que eles se entrosem. Os Peões do Checquy trabalham tão bem juntos porque todos recebem a mesma educação, no mesmo local.

Uma vez assisti a um documentário sobre armas. O que mais chamou minha atenção foi quando as partes das armas se tornaram intercambiáveis. Você pode pegar o cão de uma arma, colocar em outra e ela vai funcionar. Isso significa que nenhuma arma era única e que elas podiam ser reparadas facilmente. É o mesmo com os Peões. A maioria, apesar de sua variedade gigante em termos de habilidade sobrenatural, pode ser inserida numa nova equipe sem problemas.

É irônico pensar que geralmente são os desajustados que sobem à Corte. Nenhum de nós é o padrão Checquy. Mesmo entre os estranhos, somos excêntricos.

Enfim, a propriedade secreta precisava de mais investigações, e eu não iria confiar em qualquer um, então eu mesma teria de dar uma checada. Os garotos me garantiram que os guardas vinham periodicamente nesses "troços megamaneiros quatro por quatro com luzes", então era possível vê-los chegando e se esconder. Eu não estava muito impressionada com os esquemas de segurança dessa escola. Na verdadeira Propriedade, se esconder nos bosques não era o suficiente para se proteger dos guardas. Por sinal, também não havia uma vilazinha curiosa por perto. Ainda assim, esse local tinha um bom preço (sei bem) e sua maior proteção era seu sigilo.

Naquela noite, coloquei as roupas de infiltração que havia levado. Toda de preto e com uma máscara de esqui, sob a qual eu estava suando como um peixinho dourado numa frigideira. O mais importante eram as luvas. Eu tinha cortado buracos num tamanho que apenas mostrasse a ponta dos meus dedos.

Entrando no mato, fiquei aterrorizada. Eu me senti tão calma acampando na noite anterior. Agora, qualquer sonzinho era o suficiente para me fazer surtar. Mal havia luz e eu podia imaginar com facilidade alguma grande fera do início dos tempos irrompendo da floresta, me agarrando e me levando para um vale isolado. Não que eu tenha uma imaginação fértil, é que sei o que existe por aí. Graças a Deus havia o canal para seguir, ou eu teria me perdido de imediato. Do jeito que foi, fiquei com os olhos tão fixos no canal que acabei topando com uma cerca. Por sorte, esse pequeno empreendimento não teve verbas para arame farpado. Ou eu ainda estaria lá.

Meu coração estava acelerado quando deslizei por baixo da cerca, mas isso não foi tão ruim quanto achei que seria. Quando eu era pequena e meus professores nos empurravam para fora da cama para aqueles jogos à meia-noite, eu odiava. Eu estava em uma forma boa o suficiente, mas não conseguia suportar a ideia de que as pessoas com que eu morava e estudava iriam sair na escuridão para me agarrar. Eu odiava o choque repentino quando eles caíam de uma árvore ou saltavam para fora de uma pilha de folhas e me prendiam no chão, com o maior prazer. Sabia que eles não eram malvados. Era só parte do jogo. Ainda assim, inevitavelmente, eu era pega primeiro. Eu simplesmente não podia suportar a ofensiva.

Do outro lado da cerca, as árvores estavam mais espaçadas e em menor quantidade. Não vi nem sinal de guardas, então fui até a extremidade do bosque. Queria ver com que tipo de instalação eu estava lidando.

Para começar, era feio. Seja lá quem tenha montado esse lugar, escolheu um terreno de primeira. Mas o lugar era tão bonito que era vergonhoso terem feito algum arquiteto sem verba cagar tudo com aquelas estruturas em blocos que ocupavam os gramados. Uma coisa que chamou minha atenção foi a total falta de janelas nos prédios. Além disso, eles eram pequenos. Havia apenas três ou quatro, e suas instalações eram de dar pena. Não existia nem um campo de críquete. Entretanto, tinha vários alvos de tiro de um lado da instalação.

Esperei por um longo tempo no lado das árvores e voltei para os arbustos quando um dos guardas veio vigiar. Pensei no meu treinamento na Propriedade e no professor que nos instruiu sobre movimentos sutis ao ar livre. Ele esteve na Aeronáutica e tinha rastejado por todo tipo de terreno conhecido pelo homem. Eu sempre fui uma decepção para ele, mas ele escondia bem seu desprezo. Se ele tivesse visto a forma como esses guardas verificavam as linhas da cerca, mandaria açoitá-los. Talvez eles tenham ficado complacentes, seguros em seu segredo. Ou talvez este lugar não pudesse pagar pelo melhor.

Depois do guarda pelo qual passei, corri com cuidado pelos gramados, em direção a um dos prédios. Eles não tinham refletores! Minha roupa toda escura me camuflou bem, mas eu não era ingênua — sabia que não estava invisível. Havia algumas câmeras de segurança fixas, só que ao fazer uma inspeção rudimentar, as coloquei para cima com facilidade.

Deslizei entre as câmeras e me encostei na parede, onde deixaram um arbusto crescer. Abaixada, eu estava muito bem escondida. Respirei fundo e longamente, e tentei me acalmar. Meu coração estava prestes a sair pela boca, mas no fundo eu estava meio empolgada. Meu plano estava funcionando. Eu estava quase pronta para verificar a porta do prédio mais próximo quando ouvi um barulho — e congelei.

Em seguida, ouvi um som metálico e uma luz brilhou: um homem acendeu um cigarro, a menos de dois metros de mim.

Ai. Puta. Merda.

Dá vontade de vomitar só de pensar nisso. Esse cara, com uma arma, saiu para fumar. Eu estava prestes a dar de cara com ele. Eu não estava tremendo. Eu estava encostada na parede, bem na quina do prédio, muito perto dele, enraizada no chão, o que torna o que aconteceu em seguida mais inesperado.

Estendi minha mão, até o canto, e toquei o pulso dele com a ponta dos meus dedos. Uma eletricidade passou entre nós e, bem, você sabe como é.

Na verdade, você é a única que sabe.

Foi apenas a mais leve das conexões, mas eu o alcancei e não o deixei me sentir ou me ver. Você sabia que pode fazer isso? Todos nós temos um ponto cego na nossa retina, e eu criei um novo na retina dele, que me englobava. Na verdade, não era apenas um ponto cego. Eu me excluí totalmente da percepção dele. Poderia ter ficado na sua frente e gritado, mas enquanto mantivesse contato com ele, ele não saberia que eu estava lá. Exigia concentração, mas consegui.

Eu poderia tê-lo forçado a entrar no prédio, mas é muito, muito difícil compelir alguém que está consciente a fazer algo sem que saiba. E eu não queria que ele percebese que uma coisa estranha estava acontecendo naquela noite. Então ficamos lá por vários minutos, enquanto ele fumava e eu suava.

Aproveitei a oportunidade para examinar o cara. Ele estava vestido com um uniforme verde sem nenhum emblema. Entretanto, tinha um crachá com o nome, que dizia GUSTAVSON. Enfim, ele terminou de fumar e voltou para dentro. Eu tinha tirado minha mão com muito cuidado de seu pulso e passei a tocar sua nuca, então o segui.

Andamos por um longo e entediante corredor. O decorador desta propriedade, aparentemente formado na mesma escola do arquiteto, escolheu pintar as paredes dos blocos de concreto de uma cor semelhante a bile. As paredes nauseantes reluziam sob tubos fluorescentes que zumbiam, e era meio como caminhar pelo intestino bem iluminado de alguém. Agora, se você tem algum momento livre e gostaria de ter certo desafio, tente isso: encontre alguém que é mais alto do que você (não deve ser difícil), coloque seus dedos atrás da nuca da pessoa e tente segui-la enquanto ela caminha rapidamente. Você não pode quebrar o contato com ela e não é uma boa ideia esbarrar nos seus calcanhares. Então eu estava andando apressada atrás de Gustavson, caminhando sem jeito na ponta dos pés.

Passamos por portas, mas, felizmente, não passamos por outras pessoas. Se tivéssemos passando, eu teria feito Gus atirar nelas e então reavaliaria meus planos abruptamente. Em vez disso, ele entrou em sua sala, que era um tipo de centro de segurança. Havia alguns monitores, e por um momento terrível temi que pudesse haver um alarme disparado, que eu tivesse perdido alguma câmera. Mas todas as visões externas dos monitores eram as que eu evitara com toda cautela. Nenhum alarme estava soando. Eu estava cada vez menos impressionada com a segurança desse lugar. O guarda voltou para sua cadeira, falou um autoritário "tudo tranquilo" no seu walkie-talkie, e espiou sem interesse os monitores. Isso não era muito revelador. Então, toquei em sua cabeça e o coloquei num sono bem profundo.

Pude, então, observar melhor ao meu redor. Nos monitores, vi alvos de tiro, uma passagem de carros e um heliponto. Havia também alguns ambientes internos, e eram esses que me interessavam mais. Todos estavam iluminados, o que parecia um desperdício e tanto de eletricidade, mas talvez fosse assim porque não havia janelas.Vi uma garagem com alguns carros e caminhões, todos pintados de um marrom sem graça. Vi uma sala grande que parecia ser uma combinação deploravelmente barata de refeitório e ginásio.

Havia dois vestiários desenhados para não oferecer privacidade alguma a quem tomava banho. Sem divisórias, sem cubículos, apenas uma fileira de chuveiros. E o fato de que haver câmeras me deixou arrepiada. Era para os alunos? Na Propriedade nós dividíamos o banheiro apenas com um colega de quarto. Não vale a pena tirar a privacidade de adolescentes, especialmente se eles têm poderes. E esses aposentos eram completamente espartanos. Sem azulejos, sem pintura, apenas cimento. A coisa mais próxima de um ornamento era uma fileira de cabides na parede. Pelo menos eles mantinham os gêneros separados, a não ser que a divisão de vestiários fosse uma questão de reunir os jovens com traços físicos bizarros num banheiro e os sem em outro.

Daí vi os dormitórios. Dois quartos, com seis camas alinhadas em um deles e oito no outro. As luzes brilhavam sobre elas, mas os ocupantes pareciam estar dormindo com relativa paz. Não havia muito conforto. Nenhum criado-mudo com gavetas para roupas, nenhuma cortina ao redor das camas para dar privacidade a eles. Era como uma prisão. Eu agradeci a Deus por não ter sido mandada para lá quando criança.

Tudo isso era muita informação, mas eu precisava saber mais. Deveria haver escritórios, salas de aula. Aparentemente, apenas os alunos e o terreno eram monitorados, mas o complexo incluía vários outros prédios. Eles tinham de manter os registros em algum lugar. Havia um painel de mapas na parede, com pequenas luzes acesas, que percebi serem câmeras e sensores de alarmes. Depois que eu consegui me orientar, descobri que eu estava no que o mapa definia, sem alardes, como Admin. Os outros prédios eram: Quartéis de Residência, Instrução e Planta Física — mas o maior, de longe, era o Médico. Já que eu não tinha tempo de verificar os outros três, fui dar uma pequena caminhada ao redor da Admin. Além disso, sou uma burocrata. Então sempre sigo para onde estão os documentos.

Minha exploração me levou a algumas salas de estoque, uma pequena cozinha e, finalmente, aos escritórios. Fiquei surpresa em descobrir que, apesar de a vigilância ser rudimentar, eles de fato se preocupavam em trancar as portas. Talvez temessem que os estudantes vagassem por lá. Não que uma porta trancada fizesse diferença para mim, já que fui treinada com rigor nas "refinadas artes de invasão de domicílios", como meu professor insistia em se referir a elas. Tirei minhas luvas e coloquei um par das de látex. Impressões digitais, você sabe. Brinquei um pouco com alguns grampos e logo me vi num escritório como qualquer outro. Computadores, máquina de café, plantas morrendo. Tranquei a porta com cuidado — eu não queria um dos amigos do Gus entrando lá.

Um memorando qualquer jogado em uma das mesas identificava essa instalação como Acampamento Caius, o que para mim soou militar e recreativo ao mesmo tempo. Como um lugar onde você pode mandar um legionário romano gordo passar suas férias de verão. Os armários pareciam ter grande potencial para prover informação útil. Computadores são muito bons, mas eu não posso abri-los com a mesma facilidade com que abro portas. Então deixei meus dedos enluvados e fucei um pouco. E descobri alguns fatos bem interessantes, embora parecessem limitados aos assuntos relativos às finanças e aos alunos. O restante das informações devia ser mantido nos arquivos ou em outro escritório.

Os registros mais antigos que encontrei para esse Acampamento Caius datavam de vinte anos atrás. Folheei os registros financeiros. Tudo que eu procurava era uma confirmação de que os fundos desviados estavam indo para lá. E estavam. Eu só tinha de procurar aqueles malditos números de contabilidade (que, àquela altura, tendo visto os registros tantas vezes, eu já tinha memorizado). Também estava curiosa para ver no que eles estavam gastando o dinheiro, pois era evidente que não estava indo para nenhum luxo. Uma porção considerável dos fundos estava sendo colocada nos pagamentos dos treinamentos e nas instalações cirúrgicas. Não sei quem eles contratavam como professores, mas estavam pagando a eles mais do que ganham os funcionários da verdadeira Propriedade, e lá temos tudo do bom e do melhor. Os cirurgiões estavam ganhando ainda mais. Eu anotei alguns nomes de instrutores e médicos, daí olhei meu relógio.

Percebi que tinha mais meia hora antes de precisar sair dali.

E agora? Fui dar uma olhada nos arquivos dos alunos. Essa escola parecia manter os garotos por um tempinho a mais do que a Propriedade. Os alunos não saíam até completarem 23 anos, e parecia que todos eram mandados para um lugar chamado Albion. O único problema foi que eu não encontrei nenhuma informação sobre o que ou onde o Albion poderia ser. Ainda assim, onde quer que fosse, não era muito povoado. O Acampamento Caius só tinha produzido cerca de quinze formandos em cinco anos. O que não fazia sentido. Quer dizer, se eles tinham catorze alunos agora... Então descobri quantos estudantes morreram lá. Vários. Tipo o mais comum era morrerem; alguns em exercícios de treinamento, a maioria em cirurgias.

Entretanto, o mais frustrante era que não havia menção de nenhum membro da Corte. Eu não conseguia imaginar uma operação como essa acontecendo sem alguém da elite supervisionando. Apenas nós oito possuímos o controle necessário para montar uma estrutura como essa. O acesso financeiro, a aquisição das crianças. Ninguém mais no Checquy exerce o poder necessário em tantos campos. Folheei páginas e páginas, mas não encontrei menção a nenhum de nós. Todos os relatórios pareciam ser encaminhados ao Fundador, mas não tinha indicação de quem ele era.

Eu estava bem interessada nos alunos atuais. Quem eram eles? Como foram obtidos? As respostas poderiam me dar certas pistas para localizar a mente por trás daquilo tudo. Eu vi uma fotocopiadora no canto, então decidi arriscar. Gus não iria acordar tão cedo, e se eu apenas tirasse uma cópia da página da frente de cada arquivo, já teria os detalhes básicos. Eu me apressei e experimentei ligar a máquina. Era barulhenta, mas sugava rapidamente os papéis e cuspia as cópias. Eu tinha terminado de guardar os últimos arquivos nas gavetas quando alguém mexeu na porta. Congelei.

"Não entre em pânico", disse a mim mesma. É um dos amigos de Gus fazendo a ronda. Mas isso significava que ele encontrou Gus e tentou acordá-lo? Ou ele estava voltando do centro de comando, verificando as portas conforme passava? Eu não tinha ouvido alarmes. Todos esses pensamentos passaram pelo meu cérebro antes de eu ouvir o som de uma chave na fechadura.

Um terror absoluto fez meus pensamentos saltarem, e esses pensamentos carregaram meu corpo em três passos rápidos para atrás da porta. Ela se abriu, e um dos guardas entrou. Deu uma olhada por alto. Não era Gus; eu sabia que não podia ser, mas fiquei aliviada. O guarda era muito mais alto e mais jovem. A arma não estava em sua mão, o que me deixou um pouco mais sossegada. Ele estava quase saindo quando a copiadora bipou. Ele se virou, com a mão na arma, mas eu tirei minhas luvas, o alcancei e fiz a conexão.

Silenciei sua voz.

Paralisei seu corpo.

Derramei sensações em sua espinha.

Ele não me viu nem por um momento enquanto eu sobrecarregava seu sistema. Ficou de joelhos, estrebuchando, mudo. Eu não havia atingido ninguém assim desde meus primeiros dias na Propriedade, antes de aprender a controlar meus poderes. Seus sentidos estavam saturados. A Orquestra Sinfônica de Londres poderia estar tocando na sala. Toda a equipe das Coelhinhas da Playboy poderia estar dançando cancan na frente dele, e ele não saberia.

Então, eu o apaguei. Ele ficou esparramado no chão, e me ajoelhei e fechei seus olhos. Ele acordaria em mais ou menos uma hora, com uma dor de cabeça terrível. E calças molhadas. Não haveria prova de que eu estivera por ali. Pelo menos nenhuma além desse pobre idiota caído no chão. Talvez ele credite isso a algum tipo de derrame. Apressadamente, desliguei a copiadora, tomando cuidado para usar minha mão enluvada, então parti. Me arrisquei a dar uma olhada no escritório e encontrei Gus esparramado na cadeira, como eu o deixara. Parei por um momento e entrei. Seria muito suspeito, pensei, dois guardas encontrados inconscientes.

Coloquei meus dedos nas têmporas de Gus e o despertei. Ele suspirou e seus olhos abriram brevemente, mas seu cérebro não estava recebendo nenhuma informação. Ele não estava mais submerso no transe em que eu o colocara, só estava num estado sonolento, tão leve que ele sairia desta condição sem ter consciência de que cochilara.

Saí de lá em completo silêncio.

Foi tão fácil quanto entrar. Quando entrei no carro, Wolfgang olhou para mim com estranheza, mas eu estava ocupada demais dirigindo para longe dali para perder tempo acariciando-o. Só depois de dirigir cem quilômetros e parar no acostamento para ir ao banheiro foi que percebi que eu estava sorrindo como uma idiota, e cantarolando a "Abertura 1812".

Tanta coisa a se pensar!

Com amor,
Eu.

19

Myfanwy bateu na porta do quarto de hóspedes com certa hesitação, carregando duas xícaras de chá. Ela e Brownyn tinham concordado na noite anterior que, uma vez que as duas tinham bebido razoavelmente bem e já era tarde, sua irmã passaria a noite lá.

— Bronwyn? — Ela ouviu por trás da porta os sons de alguém acordando com tremenda dificuldade e percebendo estar de ressaca. — Trouxe chá para você.

Ela ouviu um murmúrio que interpretou como "entre", então entrou. Sua irmã estava perdida entre as cobertas grossas de uma cama grande, mas uma massa de cabelo loiro ajudou Myfanwy a localizar a moça.

Ela se sentou na borda da cama. Um braço emergiu e pegou o chá. Depois de um tempo, Bronwyn conseguiu se sentar, suas mãos segurando ao redor da xícara.

— Isso é bom — disse Bronwyn.

— Foi Val quem fez — admitiu Myfanwy.

— Quem é Val?

— Minha empregada.

— Você tem uma empregada? — perguntou Bronwyn.

— Ela também cozinha — completou Myfanwy. — Era ou contratá-la ou morrer de fome no meio de uma imundice pavorosa.

— É muito cedo — disse Bronwyn, num tom acusatório.

— Eu sei. Tenho de ir trabalhar e queria me despedir. — Myfanwy deu um longo gole de seu chá. — Então, quais são seus planos para hoje?

— Tenho aula às dez — respondeu Bronwyn, pesarosa. — Então preciso ir para casa, me trocar, pegar meus cadernos e tudo o mais. Depois, vou para a aula. E você?

— Lembra-se da minha amiga Shantay? Tenho uma reunião com ela esta manhã, e muitos documentos para analisar durante o dia. E esta noite provavelmente haverá um jantar formal com os chefes do meu departamento, para discutirmos alguns novos projetos com os americanos. Entediante. Mas necessário. — Ela suspirou. — Val está fazendo waffles, então imaginei que podíamos tomar café, daí posso arrumar carro e motorista para deixar você em casa.

— Não acredito que você tem um motorista. Você deve ser boa mesmo no que faz.

— Sim, bem, um prodígio da papelada — replicou Myfanwy, irônica, sem dar importância a isso. — Mas eu quero mesmo passar mais tempo com você. Quer dizer, agora que nos encontramos... — Ela interrompeu o que ia dizendo, desconfortável. — Acho que é meio repentino dizer que quero que sejamos uma família. Podemos ser amigas, pelo menos? — Ela olhou com timidez para a irmã.

— Com certeza. Mal posso esperar até que você encontre Jonathan! Vou mandar um e-mail para ele. Ele volta em duas semanas. A não ser que você mesma queira escrever — disse Bronwyn.

— Meu Deus, eu não saberia nem como começar — confessou Myfanwy, perdida. — Talvez seja melhor você fazer isso. — Bronwyn assentiu. — Agora, se não descermos, Val vai me matar.

— Bom dia, Torre Thomas.

— Bom dia, Bispo Petoskey — disse Myfanwy para Shantay, enquanto caminhava para a área da recepção do lado de fora de seu escritório. — Você chegou cedo. Imagino que Ingrid tenha oferecido a você café e biscoitos?

— Sim, Torre Thomas — confirmou Ingrid, deixando transparecer uma leve agitação. Ela era famosa por ser a primeira pessoa a chegar ao prédio, mas Myfanwy soube pelo seu motorista que Shantay chegara antes dela.

— Nosso escritório mandou relatórios sobre a menina Grafter — explicou Shantay. — E o minibar do meu hotel esvaziou misteriosamente.

— Por forças ocultas além da compreensão de seres humanos normais? — perguntou Myfanwy, enquanto filtrava a caixa de entrada. Era o tipo de coisa que se aprende a fazer automaticamente no Checquy.

— Não, eu mesma esvaziei — admitiu Shantay sem um pingo de vergonha.

— Oh, ok. Ingrid, o que temos hoje?

— Há manifestações em Bath e Exeter. — Ingrid leu em um documento. — As equipes da cidade foram enviadas logo que souberam e estão cuidando disso agora. A equipe da praga de Elephant and Castle espera apresentar suas descobertas finais esta tarde. E a Corte inteira se encontrará com os representantes da Croatoan esta noite.

— Vai ser um jantar? — perguntou Myfanwy.

— Sim, de fato — confirmou Ingrid. — Os *chefs* da Apex House já estão trabalhando.

— Excelente. Bem, então, Bispo Petoskey, não quer entrar? — disse Myfanwy, escondendo um sorriso.

— Oh, obrigada, Torre Thomas, será um prazer. — Shantay piscou para ela. Quando a porta estava bem fechada, Myfanwy caiu na gargalhada.

— Que diabos você está fazendo aqui tão cedo, Shantay? Além de estar tentando superar minha secretária.

— Fiquei entediada. — Foi a resposta casual dela. — Bispo Morales ainda está dormindo e não há nada para assistir na TV do hotel. Você disse que sempre acorda cedo, e queria saber como foi com sua irmã.

— Tudo bem, vamos subir para a residência — sugeriu Myfanwy, abrindo o retrato.

— Você tem um apartamento? — perguntou Shantay, incrédula.

— Bem, eu meio que tenho de dividi-lo com o Fantasma da Safadeza Passada — avisou Myfanwy.

— Então, não tinha nada de Grafter nela? — perguntou Shantay depois que Myfanwy descreveu cada detalhe do encontro, da forma como os homens acham que as mulheres contam suas noitadas. — O rosto dela é real?

— A única cirurgia que essa menina já fez foi uma remoção do dente siso — disse Myfanwy. — Quando nos abraçamos, eu a conheci por dentro e por fora. É minha irmã; quase pude ler o DNA dela. Nós nos conectamos como ímãs.

— Então, ela tem poderes como os seus? — perguntou Shantay, erguendo as sobrancelhas.

— Nah, ela é totalmente normal. Nenhum aperfeiçoamento estranho, nenhum poder sobrenatural.

— Bom, isso é bom. Você deve estar empolgada.

— Estou, mas também nervosa. E se meu irmão e minha irmã decidirem que não gostam de mim?

— Eles *têm* de gostar de você. É o lado bom de ter uma família.

Elas estavam jogadas em uma mobília feita de couro, fios metálicos e cromo, repassando os relatórios do caso Grafter. O doutor Crisp ainda não tinha chegado aos Estados Unidos, então o material consistia, basicamente, de descrições físicas da agente apreendida e dos detalhes de como ela chegou a Los Angeles.

— E você ainda tem de conhecer seu irmão? — perguntou Shantay, jogando o arquivo de lado e deslizando preguiçosamente de sua cadeira para um tapete de pele de urso, com alguns pontos bastante gastos. Myfanwy nunca se esparramaria nele, mas, bem, ela conhecia o dono anterior do apartamento.

— É, e vai ser mil vezes mais difícil. Bronwyn tinha 3 anos quando eu parti; ela não se lembrava de mim. Mas Jonathan tinha 11, e acho que éramos bem próximos. Não tenho ideia do que vou dizer a ele — confessou Myfanwy. — Não me lembro muito da minha vida antes do Checquy. O que você acha?

— Você pode dizer a ele que os anos que passou sobre medicação viciante pesada nublaram sua memória — sugeriu Shantay. — Ou que, quando você entrou no serviço público, foi obrigada a passar por sessões intensas de lavagem cerebral. Ou que foi atingida na cabeça com um bastão de críquete e sofreu amnésia.

— Ah, sim. Amnésia, taí uma coisa tão provável. Ele vai mesmo aceitar essa desculpa. Bravo! — Myfanwy aplaudiu sarcasticamente, e as duas foram surpreendidas pelo barulho de uma parte da parede rodando e revelando um bar completo e cheio de espelhos. — Hum, ativado pelas palmas, creio eu.

— Enfim, sabe qual é a parte perturbadora de verdade? — perguntou Shantay.

— O quê?

— Parece que você tem pronunciado seu próprio nome da maneira incorreta há décadas.

— Obrigada por isso — respondeu Myfanwy, secamente. — De qualquer forma, não vou mudar...

De repente, as luzes começaram a piscar e o telefone tocou.

— O que foi, Ingrid?

— Torre Thomas. Sinto muito incomodá-la, mas há uma emergência em Bath. A manifestação que mencionei logo cedo teve alguns aspectos sem precedentes. A equipe local está tendo problema, um dos times de Barghest já foi enviado, mas eles precisam de uma Torre no local.

— Tá bom — respondeu ela.

A ideia de ir para uma manifestação de fato não a deixava feliz da vida. Ela sabia que a maior causa de mortes dos agentes do Checquy era virando picadinho em campo, mais do que por qualquer outra causa. A organização oferecia um plano de aposentadoria impressionante, mas era difícil alguém chegar a usá-lo.

— Não é Torre Gestalt quem normalmente faz essas coisas? — perguntou ela, com alguma esperança.

— Torre Gestalt está concentrado na investigação dos Grafters. — Ingrid a lembrou.

— Torre Gestalt tem quatro corpos. Nenhum deles pode ir a Bath?

— Os gêmeos estão no norte da Escócia, Robert está na Irlanda e Eliza, em York — disse Ingrid.

— Ótimo — concluiu Myfanwy. — Como vou chegar lá?

— Um helicóptero está a caminho. Você pode pegar seu elevador privativo até a cobertura.

— Devo usar galochas ou algo assim? Não consigo lembrar de ter feito esse tipo de coisa antes.

— Não, o que você está usando está bom. — Ingrid a assegurou. — Afinal, você só vai para lá observar.

— Maravilha — falou num tom ácido, levantando do sofá. — Bem, ligue para meu celular se alguma coisa acontecer. — Ela desligou.

— O que houve? — perguntou Shantay.

— Há uma manifestação em Bath. E eu tenho de ir supervisionar.

— Isso parece interessante. Posso ir? — perguntou Shantay.

— Por que não? Vamos nessa.

Então elas passaram sete minutos procurando o tal elevador privativo enquanto Myfanwy explicava que nunca o havia usado antes. Por acaso, era uma porta dos fundos, que ela supunha ser um armário.

O helicóptero aguardava impacientemente no telhado e um homem de roxo segurava a porta aberta para ela. Elas se acomodaram nos assentos de couro e observaram pelas janelas enquanto a cidade pairava abaixo, para longe delas, como um vasto albatroz que viu uma sardinha interessante. O celular tocou e Myfanwy atendeu.

— Thomas.

— Torre Thomas, aqui é a Ingrid. Informações de apoio começaram a chegar ao Rookery, relacionadas à manifestação em Bath. Estou passando para seu celular agora.

— Obrigada — disse Myfanwy. Ela abriu a mensagem anexada e começou a ler com atenção.

TRANSCRIÇÃO DE TELEFONEMA DA CIDADE DE BATH
SERVIÇOS DE EMERGÊNCIA, 01h35-01h37
TELEFONISTA: Serviço de Emergência.

AUTOR DA CHAMADA: É, oi. Olha, desculpa ligar tão tarde, mas é a casa do outro lado da rua. Que horas são, uma e meia da manhã? E eles estão com umas luzes roxas modernosas piscando, sem nem fechar as persianas, e tem gente, tipo, gemendo ou cantando em tirolês, falsete ou sei lá, e não seria bom que eu fosse até lá reclamar. Quer dizer, não consigo dormir e tenho uma prova amanhã, e a situação é muito estranha, sabe?

T: Sim, vamos mandar uma viatura cuidar disso, assim que me der seu nome e o endereço da casa da qual está reclamando.

A: Ah, certo... Sou Rowena Lillywhite, moro na Bennet Street, número 37, e estou reclamando da casa na Bennett Street, 34.

T: Ok, senhorita Lillywhite, vou mandar uma viatura agora mesmo.

A: Obrigada, fico feliz.

(Final da transcrição)

Myfanwy buscou em sua memória qualquer referência a luz roxa e a estranhas cantigas ou gemidos. Ela passou muito tempo lendo o fichário roxo e os registros do Checquy, mas isso não lembrava nada. Ela afastou os primeiros sentimentos ruins que estavam nadando em sua mente. Sentimentos de caos e pânico.

Deu uma olhadela em Shantay para ver se ela havia notado. Shantay estava sentada, calma, verificando mensagens em seu celular. Myfanwy meneou a cabeça e respirou fundo. Ela era capaz de fazer isso. Voltou sua atenção ao telefone e passou para a próxima mensagem, que começava com uma nota de Ingrid.

Torre Thomas, este é o resumo do trabalho que Mahesh Poppat, o chefe da Equipe de Resposta ao Evento de Bath, escreveu. É uma compilação de fontes variadas, mas deve dar uma ideia da situação.

1h55 — Os oficiais O'Hara e Parker chegaram à Benett Street, 34. Bateram na porta, encontram-na aberta e entraram.

1h59 — Rowena Lillywhite ligou de novo, irritada com os gritos que passaram a vir da casa do vizinho. No meio da sua ligação, os gritos pararam, e ela disse à atendente que os cânticos tinham recomeçado.

2h02 — Richard Drake, o supervisor dos serviços de emergência de plantão, notificou Alexander Jefferson, o chefe de polícia de Bath, que tinha algo "bizarro" acontecendo. Com instruções passadas há muito tempo, Jefferson contatou nosso escritório em Bath, e a equipe local foi mobilizada.

Então é assim que funciona, refletiu Myfanwy. *Eu me pergunto se toda manifestação começa com algo abominável acontecendo a alguém.* A próxima seção parecia ser um relatório digitado às pressas por Mahesh Poppat. Era difícil ter certeza, mas algo no relatório sugeria uma preocupação absurda de que a Torre não ficasse brava. *Provavelmente ele estava esperando Gestalt. Algo sensato, já que na última vez que vi Gestalt ficar bravo ele tentou estrangular quem estava ajudando.*

Poppat descreveu as precauções que eles tomaram, bloqueando a rua, fechando um perímetro. Ele fez muitas referências ao "procedimento padrão de operação", se esforçando para evitar um estrangulamento administrativo. As coisas aconteceram normalmente até que os Peões mandados para a casa não saíam dela. Ou pelo menos não saíam de uma forma reconhecível. Depois de as luzes roxas piscarem e de muitos gritos, o jorro de um fluído viscoso e carnudo saiu por uma das janelas. O fluído estava sendo analisado para ver se continha qualquer um dos Peões.

Para a grande surpresa de Myfanwy, isso não elevou automaticamente o incidente para o status de emergência. O bom e velho procedimento padrão fez outra aparição e uma segunda equipe de Peões, maior, entrou na casa, dessa vez com câmeras e um protocolo de contato constante por rádio. A câmera saiu do ar, o contato de rádio foi cortado, gritos foram ouvidos, o fluído emergiu, e os cânticos continuaram com força total. Então, Poppat (seguindo o manual rigorosa e escrupulosamente, ele assegurava) contatou o Rookery. Um time especial de Barghest foi enviado e Torre Thomas foi notificada.

E aqui estou eu, a caminho de Bath, para observar o cântico de uma casa que come gente. Uma palavra no relato chamou a atenção dela, e ela abriu o fichário roxo e o folheou até chegar à seção.

Os Barghests

Em teoria, cada membro do Checquy é bem versado na arte de meter porrada e pode ser mobilizado como um soldado eficiente. Uma parte integral da nossa educação na Propriedade consiste em artes marciais e treino com armas — tão importante no currículo quanto álgebra (no que eu ia muito bem) e música (que eu era péssima; eles me fizeram tocar trompa). Mas, é claro, nem todo mundo está destinado a ser um lutador. Mesmo os alunos que não têm restrições quanto a confrontos, às vezes se encaixam melhor em outra função na organização.

Ainda assim, boa parte dos membros do Checquy são soldados, e são muito bons. Eu quero deixar claro que um soldado médio do Checquy ficaria nos altos escalões em forças especiais internacionais. Eles são identificados ainda jovens, então os instrutores estão numa posição única de formá-los guerreiros. Desde bem cedo, eles embarcam no mesmo tipo de treinamento que soldados adultos recebem. Tornam-se peritos em vários estilos de luta, especialistas em centenas de armas, aprendem contraterrorismo de sobrevivência e habilidades de estratégia. Além disso, possuem habilidades sobre-humanas.

Eles são equipados para ir à guerra contra o monstruoso desconhecido.

E os melhores de todos se tornam os Barghests.

Minha pesquisa indicou que os Barghests deram origem ao Checquy. Um esquadrão de elite de soldados sobrenaturais, preparados para lutar contra o pior dos pesadelos. Não há uma pessoa no Checquy hoje que, ao ser chamado, não largaria sua caneta, pegaria uma arma e marcharia para a escuridão. Quando oferecemos nossos serviços para Cromwell, éramos apenas soldados. Nos séculos que se passaram desde então, o Checquy cresceu e se tornou a organização que é hoje. Mesmo assim, os Barghests permanecem a epítome do que somos. Eles não existem para pesquisar, administrar ou fazer registros. Eles não são guarda-costas. Não são policiais. São guerreiros.

Há dez equipes de Barghests; seis estão espalhadas pelo globo, e quatro estão no Reino Unido. As seis equipes internacionais estão sob o comando dos Cavalos: duas equipes no Canadá, uma na Nova Zelândia, duas na Índia e uma na Austrália. As quatro equipes britânicas estão sob o controle das Torres, e geralmente são usadas como última alternativa. Quando acontece alguma merda por aqui e as forças locais não dão conta, chamam os Barghests.

Mas, embora em teoria eu possua autoridade sobre eles, Gestalt é quem faz o comando *in loco*, então não os conheço muito bem. A cada três meses tenho de fazer uma inspeção nas tropas, e eles ficam enfileirados em seus uniformes de batalha. Gestalt e eu caminhamos com autoridade na frente deles e é muito estranho. Sempre tenho consciência do quanto eles fazem, e eles emitem essa impressão de extrema capacidade, com seus olhos bem à frente, e cada músculo tensionado. Para ser sincera, fico meio intimidada.

Isso sem mencionar que minha incompetência em todas as artes marciais e físicas é um fato de conhecimento geral no Checquy. Somos uma comunidade pequena e há gente nos Barghests que esteve comigo na Propriedade. Não posso evitar de me sentir ridícula na frente deles. Nunca ousei parar e olhar diretamente para um Barghest e alegar que seu uniforme está amarrotado ou que deixou de ser um soldado perfeito por algum motivo.

Ainda assim, sou eu que aprovo o ingresso deles nessa posição, reviso seus arquivos e cuido da manutenção. Considerando todo o treinamento que recebem e a quantidade enorme de dinheiro que gastamos, acho que é seguro supor que eles podem cuidar de qualquer problema.

Quando Shantay e Myfanwy chegaram ao heliponto, havia um carro lhes esperando, e elas foram conduzidas pela cidade por um tímido motorista vestido de roxo.

— Temos de tomar as Águas — disse Shantay, que folheava um guia que estava no carro.

— O quê? — perguntou Myfanwy, que estava lendo a seção do fichário roxo sobre Bath.

De acordo com Thomas, a cidade outrora fora um verdadeiro celeiro de manifestações. Feiticeiros, *bunyips*, gólens, monstros, *picts*, fadas, demônios, lobos-da-tasmânia, górgonas, capetas, *cults*, escórias, múmias, esquisitos, *grokes*, esfinges, musas, flagelantes, divas, *weavers*, ceifadores, *scabmettlers*, anões, pigmeus, duendes, *marshwiggles*, totens, oráculos, pitonisas, chapeleiros malucos, *hattifatteners*, *imps*, *panwere*, homens-mariposa, xamãs, *flukeman*, *warlocks*, *morlocks*, *poltergeists*, *zeitgeists*, elementais, *banshees*, *manshees*, licantropos, liquentropos, espíritos, gnomos, almas penadas, *aufwaders*, *harpys*, *silkies*, *kelpies*, espectros, mutantes, ciborgues, balrogs, trolls, ogros, gatos de botas, cachorros de chapéu, videntes e psicóticos aparentemente decidiram que *esse* era *o* lugar para se visitar.

Na verdade, Thomas encontrou evidências sugerindo que o Checquy foi fundado em Bath, em reação a uma torrente contínua de acontecimentos bizarros. De acordo com antigos relatórios, era quase impossível vagar por um beco escuro naquela cidade sem tropeçar em algo que tinha mais membros do que deveria. Por séculos, Bath foi a maior fonte de agentes do Checquy no país. Então, há cerca de 22 anos, a incidência de esquisitices começou a diminuir de modo considerável. O escritório local, que era o maior do Reino Unido, tirando as instalações de Londres, diminuiu a ponto de ser mantido apenas como força simbólica. Agora, era o lugar onde os novos Peões eram enviados para se acostumarem com o trabalho, e onde os malsucedidos ficavam para sempre.

Então, esta manifestação era notável.

— Temos de tomar as Águas — repetiu Shantay.

— Isso é uma coisa americana que eu perdi quando assistia a seriados? — perguntou Myfanwy, distraída. — Ou apenas um eufemismo esquisito?

— Não, aparentemente é uma coisa inglesa — disse Shantay. — Depois que cuidarmos dessa manifestação, deveríamos tomar chá e as Águas. Aqui há essas fontes naturais que estão na moda há séculos.

— Parece maravilhoso. Você é mesmo uma turista.

— Bem, eu quero ter a experiência inglesa completa. Tomar chá da tarde, supervisionar manifestações, experimentar as Águas, fazer compras na Harrods, discutir possíveis conspirações internacionais.

Quando o carro chegou ao seu destino, a porta foi aberta por um cavalheiro descendente de indianos, transparecendo nervosismo e vestido em uniforme camuflado.

— Torre Thomas, muito bom vê-la de novo. Já faz alguns anos. — Ele aparentava ter a mesma idade de Myfanwy. Ela hesitou por um momento, tentando saber como tratá-lo. Esperando ser bajulada, ela estava preparada para frieza que tanto a ajudou com os pamonhas no interrogatório. Mas esse pobre coitado estava tão nervoso que parecia desnecessário, até mesmo antipático, maltratá-lo.

— Mahesh, que bom vê-lo! — falou ela, com um sorriso largo, aceitando a mão que ele ofereceu e saindo do carro. — Quanto tempo faz?

— Acho que não nos vemos desde que nos formamos na Propriedade — respondeu ele.

— Ah, sim, a Propriedade. Bons tempos — disse Myfanwy, num tom que sugeria que aqueles tempos, embora bons, não eram assunto para uma conversa naquele momento. Quando Shantay saiu do carro, Myfanwy se virou. — Mahesh, essa é Bispo Petoskey, da Croatoan. Ela está aqui para observar.

Isso só aterrorizou ainda mais o Peão.

— Bispo Petoskey, este é o Peão Poppat.

— Peão Poppat. Mas que prazer conhecê-lo... — falou Shantay.

Myfanwy lançou a ela um olhar de reprovação.

— Uma honra, madame — replicou Poppat, com uma leve e nervosa reverência.

Myfanwy olhou ao redor. Estavam numa rua de aparência perfeitamente normal, com uma sequência arrumadinha de casas respeitáveis, mas havia uma atmosfera de quietude que não era natural. Em cada extremidade da rua havia caminhões imensos bloqueando o acesso. Um som intensamente irritante reverberava pela rua e nos lóbulos frontais de Myfanwy.

O cântico seguia alto e não era constante, mudando de uma invocação quase gregoriana para um cântico de tirolês alterado, como se alguém estivesse passando um rolo compressor sobre uma multidão de cantores suíços. *Se isso está rolando a noite toda, fico surpresa que mais vizinhos não tenham reclamado,* pensou Myfanwy.

— Então, qual é a situação? — perguntou ela, enquanto Poppat as guiava em direção a um enorme caminhão blindado que parecia dois grandes trailers emendados por um desses conectores em sanfona. Eles entraram por uma ponta e caminharam por um corredor estreito. Os Barghests estavam sentados em bancos baixos, instalados de cada lado do corredor, e Myfanwy os espiou com curiosidade. Os soldados estavam usando armaduras feitas do que parecia ser um plástico duro, liso. Eram solenes e tinham aquele ar mortal de uma imobilidade equilibrada, também vista em armadilhas de urso abertas. Alguns carregavam grandes armas e outros não carregavam nada. Quando Myfanwy e seus companheiros passaram, as tropas assentiram respeitosamente.

Eles passaram por uma curta seção revestida de portas de jaula trancadas. Atrás de algumas portas havia fileiras de armas; outras jaulas estavam vazias, talvez fossem usadas como celas temporárias. Então, eles passaram pela enfermaria, onde um Peão usando avental cirúrgico estava esterilizando suas unhas de bisturi. Depois disso havia a junção em sanfona, e finalmente Poppat abriu uma porta escrita SUÍTE DE COMANDO. Myfanwy observou monitores ligados por todo lado, cadeiras ergonômicas acolchoadas e Peões nerds olhando para telas, digitando e, em um caso, lambendo com habilidade um monitor.

Poppat cercava Myfanwy e Shantay como uma galinha mãe, assegurando-se de que elas estavam confortáveis e fora do caminho dos Peões nerds. Elas o agradeceram e aceitaram o café oferecido, entregue da cozinha (que ficava atrás de outra porta). Myfanwy não pôde deixar de notar que os Peões nerds estavam lançando para elas — em especial para ela — olhares ansiosos. Era como se eles esperassem que ela atirasse neles se fizessem algo errado.

— Muito bem, Peão Poppat — disse Myfanwy, fazendo Shantay abafar uma risada. — Por favor, nos deixe a par da situação.

Ele assentiu, parecendo um pouco perturbado, e apontou em direção aos vários monitores.

— Bem, não estamos certos de que todos os integrantes das duas primeiras equipes estejam mortos — respondeu ele, com uma pequena hesitação na voz. Myfanwy se lembrou de que essa era a gente dele, os colegas que ele via todo dia. — Seguindo o procedimento padrão — *Ai, ai, esse procedimento padrão novamente*, pensou Myfanwy —, evacuamos a rua e coordenamos a ação com a polícia local para manter o máximo de sigilo.

— Que explicação você deu? — perguntou Shantay, com curiosidade.

— Dissemos à polícia que era um culto religioso que estava mexendo com tubulações centrais de gás e que isso precisava ser mantido em sigilo — explicou Poppat, calmo. — Aos vizinhos, falamos que era um vazamento de gás numa casa com amianto.

— Procedimento padrão de operação — contribuiu Myfanwy.

— Correto — disse Poppat, parecendo relaxar depois de ouvir as palavras mágicas. — Todos os membros da primeira equipe usavam monitores de sinais vitais e estavam com vestimenta ambiental completa. Eles seguiram para a porta da frente e Cassie, a líder da equipe, relatou que todo o interior parecia estar coberto por uma camada granulosa de um fungo roxo. Eles confirmaram que o ar era respirável e livre de toxinas. Então, perdemos contato.

— A transmissão simplesmente foi cortada? — perguntou Myfanwy.

— Como se alguém fechasse uma porta nas ondas de rádio — intrometeu-se um dos nerds nos computadores, uma garota gorducha com pequenos tufos de plantas no lugar do cabelo e das sobrancelhas. — Mas isso não vai acontecer de novo.

— É mesmo? — falou Myfanwy, parecendo irritada. Ela ainda estava tentando construir uma persona crível e imaginou que uma Torre não estava acostumada a ser interrompida.

— É — respondeu a garota. — Essa equipe está sendo enviada com câmeras e vai desenrolar fios de comunicação, assim como estará em contato por meios sem fio. E estamos posicionando alguém na porta, para evitar que ela se feche.

— Engenhoso — apontou Myfanwy secamente.

Graças a Deus estamos utilizando a tecnologia mais avançada. Eu poderia verificar se o orçamento cobre alguns tijolos para segurar a porta.

— Devemos estar prontos para mandar a equipe em breve — comentou Poppat. — Lydia — Esse era o nome da nerd gorducha —, veja com o Barghest FitzPatrick se a equipe está preparada.

A Peão no computador assentiu. A luz refletia na folhagem cobrindo sua cabeça.

— Lydia é nossa especialista em comunicação — explicou Poppat para Myfanwy e Shantay à surdina. — Ela é muito competente.

— É melhor que seja, com uma atitude dessas — cochichou Shantay para Myfanwy.

— Peão Poppat — disse Lydia. — FitzPatrick disse que a equipe Barghest está pronta.

— Excelente. Ligue o canal nos alto-falantes, por favor.

A sala de repente se encheu do som abafado dos soldados que aguardavam. Respiração controlada, ranger baixo de armaduras, alguém sugando os dentes. Então, uma voz profunda de homem veio ao alto-falante.

— Barghest FitzPatrick aguardando a ordem.

Houve uma pausa; Myfanwy e Shantay olharam extasiadas para os monitores, que de repente floresceram com imagens de todas as câmeras dos Barghests. Então Myfanwy percebeu que nada estava acontecendo.

— Torre Thomas, você é a oficial encarregada — falou Poppat, constrangido. — Você dá a ordem.

— Oh! Certo! — Myfanwy corou de vergonha e tentou ignorar Lydia, que estava bufando. — Comece a operação. — As luzes no trailer diminuíram, ficando vermelhas como um submarino em modo batalha. Os nerds se inclinaram para frente em suas estações de trabalho, muito focados.

— Positivo — veio a voz de FitzPatrick. — Equipe Barghest, vamos nessa.

A luz no trailer oscilava conforme as imagens nas telas mudavam. Toda a equipe estava correndo em direção à casa. Era de deixar uma pessoa desorientada ver as várias perspectivas se moverem loucamente. Myfanwy piscava, sentindo-se um pouco nauseada. Deu um gole no café e descobriu que era horrível. O som daquele maldito cântico tirolês estava aumentando nos alto-falantes. Voltou a olhar para as telas e viu que a equipe estava entrando na casa. Quando a porta foi aberta, o som ficou mais forte, e todo mundo no trailer se incomodou.

— Vou diminuir o volume — falou Lydia. O som ficou menos intenso mas ainda presente, um pano de fundo irritante.

— Pode analisar isso? — perguntou Shantay.

— Está sendo transmitido para os laboratórios do Rookery — disse Lydia, sem olhar para ela. — Eles vão nos dizer se perceberem alguma coisa.

— Loza, está segurando a porta? — Eles ouviram FitzPatrick perguntar.

— Sim, senhor.

O centro de comando esmaeceu quando a equipe entrou na casa. Não havia iluminação e camadas de algo roxo cobriam as janelas, abafando a luz do sol. Myfanwy forçou a vista, tentando discernir o que significavam aquelas formas.

— Estou trocando as câmeras para visão noturna — avisou um nerd com sotaque *cockney* carregado. Os monitores mudaram gradualmente para um tom verde e o que antes eram contornos nebulosos se aguçaram numa visão bizarra. Pelo que Myfanwy podia ver, era como se alguém tivesse jogado um carpete de meleca infecta em uma sala de estar normal, mobiliada, com lustres, poltronas fofinhas e tudo o mais. O material cobria as paredes e o teto e se espalhava pelas portas.

— O que você pode informar, FitzPatrick? — perguntou Poppat, atento.

— Essa coisa é roxa e sob os pés parece que estamos pisando em borracha. Tem cheiro de... o que você diria, Turner?

— De fungo — disse um Peão de voz áspera. — Não muito diferente de *Aspergillus fumigatus*, mas com alguns fatores extras que eu não reconheço. Porém não é sintético.

— Quem é Turner? — cochichou Myfanwy para Poppat. Um dos nerds digitou rapidamente em seu teclado e a ficha de Turner apereceu no monitor. Ela olhou para o cabeçalho de "vantagens" e viu que Turner tinha sentido olfativo apurado e memória fotográfica.

— FitzPatrick, algum sinal das equipes anteriores? — perguntou Poppat.

— Não, senhor, não aqui na entrada.

— Tudo bem, movam-se pela casa de acordo com o combinado. — Poppat se virou para Myfanwy e Shantay. — Vamos espalhá-los pelo local, cada par de sentinelas posicionado à vista do par anterior.

Myfanwy assentiu. Fazia sentido.

Os Peões se espalharam pelo térreo com cautela, depositando sentinelas em cantos e portas estratégicas. Os fios que os soldados estavam desenrolando brilhavam contra o fungo, que cobria tudo. O restante dos cômodos passava a impressão de uma vida normal que fora coberta por uma camada grossa de mofo. Havia até um vaso de flores na mesa da cozinha, cada pétala coberta por uma camada roxa granulosa.

— Senhor, não há sinal das equipes ou de qualquer outro indivíduo — disse FitzPatrick. Myfanwy supôs que o cântico no fundo estava dando nos nervos dos Peões. Apesar de Lydia tê-lo diminuído, até a versão abafada que eles estavam escutando no trailer a deixava desconfortável.

— FitzPatrick, aqui é Torre Thomas. Há algum sinal de onde o som está vindo?

— Do segundo andar, Torre — respondeu FitzPatrick. — Devemos subir?

— O andar térreo está guardado? — perguntou Poppat.

— Sim, senhor.

— Então chame suas tropas posicionadas, exceto as necessárias para manter linhas de avistamento na porta da frente. E prossiga.

— Sim, senhor.

Os Peões subiram as escadas, deixando uma dupla na base e outra dupla no topo da escadaria.

Lydia pigarreou.

— O Rookery notou uma mudança no cântico; estão analisando e comparando — avisou ela, vidrada nos monitores à sua frente.

— Eu não notei nada — cochichou Myfanwy para Shantay. — E você? — A Bispo americana meneou a cabeça, negando. A equipe de Peões se aproximou da primeira porta, que estava bem aberta. Quando FitzPatrick estava se inclinado à frente, para abrir a porta com seu rifle, várias coisas aconteceram ao mesmo tempo.

O monitor mostrando a Peão Loza, que estava na porta da frente piscou quando ela foi puxada para dentro da casa.

Todas as outras imagens se moveram rapidamente, enquanto os Peões se viraram ao som do grito de Loza. Então, uma onda do material se ergueu do chão e cobriu as câmeras.

Houve uma breve confusão de gritos e tiros.

A porta da frente se fechou, fatiando com perfeição os cabos que os Peões levaram consigo.

Puta merda, pensou Myfanwy, horrorizada. *Puta que pariu.*

Houve um momento de silêncio atordoado e Myfanwy respirou fundo. *Você é a Torre, fique calma.*

— Alguma ideia do que aconteceu? — perguntou ela, recompondo-se, apesar de seu coração ainda estar acelerado. Os gritos irromperam pela sala antes do contato ser perdido de repente. Os Peões nerds estavam digitando freneticamente, lambendo monitores e falando com muita urgência em seus microfones e celulares. Era evidente que ninguém sabia o que estava acontecendo ou o que fazer, então Myfanwy, paciente, aguardou que eles tivessem algumas respostas. Alguns deles lançaram olhares nervosos para ela por sobre o ombro e ela fingiu não notar.

— Alguma ideia, Bispo Petoskey? — perguntou ela, baixinho, a Shantay, mantendo os dedos dobrados e unidos para evitar que eles tremessem.

— Bem, isso certamente não se parece com nada que eu já tenha visto antes — respondeu Shantay com um pouco de alarde. — Não temos esse tipo de manifestação com tanta frequência.

— É, bem, é bastante incomum até para nós.

— Então o que você pretende fazer? — perguntou Shantay.

— Tenho certeza de que o Peão Poppat vai seguir seu amado procedimento padrão — respondeu ela, lançando um olhar ao Peão, que estava se movimentando, nervoso, e de fato parecia bem ocupado. — Não quero incomodá-lo. Já deve ser bastante difícil ver algo assim ocorrer na frente da sua chefe sem que ela tenha ordenado que fosse entretida.

Poppat se aproximou dela em alvoroço.

— Torre Thomas, o procedimento padrão indica que neste ponto devemos destruir a casa, seja com explosivos ou com um anel de...

Um grito empolgado do outro lado do centro de comando o interrompeu.

— Eles estão vivos! — gritou um dos técnicos. Todo mundo parou o que fazia e observou os monitores enquanto as telas mostravam os sinais vitais dos membros da equipe. Myfanwy se lembrou de vê-los quando entrou, enquanto Poppat explicava que cada Barghest estava munido de uma grande quantidade de equipamento de monitoramento sob a armadura.

— Estão vivos? — perguntou Myfanwy, vidrada.

Isso é bom ou ruim?

— Sim, senhora — disse o técnico. — Todos os Barghests. De acordo com esses indicadores, eles não tiveram nada introduzido em seus sistemas e, ainda que estejam bem nervosos, com batimentos acelerados e tudo o mais, não estão feridos.

— Que infelicidade — comentou o Peão Poppat.

— Infelicidade? — perguntou Myfanwy.

— Bem, sim — continuou Poppat. — Porque ainda temos de destruir o local... — Ele hesitou.

Myfanwy se virou para o técnico.

— Eles estão... se mexendo? — perguntou ela, com algum receio.

— Não, senhora.

Merda.

— Estão conscientes?

— Sim, senhora.

Merda em dobro.

Myfanwy fez um biquinho e se virou para Poppat.

— Sabe, Mahesh, me sinto de certa forma hesitante em varrer o prédio da face da terra, já que temos pessoas vivas lá dentro.

— Compreendo, Torre Thomas — começou Poppat —, mas o procedimento pa...

— Sim? — interrompeu ela com sobrancelhas elevadas.

— Bem, é muito claro, e Torre Gestalt nunca hesitou em...

— Sim, bem claro.

Houve um silêncio desconfortável, quebrado caridosa e hesitantemente por Lydia.

— Torre Thomas? O Rookery atualizou uma análise do cântico.

— Alguma coisa útil?

Eu vou ter de assinar uma sentença de morte para 14 membros da minha equipe?

— Acho que você precisa ouvir — disse Lydia.

— Por favor — respondeu Myfanwy, e suspirou.

Lydia girou uma manivela de seleção. O cântico ficou mais alto e ressoou pelo ambiente, mas uma parte havia sido amplificada. Sobre o cântico havia uma voz tensa, insistentemente repetindo:

— Mande a Torre... Mande a Torre... Mande a Torre... Mande a Torre...

— Que surpresa — comentou Myfanwy, ácida.

20

Querida Você,

Seis garotas. Oito meninos. É o número atual de jovens no Acampamento Caius, um intrigante grupo de pivetes com idades entre 11 e 22 anos. As páginas que eu copiei me deram os detalhes básicos, apenas o comecinho da descrição de seus poderes. Entretanto, a impressão que tenho é que esses moleques não possuem nenhum poder natural, mas passaram por uma quantidade extraordinária de cirurgias como tentativas de instalar habilidades, que é a coisa mais revoltante que já ouvi.

Todo esse esforço é estranho ao estilo do Checquy e é, até onde sei, quase impossível de executar. Não estou nem certa de por que esses moleques foram escolhidos. Os alunos não parecem ter nada em comum. Eles são de todas as partes do país e suas famílias provêm de diferentes classes sociais e têm as mais variadas histórias de vida. Pesquisei sobre as famílias, verifiquei os registros do serviço de saúde nacional, fucei tudo sobre eles e não consigo encontrar uma razão pela qual tenham sido retirados de seus lares.

Vamos encarar. Se você quiser olhar para isso da maneira mais fria possível, há muitas crianças aí fora que podem ser recrutadas com facilidade. Órfãos. Crianças de rua. Elas podem até ser importadas. Considerando o tempo de existência do Acampamento Caius, daria até para criá-las. Mas essas crianças foram tiradas de famílias britâncias — então o povo do Acampamento Caius está arrumando um enorme problema para eles mesmos, por nenhuma razão aparente. Fazer esse tipo de coisa é uma grande tarefa até para o Checquy, então eu não entendo.

De tempos em tempos, fico impressionada com o que o Checquy faz. Pelo pouco que me lembro da minha vida familiar, já que ela foi bem curta, meus pais eram educados, relativamente bem de vida, independentes. E ainda assim aceitaram quando Wattleman e Farrier lhes disseram que o Checquy estava me levando. Você esperaria uma briga por parte deles. Uma palavra de protesto. Ou mesmo um processo. Pelo menos, poderiam contatar a mídia. Se o governo tira o seu filho de você, você vai falar sobre isso. Talvez buscar algum grupo de apoio. Em vez disso, as famílias mantêm segredo. E por quê?

Bem, muitos dos alunos da Propriedade não são normais. Pense em Gestalt. Você iria querer aquilo na sua casa? Então, um monte de pais fica aliviado por ter seus filhos levados embora. Na verdade, alguns estão dispostos a pagar. Para aqueles cujas famílias os querem, fica mais feio, porque o Checquy tem feito isso há muito tempo e é muito bom nisso. Eles mentem, ameaçam, fazem promessas. E têm o apoio da lei. Ainda não estou bem certa de qual história Wattleman e Farrier contaram ao meu pai naquele último dia. Eu não estava prestando muita atenção.

Com todas essas ferramentas, eles podem coagir as pessoas a concordar ou podem enganá-las. Os pais passam a acreditar que os filhos estão muito doentes, têm problemas mentais horrendos, contagiosos, o que seja. No final, eles sabem que os filhos não são mais deles e que o governo está assumindo a criação. Um número deprimente de famílias acredita que recebeu um favor.

Enfim, ainda estou tentando descobrir qual é a do Acampamento Caius.

Lembranças,

Eu.

21

— Torre Thomas, pelo menos você deveria esperar que a segunda equipe de Barghests chegasse do Rookery — implorou Poppat.

— Não — disse Myfanwy, seus olhos fixos no uniforme que alguém lhe entregou. A roupa que ela havia vestido no escritório naquela manhã não seria nada apropriada; com certeza, não entraria numa casa assombrada de sainha e salto alto.

— Mas não posso permitir que um membro da Corte entre em local de manifestação sem um acompanhante e todas as tropas locais...

— ... todas as tropas locais foram liquefeitas. — Myfanwy terminou a frase para ele. — Não tenho certeza de que seria bom levar um acompanhante. E se eu tenho a menor chance de ajudar nosso pessoal, então — ela respirou fundo — preciso tentar.

Poppat segurou o braço dela.

— Myfanwy, nós dois sabemos que essa não é sua área. Não posso deixá-la entrar lá sozinha.

— Não pode mesmo. — Veio uma voz firme atrás dela.

Eles se viraram para ver Shantay fechando o zíper do uniforme de Peão de combate que colocara. Ela prendeu o cabelo em um rabo de cavalo e de repente parecia muito mais perigosa.

— Ela não vai sozinha. Eu vou com ela.

— De jeito nenhum — disse Myfanwy. — Pode haver precedentes legais para você vir observar, mas pode imaginar a repercussão de uma Bispo da Croatoan ferida numa operação do Checquy?

— É, mas você provavelmente vai estar morta também, então não vai ser um problema seu.

— Bom, não sendo um inconveniente para mim — falou Myfanwy.

— Não vou deixar você entrar lá sozinha.

— Você não pode opinar — retrucou Myfanwy. — E mesmo que pudesse, a voz não pediu uma Bispo americana, pediu uma Torre.

— A *voz* que se foda! — gritou Shantay. — Tenho certeza de que os meninos e as meninas que entraram na casa eram bons, mas eu posso me virar sozinha, e você precisa de alguém para te dar cobertura.

Myfanwy pareceu indecisa, e Shantay, sentindo ter uma vantagem, pressionou.

— Querida, não fique ofendida, mas vivemos num mundo pequeno. As notícias circulam, e nossos dossiês sobre você são pelo menos tão detalhados quanto os seus sobre nós. Então, sei que esse tipo de coisa não é seu forte. Você precisa de um braço dando cobertura, e vai ser o meu.

Pode não ter sido o forte de Thomas, pensou Myfanwy, *mas eu conheço alguns truques*. Ainda assim, ela não gostava da ideia de entrar na casa sozinha.

— Está bem — falou ela. — Você pode vir.

— Como se houvesse dúvida — fungou Shantay, puxando uma arma grande e a verificando.

— Desculpe, mas que diabos é isso? — perguntou Myfanwy.

— O quê?

— Esse maldito canhão na sua mão!

— É a minha arma — respondeu Shantay, inocente.

— De onde saiu esse troço? — perguntou Poppat. — Não há nada assim no arsenal.

— Estava na minha bolsa.

— Sua bolsa? — repetiu Myfanwy. — Como você passou pela imigração no aeroporto?

— Aeroporto? Querida, chegamos na embaixada. Por que você acha que a Bispo Morales estava tão cansada? Ela nos carregou entre as cidades.

Myfanwy ficou chocada por um momento com a estranheza do mundo em que havia nascido.

— Agora, que tipo de arma você vai levar? — perguntou Shantay.

— Não vou levar nenhuma arma.

— Você vai levar, sim.

— Isso é um fato, Dirty Harry?* — perguntou Myfanwy, olhando a arma de Shantay.

— Querida, eu posso atravessar um tanque com um soco se estiver bem concentrada. E estou levando uma arma.

— Ótimo, eu levo uma arma. Mas nada que pese mais do que eu.

Poppat tentou insistir em acompanhá-las, mas Shantay ressaltou que era uma crueldade desnecessária deixar toda a responsabilidade do comando para o pobre coitado do seu subalterno imediato.

* Dirty Harry é um dos personagens mais famosos que Clint Eastwood já interpretou, em um filme de 1971 de mesmo nome. O personagem é durão e nunca sai sem sua arma. (N. E.)

— Na verdade, *eu* sou o pobre coitado do subalterno imediato na linha de comando — confessou Poppat. — O chefe da seção de Bath, Peão Goblet, está gripado.

— Mas que *timing* o desse cara... — comentou Shantay.

A Bispo americana estalava os dedos e o pescoço de uma maneira bem militar. Myfanwy tinha dificuldade em dobrar os braços; a jaqueta que deram a ela era do seu tamanho, mas feita de kevlar,* couro e plástico, mas para ela parecia ter sido feita de madeira.

— Sabe, há anos eu não faço nada assim — apontou Shantay, enquanto ela e Myfanwy estavam paradas na porta da casa recebendo uma inspeção final dos técnicos.

— Ah, é? — Myfanwy tentava descobrir como ela tinha adquirido duas facas e uma pistola grande do nada. — Quantos anos?

— Um ano e meio — confessou Shantay.

— Verdade? — respondeu Myfanwy. — O que é isso?

— Spray de pimenta. Não quer colocar um par de luvas?

— Não. O que é isso?

— Arma de choque.

— Impressionante. Bem, então vamos lá — falou Myfanwy, com uma palpável falta de entusiasmo.

Ela colocou a mão na maçaneta, virando-a e elas entraram na casa.

— Encantadora — disse Myfanwy, e notou Shantay olhando para ela estranhamente. — Bem, tirando o enorme cobertor de fungo cobrindo tudo. Mas se você olhar além disso não é nem um pouco de mau gosto. — Shantay continuou olhando para ela. — Ah, esquece. Vê algum sinal dos Barghests?

— Não — falou Shantay num cochicho encenado. Estava com sua grande pistola em mãos e parecia bem tensa.

— Que há de errado com você? — cochichou Myfanwy. — Parece que você está esperando alguém agarrar sua bunda.

— Eu não teria problemas com isso, desde que fosse uma pessoa — cochichou Shantay. — Quando é a decoração que se estica para tirar uma casquinha, eu fico nervosa. — Ela continuava se virando, examinando a sala.

O ar estava quente e úmido, como se elas tivessem entrado nos pulmões de alguma fera gigante. Curvas barrocas de fungos subiam pelas paredes e desciam pelo teto, e Myfanwy não conseguiu identificar se elas subiram do

* Composto químico usado na produção de coletes à prova de balas, é um tipo de fibra sintética muito resistente e leve. (N. E.)

porão ou se escorreram dos andares superiores. Em alguns lugares, o mofo era um cobertor liso, sem traços, que se pregava firme na parede. Em outras áreas, era granuloso e com protuberâncias, como se tivesse sido jogado como argamassa. Havia também ramos grossos e lenhosos, que desciam em espirais e se penduravam no ar de um jeito esquisito.

Um pensamento ocorreu a Myfanwy.

— Por que estamos cochichando?

— Porque estou preocupada que as forças do além arranquem meu rosto — respondeu Shantay. — Não quero perturbar nada.

— Ah. Ok. — Myfanwy olhou ao redor novamente. — Então eu deveria cochichar também?

— Não, se você não quiser — disse Shantay, impaciente.

— Não, tudo bem. Bom, suponho que devemos ir para o segundo andar — sugeriu Myfanwy. — É de onde o maldito cântico está vindo. Mas espere um segundo. — Ficou de joelhos e com seus dedos nus, esticados, ela tocou o chão.

— Que diabos está fazendo? — perguntou Shantay, horrorizada. — Não *toque* nisso!

— Confie em mim — cochichou Myfanwy. — Acho que isso vai funcionar.

Logo que ela entrou na casa, sentiu o lugar vibrando ao redor dela. Podia perceber a vitalidade circulando pelo cômodo, mas era desfocada como uma corda de violão vibrando. Ela não conseguia focá-la, e isso a incomodava. Então, Myfanwy colocou a palma da mão na gosma e se conectou.

Instantaneamente seus sentidos se conectaram. As sensações que ela recebeu foram mais aguçadas, mais definidas.

— Entendi o problema — disse.

Ela estava procurando uma única forma, quando na verdade eram muitos padrões mesclados. Era como se uma dezena de camadas de transparências tivessem sido colocadas umas sobre as outras. Elas se complementavam, mas não combinavam muito bem.

Era quase como... um *coral.*

— Que diabos está fazendo? — repetiu Shantay, mais alto, esquecendo-se de sua preocupação com os cochichos. Myfanwy piscou e se concentrou em olhar com os próprios olhos. Debaixo de sua palma, pequenas ondas se espalhavam pelas camadas de mofo.

— Desculpe. — Ela ficou de pé, limpando as mãos na calça. — Estava recebendo umas vibrações bem curiosas dessa sala.

— Tipo o quê? — perguntou Shantay.

— Tipo várias vozes juntas.

— Vozes? — repetiu Shantay, desconfiada.

— Tem um som claramente humano, só que há algo mais misturado.

— Ótimo — disse Shantay, em um tom soturno.

— Você é daquelas pessoas que sempre veem o copo meio vazio, não é? — observou Myfanwy.

— São anos de experiência — respondeu Shantay. — Nessas situações, o copo está sempre meio vazio.

— Sempre?

— Sempre — confirmou a Bispo. — Até quando ele se enche de algum sangue espectral que se transforma numa entidade demoníaca.

— Então deve ter sido uma boa coisa fazer carreira na administração — ironizou Myfanwy. E, apontando para cima: — Vamos subir?

— É, parece uma boa.

Apesar do tom casual, as duas estavam olhando ao redor apreensivas. Shantay ergueu sua pistola e flexionou os dedos da outra mão. Myfanwy percebeu que estava rangendo os dentes. Quando chegaram à escada, ambas pararam, esperando que a outra subisse. Myfanwy foi primeiro, um degrau de cada vez, suas botas afundando levemente no fungo. A leve luz violeta emitia um brilho soturno em seus rostos. Olhando para suas mãos, Myfanwy ficou assustada. Pareciam mãos de um defunto. Ela e Shantay prosseguiram devagar enquanto o cântico continuava, e Myfanwy começou a ficar hipnotizada por ele.

— Myfanwy — chamou Shantay atrás dela, arrancando-a de seus pensamentos.

Myfanwy gritou e agarrou o corrimão coberto de fungo, que descascou em suas mãos.

— O quê? O quê? — exclamou a Bispo, olhando ao redor em busca de algum horror sobrenatural no qual atirar.

— Nada! Apenas... não faça *isso*! — retrucou Myfanwy, irritada.

— Fazer o *quê*?

— Não me chame quando estou me concentrando em não morrer.

— Foi mal — disse Shantay, não parecendo nada arrependida.

— Mas e aí, o que você queria? — perguntou Myfanwy.

— Estou com uma impressão muito ruim sobre esse lugar. Está me dando arrepios e já estive em muitos lugares esquisitos.

— *Você* não gosta disso? — falou Myfanwy. — Sou *eu* que está subindo a escada na frente! Você já fez todas essas operações. O que aconteceu com a garota que estava toda "vou botar para quebrar"?

— Isso foi antes de entrarmos nessa casa que tem cheiro de cogumelo porcini gigante. Como vamos saber que o cenário não vai nos engolir todinhas como fez com aqueles Peões?

— Ele pediu uma Torre. Você quer que eu dê um aviso? — Myfanwy se virou para o segundo andar: — Ei! Você pediu uma Torre! Bom, aqui estou, então não tente fazer nenhuma merda! — Ela voltou a olhar para Shantay. — Satisfeita? Por que está com essa cara?

Ela seguiu o olhar de Shantay para a parede, onde o fungo parecia ter se remodelado espontaneamente. Onde antes havia uma superfície irregular com protuberâncias, no lugar em que fotos emolduradas foram absorvidas, agora tinha centenas de blastomas. Cada um era duas vezes mais longo do que um dedo indicador e tinha uma órbita preta na ponta, que era um olho encarando-as de modo penetrante.

— Devo atirar neles? — sussurrou Shantay.

— É esse seu plano de ação para tudo? — perguntou Myfanwy, também sussurando.

— Basicamente. Talvez isso explique por que temos tão poucas manifestações nos Estados Unidos.

— Talvez. Vamos apenas seguir para o segundo andar.

Virar as costas para aquelas centenas de olhos gigantes de lesma foi uma das coisas mais difíceis que ela teve de fazer em sua curta vida. Mas Shantay a seguiu, e elas se moveram muito mais rápido dessa vez. No topo da escada, havia um longo corredor com portas espaçadas dos dois lados. Todas as portas estavam abertas, e mais luz roxa hostil se derramava pelo corredor. Grãos de poeira e esporos se penduravam nas vigas turvas. O cântico estava mais opressivo. Elas podiam *senti-lo* martelando no ar.

Cuidadosamente, caminharam em direção à primeira porta, verificaram se suas armas estavam prontas e espiaram lá dentro. O mesmo fungo crescia ali, mas parecia ter uma cor mais intensa, como se estivesse mais próximo da raiz de tudo. O roxo tinha escurecido para um tom berinjela e possuía veias grossas em tom carmim ao longo daquilo. Ele quase *reluzia*, suando uma secreção grossa que fedia a carne podre.

Seja qual for a mobília que estivera no quarto, fora absorvida, assim como no andar de baixo. Mas parecia que, antes da erupção do mofo, alguém empurrara tudo para o canto do quarto para que tivesse um grande espaço no meio. Havia duas fileiras de pessoas que também foram cobertas pelo fungo. Elas estavam deitadas em posição fetal, com os joelhos apertados no peito, e cantando monotonamente.

As duas olharam para fora e compartilharam um momento soturno.

— Mas que merda — disse Shantay. — Você viu os rostos deles?

— As únicas partes deles que não foram cobertas com esse troço. É como se estivessem usando roupões dessa gosma. — Myfanwy se arrepiou ao pensar naquela coisa repugnante. — O que você acha que devemos fazer?

— Bem, não acho que foram esses caras que chamaram você — disse Shantay, pensativa. — Eles não parecem estar cientes do que estão cantando. Eles não parecem cientes de nada, na verdade.

— Outra pessoa, então?

— Vamos checar os outros quartos.

Elas seguiram pelo corredor. Cada quarto tinha seu grupo de gente cantando em uníssono, olhando para o nada. Homens e mulheres de todas as idades, arranjados em fileiras meticulosas. Até no banheiro havia quatro pessoas na mesma posição, com seus rostos rodeados por camadas macias de musgo. Myfanwy, com toda cautela, colocou um pé dentro do banheiro e se moveu lentamente em direção às figuras. Ela ignorou os sussurros de alerta de Shantay e se abaixou em frente ao cantor mais próximo.

Era um menino, um adolescente. Ele tinha as maçãs do rosto gordinhas e um bigodinho sujo, que sugeria que tentava passar por 18 anos, mas era óbvio o seu fracasso. Seus olhos estavam focados em algo que não estava lá, e suas pupilas estavam contraídas ao máximo.

— Shantay, esse moleque não tem mais de 14 anos. Jesus, a voz dele é desafinada mesmo quando ele canta! — Ela ficou de pé, revoltada, e olhou para os outros. — Nenhuma das pessoas dessa sala tem idade para ter uma conta no banco.

— Bem, certamente têm idade para serem possuídos — observou Shantay. Myfanwy se esticou em direção ao rosto do menino, respirou lenta e profundamente, então colocou seu dedo indicador entre os olhos dele.

Ela foi suspensa num oceano de sensações — a soma das do menino com as suas. Ela esperava um jorro complexo de visões, gostos e sons, mas tudo estava mudo. Correntes delicadas vagavam, trazendo um reconhecimento ínfimo da temperatura do banheiro, o som distante de Shantay batendo o pé e o cheiro do perfume de Myfanwy. Mas tudo isso, tudo que era o mundo, mal era registrado.

Em vez disso, havia a presença opressora do cântico, ecoando e reverberando acima, abaixo e por todos os lados, como um trovão. Sugava tudo em direção a ele. Através do menino, ela podia sentir os pulsos das pessoas ao redor. Cada pessoa se conectava às demais. A pressão da invocação a cercava, avançando sobre ela, tentando puxá-la. Myfanwy ficou tensa e se desconectou.

— Droga! — Ela caiu deitada de costas. Shantay estava ajoelhada ao lado dela, limpando seu rosto com a manga da camisa. — Que diabos aconteceu?

— Você apagou por cerca de vinte minutos, eu desenvolvi uma fobia de cogumelos gigantesca, chequei seu pulso sete vezes e recebi um telefonema de Poppat. Então o cântico ficou um pouco mais feroz e você se lançou de volta ao chão — disse Shantay, apontando cada desenvolvimento com os dedos.

— O que Poppat queria? — indagou Myfanwy, com uma voz débil.

— Só estava dando uma verificada. Num rompante não recomendado de honestidade, eu disse a ele que você estava em transe, daí passei cinco minutos o convencendo a não botar fogo neste lugar com a gente dentro. Expliquei sobre as pessoas cantando e disse que você iria ligar para ele de volta.

— Ah, ótimo — disse Myfanwy, sem entusiasmo.

— Está tudo bem com você?

— Sim, mas tem um troço esquisito acontecendo com o sistema nervoso desse garoto. Provavelmente todos eles estão passando pela mesma coisa. Me ajude aqui, vamos encontrar quem está no controle. Se sobrevivermos, eu ligo pro Poppat.

Shantay a ajudou a ficar de pé e elas limparam uma à outra. Restavam ainda poucas portas, mas elas se aproximaram delas com cuidado, sabendo que haveria algum tipo de surpresa desagradável por trás de cada uma.

Aconteceu antes do que Myfanwy esperava. A prática mais recorrente das leis de manifestações de pesadelo ditava que o pior de tudo estaria na última porta do corredor e que haveria um momento de completo terror. Assim, enquanto elas caminhavam corredor abaixo, Myfanwy ficava cada vez mais tensa, seu olhar focado na entrada do quarto.

Elas tinham passado pela penúltima porta, quando notaram um homem desvairado lá dentro. Estupefatas, elas ficaram paradas olhando. O homem vestia um terno que claramente já vira dias melhores, mas as atividades fungosas da casa tiveram sua ação tanto nas roupas quanto no rosto dele. Sujeira, suor e esporos criaram uma cobertura mosqueada por todo seu corpo e ele fedia como um tronco mofado, com suor embaixo do braço. Movia-se de cantor a cantor, parando para cochichar algo para cada um deles enquanto passava. Myfanwy não conseguia ver o efeito de todo esse trabalho, mas ele continuava, mesmo depois de notar a presença delas.

Apesar de nunca tirar os olhos das pessoas cobertas de fungo no chão, o homem aproveitou o espaço entre cada cochicho para falar com elas. Myfanwy e Shantay receberam a mensagem dele como uma série de exclamações curtas.

— Graças a Deus vocês vieram! Eles começaram duas noites atrás, sem aviso! Quer dizer, *eu* nunca dei a ordem... então o tumor se manifestou!

Ele ficou abaixado na frente de uma mulher muito gorda, olhando fixamente nos olhos dela.

— Eu vim ontem de manhã verificar a congregação e ver que progresso eles haviam feito... bem, eles fizeram uma grande porcaria de progresso! A invocação estava ficando mais alta... quero dizer, os vizinhos iriam ouvir e a luz seria percebida quando o sol se pusesse. Tive de ligar para o escritório falando que estava doente e desde então estou aqui tentando domá-los. Eu os teria chamado diretamente, mas deixei meu telefone numa mesa depois que liguei pro trabalho e ele foi coberto. Daí não consegui sair e a situação toda ficou crítica. Quando o Checquy apareceu, eu decidi que minha única opção era deixar a congregação passar por seu procedimento de autodefesa. Eu sabia que você seria chamada depois que a segunda equipe fosse consumida. Jesus Cristo! Você percebe que foi *minha própria* gente que eu tive de liquidar? Minha gente!

Myfanwy lançou para Shantay um olhar horrorizado e recebeu um olhar incrédulo em troca.

Será que esse cara era mesmo o chefe do posto do Checquy em Bath?, se perguntou ela. Buscou-o de leve com a mente, encontrando o padrão dos sentidos do homem. *E, se for, por que ele está fazendo isso? Não pode ser uma ação do Checquy, ou ele não teria liquefeito as equipes. Mas se não é, então por que ele está falando com a gente como se soubéssemos exatamente o que está havendo?*

— Pelo menos eu pude evitar que eles matassem a terceira equipe... Barghests, certo? — Ele não esperou uma resposta. — Eu não entendo! Eles não deveriam estar começando isso ainda e, a não ser que façamos algo, só vai se espalhar. Eles mal estão respondendo as frases de instrução que recebemos. Eu só pude colocar minha mensagem no cântico atirando num dos congregantes e me juntando brevemente ao sistema. Vamos ter de incluir alguém para me liberar. E ainda tenho um pouco dessa meleca em mim. Enfim, eu sabia que vocês ouviriam a mensagem. Graças a Deus vocês gritaram; minha visão é tão ruim através dos órgãos sensoriais desse troço que eu estava pronto para encasular vocês.

Myfanwy estremeceu com as implicações, então se perguntou onde a equipe Barghest estava sendo mantida. O homem continuava falando.

— ... não tenho ideia de como pará-los. Estou passando pelos códigos de emergência e nada está funcionando. Você conhece algum procedimento de emergência para apagar tudo isso? — Ele se virou, procurando uma resposta, e congelou quando as viu. — Vocês não são Gestalt! — exclamou, num tom de choque completo.

Ah, de repente tudo faz um pouquinho mais de sentido.

Eles olharam uns para os outros por um momento, então Myfanwy o isolou. *Afinal*, ela pensou, *não tenho ideia do que esse cara é capaz. Até onde eu sei, ele pode fazer meu baço se devorar. Melhor não dar chance a ele.*

— Não se preocupe, Shantay, eu o peguei — falou ela.

— Tem certeza? — Ela avançou alguns passos e relaxou um pouco quando viu que o cara de terno estava congelado, com a respiração ofegante, os olhos vidrados e uma expressão de total confusão no rosto. Agora que Myfanwy teve chance de observá-lo com atenção, ele lhe parecia familiar. *Provavelmente de uma das centenas de fichas que eu li.*

Shantay acenou na frente do rosto do homem e notou que seus olhos não se mexiam. Ela se inclinou para frente e tocou na orelha dele. Nada.

— Impressionante. Como você fez isso?

— Acabei de improvisar — respondeu Myfanwy, que estava olhando para os cantores ao redor, desconfiada. Eles ainda cantavam.

— Então, estou louquinha ou esse cara é um dos seus? — perguntou Shantay.

— Acho que o nome dele é Goblet — entregou Myfanwy.

De repente, o homem saiu do transe e acertou Shantay com um golpe no queixo. A Bispo americana cambaleou para trás e caiu sobre um membro do culto. A figura coberta de fungos continuou cantando, sem se perturbar.

— Droga! Como você fez isso? — perguntou Myfanwy a ele.

Goblet ficou de pé, mostrou seus dentes e uma cobertura de espinhos irrompeu por todo seu corpo. Myfanwy deu um pequeno grito enquanto o cabelo dele se alongava e endurecia numa massa de espinhos. Cerdas ossudas perfuraram suas roupas. Seu terno, outrora distinto, era agora uma massa de tecido perfurada.

Shantay esfregou a mandíbula. Ela se levantou e lançou um olhar de completo asco para o homem porco-espinho.

— Não se mexa, porra! — falou ela, erguendo sua enorme pistola e apontando para ele. — Isso doeu *bastante*. Achei que você disse que o tinha imobilizado.

— Achei que tinha.

— Bem, pode fazer isso de novo?

— Talvez. — Myfanwy buscou com seus sentidos e tocou Globet com cuidado, que estava babando no meio do quarto. *Como ele conseguiu sair do transe? Eu toquei a espinha dele aqui e aqui, então ele não podia apenas... Bem, isso é fascinante.* Myfanwy deu um passo atrás e disse para Shantay. — Não adianta; ele tem, tipo, sete espinhas suplementares, todas entrelaçadas. Não posso controlar todas elas de uma vez; os impulsos passam entre elas. — O cara estava balançando a cabeça de um lado para o outro, seguindo a conversa, e voltou a focar em Myfanwy.

— Torre Thomas, eu nunca imaginaria que *você* se aventuraria para fora de sua salinha e sujaria as mãos — falou ele com enorme desprezo. As unhas dele se estenderam em garras farpadas e ele se moveu em direção a ela.

— Ah, por favor. — Shantay atirou nas costas de Goblet. Ele cambaleou por um momento e então se recompôs, girou e bateu em Shantay com as costas da mão, lançando-a para a parede. Seus espinhos cortaram a Bispo no rosto, e ela bateu a cabeça no fungo.

— Não tinha ideia de que havíamos chegado a um nível tão baixo. Alistando americanos para os Barghests? Mas, bem, essa é a mesma Corte que nomeou você como Torre. — Ele cuspiu, enojado. — Uma garotinha inútil que chora pelos cantos e brinca com livros de contabilidade.

— Sem dúvida, eles deveriam ter escolhido algum mané traidor com espinhos na bunda — observou Myfanwy enquanto pegava a pistola na cintura, quase a deixando cair.

— Traidor?! — exclamou ele. — Esse processo é para o bem do Checquy e, por extensão, para o bem da nação!

— Então foi por isso que você não sentiu necessidade de informar a Corte sobre suas atividades, Goblet?

— A Corte não está pronta para isso! Pelo menos, não ainda. — Ele deu um passo e ficou mais próximo de Myfanwy, e ela recuou contra a porta, que se fechara silenciosamente atrás dela. Ao redor deles, os membros do culto continuavam o cântico, alheios a tudo.

— Então você achou que era sua responsabilidade armar tudo isso? — perguntou ela, enquanto se esgueirava ao lado de um membro do culto, mantendo obstáculos entre ela e Goblet. Enquanto isso, apalpava a arma e tentava pensar em como tirar a trava de segurança. Sem dúvida isso era algo que Thomas havia aprendido em seus primeiros dias na Propriedade, mas parecia não ter retido este conhecimento. Não ajudava o fato de ela não poder tirar os olhos de Goblet por medo de ele arrancá-los.

— Ah, Torre Thomas. Tão amadora em trabalho de campo! Você está buscando alguma informação sobre o plano. — Goblet deu um sorriso, mostrando o conjunto de dentes serrilhados. — Devo lhe passar todos os detalhes, como um vilão de James Bond, pouco antes de seu relógio de pulso virar algum tipo de serra circular?

— Não estou usando relógio de pulso — observou Myfanwy.

— Melhor ainda — retrucou Goblet. — Não vou ter de arrancar fora seus braços no começo da nossa sessãozinha. Eu sempre gosto de deixá-los para o final. — Myfanwy estremeceu um pouco com essa ideia, e Goblet notou. — Ah, sim, Torre Thomas, vamos ter todo tipo de diversão. Mas você vai morrer sem nunca saber que diabos está acontecendo aqui.

— Goblet, eu vou descobrir tudo. Na verdade, *você* vai me contar.

— Verdade? — ironizou Goblet, erguendo uma das sobrancelhas e vários espinhos. — E como você espera... — Ele parou, revirou os olhos e caiu no chão, revelando Shantay atrás dele, que estava usando luvas de metal. Não, não luvas. Seus punhos pareciam estar cobertos por um metal prateado muito bem polido, sem falhas. Sem falhas exceto por traços de sangue e fragmentos de espinhos que aderiram depois que ela socou a cabeça de Goblet.

— Que cara chato! — comentou. Sacudiu os pedaços de espinhos de seus dedos com um estalido metálico, e a prata derreteu de volta em sua pele, exceto por alguns pontos que se tornaram anéis e braceletes.

— Isso é bem conveniente — disse Myfanwy, admirando a amiga. — Quem dera eu pudesse fazer meus acessórios crescerem.

— É? Bem, quem dera eu pudesse fazer os homens calarem a boca. Quer trocar por uns tempos?

— É tentador, mas acabei de descobrir como fazer as pessoas suarem em profusão, e ainda quero brincar com isso.

— É justo.

— Enfim, provavelmente deveríamos pensar em uma forma de parar essa coisa. — Myfanwy fez um gesto vago, mostrando o quadro que as cercava: o mofo, o homem porco-espinho caído, os membros do culto que ainda cantavam feito loucos. — O Goblet aí parecia achar que eles estavam saindo do controle.

— Vamos chamar os meninos que estão aguardando nos trailers?

— Eles não vão ser engolidos por essa gosma? — perguntou Myfanwy.

— Talvez não, com Goblet fora do jogo.

— Não sei; até onde sabemos, ele estava evitando que eles nos comessem e digerissem, como aconteceu com a equipe anterior — disse Myfanwy. Ela olhou ao redor, mas ficou aliviada ao ver que o fungo não estava subindo por suas botas. — Acho que estamos bem por enquanto. Mais uma razão para resolver esse assunto rapidinho.

— Concordo. Eu posso bater na cabeça de todos eles, se você quiser — sugeriu Shantay, suas joias reluzindo com a promessa de uma violência inconcebível.

— Não me animo muito com a ideia de arregaçar dezenas de cidadãos britânicos.

— Bem, então o que você sugere?

Como resposta, Myfanwy se ajoelhou perto do cantor mais próximo — uma mulher muito magra, que parecia estar tentando viver de fotossíntese. O fungo margeando seu rosto era de uma cor acastanhada quente e se derramava sobre seus traços. Myfanwy se esticou e abriu os dedos sobre o rosto da mulher. Os olhos da Torre se vidraram e uma expressão de intensa concentração se apoderou dela.

Houve uma pausa reverente enquanto Shantay observava em expectativa.

Então ela observou com menos expectativa.

Então verificou seu relógio.

Então olhou para suas unhas e deu uma rápida aparadinha em uma delas, com uma lixa que tirou da bolsa.

Daí foi até Goblet, e deu um belo chute no estômago dele, para finalizar.

Daí checou as mensagens em seu celular, esforçando-se para escutar no meio da cantoria.

Daí olhou o relógio de novo.

Daí cantarolou algumas frases de uma música popular e deu uma boa olhada em cada uma das pessoas que cantava.

Então o telefone dela tocou.

— Já ocorreu a você que isso requer uma certa concentração? — retrucou Myfanwy irritada, saindo do transe. — A pose dramática e o olhar focado não lhe deram a pista?

— Desculpa — disse Shantay —, mas eu não posso desligar meu telefone. Sou um Bispo da Croatoan. E se houver uma emergência?

— E é uma emergência? — perguntou friamente Myfanwy. Shantay olhou para o nome de quem ligava e, envergonhada, colocou o telefone de volta no cinto. — Então?

— Ok, neste momento em particular não era uma emergência — admitiu Shantay.

— Quem era?

— Minha mãe.

— Jesus — murmurou Myfanwy, voltando para seu transe.

Shantay suspirou e olhou ao redor. Um pouco depois, ela notou que Myfanwy começou a sangrar pelo nariz e que seus membros tremiam.

— Ai, merda! — exclamou ela, ajoelhando e usando a manga de sua blusa para estancar o sangue. Ela chamou Myfanwy pelo nome, mas não teve resposta. Em vez disso, houve um leve reforço no cântico e o sangue continuou a fluir do nariz dela. Shantay viu uma mancha vermelha crescendo na mandíbula de sua amiga. Espiou mais de perto e viu que era de fato uma expansão de esporos. Engrossava diante dos olhos de Shantay e rapidamente crescia numa camada felpuda pelo pescoço de Myfanwy, subindo pelo cabelo dela.

— Ai, meu Deus — repetia Shantay consigo mesma freneticamente, tentando tirar o que crescia no cabelo da Torre. Seus dedos se tornaram prata, metal curvado sob suas unhas feitas, e ela enfiou as garras nas mangas camufladas de Myfanwy, limpando os pequenos cogumelos que brotavam de repente. Então, lembrando-se, segurou parte de sua própria manga no fluxo do nariz de Myfanwy. — Querida, você precisa acordar! — gritou na orelha coberta de fungos.

Shantay ouviu um farfalhar atrás de si e viu Goblet se mexendo debilmente. Ele devia ter algum tipo de habilidade de regeneração. Ou isso ou os espinhos o protegiam mais do que ela imaginava. Ela olhou para suas unhas de prata e cogitou por um breve momento a ideia de furar a jugular dele. Em vez disso, ela girou meio sem jeito — nessa hora, estava segurando Myfanwy nos braços — e o chutou. Seu calcanhar acertou a mandíbula de Goblet e por um momento valeu bem a pena.

Mas então Myfanwy entrou em convulsão, e bateu com a cabeça no nariz de Shantay enquanto se chacoalhava.

— Ai, *bãe* do céu — gritou Shantay, agarrando o nariz e jogando Myfanwy no chão.

O cântico ficou mais alto e frenético, e Shantay não percebeu que havia uma leve camada de fungos em seus antebraços.

22

Querida Você,

Bem, a visita ao Acampamento foi há um dia e meio, e no momento estou em uma limusine voltando de Whitby, junto com o Cavalo Gubbins. Bispo Alrich e Lorde Henry estão voltando de helicóptero, já que as diretrizes do Checquy ditam que não pode haver mais de dois membros da Corte na mesma aeronave, e eu sinto que, depois do fiasco de hoje consumindo dinheiro (e pessoal), chamar outro helicóptero iria parecer extravagante.

Começou cedo, que é exatamente como não gosto que meus sábados comecem. Gosto de dormir um pouco mais, que preparem meu café da manhã, de me sentar perto da lareira acesa, talvez fazer umas comprinhas e só então ir para o escritório. Mas nesse sábado tive de acordar às quatro da manhã para ser pega às quinze para as cinco. Meu guarda-costas por hoje, Anthony, estava esperando na porta quando eu saí, e me perguntei com culpa há quanto tempo ele estava ali parado, no vento frio de inverno. Ele carregou a pasta, a mala e a bolsa para a limusine, se certificando de que eu estava acomodada e confortável antes de depositar seu corpo pesado no banco de passageiros dianteiro. No carro, adormeci, e só acordei quando pegamos Gubbins, que estava detestavelmente alegre.

— Bom dia, Myfanwy — exclamou Gubbins enquanto entrava no carro, me despertando com uma sacudida. Eu estava babando no apoio de braço. — Nossa, mas está um gelo. Ainda assim, está um dia muito agradável, hein? — Seu guarda-costas, um negro de aparência anoréxica, se sentou em silêncio ao lado dele.

— Ah, sim — respondi.

Muito agradável mesmo, já que não foi você quem teve de planejar tudo isso, pensei.

— Tenho de admitir, não estou totalmente certo dos detalhes. Eu estava em Brasília quando a notificação chegou.

— São ovos incubando.

— Claro que são — retrucou ele, virando os olhos. — Sempre que há um evento sobrenatural, é um ovo incubando.

— Os ovos fazem sucesso no nosso negócio — respondi, bocejando. — Enfim, tem esse aluno de 17 anos da Propriedade, Noel sei lá quem, eu tenho os detalhes escritos em algum lugar. Ele não é do departamento das habilidades especiais, se entrosa com animais ou algo assim, mas é empolgado com história e pesquisa.

— É um garoto esperto? — perguntou Gubbins.

— Não dão a eles a chance de não serem — respondi. — Você acha que Frau Blümen deixaria seus padrões baixarem?

— Sem chance — falou ele, bufando em seguida.

— Enfim, esse moleque tem acesso especial aos arquivos e estava estudando alguns manuscritos quando deu com uma menção a algo particularmente interessante. — Revirei minha bolsa e tirei uma garrafa térmica com café; ofereci para Gubbins, que negou com educação.

— Então, o que há de interessante?

— Você não vai acreditar.

— Estou no Checquy. Sou pago para acreditar em coisas que ninguém mais acredita.

— Um dragão.

— Ah, você está de sacanagem.

— Não mesmo! Também não acreditei. Quer dizer, não há confirmação de nenhum dragão avistado há séculos, e, mesmo quando eram vistos, eles sempre estavam em lugares onde faz um frio absurdo. O começo da pequena Era do Gelo foi a última vez em que eles estiveram aqui.

Eu estava tentando não me incomodar com os estranhos exercícios isométricos que Gubbins fazia. O cara parecia um mestre de yoga cheio de ácido. Eu me servi mais um pouco de café e mantive o olhar fixo nas minhas mãos.

— Enfim, parece que algum dragão fêmea fecunda decidiu depositar um ovo em North Yorkshire. Aparentemente, a área era muito popular entre os dragões.

— É mesmo?

— É, dragões e pterodátilos. Por milhões de anos algo nesse lugar era muito atraente para répteis voadores. Pessoas encontraram esqueletos inteiros de pterodátilos e alguns pedaços de esqueletos de dragão, que pensaram ser subespécies de pterodátilos. Um dos nossos agentes, Yves Tyerman, testemunhou o ovo sendo depositado e registrou nos arquivos. Seu relatório foi aceito pela Corte em Londres e arquivado, para não ser visto de novo por cem anos.

— Serviço público é sempre serviço público — disse Gubbins, espirituosamente.

— Bem, graças à pesquisa do Noel sei lá quem, fomos informados sobre esse ovo de dragão. Essas coisas levam séculos para chocar, mas esse garoto, com uma atenção bizarra para detalhes, calculou a data exata de eclosão.

— A data exata? — perguntou Gubbins, em um tom cético.

— Não olhe para mim. Não sou especialista em dragões, mas parece que eles são bem pontuais nesse tipo de coisa. Nosso pequeno prodígio fez umas contas, pediu ao tutor mais paciente da Propriedade para levá-lo até lá, e seus poderes disseram a ele que o dragão no ovo estava vivo e iria nascer esta noite. Você e eu vamos verificar se está tudo preparado. Por isso que estamos indo tão cedo.

— E tudo isso aconteceu nos últimos dias?

— Não, aconteceu há seis meses, mas tive de autorizar os estudos de solo e escavações.

— Escavações?

— Dragões enterram seus ovos bem fundo. Então, estamos conduzindo uma discreta escavação arqueológica.

— E agora vamos testemunhar a eclosão de um ovo de dragão?

— Sim. Mas não apenas a eclosão... Esse garoto... — Eu folheei os papéis. — Seu nome é Noel Bittner. Ele garante que vai conseguir estabelecer algum tipo de conexão psíquica com o dragão quando sair do ovo. Disse que ele e o dragão já conectaram suas mentes e que elas vão se unir quando ele emergir.

— Fascinante — comentou Gubbins.

— É — eu disse, sem entusiasmo. — Então naturalmente temos de ter metade da Corte lá para testemunhar a ocasião. Uma Torre, um Cavalo, um Bispo e o Lorde. Além de toda a equipe de apoio e Bittner.

— Então, onde estão o Bispo e o Lorde? — perguntou ele, num tom meio insolente.

— Bispo Alrich vai chegar com Lorde Henry depois do pôr do sol — respondi emburrada. — Estão indo de avião.

Ele assentiu, mal-humorado, e cada um se concentrou em seu laptop e nos muitos papéis necessários quando se trabalha em qualquer departamento do governo.

Quando chegamos ao local, eu estava morrendo de fome e Gubbins estava sofrendo de uma claustrofobia grave. É de se achar que um homem tão flexível ficaria bem num local pequeno e fechado. Sei bem que ele pode se fazer caber dentro de uma mala e permanecer lá por sete horas. Já o vi fazer isso. Mas, dentro das dimensões relativamente espaçosas de uma limusine Rolls-Royce, ele conseguiu levar a si mesmo e a mim à loucura.

Apenas rigorosas boas maneiras (que nós dois adquirimos na Propriedade sob a mira de uma arma) e o fato de que ele era meu membro favorito da Corte evitou que trocássemos farpas. A coisa estava tão tensa que nós dois saímos do carro na neve com um entusiasmo que surpreendeu a Peão que esperava por nós. O guarda-costas de Gubbins saiu bem mais devagar, só que também parecia animado. Em comparação, Anthony, que estava na frente com o motorista, parecia mais cansado.

— Torre Thomas, Cavalo Gubbins, bem-vindos à Chocadeira — falou a Peão, receosa.

— Obrigada, Peão Cahill — falei olhando para ela. Ela era alta e usava roupas informais, que permitem que você mate alguém com facilidade e não chame a atenção de transeuntes. Calças de sarja são boas para esse tipo de coisa.

— Gubbins, esta é a Peão Breeshey Cahill. Ela está supervisionando este projeto desde que Bittner nos informou sobre tudo.

Ela estremeceu à menção do nome dele. Pelo que eu tinha ouvido, Bittner achou que suas descobertas significavam que ele era o melhor. Para a Peão Cahill, obrigada a massagear o ego dele ao mesmo tempo que cuidava de uma operação com trinta homens, foi um desafio e tanto.

— É um prazer conhecê-la, Peão Cahill — disse Gubbins, como o cavalheiro que era. — Entendo que você esteve trabalhando sob condições difíceis, mas só ouvi elogios sobre a forma como cuidou de tudo.

Ela corou.

— Obrigado por vir nos receber. Sabemos que ainda é bem cedo.

— Estou chegando ao final de seis meses extremamente longos — respondeu ela, sorrindo para ele.

Fiquei maravilhada em como ela desabrochou sob a atenção dele. Não que a Peão tivesse me desprezado, mas seus olhos pareciam deslizar para ele. Eu fui negligenciada e isso estava me irritando. Não era o tipo de coisa que costumava me incomodar, mas desde que fiquei sabendo o que iria me acontecer — desde que soube da sua existência —, comecei a me observar mais. As pessoas me ignoram. Elas sempre me deixam de lado, e fazem isso porque não sou... não sou o que elas esperam que um líder seja.

Voltei para a conversa. Cahill estava explicando os detalhes das instalações. Escutei e tiquei em uma lista mental todos os gastos que eu autorizara. Equipe de registro do Checquy com equipamento de câmera. Cientistas com equipamentos de sensores. Uma enorme unidade móvel de refrigeração, para manter o dragão quando ele nascesse. Um de nossos satélites colocado em órbita geossincrônica. Acomodações para a equipe de escavação. Um centro de comando relativamente chique. Comida. Uma quantidade impressionante de dinheiro, e o prodígio Bittner ainda não estava satisfeito. Ele queria que o ovo e a coisa toda fossem transportadas para Stonehenge. Quando isso foi negado, ele quis um novo Stonehenge criado em outro lugar. Meus observadores no local relataram que ele ficou ultrajado com outros pedidos que eu havia negado. Se ele soubesse o que eu tinha autorizado, seu ultraje não teria limites.

— ... e se vocês nos acompanharem até a casa da fazenda, há um café da manhã esperando por vocês — encerrou Cahill.

— Casa da fazenda? — repetiu Gubbins.

— Sim, estas terras são de uma fazenda particular — explicou ela. — Adquirimos por uma bela quantia.

Escutei em silêncio, mas acrescentei mentalmente a mea-culpa, pois eu vetei a proposta de pagar ao fazendeiro uma ninharia e usar a autoridade do governo para "matá-lo de medo", como sugeriu Bittner em um de seus vários memorandos. Lembrando-me do tratamento medonho que meu pai recebeu, optei por uma forma mais gentil de desapropriação. Pagamos bem ao fazendeiro e demos a ele uma história falsa para aliviar suas preocupações e desmotivar seus interesses.

Peão Cahill fez a gentileza de nos guiar por um complexo de estruturas temporárias até a casa da fazenda, onde um bufê maravilhoso fora montado. Eu posso ter sido tímida em algumas áreas, mas uma das razões pelas quais meus professores na Propriedade focaram tanto em mim é que eu tenho um estômago de pedreiro. Como resultado, sempre trato de garantir que haja um bom bufê montado em qualquer operação de campo de longo prazo.

Gubbins, os guarda-costas e eu nos servimos de salgados, doces e xícaras cheias de café, nos abastecendo para um longo dia e finalizando os detalhes da operação. Estávamos com tudo pronto para comer quando a porta se abriu com um estrondo. Anthony retirou, de baixo de seus braços, um par de submetralhadoras, enquanto o guarda-costas esquelético de Gubbins (cujo nome era Jonas) por acaso estava escondendo uma espingarda de cano cerrado sob o manto. (Mencionei que ele estava usando um manto? Bem, estava. Roxo-vivo).

— Parem — ordenei em voz baixa.

A pessoa que entrava na sala os ignorou sumariamente.

— Então, você é Torre Thomas — falou ele bem alto.

Algo em sua irritante arrogância opressora, o fato de ele ainda não ter idade para beber álcool e seus óculos me fizeram reconhecer na mesma hora que aquele só podia ser Noel Bittner.

— Eu tive de lidar com suas ideias limitadas a respeito do orçamento. Sei que nem todo mundo pode entender as oportunidades magníficas que a situação oferece. As forças únicas que estão trabalhando hoje são uma chance de a maestria, o orgulho e a mágica voltarem a essas ilhas!

Ele parou para respirar e Gubbins murmurou pela lateral da boca:

— Deveríamos ter deixado que atirassem nele?

Eu neguei, balançando a cabeça.

— Aparentemente é ele quem vai se ligar ao dragão — cochichei de volta.

Gubbins quis responder, mas Bittner já tinha começado outra tagarelice, armado de mais insultos.

— Esperava que uma Torre do Checquy entendesse a empolgação que cerca este acontecimento e não tivesse negado as condições apropriadas para que o dragão emergisse nesse mundo. Ouvi boatos sobre você, mas não acreditei que seria tão limitada frente à maravilha dessa ocasião. E agora... Agora acabei de saber que você permitiu soldados armados nesse local, não para guardar o filhote, mas para matá-lo!

Bittner se inclinou na mesa, falando bem perto da minha cara. Instintivamente me recolhi e notei com nojo que ele estava cuspindo na minha comida.

— Exijo que você remova suas tropas! O dragão e eu já conectamos nossas mentes e ele pode sentir o terror que eu sinto. Não posso prometer que serei capaz de acalmá-lo, mesmo com minha empatia inata.

Ele me lançou um olhar. Atrás de mim, Anthony estava tenso, prestes a esmagar o moleque, e eu tentei me fortalecer com sua presença.

— Noel — comecei, baixinho.

— Prefiro ser chamado de Perito Bittner — respondeu ele. Gubbins levantou o que chamaria de ausência de sobrancelhas, mas se absteve de comentar que tal título não existe.

— Perito Bittner, posso entender sua preocupação. — Ele bufou, atrevido, e eu continuei. — Mas você precisa entender que nem todo mundo compreende facilmente o que está acontecendo aqui. Esta é uma situação incomum, até mesmo para o Checquy.

Eu era boa com as palavras, e esse era um moleque que, com certeza, lia demais certo tipo de livro. Seu bufar atrevido mudou de maneira sutil para um bufar orgulhoso. Continuei:

— Esses homens não estão aqui por causa do dragão, mas sim para proteger os visitantes, que são excepcionalmente importantes, como requer a situação.

Bittner assentiu, relutante.

— Entendo. E não é como se tiros pudessem ferir o dragão; eu reclamo é do desrespeito.

— Fique sossegado, estamos cientes da honra que é estar aqui.

Ele gostou e assentiu de uma maneira que provavelmente julgava ser cheia de seriedade e sabedoria. Respirei fundo.

— Perito Bittner, nos acompanha no café da manhã?

Senti Gubbins se arrepiar com a ideia.

— Não — respondeu Bittner, lançando um olhar relutante ao bufê. — Estou em jejum, me preparando para esta noite. Agora preciso ir ao ovo e me unir ao dragão.

Noel Bittner saiu e empurrei o prato com uma mão trêmula. Ele não era uma pessoa assustadora, mas não gosto que ninguém fale comigo naquele tom.

— Myfanwy, não posso acreditar que você deixou aquele merdinha falar com você desse jeito — interrompeu Gubbins. — Não me importa quão talentoso ele seja, você é membro da Corte do Checquy e ele é apenas um estudante da Propriedade. — Gubbins estava farto, não apenas de Bittner, mas de mim. Respirei fundo.

— Cavalo Gubbins, ele é a única pessoa que pode se comunicar com o dragão. Se pudermos evitar que ele faça o que dragões tradicionalmente fazem, que envolve voar por todo canto queimando casas e comendo centenas de humanos antes de seguir para o norte, então bom para nós. Para isso, eu aguento quase toda merda que vier.

Gubbins se acalmou um pouco, mas eu podia ver que ele não estava satisfeito. Sem dizer nada, fiquei de pé e me servi de um novo prato de café da manhã.

Passamos o resto do dia supervisionando os preparativos para a eclosão. Era inverno e, apesar de o ovo não ter sido removido de seu buraco, não podia ser levado para um local aquecido. Dragões gostam de frio. Frio, bem frio. Então, mesmo que estivesse abaixo de zero, tínhamos um grande aparato de esfriamento montado. Também eram necessárias acomodações especiais para que os humanos observassem de perto sem morrer de frio ou sem serem mortos por um dragão recém-nascido. Um círculo de câmaras de observação foi montado ao redor do ovo, equipadas com cadeiras confortáveis, aquecedores, vidro à prova de balas, conhaque e binóculos de ópera. E havia francoatiradores muito bem agasalhados no teto. Todos os luxos de casa.

Quando o helicóptero chegou, já tinha escurecido há um tempinho. E tinha tomado uma ducha na fazenda e vestido algo um pouco mais formal. Afinal, não é todo dia que você presencia o nascimento de um dragão. Gubbins e eu estávamos parados na entrada do pavilhão, prontos para receber as últimas testemunhas da Corte.

— Boa noite, Lorde Henry — falei de maneira discreta. — Bem-vindo.

O Lorde pisou na neve, assentiu de forma benevolente e se dirigiu apressado até a sala aquecida, tirando seu pesado casaco. Gubbins o seguiu para mantê-lo confortável, deixando-me para receber Alrich, que saiu da escuridão. Os guardas ficaram discretamente tensos. Todos estavam com frio e uma leve neve começara a cair, reluzindo no brilho das luzes, mas Alrich pairava sobre o chão sem emitir um único som. Ele não deixava pegadas na neve e seu hálito não soltava vapor. Seu cabelo cintilava como sangue e ele estava vestido com uma roupa de seda preta. Esperando por ele, mesmo com o aquecimento vindo pela porta atrás de mim, eu tremia.

— Bispo Alrich — sussurrei.

Ele sorriu e assentiu de leve com a cabeça. Eu estava pronta para ele passar por mim, mas ele ofereceu seu braço e, engolindo seco, eu o aceitei. As portas de vidro se fecharam atrás de nós e comecei a recuperar a sensação dos pés. Gubbins estava apresentando a Lorde Henry vários membros-chave da equipe.

— ... e este é Noel Bittner — concluiu ele.

Bittner se adiantou à frente, pisando no meu pé. Vestia um tipo de manto de alfaiataria com um capuz, que estava abaixado. Lorde Henry olhou para ele com um sorriso afável, que se aprofundou quando Bittner fez uma profunda reverência. Eu queria virar os olhos, mas tinha de reconhecer que todos nós fazemos mesuras diante dos chefes do Checquy. Apesar de que geralmente não batemos os punhos no peito ou nos abaixamos num joelho.

— Então este é o jovem que descobriu tanto a história do ovo quanto o ovo em si — disse Lorde Henry, aprovando-o.

Vi que Peão Cahill ficou tensa, mas permaneceu em silêncio.

— Na verdade, Lorde Henry, Peão Cahill supervisionou a escavação — informei discretamente, e Bittner me olhou feio.

— Ah, claro — respondeu Lorde Henry, de forma benevolente, pegando a mão dela e dando um aperto caloroso. — Estou muito impressionado com as instalações. Torre Thomas enviou os relatórios e percebo que é uma operação de primeira. — Ela se alegrou enquanto Bittner olhava emburrado.

— Noel — falei —, este é o Bispo Alrich. — E o merdinha deu um pequeno passo para trás. Ele havia sido atraído pelo poder de Lorde Henry, mas Alrich o intimidava. Tanto que ele não me corrigiu por não usar seu título autoconcedido. Ele fez uma reverência, outro movimento coreografado, mas menos prostrado. Alrich, para meu espanto, não disse nada e deu só um pequeno aceno. Bittner se levantou incerto para olhar seu relógio.

— Lorde Henry, está quase na hora de o ovo se abrir — avisou ele. — Com sua licença. — O Lorde assentiu, e Bittner se retirou, saindo pela porta deslizante que levava para o pátio onde estava o ovo, e eu me encolhi quando o vento entrou.

Mais cedo, eu havia aproveitado para inspecionar o ovo. Azul-escuro, com a superfície levemente granulosa e coberto de terra por ter permanecido séculos enterrado, era duas vezes mais alto que eu e seria necessário quatro ou cinco de mim de mãos dadas para formar sua circunferência. Estava imóvel, com um pouco de neve sobre ele, e me deixou bem desconfortável. Bittner me convidou a tocá-lo, mas, receosa de qualquer ativação dos meus poderes, coloquei as mãos para trás e recusei. Ele respondeu com um sorrisinho insolente.

Agora o ovo estava iluminado por refletores, e a neve ao redor havia derretido. Uma passarela de madeira se esticava até ele, e foi por ela que Noel Bittner caminhou, com seu manto esvoaçante. Nas galerias de observação que cercavam o ovo, técnicos, biólogos, historiadores e uma equipe com câmeras o observavam com atenção. No telhado havia um cinturão de homens do Checquy armados com vários tipos de armas. Os textos históricos eram nebulosos sobre como matar um dragão, já que ninguém na história registrada tinha conseguido fazer isso. Na nossa seção, nos acomodamos em vastas poltronas e aceitamos as bebidas oferecidas por um mordomo. As luzes diminuíram acima de nós, mas as do pátio ficaram mais fortes, então podíamos ver tudo claramente.

Bittner estava equipado com um rádio, então cada reação e observação suas podiam ser registradas para posteridade. Ele respirava fundo. Eu suspeito que era de propósito. Sua pose era, na minha opinião, dramática até demais — ele abriu os braços, e seu manto fino esvoaçou ao vento. Creio que ele achou que, naquele frio congelante, iria causar grande impressão, mas depois da entrada de Alrich qualquer coisa abaixo da nudez completa não impressionaria. Além disso, eu nunca tive paciência para posers.

— Está quente sob minhas mãos — ouvimos Bittner falar pelo interfone. — Eu diria que temos dois minutos.

Uma das vozes dos cientistas veio em seguida:

— Todos os observadores, coloquem seus óculos e bolsas protetoras.

Um garçom apareceu com uma bandeja cheia de óculos, que pareciam antigos óculos de motorista. Também trouxe uns aventais preenchidos de chumbo que colocamos sobre nossos colos.

— Um minuto — anunciou Bittner.

Eu alisei minha saia, ansiosa, e recoloquei a bolsa no colo.

Ao meu redor, os outros observadores estavam tensos, mas Alrich, como sempre, estava completamente parado, sem respirar. Todos nós estávamos olhando para as mãos brancas de Bittner sobre o ovo e ouvindo sua voz no interfone.

— Está se mexendo. Posso sentir os movimentos. Seus músculos estão se flexionando dentro da casca. — Ele estava enfeitando a ocasião o máximo que podia. E por que não? Afinal, esse é o tipo de coisa que pode fazer a carreira de uma pessoa no Checquy.

Além disso, agora eu também podia sentir.

Estava lá, um leve tremor nas fronteiras da minha percepção. Olhei ao redor para ver se os outros também podiam sentir, mas estavam todos atentos ao adolescente prodígio se comunicando com o monstro que despertava. No último momento, tive uma pontada de dúvida. Dragões devastaram a Europa anteriormente, matando em proporções incontáveis. Na nossa frente, estava o último de uma dinastia que desapareceu no século XIV. Uma manifestação de última hora da linhagem, e estávamos assistindo seu nascimento.

Eu senti o movimento da casca. Os músculos se flexionaram contra sua contenção, e os meus se contraíram numa empatia inconsciente. Eu senti meu estômago se revirando de pânico. Normalmente, para usar meus poderes, preciso tocar a pessoa. Uma vez ou outra, quando alguém está sob grande pressão física ou mental, tenho vislumbres do que ela sente. Mas isso era diferente. Meus dedos se fecharam como se fossem garras e lutei contra meus músculos para esticá-los. Eu queria abrir os dedos e gritar.

Bittner ficou em silêncio, mas ainda podíamos ver o ovo balançando levemente. Então, uma garra cortou a casca, esfaqueando-a como um punhal. Foi um gesto limpo, controlado, cortando o ovo e tirando pedaços de seis polegadas. Com uma rapidez chocante, o ovo não estava mais lá e pudemos ver uma massa de escamas marrons. Bittner abriu seus braços e o dragão se desenrolou, esticando os membros, estalando tendões. Um pescoço sinuoso emergiu no topo. Asas enormes, na forma de presas, foram desenroladas para cima. Nós observamos enfeitiçados.

— Meu Deus — sussurou Alrich.

A respiração de Bittner estava irregular no interfone. Nós o ouvimos ofegando pouco antes de o dragão jogar sua cabeça para trás e gritar. Pulmões de séculos atrás se encheram de ar pela primeira vez. Olhos se abriram e viram a primeira luz. E eu estava sentindo tudo. Ele gritou mais uma vez, mais alto, e nós tapamos os ouvidos.

— Torre Thomas? — perguntou Cahill, incerta, e eu vi que ela estava pronta para dar a ordem aos francoatiradores.

— Não! — gritou Bittner, se virando para nos encarar. — Vocês não podem! O dragão e eu estamos nos unindo! Nós dividimos um êxtase uni...

Ele foi interrompido quando o dragão abruptamente se esticou e arrancou sua cabeça.

Coloquei as mãos sobre a boca, mas meus olhos estavam grudados na cena. Ao meu redor, todos reagiram. Pessoas se levantaram, derrubando suas cadeiras. Algumas gritaram. Uma ou duas vomitaram. Alrich explodiu em gargalhadas. Anthony colocou sua mão no meu ombro, como se quisesse me guiar para longe, e Cahill gritou no rádio, dando a ordem de atirar. Na nossa frente, o pátio foi tomado de flashes quando os soldados abriram fogo. Balas jorraram e o vidro vibrou quando as balas ricochetearam do dragão. Eu tinha autorizado vidros mais reforçados; esse é o tipo de vidro atrás do qual se senta o Papa. Havia muita fumaça e o dragão sumiu de vista. Seu rabo bateu contra o vidro, depois voltou a desaparecer. Então uma torrente de fogo irrompeu, iluminando a fumaça e a neve.

— Status? Status? — gritava Cahill.

Não houve resposta e a fumaça se esparsou aos poucos. O dragão estava empinado em suas pernas traseiras, ileso, batendo as asas suavemente. Pelo pátio se espalhavam os corpos dos soldados. Alguns estavam no telhado, queimando. Havia corpos destroçados no chão. Um homem escorregou contra nossa janela, suas entranhas pintando o vidro de vermelho.

— Aaaah... porra — falou Anthony atrás de mim.

O dragão se esticou, abocanhou meio vigia e começou a devorá-lo, fazendo uma sujeira. Com dedos trêmulos, peguei meu celular e disquei.

— Aqui é Torre Thomas. Pode me ouvir, Monica?

— Sim, senhora. — Veio a voz dela.

Ao fundo, o vento assobiou e eu a visualizei, protegida contra o frio, seu cabelo preso, observando as estrelas se movimentarem acima dela enquanto esperava, paciente, imóvel. A cabeça do dragão abaixou, olhando ao redor, e através do vidro. Ele nos viu. Senti seus músculos tensionando e suas garras se abrindo.

— A coisa ficou feia. Comece agora, por favor. — Eu estava orgulhosa por minha voz não tremer.

— Sim, senhora. — Monica desligou, e eu me virei para a Peão Cahill, que observava em estado de choque o que fora sua tropa.

— Peão Cahill, feche as persianas, por favor. — Ela olhou para mim sem entender e eu agarrei a mão dela. — Feche as persianas! — Um choque passou pelo corpo dela; ela se voltou para mim com olhos esbugalhados e acionou os controles ao seu lado. Nossa visão do dragão foi cortada quando uma massiva cortina de ferro subiu do chão.

— Thomas, que diabos está acontecendo? — indagou Lorde Henry, me agarrando firme pelo ombro e me virando para encará-lo. — Exijo que me diga...

Ele parou de falar e os outros também ficaram em silêncio, porque eles podiam ouvir o que estava acontecendo. Acima de nós, houve um grito excruciante que crescia em volume e intensidade. Crescia, crescia e crescia, e nós todos nos protegemos quando o som entrou em nossas cabeças e ecoou por nossos ossos. Então, com um estalo ressoante, uma onda de choque, vibrando através das persianas e rachando o vidro, apesar de não despedaçá-lo, chegou. Silêncio.

Eu me estiquei para tocar o botão que Cahill tinha pressionado e as persianas deslizaram para baixo. No pátio, os refletores estavam apagados, mas podíamos ver o corpo do dragão caído no chão. Sua cabeça fora cortada do corpo com precisão e, junto dele, calma, atenta e coberta de vísceras fumegantes de dragão, estava a Peão Monica Jarvis-Reed, que havia acabado de chegar de seis quilômetros acima de nós armada apenas com seu corpo indestrutível e algumas roupas fáceis de limpar.

Depois disso, como você pode imaginar, a noite terminou rapidinho e, se me dá licença, vou desmaiar de exaustão.

Com amor,
Eu.

23

As duas mulheres estavam deitadas no chão, com poeira caindo silenciosamente sobre seus olhos. Suas roupas estavam duras de tanto bolor e os membros do culto continuavam seus cânticos. Um pouco à frente, Goblet, o homem porco-espinho, continuava deitado de uma forma que sugeria que ele não iria a lugar nenhum nem faria nada por um tempo. Sob a camada de penugem, o telefone de Shantay tocava, com uma versãozinha eletrônica do tema de A *Família Addams*.

Myfanwy levantou e se sentou, ofegante. Respirou fundo o ar úmido e seus dedos rasparam o chão enquanto seu corpo todo se esforçava para bombear oxigênio. Ela pegou o cantil com água em seu cinto e passou um longo tempo gargarejando e cuspindo, tossindo o que agredia seu sistema. Por fim, ela conseguiu olhar ao redor e atender ao telefone.

— Alô? — falou ela com a voz rouca.

— Myfanwy? — Era a voz de Poppat; ele soava nervoso o suficiente para ter esquecido o protocolo. — Graças a Deus! Estávamos prontos para destruir e queimar todo o local! Esse telefone está tocando há 45 minutos!

— Sério? — perguntou Myfanwy, meio fora do ar. — Bem, não faça nada com a casa, descobri qual é o problema.

— Brilhante — disse Poppat. — A Bispo Petoskey está bem?

— Ah, sim — respondeu Myfanwy, encostando-se na amiga ainda prostrada. — Ela vai ficar bem em um minuto ou dois, e essa situação toda vai ser resolvida em cerca de meia hora. — Então ela observou o mofo que cobria a sala. Enquanto estava inconsciente, novos ramos de fungos cresceram nas paredes, cobrindo a porta e tecendo uma barricada pelas janelas. — É, meia hora... mais ou menos.

— Posso pelo menos mandar alguns soldados? — perguntou o Peão.

— É melhor não — respondeu ela, observando um novo ramo que crescia devagar e se estendia pelo teto. — Eu ligo de volta quando estiver tudo bem.

— Mas tem certeza de que está bem aí?

— Sim. Ligo daqui a pouquinho.

— Mas e se... — Ele começou, mas ela desligou.

— Cara bacana, mas precisa tirar o manual do rabo. — Ela apontou para os cantores zumbindo. — Claro que vocês aí têm os próprios problemas, mas pelo menos não dependem de procedimentos padrão de operações. — Suspirou e olhou com desprezo para o mofo cobrindo suas roupas e sua pele. Coçava e parecia ser feito de partes iguais de bolor preto e alguns esporos virulentos, de tom vermelho-alaranjado.

Myfanwy buscou em sua mente o sistema que ela tinha mapeado enquanto tocava os membros do culto. Quando descobriu como tudo funcionava, o sistema se mostrou... bem, na verdade se mostrou horrendamente complexo. Mas pelo menos agora ela o entendia. Com uma manobra mental, ela interrompeu todas as pequenas conexões que tornavam os esporos maiores. Soprou a pele e os pequenos flocos voaram mortos pelo ar.

Então esticou seus dedos e tocou as costas de uma das mãos de Shantay. Sob seu toque, espirais prateados se espalharam pela pele da Bispo, a engrossando e endurecendo até ela ficar toda coberta de metal. Seu cabelo zumbia e estalava enquanto o metal se enrolava sobre ele, como uma escultura feita pelo mais habilidoso dos artesões. O mofo que cobria sua pele foi raspado para fora pelo metal que se espalhava, e Shantay reluziu na escuridão.

Myfanwy olhou receosa para sua amiga, uma modelo de passarela afundada em mercúrio. Seu dedo pousado em uma das mãos de Shantay estava encardido em comparação com a perfeição brilhante abaixo dele. Mas ela resistiu à vontade de retirá-lo e mandou outra mensagenzinha através da pele de metal, que passou pelo sistema de Shantay. Ela estremeceu, como se tivesse levado um choque elétrico. Uma vez, duas vezes, então se sentou, abrindo os olhos. Enquanto sua pele estava prateada, seus olhos ficavam duros e brilhantes, como gemas negras.

— Acordando, acordando — disse Myfanwy. — Desculpe não ter café nem chá, mas é o que você recebe por dar uma cochilada num local de manifestação sobrenatural.

— *Isso* — falou Shantay, rouca — não teve graça nenhuma. Parece que eu escovei meus dentes com um pedaço de pão embolorado.

— É, bem, não vá surtar. — Myfanwy suspirou. — Já descobri o problema.

— Então você sabe como parar tudo isso?

— Claro, é simples como fazer *isso*.

Myfanwy piscou. E os cânticos pararam.

— Peraí, o que foi que você fez? — perguntou Shantay.

Elas estavam sentadas no saguão de um hostel esperando um carro para buscá-las, cercadas por uma multidão de mochileiros da Austrália e dos Estados Unidos. As duas insistiram em tomar banho depois que saíram da casa, mas os quartéis-generais do Checquy em Bath estavam cheios de Peões, soldados e médicos, todos tentando fazer várias coisas ao mesmo tempo. Sem dúvida eles teriam aberto o caminho para elas diante da superioridade hierárquica de Myfanwy, mas a necessidade deles era maior. Não havia vaga em nenhum hotel ("Há algum tipo de convenção na cidade, Torre Thomas. Sinto muitíssimo"), então era o hostel ou nada. Aparentemente não é mais permitido usar os banhos romanos de Bath, nem se você é uma Torre.

— É difícil descrever, mas envolveu desligar o fluxo de instruções do fungo para os hospedeiros. O principal é que fui capaz de silenciá-los e de abrir todos os pequenos casulos no porão, onde estavam nossas tropas — explicou Myfanwy.

— Sabe o que eles estavam tentando fazer? — perguntou Shantay. — Quer dizer, além de cultivar algo que parece com o que há atrás da minha geladeira?

— Bem, nosso amigo com os espinhos não disse que ele estava preocupado que aquilo se espalhasse? Talvez fosse comer Bath ou algo assim. Estava crescendo, não ia parar.

— Uma bomba de mofo? — perguntou Shantay olhando ao redor, irritada por ter levado um esbarrão de um universitário carregando uma mochila com o dobro do seu tamanho.

— Acho que sim. Mas não é isso que está me preocupando — disse Myfanwy. Ela franziu o cenho por um momento enquanto pensava. — Há algo estranho em Goblet.

— Talvez o fato de ele ser um alto executivo da organização que pratica atividades traiçoeiras?

— Bem, admito que ele é um pouquinho peculiar — confessou Myfanwy. — Mas não é isso.

— Talvez o fato de ele ter envolvido sua contraparte na conspiração, na frente de uma importante representante de um governo estrangeiro?

— Bem, não *apenas* isso — respondeu Myfanwy, um pouco irritada.

— E quanto a termos de voltar para Londres para aquele jantar e você estar um caco?

— Sabe, você não está ajudando muito. Ah, o carro está aqui. Graças a Deus.

— Então, isso significa que não vamos experimentar as Águas? — perguntou Shantay.

Norman Goblet

Goblet foi admitido na Propriedade em uma época de mudanças. O currículo original e a filosofia da Propriedade até então eram uma combinação de mentalidade pós-guerra e das tradições do Checquy — um híbrido de acampamento militar e união de trabalhadores. Foi, com certeza, um aperfeiçoamento sobre o enfoque mestre-aprendiz anterior, mas, depois de algum tempo, o Checquy decidiu que um novo sistema era necessário. Mudanças drásticas foram feitas. Com essa reforma da Propriedade e de seus métodos, algumas bizarrices não foram muito bem desenvolvidas e, na minha opinião, Norman Goblet é uma dessas bizarrices.

Ou melhor: a maior das bizarrices.

Recrutado aos 12 anos, ele foi o queridinho de seus professores. Essa nova metodologia da Propriedade tinha como base o clássico modelo de colégio interno. Então, ela foi reestruturada como um tipo de Eton com tentáculos. Em todo caso, em cada academia assim, há sempre um aluno que joga direitinho, que se torna o chefe da casa (sim, eles tinham casas naquela época. Graças a Deus foram inutilizadas algumas décadas atrás), tem notas que são boas o suficiente para mantê-lo fora dos últimos da lista, mas não tão boas a ponto de marcá-lo como CDF, e bajula tanto o diretor que o deixa com o saco arrastando. Goblet era assim. Sua habilidade de detonar só era equiparada a sua habilidade de puxar o saco. Naturalmente arrogante e cheio de pompa, ele seria um membro ideal da Corte. Então não foi surpresa ele ter sido designado capitão da escola e estar destinado à grandeza no Checquy.

Não foi pouca a satisfação dos seus colegas quando ele deixou de cumprir a promessa que parecia ser. Depois de um desempenho nada notável no Annexe, foi transferido para Bath, naquela época o maior local de ação nas Ilhas Britânicas. Acredito que isso aconteceu por ele ter sido recomendado por seu velho diretor, que queria muito ver seu garoto de ouro prosperar. Mas ele não conseguiu, permanecendo em Bath mesmo depois que o número de ocorrências sobrenaturais minguou. Por fim, ele foi designado chefe da região, em parte por puro embaraço do Checquy, em parte porque era óbvio que não haveria muita atividade lá para ele fazer merda.

Eu me encontro com Goblet duas vezes por ano, uma vez na sessão de revisão anual, quando todos os chefes das regiões vêm ao Rookery, e na confraternização de Natal dos executivos. Para ser bem sincera, ele não me parece digno de nota. Meio amarguinho, mas posso entender isso. Prometeram tanto a ele um assento na Corte e isso nunca aconteceu. O que foi bom para a nação, mas não tanto para Goblet.

— Ingrid, todos os corpos de Gestalt virão para a recepção desta noite? — perguntou Myfanwy, segurando o celular com o queixo enquanto folheava o fichário roxo. Ela e Shantay estavam voando de volta para Londres e ela estava tentando encontrar a parte que descrevia as penalidades para traição. Tinha passado o olho por essa parte alguns dias atrás e lembrou de haver uma longa lista de punições, culminando com a parte culpada sendo ritualmente pisoteada até a morte pela população da vila de Avebury, o que parecia pouco provável de acontecer hoje ou, pelo menos, difícil de arranjar.

Na casa de mofo, ela passou um bom tempo pensando em como fazer os espinhos de Goblet se retraírem. Então, ela cobriu sua cabeça com o paletó e o guiou pela mão para fora da casa e para dentro do trailer, tomando muito cuidado para não deixar ninguém ver quem ele era. Myfanwy não queria que todos soubessem que um membro do alto escalão do Checquy fora responsável pela coisa toda. Ela deu um jeito de Goblet ser transportado para o Rookery e colocado em um lugar onde ele não seria inconveniente. Do jeito que tudo aconteceu, parecia que o incidente iria entrar no reino da lenda dos Peões. Supostamente, não havia acontecido nenhuma ameaça nas últimas quatro décadas que os Barghests não pudessem superar. E agora, a Torre magricela, aquela que vomitou na piscina da Propriedade uma vez, entrou depois que a equipe de choque foi engolida e saiu reclamando que precisava de um banho e de uma caixa de chocolates.

Quando Myfanwy chegou ao trailer, encontrou sua equipe bastante alerta, ávida e propensa a seguir ordens. Um contingente de cientistas do Checquy, que estava esperando em um compartimento estéril do trailer, com bisturis a postos, entrou na casa com cuidado depois que ela assegurou que eles não corriam perigo de ser engolidos. Um Peão armado com motosserra entrou no porão e passou uma meia hora fatiando os casulos que ela indicou. Dentro deles estavam os Barghests, todos em um justificável estado de mau humor. Os membros do culto foram removidos de seus pequenos casulos acinzentados, e documentados, em uma tentativa de descobrir quem eram. A casa toda foi coberta com plásticos gigantescos e com alertas terríveis sobre amianto. Amostras de tudo da casa estavam sendo coletadas, para serem estudadas em detalhe.

— Sim, Torre Thomas — respondeu Ingrid calmamente no telefone. — O Lorde e a Lady gostam do efeito dos quatro corpos juntos e eles querem impressionar bem os americanos. Eles esperam que você use algo formal. Posso sugerir o vestido carmim? Aquele que a grega a fez comprar?

Houve um longo e desconfortável silêncio, já que Myfanwy não fazia ideia do que sua assistente executiva estava falando. Um vestido carmim? Que coisa atípica para ela. Até onde Myfanwy sabia, tudo no guarda-roupa de Thomas era preto, cinza ou branco.

Ingrid suspirou.

— Val me disse que está no guarda-roupa de seu quarto de hóspedes, junto com essas outras roupas que a grega a fez comprar e que você nunca usa. Vou mandar instruções de como vesti-lo.

— Nossa! — falou Myfanwy, que estava lendo sobre alguns detalhes administrativos. — Achei que seria uma reunião íntima.

— Bem, são apenas os membros da Corte e suas comitivas — comentou Ingrid. — E os enviados da Croatoan e suas comitivas.

— Espere um segundo — interrompeu Myfanwy se virando para Shantay, que estava ocupada verificando e-mails. — Shan, você tem uma comitiva?

— Sim — disse Shantay, num tom que sugeria que ela também tinha uma espinha, um nariz e várias outras coisas que são consideradas naturais.

— E onde estão essas pessoas? Por que não estão com você? E, não leve isso para o lado pessoal, mas por que eles não estão te entretendo, para que você não tenha de participar de um trabalho em campo?

— Eles tiveram de vir em um voo regular, então ainda estão chegando no hotel.

— Entendi... Ingrid e a... *minha* comitiva, vai estar pronta? — perguntou ela, hesitante. Desde o dia em que havia assumido essa vida, não tomou conhecimento de nenhuma comitiva específica. Talvez Thomas tenha escolhido não ter uma.

— Eu vou ao cabeleireiro daqui a uma hora — avisou Ingrid — e mandei a eles instruções para seu cabelo, então vão estar prontos para você quando chegar. Como guarda-costas acha que Anthony é aceitável?

— Sim, parece ótimo — disse Myfanwy.

Então Ingrid e Anthony são minha comitiva.

— Excelente, então vamos encontrá-la em sua casa meia hora antes do pôr do sol.

— Claro — concordou Myfanwy.

Parece que estou indo para o colégio da formalidade.

— Não posso vestir isso! — exclamou Myfanwy, horrorizada.

Val caminhou até o quarto de hóspedes e parou assim que viu o vestido que Myfanwy estava segurando.

— Você não pode vestir isso! — repetiu a empregada.

— Sim, eu sei — falou Myfanwy, tremendo de frio e vestida só de lingerie. — Prefiro ficar só de lingerie do que usar este vestido!

— É como se todo o tecido que deveria estar na parte de cima tivesse migrado para baixo — disse Val.

— Verdade — confirmou Myfanwy, que olhou pensativa para o próprio peito e se perguntou como a roupa ficaria no lugar. Como Thomas poderia se dizer tímida e discreta quando tinha uma peça que envergonharia uma cortesã veneziana? Não que o vestido fosse tão indecente ao ponto de sugerir muita autoconfiança. Ele era extraordinário e inegavelmente não ortodoxo. Ficaria incrível em qualquer mulher, mas em Thomas seria chocante.

Na verdade, todos os trajes do quarto de hóspedes representavam uma dissidência dramática na aparente sensibilidade de Thomas para a moda. Myfanwy abriu as portas do armário e deu alguns passos para trás, chocada com as roupas que via. Era um jardim de cores. Uma variedade incrível de vestidos, saias e trajes, todos muito bem cortados e gritando por atenção.

— A que tipo de festa você vai? — perguntou Val.

— É trabalho — respondeu Myfanwy, perdida.

— Formal?

— Em certo nível.

— Está bem. Bom, não se vê muitos desses vestidos com cauda hoje em dia, a não ser em casamentos.

Em qualquer casamento no qual este vestido apareça, a noiva teria de ter uma mente aberta pra caramba. E poderia muito bem celebrar a lua de mel no altar.

— Vamos encontrar os americanos — explicou Myfanwy.

— Oh! — disse Val, rearranjando as ideias.

— Então você acha que dá para passar?

— Acho que qualquer uma pode passar com ele, dando uma ajustadinha — respondeu Val, séria. — Além disso, seu cabelo está lindo, e com algumas joias você vai ficar bem especial.

Quando soube que o evento era internacional, ficou evidente que Val o encaixou na mesma categoria do Oscar ou da Segunda Guerra Mundial. Ela começou a se agitar como se Myfanwy fosse sua filha indo ao baile de formatura. Mais familiar com certos aspectos da casa do que Myfanwy, Val pegou uma caixa de joias e tirou um grande colar metalizado para preencher o lugar do tecido ou seja lá do que for que estava faltando na parte de cima do vestido. Num aperto, ele também poderia ser usado para surrar alguém até a morte sobre os canapés.

Aos poucos, juntas, elas descobriram como Myfanwy deveria se encaixar no vestido e por onde cada faixa deveria passar e prender. Quando Myfanwy ficou pronta e se viu na frente do espelho, elas perderam o fôlego.

— Bem — disse Val. — Bem.

Era glorioso e, de uma certa forma, alienígena. Myfanwy parecia ter tomado banho no sangue de dez estilistas. O artista do salão soubera exatamente como fazer o penteado e a maquiagem que completavam o vestido, que fora feito para ela. Tudo o que deveria estar coberto estava coberto. Era firme e se enrolava nela, e, apesar de Myfanwy odiar admitir, a fazia ficar deslumbrante. Era um vestido feito para chamar atenção.

— Você parece a Cinderela — comentou Val, admirada.

— É, se ela curtisse uma amarração e tivesse Christian Dior de fada-madrinha.

— Se pelo menos você tivesse um homem para acompanhá-la — disse Val com tristeza, revertendo ao modo mãe-preocupada.

— Só agradeço não haver metal ou couro nesse troço — brincou Myfanwy. *Ou espinhos.* Elas olharam para o vestido um pouco mais e foram despertadas de seus devaneios com o som da campainha.

— Pronto! Chegou seu carro — avisou Val. — Está com tudo de que precisa?

— Com exceção de um colete à prova de balas e uma arma — replicou Myfanwy, que, na corrida para se aprontar, havia se esquecido das revelações sobre a traição de Gestalt.

— O quê?

— Brincadeirinha.

24

A Apex House parecia um palácio de contos de fadas, com os holofotes multicoloridos pintando seus pilares da frente de cores vivas enquanto a noite caía. O crepúsculo terminava quando o carro de Myfanwy estacionou na frente. Um dos guarda-costas dela, Anthony, um japonês bem gordo e que falava com um sotaque escocês carregado, estava vestido em trajes tradicionais escoceses. Seu *kilt* poderia ser usado como um tartã para cobrir um sofá, e seu *sporran* era tão pesado que dava a impressão de que ele cairia para trás. Ainda assim, ela teve presença de espírito para cumprimentá-lo pela sua aparência. Um fluxo incompreensível de sílabas saíram de seus lábios. Myfanwy foi incapaz de dizer se era japonês, gaélico ou um híbrido de ambos. Ela apenas sorriu, de maneira educada, em resposta.

Antes de entrarem, fizeram uma pausa para Ingrid ajeitar a roupa de Myfanwy e garantir que nada estivesse amassado. A secretária também não estava nada mal em seu vestido roxo, apesar de não estar, nem de longe, tão diferente como Myfanwy.

— Estou tão feliz que você comprou esse vestido, Torre Thomas. É um verdadeiro progresso, e lhe cai bem.

— Você acha?

— Lógico. Certamente vai atrair olhares.

— Ah... que bom.

Elas atravessaram os corredores e, por todo lado, Peões e Serventes abriram espaço, fazendo leves reverências. Era imaginação de Myfanwy ou os funcionários estavam aproveitando a oportunidade para dar uma olhadinha na metade de cima do seu vestido? Julgando pelas reações das mulheres, a novidade na vestimenta dela iria passar pela via expressa da fofoca bem rápido. Combinado ao que ela aprontou em Bath, isso significava que sua imagem corporativa estava prestes a passar por uma grande mudança. Atrás de Myfanwy, à sua direita, flutuava Ingrid com um olhar de calma eficiência. À sua esquerda, vinha o pesadão Anthony. Eles entraram no salão e os Bispos e Cavalos já estavam lá, com seus séquitos, todos aparentando classe e poder.

Bispo Grantchester usava um smoking feito sob medida, com fios de neblina escura saindo artisticamente de seus braços e ombros. Formavam um rastro atrás dele conforme se movia pela sala. Cavalo Eckhart estava usando um uniforme militar. Cavalo Gubbins também usava um smoking, apesar de estar bem amarrotado. Ele parecia estar se esforçando ao máximo para não se contorcer em poses indignas.

Entretanto, foi Bispo Alrich que fez o queixo de Myfanwy cair. Ele estava usando um quimono de seda preto, bordado intrincadamente com fios de um carmim metálico profundo. Era tão longo que se arrastava pelo chão atrás dele, apesar de não tanto quanto o vestido de Myfanwy. Penas enormes saíam de seus ombros, dobradas para trás e para cima como lâminas. Era um traje de elegância decadente e bizarra. Seu cabelo castanho avermelhado estava penteado para trás, num rabo frouxo. Ele notou o olhar de Myfanwy e deu um sorrisinho enquanto examinava cada aspecto do traje dela. Pareceu que ele aprovou, porque seu sorriso se alargou.

Gestalt chegou, todos os quatro corpos dele caminhando fluidamente. Por mais que Myfanwy odiasse admitir, eles estavam impressionantes. A mente por trás deles havia decidido tomar vantagem da similaridade notável dos corpos e os vestiu de forma idêntica, num azul-marinho vivo. Myfanwy estudou Eliza, a única que ela ainda não tinha visto. Ela estava adorável, com seu cabelo encaracolado atrás da cabeça. Quando os quatro gêmeos se viraram para olhá-la, Myfanwy ficou tensa, mas nada aconteceu.

O Lorde e a Lady chegaram com honrarias. Ele, resplandecente num uniforme militar e trazendo tantas medalhas que quase formavam uma armadura; ela, com um vestido clássico de noite. Todos conversavam educadamente e ninguém olhou para o vestido de Myfanwy ao ponto de ser rude. Os Serventes circulavam com cautela, prestando atenção para não trombar com ninguém que poderia destruí-los por acidente. As vestimentas de Alrich e Myfanwy, em particular, ofereciam dificuldades, já que se projetavam de formas inesperadas. Finalmente, os enviados Croatoan foram anunciados.

Bispo Morales entrou primeiro, acompanhada de dois homens, ambos os quais pareciam halterofilistas. Ela era uma senhorinha de ascendência mexicana. Chegou com uma bengala e estava vestida em algo negro e caro. Myfanwy foi encarregada de apresentar a Bispo aos chefes da organização. Farrier e Wattleman a cumprimentaram formalmente e o resto da Corte se apresentou. Então Shantay entrou, tão maravilhosa quanto era de se esperar, considerando que ela tinha acesso a todas as lojas de Rodeo Drive e o tipo de porte que, de acordo com algumas histórias do Checquy, as pessoas de fato *vendiam* suas almas para ter.

Cumprimentos foram trocados e os garçons andaram pelo grupo. Myfanwy se preocupou que a sala de bailes tivesse uma possível decoração sem graça, mas era um espaço enorme com lustres brilhantes, colunas lindamente esculpidas e grandes arranjos de flores. O lugar perfeito para uma festa.

— Vamos jantar em cerca de quinze minutos, Torre Thomas — cochichou Ingrid para ela.

Myfanwy assentiu em agradecimento e voltou a prestar atenção no que um dos Serventes de Eckhart estava dizendo. De lá, foi sugada para uma conversa com Shantay, Gubbins, Wattleman e Robert Gestalt. O bate-papo era tão cortês a ponto de ser incômodo, todos os participantes evitando mencionar os Grafters e só falando amenidades. A discussão sobre a ameaça Grafter iria ocorrer no dia seguinte, com uma agenda formal e minutos contados. Então, Myfanwy passou a maior parte do tempo olhando para Gestalt com receio e se perguntando qual seria a melhor forma de expor sua traição. Ela havia acabado de decidir que pediria a Ingrid que marcasse horário com Farrier e Wattleman na manhã seguinte, quando Gubbins começou a comentar as atividades do dia.

— Então, Bispo Petoskey, soube que você teve uma aventura e tanto hoje, acompanhando Torre Thomas a um dos nossos focos de manifestação. — Shantay olhou para Myfanwy e pareceu um pouco receosa, como se não tivesse certeza do quanto ela podia dizer. — Claro que foi tudo perfeitamente legal, Lorde Henry — assegurou Gubbins. — Sob os termos do Pacto Sororitas, nossos primos americanos têm permissão de visitar pontos de manifestação.

— De fato — concordou Wattleman, sem parecer particularmente feliz com a informação. — E para onde você foi, Bispo Petoskey?

— Ah — titubeou Shantay, que era a única pessoa além de Myfanwy ciente da aparente traição de Gestalt ao Checquy. — Bem, foi...

— Bath, não foi? — falou Gubbins para ajudá-la.

— Onde? — interrompeu Gestalt, observando Shantay e Myfanwy com certa tensão.

— Ah, sim — continuou Gubbins, alegre. — Algo sobre uma casa cheia de pessoas gerando um fungo, não foi? Eu gosto de ouvir as transmissões toda vez que os Barghests vão à campo.

Gestalt ficou rígido e lentamente deslizou uma de suas mãos para dentro do casaco. Myfanwy o sondou para saber como ele estava se sentindo e percebeu que o Torre estava segurando uma arma. Ela respirou fundo e foi em frente.

— Torre Gestalt, eu o acuso de traição contra o Checquy e o Reino Unido das Ilhas Britânicas!

Todo o ambiente congelou e as conversas silenciaram enquanto as cabeças se viravam. Com o reflexo de um raio, Robert Gestalt puxou sua arma e apontou para o rosto dela. Ela viu nos olhos dele a vontade de atirar e teve um momento de pura satisfação quando ele percebeu, para seu grande espanto, que não era capaz de apertar o gatilho.

Ah, sim, sou eu que estou no controle.

Ela se concentrou em fazê-lo jogar a arma longe, em um canto da sala. Mas, pensando melhor, ela fez com que ele se jogasse na direção oposta, direto em um dos grandes arranjos de flores.

Por um momento, tudo na sala ficou paralizado — até os outros corpos de Gestalt olharam espantados. Então o lugar pareceu explodir em ação. Pela sala houve um grito quando um gêmeo Gestalt deu um tapa em Lady Farrier e empurrou um dos Serventes sobre um garçom. Uma bandeja de aperitivos saiu voando. Outros dois gêmeos sacaram armas e algumas facas de combate de aparência assustadora, e Eliza virou a bebida de uma mulher. Os três gêmeos começaram a gritar ordens incisivas. Myfanwy estava distraída demais pela visão dos garçons caindo mortos no chão para captar todas as palavras, mas lembra de ter ouvido *levante* e *peguem eles*.

Em resposta, vários Serventes que estavam espalhados pela sala sacaram armas e começaram a se mover de modo ameaçador em direção aos membros da Corte. Três deles avançaram até Conrad Grantchester. Parte da sala foi abruptamente tomada pela escuridão quando o Bispo soltou um jorro de fumaça preta por seus poros. Ingrid e Anthony foram engolidos pela neblina e Myfanwy teve um vislumbre deles sendo atacados por duas outras pessoas de roxo. As pessoas tossiam e caíam umas sobre as outras, e era possível ouvir a voz inconfundível de Joshua Eckhart xingando, confirmando que reteve todo o vocabulário aprendido com seus deploráveis pais. Houve o som caótico de tiros disparados e todo mundo se abaixou.

A Bispo Morales pegou a mão de seus dois Serventes e se foi de forma tão abrupta que de fato doeu na vista de Myfanwy.

Robert Gestalt estava se levantando, todo molhado e com pedaços de plantas caindo dos ombros. *Ah, não*, pensou Myfanwy, *você não vai se envolver nisso*. Ela dirigiu os pensamentos para ele e o fez escorregar. Então, ela prendeu o corpo dele com sua mente, congelando cada junta.

Os Serventes de Shantay estavam caídos, atingidos em sucessão pelos gêmeos Gestalt. Myfanwy viu, para seu horror, que alguns Serventes do Checquy haviam de fato se virado contra os membros da Corte. Um dos secretários de Gubbins fez um garrote de arame na cabeça de seu mestre e começou a esganá-lo. O guarda-costas de Farrier a chutou nas costelas e estava sobre a velha dama com uma faca. A sala estava cheia de gente tentando matar umas às outras. Por sorte, ninguém havia feito nenhum movimento em direção a Myfanwy ainda e ela recuou um pouco.

Eliza Gestalt estava puxando sua pistola e Myfanwy libertou Robert de seu domínio para congelá-la, enquanto ela mirava para atirar em Wattleman. Atrás de Myfanwy, o irmão se levantou e começou a lutar com um dos guarda-costas do Lorde. A Torre podia sentir Gestalt se contorcendo contra sua mente, e ela amarrou seus pensamentos ao redor do Torre traidor. Sua visão recuou enquanto ela olhava pelos olhos de Eliza.

Por alguns segundos, ela pôde ler o corpo de Eliza. Sentiu os músculos contraídos, as mãos com calos diferentes e a sensação desconfortável de estar menstruada. Então ela recolheu mais informações. Suas pernas foram depiladas recentemente e havia pedaços de comida entre os molares. Ela podia sentir as cicatrizes dos ferimentos acumulados durante os anos: linhas brancas nos nós dos dedos e no verso das mãos, uma no estômago e a leve dor de marcas nas costas feitas por algum tipo de garra.

Myfanwy segurou firme até que um dos Serventes de Grantchester a chutou atrás dos joelhos, derrubando-a no chão e perturbando sua ação sobre Eliza. O Servente pisou nos tornozelos dela e ela gritou, soltando Gestalt involuntariamente.

Eliza piscou algumas vezes e se dirigiu para o boquiaberto Wattleman, atirando na cabeça dele. O velho despencou, caindo nos braços da abismada Shantay. Alguns metros à frente, Gubbins ainda lutava com seu Servente, que tentava sufocá-lo. Myfanwy olhou de volta para o homem que a derrubara e o viu tirando uma longa faca de dentro do casaco. Ela procurou controlar a dor que pulsava em sua perna, entrou na mente dele e o forçou a esfaquear a si mesmo na coxa, e então se virou para a mesa.

Atrás dela, Alrich estava em vias de arrancar os membros de uma de suas secretárias.

A confusão era enorme, com membros da Corte e Serventes atacando uns aos outros por todos os lados. Gubbins deslocou seu pescoço para trás, simultaneamente deslizando do garrote e atingindo seu agressor no nariz.

Eliza foi atrás de Shantay e estava atirando na Bispo e no velho que ela segurava nos braços. Infelizmente para Gestalt, Shantay tinha gerado uma armadura brilhante e estava curvada sobre Wattleman, protegendo-o. Balas ricocheteavam nela com faíscas. Quando acabou a munição, Eliza olhou para a mulher metálica à sua frente e decidiu procurar um alvo que poderia ser de fato ferido com uma faca de combate e que não pudesse dobrá-la em dois. Ela se virou e foi atrás do leal empregado que estava protegendo Lady Farrier.

Não vai acontecer, pensou Myfanwy, e estava prestes a travar as pernas da mulher e mandá-la ao chão quando sentiu mãos cingindo sua garganta. O Servente traidor que havia esfaqueado a si mesmo estava lutando contra a dor e, apesar de não ter conseguido remover a faca de sua coxa, se arrastou e parecia capaz de estrangulá-la.

Desgraçado! Em pânico, ela o congelou por completo, com as mãos dele ainda presas firmemente na sua garganta.

Tudo bem, nada de pânico. Ainda dá para respirar um pouquinho. Como foi que você fez aquele gorducho largar a pasta? Ela então seguiu com cuidado as trilhas do sistema nervoso dele e viu que não era nada padrão. *Que diabos? Isso não faz sentido. Se eu cometer um erro, posso estrangular a mim mesma*. Respirando com dificuldade, ela começou a rastrear os nervos, com cuidado para ele não apertá-la mais.

Enquanto ela afrouxava delicadamente o aperto na garganta, Gubbins mergulhou no gêmeo Gestalt e começou a travar um combate terrivelmente contorcido. O segundo gêmeo se juntou a ele e Myfanwy de repente entendeu como Gestalt havia ascendido ao posto de Torre. Espantada, ela observou aquela mente coordenando artes marciais em dois corpos, sem falhas. Então, o terceiro irmão se juntou com golpes bem rápidos, todos sincronizados para atingir Gubbins ao mesmo tempo. Myfanwy podia ver que o Cavalo estava em dificuldades, mesmo dobrando seu corpo em posições impossíveis. Ele acertou um tapa num irmão e recebeu um soco no estômago de volta. Flexionando-se, se erguendo em um pé só, se sustentando com as duas mãos, Gubbins era um borrão atacando os corpos de seu colega da Corte.

Teddy Gestalt avançou à frente e agarrou o Cavalo pelas lapelas de seu smoking. Gubbins prendeu suas mãos no pulso e no cotovelo do agressor e se virou para trás de maneira violenta, rolando sobre a própria espinha e jogando Gestalt no ar. Enquanto Myfanwy observava, Alex Gestalt se esticou sem olhar. Os irmãos deram-se as mãos e, como trapezistas, Alex pegou

Teddy no ar. Ele girou e trouxe Teddy ao chão, e então o jogou de volta em cima de Gubbins.

O Cavalo deu uma rasteira e Teddy deu um salto mortal sobre ele, distraindo Gubbins o suficiente para o outro irmão atingi-lo com os dois punhos no estômago. O Cavalo se contorceu e os gêmeos voltaram para dar o golpe mortal.

Três punhos o acertaram ao mesmo tempo, como martelos batendo carne, esmagando o crânio de Gubbins.

Um rugido atrás deles irrompeu o ambiente quando Alrich surgiu de uma multidão de atacantes, soltando uma neblina de sangue. Com seu quimono em farrapos e sangue pingando de seus braços, o Bispo parecia um anjo vingador regressando de um extermínio. Ele rosnou e se moveu em direção à balbúrdia, com seus longos dedos afiados se fechando em garras.

Gestalt, em uma demonstração impressionante de bom senso, preferiu fugir.

Em quatro direções diferentes.

— Eles estão escapando! — gritou Shantay, que ainda protegia Wattleman.

— Ah, mas não mesmo! — gritou Myfanwy.

Myfanwy tinha conseguido tirar os dedos do homem de sua garganta e respirava fundo. Então, lançou seus pensamentos, tentando pegar os quatro. Uma enxaqueca se pronunciou em seu cérebro com o esforço, mas ela os segurou. Quatro corpos parados, apesar de poder sentir um único intelecto lutando contra ela. Ela acirrou mais ainda aquela conexão e abriu um sorrisinho de satisfação. Ela *dominava* Gestalt. Ela o tinha e não havia como o Torre escapar — nenhum corpo podia fugir, nenhum irmão extra para imobilizar.

Mas então, de repente, a mente se foi, evaporando-se. A atividade mental no cérebro desapareceu.

— O quê? — gritou Myfanwy, soltando-os em choque. Ela procurou, mas não pôde detectar nem o mais leve traço do Torre traidor. Os joelhos dos irmãos estavam cedendo, mas então se endireitaram. Para onde quer que a mente de Gestalt tivesse ido, estava de volta, e os corpos estavam escapando. Myfanwy lançou tentáculos de sua mente e, se esforçando, pegou um dos gêmeos. Ela jogou sua mente nele, e então *retorceu* os sentidos dele, distorcendo sua percepção para que ele batesse direto na parede, apagando.

Tome essa, imbecil.

Os Serventes também estavam correndo, e os outros irmãos se perderam na multidão. Isso é, perderam-se até que Alrich avançou pela sala como um doido, derrubando as pessoas como pinos de boliche. O Bispo agarrou um irmão pelo ombro, o girou para cima, para os lados e para baixo, o derrubando no chão com uma força tremenda. O outro gêmeo tropeçou em uma secretária morta, mas conseguiu chegar até a porta. Ele e Eliza desapareceram, e os Serventes traidores — os poucos que Alrich não havia destruído — bloquearam a passagem, evitando que alguém perseguisse o Torre fugitivo.

Myfanwy bloqueou as pernas dos Serventes, que caíram, e Alrich olhou pela porta.

— Eles se foram — anunciou ele, lamentando-se.

— Droga! — desabafou Myfanwy, jogando-se no chão. Ela suspirou pesadamente. — Alguém pode tirar esse homem de cima de mim, por favor?

— Bem, Bispo Morales está de volta a Miami, em segurança — disse Shantay, desligando o celular. — Nossos superiores me informaram que devo voltar aos Estados Unidos amanhã e relatar as deliberações sobre essa noite. — Ela se jogou no sofá ao lado de Myfanwy, chutando os sapatos para longe. Um garçom se aproximou discretamente. — Vou tomar um gin-gin mule — pediu. O garçom fez uma reverência e olhou para Myfanwy.

— É. Eu também quero — falou Myfanwy, tentando ignorar o médico que estava enfaixando seu tornozelo. Logo depois do caos, ela se perguntou se os chefes do Checquy deveriam ir para um local seguro e se deveriam informar o primeiro-ministro do que aconteceu. As sugestões foram descartadas por Farrier "até decidirmos o que queremos dizer" e, em vez disso, todos os sobreviventes foram para uma sala adjacente, que lembrava o salão de baile, exceto pela evidente falta de corpos e sangue. Eram dez pessoas e quatro médicos cuidando delas.

Apenas três Serventes leais haviam sobrevivido à batalha. Ingrid e um dos secretários de Gubbins estavam de pé, encostados em uma parede, apesar de repetidos convites de vários membros da Corte para que eles se sentassem. Lady Farrier se sentou ao lado do guarda-costas de Wattleman, um ruivo alto, ambos ostentando um olho roxo. Eles seguravam coquetéis iguais e pareciam de saco cheio.

— Eu não acredito que mais de 25 pessoas foram mortas num evento oficial do Checquy! — bufava Wattleman. O velho havia se livrado de um tiro na cabeça e, de certa forma, parecia irritado com o fato de os outros convidados não terem feito o mesmo. — Não há uma matança dessa magnitude nos territórios do Checquy desde... desde... — Ele olhou para Myfanwy, buscando ajuda.

O quê, também sou a historiadora aqui? Buscou em sua memória alguma informação relevante e não encontrou nada.

— Já faz séculos, senhor — falou ela, com convicção.

— Exato! — exclamou ele. — Séculos! E isso acontecer bem quando estamos recebendo convidados tão distintos! — Myfanwy estava fascinada que não foi tanto a tentativa de assassinato dos membros da Corte que enchia o Lorde de raiva, e sim o fato de Gestalt e seu povo quebrarem o decoro ao fazer isso durante uma recepção. E na frente dos americanos.

— Sim, é surpreendente como pareceram não estar preocupados em obedecer às leis da hospitalidade e desse reino — completou Eckhart, irritado. No meio da batalha, Myfanwy o viu agarrar uma bandeja de metal com drinques, derretê-la nas próprias mãos e transformá-la em punhais. Agora, ele estava torcendo o metal dos braceletes em seus pulsos. — Então foi por isso que Thomas acusou Gestalt de traição.

— Sim — concordou Bispo Grantchester em voz baixa, sentado em um sofá bem acolchoado. Ele parecia calmo enquanto dava golinhos num martini. — É um ponto de vista interessante. Precisamos seguir o protocolo aqui. Torre Thomas, quais foram suas bases para essa acusação?

— Minhas bases? — ecoou Myfanwy, incrédula. — O quê? Você acha que eu acusei um homem inocente? E que esse homem inocente liderou um motim espontâneo no meio do coquetel? Com armas que por acaso eles estavam carregando? *Sim*, eu tenho prova da traição de Gestalt, mas se vamos nos ater ao protocolo não acho que a tradição sugira que um dos chefes da organização coma bolinho de linguiça enquanto ouve o relatório! — Quando ela terminou seu protesto, percebeu que estava gritando, e todos a observavam.

— Parece que este vestido deixou Torre Thomas mais corajosa — comentou Bispo Alrich, seco.

— Ou o que resta dele, de todo modo — concordou Farrier, com afetação. — Ainda assim, ambos têm bons argumentos. Torre Thomas, *você* não está sendo julgada aqui. Mesmo assim, gostaríamos de saber exatamente o que Gestalt andou aprontando, além de corromper minhas secretárias e nos humilhar na frente de nossos hóspedes.

— E de assassinar um membro da Corte — disse Eckhart. — Ou esqueceu que meu irmão Cavalo está morto na sala ao lado?

Ninguém falou por um instante, seus pensamentos no corpo esmagado de Gubbins, que naquele momento estava coberto com uma toalha de mesa suja de sangue.

Myfanwy teve de pensar rápido. Ela precisava abastecê-los de informação o quanto antes, mas havia certas coisas que ela não podia arriscar dividir. Então, contou tudo o que aconteceu em Bath e mencionou o ataque que ela havia sofrido uma semana antes (que a deixou com os olhos roxos). Ela não estava certa se os dois eventos estavam relacionados, mas *parecia* suspeito. Também evitou mencionar qualquer coisa sobre sua perda de memória.

— E você acha que foi Gestalt? — exclamou Wattleman. — Membros da minha própria Corte estão tentando matar uns aos outros?

— E conseguiram — apontou Alrich, sombriamente. — Gubbins está morto, e quase todos os Serventes naquela sala ou foram mortos ou eram traidores. Ou ambos. — O Bispo estava examinando suas roupas esfarrapadas com um ar melancólico, mas parecia não se importar com o sangue que o cobria. Nem aceitou um drinque.

— Sim! E quanto a isso? — indagou Farrier. — Estou muito preocupada com a quantidade de Serventes dispostos a me matar. Deus, que *alguns* deles estejam propensos a isso... bem, já é perturbador. Mas tantos! Talvez os Serventes restantes devessem ser afastados?

— Lady Farrier, o fato de essas pessoas estarem propensas a colocar a si mesmas em perigo para nos proteger deve servir como prova de sua lealdade — defendeu Myfanwy.

Ela não queria ficar sem Ingrid. Um pouco antes, as duas encontraram Anthony caído, seu rosto virado para o chão, morto com quase vinte facadas. Seu tartã roxo ridículo estava quase todo manchado de sangue. Elas choraram um pouco juntas e foram de mãos dadas para o outro salão.

— Creio que sim — concordou Farrier, com dúvida. — Eles foram revistados em busca de armas, logicamente?

— Seria meio inútil agora — replicou Alrich. — E, além disso, alguns deles estavam guardando armas no próprio corpo. Eu vi pelo menos três Serventes tirando armas de compartimentos abaixo de suas próprias peles e senti alguns de seus golpes. Nenhuma pessoa normal seria capaz de me atingir com tanta força.

Myfanwy pensou em mencionar a musculatura modificada de seu estrangulador, mas decidiu ficar em silêncio; ela não queria chamar a atenção de ninguém sobre sua nova vontade de usar suas habilidades.

— Mas vocês examinam seus Serventes bem de perto? — Shantay entrou na conversa. — As diretrizes da Croatoan foram moldadas nas suas. Nenhum Servente tem poder.

— Claro que os examinamos! — retrucou Eckhart. — Por dentro e por fora. É o exame mais completo que podemos fazer.

— E isso é completo para danar — murmurou o guarda-costas de olho roxo.

— Então essas modificações são posteriores — concluiu Shantay, empolgada. — Mudanças deliberadas em seus corpos. Mas ninguém pode fazer esse tipo de modificação. Ninguém exceto... — Ela parou, horrorizada.

— Os Grafters — terminou Myfanwy. — Fomos infiltrados pelos Grafters.

Houve uma pausa horrorizada, durante a qual todos se encararam com desconfiança. *Será que cada membro da Corte espera que outro membro da Corte tire uma bazuca de um orifício?*, pensou Myfanwy.

— Se o Checquy está comprometido, então qualquer Servente pode ser um traidor — falou Farrier em uma observação que era ao mesmo tempo paranoica e óbvia. Ela então lançou olhares ansiosos para Ingrid e para os outros Serventes.

— Talvez devêssemos matar todos eles — disse Myfanwy, de modo petulante. Houve outro silêncio pensativo, e, para seu grande horror, Eckhart parecia de fato estar considerando isso. — Ah, pelo amor de Deus! Eu estou brincando!

— Pode de fato ser necessário — comentou Grantchester. — Não podemos nos dar o luxo de termos traidores entre nós.

— Não podemos sair por aí matando Serventes! — exclamou Wattleman. — A organização poderia desabar!

— Não que alguém tenha qualquer objeção em matar funcionários. — murmurou Myfanwy para Shantay. Ela sentiu como se seus pais a estivessem envergonhando na frente de sua melhor amiga. — Enfim — interrompeu ela —, não podemos supor que essa infiltração é restrita aos Serventes. Afinal, Gestalt era um traidor. Qualquer indivíduo com poder pode estar trabalhando para os Grafters. Qualquer um de nós poderia.

— Mas não *outro* membro da Corte, com certeza — afirmou Wattleman, baixinho.

— É impossível ter certeza do que aconteceu com esta organização — falou Grantchester. O ar ao redor dele ficou pesado.

Aparentemente, quando Grantchester ficava estressado, seu controle sobre suas habilidades fraquejava. Por curiosidade, Myfanwy leu as sensações dele. Dentro do corpo do Bispo, parecia haver água fria vertendo bem abaixo de sua pele, saindo de seus poros.

— Quem sabe a profundidade dessa infecção? — perguntou ele.

A pergunta permaneceu no ar.

— Bem, há uma pessoa que sabe — falou Myfanwy, pensativa.

25

— Ingrid, você se deu conta que hoje é domingo?

— Sim, Torre Thomas.

— Estamos atravessando desertos áridos do sudoeste da Escócia para visitar uma prisão em uma manhã de domingo — disse Myfanwy, olhando pela janela da limusine.

O carro estava no meio de uma escolta grande de guarda-costas que protegiam a Torre enquanto ela estava em trânsito. Havia duas limusines blindadas. Uma levava Ingrid, Myfanwy e dois guardas de honra; a outra, um Peão sexagenário com a habilidade de soprar cianeto e suar gás lacrimogêneo. Havia também quatro homens armados até os dentes em motocicletas, uma van com soldados e um satélite os rastreando de muitos quilômetros acima.

Myfanwy ficou um pouco envergonhada com a ideia de viajar com um pequeno exército, mas Joshua Eckhart e o chefe de segurança, Clovis, insistiram, citando a necessidade de uma segurança reforçada. Ambos garantiam que *esses* homens eram confiáveis, em parte porque os guardas tinham poderes e passaram por todo processo de doutrinação da Propriedade, mas principalmente por causa das terríveis ameaças que Eckhart e Clovis fizeram a eles se algo acontecesse a Myfanwy.

Na verdade, essas eram apenas algumas das medidas de segurança que foram implementadas nos últimos dois dias para proteger a Corte. Assim que Clovis chegou na Apex House, na noite do ataque, ele determinou que os membros não poderiam voltar para suas casas e que todos, dali em diante, teriam de residir em seus apartamentos nos três quartéis-generais. Botões de pânico foram entregues a todos. As várias instalações do Checquy entraram em modo de confinamento, e os membros da Corte passaram a ter proteção constante de dois guardas de honra sempre que saíam de sua moradia. Mesmo se estivessem em seus escritórios, esses guardas ficariam do lado de fora da porta.

— Sim, Torre Thomas.

— O quê? — Myfanwy estava um pouco ausente.

— Sim, estamos atravessando desertos áridos do sudoeste da Escócia para visitar uma prisão em uma manhã de domingo — repetiu Ingrid. — São tempos de desespero.

— É — concordou Myfanwy. — Clovis diz que não tínhamos esse nível de segurança desde os tempos em que aqueles moleques loiros bizarros estavam vagando por Winshire. Ele insiste que cada Peão e Servente tem de ser vigiados. E isso não é nada comparado ao que os americanos estão fazendo. Na última ligação, Shantay disse algo sobre atirarem em qualquer um que conheça a capital da Bélgica.

Desde que a Bispo americana voltou para Washington, as duas se falaram várias vezes por telefone. Shantay estava supervisionando os detalhes de proteção para figurões de alto nível nos Estados Unidos e, ainda que ela brincasse sobre a capital da Bélgica, muitos procedimentos de segurança foram instalados em ambos os lados do Atlântico. Myfanwy infelizmente estava ciente disso, já que teve de assinar várias medidas.

Algumas figuras públicas receberam discreta proteção do Checquy, a segurança de fronteiras foi ampliada e houve um aumento no alerta de terrorismo, para o espanto de todos os terroristas humanos. Enquanto Myfanwy estava indo para a Escócia, Farrier e Grantchester se reuniam com o Conselho Secreto, que incluía o primeiro-ministro, o secretário interno, o ministro da Defesa, os chefes da MI5 e MI6, o comandante do país e a primeira linha do trono. Myfanwy não invejava a tarefa de seus superiores: explicar o problema.

Ela abriu o fichário roxo e folheou as páginas até a parte que falava sobre a prisão Gallows Keep.

Gallows Keep

Foi a mansão ancestral de alguma nobre família escocesa obscura que conseguiu irritar o rei. Traição ou algo assim. Então, eles foram privados de suas terras e bens, e vendidos como escravos; o rei cedeu as propriedades ao Checquy. Elas foram ignoradas por algumas décadas, até que perceberam que deveriam fazer algo com o presente do rei.

É um castelo de aparência austera, no meio do nada, o que o torna o lugar perfeito para o Checquy alojar alguns de seus indesejáveis. Na verdade, o lugar perfeito seria uma ilha em outro planeta. Mas essa era uma ótima segunda opção.

A razão pela qual se chama Gallows Keep, "fortaleza da forca", é que, antes de sua criação, os inimigos humanos do Checquy eram de fato pendurados pelo pescoço. Do jeito que as coisas são, ainda arranjamos um grande número de enforcamentos. E decapitações. E empalamentos. E queimaduras. E imersões em barris de destilado de enguia. Quaisquer meios de execuções que sejam necessários, na verdade. Gallows Keep é mais algo como uma instalação de permanência temporária, usada até o Checquy julgar que o assunto não pode ser resolvido.

Por fora, o lugar parece estar esperando que os ingleses apareçam e exijam que seus moradores entreguem todas as virgens, o gado e as moedas. Mas por dentro é supersofisticado, equipado com o que há de mais moderno em câmeras de segurança e algemas de chumbo.

É onde mantemos os inimigos que não podemos matar.

— Sinto falta de Anthony. — Ingrid suspirou, saudosa.

Myfanwy ergueu o olhar, surpresa. Era quase improvável que sua secretária demonstrasse tal emoção.

— Ele era um bom homem — concordou Myfanwy. *Eu só o encontrei uma vez, mas ele parecia legal. E Thomas parecia aprová-lo. Além disso, agora que estamos na Escócia, eu podia ter encontrado alguém para traduzir que diabos ele falava.*

— Clovis está buscando um substituto — disse Ingrid. — Eu perguntei a ele se podíamos ter outro guarda-costas incompreensível. Tornava as viagens de carro tão tranquilas. — *Será que ela está bêbada?*, perguntou-se Myfanwy, antes de concluir que aquele sentimentalismo todo era fruto da paisagem desolada e das noites mal dormidas de sua secretária. Ingrid meneou a cabeça em uma negativa. — Enfim, logo estaremos em Gallows Keep.

— Sim — suspirou Myfanwy. — Vai ser uma entrevistinha prazerosa. Tudo o que tenho de fazer é a minha cara assustadora.

— Você tem uma cara assustadora? — Ingrid soava cética.

— Sim — afirmou Myfanwy, indignada. — Eu tenho uma cara assutadora.

Ingrid a examinou por um momento.

— Talvez você deva tirar o cardigã então, Torre Thomas — aconselhou ela, taticamente. — As flores bordadas nos bolsos depreciam seu ar ameaçador.

— Torre Thomas — a voz fria de Gestalt soou no ambiente.

Era visível que as últimas 36 horas foram muito ruins para os corpos de Gestalt que o Checquy conseguiu pegar. Myfanwy acabara de entrar na sala onde o gêmeo antes certinho, agora de certo modo amarrotado, estava aprisionado. Um par de olhos azuis frios a encarou com ódio. Ela pediu que seus dois guarda-costas ficassem do lado de fora da sala e eles concordaram apenas porque a porta era feita de vidro — e eles podiam ver o que estava acontecendo. Um deles segurava o cardigã, que ela havia retirado no último minuto e trocado por um blazer de aparência muito mais oficial, mas muito menos confortável. Restrita à segurança da residência do Rookery, Myfanwy teve de pedir a um portador do Checquy para pegar roupas em sua casa antes da viagem até a Escócia. Ela descobriu que esse blazer tinha algum tipo de corselete costurado, então ela se sentou bem reta. Com sorte, isso também a ajudaria a parecer mais intimidadora.

— Gestalt, você está ótimo. Quer dizer, tão bem quanto qualquer um pode estar nesse lugar agradabilíssimo. O que quer dizer que você está péssimo.

Gestalt estava preso em uma berlinda, suas mãos e cabeça imobilizadas para fora dos buracos do instrumento medieval. A madeira estava afixada na parede com grossas barras de ferro. Uma esfera de tela de arame circulava sua cabeça, parecendo uma tentativa de manter abelhas gordas longe.

— Meu Deus, eles não querem correr nenhum risco com você, hein? Tudo o que precisa para completar esse retrato é uma grande bola de ferro acorrentada no seu tornozelo e uma máscara de hóquei.

— Para ser honesto — respondeu Gestalt —, não sei por que se importam tanto.

— Quer dizer, já que você tem outros corpos soltos por aí? — perguntou Myfanwy.

— Exatamente — veio a resposta seca.

— Ainda assim, você perdeu acesso à metade deles, não perdeu? Ou seja, três dias atrás havia quatro irmãos andando por aí, livres para fazer o que quisessem, e agora há apenas dois. Aqui está o corpo de Teddy, e o corpo de Robert está na sala ao lado. Meio que uma decadência, não acha?

— Eu ainda tenho o dobro de corpos que você — disse Gestalt, fazendo pirraça.

— E acha que sinto falta disso? — perguntou Myfanwy. — Eu garanto a você que outras pessoas não saem por aí desejando ter alguns corpos extras. Ninguém sente inveja de quem tem corpos a mais. Mas não foi essa a razão pela qual eu vim falar com você.

— Não achei que fosse. Você vai me perguntar onde meus outros corpos estão?

— Não, claro que não — assegurou Myfanwy. — Pelo menos, não ainda. O doutor Crisp queria vir interrogá-lo agora. Ele ainda não o perdoou por tentar estrangulá-lo. E sente que sua fisiologia única iria oferecer um desafio *maravilhoso*. Mas ainda precisamos dele nos Estados Unidos. Enfim, temos um belo bufê de torturadores para escolher aqui mesmo, nessas instalações.

— Tortura! — zombou Gestalt. — Você sabe que eu poderia abandonar este corpo, não? Eu poderia deslizar para fora dele e ir até outro.

— Ah, sim, sei disso. Afinal, foi o que você fez na outra noite, não foi? Todos os quatro gêmeos e nenhum cérebro comandando. Não que você tenha muito cérebro, para começar — acrescentou Myfanwy, docemente.

— Então, por que você está aqui? — perguntou Gestalt.

— Eu queria ver se há alguma coisa que você quer me contar por livre e espontânea vontade.

— Você deve estar de brincadeira! Se já não contaria nada sob tortura, por que eu contaria alguma coisa de livre e espontânea vontade?

— Há coisas piores do que tortura — respondeu Myfanwy, com um pequeno sorriso. Ela passou a viagem toda, desde Londres, pensando nisso, e sua criatividade a surpreendeu. — Afinal, você pode ter quatro corpos, mas estou bem certa de que você é emocionalmente preso a todos eles. Então, pode escolher de livre e espontânea vontade responder às minhas questões, ou pode escolher de livre e espontânea vontade ter vários membros amputados.

Gestalt a encarava.

— Você nunca teve menos do que quatro corpos para trabalhar, já teve? Então eu aposto que a ideia de ter apenas dois deve enlouquecer você. Mas pelo menos esses dois *ainda* não estão feridos. — Ela fez uma pausa para um efeito dramático. — Você gostaria de entrar em um corpo sem olhos, orelhas ou membros? Bom, é verdade que você não estaria presente de fato durante o procedimento. Você não sentiria a dor, então não seria tecnicamente tortura, mas aposto que apenas *saber* que estamos torturando um de seus corpos iria machucá-lo. Pode ser apenas um corpo entre vários, mas é o *seu* corpo. Não precisamos mutilar os dois. Na verdade, poderíamos armar para que você pudesse observar enquanto acontece. Ver você mesmo sendo arruinado.

— Você não ousaria! — gritou Gestalt. — Toque em mim e eu mato você!

— Eu mato você antes — prometeu Myfanwy, com a voz fria. — E mato duas vezes, se sentir vontade.

— Eu odeio você! Odeio! — gritou o corpo até que Myfanwy, com seu poder, o calasse.

— Você precisa ficar quietinho um pouco.

Por um minuto ela temeu que Gestalt partisse, incapaz de tolerar a manipulação do seu corpo, mas os olhos azuis ainda brilhavam.

— Agora, vamos pensar. — Ela fez cara de pensativa. — Eu me pergunto quantas pessoas mais estão envolvidas nesse pequeno motim. Sei que não são apenas os Serventes da recepção da outra noite. Afinal, eu tive o prazer de conhecer o senhor Goblet recentemente. Então, por que você não me conta um pouco mais sobre sua operação em Bath? — Myfanwy soltou a boca de Gestalt e recebeu uma saraivada de obscenidades.

Ela o calou mais uma vez.

— Encantador. E também há a alarmante evidência de que você está confraternizando com os Grafters. Dadas as punições previstas para oficiais do Checquy que cometem traição, você quer falar sobre *isso*?

Aparentemente, ele não queria, mas pelo menos dessa vez não houve xingamentos. Gestalt parecia apenas um pouco nauseado, e Myfanwy não podia culpá-lo. Ela havia lido as penas por traição e confraternização com os Grafters e sentiu um pouco de enjoo só de pensar nelas. Elas faziam suas ameaças parecerem misericordiosas. *Não foi à toa que Gestalt quase estrangulou Crisp quando pegamos aquele primeiro infiltrado. Ele deve ter ficado aterrorizado vendo que os Grafters estavam prestes a serem expostos.*

— Talvez — ponderou ela —, haja a possibilidade de clemência. Quero dizer, se você falar. A Corte não quer ver um dos seus sendo torturado, muito menos sofrendo as agonias por se associar com a Broederschap. Mas não pode haver nenhum segredo guardado, Gestalt. Por exemplo, aonde você se escondeu quando se ausentou de seus quatro corpos? Algum buraco espiritual? Uma casa de veraneio psíquica? Foi tolo da sua parte fazer isso, porque agora sabemos que há mais em você do que se pode ver.

— Eu não sou o único com um segredo — retrucou Gestalt. — Acha que ninguém notou que você estava agindo sobre as pessoas por toda a sala? Pelo que sei, você tinha de tocar em alguém para fazê-lo obedecer aos seus desejos. Não que você tivesse culhão para fazer isso. Foi uma das razões pelas quais trabalhei tão duro para te colocar na Corte!

Ah, pensou Myfanwy, *agora estamos chegando lá.*

— Sim! — gritou Gestalt, triunfante. — Agora eles sabem sobre seus poderes e vão descobrir todos os seus segredos quando a abrirem para examinar!

— Você me queria na Corte? — perguntou Myfanwy.

— Uma garotinha frágil e chorona que nunca poderia ver nada além dos números? Claro que nós a queríamos lá. E não foi fácil também.

— Bem, que bom que você se esforçou tanto. Agora estou aqui, e você... Bem, você está preso em uma mistura de gaiola para ratinhos com armadilha de urso.

— Não por muito tempo. Vamos trocar de lugar e, então, você que vai precisar se preocupar com motosserras. E você só tem um corpo!

— Estou morrendo de medo — zombou Myfanwy. — Olha, tô me mijando nas calças. Ou não.

— Lembre-se de que eu estou aqui, mas também estou lá. Caminhando livre. Eu poderia ir até sua casa e me divertir muito. — Myfanwy manteve seu rosto calmo, mas por dentro sentiu uma pontada de medo. Apesar de todos os avisos de sua antecessora, ela ainda continuava pensando nos corpos de Gestalt como pessoas separadas.

— Pode ser que você nutra algum sonho de derrubar o Checquy — continuou Myfanwy friamente. — Pegar seus corpos de volta. O que for. — Houve uma fome repentina nos olhos de Gestalt. — Deixe-me assegurá-lo de que, ao primeiro sinal de problema, eu mando atirar nesses dois corpos. Eu mesma atiro. O único jeito de Teddy e Robert verem o céu novamente é se você trabalhar comigo. Vamos conversar de novo. Vou dar um tempinho para você pensar melhor. Mas pense rápido, Gestalt. Os torturadores se programaram para começar amanhã. O tempo está acabando.

Ela fez um sonzinho de serra e uma mímica de serrar seu próprio pulso, erguendo as sobrancelhas para Gestalt. Com isso, a fúria tomou o gêmeo, que tentou avançar loucamente em suas amarras. Seus olhos se fixaram nos de Myfanwy, e ela aproveitou a oportunidade de capturá-lo.

Através de um par de olhos, ela olhou com atenção para um computador em uma sala escura. Sua bochecha doía um pouco, e seus dedos também. Havia um copo de gim em sua mão, e um prato de queijo na mesa.

— Saia...

Através de outro par de olhos, ela dormia. Um cobertor elétrico acalmava seus músculos e lençóis macios acariciavam sua pele.

— ... daqui...

Através do terceiro par de olhos, ela olhou para si mesma e sentiu o ferro frio em volta do pescoço e dos pulsos.

— ... sua...

Através do quarto par de olhos, ela viu uma porta. Estava sentada em uma cama dura, com os joelhos grudados no peito. As luzes estavam fracas e a faixa de luz sob a porta queimava seus olhos.

— ... vaca...

Através do último par de olhos, ela assistia à televisão. A sala estava clara e confortável, as janelas com vista para um rio. Ela comeu uma cenoura e olhou para cima quando uma mulher alta com olhos azuis penetrantes entrou na sala.

— ... desgraçada!

O contato foi quebrado, e Myfanwy deu um passo oscilante para trás. Ela sentiu como se tivesse corrido vários quilômetros. Estava suando copiosamente, o coração acelerado e os joelhos fracos. Instintivamente, ela se abaixou, e a armação de seu blazer ajustado apertou suas costelas. Ela respirou fundo e forçou a si mesma a ficar de pé. Ela e Gestalt olharam um para o outro, ambos ofegantes. Nenhum deles disse nada, então Myfanwy recuou, receosa, para fora da sala. Os olhos de Gestalt estavam fixos nos dela, queimando de raiva.

26

— Conseguiu tirar alguma coisa dele? — perguntou Ingrid, sobre um prato de sopa. O carcereiro insistira em providenciar uma sala para que almoçassem e se desculpou envergonhado depois que Myfanwy pediu a ele um pouco de privacidade. Do lado de fora da porta, ficou o Peão tóxico e dois guardas de honra, e do lado de fora da janela três guarda-costas suspensos por cordas de escalada. Por insistência de Myfanwy, eles olhavam para fora.

— Talvez.

— Ele tirou alguma coisa de você?

— Prefiro pensar que não.

— Ele descobriu que você perdeu a memória? — perguntou Ingrid, casualmente.

Myfanwy olhou para ela, chocada. Ela fechou o corpo de Ingrid com sua mente, cortando tudo, exceto voz, visão e audição.

— Acho que eu deveria esperar por isso — disse Ingrid. — Os boatos no escritório é que você pode controlar as pessoas sem tocá-las.

— Você mesma não viu? Eu fiz um homem se cortar com uma faca na frente de toda a Corte. — Ela colocou frieza em sua voz, esperando transmitir que, se quisesse, poderia mandar Ingrid fazer a mesma coisa. É verdade que Ingrid estava segurando uma colher de sopa, mas Myfanwy tinha certeza de que poderia improvisar.

— Bem, tenha em mente que eu estava tossindo e me debatendo com aquela nuvem que Bispo Grantchester havia produzido — considerou Ingrid.

— É verdade — assentiu Myfanwy.

Elas se calaram e a Torre se sentiu desconfortável, enquanto Ingrid parecia bem consigo mesma, apesar de seus músculos estarem congelados.

— Então, enfim, sobre esse detalhezinho que você observou...

— Sua amnésia — completou Ingrid, prestativa.

— Sim, isso. Apesar de eu preferir pensar nisso de outra forma.

— Você prefere não pensar na sua total falta de memória como amnésia?

— Não parece sensato?

— Só estou tentando ser precisa, Torre Thomas.

— E ainda assim você me chama de Torre Thomas.

— *Você* chama a si mesma de Torre Thomas — esclareceu Ingrid.

— Não vamos nos ater a detalhes sem importância — disse Myfanwy. — Há quanto tempo você sabe?

— Desde a noite em que entrei no escritório e encontrei Torre Myfanwy Thomas enrolada no chão, chorando e murmurando sobre como podia sentir sua memória evaporando. — Myfanwy olhou para ela, boquiaberta. — Essa foi a outra Myfanwy Thomas, é claro — acrescentou Ingrid. — Aquela que era você antes que *você* fosse você.

— Uhum — assentiu Myfanwy.

Ingrid olhou para ela sem expressão e soltou o suspiro mais longo que seu corpo permitia.

— Muito bem — falou Ingrid. — Foi isso o que aconteceu...

Era tarde e Ingrid não estava feliz em ainda estar no elevador do Rookery. Sua filha mais velha, Amy, chegara de trem de York — viera da universidade para passar o fim de semana — e ela estava ansiosa por voltar para casa. Depois de sair pelo estacionamento no subsolo e desviar de um manifestante tardio, percebeu que tinha deixado o presente de sua filha na gaveta da mesa. Apenas a última irritação no que havia sido um dia longo e irritante.

Primeiro, houve a ocultação frenética de uma harpia que escapou em Stoke-on-Trent, no centro da cidade. Depois, houve a descoberta de última hora que um relatório enviado ao primeiro-ministro naquele dia continha vários erros graves e teria de ser revisto em detalhes. Ingrid se sentira culpada em deixar Thomas sozinha no escritório, já que a pequena Torre ainda estava examinando a versão final do documento, mas sua chefe sabia da chegada de Amy e insistiu que partisse.

— É sério, Ingrid, vá. Já estou terminando. Quando eu terminar, o mensageiro vai enviar a cópia direto para o Número Dez. E depois vou subir para a residência e dormir lá. Você cancelou meu carro, certo?

Ingrid sorriu e assentiu.

— Tenha uma boa noite então, Torre Thomas. E tente descansar um pouco durante o fim de semana.

— Quê? — respondeu Thomas, já concentrada em seu relatório. — Ah, sim. Você também, Ingrid. Divirta-se com sua família.

Enquanto Ingrid ainda a observava, a Torre voltou sua atenção completa ao papel na sua frente, tirando o cabelo do rosto num gesto displicente. A assistente executiva balançou a cabeça, sabendo que a maior parte do fim de semana de sua chefe seria gasto no escritório. Ela sentiu uma pontada de pena, mas partiu em passos rápidos. A maioria dos funcionários já tinha ido embora e ela gostava do silêncio dos corredores.

Ao descer, ela passou pelo Departamento de Publicações e viu que ainda havia luzes acesas e várias cabeças debruçadas sobre papéis, lendo loucamente. Agora, enquanto ela caminhava com pressa de volta até seu escritório para pegar o presente de Amy, todo mundo estava guardando suas coisas e se preparando para partir. Era óbvio que Torre Thomas aprovara o relatório e ele tinha sido enviado, a salvo no esôfago protetor de Toby, o mensageiro que trabalhava naquela noite.

"Se essa mulher ainda estiver trabalhando, se eu a encontrar lendo outro relatório, eu vou confiscar suas canetas marca-textos e mandá-la para a cama", pensou Ingrid. Mas não havia luz saindo pela fresta da porta, o que talvez significasse que Torre Thomas tinha se retirado para a residência, onde, provavelmente, ainda estaria trabalhando.

— Bem, pelo menos ela não está no escritório — murmurou Ingrid para si mesma, quando foi atraída por um som inesperado. Um movimento vindo de onde não deveria mais haver movimento.

Ela era uma assistente executiva que entrou no Checquy depois de anos de treinos rigorosos na Propriedade, e de 16 anos no serviço civil. Ela não possuía poderes inumanos, apenas uma fartura de bom senso e uma habilidade para manter as coisas organizadas. Mas uma década no Checquy a ensinara quão imprevisível era a vida. Esse som poderia ser qualquer coisa. Ela entrou no escritório pisando em ovos, ouvindo com atenção outros sons antes de abrir a porta, com receio.

— Torre Thomas? — Ingrid chamou baixinho.

As luzes do escritório estavam apagadas e quando ela mexeu no interruptor e ligou-as, ficou meio aliviada em ver que não havia ninguém lá. Ela deu uma olhada no escritório de sua chefe, mas também estava vazio, e o porta-retrato que leva à residência estava fechado. Suspirando, Ingrid tentou pensar no que fazer. Ela estava certa de que ouvira o barulho? Valia a pena incomodar Torre Thomas?

Um barulho no banheiro particular da Torre afastou Ingrid de seu dilema. Ela caminhou com cuidado até o porta-retrato que mostrava uma antiga Torre, um homem, com uma grande peruca cheia de talco e olhos estreitos. Ocorreu a ela fazer algo sensato. Ela podia deixar o escritório e trancar a porta atrás de si. Podia chamar a segurança ou encontrar um membro poderoso do Checquy para ajudá-la. O único problema era que, quando você trabalha para o Checquy, aprende que ideias convencionalmente sensatas muitas vezes são convencionalmente tolas. Como a história da faxineira que abriu um closet porque ouvira choros lastimosos vindo de dentro dele. Ou Declan, o contador, que achou melhor recuar em silêncio e tentar buscar ajuda quando uma lula-da-terra portuguesa que escapara passava pelo corredor. Sem dúvida, essas decisões pareciam inteligentes, mas a faxineira ficou inútil e cega, enquanto o silêncio de Declan fez a lula-da-terra se sentir ameaçada. Como resultado, o contador ficou manchado de roxo para sempre e foi obrigado a aprender a operar a calculadora com sua língua, já que não tinha mais braços.

Ingrid estava ouvindo um murmúrio doloroso vindo de dentro do banheiro e reconheceu a voz. Ela virou a maçaneta e abriu a porta. Deitada no chão, na frente da pia, estava Torre Thomas, com os joelhos encostados no peito e o corpo tremendo incontrolavelmente. Ingrid deu um passo para trás, em choque.

Os olhos de Thomas estavam esbugalhados e seus lábios, vermelho-sangue. Não, percebeu Ingrid com horror, aqueles lábios sussurrando não estavam apenas vermelhos, mas sangrando e em carne viva. Como se alguém tivesse lixado a boca da jovem Torre.

— Está tudo desmoronando — gemeu Thomas. — Estou partindo.

— Oh, Myfanwy. — Ingrid suspirou, horrorizada. — O que aconteceu com você?

— Meus pensamentos... — murmurou Thomas, desesperada. Ela olhou para Ingrid, e a secretária, horrorizada, viu sangue escorrendo por seus lábios — ... estão indo embora. Ele os lambeu para longe de mim, e agora estão apagando.

— O quê? Quem fez isso com você? — perguntou Ingrid, ficando de joelhos e alcançando uma das mãos trêmulas da Torre. Thomas recuou. — Myfanwy, vou trazer ajuda. Vou chamar a segurança e os médicos... — Ingrid parou de falar quando sua chefe agarrou seu braço com uma força surpreendente.

— Você não pode, porque não é assim que as coisas devem acontecer — falou Thomas. — Hoje é o dia e eu tenho de partir. Além do mais, não posso confiar em ninguém, eles podem vir me matar. Há um traidor. É... — Ela parou, pensativa. Estava tentando se recordar o que sabia. — Não me lembro. — Enterrou o rosto entre as mãos. — Eu sabia. Sabia quem era e... Desgraça! — Ela soltou um grito excruciante.

Ingrid saltou com um som repentino, e viu que Thomas agora estava olhando para ela com olhos em brasa. Thomas olhou ao redor desesperadamente.

— Você ouviu isso?

— Temos de tirar você daqui — disse Ingrid. — Quem quer que seja, vai saber que deve procurá-la aqui.

— Há uma porta — avisou Thomas. — Uma porta no escritório.

Ela fez um grande esforço para ficar de joelhos, apesar de ainda tremer bastante.

— Aquela para a residência? — perguntou Ingrid.

— Não, foi de lá que eles vieram — respondeu Myfanwy. Seu olhar demonstrando o pânico que sentia. — Alguns deles estão mortos e os outros estão anestesiados. Mas sei que podem chegar mais. — Ela endureceu. — Sim, têm mais alguns na residência, posso senti-los. A porta está trancada, mas isso não vai detê-los.

— Há gente morta na sua residência?

— Por favor, me ajude a chegar ao escritório — insistiu Myfanwy, ignorando a pergunta.

Com um esforço visível, ela se apoiou na parede para ficar de pé. Ela cambaleou e Ingrid correu para lhe ajudar. A secretária sentiu os próprios músculos tensionarem e relaxarem logo em seguida, quando os poderes de Thomas circularam por ela. Por um momento, Ingrid fitou os olhos daquela moça e viu a si mesma. Seus lábios queimados e a dor passando por ela através de sua cabeça. Então tudo parou.

— Desculpe — murmurou Thomas, sem forças.

— Tudo bem. Não se preocupe com isso. Agora, vamos para o seu escritório?

— Rápido. Eles estão vindo.

— Tem certeza?

— Posso senti-los.

Ingrid encarou sua chefe. Apesar de composta de gente discreta, o Checquy era uma comunidade relativamente pequena. A natureza e as limitações do talento de Thomas eram de senso comum.

— Você pode senti-los? — Ela olhou para Thomas e viu hematomas surgindo ao redor de seus olhos. — Ai, meu Deus.

— Rápido.

Juntas, chegaram até o escritório, e Ingrid foi em direção aos retratos, ansiosa.

— Não — falou Thomas. — Não aqui.

Ela cambaleou até um canto da sala e puxou o carpete. Havia uma alça de metal com um painel. A Torre se ajoelhou meio sem jeito, inseriu um código e a porta de metal deslizou, revelando uma escada espiral muito íngreme que desaparecia na escuridão.

— Para onde isso vai?

Ingrid ficou um pouco ressabiada em descobrir um alçapão escondido no escritório onde ela esteve centenas de vezes. Mas, naquela noite, não foi uma das coisas mais impressionantes que aconteceram.

— Garagem — respondeu Thomas. — O segmento particular da garagem, do outro lado da rua.

— Para um carro? — disse Ingrid, incrédula. — Você não pode dirigir assim! Mal consegue ficar de pé!

Thomas abriu sua boca para dizer algo, então fez um pequeno gesto com a cabeça, indicando que compreendia. Ela tirou a mão de Ingrid de seu ombro e cambaleou um pouco, mas ficou ereta enquanto colocava as mãos nas laterais da cabeça e respirava profunda e tremulamente. Então, sob o olhar horrorizado de Ingrid, os olhos da Torre rolaram para trás. Ingrid mordeu os lábios, mas assumiu que isso era intencional.

Alguns minutos se passaram, durante os quais Ingrid continuava olhando, ansiosa, sobre o ombro, esperando por quem quer que tenha feito essa coisa terrível para Torre Thomas emergir de trás de um retrato, brandindo armas mortais. Então, sem aviso, a Torre começou a ter convulsões. Suas mãos ainda estavam presas às laterais da cabeça e ela ficou ereta, mas parecia que cada músculo no seu corpo estava se contorcendo violentamente. Ingrid ficou ao seu lado, sem saber o que fazer, com medo de tocá-la e ser atingida pelos poderes de Thomas. Finalmente, a crise passou. E Thomas tirou as mãos da cabeça.

— Tudo bem — disse a Torre, respirando de maneira pesada. Seus olhos estavam focados, e ela parecia muito mais controlada do que estava antes.

— Tudo bem? — repetiu Ingrid. — Tudo bem como? O que foi isso?

— Eu fiz umas coisas no meu cérebro. É algo que eu nunca fiz antes e talvez tenha sido uma ideia meio ruim. Mas acho que tenho um pouco de tempo antes de perdê-las completamente.

— Perder o quê?

— Todas as minhas memórias. Eu tenho de ir. Agora. Enquanto eu ainda posso.

— Espere! Não esqueça sua jaqueta — disse Ingrid. — Está caindo o mundo lá fora.

A Torre notou o olhar preocupado da secretária e as duas mulheres sorriram uma para a outra, pensando em todas as vezes que Ingrid a lembrou de levar seu casaco.

Thomas deixou Ingrid ajudá-la com a jaqueta e começou a descer a escada, mas ergueu o olhar quando Ingrid pegou seu pulso.

— Você disse que sabe quem fez isso — falou Ingrid, com urgência na voz. — Diga, quem fez isso com você?

— Sinto muito, mas não tenho ideia do que você está falando — disse Thomas, franzindo a testa. Ela encarou Ingrid por um momento. — Obrigada — continuou, desconcertada. — Por tudo.

Então, voltou sua atenção à tarefa complicada de descer os degraus. Desapareceu e o alçapão fechou sobre ela.

Lá fora, a chuva pesada caía.

— E foi a última vez que eu a vi — disse Ingrid. — Deixei o escritório imediatamente, desci correndo pela escada de incêndio para o estacionamento, entrei no meu carro e peguei minha filha na estação. Passei o fim de semana inteiro com portas e janelas trancadas, esperando por uma ligação. Nada aconteceu, e na segunda-feira fui para o Rookery. Quando você entrou, eu não sabia o que pensar.

— E você não disse nada — falou Myfanwy, preocupada.

— Não.

— Por quê?

— Com quem eu poderia ter falado? — perguntou Ingrid, na defensiva. — Com você? Eu não sabia o que tinha acontecido, apesar de os lábios e os olhos parecerem com os de Torre Thomas. Ela disse que suas memórias estavam indo, achei que talvez você fosse ela, e que só tivesse se esquecido de alguns dias. Com certeza, não poderia falar com Torre Gestalt. E qualquer coisa que eu podia falar para os Bispos ou para os chefes do Checquy iria trazer mais problemas para Torre Thomas.

— E você se importava com Myfanwy Thomas tanto assim?

— Aparentemente, sim — respondeu a secretária. Houve uma estranha pausa. — Eu me importo. — As duas mulheres sorriram uma para a outra.

— Então, ela apenas desapareceu por uma escada em espiral.

— Sim.

— Acho que vou ter de verificar essa rota de escape — comentou Myfanwy, pensativa. — Pode haver alguma pista sobre o que aconteceu.

— Mas o que aconteceu? Estou morrendo de vontade de saber.

— Bem... — Myfanwy tinha tomado uma decisão. Ela afroxou o domínio sobre Ingrid e a mulher mais velha envergou um pouco quando seus músculos destravaram. — Abri meus olhos e estava parada na chuva...

* * *

Foi uma narração seletiva e todas as menções a Bronwyn foram cortadas. Myfanwy também teve o cuidado de não revelar quanto de informação foi deixada por sua antecessora.

— Então você não é uma planta — disse Ingrid. — No começo, eu estava um pouco preocupada que pudesse haver algum tipo de invasão dos ladrões de corpos acontecendo na porta ao lado.

— E o que a fez mudar de ideia?

— Nenhuma planta teria deixado tão óbvio que você não é Torre Thomas. Especialmente dado que, vamos encarar, ela não era lá tão difícil de imitar. Só era necessário manter a cabeça abaixada e parecer fraca. Eu tive certeza depois das primeiras quatro horas da sua aparição. E confirmei na recepção. A Torre Thomas que eu conheço nunca usaria aquele vestido carmim. Foi por isso que eu o sugeri.

— Então, você acha que alguém mais suspeita? — perguntou Myfanwy, temerosa.

Ela também teve de guardar para si o fato de que Farrier sabia quem era ela, e quem não era. Ingrid suspirou, e esfregou os olhos.

— Não sei ao certo — falou a secretária, receosa. — É um momento tão difícil. Andei me informando e soube que os Grafters são a única força que já chegou perto de *realmente* nos derrotar. E que chegou bem, bem perto. E agora, de repente, estão aqui, e parece que estão entre nós há um bom tempo. Richard Whitlam, sabe quem é? — Myfanwy meneou levemente a cabeça, dizendo que não. — Bem, a velha Torre Thomas o conhecia. Todo mundo o conhecia. Um sujeito adorável. Ele foi um dos assistentes do Bispo Alrich por trinta anos. Foi recrutado quando saiu da universidade e sempre foi muito simpático com todos os novos Serventes. Esforçava-se ao máximo para nos fazer sentir bem-vindos.

Ela sorriu.

— No meu primeiro dia, ele entrou no escritório e me deu um cacto, aquele que ainda está na minha mesa. Sujeitinho ótimo, bem simpático e totalmente dedicado ao Checquy. — Ingrid suspirou. — A notícia que corre é que na recepção ele sacou um estilete feito de osso e tentou esfaquear o Bispo. — Ingrid olhou para Myfanwy, perdida. — Se um homem assim, um homem que cuidava de um membro da Corte enquanto ele dormia, um homem cuja lealdade nunca foi colocada em dúvida, um homem que era *amado*, pode ser um Grafter, então não sei o que podemos fazer. Porque, Torre Thomas, não sei se os membros da Corte já perceberam isso, mas *os Grafters já conhecem nossos segredos.*

Myfanwy sentiu um clima de apocalipse sobre ela. Ingrid estava certa. Chocada depois de ter sido atacada na festa, a Corte deixou de observar o quadro de maneira ampla. Tinham medo de que suas secretárias e faxineiras fossem esfaqueá-los. Mas tudo o que todas as secretárias e faxineiras tinham de fazer era abrir as portas da frente e conduzir os Grafters para dentro.

Correção: o *restante* dos Grafters, porque eles já estavam lá.

— Essas pessoas não são infalíveis, Ingrid — falou Myfanwy, fazendo um esforço tremendo para ficar calma. — Aquele ataque na festa não foi planejado. Eles não estavam preparados para um levante completo.

— Você não acha que entrar com armas na Appex representa uma bela preparação? Eles podiam ter matado a todos nós.

— Talvez, se estivéssemos falando da Câmara dos Comuns, mas esta é a Corte do Checquy. Atacar Eckhart com uma faca e uma pistola é como atacar um tanque armado com uma barra de manteiga. Não posso acreditar que uma organização centenária que estava prestes a se infiltrar entre nós decidiu encenar um golpe usando o equivalente a espanadores de pó. Talvez eles tivessem se preparando para isso, e é por isso que tinham armas. Mas, se eles tivessem planejado um golpe, aquela festa não era o momento para acontecer. Não, aquilo aconteceu porque desmascarei Gestalt.

— Então você acha que Torre Gestalt estava por trás de tudo isso? — perguntou Ingrid. Ela se empolgou um pouco. — Se Gestalt era o chefe da infiltração Grafter, então...

— Então vários séculos não foram suficientes para os Grafters desenvolverem qualquer habilidade de localização de talentos. Gestalt é muitas coisas, mas não é nada sofisticado para liderar um golpe. Eu li os arquivos e sei que ele foi promovido à Corte por extraordinárias habilidades de combate.

— Claro, e é por isso que eles promoveram você também, para contrabalançá-lo — disse Ingrid, esquecendo por um instante que outra pessoa tinha sido promovida, outra Myfanwy. — Todos sabiam que a Corte precisava de alguém para dar conta de comandar o Rookery e as operações domésticas.

— Sim, bem, eles também precisavam de alguém que não iria tentar se afirmar de forma inconveniente — completou Myfanwy, em um tom seco. — Gestalt deixou essa informação escapar quando eu estava usando minha cara assustadora. Os Grafters me colocaram na Corte.

— Uma pessoa só não é o suficiente para promover alguém à Corte. Nem mesmo uma pessoa com quatro corpos.

— Então, o que você está dizendo? — perguntou Myfanwy, sentindo-se mal.

— Estou dizendo que há mais agentes Grafters na Corte.

27

— Torre Thomas? — a voz de Ingrid veio hesitante pelo interfone.

— Sim? — gritou Myfanwy de sua mesa, onde estava trabalhando compenetrada na análise da investigação Grafter e das maiores implicações sobre a traição de Gestalt.

— Seu celular está tocando na minha mesa, onde você o colocou para recarregar — falou Ingrid, em tom de acusação.

— Pode atender, por favor? — perguntou Myfanwy, que tinha consciência de que esse relatório seria examinado pelas Cortes de duas nações e não queria que parecesse ter sido escrito por uma retardada. Ela ignorou o suspiro profundo que veio pelo interfone.

— É uma senhorita Bronwyn...?

O tom insinuava que, se Myfanwy podia confiar a sua secretária o segredo de sua amnésia, ela deveria estar disposta a contar sobre qualquer um ligando e perguntando por "senhorita Myfanwy Thomas".

— Ah, sim, eu atendo.

Myfanwy salvou seu documento no programa de computador, levantou-se de sua mesa e foi pegar o celular, desviando com cuidado das pilhas de papel que cobriam a maior parte do chão. Desde que voltou da Escócia, ela revirou os arquivos pessoais dos Serventes traidores, em busca de alguma explicação. Até agora, não tinha encontrado nenhuma revelação bombástica, apenas avalanches de documentos. Ingrid se recusou a trazer mais papéis para a sala. E a equipe da faxina quase ficou histérica quando pediram que eles tirassem o pó.

— Olá, Bronwyn?

— Oi! Como você está? Recebi o e-mail sobre sua crise no trabalho.

— Bem, as coisas estão um pouco mais sob controle, só que o povo daqui ainda está bem estressado.

— Então é uma coisa importante. Quero dizer, já faz cinco dias que você foi para a Escócia.

— Cinco dias? — repetiu Myfanwy. — Sério?

— Sim. Hoje é sexta-feira. Por isso liguei. Eu achei que talvez você quisesse sair à noite. Vou com um pessoal a um clube e achei que, se não estivesse ocupada, poderia querer vir.

— Clube? Clube do quê? — perguntou Myfanwy.
— Quê?
— Quer dizer, clube de autodefesa?
— Do que você está falando? — perguntou a garota cujo mundo não consistia de segurança sobrenatural.
— Do que *você* está falando? — indagou a garota cuja vida social consistia de sair para almoçar e visitar sites cheios de malevolência paranormal.
— Ir para um clube... dançar.
— Ah... sim... — disse Myfanwy, receosa.
— Você não parece muito entusiasmada. — Bronwyn pareceu estar um pouco magoada.
— Ah, não — emendou Myfanwy. — É só que... Acho que eu nunca fui a um clube dançar.
— Sério? Ah, certo — falou Bronwyn, lembrando-se da história toda que Myfanwy lhe contou. — Bem, você deveria vir então. Quer dizer, é uma boa oportunidade, e minha mãe sempre disse que as meninas Thomas nasceram para dançar. A não ser... — Ela parou de falar, desconfortável.
— O quê? — perguntou Myfanwy.
— Bem, eu acabei de lembrar que você disse que ficava... meio nervosa de sair.
O quê?, pensou Myfanwy, confusa. *Ah, certo. Minha suposta agorafobia.*
— Não, eu deveria mesmo tentar sair — comentou Myfanwy, decidida. — Só tenho que checar algumas coisas aqui. — *Como encontrar uma forma de sair sem uma escolta?* — Eu ligo de volta.
As irmãs concordaram que Myfanwy ligaria no final do dia e que, *se* ela fosse, Bronwyn não poderia ter nenhuma expectativa não realista sobre a habilidade de Myfanwy em dançar.

— Ingrid, eu tenho alguma reunião marcada para esta noite? — Myfanwy perguntou no interfone.
— Sabe, Torre Thomas, todos os compromissos devem passar por mim. — Veio a resposta seca.
— Mas eu *estou* marcando um compromisso passando por você.
— Bem, você deveria ligar para a Bispo Petoskey da Croatoan esta noite.
— Eu mando um e-mail para Shantay e digo que vou ligar amanhã — decidiu Myfanwy. *Ela me mataria se soubesse que eu deixei de lado a oportunidade de fazer um social para conversar sobre trabalho em uma noite de*

sexta. — E, por favor, avise o chefe de segurança Clovis que vou ficar na minha residência esta noite, então ele não precisa reservar um guarda-costas para mim. Ah, e veja se consegue me arrumar uma lanterna e uma pistola.

— O chefe de segurança Clovis já está vindo para discutir a segurança interna com você.

Ingrid tinha entrado no seu modo hipereficiente. Quando Clovis chegou, a mesa e as cadeiras estavam repletas de uma bizarra seleção de armas de fogo. Myfanwy olhava, atenta, para seu computador, com um monte de arquivos empilhados no colo.

— Boa tarde, Torre Thomas.

Parado entre as pilhas de papéis, ele era uma figura de quietude elegante.

— Boa tarde. Pode, por favor, fechar a porta para que Ingrid não tente ouvir tudo? — Veio um bufar irritado da antessala. — Como você está, Clovis?

— Ocupado, Myfanwy. Acabamos de projetar o novo protocolo de segurança. Vamos examinar cada membro do Checquy em busca de implantes Grafter.

— Ah, bom. Isso é bom.

— Sim, exceto que significa sujeitar todos os membros da organização a exames físicos desagradáveis, extensos e invasivos. Isso tem de ser feito internamente, e nossa equipe médica ficará sobrecarregada durante vários meses. Veja só, até que tenhamos examinado todos os médicos, vamos ter de colocar grupos aleatórios de três observadores nas salas de exame, para garantir que os examinadores não estão fazendo nenhuma interceptação. E cada médico da organização, além de um profissional civil escolhido aleatoriamente, tem de concordar no veredito de todos os testes. Depois disso, vamos enviar os resultados para 35 médicos ao redor do mundo. Achamos que é bem pouco provável que todos os médicos no Checquy sejam espiões Grafter. E, se todos forem, bem, então temos o médico civil.

— Caramba — disse Myfanwy, hesitante —, me parece muito trabalho.

Clovis assentiu, sem ânimo.

— Estamos tentando ser o mais abrangente possível. Claro, não há garantia que cada agente Grafter tenha implantes Grafter, mas todos os traidores que estavam na festa tinham, então começamos por aí. E, antes de verificarmos todos os médicos, vamos examinar os membros da Corte. Começando amanhã. Então, por favor, se prepare.

— Ótimo — falou Myfanwy, com uma profunda falta de entusiasmo. — Nada melhor para o sábado do que exames físicos desagradáveis, extensos e altamente invasivos. Marque o meu para a tarde, porque quero dormir um pouco.

— Muito bem. É claro que ainda haverá guardas nas portas de seu escritório até lá.

— Isso já me deixa mais segura — disse Myfanwy, com ironia. — Café?

— Obrigado, mas tenho de voltar ao trabalho. Todo mundo esteve no limite nas últimas semanas, e tenho de supervisionar os exames de seus médicos. Agora, você se importa em me dizer por que todas essas armas estão espalhadas? Está com medo de que a papelada se rebele contra você?

— Ah, não. Vou usar as armas como peso de papel.

Depois que Clovis a deixou sozinha na sala cheia de armas, era hora de se arriscar. Ela colocou com cuidado a enorme pilha de pastas em sua mesa e prendeu o coldre que Ingrid trouxe na cintura. Pegou com certa hesitação a arma selecionada e, depois de ler rapidamente o manual de instruções (também providenciado por Ingrid), foi até o canto de seu escritório onde ficava o alçapão.

Um rápido exame no capítulo de passagens secretas do fichário roxo confirmou que de fato havia uma passagem, e uma busca cautelosa revelou como descolar o carpete. Mas Myfanwy esteve tão ocupada pesquisando sobre os Serventes traidores que ainda não tivera a chance de explorar a rota de escape de Thomas. Agora ela olhava desconfiada para o intrincado alçapão no chão. Ela notou, com um pequeno estremecimento de terror, que havia gotas de sangue no teclado.

Digitou a sequência 230500 e a porta se abriu, revelando uma escadaria bem estreita em espiral, do tipo que você encontra em torres de igreja. Myfanwy observou com cautela, procurando algum tipo de interruptor de luz. Nada. Bem, ela já imaginava. Foi por isso que ela pediu a lanterna. Ainda assim, a ideia de descer um buraco escuro e profundo não era exatamente tentadora. Myfanwy não podia evitar a lembrança de que da última vez que alguém viu Thomas, ela estava desaparecendo por esse mesmo buraco escuro.

Entre o momento que Thomas puxou o alçapão fechado atrás de si e o momento que Myfanwy abriu seus olhos no parque, a Torre fugiu do prédio, atravessou a cidade e foi atacada por agentes altamente treinados. Myfanwy pensou nos ferimentos que ela encontrou quando inspecionou seu corpo no quarto de hotel, naquele primeiro dia. Thomas fora surrada de forma brutal. Será que isso aconteceu nessa passagem, no escuro?

Preciso descer. Preciso ver. Ver se sobrou alguma coisa, qualquer pista, responder quem atacou Thomas. Além do mais, isso pode permitir que eu saia e me divirta com Bronwyn esta noite.

Mais uma vez, ela verificou a pistola na cintura e a lanterna presa em seu pulso por uma alça. Myfanwy se equilibrou e desceu pela escada estreita. Era claro que o poço fora acrescentado ao prédio bem depois de sua construção, e mal existia espaço o suficiente para ela ficar de pé. Uma pessoa com mais peso teria de se virar de lado para descer. Ela respirou fundo, torcendo para não desenvolver uma claustrofobia repentina e desceu na escuridão.

— Que idiota construiu isso? — Myfanwy se perguntava em voz alta, enquanto descia os degraus com muito cuidado.

Ela não tinha certeza de quantos andares descera, mas achou que já havia saído do edifício Hammerstrom pelo tanto que desceu. Suas pernas doíam, e ela tinha raspado as costas várias vezes quando o poço se estreitava. Era óbvio que fora feito mais para acomodar as excentricidades do prédio do que para o conforto da pessoa que precisaria usá-lo. Quando chegou ao final, estava empoeirada, arranhada e muito irritada. Entretanto, ficou mais tranquila ao descobrir um interruptor de luz na parede.

— Decoração adorável — falou em voz alta quando as luzes fluorescentes acenderam, vacilantes. O corredor era quadrado e levava para longe, em ambas as direções. As paredes eram de concreto e o chão, sob uma coberta de poeira, não chegara a ser completamente revestido de concreto. Myfanwy viu com um arrepio as pegadas marcadas na poeira, se afastando da base da escada. Ela sacou a arma e começou a seguir as próprias pegadas.

Era claro que, apesar da cirurgia cerebral autorrealizada, a mente de Thomas deteriorou conforme ela cambaleava pelo corredor. Era possível ver onde ela tinha caído de joelhos e apoiou as mãos no chão para ficar de pé. Myfanwy parou e colocou sua mão na marca, contemplando-a. Mais à frente, havia pequenas manchas de sangue no chão, e Myfanwy tocou de leve os próprios joelhos, lembrando-se de como estavam esfolados quando ela se viu pela primeira vez no espelho. Ela vasculhou sua mente à procura de algum sentimento de *déjà vu*. Nada.

Enquanto caminhava, com cautela, o silêncio a incomodava. Quão fundo ela estava? Parecia que havia descido aqueles degraus infinitamente, mas era impossível saber sem um indicador. Ainda assim, de acordo com Ingrid, essa bizarra passagem levava a uma garagem. Então ela seguiu em frente.

Além da umidade, existia algo desagradável no ar. *Que cheiro é esse?*, perguntou-se Myfanwy. Isso despertou algo em sua cabeça — não uma lembrança, mas algo instintivo. O túnel à frente se dobrava em uma curva fechada à direita, fazendo-a desacelerar. O cheiro ficou mais forte, e ela sentiu sua garganta se apertando de tal forma que vomitar seria uma grande possibilidade.

Isso é ridículo. Eu tenho poderes aterrorizantes. Por que estou confiando em uma arminha ridícula que peguei porque achei bonita? Não preciso desse troço. Ela jogou a arma com desprezo no chão, por sobre o ombro. *Certíssimo! Eu acabei com uma casa cheia de uma cultura bizarra de fungos que devorou três equipes da SWAT sobrenatural. Eu sou fodona.* Ela parou e expandiu seus sentidos, buscando qualquer forma de vida. *Ok, nada. Pelo menos*, pensou, preocupada, *nada que eu possa detectar. Mas então, por que este lugar cheira tão mal? Há algo podre nos túneis subterrâneos abaixo do meu escritório, algo que é invisível para meus louváveis poderes.*

Merda.

Onde está a arma?

Myfanwy voltou, pegou a arma de volta e escutou com atenção. Silêncio mortal. Sentindo-se ridícula, mas ainda assustada, ela segurou a arma com as duas mãos e fez a curva num salto, aterrissando em uma posição que sugeria que estava preparada para abrir fogo no que quer que visse.

— Oh, graças a Deus. — *Não se preocupe, não é um monstro bizarro. São apenas três pessoas mortas apodrecendo*, pensou, enquanto vomitava na sua bela arminha. Depois de esfregar a boca e sacudir a pistola para limpar o vômito, aproximou-se dos corpos, receosa. Todos estavam vestidos de roxo, apesar de agora estarem encharcados em fluídos corpóreos. *Que nojo.*

Um dos corpos estava um pouco além dos outros dois, e Myfanwy pôde ver pelos dois buracos grandes em seu peito que ele tinha sido baleado.

Acho que ele foi atingido pelo outro cara. Aquele que parece ter... sim, ele parece ter atirado em si mesmo, julgando pela enorme arma que está segurando contra a cabeça. A metade da cabeça que resta. Tá bom, deixa eu pensar bem nisso. Thomas está tentando fugir por esse corredor. Daí esses caras aparecem, vindo de todas as direções. Eles achavam que ela estaria grogue, bem chapada ou algo assim. Além do mais, todos acham que ela não tem poderes. Então eles a agarram, e ela faz um deles atirar nos outros dois e depois em si mesmo. Thomas continua caminhando para a garagem, deixando as pegadas que levam pelo corredor. Uau. Bem, bom trabalho, Thomas.

E, com uma reverência mental a sua antecessora, Myfanwy passou pelos corpos e seguiu pelo túnel. Apesar daquela visão, Myfanwy começou a se sentir mais animada conforme seguia. O ar estava ficando fresco e, se as pegadas de Thomas ainda deslizavam estranhamente ou se havia um grampo de cabelo caído no chão, bem, Myfanwy já sabia como a história terminava. Agora ela estava interessada nos detalhes. *Acho que eu deveria ter verificado se os Serventes estavam carregando identidade. Apesar de não tocar neles sem luvas.*

Enfim, ela chegou a uma porta de metal com um teclado e digitou o código mais uma vez. A porta se abriu e ela entrou na garagem, olhando ao redor com interesse. Como o túnel, o ambiente estava bem iluminado, mas não havia poeira no chão. Uma porta automática tomava a maior parte de uma parede e além dela, o fichário contara a ela, existia uma garagem pública, da qual ela poderia sair dirigindo sem chamar atenção.

Ela olhou para o interior da garagem. Havia cinco carros meticulosamente cobertos com capas. *É trabalho de Thomas, com certeza,* pensou Myfanwy, lembrando dos lençóis cobrindo a mobília na casa segura para a qual ela havia ido primeiro. *Sempre cuidando dos detalhes.* Myfanwy sorriu, melancólica, pensando no próprio trabalho como Torre. Ingrid confirmara que ela tinha os mesmos talentos de Thomas — o mesmo olhar para as minúcias e a mesma habilidade para se aprofundar nas informações.

Ela tirou uma das capas e respirou fundo. *Não importa que tipo de roupa eu vista hoje à noite, este carro será o suficiente para me arrumar uma transa.* Era vermelho e tinha todas as curvas que faltavam a ela. *Quem iria pensar que sob o casaquinho de lã bordado com flores de Thomas havia uma fanática por carros? Será que os cinco carros são desse naipe?*

Na verdade, não eram, mas eram todos limpos e bacanas. Um sedan. Um Mini. Uma Land Rover. Uma caminhonete. Uma motocicleta.

Entendi, um veículo para cada situação. Então imagino que isso significa que eu não preciso pegar um táxi, pensou ela enquanto abria a porta do carro vermelho e via que as chaves estavam na ignição. *Vamos ver se ainda posso dirigir.* Ela apertou o botão no controle remoto e a porta automática da garagem particular subiu.

Pouco antes de sair da garagem, ela avistou um espaço vazio com uma capa largada — o lugar onde um carro estivera até ser levado embora pela outra mulher em seu corpo.

28

— Oi, gata! — disse Bronwyn, entusiasmada, quando abriu a porta do apartamento para encontrar Myfanwy. — Você está ótima! Exceto pelo que está vestindo. — As irmãs se abraçaram, meio sem jeito.

— O que eu posso dizer? Eu vim direto do escritório, essa roupa está legal para uma sexta casual.

Na verdade, Myfanwy tinha usado um terninho preto o dia inteiro, mas tinha arranjado um jeans e uma camiseta preta no guarda-roupa da residência.

— Seu escritório deve ser bem empoeirado. Acho que o jeans está bom, mas precisamos encontrar uma blusa melhor. Venha. — Bronwyn conduziu Myfanwy pelo apartamento, que se mostrou bem bagunçado, um lugar onde conviviam duas pessoas bem diferentes. — Desculpe pela bagunça. Com Jonathan longe, fiquei livre para jogar minhas coisas por aí. — Myfanwy notou alguns rolos de tecido no sofá e uma máquina de costura no balcão da cozinha.

— Só vou terminar de me arrumar e então arrumo uma blusa para você. — falou Bronwyn, desaparecendo no corredor.

Myfanwy olhou ao redor com curiosidade. Se não fosse levada ao Checquy, essa poderia ser sua vida. Ela vagou pela sala, tropeçando nas criações de sua irmã, e espiou as fotos da estante. Havia várias fotografias de um casal que obviamente eram os pais delas e outras de Bronwyn e de um cara que deveria ser o irmão, Jonathan.

— Ok, tenho umas coisas para você — comentou Bronwyn. Myfanwy lhe deu um olhar cheio de dúvidas. Bronwyn estava vestindo o tipo de roupa que herdeiras decadentes usam em eventos para terem fotos publicadas em tabloides. Na verdade, afastava a atenção de si mesma e a atraía para a pele que não estava cobrindo. Myfanwy abriu a boca para protestar, e protestos típicos de irmã mais velha foram surgindo. *Mas eu usei o vestido carmim, então quem sou eu para julgar? Além do mais, se alguém mexer com a minha irmãzinha, eu faço chutar a própria bunda.*

— Está bem — concordou Myfanwy. — O que você sugere que eu vista, porque... ah, droga, não. Não vou vestir isso. — *Só estou disposta a usar algo tão ousado quanto o vestido carmim uma vez a cada estação.*

— Por quê? O que há de errado com isso? — perguntou Bronwyn, num tom espantado. Comparado à roupa de Bronwyn, até que o traje era modesto e a nudez completa também.

— Porque sugere que eu faria sexo por um drinque. Na verdade, sugere que eu faria sexo apenas por um contato visual — disse Myfanwy. — Além disso, não vamos morrer de frio quando sairmos?

— Acho que você está exagerando — disse Bronwyn. — Então, que tal esse?

Myfanwy rejeitou várias opções antes de Bronwyn declarar que era ela quem estudava moda, que sabia onde estavam indo e que iria decidir o que Myfanwy iria usar. Algum tempo depois, elas chegaram ao lugar onde a Torre tinha estacionado o carro, com ela vestindo algo que uma amiga da irmã fez na faculdade.

— Puta merda — falou Bronwyn. — Isso é o que você dirige quando não está sendo escoltada num carro do governo? — As duas olharam para o carro vermelho esporte, que havia chamado a atenção de alguns admiradores boquiabertos. — Talvez eu devesse entrar no serviço civil.

Myfanwy, que começava a achar que levar aquele carro para um passeio fora um erro, murmurou algo sobre aluguel e fez uma manobra complicada para entrar no carro, que era tão rebaixado que parecia que ela ficava sentada no chão.

— Não vamos conseguir estacionar este carro perto do clube — avisou Bronwyn. — Vai ser riscado, roubado, ou algo assim.

Myfanwy saiu com o carro enquanto Bronwyn tagarelava no celular, marcando com seus amigos e recebendo indicações sobre um estacionamento seguro. Finalmente, com o veículo guardado pela boa gente de um hotel cinco estrelas de aparência familiar, as irmãs se juntaram à fila de um clube que Bronwyn garantiu ser o lugar certo para ser vista bêbada e dançando.

Quando elas conseguiram entrar, Myfanwy olhou ao redor com interesse. Por dentro, o clube era bem menos impressionante e mais barulhento do que ela esperava. Bronwyn a pegou pela mão, levando-a ao bar, e gritou perguntando o que ela queria beber. *Qualquer coisa!* Myfanwy balbuciou para sua irmã, entregando um pouco de dinheiro a ela. Bronwyn deu uma piscadela e se apertou na massa de gente até o bar. Myfanwy se perguntou como a irmã ia conseguir pegar uma bebida naquela multidão, mas então se lembrou do top que ela estava usando. *Se o atendente for homem, talvez dê um barril para ela.* Ela tentou ficar na ponta dos pés para conseguir um vislumbre de Bronwyn, mas o resto da multidão a impedia.

Quando ela finalmente emergiu da massa, trazia dois copos grandes, com uma quantidade ameaçadora de líquido. Elas andaram com suas bebidas até um grupo de cadeiras onde os amigos de Bronwyn estavam sentados, tão altos, lindos e normais. Myfanwy sorriu, educada, ouvindo a conversa deles, e se espantou ao inspecionar a multidão. *Toda essa gente, e ninguém sabe os segredos que eu sei*. Deu um gole cauteloso em seu coquetel, seguido por um gole longo, e então se alojou em uma cadeira confortável e olhou para a pista de dança, usando o filtro de seus poderes. Padrões sensoriais da multidão ondulavam diante dela. Corações batiam no ritmo da música. Pulmões buscavam ar e o suor reluzia nas peles.

Preciso organizar minhas ideias.

— Vou pegar um pouco d'água — disse ela a Bronwyn.

Enquanto Myfanwy caminhava pelo clube, ela tensionou sua mente e sutilmente dirigiu o movimento dos dançarinos. A multidão se abria na frente dela e se fechava atrás. Ela caminhou até o bar e as pessoas lhe deram espaço sem nem perceberem que faziam isso. *Nossa, sou muito boa nisso*, pensou. Pediu um copo d'água e, por ter virado um pouco a cabeça, seu controle vacilou. Um grandalhão esbarrou nela e ela esbarrou em alguém.

— Sinto muito.

E deu de cara com o Bispo Alrich.

Duas reações guerrearam dentro de Myfanwy. A primeira foi medo, com o pensamento de que Alrich podia ser o membro traidor da Corte e que ele a seguira até ali para matá-la. A segunda era uma raiva por causa da sacanagem que o universo estava fazendo com ela, logo em sua única noite fora.

Espantosamente, e talvez por consequência de sua falta de costume com álcool, a segunda reação ganhou.

— Ah, não acredito! — gritou Myfanwy, batendo seu copo no balcão e espirrando água e gelo por todo lado.

— Torre Thomas? — disse Alrich, completamente alheio diante da raiva dela.

— Que diabos você está fazendo aqui? E onde eles estão?

— Eles quem? — perguntou o Bispo, calmo.

— Seus guarda-costas! — Ela começou a olhar para todos os lados, buscando gente vestida de roxo que poderia estar pronta para sacar armas Grafter e matá-la.

— Myfanwy, eu não tenho guarda-costas.

Ela o encarou.

— Como é? — disse, com uma voz fraca.

— Não estou com guarda-costas.

Se não há guarda-costas, então ele está aqui, à noite, sem reforços. Myfanwy tentou ver Alrich com seus poderes e não ficou muito surpresa em perceber que eles não funcionavam. *Claro que não funcionariam. Não nele. Ele não precisa de reforços para dar um jeito em mim. Mesmo um clube como este, cheio de civis, provavelmente não o deteria. Ele pode lidar com todos em poucos instantes, e não achar nada de mais nisso. Mesmo assim, ele ainda não me rasgou ao meio, será que posso supor que ele não é o traidor?* Ela avaliou suas opções.

Opção 1: Lutar.

Sem meus poderes funcionando sobre ele, é inútil. Ele pode abrir um buraco no meu peito sem nem derramar a bebida que tem nas mãos.

Opção 2: Fugir.

Mesmo que eu chegasse até meu carro, ele ainda poderia me pegar. E se ele não for o traidor e eu fugir, isso vai acabar gerando algumas reuniões bastante embaraçosas no futuro.

Opção 3: Gritar por ajuda.

Se Alrich for o traidor, teremos os resultados violentos da opção 1. Se Alrich não for o traidor, ficarei com o constrangimento da opção 2.

Opção 4: Ter uma conversa educada.

Pode me ajudar a reunir informações sobre Alrich ser ou não o traidor. Além disso, fico mais tempo viva.

Myfanwy escolheu seguir a opção 4.

— Então, Alrich, o que está fazendo aqui? — perguntou ela.

— Eu estava dando uma volta na cidade — respondeu, casualmente. — E senti seu cheiro no ar.

— Você sentiu *meu cheiro*? — indagou Myfanwy, com voz débil.

Ela resistiu à vontade de cheirar as axilas.

— Sim. Sua fragrância perdurava no ar, e eu estava curioso em saber o que Myfanwy Thomas estaria fazendo na rua esta noite. Fiquei bem intrigado quando a rastreei até uma boate de reputação duvidosa.

— Não entendi. Você saiu e não tem nenhum guarda-costas. E o seu cabelo... — Ela olhou chocada para a cortina de cabelos que se pendurava sobre os ombros dele. — Você tingiu seu cabelo de *loiro*? — Myfanwy deu um passo para trás, ficando consciente sobre a aparência de Alrich. — E o que está *vestindo*? — perguntou ela, olhando a calça justa de couro e a camisa com tecido de malha. — E você está bonitão com estas botas.

— E quem está dizendo isso é a mesma pessoa que usou aquele vestido carmim na recepção — comentou Alrich, brincando.

— Sim, bem... — Myfanwy se desmontou. — Pelo menos eu não o usei hoje — retrucou ela, e ele desatou a rir.

— Posso te pagar um drinque?

— Tudo bem, mas que seja algo fraco. Aparentemente, sou fraca para bebidas.

Bispo Alrich

É um vampiro.

Apesar disso, eu lhe recomendaria que não brandisse nenhum símbolo sagrado para ele durante as reuniões da Corte. Além do fato de que não vai funcionar, seria muita falta de educação e uma interrupção inconveniente à agenda da reunião.

Com esse ponto-chave de etiqueta esclarecido, eis o seu dossiê.

Alrich surgiu neste mundo em 1888, em uma mansão de Londres.

Imagine um quarto forrado de tapeçarias, com carpetes grossos no chão. Uma lareira acesa. A lenha queimando com um cheiro doce e exótico. No centro da sala, sobre um plinto de ouro e cobre, há um ovo. Grande o suficiente para conter um homem em posição fetal. O ovo é feito de um material semitransparente, de cor marrom avermelhado escuro. Sua superfície não é lisa, mas irregular e áspera. Na verdade, se você olhar para ele, lembra uma ferida cicatrizando. Se olhar mais perto, pode ver que há marcas de dedo, sugerindo que não foi botado, mas esculpido. Se espiar bem de perto, com uma lanterna iluminando através do ovo, você pode entrever uma figura no seu interior.

Mais lenha é adicionada à lareira, e o calor na sala aumenta até você sentir o suor escorrendo por suas costas. Logo o ar está queimando sua garganta, então vê que, como você, o ovo começa a suar. Gotas de um fluído avermelhado, como sangue sujo, estão se materializando na superfície, e a própria casca se tornou um pouco mais transparente.

Ao observar o ovo, você nota que ele vai amolecendo e mudando de forma. É flexível. Então, perto do topo, uma mão em garras atravessa a casca, liberando jorros de sangue e albumina, que escorrem pela superfície até o carpete imaculado.

Você sabe que não pode fazer um som sequer.

A mão rasga a casca, agora mais parecida com couro, puxando grandes pedaços para dentro. O material se arrebenta completamente e um jorro de fluídos escorre. A coisa de dentro emerge sem jeito, sua massa de cabelo emaranhado, sua pele brilhante pelos fluídos natais. Ele desliza, tem dificuldades com seus membros, e cai de joelhos no carpete. Enquanto você observa com horror, ele joga a cabeça para trás e grita.

O som não é humano.

Após longos minutos, finalmente para de gritar. Então, inacreditavelmente, começa a comer o ovo. Você aguentou durante todo esse tempo, mas isso é demais. Pode sentir sua garganta travando e precisa sair dali. Sai do seu esconderijo, a coisa olha para você e então se move hesitante em sua direção. Você arranca uma das tapeçarias que esconde uma janela por trás e, em um ato de desespero, se joga através do vidro, na noite nevada.

Enquanto você foge, arrisca dar uma olhada para trás através dos flocos de neve que caem, e vê uma figura parada na janela. Ela está observando você.

Essas foram as circunstâncias do nascimento de um vampiro, conforme descritas por Eleanor Thurow, uma agente do Checquy presenteada com habilidades de camaleão e uma mente investigadora. Não foi de fato o nascimento de Alrich, mas de seu irmão, Pitt. Alrich nasceu uma semana depois.

Naquela época, o Checquy não acreditava oficialmente na existência de vampiros. A posição formal da organização era de que vampiros não eram nada além de vilões de romances góticos mal adaptados de contos de fada do Leste Europeu. Entretanto, a Peão Thurow passou certo tempo no Leste Europeu entre o povo, e, ainda que ela não tenha de fato visto um vampiro, ouviu histórias. Histórias bem convincentes. Quando voltou à Grã-Bretanha, questionou de leve sobre o assunto e recebeu respostas bruscas.

Uma Torre chegou a caçoar da cara da Peão Thurow, declarando na frente de várias testemunhas que "apenas a mais crédula das mentes poderia acreditar em tais fantasias ridículas e improváveis", o que deve ter sido bem pesado vindo de um cara cuja parte inferior do corpo consistia de um tipo de neblina faiscante. De qualquer forma, a Peão Thurow não se deixou intimidar pela zombaria de seus superiores e embarcou em um projeto particular para rastrear o exemplar de vampiro.

O que Thurow fez, na melhor tradição do Império Britânico: descobriu uma espécie e, ao mesmo tempo, entrou em guerra com ela. Assim, a posição oficial do Checquy sobre vampiros mudou quase instantaneamente de "Não seja ridícula, sua tolinha, isso não existe!" para "Certo, eles existem e querem nos matar".

Thurow rastreou o criador de Alrich e de Pitt após meses de trabalho de detetive. Eu li os diários dela (nos quais encontrei a descrição do nascimento de um vampiro), e ela parece ter sido uma mulher muito sábia e dedicada. Não era estranha a situações perigosas, já que suas habilidades e seu temperamento a tornaram perfeita para se infiltrar e vigiar ações de perto. Essa mulher permaneceu incógnita observando (e desaprovando) como o chefe de uma seita que venerava emoções tentou dar a luz à personificação do ódio, para ser sua discípula. Depois de atirar nos dois futuros pais (em flagrante delito), ela atravessou a congregação de observadores horrorizados e abriu os portões do local para os soldados do Checquy.

Um pouco antes disso, ela havia passado vários meses na rua fingindo ser uma prostituta. Isso foi feito como parte de um programa em parceria com a Polícia Metropolitana, que na época estava buscando o famoso assassino de várias infelizes trabalhadoras do sexo. Vale a pena notar que mesmo o Checquy nunca descobriu quem era o senhor Jack Estripador ou se havia algum aspecto sobrenatural na coisa toda.

Em todo caso, a transferência temporária de Thurow para a Polícia Metropolitana aguçou seu talento investigativo. Sua pesquisa sobre vampiros envolvia muita paciência e ficar camuflada em salas e escritórios ouvindo conversas daqueles que estiveram na presença de um vampiro. Sua pesquisa a levou da polícia local para as câmaras dos palácios episcopais e delas para um colégio interno cujos alunos sofriam de um tipo peculiar de anemia.

Finalmente, a investigação de Thurow a levou a uma mansão perto de Regent's Park. A casa estava vazia, exceto por dois quartos que continham os já mencionados ovos, alojados com certo esplendor palacial.

Estava claro para a Peão Thurow que havia algo peculiar acontecendo naquela casa, mas na hora ela não teve certeza do que era. Lembre-se de que a maior parte de suas ideias sobre vampiros era baseada em ficção e folclore (*Drácula* só seria publicado nove anos depois), que não acrescentavam quase nada. Ela procurou em todos os quartos e não encontrou nem caixões nem nada dormindo de cabeça para baixo nos armários. Não havia terra fresca revirada nos porões. Para seu espanto, ela encontrou uma cruz orgulhosamente pendurada na parede da capela da mansão. Apesar de toda sua busca, não encontrou sinal de qual criatura havia produzido os ovos. Então, Thurow tomou a decisão de aguardar dentro da casa, escondida em seu manto, e esperar que a noite caísse.

Não é a decisão que eu teria tomado, mas também não tenho o costume de andar armada com revólveres e uma determinação secreta em provar que meus superiores estão errados.

E eu sei um pouco mais sobre vampiros do que ela sabia.

Em todo caso, Thurow selecionou um dos quartos, ativou sua habilidade de camuflagem e esperou pacientemente. Sete horas depois, tendo o sol se posto, um homem alto entrou na sala e acendeu com cuidado a lareira. Thurow o descreveu em seu diário como "impressionante, com longo cabelo branco e um rosto fundo".

O homem alimentou a lareira com lenha aromática e jogou óleos perfumados sobre as chamas. Então, o nascimento que descrevi começou. Eu não tenho ideia da razão pela qual o pai vampiro permaneceu na janela e não seguiu Thurow quando ela fugiu da casa — talvez ele precisasse cuidar de Pitt; talvez a manhã estivesse próxima demais. Seja qual for a razão, a Peão Thurow teve tempo para voltar a Francis House (então quartel-general das Torres) e relatar, com todo o alvoroço, que ela encontrara um vampiro, vira outro nascendo e acreditava que um terceiro nasceria em breve.

Apenas quando ela mencionou em que bairro isso estava acontecendo seus superiores se mobilizaram, temendo que algumas famílias influentes e ricas pudessem estar em risco. Céticas, as forças do Checquy foram enviadas para a mansão, mas a encontraram em chamas. Peão Thurow foi alvo de olhares desconfiados, recebeu um tapinha nas costas e foi enviada para casa.

Eleanor Thurow foi para casa bufando e escreveu furiosamente em seu diário.

Deixou de ir trabalhar no dia seguinte.

Um Servente foi mandado para a casa de Thurow e a encontrou pregada de cabeça para baixo, na parede de seu quarto.

Foi feita uma busca imediata no local. Seus diários foram encontrados e levados para inspeção. Seu corpo foi examinado minuciosamente e se percebeu que faltava mais sangue do que se esperava, mesmo levando em conta a... drenagem. Depois dessa descoberta, os agentes do Checquy enfiaram uma estaca em seu coração, cortaram sua cabeça, a encheram de alho e só então deram a ela um bom enterro cristão.

Eu adoraria saber como o pamonha do Torre iria explicar para suas tropas que a mulher que eles zombaram estava certa, mas no dia seguinte o corpo dele foi encontrado cortado em dois, no sentido do comprimento. Parece que a intrusão de Thurow no nascimento do vampiro gerou algum tipo de vingança e, ao voltar ao quartel-general, ela deu a ele uma trilha para seguir o Checquy. Com isso, deu-se início uma guerra noturna.

No começo, foi uma morte por noite. Sem nenhum padrão específico — uma noite era uma Torre, na próxima um Servente, na outra um Peão que trabalhava de secretário. Como forma de provocar pânico, era bem eficiente. Os agentes do Checquy em Londres ficaram petrificados e não queriam mais ir além das fortalezas da organização. Porém, as instalações provaram não ser tão seguras quanto eles acreditavam. Cadáveres foram encontrados, alguns com o sangue drenado, dentro dos prédios da organização. Um por noite.

Onze dias depois, o número de mortes dobrou. Apesar da segurança reforçada, toda noite dois corpos de membros do Checquy eram encontrados. As pessoas começaram a dormir em grupos e algumas regras foram instituídas, obrigando membros do Grupo a nunca ficarem sozinhos. Toda manhã havia uma frenética contagem de cabeças, e toda manhã duas faltavam. Às vezes os corpos eram encontrados juntos, às vezes em salas diferentes, às vezes em prédios totalmente diferentes. Cadáveres eram achados em corredores, nos escritórios e nas câmaras mais seguras do Checquy. A imprevisibilidade apenas tornava o medo mais intenso.

Dezessete dias depois de Eleanor Thurow testemunhar o nascimento de Pitt, a média de mortes voltou a subir. Três mortes por noite, agora diferentes, mais calculadas. As pessoas acordavam e descobriam que quem dormia ao lado as encaravam com olhar vazio. Guardas se viravam para perguntar algo ao parceiro e o encontravam deitado no chão com a garganta cortada. Uma mulher foi afogada no sangue de sua secretária.

Certa manhã, no entanto, a contagem de cabeças revelou que ninguém em nenhuma instalação de Londres havia morrido. Foi verificado uma, duas vezes. O alívio foi imenso — houve comemorações espontâneas nos corredores. Mas, durante o dia, chegaram mensagens de pânico de escritórios em Cardiff e Cheltenham, e de uma pensão em St. Bees, onde um pesquisador do Checquy estava de férias.

Na semana seguinte, agentes do Checquy por todo o país foram assassinados.

Finalmente, após 33 dias e 72 mortes, o Lorde e a Lady do Checquy acordaram em seu bunker totalmente blindado e encontraram seus guarda-costas hipnotizados, em coma, e um vampiro olhando para eles. Heller, o pai vampiro, se apresentou e se declarou bem impressionado com o alcance do Checquy. Ao se familiarizar com o tamanho e o propósito da organização (e, apesar de Heller não dizer, ao matar seus membros), sua cria mais nova, Alrich, de certa forma, ficou encantado. Será que o Lorde e a Lady poderiam aceitar os serviços dele por um tempo?

Está espantada com a mudança abrupta de direção?

Do mesmo modo ficaram o Lorde e a Lady.

Mas você não chega ao posto de chefe do Checquy se não for capaz de adaptar sua forma de pensar rapidamente.

Alrich entrou no Checquy como Peão, depois de uma massa labiríntica de concordâncias e arranjos. Claro, as mortes dos agentes do Checquy cessaram, e os outros dois vampiros desapareceram sem deixar rastro. O Grupo desconhecia o lugar onde Alrich dormia e toda noite ele se apresentava à Francis House para seus compromissos. No início foi esquisito, em parte porque ninguém sabia exatamente quais eram suas habilidades e ele não foi obrigado a se submeter a nenhum tipo de teste, e em parte porque ninguém sabia quantos colegas do Checquy ele matara. Havia também o medo, não fora de propósito, de que ele decidisse de uma hora para outra voltar a atacar pessoas e sugar seu sangue. Nessa época, não existia ninguém na organização que não tivesse perdido um conhecido durante as predações dos vampiros. Em decorrência disso, o novo recruta foi recebido com grande hostilidade, apesar de ninguém ser idiota o suficiente para tentar se vingar dele.

Nos primeiros meses, Alrich trabalhou sozinho, a maior parte das vezes em situações de combate. Alguns assassinatos, ordenados por uma Torre recentemente elevada e extremamente nervosa. Alguns ataques nos quais ele foi enviado para domar monstros. Ele era uma arma — do tipo que as pessoas tinham medo de usar. Então ganhou um parceiro, um homem chamado Rupert Campbell, que sangrava fogo e que perdera a esposa havia pouco tempo (em trabalho de parto, e não para os vampiros — até o Checquy não é tão sem noção assim). Campbell havia sido um agente muito bom, mas agora estava perdido, quase suicida e bêbado. Duas vergonhas da organização juntos. Eu não tenho dúvida de que a Corte desejava que eles destruíssem um ao outro. Em vez disso, Alrich encontrou um amigo e mentor, e Campbell encontrou algo para distraí-lo de seu desespero. Juntos, eles conquistaram coisas notáveis.

Se quiser detalhes, você pode ler o arquivo oficial de Alrich, mas acho suficiente dizer que, como resultado das explorações dos dois, ambos subiram ao posto de Bispo. Alrich permanece no cargo e Campbell morreu em 1929.

Alrich tem um profundo e detalhado conhecimento do Checquy e da nação — afinal, ele trabalha para nós há mais de cem anos. É um combatente aterrorizante e eficiente, mas é seu intelecto formidável que o torna o bem mais valioso da organização. Ele possui uma enorme quantidade de conhecimento corporativo (tenho insistido para ele colocar tudo no papel há vários meses) e desempenha seu papel de maneira brilhante.

Praticamente tudo que sabemos sobre vampiros é resultado de ter Alrich entre os nossos, mas ele é um boca de siri e nunca foi examinado. Nós nem sabemos como vampiros são criados — uma das condições que Alrich impôs para sua entrada no Checquy era a de nunca ser questionado sobre o procedimento e a de nunca lhe pedirem para que criasse um novo vampiro. Quer dizer, sabemos que eles saem de ovos, mas só isso. Não sabemos de onde vêm os ovos, ou qual material há dentro deles. Algo é colocado lá dentro para ser modificado? Um cadáver? Uma pessoa viva? Um bebê? Talvez nada tenha sido colocado lá, e Alrich apenas cresceu. Talvez ele tenha sido uma pessoa normal algum dia. Ele não diz.

Quanto aos outros dois vampiros — Pitt e Heller —, bem, nunca soubemos deles. Não temos ideia se ainda estão vivos ou se estão no Reino Unido. Dois vampiros foram encontrados desde que Alrich se juntou a nós, e os dois foram mortos (um deles por Gestalt, de forma impressionante). Seus corpos não nos trouxeram pistas, pois se dissolveram em sangue e água ao morrerem. Suas posses não deram indicação de suas origens ou da possível existência de outros. Eu me pergunto se os dois vampiros assassinados pelo Checquy eram, de alguma forma, relacionados a Alrich — será que ele estava usando a organização como seu exército particular, manipulando-nos num jogo magistral de política vampiresca? É uma teoria inquietante, e sem nenhuma base além da minha própria paranoia.

Dentro do Checquy, Alrich é visto com um peculiar misto de medo, orgulho e aceitação blasé. Ele é um vampiro, e algumas pessoas simplesmente ignoram o fato de ele outrora ter sido um inimigo. Ele é o "nosso" vampiro e, além disso, ele está na organização há uma eternidade. Mais tempo do que quase todo mundo. Novatos ficam ressabiados a princípio, mas é quase um sinal de orgulho ignorar sua não humanidade ou não considerar isso importante.

E, no final das contas, nenhum de nós é normal.

Alrich é a personificação do charme, então é fácil esquecer que ele é um predador, um predador de seres humanos. Ele não precisa matar suas presas e sua habilidade em hipnotizar suas vítimas indica que elas nunca ficam sabendo o que acontece. Entretanto, notei que aqueles que trabalham com Alrich tendem a morrer mais jovens do que a média. Sua equipe também sofre de uma taxa maior de ausência por doença do que qualquer outra seção do Checquy. Se isso fosse informado à organização, haveria uma reação significativa. Estaria Alrich se alimentando de seu pessoal? Está modificando as lembranças deles? Não sei ao certo, mas uma investigação formal seria algo bem ruim para o Grupo.

Já há desconfianças dentro da Corte. Alrich nunca vai subir além do nível de Bispo, disso todos sabem. Será que isso o chateia? Quais são suas prioridades? Ele vai permanecer no Checquy para sempre ou isso é apenas um aprendizado, uma fase adolescente? Talvez uma noite ele abra os olhos e decida ir embora. Suas motivações são desconhecidas para nós.

Se Alrich for nosso inimigo, então você está encarando um adversário que tem poderes em todos os níveis. Ele poderia acabar com você como se fosse uma folha seca. Suas habilidades mentais podem evitar que você consiga reagir. Sua velocidade pode superar seus reflexos mais rápidos. Sua sagacidade e autoridade vão evitar que você consiga qualquer apoio dentro da organização. E sua falta de humanidade significa que ele não vai hesitar em destruí-la, se achar necessário.

Entretanto, por causa de sua natureza predatória, ele vai querer brincar com você antes do golpe final.

— Então, o que está fazendo aqui sem nenhum guarda-costas? — perguntou Myfanwy. — Porque o chefe de segurança Clovis colocou duas pessoas me seguindo por aí e eles são incapazes de se misturar em qualquer lugar, então eu tive de despistá-los. — *Embora, nesse exato momento, isso não pareça a decisão mais sábia que eu já tomei.* — Graças a Deus, Clovis não pode ver nós dois agorinha. Ele ficaria furioso. — Ela bebericou o martini de maçã que Alrich pediu para ela. *Se Alrich fosse me matar, com certeza não teria me comprado uma bebida. Embora isso não signifique que ele não seja o traidor.*

— Meus hábitos pessoais exigem um certo grau de privacidade — disse Alrich, olhando para todo canto, menos para Myfanwy.

— Seus hábitos pessoais? — repetiu Myfanwy. — Eu não entendo... — *Creio que seja difícil pegar carne fresca quando se trabalha no turno da noite para o Checquy.* — Mas em uma boate? Com seu cabelo tingido de loiro platinado?

— Não está tingido, só estou com fome — explicou Alrich. — Em todo caso, eu não preciso de guarda-costas. E, além do mais, é difícil pegar jovens se eu estiver sendo observado. Nem todos aprovam meu estilo de vida.

Aposto que sim, pensou Myfanwy.

— Então, que tal *ele*? — Ela apontou discretamente com o queixo em direção a um jovem bem bonito, que na verdade se parecia bastante com Alrich, sem todo o cabelão e com um orçamento bem mais restrito para o guarda-roupa.

— Ah, sim, ele parece adequado — avaliou Alrich, suavemente.

— Então, vai nessa — falou Myfanwy. — Tenho de voltar às minhas amigas ou vão começar a perguntar para onde eu fui.

Alrich abaixou sua bebida intocada, virou-se para ela e fez uma reverência elaborada.

— Muito bem, mas eu ficaria mais impressionado se o nosso esbarrão tivesse sido um movimento calculado para mostrar a bunda para o clube inteiro.

Alrich piscou e caminhou suavemente até o loiro que dançava. Cochichou no ouvido do garoto e um sorriso largo se abriu no rosto do jovem. Ele pegou a mão de Alrich e o conduziu para fora da pista de dança, em direção à saída.

Droga, isso é impressionante. Aquele moleque não tem ideia de onde está se metendo. Ele teria uma noite da qual nunca iria se esquecer, não fosse pela hipnose. Ela voltou para o grupo de Bronwyn, onde alguns jovens cheios de expectativa estavam puxando conversa com as estudantes de moda.

— Quem é o cara? — perguntou Brownyn. — Ele é muito gato.

— Amigo do trabalho — explicou Myfanwy.

E um possível traidor assassino.

— Charisma achou que ele deveria ser modelo.

— Eu teria apresentado a você, mas ele estava aqui com um propósito distinto.

— É, percebi. Que pena. Até ele sair com aquele carinha, eu estava meio que torcendo para que ele estivesse dando em cima de você. Por que os gostosões são sempre gays?

— É — falou Myfanwy.

Ou vampiros.

— Quer dançar? — perguntou Bronwyn.

— Não mesmo — respondeu Myfanwy.

— Ótimo, vamos então — disse Brownyn, bebendo o resto da sua bebida e levantando-se de um salto.

De fato, Myfanwy não era uma dançarina nata. Bronwyn e suas amigas estavam dançando ao redor dela de uma maneira que ela reconheceu vagamente de alguns clipes de música que tinha visto. Para sua grande surpresa, estava se divertindo. Estava mais relaxada do que podia se lembrar desde que abriu os olhos no parque e se perguntou quem era. Tinha alguns coquetéis flutuando no seu interior, e estava dançando (mal, mas menos mal do que havia dançado no início) com sua irmã e as amigas dela. A música estava pulsando, e ela observava a pulsação das pessoas à sua volta. Myfanwy fechou os olhos e se deixou levar pela batida. Então, uma mão bateu em seu ombro e ela se virou e viu um queixo.

Era um belo queixo, de aparência forte, preso ao rosto de um homem forte e bonito. Estava dançando sem jeito e parecia levemente envergonhado em tê-la incomodado. Ele falou alguma coisa e a música alta a impediu de ouvir.

— Sente muito o quê? — gritou ela, bem feliz por um cara de aparência decente ter se interessado por ela em um clube. Myfanwy observou seus lábios com atenção, tentando entender algo sobre uma bebida e continuou sem compreender nada do que ele dizia. — O quê?

Ele arreganhou os lábios e revelou um sorriso cheio de navalhas.

Bem, naturalmente.

29

Querida Você,

Hoje foi um dia muito estressante.

Deveria ter sido, na verdade, um dia bem entediante. Eu tinha uma montanha de papelada para trabalhar, relatórios para preparar e, milagrosamente, todos os outros membros da Corte estavam longe fazendo coisas urgentes, mas que não eram grandes emergências. Eu me acomodei na cadeira e estava bem confortável lendo sobre camundongos falantes que infestaram Lewisham antes de serem liquidados por nosso escritório regional. O extermínio levou meses e resultou em uma quantidade enorme de contas e registros que eu era obrigada a verificar.

Eu havia apenas começado os cálculos do terceiro mês e estava tentando descobrir por que o genocídio de uma praga local precisava de 15 milhões de libras e de um carro sarraceno blindado do Segundo Regimento Blindado, quando recebi uma ligação muito estranha de Heretic Gubbins, que estava em Nova Déli, depondo um pretenso tirano. Ele falava bem rápido, mas, até onde posso me lembrar, a conversa seguiu meio assim:

Eu (distraída): Sim, alô? Alô?

Ele: Alô?

Eu (ainda distraída): Alô?

Ele: Alô?

Eu: Alô, estou ouvindo.

Ele: Torre Thomas?

Eu: Sim.

Ele: Sim, aqui é Heretic Gubbins, em Déli.

Eu: Alô...

Ele: Sinto muitíssimo, mas acontece que a grega vai chegar uma semana antes do esperado, então não há ninguém para recebê-la além de você.

Eu (tentando descobrir ao menos por que nós precisávamos eliminar os camundongos): Hum, certo. O quê?

Ele: A grega.

Eu (ainda não prestando muita atenção): Sim.

Ele: Ela está vindo, e você vai precisar recebê-la hoje.

Eu: Ah, tá bom. Espere, que grega?

Ele: Você sabe quem, eu nunca consigo lembrar o nome dela, mas ela faz aquela coisa e tem milhares de anos de idade.

Eu (começando a entrar em pânico): Faz que coisa?

Ele: Ah, transforma pessoas em gado.

Eu: Faz o quê?

Ele: Transforma gente em...

Eu: Eu ouvi! E o que eu devo fazer com essa mulher?

Ele: Ah, você sabe, o de sempre.

Eu: Eu não sei o que é o de sempre! Não é o meu trabalho! É o seu trabalho! Se quer trocar de trabalho, então você pode vir aqui agora mesmo e cuidar do orçamento do extermínio de camundongos em Londres enquanto descobre por que diabos um guarda-roupa de duas portas no quarto de hóspedes de uma casa de campo é considerado uma questão de preocupação nacional!

Ele: Torre Thomas, você só precisa pegá-la no aeroporto de Heathrow, acompanhá-la por Londres e jantar com ela.

Eu: Não posso fazer isso!

Ele: Por que não?

Eu: Porque... Eu não janto (pausa mortificada). Porque eu não lido muito bem com pessoas (surtando). Especialmente pessoas que transformam outras pessoas em animais de fazenda!

Ele: Desculpe, não ouvi isso, acho que a ligação está ruim...

Eu (gritando): Não, não está! Você só está dizendo isso para...

(Telefone fica mudo.)

Então, eu consegui cultivar a reputação de uma pessoa que sabe tudo pelo simples fato de não ter vida social. Mas o mundo em que vivemos é tão estranho que a descrição "grega com milhares de anos de idade" não é o suficiente para identificar um indivíduo específico. Eu nem me lembrava. Pedi que Ingrid ligasse para a secretária de Gubbins, que passou o nome da mulher e a hora da chegada em Heathrow, que por acaso era em meia hora. Felizmente, nós temos assistentes extremamente boas, então em menos de dez minutos essas duas mulheres conseguiram arrumar duas limusines, alguns motoristas sem personalidade discernível, um itinerário para um dia de entretenimento e meu gigante lutador de sumô escocês como segurança.

— Ingrid, quem é essa mulher? — perguntei. Estávamos sentadas bem juntas para que Ingrid pudesse me mostrar os detalhes de seus arquivos. Anthony estava sentado na nossa frente e servia como cavalete para uma grande faixa de papel que ilustrava a linha do tempo da vida da grega. Assim, eu estava virada de costas (o que me deixa enjoada no carro) e Ingrid tinha espalhado seus documentos no meu colo.

— Ela é atualmente conhecida como Lisa Constanopoulos.

— Atualmente? — repeti, tentando examinar minha saia debaixo de diversas camadas de arquivos. Eu estava imaginando coisas ou eu a vesti ao contrário?

— O nome é uma aquisição recente; esses antigos trocam de nomes como trocam de roupa.

— Essa saia está ao contrário?

— Está, sim. Agora, tenha em mente que a senhorita Constanopoulos tem uma idade confirmada de pelo menos 3.500 anos — falou Ingrid.

Uma chuva de arquivos caiu no chão do carro quando eu tentei girar a saia. Anthony e eu nos inclinamos à frente ao mesmo tempo e batemos nossas testas.

— Ai! — gritamos, e eu me encostei de volta ao banco.

— ... no século passado ela ficou conhecida por ter dado uma joelhada na garganta de Joseph Stalin durante uma recepção, e participou intensamente da indústria de diamantes da África do Sul — continuou Ingrid. — Ela também curou um membro da nossa família real de câncer nos anos 1950, e infectou outro com sífilis nos anos 1960.

— Santa Mãe de Deus, minha cabeça!

Anthony murmurou algo.

— O que ele disse?

— Não tenho ideia — respondeu Ingrid.

— Quanto tempo até o avião aterrissar? — perguntei, pressionando com força a mão contra minha testa dolorida.

— Cinco minutos — disse Ingrid.

— Quanto tempo falta para chegarmos lá?

— Vinte minutos.

— Ai, inferno.

Enquanto caminhávamos pelas entranhas do aeroporto de Heathrow, Ingrid me deu mais detalhes sobre Lisa.

— Ela foi amiga íntima de Eva Perón, e esteve levemente envolvida no Grande Incêndio de Chicago. Pode estar trazendo uma codorna que bota ovos de ouro, e foi responsável por quatro terremotos nos últimos dois séculos.

Fomos conduzidos a uma sala de recepção especial, para a qual pessoas importantes são direcionadas para que não tenham de passar pela alfândega.

É luxuosa, privativa e não é preciso se misturar ao público. É a sala de espera de quem for muito, muito poderoso e já tenha tomado uns drinques com José de Arimateia. Ou se for o Mick Jagger.

Naturalmente, a grega estava atrasada. Chegamos meia hora depois que seu avião pousou, mas acho que, quando você tem todo o tempo do mundo, pode se dar ao luxo de esperar que os outros passem na sua frente. Além disso, você aprende a arte de fazer uma boa entrada. Ingrid estava explicando os três cultos modernos dedicados a venerar essa mulher quando ela entrou na sala.

Ela chegara de Milão, onde escolhera roupas e amantes e estava usando um de cada. Seu braço estava enlaçado casualmente no de um Adônis, que parecia ter a inteligência de uma tábua de passar roupas, e atrás deles vinham duas pessoas, uma mulher mais velha e um grande aborígine australiano.

Eu estava esperando por uma beleza gloriosa, uma deusa exalando toda a dignidade e a confiança de eras. Afinal, essa mulher havia negociado com monges budistas e duelado com um papa. Então, fiquei meio espantada quando vi uma mulher da minha altura (o que não é uma maravilha, como você sabe bem) com um cabelo loiro, penteado ao estilos dos anos 1960. Batom vermelho-sangue. Óculos escuros enormes. Um cigarro. E longas unhas vermelhas.

Ainda assim, ela parecia ter uns 40 anos. Não é pouca coisa, quando você viveu mais do que Matusalém.

— Minha querida Torre Thomas! — Ela correu ao meu encontro e beijou minhas bochechas, deixando enormes marcas de batom. Seu sotaque era suave, algo entre europeu e latino. Seus dedos estavam cheios de anéis ameaçadores, o suficiente para forçar Anthony a ficar parado.

— Você é bem bonita! — mentiu ela para mim. — Estou tão feliz em conhecê-la! Você sabe que sua saia está ao contrário?

Eu murmurei algo inarticulado sobre como era uma honra recebê-la no Reino Unido por parte (inconsciente) da rainha e também sobre o Cavalo Gubbins mandar suas desculpas. Minha língua estava completamente travada, e consegui virar minha saia só até metade.

— Oh, sim! Harry! Eu o vi em Kuala Lumpur há alguns anos.

— Dez anos — disse a senhora atrás dela com um suspiro.

O modelo masculino, que havia sido deixado de lado assim que Lisa me avistou, lançou para ela um olhar de desprezo. Pelos arquivos, eu sabia que a mulher mais velha era a secretária pessoal de Lisa e que o cara aborígine não era seu guarda-costas, mas seu especialista em TI.

— Dez anos? — repetiu Lisa, vagamente. — Sério? Espero que ele esteja bem, mas estou bem confiante de que você e eu teremos momentos prazerosos.

Então, para minha intensa mortificação, ela acrescentou:

— E eu acho que definitivamente posso ajudá-la no quesito guarda-roupa. Me diga, todas as suas roupas são tão... cinza?

Ingrid bufou atrás de mim. Achei que ela estivesse engasgando com uma bala de menta. Lancei um olhar, esperando que ela não tivesse ouvido nada, e vi que estava fazendo cara de paisagem, o que só podia significar que ouvira tudo.

Saco.

Lisa caminhou apressada pelos corredores de Heathrow, escoltada por uma Torre do Checquy e um garoto de capa de revista. Era como sair com uma mulher que era ao mesmo tempo minha avó e minha "personal shopper". Ela citava nomes de lojas de roupas e costureiros que teríamos de visitar. Sua secretária anotava tudo, enquanto Ingrid e Anthony, um pouco mais atrás, ouviam com desânimo quando perceberam que os compromissos meticulosamente criados para garantir correção política e segurança impecável eram desprezados em favor de um tipo de reforma sobrenatural.

Eu tentei protestar, citando minhas limitações de salário (uma mentira), a política do Checquy (outra mentira) e o fato de que eu não sabia os meus tamanhos (o que era verdade, mas não gostei nada de admitir isso). Mas Lisa prometeu pagar por tudo, me assegurou que ninguém no Checquy iria querer ofendê-la e me informou que, quando você paga o valor que ela estava disposta a pagar, eles fazem caber em você.

Três horas depois, meu guarda-roupa havia quintuplicado, eu era dona de várias embalagens de maquiagem, e Anthony e Ingrid estavam carregados de sacolas de compras. De assistente pessoal e segurança, eles foram rapidamente transformados em burros de carga. Suas expressões chocadas se equiparavam à minha, e Ingrid mais tarde confessou ter ficado pateticamente feliz por Lisa ter aprovado o restaurante que ela havia escolhido. Dado o assunto da conversa do almoço, fiquei grata que Lisa pedira uma mesa separada para nossos acompanhantes.

— Veja, Myfanwy Thomas — falou ela, apontando com seu copo de vinho. — Eu não acho que você esteja aproveitando a vida o suficiente. Claro, aquela Propriedade peculiar para onde lhe enviaram parece fazer esse efeito em muitos. — Ela deu uma longa tragada no cigarro.

— Bem, senhora...

— Lisa! Eu já lhe disse, preciso me acostumar a ser chamada de Lisa!

Ela esvaziou o copo e fez sinal para o garçom, que nos rodeava, fascinado.

— Certo, sim, Lisa. Sabe, somos ensinados...

— Eu sei que essa coisas de escola é uma loucura moderna, mas eu aprendi no colo da minha avó, e isso obviamente foi bom para mim.

— Obviamente...

— A mulher me ensinou como usar minha força, mas a coisa mais importante que ela me ensinou foi como aproveitar a vida.

— E quanto tempo isso levou? — perguntei, apenas para ser ignorada enquanto ela continuava com seu sermão.

— Você não sabe como aproveitar a vida. Posso ver. Você precisa encontrar um homem e usá-lo.

— Como? — engasguei. Senti o sangue subindo para meu rosto.

— Uma jovenzinha como você precisa sair por aí dançando com os meninos, é o que minha avó diria para você.

— Mas...

— Encontre um bom garoto, leve-o para o mato... — continuou Lisa, olhando o jovem que ela havia trazido com ela. — Claro, essa coisa toda de futura traição sem dúvida está pesando forte sobre você. Obrigada, garçom, quero uma Perrier e minha amiga também. — Lisa verificou suas unhas com um ar crítico, então pegou minhas mãos e as olhou.

— Claro — concordei, me perguntando se minhas unhas passariam pela revista, até eu processar o que ela dissera. — O que você disse?

— Querida, você precisa beber um pouco d'água. Minha avó sempre disse que para ter uma vida longa e intestinos limpos basta tomar um copo d'água para cada duas taças de vinho. Apesar de eu ter notado que você só bebeu uma taça de vinho.

— Lisa...

— Como estão seus intestinos?

— Lisa! — exclamei, e nossos acompanhantes na mesa ao lado olharam consternados. Continuei com a voz mais baixa. — O que você quer dizer com uma futura traição?

— Myfanwy Thomas, você será traída no futuro por um membro da Corte. Você sabe disso. Eu sei disso. Você vai ficar parada na chuva, e ao seu redor haverá gente morta.

— Como você sabe? — cochichei.

— Posso ver tudo isso ao seu redor, minha joia — respondeu ela, ainda segurando minhas mãos. Apesar de a voz dela estar calma e baixa, seu aperto de mão era firme. — Vejo claramente.

— O que mais?

Ela olhou para meus dedos com atenção.

— O que mais pode ver?

— Posso ver que precisa de uma manicure.

— Não! O que pode ver sobre meu futuro?

— Posso ver que precisa de um vestido de noite. Felizmente, eu conheço o homem certo para lhe fazer um.

No final, o homem que ela conhecia morrera há 32 anos, mas a neta dele também era estilista e apresentou alguns desenhos de uma criação carmim que me deixaram envergonhada demais para comentar. Ela também tirou as medidas de um jeito diferente do comum entre costureiras e alfaiates. Quando protestei, Lisa chamou sua secretária e seu garoto para perguntar o que eles achavam. Eles foram incentivados a visualizar como eu ficaria usando aquilo, o que significou que por vários minutos meus seios foram observados por estranhos.

— Você devia ter orgulho de mostrar seus seios, Myfanwy Thomas — declarou alto Lisa, na frente de todos.

— Como? — Apenas me mate.

— Eles são bons! Um pouco pequenos, mas com uma ótima forma. Você devia estar alimentando bebês! Dando de mamar! — Ela gesticulou elaboradamente.

Mate-me agora.

— Você sabe quantos bebês sugaram esses seios? — perguntou ela, apontando para si mesma. — Sim, e alguns homens crescidinhos também! — acrescentou, dando um tapinha na bunda de seu garoto-objeto. Ele lançou um olhar safado para ela antes de voltar a fitar meu peito.

Finalmente, levamos Lisa ao hotel e a acompanhamos até sua suíte. Quando nos despedimos na porta, ela agarrou meu pulso, me puxou para perto e cochichou na minha orelha com a voz rouca. Cigarro e perfume francês tomaram minhas narinas, mas não foi isso que me fez arrepiar.

— Myfanwy Thomas, coisas ruins estão chegando. As piores que já vi em minha vida. Você vai perder tudo. Vai terminar na chuva, e além disso eu não posso ver. Então aproveite enquanto pode.

Seus olhos queimaram nos meus, e eu pude ver a idade dentro deles. Séculos e séculos, estendendo-se para um começo inimaginável. Então ela fechou a porta, deixando-me tremendo no corredor.

Ingrid e Anthony me levaram de volta para casa. E agora estou sentada no escuro, sozinha, exceto por várias, várias sacolas de compras.

30

O hálito do boca de navalha fedia a produtos químicos, e Myfanwy afastou a cabeça para longe num reflexo. Algo naquele odor trazia uma lembrança distante. Ela parou de dançar e tensionou os músculos. Seus poderes estavam à postos, mas ela hesitou em usá-los em um lugar público. *Como eu vou explicar isso a Bronwyn?*, pensou na mesma hora. O Boca de Navalha não fizera nenhum movimento para feri-la, e ela ousou uma rápida olhada para sua irmã, que dançava absorta com as amigas.

O cara parecia normal quando estava de boca fechada. Bem, talvez não completamente normal, só que mais normal do que muita gente com quem Myfanwy trabalhava todo dia. Cabeça raspada, nariz pontudo, lábios pálidos repuxados num sorriso firme. Ela estava preparada para qualquer movimento, mas ele só ficou lá, se balançando um pouco. Myfanwy ergueu as sobrancelhas, como se o questionasse, e ele gesticulou em direção a uma mesa que estava um pouco além das caixas de som e, por um milagre, desocupada. Ela hesitou, e ele ergueu a mão devagar, entregando-lhe discretamente um celular. Myfanwy suspirou, pegou o celular das mãos dele com cautela e o seguiu até a mesa.

— Alô? — A música alta a impediu de ouvir a voz do outro lado. — Você tem de falar alto, estou em uma boate e está tocando um tipo de... sei lá, música pecaminosa.

A voz falou mais alto, porém, ainda era impossível de entender. Myfanwy olhou para o homem do sorriso afiado com uma expressão que indicava não conseguir ouvir a pessoa do outro lado da linha. Ele revirou os olhos e fez uma cara de que aquilo não havia sido sua ideia e que seus protestos foram ignorados. E, então, apontou energicamente com um dedo sobre o ombro em direção à saída.

— Você deve estar brincando! — Ele apontou mais uma vez para a saída. Ela se inclinou e falou no ouvido dele. — Minhas amigas podem achar estranho se eu sair com um homem um minuto depois de encontrá--lo. — Ele olhou para ela com uma expressão vaga. — É evidente que você não está familiarizado com esse fenômeno de meninas saindo juntas, mas, a não ser que você esteja preparado para causar uma cena, eu não saio daqui.

— Estou preparado para causar uma cena *excepcionalmente* incômoda — cochichou ele no ouvido dela. Tinha um sotaque que ela não conseguia identificar. Europeu. Escandinavo?

— Aposto que eu posso causar um incômodo ainda maior. A não ser que você suporte a ideia de arrancar seus próprios olhos com as unhas. — Ele deu um passo atrás, receoso. Myfanwy ergueu uma sobrancelha para ele e congelou suas juntas. Em vez de ficar alarmado, entretanto, ele abriu seu sorriso de navalha e olhou sugestivamente em direção a Bronwyn e suas amigas.

— Você não ousaria!

Myfanwy concentrou seu domínio mental sobre ele, forçando sua mente nos pulmões. Ele ficou tenso, seus olhos esbugalharam, mas não desfez o sorriso. Em vez disso, apontou com o queixo de volta para as meninas. Ela olhou para trás e viu que elas estavam bem, dançando sem preocupação. Bronwyn encontrou seu olhar e acenou, suas sobrancelhas levantadas como que perguntando se estava tudo bem. Myfanwy forçou um sorriso e assentiu. Bronwyn deu outra olhada rápida para o homem dos dentes de navalha (agora escondidas sob seus lábios) e fez uma cara que dizia que o achava meio bonitinho.

Então, Myfanwy notou com uma preocupação cada vez maior que as meninas estavam cercadas de dançarinos particularmente ruins. Vários deles usavam roupas mais adequadas para cometer terríveis danos corporais do que para conquistar meninas. Hesitante, ela tentou prendê-los com a mente. *Não adianta*, admitiu para si mesma. *As meninas estão no caminho e todo mundo está se mexendo, e eu acabei de tomar uma bebida que tinha seis marcas diferentes de vodca.* Derrotada, Myfanwy voltou sua atenção ao homem dos dentes perigosos.

— Sabe, odeio ser coagida por um clichê — falou ela. Ele olhou para ela sem compreender. — "Venha conosco ou matamos seus amigos?" Cara, você podia ter enfiado uma arma nas minhas costelas.

— Isso teria funcionado?

— Acho que não. Agora, se nós não vamos fazer uma cena, como vou justificar minha saída às minhas amigas?

Ele piscou, nervoso. *Ele é uma pessoa experiente nos ramos do sobrenatural, mas que nunca lida com gente normal. Especialmente garotas.*

— Vai dizer que gostaria de ver meu carro? — perguntou ele. Ela se segurou para não rir na cara dele.

— Então quer dizer que eu vou voltar? — retrucou ela.

— Não sei ao certo. Apesar da seriedade da situação, ela estava começando a sentir um pouco de pena dele.

— Não vou dizer a elas que quero ver seu carro. Não tenho 16 anos e não estamos no musical "Grease". Eu lhe digo o que faremos. Você sai. Eu volto para dançar por cinco minutos, e seus capangas podem ficar de olho em mim. Então eu finjo receber uma mensagem urgente do trabalho e saio para falar com seu amigo. — Boca de Navalha considerou a questão, assentiu e saiu. Seus amigos continuaram na pista, dançando bem mal.

Cinco minutos depois, Myfanwy saiu do clube. Ela terminou a conversa com o careca de dente esquisito e, tomada de um repentino fatalismo, dançou brevemente com um dos capangas. Agora, lá fora, ela olhou ao redor e viu luzes de néon refletindo em uma cabeça raspada.

— Torre Thomas — falou ele, abrindo seu sorriso metálico.

— Homem Irritante Sem Nome com Dentes de Navalha — respondeu ela, mostrando os dentes. — Então, cadê seu amigo?

— Do outro lado da rua, se me acompanhar. — Ele lhe ofereceu a mão e fez uma leve reverência que teria sido normal no Rookery, mas que atraiu assobios e risos da fila de pessoas esperando para entrar no clube.

— Vai nessa, querida! — gritou uma menina. Palavras similares de incentivo (porém mais específicas) preencheram o ar, e Myfanwy se sentiu corar. Eles caminharam rapidamente pela rua, e ele abriu a porta do carro para ela.

— Você tem um trabalho de merda, sabia? — Ela apontou para ele. O homem corou desconfortável, e assentiu. — Ainda assim, é muito educado. Você é belga, por acaso? — Ele assentiu novamente, sem graça. — Bem que eu imaginei. — E ela entrou no carro.

Myfanwy se arrumou no banco e passou algum tempo se recompondo antes de levantar os olhos para ver seu anfitrião. *Isso vai impressioná-los,* pensou ela, com satisfação. *Sou calma, tranquila, concentrada, e já acalmei o lacaio deles.*

Então ela viu o que estava ocupando o resto da limusine.

Não vou gritar, raciocinou ela, desesperada. *Não vou vomitar. Não vou desmaiar. Mesmo que essas sejam reações bem razoáveis ao deparar com esse tanque de gosma na minha frente.*

A coisa na frente dela parecia ter sido esfolada pouco antes de Myfanwy entrar no carro. Brilhava por causa dos fluídos que escorriam, os mesmos que geralmente correm apenas abaixo de várias camadas de pele. Os olhos não combinavam, em um deles brilhava um azul teutônico forte, que teria feito Hitler orgulhoso, e o outro estava tão tingido de sangue que era de uma cor laranja de revirar o estômago.

Placas de quitina atravessavam a pele raivosa, aparentemente colocadas com um cuidado caligráfico. Cordas delgadas de músculos se enrolavam em membros com sulcos e ramificações assustadoramente irregulares.

Da boca saltavam lascas brancas, dentes que, apesar de perfeitos, eram *errados*. Eles se projetavam para fora, estavam revirados e, às vezes, pareciam estar migrando de dentro da boca. Caninos brancos brilhantes estavam onde cresciam os incisivos; um molar foi substituído por um pré-molar. Faltavam os dentes da frente, mas enquanto Myfanwy observava a coisa com uma fascinação horrorizada, pequenos pontos brancos deslizavam das gengivas. Quando a coisa repuxou os lábios num terrível sorriso, o efeito todo foi dissonante.

Porém, mais do que tudo, a *presença* biológica daquilo revirava o estômago dela. Myfanwy não queria sondá-lo com seus poderes, mas seus sentidos se espalharam pelo exterior de maneira inconsciente e recuaram com violência quanto tocaram a coisa no tanque. As conexões que existem dentro de cada ser humano estavam desfiguradas, terrivelmente retorcidas. Nervos haviam sido realinhados, artérias e músculos abertos e presos em lugares onde não deveriam estar. Era uma deliberada perversão da biologia. Ela queria tocar aquela coisa com sua mente tanto quanto gostaria de beber esgoto.

A criatura, que estava submersa até a altura da cintura, reclinou-se, descansando os braços na borda do tanque e apoiando o queixo nas costas de uma das mãos. O tanque substituía uma fileira de assentos da limusine e estava cheio de um fluido viscoso, que reluzia em um arco-íris oleoso. Enquanto ela olhava, um canino se torceu com um clique audível. Ela fez uma leve careta.

— Boa noite, Torre Thomas — falou ele.

Ela assentiu e sorriu da forma mais educada que pôde, apertando os dentes com tanta força a ponto de sangrarem. Seus poderes estavam bem recolhidos em seu centro, se afastando de tudo na frente dela.

— Sou Graaf Gerd de Leeuwen de Wetenschappelijk Broederschap van Natuurkundigen. Sinto muito por minha aparência atual. Uma nova pele está crescendo, mas não pude esperar. Assim que tomamos conhecimento de que você estava desacompanhada, soube que seria a oportunidade perfeita para te encontrar.

Myfanwy assentiu bruscamente, não confiando em si mesma para falar.

— Deixe-me começar declarando que, independentemente do resultado da nossa conversa, não vamos tocar em você esta noite: nem eu nem meu pessoal. E não vamos machucar suas amigas. Quero que saiba disso e não exijo nenhuma condição. Isso é uma cortesia que estou dando a você, porque você tem algo que eu quero. E porque me disseram que você é poderosa.

Bem, é uma introdução bem construída, pensou Myfanwy. Ela fez uma nota mental sobre os Grafters não saberem quem Bronwyn era.

— Elas são civis — disse Myfanwy. — Tocá-las, segui-las ou investigá-las seria extremamente não diplomático. Eu acharia difícil ter um encontro produtivo se desconfiasse que elas seriam feridas, esta noite ou em qualquer outra. — Ela observou o sangue correr pelas bochechas da coisa na frente dela. Ou, pelo menos, pelos capilares que passavam onde as bochechas deveriam estar.

— Você não pode exigir nada de mim — respondeu ele, laconicamente.

— Eu não pensaria em exigir nada — disse Myfanwy. — Mas vamos mudar de assunto. Entendi que eu tenho algo que você quer. — *Seja o que for.*

Os músculos do pescoço da coisa se flexionaram de irritação, os tendões se tensionaram em seus dedos. Myfanwy apertou os dentes quando as minúsculas plaquetas de quitina rasparam na borda de metal do tanque. Ela observou com uma fascinação nervosa enquanto ele controlava sua raiva.

— Muito bem — falou ele, entre dentes cerrados. — Agora vamos conversar.

— Ótimo.

— Eu não gosto de estar neste país.

Myfanwy esperou com expectativa. Claro que a coisa não ia pedir uma passagem aérea para fora do Reino Unido.

— Eu ainda estaria na Bélgica, mas circunstâncias infelizes me arrastaram para cá.

— Isso deve ser irritante — comentou Myfanwy, com a solidariedade mais falsa que pôde reunir. *Que cansativo, ter de vir e invadir um país.* Estava começando a perder sua paciência. O homem sem pele no tanque olhou para ela, com a cabeça virada para um lado.

— Sim — replicou ele, desconfiado. — Me desagrada ser obrigado a falar com um membro do Checquy. Eu não esqueci a Ilha de Wight. — Myfanwy ficou boquiaberta quando percebeu sobre o que aquela coisa estava falando. Ele havia estado lá quando os Grafters invadiram o Reino Unido. A coisa na frente dela tinha mais de 300 anos. Em seu choque, suas defesas oscilaram, e ela começou a sentir ânsia de vômito. *Não posso ficar perto dessa coisa muito tempo ou vou vomitar nele. Precisamos terminar essa conversa*. Com um esforço, ela conteve a náusea e tentou um sorriso. Era mais um ricto, mas servia.

— Posso entender quão incômodo isso deve ser para você, mas não creio que a primeira comunicação oficial entre sua gente e o Checquy, desde a Guerra de Wight, seja que você queira que saibamos que você está chateado por estar aqui. Então vamos falar sem rodeios. O que você quer?

— Não fale comigo assim! — gritou ele, e deu espasmos em seu tanque, espirrando fluídos. — E não venha com joguinhos para cima de mim! — Seus olhos queimavam de raiva enquanto ele se inclinava para frente no tanque em direção a ela.

— Não estou jogando! — retrucou ela, deixando de lado os modos diplomáticos. Ele recuou, surpreso, mas não se mexeu. — O que você quer?

— Você sabe o que eu quero! — Ao gritar, borrifou uma espuma amarelada que molhou o rosto de Myfanwy. Ela estremeceu, boquiaberta, e esfregou as bochechas.

— Que diabos... olha, eu não tenho ideia de que porra você quer, mas é melhor falar agora ou vou sair deste carro.

— Quero meu *deelhebber*! Quero Ernst von Suchtlen!

Genuinamente estupefata, Myfanwy piscou.

— O quê?

— O que o *quê*? — ele cuspiu.

— Do que está falando?

— O *quê?*

— Não entendi — falou ela, tentando acalmá-lo. — O que é que você quer?

— Quero que você traga Graaf Ernst von Suchtlen!

— Quem?

— O outro líder da Wetenschappelijk Broederschap van Natuurkundigen — explicou ele, entre dentes que teriam batido se estivessem alinhados.

— Sinto muito. Mas não temos essa pessoa.

— Não me menospreze — disse ele, com ódio. — Ele desapareceu da nossa *fabriek* há meses, deixando instruções para continuarmos nossa estratégia aqui e instruções para encobrir sua ausência. Desapareceu de *mim*. — Ele apertou os dedos na borda do tanque. — Ambos funcionamos tão bem que eu não percebi seu desaparecimento até algumas semanas atrás.

— Ele sumiu há meses e você não percebeu? — perguntou Myfanwy.

— O tempo passa de forma diferente para a gente — respondeu ele, com desprezo. — Quando descobri que ele estava desaparecido, eu o procurei. Encontramos o registro de parte da correspondência dele trocada com

Myfanwy Thomas, uma Torre do Checquy. Nosso inimigo mortal. Este é o único sinal de seu paradeiro. Eu mandei meu agente pessoal encontrá-lo, mas vocês o torturaram! Agora... — Ele respirou profunda e controladamente — ... onde está Ernst?

— Sinto muito, mas não tenho ideia — respondeu Myfanwy. *Droga*, ela pensou. *Thomas nem sabia que os Grafters estavam ativos. Se algum Grafter tivesse aparecido na sua porta, ela teria mencionado em sua primeira carta.*

— Se você estiver me enganando, vou começar a matar agora mesmo! Quer assassinato em suas ruas? — Ele estava se debatendo em seu tanque, mandando ondas de gosma para todos os lados. Horrorizada, Myfanwy observou seu jeans encharcar do joelho para baixo. *Esse cara está tendo um colapso?* As janelas se encheram de gosma e quando ele balançou seus braços na direção dela, também atingindo seu rosto e sua blusa.

— Escute aqui, seu merda esfolado — gritou ela. — Não tenho ideia do que está falando, mas você precisa se acalmar.

— Se você não o devolver em três dias, eu vou lançar uma onda de terror sobre seu povo que vai arrasar seu país! — O tanque rachou sob seus dedos e o fluído que restava começou a escorrer no chão. — Vou afogar essa cidade em bile e sangue! — Ao se debater, ele estava de fato se machucando. Ela viu alguns cortes abrindo-se em partes dele e rastros de sangue. — Agora fora, Torre! Você só tem o tempo que eu lhe dei!

Ele ainda estava vociferando quando Myfanwy abriu a porta do carro. Uma onda dos fluidos escorreu na calçada. Ela cambaleou para fora, deixando sua bolsa cair e derrubando na gosma tudo que levava nela. *Ótimo, que ótimo*, pensou, enquanto seu celular emitia um grito penetrante e morria afogado. O careca estava parado na porta, parecendo ansioso. Quando ele ouviu o grito dentro do carro, empalideceu.

— Tire ele aqui — disse Myfanwy, assim que saiu do carro.

— Você fez o que ele queria? — indagou o homem freneticamente, enquanto sentava no banco da frente.

— É o que parece? — perguntou ela.

Ele se retorceu, fechou a porta e a limusine se afastou, deixando-a parada do outro lado da rua, na frente do clube, coberta de gosma e sendo observada por uma multidão embasbacada.

* * *

Não posso acreditar que é a segunda vez que entro neste hotel parecendo uma fugitiva, pensou Myfanwy, enquanto caminhava até a porta de entrada. Para sua surpresa e irritação, dessa vez os porteiros não saltaram para abrir a porta para ela.

— Com licença? — falou ela, corando de raiva.

— Perdoe-me, querida, não permitimos moradores de rua aqui — respondeu um deles. Ele se desculpava, mas o tom era bem firme.

— Moradora de rua? Não sou moradora de rua! Eu... — Ela buscou uma explicação para sua aparência. — Sou uma cantora de rock.

Eles olharam para ela desconfiados.

— Tenho cartões de crédito — insistiu ela.

Continuaram olhando para ela.

— Dou gorjetas generosas? — arriscou.

— Vou pedir para que saia daqui, senhorita — disse um deles.

— Não acredito nisso! Da última vez que entrei aqui, estava com os dois olhos roxos, os lábios sangrando e estava molhada! E não tive problema em arrumar um quarto. O que vocês estão fazendo? Meu carro está na sua garagem de segurança neste momento e não quero meleca nele!

— Senhorita, são três da manhã, e, se você não sair daqui, vamos ter de tirá-la.

— Se colocar um dedo em mim, vai se arrepender! — retrucou ela.

— Não duvido — falou o outro porteiro. — Esses uniformes só podem ser lavados a seco.

Myfanwy estava estupefata. Desde que entendeu o que era ser uma Torre, se acostumou com as pessoas fazendo o que ela queria. Considerou usar seus poderes para tirá-los do caminho, mas percebeu que nenhum poder no mundo faria um recepcionista de hotel aceitá-la se ele não quisesse.

Mas o que eu posso fazer? Não posso levar Bronwyn para casa assim.

— Ótimo, então vá pegar o meu carro — falou ela com raiva. — Tenho o tíquete aqui em algum lugar. — Ela tentou tirar parte da gosma de seus dedos e abrir a bolsa.

— Saia daqui! — gritou um dos homens, enérgico. — Agora!

Lançando uma cara feia para os porteiros, Myfanwy caminhou pela calçada e sentiu um prazer perverso quando alguns pedestres saltaram para longe dela.

Ok, meu telefone está coberto de gosma e não funciona mais. Não posso deixar Bronwyn me ver assim, mesmo se eu pudesse voltar à boate, o que eu duvido muito. A gosma estava começando a coçar e era viscosa o suficiente para ela não conseguir limpar. *O que é esse troço?* Então ela teve uma ideia e virou a esquina.

Numa brecha da segurança que faria Clovis arrancar os cabelos, a entrada traseira do hotel tinha apenas uma pessoa sentada atrás de uma mesa, e essa pessoa estava cochilando. *Obrigada, Deus*. Aparentemente, era a entrada para convenções e funcionários, e havia pouco movimento às três da manhã. As portas se abriram e ela entrou. Em seu sono, o recepcionista torceu o nariz para o odor medonho de Myfanwy. Ela acenou com a mão e ele entrou num sono ainda mais profundo. Respirando fundo e em silêncio, ela passou pela mesa. Ninguém tentou impedi-la ou disse: "Com licença, senhora!" O fato de ela estar deixando uma trilha sinistra no chão enquanto descia o corredor até a piscina não gerou ameaças de chamar a polícia.

Myfanwy caminhou pelo pátio e olhou ao redor, receosa. A piscina fumegava no ar frio da noite e uma luz elétrica brilhava sob a água. Felizmente, não havia ninguém no pátio e as janelas que davam para ele estavam com as cortinas fechadas ou escuras. Ela colocou sua bolsa coberta de gosma sobre uma cadeira e pensou com pesar nas roupas sujas. Por um momento, pensou em se despir, mas então viu as várias varandas que davam para a área da piscina. *Provavelmente não é uma boa ideia*, decidiu. *Além do mais, se a equipe do hotel aparecer furiosa, eu não quero ter de fugir pelada*. Suspirando, ela desceu os degraus da escada molhada na entrada da piscina. Quando já tinha água na altura da cintura, abaixou a cabeça e sentiu um delicioso calor se espalhar por sua pele.

Myfanwy manteve seus olhos bem fechados e esfregou freneticamente seu corpo. Glóbulos de muco saíram na água, e uma névoa oleosa se espalhou. Ela passou os dedos no cabelo e sentiu o limo ir embora. Afastou-se da meleca e nadou de volta até os degraus.

Bem, agora estou encharcada, lamentou ela, *mas definitivamente é um avanço*. O destino sorriu para ela na forma de uma toalha esquecida em uma cadeira, e ela tirou a blusa para torcê-la. Havia algumas manchas marrom-escuras de aparência feia em suas roupas, mas sua pele e cabelo não estavam mais cobertos de sujeira. Ela secou o cabelo e os braços com a toalha e considerou tirar o jeans antes de notar um homem olhando de uma varanda.

— Ah... oi... — falou ela, um pouco envergonhada de estar só de sutiã.

— Boa noite. Deve ter sido uma festa e tanto.

Ela olhou de volta para a piscina e viu que parecia que alguém havia jogado lixo tóxico num canto.

— Foi, sim — afirmou ela, empolgada de repente. Ela havia passado em segurança pela manifestação em Bath e escapara relativamente sem ferimentos da batalha da festa da Corte, depois que acusou Gestalt de traição. Diabos, ela até curtiu a entrevista com aquele troço Grafter. E agora estava feliz por ter entrado escondida num hotel esnobe e ter sujado a piscina. — Foi uma baita festa.

— Você gostaria de um drinque? — perguntou o homem, com um sorriso. — Eu poderia descer e levar algo.

— É uma oferta deliciosa — falou Myfanwy, sorrindo de volta. — Mas tenho de encontrar os meus amigos. Será que você poderia me arrumar uma camisa? — Ela apontou para as grandes manchas na sua blusa.

— Uma camisa? Claro. — Ele desapareceu em seu quarto e voltou para a varanda carregando uma camisa social azul, dobrada. — Pode ficar um pouco grande em você — avisou ele enquanto jogava para ela.

— É infinitamente melhor do que minha outra opção. — Ela vestiu a camisa, notando, com espanto, que chegava pouco acima de seu joelho. — Bem, preciso ir. Obrigada pela camisa.

— Eu diria para você curtir com responsabilidade, mas acho que está um pouco tarde para isso.

— Não se preocupe, eu estou bem. Tenha uma boa noite.

— Você também — falou ele, observando enquanto ela saía por onde havia entrado.

Myfanwy nunca saberia se o clube a deixaria entrar coberta de gosma, mas não implicaram com uma garota encharcada da cintura para baixo. A boate parecia bem mais mundana depois dos acontecimentos da última hora, e Myfanwy a observou, pensativa. *Como os Grafters conseguiram me encontrar aqui?*, se perguntou. *É o último lugar que eu esperaria encontrar a mim mesma, então como eles sabiam? Talvez eles tenham me seguido da garagem*, desconfiou. *O que significaria que eles estavam de olho em mim desde antes de eu saber que aquilo existia. É muito tempo para se esperar. Mas Alrich sabia que eu estava aqui*, ela lembrou com um arrepio. *Será que ele deu a pista?* Sua especulação foi cortada por um enorme bocejo e ela deixou tudo de lado em sua mente. *Penso nisso de manhã*. Do outro lado da pista, até Bronwyn e suas amigas começavam a parecer cansadas.

— O que aconteceu com você? — perguntou Bronwyn, incrédula. — Com certeza essa não é a blusa que eu lhe emprestei. E você está encharcada! — Ela tocou nas roupas da irmã.

— Levei um banho de um carro que passava — explicou Myfanwy. — E um homem bem legal me deu essa camisa.

— Ele simplesmente a tirou? — Bronwyn perguntou.

— Sim — disse Myfanwny, inventando a mentira na hora. — Ele não pareceu sentir falta.

— Mas onde está a blusa que eu lhe emprestei?

— Na minha bolsa — disse Myfanwy. — Eu mando lavar e depois devolvo. — *Se der para salvá-la. Sabe-se lá se dá para tirar aquelas estranhas manchas biológicas.*

— E sua coisa de trabalho?

— Era uma emergência, que eu resolvi pelo telefone mesmo — falou Myfanwy. — Às três da manhã. Está pronta para ir?

— Você está bem para dirigir? — perguntou Bronwyn.

— Claro. Mas acho que você vai precisar pegar o carro na garagem. Os caras no hotel não gostam muito de mim.

31

O telefone no apartamento estava tocando, e Myfanwy não queria atender. Ela se esticou com a intenção de desligá-lo, mas algum sádico (ela, ou possivelmente Grantchester) havia instalado o telefone do outro lado da sala. Ela tateou a mesinha de cabeceira, esperando encontrar uma luz, mas em vez disso ativou um equipamento que fazia a cama redonda girar. Quando conseguiu sair da cama e andar pelo quarto, tropeçou no jeans encharcado que jogara no chão duas horas antes e, xingando até as profundezas do inferno, se desembaraçou, levantou e atendeu ao telefone ainda sonolenta.

— Sim?

— Torre Thomas, é a Ingrid.

— Sim?

— São seis e meia.

— E?

— Você tem seu exame médico em meia hora.

— É?

— Então, devo servir o café da manhã na sala de jantar?

— Sim.

— Torre Thomas?

— Sim...?

— Torre Thomas?

— Sim?

— Chamei você há 15 minutos e você ainda não saiu.

— É.

— Está vestida?

— Não.

— Está nua?

— Não.

— Então posso mandar esses guarda-costas grandalhões para seu quarto agorinha mesmo?

— Não ouse! Vou sair em cinco minutos e é bom que haja café. E, quando eu sair, mande alguém descobrir como desliga a cama.

— Quem são eles? — perguntou Myfanwy estupidamente, apontando o polegar sobre o ombro para dois homens imensos guardando a porta de seu escritório.

— Esses são os guarda-costas grandalhões de hoje — disse Ingrid, animada.

— Onde está o café?

— Ah, não tem café... Os médicos disseram que era melhor não comer nem beber até o fim dos testes.

— Mas... você não disse que haveria café da manhã quando eu descesse?

— Disse só para tirar você da cama.

Por um segundo, Myfanwy pensou em irromper em lágrimas, mas, em vez disso, assentiu, cansada.

— Vou precisar de um novo telefone — avisou Myfanwy, jogando seu celular coberto de gosma na mesa. Ingrid o observou em silêncio e parte do líquido começou a vazar em sua pasta. Um número infinito de perguntas se mantinha no ar, implorando para serem feitas, e Myfanwy se perguntou como sua assistente executiva iria fazê-las.

— Considere feito, Torre Thomas — falou Ingrid, finalmente. — Você tomou uma ducha?

— Sim, mas alguém pegou meu sabonete e meu xampu — disse Myfanwy.

— É, isso porque eles vão comparar seu cheiro a ampolas preservadas com seu suor — explicou Ingrid.

— Excelente.

Ela viu dois homens de óculos entrarem no escritório, com olhares ansiosos.

— Torre Thomas, estes são o doutor Burke e o doutor Leichhardt. — Os dois médicos tinham bigodes e pareciam o reflexo um do outro. Eles fizeram reverências desajeitadas, que ela recebeu com um aceno e um bocejo.

— Bom dia, cavalheiros. Espero que eu não tenha de fazer nada difícil esta manhã. Vou ter? — perguntou ela, tentando abrir os olhos.

— Perdoe-me, Torre Thomas? — perguntou o doutor Burke.

— Não vou ter de, por exemplo, dar voltas correndo ou coisa assim, certo?

— Ah, não, Torre Thomas — respondeu o doutor Leichhardt. — Os testes são bem tranquilos nesse sentido. Apesar de eu achar que devo avisá-la, alguns são bem...

— Desagradáveis, extensos e muito invasivos, eu sei — interrompeu Myfanwy. Ela se virou para Ingrid. — Eu não pedi para fazer isso de tarde? — perguntou ela, lastimosa.

— O chefe de segurança Clovis marcou de forma aleatória — informou Ingrid, enquanto se dirigiam para o elevador. — Ele entendeu que a aleatoriedade era essencial para evitar que os Grafters escapassem dos nossos métodos de detecção.

Pelo o que eu vi, os Grafters ficam bem à vontade com a aleatoriedade, pensou Myfanwy, mas se absteve de dizer qualquer coisa.

— E o chefe de segurança Clovis está acordado e trabalhando a essa hora? — retrucou, de forma amarga.

— Ah, não — garantiu Ingrid, apertando o botão para o piso médico.

As portas se abriram e os dois médicos conduziram Myfanwy, Ingrid e os dois guarda-costas grandalhões para o centro médico.

— E não deveria haver três médicos? Para garantir alguma coisa?

— Sim, e aqui está a doutora Wills — completou Ingrid, apresentando uma loira alta e fria, que estava colocando um par de luvas de látex que chegava até o cotovelo.

— Bom dia, Torre Thomas — falou a doutora Wills, sem sorrir. — Por favor, tire seus pijamas e chinelos, coloque esse avental de papel, deite-se na cama e coloque seus pés nesses estribos. — Myfanwy assentiu com uma profunda falta de entusiasmo, e olhou ao redor à procura de um lugar para se trocar. Os três médicos olhavam para ela em expectativa e então ela percebeu que deveria se despir ali mesmo. Ingrid pelo menos teve a decência de olhar para o outro lado. Os guarda-costas taticamente saíram para assumir suas posições, tomando conta da porta. *Talvez seja bom que eu não tenha tomado café,* pensou. *Isso não é algo para o qual eu gostaria de estar totalmente acordada.* Alguém iria pagar por isso.

— Bem, cavalheiros, podemos começar? — perguntou a doutora Wills. — Ingrid, gostaria de café? — Myfanwy estreitou os olhos.

Alguém *definitivamente* iria pagar.

— Ingrid, eu preciso saber se... ai, ai, *ai, ai!* Que que você está fazendo aí?

— Sinto muito, Torre Thomas. — Veio uma voz não arrependida entre suas pernas. Os dois médicos acompanhando a doutora Wills se desculparam, sorrindo.

— Não tanto quanto você vai sentir — murmurou ela, e pediu que Ingrid fosse até ela. — Ingrid — falou baixinho, para que ninguém mais pudesse ouvir —, pode checar minha agenda nos últimos seis meses? Preciso saber se eu tive algum encontro com um Graaf Ernst von Suchtlen.

— Agora, Torre Thomas?

— Por favor..

Ingrid assentiu e se virou para examinar os registros de seu tablet. Myfanwy bocejou e deu um pequeno guincho.

— Desculpe, Torre Thomas. Seu corpo tenciona quando você boceja — disse a doutora Wills.

Myfanwy olhou para a médica, desconfiada, e foi cegada por um flash de luz.

— Isso não veio de *mim*, veio? — perguntou.

— Ah, não, estamos tirando umas fotos digitais.

— O *quê?*

— Não se preocupe, Torre Thomas — assegurou o doutor Burke. — Não vamos postar isso na internet nem nada. São para o médico externo. — Houve outra pontada de desconforto excepcional.

— Isso *realmente* não é agradável — afirmou Myfanwy.

— Sinto muito — disse a doutora Wills —, geralmente não é tão cheio aqui.

— O *quê?*

— Digo, em geral a sala não fica cheia de gente — explicou a médica.

— Cavalheiros, por favor, tentem não esbarrar na minha ginecologista — retrucou Myfanwy.

— Seremos cuidadosos — garantiu o doutor Leichhardt de forma tranquilizadora. — Agora, isso pode ser desconfortável de uma forma não ortodoxa, mas o que quer que faça, não comprima. — Myfanwy fechou os olhos e pensou na Inglaterra. Ela estava chegando à conclusão de que a Inglaterra não valia a pena quando, enfim, a doutora Wills tirou suas luvas. — Torre Thomas, estamos quase terminando aqui. Sei que não estava interessada antes, mas talvez devessemos aproveitar esta oportunidade para conversar sobre a possibilidade de começar a usar métodos contraceptivos. — Ingrid olhou para ela com sobrancelhas levantadas.

Talvez eu devesse mentir e dizer que sou uma Grafter, pensou Myfanwy, desesperada. *Ou Satã. Eles provavelmente parariam com isso se eu fosse Satã.*

— E, com essa parte finalizada, agora começaremos os exames odontológicos — disse o doutor Leichhardt, apresentando três outros homens. — Esses são os doutores Weiss, Engel e Olivier.

— Prazer em conhecê-los — falou Myfanwy. — Posso colocar meus pijamas de volta?

— Receio que não — respondeu o doutor Olivier, desculpando-se —, mas temos um novo avental de papel para você vestir.

— Ah, que maravilha. — Myfanwy suspirou.

— E se você pudesse, por favor, se sentar nesta cadeira — pediu o doutor Engel. — Temos essa coisa que gostaríamos de colocar na sua boca. Vai evitar que você feche as mandíbulas.

— Há al-uma es-ima-iva de canto tempo isso ai le-ar?

— Sinto muito, mas não há. Claro, Torre Thomas, queremos ser o mais completos possíveis. Agora, vamos fechar esses tornilhos na sua cabeça, ombros e torso superior. Gostaria de um ursinho? — ofereceu o doutor Weiss, que segurava um ursinho de pelúcia.

— Im, or avor.

— Torre Thomas?

— Im?

— É a Ingrid.

— I oi?

— Eu chequei sua agenda no último ano e não há registro desse nome.

— Mer-a. E canto a orro ome? — perguntou Myfanwy.

— Desculpe, como?

Myfanwy olhou para o doutor Olivier, implorando. Aparentemente, ele falava fluentemente o "não posso fechar as mandíbulas".

— Ela disse: "E quanto a outro nome?" — Myfanwy tentou mover a cabeça em concordância, mas se limitou a piscar de maneira enfática.

— Desculpe, você quer que eu cheque sua agenda para qualquer outro nome? — perguntou Ingrid, confusa.

— Oh! — disse Myfanwy, balançando seu ursinho em uma frustração impotente. — Hngh!

— Torre Thomas — falou o doutor Engel, em reprovação —, colocamos lâminas afiadas dentro de sua boca. Seria melhor que você não se mexesse.

Myfanwy revirou os olhos.

— Quer que eu verifique a agenda das outras pessoas?

— É.

— Farei agora mesmo, Torre Thomas.

— Torre Thomas, você sabe como arrumou essas cicatrizes na garganta? — perguntou o doutor Weiss.

— Aíalas?

— Não, você ainda tem as amígdalas — respondeu o doutor Olivier. — E também uma cárie!

— Bem, já que estamos aqui, vamos cuidar disso — afirmou o doutor Engel.

— Conseguiu dormir na ressonância magnética? — perguntou Ingrid enquanto elas andavam lentamente pelos corredores do Rookery. Os dois guarda-costas marchavam atrás delas, preenchendo o corredor e derrubando os retratos pendurados nas paredes. No meio do exame, Myfanwy percebeu que eles não estavam lá apenas para protegê-la. Estavam lá também para matá-la, ou pelo menos segurá-la, se ela por acaso fosse um projeto Grafter.

— Bem pouco — respondeu Myfanwy, impaciente. — Então, o nome não apareceu em nenhum lugar?

— Não. E não foi fácil, mas eu consegui ter todos os diários não pessoais dos membros da Corte analisados também.

— E nada?

— Nenhum belga — disse Ingrid, como que se desculpando.

— Imaginei. — Myfanwy suspirou. — Agora, por quantos mais desses testes eu tenho de passar?

— Teste de sangue, urina, saliva, fezes, cabelo, impressões digitais, exames oculares, exames auriculares, exame do DNA e em alguns minutos dentro do que os técnicos chamam de "enxame de abelhas".

— Por que é chamado assim? — perguntou Myfanwy, desconfiada. — Por que zumbe?

— Ah, provavelmente — falou Ingrid, evasiva. — Depois disso, temos de mandar os cachorros te farejarem... — Ela parou, ainda examinando a lista.

— Sabe que os cachorros não reagiram ao Grafter que o pessoal da Shantay pegou — avisou Myfanwy. — Eles passaram por ela e não houve nenhum rosnado.

— Verdade — disse Ingrid. — Mas o chefe de segurança Clovis acha que, já que os cachorros pegaram Van Syoc, vale a pena tentar. Depois dos cachorros, três cavalheiros vão lambê-la.

— Me lamber? — Myfanwy estava horrorizada.

— Sim. Na verdade, temos muita sorte. Só tínhamos dois homens qualificados para lamber, mas conseguimos trazer um dos alunos da Propriedade. Sério, você precisa ter pena deles, porque são apenas três lambedores, e eles terão de lamber cada membro do Checquy.

— Mas quantos anos tem esse aluno? — perguntou Myfanwy, desesperada.

— Dezessete.

O estômago de Myfanwy revirou com a notícia.

— E onde ele vai me lamber?

— Na sala de exames.

— Quê? Não, quero dizer, que parte do meu corpo eles vão lamber?

— A ponta do seu dedo indicador da mão direita — disse Ingrid, como se fosse óbvio.

— Ai, graças a Deus — disse Myfanwy, amolecendo de alívio.

— Sinceramente, Torre Thomas, o que você estava pensando? — perguntou Ingrid, espantada. — Que eles iam lamber cada centímetro do seu corpo?

— Idiota, eu sei. — Myfanwy riu levemente.

— Muito idiota — concordou Ingrid. Ela verificou sua lista. — E não temos nem de perto o tempo que seria necessário para isso.

32

Querida Você,

Eu realmente acho que mereço muitos créditos por não desenvolver o hábito de beber, tendo em conta as repetidas profecias sobre meu futuro. Mas, bem, sempre fui cautelosa com o álcool. Na Propriedade, as bebidas alcoólicas eram estritamente proibidas. "Uma mente limpa e um corpo limpo fazem uma arma perfeita", era o que um dos professores costumava dizer. Claro, sempre havia algo disponível se você realmente quisesse. De tempos em tempos, um grupo de garotos saía escondido para a vila mais próxima, ou pelo menos tentava. Quer dizer, estávamos em uma ilha, então não era fácil. Além do mais, como você pode imaginar, nossos professores foram muito bem treinados na arte da vigilância.

Mas para quem queria um estímulo, havia uma menina cujo cabelo dava barato se você comesse.

Ou o cara que proporcionava uma viagem a quem o deixasse tocar os olhos com a ponta dos dedos, o que eu nunca tentei.

Mas estou divagando.

Várias semanas depois da minha orgia de compras com a grega imortal fashionista, eu estava tomando meu café e vendo o sol nascer. Geralmente, Ingrid é a primeira pessoa a chegar ao Rookery, mas de alguma maneira naquele dia consegui superá-la, chegando ao escritório alguns minutos antes, e estava aproveitando a oportunidade para fazer minha tarefa favorita: olhar a correspondência. Isso deve ser resultado de meus anos na Propriedade, onde ninguém nunca recebia carta alguma. Eu adoro receber cartas. Normalmente, Ingrid as examina primeiro, mas dessa vez eu fiz isso, então fui a primeira a ver um pacotinho intrigante.

A maior parte das correspondências não era lá muito interessante. Alguns jornais científicos sobre sistema nervoso e neuroanatomia (eu estudo bastante). Memorandos internos da Propriedade, do Annexe, de Gallows Keep e da Apex House: um costureiro em Gloucestershire foi preso por usar roedores como servos. Aquela desgraça de floresta móvel recebeu mais um aviso bem claro de que deve parar de assediar casas de fazenda solitárias. O Departamento de Contabilidade iria rever os pedidos do Departamento de Pesquisa e Desenvolvimento para Clydesdales. Coisas assim. E havia o convite da festa de Natal da Corte, que iria acontecer na casa de Conrad Grantchester. Todos os membros da Corte estavam convidados, assim como suas famílias.

Claro, já que eu não tenho família para levar, geralmente acabo sendo pressionada pela esposa de um membro da Corte que quer me arranjar alguém. Não sei se os maridos delas chegam em casa à noite e contam sobre a solteirona do escritório ou se é óbvio que sou solteira. O único consolo é que elas fazem a mesma coisa com Gestalt.

Ah, bem, pelo menos isso me daria uma boa desculpa para usar um dos vestidos que Lisa escolheu para mim. Não o vermelho, claro. Nem a coisa roxa com faixas e anquinhas. E certamente não aquele com penas. Enquanto passava mentalmente a lista de trajes que tinha comprado e descartava cada um deles, alcancei um pacote. Enquanto pensava que o vestido preto poderia funcionar se eu encontrasse alguém que descobrisse como as faixas se entrelaçavam, cortei a fita da caixa. Para ser sincera, eu estava pensando em usar o colar com as opalas. Mas o vestido que Lisa disse que eu devia usar com o colar era bem curto. Tanto na frente quanto atrás. E dos lados. Na verdade, era apenas uma saia com faixas. Suspirando, abri a caixa.

Dentro, cru e sangrento, havia um coração humano.

— Torre Thomas, posso garantir que vamos tirar o sangue do seu carpete — disse Ingrid.

— E vamos examinar em busca de qualquer infortúnio — completou o doutor Crisp enquanto coletava uma amostra de sangue da minha mesa com um cotonete. Uma multidão de assistentes estava sobre a mesa e o carpete onde o sangue havia espirrado. Logo que pousei os olhos na coisa da caixa, a joguei longe, com o que Ingrid posteriormente descreveu para uma de suas amigas como "o berro de uma porquinha aterrorizada".

— E estamos examinando tanto o coração quanto a caixa em busca de qualquer mecanismo perigoso — dizia o chefe de segurança Clovis ao celular. E, interrompendo o telefonema e se dirigindo a um dos milhares de subordinados que formavam uma massa atrás dele: — Veja se podemos rastrear esse pacote com a transportadora. Provavelmente não vai funcionar, mas quero cobrir cada ponto possível.

— Torre Thomas, tem certeza de que não quer sair desse canto? Acho que você vai ficar mais confortável no sofá. — Ingrid se virou e falou em voz baixa com o doutor Crisp. Eu a vi olhar para trás na minha direção, com um ar preocupado.

— Trauma? — indagou Crisp. — Acho que não. Ela só precisa de uma bebida forte.

— Ou um bom tapa! — interrompeu Teddy Gestalt, entrando na sala.

Os Peões e os Serventes saíram do caminho quando ele passou pela trilha de sangue e olhou para mim sem disfarçar a aversão.

— Olhe aqui, Thomas, esse não é um comportamento aceitável para um estudante, quanto mais para uma Torre do Checquy! Agora, controle essa tremedeira, levante-se e pare de se fazer de idiota na frente dos funcionários. — Ele lançou um último olhar para mim, revirou os olhos e deu meia-volta. — Doutor Crisp, chefe Clovis, espero uma cópia dos relatórios desse acontecimento. E tentem descobrir por que alguém iria se importar de mandar um coração à Torre Thomas.

Ele disse essa última frase num tom de desprezo e cheio de escárnio. Em seguida, saiu da sala, deixando um silêncio terrivelmente constrangedor.

33

Dolorida, machucada e com uma necessidade alarmante de cafeína, Myfanwy se sentou à mesa do escritório. Ela usava pijamas macios e delicados e um penhoar por cima. Horas de exames desagradáveis, extensos e altamente invasivos, combinadas às poucas horas de sono, a deixaram num estado de espírito detestável. Essa condição foi exacerbada pela sensação de que não deveria voltar a dormir porque tinha de encontrar Graaf Ernst von Suchtlen e pelo fato de que a máquina de café do escritório tinha quebrado e ela não sabia usar a da residência.

Enquanto Ingrid foi implorar por café em outro departamento, Myfanwy fez uma busca pelo fichário roxo e não encontrou nada que mencionasse um encontro com qualquer um dos Grafters. Ela agora começava a se arrepender de ter deixado as cartas em casa. Desesperada e tendo de encarar a abstinência de cafeína, reclinou-se em sua cadeira, com os olhos fechados. O telefone tocou, o som atravessando sua cabeça como uma onda de agonia.

— Sim?

— Torre Thomas, há uma chamada para você — era a voz de Ingrid.

— Você conseguiu café para mim? — perguntou Myfanwy, esperançosa.

— Sim, deve chegar da cozinha.

— Ótimo. Me avise no segundo em que chegar aqui — pediu e, então, desligou e voltou a fechar os olhos. Um momento depois, o telefone tocou novamente.

— Excelente, o café chegou?

— Não, sinto muito, Torre Thomas, mas você tem uma ligação.

— Num sábado? Oh, Deus. Ótimo. Quem é?

— Alguém chamado... deixe-me ver... tive de escrever foneticamente. Era um... Gerd de Leeuwen.

— Está falando sério?

— Não me deixe esperando! — gritou uma voz em seu ouvido.

Myfanwy estremeceu e, sem pensar, jogou o telefone para longe, nas rosas ornamentais no canto da sala. Pressionando a mão contra a orelha, ela mexeu no viva-voz do telefone.

— Alô? — ela disse.

— Sou eu, Graaf Gerd de Leeuwen! — gritou a inconfundível voz do belga sem pele que ela encontrou na noite anterior.

— Como você conseguiu esse número? Nem *eu* sei qual é o número — confessou Myfanwy, cansada e emburrada demais para ser educada. A organização desse homem era o motivo de sua recente onda de exames. Além disso, o medo que ela tinha dele diminuiu muito com o fato de não precisar encará-lo.

— Não me questione! Eu possuo o conhecimento de eras!

— Grande coisa — disse Myfanwy, bufando. — Sabe, quinze minutos antes de encontrar você eu tinha tomado uns drinques com um vampiro. O homem está morto desde o século XIX, e ainda consegue ter boas maneiras. — Ela fez uma pausa para tentar perceber se, ao mencionar Alrich, iria provocar alguma reação incriminatória no Grafter; talvez alguma evidência de que o Bispo era o traidor.

— Onde está Ernst von Suchtlen? — perguntou ele, aparentemente disposto a ignorar o que ela dizia.

— Você fumou crack? Você disse três dias! E disse isso há dez horas.

— Onde ele está, que você precisa de três dias para trazê-lo? — Veio a voz triunfante no telefone.

— Oh, Deus. — Myfanwy suspirou quando o belga começou com aquela lenga-lenga e com os ataques intermináveis. — Olha, espere um momento, tenho outra ligação vindo. — Ela apertou o botão, cortando um grito de raiva impotente. — Alô?

— Torre Thomas, estou com seu café.

— Excelente, Ingrid. Pode trazer.

Myfanwy voltou à ligação do Grafter e estremeceu levemente com a explosão de insultos que o belga do século XVII vociferava. Os guarda-costas abriram as portas e Ingrid entrou com uma caneca grande de café e um novo celular. A secretária congelou quando ouviu a torrente de gritos. Mesmo que estivesse falando em uma língua ininteligível, evidentemente o autor da chamada não era educado e nem tratava de negócios. Ingrid se aproximou da mesa com cautela.

— Este é o tal Graaf Ernst von Suchtlen de quem você perguntava? — cochichou Ingrid, de olhos esbugalhados por causa das palavras que saíam do viva-voz.

— Não, esse é um colega dele, que não tem pele — respondeu Myfanwy, apertando o botão de mudo e olhando com desejo para o café. — Eles são os líderes dos Grafters. Esse cara me armou uma cilada na noite passada e exigiu saber onde seu parceiro estava.

— Você está falando com os Grafters? — exclamou Ingrid. — Por que não está rastreando a ligação?

— Podemos fazer isso? — perguntou Myfanwy, surpresa.

— Desde que você o mantenha na linha — disse Ingrid.

— ... e vou propagar o terror imediatamente! — gritou De Leeuwen, agora em inglês, para logo depois desligar.

— Bem, o que você quer de mim? — retrucou Myfanwy. — Sou um gênio em administração, não em telecomunicações.

— Então, o que vamos fazer? — perguntou Ingrid.

— Não sei, esperar que fungos cubram Cotswolds? — retrucou Myfanwy, irritada. Então o telefone tocou e Ingrid foi atender, mas hesitou ao ver o gancho vazio.

— Onde está o fone?

— Joguei nas rosas — respondeu Myfanwy, apertando o botão do viva-voz. — Alô? — Ela atendeu, receosa.

— Aqui é o Graaf Gerd de Leeuwen — disse o belga sem pele.

— Ah, oi — Myfanwy gesticulou para Ingrid, derrubando o café. Na pressa, Ingrid bateu a canela num banquinho antes de sair mancando do escritório. O precioso néctar cafeinado se espalhou pela mesa de Myfanwy, manchando vários documentos de importância nacional e cobrindo seu novo celular. Ela deu um gemido angustiado e tentou colocar parte do café de volta na xícara usando seu passe de segurança laminado.

— Fui notificado de que agi impulsivamente — começou De Leeuwen. — Tendo isso em mente, restabeleço a oferta original de três dia.

— Três dias contando a partir de agora? — perguntou Myfanwy, fazendo uma pausa em seus esforços de recuperar o café. *Maldito belga bipolar canalha.* — Ou três dias contando da primeira oferta? — Ela olhou para Ingrid, que estava falando no telefone e fazendo gestos frenéticos para ela mantê-lo na linha. Myfanwy fez um gesto indicando que ela não tinha controle sobre a conversa e, então, tentou em vão acompanhar as frases de ameaça do belga, que terminou dizendo: "Você entendeu?"

— Bem, para ser sincera, senhor — falou, com tato. — Hoje é sábado, e, apesar de muitas pessoas trabalharem no fim de semana, talvez não tenhamos gente suficiente. — *Sim, isso faz sentido,* pensou ela, e tentou interpretar a expressão de Ingrid.

— Mas o que você fez, por que precisa de mais gente para pegá-lo? — Veio a pergunta desconfiada.

A cabeça de Myfanwy começou a latejar de novo, e, como os tenros exames da doutora Wills e do doutor Engel acabaram não sendo tão tenros, suas partes tenras estavam doendo. Ela deu um gole no café recuperado e fez uma careta. *A diplomacia não está funcionando. Boas maneiras não estão funcionando. Inferno, até a sanidade não está funcionando. Vou falar abertamente com essa coisa.* Ela respirou fundo.

— Pense na noite passada. Eu sei que a lembrança pode estar perdida em algum ponto dos séculos de material acumulado no gabinete do seu cérebro, mas foi *apenas* a noite passada. Você estava flutuando num tanque de peixes de esgoto e eu estava olhando aquilo como se fosse vomitar. Você estava berrando de forma ininteligível, mas deve lembrar que eu disse que nós... *Não. Estamos. Com. Ele.* Vamos nos esforçar ao máximo para lhe ajudar, mas, se você perdeu um de seus homens, então só tem uma pessoa a culpar, e não sou eu. — Myfanwy ergueu o olhar e viu que Ingrid e os guarda-costas a olhavam incrédulos. *Talvez eu tenha sido direta demais,* pensou e se sentiu culpada. — Além do mais, como deve saber, eu sou o membro mais júnior da Corte. Há outras pessoas com quem você poderia falar sobre seu empreendimento.

— Que empreendimento?

— Todo esse troço de, sei lá, "existimos e estamos infiltrando agentes na Inglaterra e na América".

— Não sou o único que não vai falar com outros membros da Corte sobre isso, você também não vai — disse De Leeuwen, num tom seco.

— Como disse?

— Você foi contactada porque Ernst mandou algo para você, a general do nosso maior inimigo. Se eu não achasse que você sabe onde ele está, você seria esfolada, sua irmã estaria morta e eu veria tropas se formando em Mechelen para estuprar seu primeiro-ministro na Trafalgar Square, em uma pirâmide de crânios Cockney. — Myfanwy sentiu a água gelada correr em suas veias.

— O quê? — Ela suspirou.

— Isso é sério — falou o belga num tom de profunda satisfação. — Então, sugiro que pare de fingir que não está com ele, pois agora deve ter entendido exatamente a seriedade da situação.

— Você disse que elas não seriam tocadas ou investigadas — argumentou ela, horrorizada.

— Não seja ingênua. — Veio a resposta.

— Seu filho da puta. O que você ganha ameaçando minha família? — gritou Myfanwy no telefone. — Faça um movimento em direção a Bronwyn e eu cubro seu país de bombas. Vou rastrear todos os seus passos, tomar o controle do seu corpo e você vai tirar suas tripas pelo *cu*. Seu porra de defunto!

— Não fale assim comigo! — gritou o belga. Houve um som de líquido espirrando no fundo, e ela percebeu que ele ainda estava no tanque.

— Vou mandar um dos meus seguranças grandalhões cagar nesse seu tanque aí, e você vai esfregar a merda nas tripas como se fosse uma loção corporal — continuou ela. — Todas essas suas modificaçõezinhas? Bem, você vai arrancá-las com suas unhas e sua carcaça vai ser atirada pela janela de um açougue. — No viva-voz, veio o som de alguém tendo um ataque de apoplexia em uma piscina. — Então, senhor Graaf Gerd de Leeuwen, me ligue em três dias e vamos ver qual é a situação. Se minha irmã sentir o mínimo desconforto antes disso, você vai receber seu parceiro na forma de um conjunto de malas. Adeus.

Myfanwy desligou o telefone com mãos trêmulas. Ela se virou para Ingrid, que havia entrado na sala novamente.

— Oi.

— Então, além de telecomunicações, você não é muito especialista em diplomacia também, hein? — comentou Ingrid com a voz fraca.

— Preciso de uma bebida — disse Myfanwy.

— Acho que nós duas precisamos — afirmou Ingrid, abrindo um retrato que escondia um bar bem abastecido. Ela serviu uma dose de algo âmbar para cada uma, enquanto Myfanwy sacudia o seu novo celular para secar o café.

— Aquele cara não bate bem — falou Myfanwy. — Foi ruim o suficiente quando achamos que os Grafters estavam planejando uma invasão, mas eu achava que pelo menos eles eram sãos.

— Sim. Torre Thomas, você tem uma irmã?

— Sim — respondeu Myfanwy, na defensiva.

— Como você pode ter uma irmã? — Ela abaixou a voz. — Você é *você* há apenas duas semanas.

— Este corpo tem uma irmã — explicou Myfanwy. — É tanto meu corpo quanto da pessoa para quem você trabalhou antes, então, sim, tenho uma irmã. Ela me localizou.

— Como?

— Imposto de renda.

— Entendi, e como os Grafters sabem sobre ela? — perguntou Ingrid.

— Eu saí com ela noite passada — admitiu Myfanwy, sentindo-se culpada.

— Você saiu noite passada?

— Fomos a uma boate.

— Boate?

— É. — Myfanwy começou a corar. — Foi assim que meu telefone ficou todo pegajoso. O que você pensou que tinha acontecido? — Com um esforço visível, Ingrid se acalmou.

— Torre Thomas, eu não sou sua mãe nem sou um membro da Corte, e sei que você é uma mulher inteligente, então é claro que não precisa que eu aponte quão idiota foi isso. Você não precisa que eu diga que você colocou sua vida, a vida da sua irmã e o bem-estar da nação em perigo. E agora temos Grafters lunáticos na linha.

— Eu sei — concordou Myfanwy com a voz fraca.

— Qual é o nome da sua irmã?

— Bronwyn.

— E quando é o aniversário dela?

— Por que isso importa? — perguntou Myfanwy, confusa.

— Vou anotar na agenda, para que você não se esqueça de comprar algo para ela — explicou Ingrid.

— É um pensamento adorável, mas não deveríamos nos preocupar um pouquinho mais com as ameaças insanas dos Grafters e um pouquinho menos sobre atualizar minha agenda de aniversários? — perguntou Myfanwy, pensando se talvez sua assistente houvesse se servido de álcool terapêutico demais.

— O Departamento de Comunicações disse que eles nos informariam a localização do telefonema quando tivessem um rastreamento satisfatório — disse Ingrid. — Tem um plano?

— Bem, como não sei nada sobre esse Ernst von Suchtlen que deveria estar sob minha custódia, imagino que vamos rastrear a ligação, encontrar o homem sem pele, soltar a força do Checquy sobre ele... você e eu podemos dar uns chutes nele quando o pegarem. Isso deve resolver. Exceto pelos traidores na Corte, mas tenho certeza de que isso tudo será esclarecido quando tivermos o mandachuva Grafter — apontou Myfanwy. Ela deu um gole contemplativo em sua bebida. — Sabe quanto tempo leva para eles rastrearem uma ligação?

Ingrid deu de ombros, sem fazer ideia.

— Tá. Bem, acho que eu devia voltar ao trabalho e cuidar das operações domésticas. Há algo novo da Corte?

— Você precisa dar suas indicações até sexta-feira — avisou Ingrid, depois de checar sua agenda gorducha.

— Indicações? — repetiu Myfanwy, perdida.

— Substitutos para Torre Gestalt e Cavalo Gubbins — completou Ingrid.

— Certo, claro. E... como é o processo para a coisa toda?

— Na verdade, não estou muito familiarizada com o processo — avisou Ingrid. — Imagino que seja uma das coisas que apenas membros da Corte devam saber, apesar de estar bem certa de que envolve o primeiro-ministro, o ministro da Defesa e o monarca que estiver governando. — Myfanwy olhou boquiaberta para ela, e Ingrid pareceu um pouco envergonhada. — As secretárias conversam entre si. Mas eu *sei* que você tem de apresentar uma lista de cinco nomes possíveis de dentro do Checquy, tanto para a posição de Torre quanto para a de Cavalo.

— Nossa! — Myfanwy estava ansiosa. — Dez pessoas. Bem, vou ter de pensar um pouco nisso. Que tal Coronel Hall? Gosto dele, e ele parece saber bastante. Já olhei sua ficha e ele é excepcionalmente qualificado. Você sabia que ele supervisiona tropas do Exército na Irlanda do Norte? E várias missões de paz além-mar?

— Ele é muito legal — concordou Ingrid. — A secretária dele o adora e a equipe o venera, mas temo que ele não possa ser um membro da Corte.

— Por que não? — perguntou Myfanwy enquanto sua secretária corava.

— Bem, porque ele não é um Peão.

— Não tem poderes, né?

— Não tem poderes — concordou Ingrid. — É a lei do Checquy: apenas aqueles com poderes podem subir ao comando.

— Não me sinto à vontade com o fato de que seja necessário ter poderes bizarros para ser um membro da Corte — disse Myfanwy. — Quer dizer, eu nunca uso os meus. Ou, pelo menos, dificilmente, e quase nunca para tarefas da Corte.

— Sim, mas em teoria você poderia ser chamada para supervisionar operações. E você está com sorte de não ser chamada com mais frequência desde que Gestalt foi deposto semana passada. Falando nele, você pode me contar qual é a situação?

— Bem, aparentemente não vai haver um julgamento nem nada assim. Gestalt nunca alegou inocência e tentar matar todo mundo na festa é prova suficiente de sua culpa. Mas falei com Lorde Henry e Lady Linda e eles concordaram que não seria apropriado que eu supervisionasse o interrogatório, já que eu e Gestalt somos do mesmo nível. Então, repassamos essa responsabilidade aos Bispos. Sugeri algumas ideias para garantir a cooperação de Gestalt, e agora tenho apenas de esperar os resultados do interrogatório. Alrich estava ausente, lambendo os lábios com ar distraído, quando aceitou a responsabilidade. — Ela estremeceu levemente com a lembrança e deu outro gole no licor âmbar. — Esperar pelo rastreamento da ligação, esperar pelos resultados do interrogatório — considerou Myfanwy, coçando um pedaço de pele onde o sangue foi tirado com uma agulha com três pontas de aparência aterrorizante, empunhada por um anão em uma escadinha. — Eu realmente detesto esperar. Tem algo que eu possa fazer nesse meio-tempo? Alguém para conversar? — perguntou, queixosa. — Nenhum chefe de seção ou líderes de projetos?

— É fim de semana, Torre Thomas. — Ingrid lembrou-lhe, com meiguice.

— Claro — falou Myfanwy, irritada. — E as pessoas não deveriam trabalhar nos fins de semana, porque isso seria ridículo.

— Bem, o escritório 24 horas está funcionando — esclareceu Ingrid —, e a situação com os Grafters indica que o escritório de vigilância está aberto. E, claro, a equipe médica está aqui conduzindo testes. Um time de ataque e dois pilotos estão a postos. Os guardas de segurança estão aqui, a equipe de limpeza e...

— Ótimo. Eu vou apenas analisar esses documentos com meus olhos examinados a laser e assinar tudo com meus dedos bem lambidinhos.

— Bem, Torre Thomas — falou Ingrid em reprovação —, você sabe que eles se desculparam. Aparentemente, lambê-la anestesiou a língua deles, então tiveram de tentar todas as digitais.

Elas ergueram o olhar quando um jovem, segurando um pedaço de papel, entrou correndo, procurando por Ingrid. Ele avistou Myfanwy e Ingrid através da porta, corou, e então correu até elas. Um dos enormes seguranças parados na porta esticou um braço e Ingrid e Myfanwy tiveram um vislumbre dos sapatos do jovem enquanto seu corpo rodava no ar, no eixo do antebraço do segurança.

Myfanwy e Ingrid estremeceram ao mesmo tempo.

O outro guarda enorme entrou na sala, assentiu para as duas mulheres e colocou o pé na garganta do jovem. O rapaz estava buscando fôlego e acenando desesperadamente com um pedaço de papel.

— Não o mate! — exclamou Ingrid. — Torre Thomas, este é o Peão Summerhill, do setor de comunicações. — Myfanwy assentiu para o guarda, que levantou a bota, relutante, deixando Summerhill se sentar.

— Torre Thomas, senhora Woodhouse...

— O que foi, Alan? — perguntou Ingrid. — Rastreou a chamada?

— Por enquanto, não. Ainda estamos trabalhando nisso, mas chegou esta mensagem por fax. É destinada à Torre Thomas. — Myfanwy pegou o papel da mão de Summerhill e ele colocou a cabeça entre os joelhos. O papel estava escrito com uma caligrafia ornamentada e ela teve de forçar a vista para ver além das curvas e dos floreios da mensagem.

Torre Thomas do Checquy

Eu lancei um pequeno horror em Reading, simplesmente para demonstrar nossas capacidades. A não ser que você corra, pode não sobrar muito da casa de John Perry. Estou ansioso para ver Graaf Ernst von Suchtlen na terça.

Atenciosamente,

Graaf Gerd de Leeuwen

Myfanwy leu as palavras sem acreditar, e todos saltaram quando as luzes começaram a piscar e as sirenes soaram. O telefone tocou na mesa de Ingrid, acompanhado por luzes vermelhas piscando.

— Que diabos é isso? — perguntou Myfanwy com um mau pressentimento.

— Um incidente — respondeu Ingrid, soturna, se encaminhando para o telefone.

Myfanwy, os dois guardas gigantes e o moleque ofegante do Departamento de Comunicações observaram Ingrid atender ao telefone.

— Certo. Certo. Tudo bem. Sim, ela estará aí. Quanto tempo? Ótimo. Obrigada, Jennifer. — Ela desligou. — Bem, Torre Thomas, temo que ocorreu um ataque em...

— Reading — completou Myfanwy, cansada.

— Sim — disse Ingrid, surpresa.

— Os Grafters — chiou Myfanwy, e percebeu que os guardas e o moleque estavam olhando para ela, horrorizados. — Nenhum de vocês ouviu isso, e falo sério — falou ela no tom mais mortal que conseguiu, tentando intimidar os três mesmo vestindo um pijama. *Aquele merdinha sem pele disse que, se alguém souber que ele e eu estivemos conversando, ele matará Bronwyn. Obviamente, não posso esperar que ele não a mate, só não quero me arriscar mais do que preciso.* — Na verdade, vocês dois serão meus guarda-costas nos próximos dias. Sem substitutos. E você — ela disse para o trêmulo moleque das comunicações.

— Peão Alan Summerhill — disse Ingrid, discretamente.

— Peão Alan Summerhill, quão vital é você para rastrear uma ligação? — perguntou Myfanwy.

— Bem, hoje é meu quarto dia.

— Você é um tipo de maravilha indispensável cuja presença faria uma profunda diferença em rastrear uma chamada?

— Não...

— Ótimo. Então você nos acompanhará até Reading. E não vai falar uma palavra do que ouviu nesta sala para ninguém e não vai sair da minha vista sem permissão. Está entendido?

— Sim, Torre Thomas — respondeu ele, tremendo.

— Bom. Ingrid, o incidente está sob controle? É discreto?

— É em uma delegacia de polícia. — Veio a resposta.

— Poooorra — disse um dos seguranças, e todo mundo olhou para ele. — Eu já fui policial — esclareceu ele, na defensiva.

— A delegacia é no meio da cidade e eles tiveram o bom senso de isolar o prédio. Os centros de operações portáteis devem estar prontos quando chegarmos lá — continuou Ingrid.

— Algum outro detalhe? — perguntou Myfanwy.

— Os Barghests estão se mobilizando, e vamos nos encontrar com eles no local. Cavalheiros — Ingrid se virou para os guarda-costas —, vocês vão agir como a segurança local da Torre. — Ela foi para sua mesa e voltou com seu casaco e um laptop em um case.

— O que está fazendo? — perguntou Myfanwy.

— Vou com você — disse Ingrid. — O helicóptero chega em sete minutos.

— Tá, mas...

— Torre Thomas, você ainda está de pijama. É melhor subir e se trocar. E não se esqueça de pegar um agasalho.

— Ótimo — concordou Myfanwy com um suspiro, abrindo o retrato que levava ao apartamento. Atrás dela, um dos seguranças grandalhões teve dificuldade para se apertar pela escadaria e teve de ser empurrado pelo outro.

Foi muito diferente estar num helicóptero com Ingrid, um Peão novato aterrorizado e dois grandes guarda-costas, em vez de com Shantay. Os joelhos ficavam batendo uns nos outros, e o Peãozinho Alan (como ela passou a chamá-lo em sua mente) estava esmagado entre os dois seguranças que pareciam estar prestes a ficar bem enjoados. Ingrid lia algo em seu laptop. Myfanwy usava óculos escuros e ouvia os relatórios medonhos que recebia.

— A polícia de Reading montou cordões de isolamento por uma longa distância — informou Ingrid.

— E além dos cordões? — perguntou Myfanwy.

— Deixe-me ver — falou Ingrid, passando os olhos nos blocos de texto. — Tá, sim. Bem, há algumas pessoas por lá, mas não muitas. Elas podem ser facilmente dispersadas com anúncios oficiais ou, se necessário, com gás lacrimogêneo.

— Bem, já é alguma coisa. Qual é a história que criamos? — perguntou Myfanwy.

— Reféns, mas ninguém usou a palavra com T.

— Ninguém pode usar a palavra com T! — exclamou Myfanwy. — Jesus Cristo, tem ideia do quanto isso complicaria tudo? Além do mais, os chefes e Bispos iriam me esfolar viva. Eu não quero que a palavra com T passe pela boca de ninguém.

— Bispo Grantchester alertou a todos na organização que a palavra com T nunca deve ser usada — lembrou Ingrid, de uma forma gentil.

— Sim, porque ele teve uma conferência bem longa com o primeiro-ministro e o ministro da Defesa, então as Torres tiveram de ouvir um sermão de horas — mencionou Myfanwy. *Do que, por sorte, não tive de participar. Thomas ficou tão fula da vida que escreveu 13 páginas de insultos com espaço simples.* — Em todo caso, Ingrid, certifique-se de que o Departamento de Abafamento de Mídia tenha uma desculpa racional para o que está acontecendo.

— Uma desculpa racional, tipo gente louca?

— Uma desculpa racional — repetiu Myfanwy com firmeza. — Agora, alguém sabe quem é esse tal de John Perry? — Ela teria consultado seu fichário roxo, mas, na pressa, esqueceu. Ela olhou cheia de expectativa ao redor para as pessoas atulhadas no helicóptero, mas ninguém parecia saber. Ingrid levantou o olhar do laptop e confirmou que ninguém com esse nome era membro do Checquy. Ao buscar o nome no Google apareceram várias pessoas, nenhuma delas em Reading ou que pareciam ter algo a ver com a situação.

— Ok — falou Myfanwy. — Bem, é um mistério para mais tarde. Sabemos se alguém foi ferido? — *Por favor, Deus, faça com que eles tenham só sido reféns. A coisa vai ficar feia se aquele merdinha sem pele estiver ferindo civis. Eu preciso ser fria, calma e equilibrada.*

— Há sete oficiais, três membros do clero e umas duas dezenas de civis lá — informou Ingrid.

— Droga! — exclamou Myfanwy. Ela bateu no descanso de braço, frustrada. — Isso era completamente desnecessário. Eu disse a De Leeuwen que ia encontrar o maldito parceiro dele!

— Mas não falou sério — disse Ingrid, gentilmente. — Você estava rastreando a ligação dele, planejando caçá-lo antes de seu tempo acabar.

— Sim, mas ele não sabia! — retrucou Myfanwy. — Então, por que ele se sentiria compelido a fazer isso?

— Você o chamou de dejeto de açougue e ameaçou fazê-lo torturar a si mesmo em uma banheira cheia de fezes — argumentou Ingrid.

— Você acha que ele fez isso por causa de algo que eu disse?

— Bem, ele não me pareceu ser um indivíduo dos mais estáveis. Ele pode ter feito isso por causa da forma como você disse "alô" ou porque é sábado, ou porque um dos ajudantes dele não fez uma reverência satisfatória, ou sabe-se lá por quê.

— Ainda é sábado? — perguntou Myfanwy, exausta. — Você sabe que não costumo fazer isso. Era Torre Gestalt quem tomava conta das situações no campo.

— Torre Thomas — gritou Alan, o pequeno Peão. — Lá na Propriedade nós todos ouvimos boatos sobre como você cuidou do incidente em Bath. — Os guarda-costas assentiram, e até Ingrid sorriu confiante para ela.

Ah, brilhante, pensou Myfanwy, desanimada, quando o helicóptero começou a descer.

— Ai! — exclamou ela enquanto eles aterrissaram bruscamente, balançando tudo que foi investigado pelos médicos do Rookery.

Os dois seguranças, com um alívio profundo no olhar por estarem em solo, se levantaram e examinaram a pista de aterrissagem. Havia uma limusine esperando por eles, acompanhada por dois formidáveis veículos *off-roads*. Abarrotados ao redor dos veículos estavam várias pessoas grandalhonas, todas impacientes e pesadamente armadas, o que nunca foi uma boa combinação.

— Torre Thomas, espere, vamos apenas nos certificar de que essas pessoas são das nossas — pediu um dos guarda-costas. Depois que eles saíram, Alan se desdobrou lentamente. Myfanwy observou por uma janela os guarda-costas se agigantarem sobre a equipe pequena do Checquy, oscilando enquanto se recuperavam da tontura da viagem. O telefone de Ingrid tocou e ela atendeu.

— Tudo limpo para irmos, Torre Thomas — avisou ela, levantando-se. — Alan, pegue esses estojos, por favor.

— Onde estamos? — perguntou Myfanwy. O helicóptero parecia ter pousado num pasto de vacas que acabara de ser desocupado. — Não conseguimos achar um aeroporto? Ou um heliponto? Ou um lugar que não estivesse minado com... droga! Agora tenho bosta de vaca nos meus sapatos.

— Pelo menos você não está de salto alto — retrucou Ingrid enquanto afundava no solo. Atrás delas, Alan tentava se entender com os estojos.

— Torre Thomas, este é o Peão Cyrus West. Ele é o gerente local para este incidente — falou um dos guarda-costas.

— Bom ver você, Cyrus — disse Myfanwy, tentando não notar a hesitação com que ele pegou a mão dela. Ela se lembrou de Ingrid dizendo que corria um boato de que ela fizera aquele cara se esfaquear. — Damas. Cavalheiros. — Ela cumprimentou as equipes do Checquy com um aceno e contato visual. — Bom ver vocês todos. Cyrus, estou certa de que você está ansioso por voltar ao local. — Ela entrou no carro, e Cyrus e sua equipe se juntaram a ela. Um dos guarda-costas inspecionou uma arma grande tirada dos estojos de Ingrid.

— Essa coisa está com a trava de segurança, certo? — perguntou Myfanwy, ansiosa.

— É... com certeza, Torre Thomas — disse o enorme guarda-costas sem muita convicção, espiando a lateral da arma.

— Ele não é muito chegado em armas — cochichou Ingrid para Myfanwy. — Mas ele tem a habilidade de fazer a pele das pessoas descolar do torso.

— Ah... bom — disse Myfanwy. — Enfim, Cyrus, pode me atualizar sobre a situação na delegacia de polícia?

Ele assentiu e começou a falar com uma voz incrivelmente soporífica e sonolenta. Myfanwy, já de ressaca, tendo dormido pouco e sido sondada, sugada, injetada, examinada e raspada, não conseguia controlar o sono. Mas ela conseguiu extrair os fatores importantes do discurso. De acordo com vários relatórios:

1. Um homem não identificado entrou na delegacia e, com as próprias mãos, quebrou o pescoço da pessoa mais próxima a ele antes de trancar a porta pela qual entrou. Um policial grandalhão foi atrás dele com um cassetete e teve a cabeça arrancada. A essa altura, a delegacia inteira fora mobilizada, e em poucos instantes o homem estava olhando para os canos de várias

armas e para algumas armas de choque. Ele examinou o local e bufou, divertindo-se. Então,

2. depois de ignorar as instruções para soltar sua arma, ele fez pouco caso das várias, várias balas que atingiram seu corpo. Com um sorrisinho nos lábios e diante dos olhares abismados dos policiais, o homem ergueu os braços e, soltando um grunhido pelo esforço feito (de acordo com a chamada de emergência do chefe de polícia afobado),
3. "ele fez um tipo de tentáculo carnudo *explodir* de seus braços, se esticar e empalar as pessoas ao redor da sala. Havia sangue espirrando por todo lado, então ele puxou as pessoas de volta e sua pele começou a se alimentar delas, sugando-as para dentro de seu corpo. E agora ele está cheio de protuberâncias, porque as pessoas estão dentro dele, e ele está ficando enorme e — ah, meu Deus, não! Envie ajuda! Por favor!".
4. O Checquy foi mobilizado na mesma hora e ao chegar encontrou as ruas ao redor da estação quase desertas, já que a boa gente de Reading não está acostumada a ouvir salvas de tiros emanando da delegacia de polícia em uma tarde de sábado. Os sons das armas de fogo, combinados com gritos de outro mundo e sangue espirrando nas janelas, afastaram grande parte da população. A Equipe de Resposta do Checquy em Reading chegou quase imediatamente, isolou a área, gentilmente conduziu os passantes remanescentes para longe e afastou a mídia.

— Com sua aprovação, Torre Thomas, vou manter o comando da operação. Os Barghests foram automaticamente chamados e você foi notificada, porque estamos com uma crise de nível alarmante — terminou Cyrus.

— *Chartreuse* — disse o Peão Alan, prestativo. Todo mundo olhou para ele e o Peão se encolheu um pouco.

— Me desculpe, quem é esse? — perguntou Peão Cyrus.

— Este é o Peãozin... Desculpe, este é o Peão Alan... — tentou Myfanwy.

— Summerhill — se aventurou o Peão Alan.

— O Peão Alan aqui ouviu algo que eu preciso contar a você — disse Myfanwy para Cyrus —, e que ninguém neste carro vai contar para mais ninguém. Bom, você sabe que todo mundo na organização precisa fazer exames médicos?

— Sim, ouvi que eles não são nada agradáveis — falou o Peão Cyrus. — Devo me preocupar?

— Oh, não, eles são ótimos — mentiu Myfanwy. — Mas o motivo pelo qual estamos precisando fazer esses exames é o mesmo motivo pelo qual pessoas estão sendo baleadas e... bem... empaladas em Reading.

— Não sei bem se estou entendendo— disse Peão Cyrus.

— São os Grafters — falou Myfanwy, e ela observou o sangue desaparecer do rosto dele. Porém, seu foco foi interrompido quando o grande guarda--costas derrubou a arma e todo mundo no carro se encolheu. — Agora, Cyrus — continuou, depois que o guarda-costas, envergonhado, pegou a arma de volta —, você não pode contar isso a ninguém. Mas eu espero que essa informação o ajude na abordagem que usará na operação que vai comandar, é claro. Você é que soltará os Barghests, estou aqui só para observar. — Myfanwy tentou não pensar na última vez que ela apareceu só para observar. Pela expressão no rosto dele, Cyrus também estava tentando não pensar.

— É o começo de outra invasão? — perguntou ele, ansioso.

— Não — disse Myfanwy. — Pelo menos, acredito que não. Acho que é mais um aviso. Mas, claro, há sempre a possibilidade de os Grafters se aproveitarem de um momento de fraqueza, então precisamos conter isso rapidamente. — Cyrus parecia doente, e o Peãozinho Alan parecia que iria irromper em lágrimas. Myfanwy sentiu uma dor de cabeça começando no alto de sua testa. — Então, Cyrus, você por acaso sabe algo sobre um John Perry?

— Claro — disse Cyrus.

— Um John Perry de Reading?

— Claro. John Perry de Reading — respondeu Cyrus. — Torre John Perry.

— *Torre* John Perry? — repetiu Myfanwy.

— Torre John Perry, o mais renomado agente a vir para Reading — continuou Cyrus. — Torre John Perry, um dos agentes mais renomados do Checquy de todos os tempos.

— Oh — soltou Myfanwy, olhando feio para todos no carro. Eles não estão com amnésia, portanto não tinham desculpas para não saber quem era Perry. — Refresque minha memória.

— Ele foi peça-chave para deter a invasão da Ilha de Wight pelos Grafters — disse Cyrus.

Deus, esse belga esfolado é mesmo rancoroso, pensou Myfanwy quando ela e todos os outros que não eram de Reading mergulharam num silêncio cheio de culpa, e Cyrus parecia insultado pela ignorância deles e, ao mesmo tempo, preocupado com a ideia de ter os Grafters em sua cidade. Fez uma ligação no celular e começou a falar num tom que foi ao mesmo tempo abafado e frenético.

— Torre Thomas, você está bem? — perguntou Ingrid de repente. Myfanwy levantou o olhar, surpresa, e percebeu que estava pressionando os nós dos dedos contra as têmporas.

— Estou ficando com dor de cabeça bem na nossa frente.

— *Bem na nossa frente?* — repetiu Cyrus.

— É muito específica — falou Myfanwy, sucintamente. — Temos aspirina no carro? — Todo mundo olhou ao redor.

— Temos Johnnie Walker Blue Label — comentou Ingrid, que estava examinando o minibar.

— *Sério?* — perguntou um dos guarda-costas com um entusiasmo inconveniente.

— Não vou beber uísque de estômago vazio e a caminho de uma crise. E nenhum de vocês também — acrescentou ela quando o guarda-costas lançou um olhar de desejo para o bar. — Ingrid, você tem algo para dor na sua bolsa?

— Sinto muito, Torre Thomas — respondeu Ingrid. — Talvez haja algum tipo de kit de primeiros socorros. Você quer que perguntemos ao motorista?

— Não... sim... não sei — Myfanwy fez uma careta de dor. — Isto não é normal. Parece que... que...

— Parece o quê? — perguntou o Peãozinho Alan, empolgado.

— Como se viesse de fora da minha cabeça — disse Myfanwy.

— Como assim? — perguntou Alan. — De onde?

— De lá! — disse Myfanwy rispidamente, apontando à frente deles para um grande prédio cercado por tropas do Checquy e veículos. — Bem dali!

34

Querida Você,

O coração não foi uma grande pista. Eles o passaram por todo mecanismo de exame conhecido pelo homem, e o mandaram àquela menina anoréxica que diz ser psicometrista para tentar uma leitura, mas ela também não conseguiu nada. Então, o coração agora está em uma geladeira trancada e não tenho ideia de por que foi mandado para mim. Se eu estivesse num ânimo melhor e tivesse um senso de humor bizarro, eu diria que é uma declaração de amor, mas devo me conter e falar sobre nossa mais recente aquisição — e como fiquei presa em uma operação de cobertura apressada.

Há anos rola um boato na comunidade sobre um animal, em posse privada, que pode prever o futuro. O Checquy tem sua cota de sensitivos, videntes, leitoras de bola (não só de cristal) e todos são, sem exceção, um engodo. Em geral, fazem profecias irritantes que inevitavelmente têm pé mas não têm cabeça, e que são tão cheias de metáforas que as tornam incompreensíveis. Ou trata-se de algum idiota querendo dar um sentido maior para sua epilepsia. Então, já que nos sentimos de certa forma obrigados a continuar procurando por videntes, não damos muito crédito ao que dizem.

Você pode entender por que ansiamos por colocar as mãos em qualquer criatura que possa prever o futuro com precisão — um animal seria muito menos propenso a mentir para chamar atenção. Uma equipe de agentes foi encarregada de encontrá-lo e adquiri-lo, por meios justos ou não. Eles seguiram centenas de pistas, varreram o reino e gastaram uma quantidade absurda de dinheiro. (Eu sei disso, pois adivinha quem fez a contabilidade e a administração desse pequeno fiasco?) Agentes se aposentaram e foram substituídos. Várias vezes eles pensaram que haviam encontrado a fera — apesar do boato nunca ter sido claro sobre como era o bicho.

Como resultado, durante essa empreitada, recebi vários suínos, um bode, um coelho, um Jack Russell Terrier e meu favorito: uma caixa de papelão contendo o que o remetente declarou, cheio de orgulho, serem "as lesmas proféticas de Beccles". Cada um desses bichos foi apresentado, com grande pompa, para os membros da Corte. Não preciso dizer que nenhum dos espécimes foi capaz de ver o futuro. Ou, se podiam, não estavam dispostos a comunicar suas descobertas para nós. Tudo o que ficou dessa empreitada foi constrangimento profissional. Ah, e eu fiquei com o coelho.

Esse exercício ridículo de futilidade foi uma das coisas que herdei ao me tornar Torre, e eu o teria deixado de lado feliz da vida, mas ele é uma das obsessões de estimação de Wattleman, então fui obrigada a mantê-lo.

Mas, nesta manhã, foi confirmado: a equipe finalmente adquiriu o animal e foram feitos testes exaustivos por nossos maiores cientistas. Então enviei convites formais para os membros da Corte, convidando-os para jantar no Rookery essa noite e observar os fantásticos poderes do único pato oracular do Reino Unido.

Claro, coloquei tudo em termos bem menos impressionantes.

Enviei os convites pelo mensageiro das Torres e tentei continuar com meu trabalho. Geralmente, isso consome todo o meu tempo, mas hoje eu não conseguia me focar. Passei horas olhando perdida para meu computador, incapaz de me concentrar. Por fim, percebi que estava com dúvidas em relação ao pato.

Se você parar para pensar, tirando a improbabilidade de um pato ser capaz de prever o futuro, as chances de que nossa equipe tivesse encontrado, enfim, o único animal vidente no reino não eram boas. E, para ser honesta, eu não gostava da perspectiva de tirar a capa e apresentar à Corte um pato não oracular. Após tantos erros constrangedores, a equipe de busca assegurou que desta vez eles encontraram o animal certo, mas isso não ajudou muito a acalmar meus nervos. Então, não havia muito a fazer: eu teria de ir lá e verificar eu mesma o pato.

Eu queria vê-lo, para testar não apenas se ele podia comunicar as previsões de forma clara, mas também se podia prever o futuro com precisão. Um pato inteligente o suficiente para se comunicar com as pessoas poderia (eu imaginava) ser inteligente o suficiente para mentir sobre o futuro. E eu estava em uma posição única para testar suas habilidades, porque já sabia o que o futuro me reservava. Então desci ao laboratório, caminhando pelos corredores e mantendo meus olhos fixos no chão. Como sempre, tentei não fazer contato visual com a equipe. Fico sempre tão envergonhada com essas pequenas reverências e mesuras que recebo. Além do mais, quem sabe o que todos estão pensando? Todo mundo aqui sabe quem eu sou, e percebo que eles não têm grande respeito por mim.

Ainda assim, respeitam minha posição, então quando pedi um tempinho sozinha com o pato, isso foi providenciado bem rápido. A equipe interrompeu os testes e a preparação do vidente de penas, e fui conduzida a uma sala branca à prova de som, onde me sentei com o pato e um laptop. Bem, o computador era para o pato e tinha um teclado enorme (aparentemente, houve problemas com a relação entre o tamanho do bico e da tecla). O doutor Crisp tinha acabado de me explicar os detalhes de como lidar com o pato.

— Funciona como nos contos de fada antigos, Torre Thomas — explicou ele com alegria. — Apenas três perguntas por pessoa. Para sempre. E têm de ser feitas de uma vez só. Apenas perguntas diretas, pois ele só responderá sim ou não.

É realmente meio perturbador ver um pato ao vivo. Eles são maiores do que imaginamos e mais... imediatos. Olhamos um para o outro, o pato e eu, e, odeio admitir, pisquei primeiro.

— Sim, bem. Sou Torre Thomas — falei para o pato. — Mas talvez você já saiba disso. — O pato não fez nada além de coçar as penas com o bico.

— Então, você tem um nome? — perguntei, tentando estabelecer algum tipo de entendimento.

O pato olhou para mim e, logo em seguida, cagou na mesa. Sem dúvida não ia ser um encontro tranquilo. Deixei de conversa fiada e perguntei sobre o futuro.

— Pato, serei atacada por agentes do Checquy?

O pescoço dele se esticou de repente e ele bicou a tecla S. Sua resposta apareceu no monitor.

Meu destino já havia sido previsto por, dentre outros, um garotinho, um sem-teto e uma oráculo de 3.700 anos, então essa não era a maior revelação do mundo, mas fiquei impressionada com a resposta rápida. Tentei decidir o que perguntar em seguida. Era uma oportunidade única de ganhar vantagem.

— Pato... eu serei atacada em casa?

N.

Soltei um grande suspiro de alívio. Eu imaginava que seria acordada ou que teria de ver meu coelho sendo assassinado na minha frente; podia afastar esses medos agora. Mas eu tinha mais uma pergunta. O que mais eu precisava saber? Eu me sentia terrivelmente receosa, e ciente de tudo o que eu precisava fazer antes de o final chegar. Eu tinha tempo?

— Pato, eu vou... vou perder minha memória em até um mês?

S.

Cobri o rosto com as mãos por um bom tempo e o pato apenas se sentou, cada um de nós com os próprios pensamentos. Gostei de ele ter me ignorado. Deixou-me livre para recalcular minha agenda. Eu nunca saberia quando iria acontecer — quando eu "perderia tudo", como Lisa havia dito —, mas acreditava que teria mais tempo para me preparar. E agora... agora eu sabia que tinha no máximo quatro semanas.

Perdida em meus pensamentos, agradeci ao pato e deixei a sala. Os outros membros da Corte chegariam logo. E, além do mais, o cheiro do coco do pato não era lá muito agradável.

— Que diabos você está fazendo aqui, Myfanwy? — perguntou Teddy Gestalt. A equipe de cientistas do doutor Crisp ergueu o olhar, surpresa. — O resto da Corte estará aqui em poucas horas, e chego de Stirling para encontrá-la bisbilhotando essa nova aquisição em vez de estar fazendo os preparativos necessários para a recepção formal e a apresentação.

— Tudo isso já foi providenciado, Torre Gestalt — respondi, de forma educada. — Eu só queria garantir que o pato funcionava direitinho. Você pode não se lembrar, mas tivemos várias aquisições falsas na busca por esse item em particular e...

— Está sugerindo que eu não estou a par do que acontece aqui? — exclamou Gestalt num tom venenoso. — Que eu não tenho passado tempo o suficiente no Rookery? Porque, se quiser começar a sair para as várias operações de campo, Myfanwy, você é mais do que bem-vinda. — Ele olhou para mim triunfante, seguro por saber que eu nunca iria querer tal coisa. Mas, por um breve e glorioso momento, desejei poder simplesmente aceitar. Só para calá-lo.

Então eu me lembrei de você e dos preparativos que ainda precisava fazer. Eu nunca terminaria tudo a tempo se começasse a viajar pelo país.

— Não, Torre Gestalt, isso não será necessário — sussurrei.

— Muito bem então. Vá lavar o rosto e se trocar. Será uma noite muito importante.

— Eu sei que é importante, Gestalt. Por isso fiz três perguntas ao sujeito ali, para confirmar se ele pode de fato fazer previsões precisas do futuro. Tenho certeza de que você também quer estar certo de que não entregaremos um oráculo falso para o Lorde e a Lady. — Gestalt lambeu os lábios, nervoso. A fascinação de Wattleman com o projeto era infame, e o potencial para humilhação era bem real.

— E quanto aos testes que Crisp e os outros fizeram?

— Preferi verificar eu mesma — falei, cheia de cautela. — A ideia de Lorde Henry Wattleman, codiretor do Checquy condecorado com a Cruz Vitoriana, fazendo perguntas vitais para uma simples ave aquática e recebendo nada além de caca na mesa não me atrai. E não acho que faria muito bem às nossas carreiras.

Gestalt fez uma careta e eu continuei, mantendo meu tom de desinteresse.

— Eu fiz três perguntas sobre esta noite. As respostas do pato devem ser confirmadas quando formos revelá-lo para a Corte. Se forem provadas erradas, iremos informá-los e trocar humilhação por embaraço.

— Hum — gemeu Gestalt, pensativo. — Parece não ser uma má ideia. Na verdade, talvez eu também devesse...

O que quer que Gestalt fosse dizer, foi interrompido quando um assistente de aparência humilde se aproximou e nos cochichou que os membros da Corte iriam chegar logo.

— Deixe para lá — concluiu ele, e fiquei aliviada por não perguntar quais questões eu tinha feito para o pato. — Quanto tempo nós temos?

— O primeiro carro está chegando — respondeu o assistente, receoso por causa do temperamento infame de Gestalt.

— Agora? — dissemos num uníssono, boquiabertos. O assistente pareceu surpreso e decidiu me incluir na conversa.

— Sim, e Lorde Henry acabou de ligar para nos dizer que está trazendo um visitante especial.

— Um visitante especial? — falamos, juntos de novo.

— Sim, um visitante importante que deve se sentar à direita de Lorde Henry na mesa de jantar — informou o assistente, recuando sob nossos olhares fixos. Gestalt e eu viramos um para o outro.

— Um visitante importante? O pato mencionou isso?

— O quê? Eu não desperdicei questões proféticas de um pato com a possibilidade de convidados inesperados para o jantar. Você ao menos sabe como o pato funciona?

— Não! E não me importo. Mas um visitante especial... Imagino que não seja um membro do Checquy...

— Que deve se sentar à mesa ao lado de Wattleman... E...

— Que foi convidada para uma revelação secreta — finalizou Gestalt.

— A revelação secreta de uma grande descoberta sobrenatural que pode influenciar o futuro da nossa nação — completei.

— Será o primeiro-ministro? — perguntou Gestalt.

— Ou Vossa Majestade? — sugeri.

— Porra! — dissemos juntos e saímos de lá voando, deixando para trás uma equipe de cientistas que ouviu nossa conversa e que agora corria de volta à sala a fim de preparar o pato para sua grande performance.

Quando personalidades importantes são trazidas à equação, tudo fica mais complicado. Tudo precisa ser perfeito. No mínino, Gestalt e eu queriámos estar lá para cumprimentar quem quer que fosse com a devida demonstração de respeito.

Unidos pelo desespero, disparamos pelos corredores do Rookery, Gestalt me puxando pela mão. Derrubamos vários Serventes que passavam e mandamos pilhas de papéis aos ares. Ricocheteamos alguém feito de concreto e eu perdi um sapato.

— Não dá tempo! Deixe isso! — gritou Gestalt. Ele me puxou pela mão para continuarmos correndo. Eu chutei o outro sapato para fora.

— Você — gritei para uma mulher à nossa frente. — Chame Ingrid, e avise a ela que alguém importante está vindo jantar e vai se sentar ao lado de Lorde Henry.

Ela assentiu, afobada, enquanto passávamos por ela.

— Saiam da frente! — gritou Gestalt quando viramos uma curva e demos com um grupo de secretárias. Elas recuaram bem a tempo.

— Nenhum irmão disponível? — perguntei, já sem fôlego. Talvez um deles pudesse encontrar os convidados.

— Estão todos em campo — respondeu Gestalt, ofegante. Admito que era um pouco encorajador ver que ele também estava sem fôlego. — Segure o elevador!

Paramos na frente das portas. Estava lotado.

— Todo mundo para fora — ordenou Gestalt.

Os funcionários saíram diante da autoridade, ou talvez porque parecia que eu estava prestes a ter um ataque do coração. Nós cambaleamos para dentro do elevador e Gestalt apertou o botão de emergência, permitindo que fôssemos direto para nosso piso. Eu encostei na parede enquanto descíamos. Olhei para o espelho e meu coração estremeceu.

— Meu cabelo está uma merda! Estou usando meu terno menos impressionante, estou sem sapatos e podemos ter o chefe da nação vindo jantar... ai, meu Deus! O jantar vai estar pronto? — Procurei meu celular e percebi que havia deixado na minha sala. — Tem um telefone?

Gestalt estava inclinado, com as mãos nos joelhos, mas mesmo assim meneou a cabeça para dizer que não.

— Seus outros corpos podem ligar para a cozinha? Ou para Ingrid?

— Estou fazendo isso agora.

— Peça a ela que me traga um par de sapatos.

— Certo, sapatos — falou ele, com a cabeça ainda abaixada. — Venha aqui.

— Por quê? — perguntei, desconfiada.

Durante a corrida, eu havia esquecido que tinha um mês, no máximo. No máximo. De repente, me perguntei se eu seria atacada em um elevador.

— Eu arrumo seu cabelo — concluiu ele, tirando um pente do bolso.

— Oh, ok — falei. Ele se levantou e ficou atrás de mim, ajeitando meu cabelo com cuidado. — Você é bom nisso. — Eu estava com os olhos abaixados. Ele cheirava muito bem. Eu me lembrei por um momento da minha quedinha pelo outro irmão, e senti minhas bochechas corarem.

— Tenho um corpo feminino — respondeu ele. — Tudo bem, você está ótima. — Na verdade, apesar de eu odiar admitir, eu estava muito bem.

— Obrigada. E, bom, sua gravata está torta. — Eu a endireitei cuidadosamente e alisei seu colarinho.

Nesse momento, comigo na ponta dos pés, ele olhando para mim, e nós dois corados de tanto correr, as portas do elevador se abriram. Ingrid estava lá. Anthony estava lá. A assistente executiva de Gestalt e seu guarda-costas — um chinês magrelo, com vários piercings na cara — estavam lá. Todo mundo nos encarando.

— Podem parar — ordenei. — Ingrid, quanto tempo temos? Ingrid!

Ela piscou e voltou a si mesma, me passando um novo par de sapatos.

— O primeiro carro está chegando agora, Torre Thomas.

— E de quem é?

— Lorde Henry, com seu convidado — respondeu ela, meio que se desculpando.

— Droga! — exclamou Gestalt.

Fomos rapidamente em direção à entrada, mas dessa vez sem correr.

— Vocês sabem quem é o convidado dele? — perguntou ele por sobre o ombro para seus assistentes.

— Não, senhor — respondeu sua secretária.

— Quanto tempo faz que um primeiro-ministro não vem ao Rookery, ou que ele não visita qualquer instalação do Checquy? — se perguntou Gestalt.

— Thatcher veio uma vez, no começo da carreira — lembrei.

— E Vossa Majestade?

— Bem, apenas a monarca no comando e o primeiro na linha de sucessão sabem da nossa existência. Mas os dois últimos monarcas não vieram mais do que na única vez necessária, depois que foram coroados. Tenho certeza disso.

— E eles nos dão cinco minutos para nos prepararmos. — Gestalt ferveu.

Ele se acalmou quando chegamos à area de recepção, que estava de fato bem decorada para uma garagem. Havia um carpete para as pessoas descerem de seus carros, portas de vidro deslizantes que conduziam aos elevadores, e

Ingrid havia reunido alguns guardas altos, enfileirados, para cumprimentar os convidados que chegavam. Gestalt e eu passamos pelos guardas e chegamos a nossas marcas no momento em que a porta da garagem abriu e o carro de Wattleman parou. Minha atenção foi atraída pelos gritos de pessoas xingando o carro que entrava.

— Que porra é essa? — perguntou Gestalt.

Anthony murmurou algumas sílabas em uma língua indeterminada. Eu assenti sabiamente.

— O quê?

— Temos manifestantes do lado de fora do prédio — informou o guarda-costas de Gestalt, com o tinir musical de seus piercings labiais.

— Quando isso começou? — perguntei enquanto o carro se aproximava de nós.

— Meia hora atrás — respondeu Ingrid.

— Estão se manifestando contra o quê? — perguntou Gestalt, claramente irritado pela inconveniência. — Estão reclamando do banco?

— Não, estão protestando contra as operações secretas do governo comandadas nesse prédio — disse o guarda-costas.

— O quê? — Gestalt e eu exclamamos, horrorizados.

— Estou agendando um encontro com o chefe de segurança Clovis — avisou Ingrid, calmamente. — Ele disse para não nos preocuparmos.

— Isso não me parece bom — murmurei quando o carro parou na nossa frente. — Graças a Deus as janelas são fumê. Ah, e à prova de ovos.

A porta se abriu e Lorde Henry saiu. Todos nós fizemos as devidas saudações enquanto nos torcíamos para ver quem era a outra pessoa no fundo do carro.

— Ah, vejo que vocês estão ansiosos para conhecer nosso visitante — comentou jovialmente Lorde Henry. — E, é claro, é uma grande honra para nós todos nós que ele tenha se dignado a nos visitar neste dia histórico. Tor... senhorita Myfanwy Thomas, senhor... — Ele pausou, obviamente tentando descobrir qual o primeiro nome daquele irmão Gestalt. Fiquei com pena dele e cochichei. — Ah, sim, senhor Theodore Gestalt — ele piscou forte —, quero apresentar-lhes Rupert Henderson.

— Sim? — disse Gestalt, e eu teria sufocado um riso se não estivesse tentando descobrir quem era esse ser. Ele estava vestido em algum tipo de bata hessiana, e seu cabelo carecia de um penteado feito por Gestalt. Eu tinha certeza de que ele não era nem a pessoa que se sentava no trono britânico nem o primeiro-ministro.

— Vocês podem não conhecê-lo de vista, mas estou certo de que a reputação dele o precede — falou Lorde Henry, com orgulho.

— Com certeza — respondeu Ingrid suavemente enquanto Gestalt e eu tentávamos recuperar a compostura.

— Lorde Henry, senhor Hessian... quero dizer, Henderson!

— O quê? — disse o senhor Henderson, bruscamente e bem alto. — Fale alto, menina! — Eu estremeci e pude sentir minha vista turvando. Virei a cabeça e pisquei com raiva.

— Não precisa gritar com nossa Myfanwy, Mestre Henderson — comentou Wattleman, animado. — Ela tem uma voz baixa — e me deu um tapinha no ombro —, mas é maravilhosa atrás de uma mesa.

Enquanto Gestalt os encaminhava até os elevadores, eu ouvi Wattleman falando para o senhor Henderson no que ele achava ser um tom baixo:

— A garota é extremamente tímida. Tentamos não perturbá-la, ela desmonta.

— Sempre foi assim — acrescentou Gestalt, baixinho.

Caminhando atrás deles, eu podia sentir meu rosto corar e funguei escondido. Ingrid me passou um lencinho discretamente.

Quando nos acomodamos na sala de recepção, esperamos o restante da Corte chegar, o que não demorou muito. Ao que parece, os outros membros receberam a mesma mensagem vaga que foi passada para Gestalt e eu, porque cada um tinha um olhar de expectativa e pareciam ter se arrumado às pressas, apenas para depois descobrirem, confusos, que tinham um encontro com um estranho vestido como o profeta do deus do adubo.

Enquanto os outros jogavam conversa fora, permaneci num silêncio desconfortável. Quando finalmente fomos conduzidos à sala de jantar para uma refeição preparada às pressas, pedi com discrição para Ingrid descobrir o que podia sobre Rupert Henderson. Ela assentiu e se afastou enquanto os garçons serviam as bebidas. Sob o pretexto de puxar minha cadeira, Gestalt perguntou se estava confirmado.

— O quê? — perguntei.

— O pato! As previsões dele já se realizaram?

— Ah, certo. — De repente me enchi de um espírito mesquinho. — Só tive uma resposta. Acho que não vou ter todas as respostas confirmadas até o fim da sobremesa.

— Da sobremesa? — repetiu Gestalt, em pânico.

— Sim, e uma das perguntas é sobre você. — acrescentei docemente. Ele ficou pálido. — Mas não deixe que isso o perturbe. Afinal, se for verdade, então não poderá evitar satisfazer a profecia. — Ele foi até o seu assento, inseguro.

O jantar estava delicioso, e eu fiz uma nota mental para agradecer aos chefs por se virarem tão bem com nossa mudança de planos. Gestalt suou em profusão durante toda a refeição.

Finalmente, quando estávamos terminando o pudim de pão com framboesas e o sorvete de frutas marinadas no vinho, Lorde Henry se levantou.

— Senhoras e senhores, meus colegas e amigos. Hoje é um grande dia! O apogeu de anos de esforço, pesquisa e incansável trabalho de campo. Eu espero que todos tenhamos orgulho dessa conquista. Juntarmos força e dedicação para seguir um projeto por tanto tempo e diante de tantas adversidades fala muito sobre nossa organização.

Levantei as mãos para aplaudir, então as abaixei, constrangida, quando ninguém aplaudiu.

— Claro, vocês todos conhecem Rupert Henderson — continuou ele enquanto sorríamos, sem fazer ideia de quem ele estava falando. — Sua reputação é o suficiente, creio eu, para justificar sua presença aqui esta noite. Sem dúvida suas visões sobre o futuro e seu conhecimento sobre todas as questões de profecia garantem sua participação nesse evento.

Todos nós assentimos, pensativos, apesar de nunca termos ouvido falar nele antes. Ingrid andou na ponta dos pés até minha cadeira e colocou uma folha de papel na minha frente.

> Torre Thomas,
> Há muito pouco nos arquivos. Ele nasceu em Brighton. Tem 45 anos. Alguns murmúrios sobre habilidades psíquicas, mas nada concreto o suficiente para justificar que ele fosse à Propriedade. Mesmo assim, ele é popular em certos grupos do governo e conseguiu impressionar algumas pessoas do alto escalão da inteligência. Não sabemos se Lorde Henry o conhecia, apesar de Henderson ter sido consultado várias vezes por outros membros do clube que o Lorde frequenta.

Eu a agradeci em voz baixa e olhei para o outro lado da mesa quando, com um cochicho, Gestalt recusou o café oferecido pelo garçom. Assim está bom, pensei. Troquei um olhar com ele e assenti, meneando a cabeça num gesto significativo. Ele congelou, lançou um olhar preocupado para o garçom e então olhou de volta para mim. Assenti novamente. Ele ficou pálido.

É, é meio um saco quando você acha que o futuro está escrito para você, não? Eu acho. Eu me diverti obervando Gestalt enquanto ele fazia um esforço visível para voltar sua atenção ao discurso, no qual Henderson agradecia a Lorde Henry e promovia a si mesmo como o maior vidente de todos os tempos.

Estava claro que Henderson não sabia muito bem que tipo de organização era o Checquy. Ele parecia estar trabalhando sob a suposição (não totalmente errada) de que estávamos envolvidos com inteligência militar e que havíamos esbarrado em uma relíquia de valor místico insuperável. Ele falava de uma forma bem benevolente, dizendo que, não importava no que acreditávamos, de fato existia mais coisas no mundo do que vemos na rua. Que as forças misteriosas estavam por todo lado e que nossa crença mundana subestimava, e muito, o poder sobrenatural que existia no mundo.

Incrédula, olhei ao redor. Bispo Alrich estava olhando para o "especialista psíquico" com profundo desprezo e bebericando uma taça de vinho tinto. Enquanto eu o fitava, a cor de seu cabelo se tornou um castanho mais escuro. Cavalo Eckhart estava alheio a tudo, trançando seus talheres num prato. Lady Farrier parecia querer golpear Henderson com seu garfo de sobremesa. Todo o restante da Corte aparentava estar pronta a cometer suicídio, à exceção de Lorde Henry, a quem parecia que o Sermão da Montanha tinha sido apenas o discurso de abertura daquele falatório.

— Muito obrigado, Mestre Henderson — agradeceu o Lorde Henry, batendo palmas e forçando todos nós a aplaudir sem o menor entusiasmo. — Mestre Henderson confirmou, através de sua clarividência nata, que nossa aquisição é de fato a criatura pela qual procuramos há tanto tempo.

— Bem, graças a Deus pagamos ao doutor Crisp várias centenas de milhares de libras por ano — murmurei para mim mesma. — Aparentemente, é apenas para se preocupar com os patos e nos fazer checkups.

Do lado oposto da mesa, Alrich encontrou meu olhar e abriu um leve e condoído sorriso. Ele me escutou, com certeza.

— Mestre Henderson nos informou que as revelações emergidas dessa criatura vão ser de grande importância e deverão ser mantidas em completo segredo — continuou Lorde Henry. — Então, Lady Farrier e eu achamos que apenas nós, como chefes da organização, devemos estar presentes quando Mestre Henderson fizer as profecias. Devemos participar do processo e depois conferir quais respostas são seguras de se compartilhar. Fiquem certos de que sua discrição é inquestionável, mas vocês também precisam entender que alguns segredos devem ser mantidos os mais secretos possíveis.

Com o rosto transfigurado em uma nuvem negra, Bispo Grantchester conduziu o aplauso dessa vez, com pequenos jorros de fumaça saindo de suas mãos.

— Bem colocado — conseguiu dizer ele entre os dentes cerrados.

Wattleman acompanhava com olhos brilhantes enquanto Henderson continuava explicando seus poderes. Aparentemente, apenas ele poderia visualizar cada nuance da profecia, através de seus talentos naturais e estudos. Quando o doutor Crisp entrou por uma porta lateral, a amnésia estava me parecendo uma opção bem boa. O cientista veio até mim, se abaixou e falou em voz baixa.

— Torre Thomas, o pato está pronto na sala ao lado. Agora, fui informado que não é todo mundo da Corte que irá testemunhar as profecias.

— Sim — confirmei. — Apenas mais uma das deliciosas mudanças de planos. Aqui, deixe-me apresentá-lo ao nosso novo especialista. — Eu pigarreei e, por um instante, Henderson de fato parou de falar. — Sinto interrompê-lo, mas fui avisada de que a criatura está pronta. Este é o doutor Crisp, nosso especialista da casa em, bem, basicamente tudo. Ele vai lhe dar os detalhes que já foram colhidos sobre a criatura. — O doutor Crisp se adiantou, sorrindo educadamente, e Henderson pegou sua mão.

— Obrigado, doutor Crisp. É um prazer conhecê-lo, mas já tenho uma boa experiência nessas coisas, e acho melhor não bagunçar minhas impressões. Estou certo de que entende.

— Bem, as pesquisas... — começou a falar o doutor Crisp, mas Henderson já estava conduzindo os diretores para a sala onde estava o pato. Fiquei levemente feliz em notar, pouco antes da porta fechar, que o pato não parecia nada respeitoso ao vê-los.

— Sinto muito, doutor — comentei baixinho. — Esse sempre foi um projeto importante para o Lorde Henry, então precisamos respeitar as decisões dele.

— Entendo bem. Você sabe há quanto tempo ele está trabalhando nisso?

— Não estou bem certa.

— Por volta de quarenta anos.

— Quarenta anos?

— Sim.

— Quarenta anos?

— Sim, desde que os rumores sobre o pato começaram a circular pelo país.

— Doutor Crisp, entendo que o mundo é um lugar estranho. Acabei de passar quase meia hora ouvindo um sermão ofensivamente arrogante sobre quão estranho o mundo é. Mas você está me dizendo que esse pato é mais velho do que eu?

— Esse pato estava na mesma família há três gerações.

— O pato é imortal? — gritei. As pessoas olharam ao meu redor, surpresas, me fazendo corar.

— O pato... já viveu bastante.

— Pode-se dizer.

— Não sabemos quanto tempo ele irá viver. A única forma de saber se o pato é mortal é esperar ele morrer.

— Muito científico — falei. — Mas aquele pato pode alterar drasticamente a forma como essa organização funciona. Enfim, teremos uma visão clara sobre eventos futuros. E, até onde sabemos, ele será uma posse eterna. Pense no bem que podemos conquistar!

Ele sorriu, e a porta da sala do pato se abriu. Todo mundo se virou em choque.

Henderson estava na porta, suas mãos encharcadas de sangue, penas em seu cabelo.

— Este pato não me diz nada! — gritou.

Por um momento, todos nós congelamos, aterrorizados. Atrás de Henderson, Lady Farrier parecia que ia vomitar, e Lorde Henry estava segurando sua cabeça entre as mãos. Henderson respirou fundo, estremecendo, e repetiu, dessa vez baixinho.

— Este pato não me diz nada.

— Então você achou que devia matá-lo? — perguntou Bispo Alrich, secamente.

Henderson olhou para ele, suas mãos tremiam. Ele deu um passo em direção a Alrich, e então, mostrando o primeiro sinal de uma percepção realmente verdadeira naquela noite, decidiu não dar outro passo.

— O que você fez com o pato? — perguntou Gestalt com a voz tensa.

— Eu segui todos os procedimentos tradicionais — defendeu-se Henderson. — Usei uma lâmina purificada. Invoquei todos os elementos benéficos...

— Você abriu o pato no meio? — gritei.

— De que outra forma se pode examinar suas entranhas? — retrucou ele.

— Que tal uma ressonância magnética? — sugeriu Eckhart, acendendo um cigarro.

Henderson olhou feio para ele.

— Os presságios só são revelados na morte da criatura — argumentou Henderson.

— Ou não, como foi o caso — comentou Alrich.

— Não consigo entender. — Henderson recomeçou a falar. — Tudo foi feito como prescrito. É assim que se obtém informação de uma ave aquática.

— Seu cretino inacreditável — xingou Gestalt. — Nós já havíamos verificado que o pato podia dar respostas precisas para questões verbalizadas.

— O quê? — disse Henderson com voz fraca.

— O quê? — repetiu Wattleman, levantando o olhar.

— Não acredito nisso — disse Farrier.

— Devemos matá-lo? — perguntou-se Eckhart.

— Talvez seja melhor — respondeu Farrier. — Bispo Alrich?

— Acabei de jantar — murmurou Alrich.

— Estávamos pensando apenas em matá-lo, não sugá-lo — completou Eckhart.

— E aí, talvez, pudéssemos tentar ler as entranhas dele — propôs Grantchester.

— Esperem um momento! — gritou Wattleman. — Sem dúvida isso foi um terrível engano, mas o que foi feito, foi feito, e precisamos nos adaptar às novas circunstâncias.

Ele falou firmemente, usando cada traço de autoridade que podia reunir. Naquele momento, ele não era um homem que acabara de ver seu sonho de décadas ser morto na sua frente, sem necessidade e naquele caos. Ele era um general. Nosso líder. Foi impressionante, eu admito, e todos recuamos receosos. Henderson esfregou a testa com a manga de sua vestimenta hessiana.

— Então... não vamos matá-lo? — perguntou Eckhart.

Eu soltei um riso de escárnio, e todo mundo olhou para mim.

— Desculpe — falei em voz baixa.

— O senhor Henderson — disse Wattleman (notei que ele deixou de lado o "mestre") — assinou as usuais declarações de confidencialidade. À luz desse desastre, vamos impor restrições adicionais a ele. Torre Thomas, estou certo de que pode arranjar isso.

— Sim, Lorde Henry —confirmei, estremecendo quando ele me chamou de Torre. Eu não tinha ideia do quanto Henderson sabia, mas usar títulos do Checquy na frente dele só poderia aumentar nossa estranheza. Além de termos um pato oracular. E da nossa aparente avidez por matá-lo. E do cara com um condor na cabeça que passou pelo corredor, já que algum garçom havia deixado a porta aberta.

— Boa menina — disse Wattleman, e ele se retirou da sala de jantar, seguido pelo restante da Corte.

Então, fiquei encarregada de levar Henderson para meu escritório e garantir que assinasse formulários suficientes para assegurar que ele nunca falaria sobre o Checquy, sobre o pato ou nada que tinha visto.

Então esse foi meu dia. Devo admitir que, apesar de me sentir mal pelo pato, também me senti bem mal por mim mesma. Agora eu sei quão pouco tempo eu ainda tenho, e há tanto a fazer.

Com amor,

Eu.

35

— Alguém aqui deve ter uma porra de aspirina — grunhiu Myfanwy. — Quer dizer, uma vez li que esses trailers têm equipamento suficiente para reconstituir gente que foi dissolvida em ácido.

— Bem, na verdade, eu não acho... — começou Cyrus, mas Myfanwy acenou para ele se calar.

— Não me importo, não me *importo*! Estou vendo manchas, e, se isso não parar, em alguns instantes *todo mundo* vai estar vendo manchas. Alguém me arrume uma aspirina, *por favor*.

Vários Serventes foram despachados para procurar uma aspirina enquanto Myfanwy era conduzida ao trailer. A luz fraca do sol a cegava. Ela cobriu os olhos com as mãos e se deixou ser guiada por Ingrid e por um dos guarda-costas grandalhões.

A dor aumentava à medida que eles se aproximavam da delegacia, e as sensações lembravam as provocadas pelo belga sem pele no tanque, o efeito que a biologia torta dele teve sobre ela. *Trabalho de Grafter, com certeza*, pensou. Entretanto, enquanto o encontro no carro havia revirado seu estômago, o que quer que estivesse na delegacia de polícia revirava seus pensamentos.

— Torre Thomas? — Uma voz profunda e hesitante reverberou no crânio de Myfanwy. A mão do guarda-costas grandalhão apertou o ombro dela.

— Sim? — retrucou ela. Espiou por entre os dedos e viu uma mão usando luvas enormes.

— Sou o Peão Steele. — Falou a voz sem confiança.

Através da dor de cabeça que sentia, o nome remexeu uma memória.

— Peão Steele. Você estava em Bath, certo? Foi você que usou a motosserra e tirou todo mundo dos casulos no porão. — Myfanwy se lembrava bem dele. Um homem gigante cujos ancestrais chegaram à Inglaterra conduzindo barcos, com dragões enfeitando a proa. Uma vez que a sociedade de hoje não vê com bons olhos a pilhagem, ele foi atraído ao Checquy, onde seu potencial para lesões direcionadas foi apreciado.

— Sim, *senhor*.

— O que posso fazer por você? — perguntou ela, tentando ignorar o *senhor*.

— Bem, não sei se notou, mas esse lugar tem o mesmo cheiro do incidente em Bath — disse Steele.

— Tem? Não, eu não tinha notado.

— Bem, um dos meus dons é um apurado sentido de olfato — explicou ele.

— Sério? Pegue minha mão — ela disse, afastando a cabeça do sol.

Logo que ela sentiu a pele dele na ponta dos dedos, alcançou seus sentidos. O cheiro de química e fungos passava pelos censores de olfato em seu cérebro, contornando a inconveniente rota do nariz dela.

— Oh, sim, é o mesmo. Do que Shantay chamou aquilo? Como um cogumelo porcini gigante; só que, dessa vez, é como se tivesse sido mergulhado em formol.

— Exatamente — confirmou Steele. — E isso é... isso é sua dor de cabeça?

Myfanwy rompeu o contato no mesmo instante.

— Desculpe por isso — falou ela. — Sim, é o mesmo cheiro, e os eventos estão ligados. Mas eu ficaria muito grata se você mantivesse essa informação em segredo.

— Sem problema, Torre Thomas. Eu estava pensando que, se você quiser, eu posso entrar. Posso me blindar e puxar esse povo para fora.

Sua voz estava entusiasmada e, mesmo com dor, ela podia sentir a pulsação dele acelerando com a ideia.

— Entendo o que está dizendo, Peão Steele, mas nem pense nisso.

— Isso, sim! Vou nessa! Espere, o quê?

— Sinto muito, Steele, mas na minha última operação, a manifestação comeu três equipes do Checquy, incluindo uma equipe de Barghests antes de entrarmos, e eu quase tive meu cérebro transformado em fertilizante. Dessa vez, aquela delegacia ali está me dando uma dor de cabeça da porra, então ninguém pode se aproximar ainda. Eu não quero que outros membros do Checquy sejam sugados por entidades amorfas, ainda mais por que não podemos garantir que eles serão tratados tão gentilmente como da última vez. — Ela se lembrou do estado de seu observador. — Está tudo certo com você, Peão Cyrus?

— Sim, senhora.

— Ok. Agora, alguém me arrume a porra de uma aspirina!

O tumulto barulhento da sala de controle morreu quando Myfanwy e seu séquito entraram, e todos fizeram uma expressão de medo. Por um momento, Myfanwy se sentiu envergonhada, mas então decidiu que não seria um problema eles calarem a boca e desligarem as luzes por alguns minutos.

Uma médica do Checquy chegou e passou as mãos enluvadas na cabeça de Myfanwy, descendo por seu pescoço. Ela murmurou algo para si mesma sobre sensibilidade e injetou em Myfanwy uma coisa que borbulhava na seringa e que teve o efeito de um cobertor macio e molhado no cérebro dela.

— Você vai sentir certa nebulosidade por alguns minutos — explicou a médica. — Daí você vai precisar urinar por um tempo.

Ela se afastou enquanto os trabalhadores voltaram a conversar e Myfanwy aguardou até conseguir controlar seu corpo novamente. Todo mundo pareceu entender que ela não iria fazer nenhuma contribuição por um tempo, então ela encostou, com os olhos fechados, para ouvir o pessoal ao seu redor e tentar evitar que o topo de sua cabeça se soltasse e deixasse seu cérebro sumir em asas de algodão.

— Peão Carmine tem uma variante de uma visão de ondas milimétricas — disse alguém. — Ele informou que há um cubo de carne na sala da frente e não há outras formas de vida no prédio.

— Então todos foram absorvidos? — perguntou Cyrus.

— Provavelmente. Aquele cubo preenche toda a sala. Não podemos ver através das janelas, porque a carne está pressionada contra elas.

— As portas se abrem para dentro ou para fora? — perguntou Cyrus.

— Eu vou pedir para Carmine verificar.

— Ele não pode chegar mais perto do que vinte metros — avisou uma mulher de sotaque escocês.

— Ele também é telescópico.

— Ou ele pode simplesmente usar binóculos — disse a escocesa.

O interfone chiou.

— Aqui é o Peão Carmine — falou uma voz calma no alto-falante. — As portas se abrem para dentro; são feitas de madeira e vidro.

— Não tem mobília? Um balcão ou algo assim? Cadeiras? — perguntou a Peão escocesa.

— Sim, mas parece que tudo foi empurrado para fora da sala ou esmagado contra as paredes pela expansão do cubo.

— O cubo está, sei lá, fazendo alguma coisa? — indagou Cyrus.

— Está pulsando suavemente.

— Qual o tamanho dele? Eu sei que preenche a sala, mas podemos ter medidas, por favor? — pediu a escocesa, que pareceu ser a segunda na linha de comando de Cyrus.

— Tem cinco metros por quatro — disse um pequeno zumbido no computador. — E dois metros e meio de altura.

É um cubo de carne bem grande, pensou Myfanwy.

— Peão Motha está chegando do País de Gales — avisou o pequeno nerd no computador. — Ela está equipada com ressonância magnética. Nós a preparamos com alguns binóculos há 20 metros da delegacia de polícia. Se quiser esperar um momento, ela poderá fornecer algo sobre o que há dentro do cubo.

— Peão Carmine, você pode ver através de paredes, mas não pode ver através da pele? — perguntou Cyrus.

— Isso mesmo, senhor.

— Ingrid, preciso ir ao toalete — disse Myfanwy baixinho. — Onde fica? — Elas pediram licença e Myfanwy se viu num cubículo menor do que um banheiro de avião. Porém, tinha conexão com o interfone, então ela pôde ouvir o relatório da Peão Motha com seus olhos de ressonância magnética.

— Ok, estou percebendo estruturas interessantes aqui. Temos algumas camadas de músculos extremamente densos do lado externo, mas não é uniforme.

— O que quer dizer? — indagou a escocesa, secamente.

— Bem, Peão Watson, é uma colcha de retalhos. Posso ver onde as diferentes camadas de músculos foram fundidas. As costuras não são grossas, mas sem dúvida foram reunidas de fontes separadas.

— Você diz que é denso — comentou Cyrus.

— Sim, e tem um bom meio metro de grossura. Eu não sei se poderia conter uma bala, mas poderia aguentar muita força sem romper. Estou supondo que foi feito de fontes diferentes e reunidas. A força de qualquer parte depende de suas fontes originais. — Myfanwy franziu a testa, tensionou alguns músculos para tentar conter quaisquer efeitos sonoros incriminatórios, e apertou o botão do interfone.

— Aqui é Torre Thomas. Cyrus, eu gostaria que alguns agentes extremamente fortes estivessem presentes. Já vimos essas coisas em ação antes. — Ela estava pensando na alarmante transformação de Van Syoc. — Por favor, continuem. — Ela desligou o botão de voz e continuou escutando as observações dos Peões.

— Posso ver algumas tatuagens — disse Carmine. — Há uma pequena distorção em duas delas, e uma está realmente esticada. Acho que era uma âncora.

— Cheque a lista da polícia de homens que foram da Marinha — veio a voz de Cyrus.

O que era aquele remédio?, se perguntou Myfanwy, ainda na privada. *Não acho que eu tenha bebido tanto assim. Tomei o café que derrubei na minha mesa, o líquido âmbar que Ingrid me serviu, aquela gosma que me fizeram beber antes de examinar meu estômago naquela delícia de exame médico, a água de quando voltei noite passada e aquele estranho drinque de camadas...* Ela contou as bebidas e chamou Ingrid pela porta.

— Sim, Torre Thomas?

— Vou precisar de uma garrafa d'água quando sair daqui — falou ela, antes de voltar sua atenção a Motha.

— Certinho, então debaixo da camada de músculos temos uma jaula de ossos. É assimétrica — continuou Motha. — Existe um padrão, mas há fendas. É bem fascinante, como um mosaico.

— Então é como uma armadura? — concluiu Watson.

— Não, talvez a estrutura sirva como armadura, mas a carne não é compactada por dentro. O esqueleto é alveolado. Tem bolsões de ar e bolsões de fluídos, que oferecem algum suporte interno. É brilhante — reportou ela sem fôlego.

Isso são séculos de alquimia belga..., pensou Myfanwy, que terminava de urinar, se perguntando se seu cérebro fora drenado. A dor de cabeça sumira por completo e a nebulosidade parecia ter saído com a urina também.

— Enfim, se estou certa, os ossos foram espalhados dentro da massa muscular — disse Motha. — Acho que eles foram desmontados dentro do cubo e redistribuídos.

— Órgãos? — perguntou Cyrus.

— Estão lá. Interligados e flutuando. Estão alojados de forma bem eficiente, e acolchoados por mais fluidos. E os cérebros estão ligados! — Motha parecia empolgada, avaliou Myfanwy. — Bem, de fato há apenas partes de cérebros; parece que foi feito um fatiamento e um reagrupamento.

Quem é essa mulher?

— Enfim, as partes estão cercando um cérebro central, que também sofreu modificações consideráveis. E existe algumas coisas de metal e cerâmica, acho que são aplicações. — Myfanwy se lembrou da antena que encontraram no cérebro e na espinha de Van Syoc. Havia boas chances de que aquele canalha sem pele da limusine estivesse ouvindo tudo o que acontecia na delegacia.

— Olhos? — perguntou Myfanwy, enquanto lavava as mãos.

— Não estou vendo nenhum — informou Motha. — Carmine?

— Nada na superfície. — Foi a contribuição do Peão. — Sem orelhas. Nem cabelo. Nenhum pelo no corpo, até onde eu posso ver. — Myfanwy saiu do lavatório e aceitou uma garrafa d'água de Ingrid. Um dos guarda-costas grandalhões estava esperando do lado de fora do banheiro e o outro, no final do corredor. O séquito caminhou de volta ao centro de comando, e Myfanwy olhou ao redor procurando pelo Peãozinho Alan e o encontrou no canto da sala, onde ele parecia estar escondido, bem longe da vista de todos. Ela fez um sinal distraído para ele com a cabeça e retomou seu assento.

— A imprensa começou a fazer perguntas — informou Watson, a escocesa. — Nós temos algo planejado? Alguma instrução da seção de comunicações do Rookery?

— Ainda estão trabalhando nisso — disse uma indiana observando um monitor. — Por causa dos tiros, eles não podem usar uma desculpa não violenta como fizeram em Bath. E já que não podemos mencionar terro...

— Não diga! — exclamaram Myfanwy, Cyrus, Ingrid, os dois guarda-costas e o Peãozinho Alan. A indiana piscou e deu de ombros.

— Em todo caso, estão começando a aparecer relatos na internet, apesar de felizmente nenhum ser de fonte confiável — concluiu ela antes de se voltar para os monitores.

— Torre Thomas, não acho que haja uma forma de resgatar essas pessoas — disse Cyrus para ela, seriamente. — Aquelas engolidas pelo cubo.

— Concordo — ela disse gravemente. — A única coisa que podemos tirar desta situação é um fim. E isso precisa ser feito o mais rápido possível. — A ideia de civis presos em uma máquina de guerra Grafter revirou o estômago dela. E ela seriamente duvidou que o bloco humano fora colocado lá simplesmente para preencher espaço em uma delegacia de polícia em Reading. — Quero ver o cubo destruído o quanto antes. Na verdade, acho que o lugar todo precisa ser eliminado. Quais são nossas opções?

— Bem, Torre Thomas, normalmente eu pensaria em demolição padrão ou em algum tipo de agente de incêndio. Entretanto, levando em conta a, *hum*, informação que você contou no carro, não tenho certeza de quão bem-sucedido isso seria.

Cara, as histórias dos Grafters realmente assustam o pessoal, não é?, pensou Myfanwy, olhando para Cyrus. Ele era um agente condecorado de alto escalão do Checquy, mas agora estava suando e muito corado.

— Nessas circunstâncias — continuou Cyrus —, eu pensaria que o melhor é combinarmos explosivos, napalm e as habilidades de Harper Callahan. Temos autorização para chamá-lo?

— Se bem me lembro, Harp Callahan tem 9 anos de idade e ainda está na Propriedade. Ele ainda não chegou ao posto de Peão, certo? — Myfanwy perguntou, já sabendo a resposta. O fichário roxo teve o cuidado de colocar os detalhes sobre as armas mais mortíferas do Checquy em suas primeiras páginas.

— Mesmo assim, as habilidades dele se mostraram como uma opção de obliteração discreta e eficiente desde que ele tinha 6 anos — continuou Cyrus.

— Mas os poderes do jovem Harp vão reduzir tudo a uma bela cratera. Esconder isso vai ser bem difícil.

A *quem eu quero enganar? Acobertar isso ia ser um pesadelo de qualquer forma.*

Os olhos de Cyrus penetraram nos dela.

— Torre Thomas, acho que essa situação exige medidas extraordinárias.

— Muito bem, então. Vamos chamar Harp.

— Acho que é uma medida inteligente — disse Cyrus. — E, olhe, há até uma chance de que Callahan sobreviva.

Myfanwy sentiu um mal-estar no estômago. Não havia ocorrido a ela que usar os poderes do garoto pudesse matá-lo. Pelo que ela lembrava, a ficha dele enfatizava mais a quantidade de terra que ele podia destruir sem nenhum efeito colateral como radiação, poluição de Linhas de Ley próximas ou papelada para preencher. Havia algo sobre ferir o garoto? Ela não se lembrava.

— Ele pode morrer? — sussurrou ela.

Cyrus a encarou.

— Torre Thomas, leve em conta toda a informação que você dividiu comigo. Como Torre do Checquy, pense na responsabilidade que tem com o Reino Unido — replicou ele, com a voz apressada e seca. — Você não tem tempo para remoer isso.

— Está certo — disse Myfanwy, puxando as sentenças-padrão à memória. As instruções de Thomas insistiram que ela as memorizasse.

— Eu, Myfanwy Alice Thomas, Torre do Checquy, Espada Escondida da Coroa, Primeira Corvo da Escócia, Arauto da Irlanda e General do Exército Secreto da Grã-Bretanha, invoco a presença de Harper Callahan, tutelado da Propriedade, para servir à população anônima do Reino Unido, com toda sua força e capacidade que nossas ilhas podem suportar.

Era uma declaração ridícula e arcaica, mas tornava tudo bacana e legalizado, além de oficialmente passar a responsabilidade de toda a operação para ela. Apenas as Torres, os Bispos e o Lorde e a Lady do Checquy podiam autorizar o uso, em solo britânico, de um agente classificado como uma Força de Obliteração Física. Felizmente, havia apenas três indivíduos com aquele nível de poder no Reino Unido. Na verdade, um deles era mantido em uma cela nas Ilhas Shetland. Utilizá-lo necessitava que o primeiro-ministro, o ministro da Defesa, o monarca do país e todos os membros da Corte do Checquy fossem informados. Enquanto ela terminava de falar, podia ouvir os dedos da equipe fazendo ligações telefônicas para comunicar a informação e chamar o estudante da Propriedade.

Isso tem de ser feito, lembrou a si mesma. *E se esse garotinho for morto, bem, será uma das muitas coisas terríveis que eu fiz desde que abri o cofre 1011-B. Se alguém quiser saber por que convoquei uma criança que poderia transformar toda essa cidade em uma mancha de terra derretida, então vou ser obrigada a dizer a eles que meus poderes indicaram que o cubo era uma arma Grafter. O que por acaso é.*

— O cubo está se movendo! — falou Carmine, empolgado.

— Guardas periféricos preparar! — gritou Cyrus.

Pequenos monitores se acenderam por toda a sala e Myfanwy apertou os olhos por causa da claridade repentina. Encarou as imagens e reparou que vinham de pequenas câmeras encaixadas sob as armas das tropas do Checquy que estava ao redor do prédio.

— O que está acontecendo, Jasmine? — perguntou Cyrus.

A voz de Motha veio, surpresa.

— As espirais de músculos estão se flexionando e os ossos estão sendo revirados.

— Como? — perguntou Watson.

— Não sei, mas isso não está sendo feito para reforço. Estou vendo buracos se abrindo na jaula, como se fossem persianas.

— Há uma fenda na epiderme! — exclamou Carmine. — Abriu por um segundo. Está na lateral que dá para a frente do prédio.

Que é onde estamos, pensou Myfanwy.

— Isso não parece bom, senhor — comentou Watson para Cyrus. — Se alguma coisa sair, estamos bem no caminho.

— Mas estamos blindados — ressaltou o Peãozinho nerd de computador.

— E temos soldados no telhado — acrescentou Cyrus.

— Alguns dos ossos estão sendo conduzidos através do piso — relatou Motha.

— Como? — perguntou Watson, franzindo a testa.

— Está ancorando — disse um dos guarda-costas e todo mundo olhou para ele.

— Ancorando para...? — Watson começou a falar, mas o trailer foi sacudido por um golpe repentino. — Porra!

Os sortudos que estavam sentados foram sacudidos de suas cadeiras ergonômicas, mas os que estavam de pé foram jogados no chão de uma forma dolorosa.

— Status? — gritou Cyrus, ríspido, quando o trailer voltou a tremer.

— Vários tentáculos musculosos foram lançados para fora do cubo, passaram pelo muro da delegacia e acertaram o trailer! — Foi o relatório horrorizado da Peão Motha.

— Aquilo está puxando vocês em direção ao prédio! — exclamou Carmine, a voz em pânico quase se perdendo na estática.

Outro golpe massivo obrigou os que haviam se levantado com dificuldade a ficar de quatro, cambaleando de volta para junto de seus colegas que estavam deitados.

— Sim, obrigada, podemos sentir — retrucou Myfanwy. — Vamos sair daqui! Todo mundo para fora! Tropas do Checquy, abram fogo naqueles tentáculos! Onde está Steele com suas motosserras? Mande-o atacá-lo!

Todos a encaravam.

— Agora! — gritou ela, e os galvanizou com um puxão mental em seus sistemas nervosos. Foi cru e curto, mas os fez se mover.

Os guarda-costas grandalhões agiram com uma coordenação maravilhosa. Um pegou Myfanwy como uma boneca e a jogou sobre o ombro. Várias partes dela, que foram examinadas pelos médicos naquele dia, doeram.

Por um breve momento ela pensou em lutar, mas decidiu que agir como uma criança teimosa não seria bom. O trailer bateu no meio-fio e eles foram arremessados para a parede. O segurança que a estava carregando se virou, protegendo-a com seu corpo. Os outros guarda-costas bateram o pé na frente dos Peões, tirando os hesitantes nerds do caminho. Ingrid e o Peãozinho Alan se seguraram na armadura do segurança de Myfanwy e foram puxados juntos. Myfanwy, pendurada como estava, conseguiu fazer contato visual com Ingrid, que estava desgrenhada pela primeira vez na vida. Elas trocaram olhares pessimistas. Myfanwy, ainda buscando fôlego, virou o pescoço para ver que a equipe do centro de comando a seguia com dificuldade. Watson estava lá, gritando, mas ela não podia ouvir bem com o estrondo do trailer raspando no concreto.

— O quê? — berrou ela para a Peão escocesa, se esforçando para ouvi-la.

— Vocês estão indo para o lado errado!

Myfanwy tentou se virar. Eles pareciam ter chegado ao final de um corredor que não levava a nenhuma das saídas. Ela revirou os olhos e se preparou para lançar algum tipo de observação reprovadora para o segurança que a carregava, quando ele se virou e chamou o Peãozinho Alan para frente.

— Para cima, mocinho — ordenou ele com um tom firme.

Lambendo os lábios de nervosismo, o Peão magricelo colocou as mãos contra a parede de aço blindado e forçou. Houve um som de estalo, e, quando ele tirou as mãos, uma mancha cinza mosqueava o metal. O guarda-costas fez um sinal para o jovem Peão se afastar, então ele deu um soco na falha que Alan havia criado, abrindo um buraco na parede. O outro segurança pôs Myfanwy no chão e começou a ajudar seu amigo a abrir o resto da parede. O estrondo do metal danificado abafou o barulho do trailer sendo arrastado para trás e todos olharam receoso quando uma saída improvisada, e que lhes servia perfeitamente, foi criada. Então, o guarda-costas pegou Myfanwy de novo e saltou pela abertura.

Ela havia esquecido como o trailer era alto — seus pneus eram daqueles grandões que podiam passar sobre um Volvo, e estava suspenso em colunas pesadas de metal. Parecia que eles flutuaram por uns cinco segundos antes de ela bater no ombro de seu guarda-costas, mostrando a calcinha para os membros boquiabertos do Checquy. O guarda-costas a colocou de pé, meio sem jeito. Ela aproveitou a oportunidade para puxar a calça para cima antes que outro segurança a pegasse pelo braço. Atrás dela, os guarda-costas grandalhões estavam ajudando as outras pessoas a saírem do trailer: um guarda simplesmente pegava uma pessoa e a jogava para seu parceiro, que a colocava de modo educado no chão. Ingrid e Alan foram os primeiros a sair e já estavam sendo conduzidos para longe por alguns Peões camuflados e com aparência enérgica.

Myfanwy olhou para trás. O trailer fora arrastado muito mais do que ela esperava, quase até os degraus de entrada da delegacia, e estava sendo sacudido de um lado para o outro. O barulho era horrendo, mas o que realmente chamou a atenção dela foram os dois tentáculos de carne que se enrolaram nele. Myfanwy empurrou os braços do Peão e ficou de joelhos para espiar debaixo do trailer.

— Ele ficou preso no quê? — perguntou ela aos gritos para o soldado, que estava tentando descobrir como colocar as mãos em sua oficial de comando sem ir para a corte marcial ou se tornar vítima dos poderes dela.

— Algumas colunas de concreto — informou ele.

Ela assentiu, pensativa, e se deu conta do alto som mecânico entre os estrondos. Ela olhou para cima e viu o Peão Steele, vestido em algum tipo de armadura plástica, empoleirado de forma precária no telhado do trailer, atacando um tentáculo com uma de suas motosserras. Enquanto ela observava, receosa, ele girou os braços e trouxe abaixo o metal turbulento num movimento glorioso, que mandou fluidos por todo lado. O tentáculo se partiu, e o movimento do trailer cessou no mesmo instante. Steele levantou a cabeça e deu um uivo triunfante.

— Brilhante — disse Myfanwy, mas a palavra morreu em seus lábios.

Em vez de ficar caído como qualquer tentáculo de carne não natural bonzinho, a coisa começou a tremer. Diante dos olhos aterrorizados dela, o ferimento *desabrochou* e soltou uma massa de ramos retorcidos que se debatiam. Vários deles chicotearam Steele, derrubando-o do telhado e mandando sua motosserra para longe. Myfanwy buscou fôlego para gritar, mas, antes que pudesse emitir um som, dúzias de dedos desceram para agarrá-la. Enquanto era envolvida, viu um dos guarda-costas grandalhões ser capturado. Ela foi levantada ao ar e puxada em direção à delegacia de polícia.

A pele de Myfanwy queimava e ela sentiu que sua dor de cabeça estava voltando enquanto era puxada para o cubo. Sua respiração foi cortada quando os tentáculos se contraíram. Tentou se concentrar, tocá-los com seus poderes e ter algum controle, mas ela sentiu que estava esvaindo. Por um acaso peculiar, havia uma fenda entre os tentáculos, bem sobre um de seus olhos. Ela pôde ver o céu passando sobre ela, depois as paredes da delegacia com um buraco aberto; ela estava sendo puxada por uma fenda que fora aberta no cubo. Um calor e uma pressão inimagináveis a envolveram, então não havia mais luz.

36

Querida Você,

Agora é tempo de férias, para meu grande desgosto. É a época do ano caracterizada pela maior taxa de suicídio dentro do Checquy. Vemos alguns picos anuais em incursões de poltergeist e abduções cronológicas — mas não são essas coisas que geralmente levam nossos agentes a darem um fim em suas vidas. É o fato de que nós todos de repente nos lembramos de quem nós somos. E quem não somos. Quer dizer, claro, há festas do escritório, reuniões de amigos, e alguns conseguem construir relações com pessoas queridas — seja dentro ou fora do Checquy. Mas, quando a maioria de nós caminha pela rua e vê gente normal, fica um pouco deprimida. A equipe de terapeutas fica bastante ocupada.

Apesar da minha completa falta de vida pessoal, geralmente fico muito bem na época do Natal. Ou, melhor dizendo, eu ignoro essa data o máximo que posso. Alguém tem de trabalhar no período de férias, então eu me candidato e um dos Cavalos também (normalmente Gubbins, já que ele e sua esposa não têm filhos). Juntos, supervisionamos o pessoal do plantão, bebemos licor via teleconferência e então vou para casa. Outro ano acabando, com apenas um gosto do depressivo espírito natalino.

Mas há duas reuniões sociais que são simplesmente inevitáveis: a festa executiva de Natal e a festa de Natal da Corte.

Já aguentei a festa executiva, para a qual todos os chefes do país são convidados. É sempre extremamente constrangedor, com vários membros procurando ganhar as graças da Corte em um esforço de avançar em suas carreiras. Como resultado, eu passo a maior parte da festa tentando evitar pessoas que querem me dizer o quão maravilhosas são e os motivos para elas receberem uma promoção. Cumprida essa obrigação agradabilíssima, há ainda a festa da Corte.

Então, dois dias antes do Natal, lá estava eu, batendo na adorável porta da adorável casa do senhor e da senhora Conrad Grantchester, em frente ao rio. A neve começara a cair levemente e eu estava mal-humorada e cheirando as flores que eu a tinha levado quando a porta foi aberta por uma humilde empregada.

— Por favor, entre — disse ela.

— Emily, os convidados já estão chegando?

A senhora Conrad Grantchester chegou, carregando Grantchester Junior, uma adorável criancinha loira, que poderia estar voando por aí pelado, com um arco e flecha e um par de asinhas fofas.

— Myfanwy! Que ótimo vê-la! Venha para cá, saia da neve.

Caroline Grantchester, 39 anos, estava usando um vestido de festa de cor champanhe e era bonita, com cabelo escuro, os olhos mais azuis do mundo e uma boa forma que não deixava dúvidas de que o bebê era adotado. Bem, isso e o comunicado que recebemos de que os Grantchesters estavam de fato adotando um bebê.

— Myfanwy, conhece o pequeno Henry? — perguntou ela, enquanto a empregada pegava meu casaco e as flores. — Henry, esta é sua tia Miffy.

Henry observou sua recém-adquirida tia Miffy com um foco confuso, e então fez um barulhinho com a boca, soltando umas bolhinhas. Eu sorri educadamente e fui conduzida à sala de visitas. Grantchester se casara com uma dama adorável cuja família era de Conquest e tivera sua cota de conquistas. Suas conexões sociais, combinadas com o papel do Bispo no governo (nunca especificado, mas de excepcional importância), significava que eles tinham uma vida social rica e ativa.

— Adorei a sua roupa — mentiu ela, num tom entusiasmado. Até eu não gostava muito do que vestira, mas estava no meu armário há anos e parecia deprimido no cabide, como se merecesse sair. Infelizmente, agora parecia deprimente em mim. — Conrad me disse que você tem trabalhado muito — continuou, e olhou para mim esperando algum tipo de resposta.

— Ah, bem, você sabe — gaguejei. — O trabalho tem de ser feito.

A mentira dada às esposas é que trabalhamos no campo de inteligência, o que envolve um alto nível de discrição. Então, ela sabe que não posso falar muito sobre meu trabalho, o que me deixa com pouco assunto. Eu sabia que tinha no máximo mais três semanas, e essa festa me parecia uma tremenda perda de tempo, ainda que inevitável. Felizmente, fui salva por uma batida na porta. Infelizmente, isso levou à entrega do pequeno Henry aos braços horrorizados da tia Miffy.

Aquele bebê era a pessoa mais jovem com quem eu já tive contato na minha vida inteira. Havia bebês na Propriedade, mas nós não interagíamos com eles até completarem 5 anos. Aquela coisa mal tinha 1 ano de idade. Não parecia capaz de falar e me olhava com o mesmo olhar fixo de antes... e então começou a babar copiosamente e o nariz começou a escorrer. Eu o afastei de mim e olhei ao redor, buscando ajuda.

A batida na porta anunciou a chegada do Cavalo Joshua Eckhart, sua esposa redonda e acolhedora, Phillipa, e seus quatro filhos. Dois dos meninos eram gêmeos robustos em seus 20 e poucos anos, robustos o suficiente para me fazer lastimar de vez a roupa que eu estava usando. E meu cabelo. Também havia uma filha adolescente, que me olhou com certo desprezo, e um garoto de 12 anos, que me ignorou por completo. Eu esperava fervorosamente que Phillipa me liberasse de segurar o bebê, mas ela apenas acenou com educação quando a senhora Grantchester apontou para o pequeno Henry e mandou que um dos gêmeos trouxesse a ela um champanhe.

— Então, Myfanwy, você foi imobilizada com o bebê, não foi? — observou a senhora Eckhart. — Não estou surpresa, já que Caroline está usando um vestido que vale o produto interno bruto das Ilhas Fiji. Você precisa limpar esse rostinho com um guardanapo — continuou, prestativa. — Para ser sincera, não sei por que eles não arrumaram uma babá.

— Na verdade, acho que eles têm uma — comentei. — Não sei onde ela está. — Olhei ao redor esperançosa.

— Eu teria matado por uma babá — ponderou Phillipa. — Ou por uma pistola de choque. O número de vezes que os gêmeos quase colocaram fogo na casa...

— Sério? — respondi, como se estivesse surpresa, e contive um comentário sincero. — Eles parecem tão, sei lá, calmos. E agora que eles são adultos, hum... oh, graças a Deus: Conrad, quer pegar o pequeno Henry?

— Não! — Ele olhou para mim, incrédulo, e seguiu em frente.

— Ah.

Enquanto isso, outros membros da Corte estavam chegando. Na verdade, eu não queria me juntar a eles, mas se eu me juntasse alguém tiraria o bebê das minhas mãos.

— Myfanwy, querida, Josh nunca deixou muito claro para mim. Vocês trabalham juntos no escritório? — perguntou Phillipa, com verdadeiro interesse.

— Ah, bem, não exatamente. Cada um de nós dirige uma seção — arrisquei, enquanto o bebê começava a fazer barulho e a se remexer nos meus braços.

— Sério? Você é tão jovem. Quantos anos tem? — Antes que eu pudesse responder, fomos interrompidas por um dos gêmeos que nos trazia taças de champanhe. — Obrigada, Richard. Você se lembra de Myfanwy, não? Ela trabalha com seu pai. Myfanwy, este é Richard.

— Oi — falou ele com simpatia. — Quer que eu segure o bebê?

— Obrigada — sussurrei. Ele pegou o pequeno Henry com uma facilidade que me surpreendeu, e me dei conta de que ele tinha irmãos menores, então devia estar acostumado a segurá-los.

— Estou tão impressionada — disse Phillipa enquanto Richard segurava o bebê como um especialista. — Richard ainda está na universidade e você já está tão bem no trabalho, ainda tão nova.

— Bem, é..., você sabe, eu sou uma administradora muito boa... Se eu fosse uma super-heroína, esse seria meu superpoder. Isso e nada mais — acrescentei com certa pressa.

— Ainda assim, deve ser difícil. Josh tem de trabalhar tão duro e passa tanto tempo longe da família. Mas eu sabia que minha vida seria assim quando me casei com um soldado.

Naquele momento, o próprio soldado se aproximou.

— Bem, nossos filhos mais novos estão traumatizando Conrad e sua esposa — contou ele, sorrindo. — Acho que eles esperavam que o pequeno Henry permanecesse convenientemente domável como é agora. Mais cinco minutos observando uma adolescente grosseira e um hiperativo de 12 anos devem deixá-los temendo o futuro. Olá, Myfanwy. Feliz Natal.

— Feliz Natal... Joshua — falei sem jeito. Estava acostumada a tratá-lo pelo título, o que estragaria o espírito artificial do Natal. — Você vai viajar nas férias?

— Ah, não. Afinal, precisamos ter o escritório funcionando a todo vapor no dia 27 de dezembro. — Phillipa e Richard reviraram os olhos.

— É bem verdade — eu disse, temendo contrariar o que ele havia contado à sua família. — Assim não há oportunidade de viajar. A não ser que seja a trabalho. Nesse caso, é obrigado a ir. Porque, sabe, o país precisa de você.

— Myfanwy, relaxe — comentou ele com uma risada. — Você não precisa se preocupar em cobrir cada área. Essa menina — ele se dirigiu à esposa e ao filho — é a pessoa mais dedicada que já conheci. — Eles me olharam com algo semelhante a admiração e eu comecei a corar.

— Oh, olhe, Alrich está aqui! — Eu apontei em direção ao outro Bispo, distraindo-os de olharem para mim. Alrich chegou vestido num terno sóbrio que nem parecia ser dele, mas sua compleição maravilhosa se ressaltava ainda mais contra a cor pastel do paletó.

— Ele está extraordinário — disse Phillipa. — Eu só o vejo uma vez por ano, e posso jurar que ele está igualzinho todo ano. Myfanwy, você sabe se ele fez alguma intervençãozinha no rosto?

— Provavelmente, sim.

— Ah, ele deve ter feito, mais até do que a senhora Grantchester, e ainda assim — ela estava pensativa — não dá para dizer o quê realmente. Não é à toa que ela fica sempre tão infeliz ao vê-lo.

Era verdade, a postura de nossa anfitriã estava tensa como uma corda de violino, e o sorriso em seu rosto era de um esforço colossal sobre os efeitos do Botox.

— Ela só pensa na beleza, não é? — observou Richard. — Fico surpreso de que eles tenham tido um filho; a casa deles é linda, mas nada adequada para uma criança. — Ele passou o pequeno Henry suavemente para os braços de uma empregada de aparência assustada.

— Bem, provavelmente era o único acessório que eles ainda não tinham — observou Phillipa. — Eu só não sei como um bebê vai se encaixar em toda essa vida graciosa. Eu não consigo imaginar nenhum dos dois reagindo muito bem quando o menino vomitar no carpete depois de comer seu bolo de aniversário.

— Já me desculpei por isso, mãe. E foi há 15 anos.

— Eu sei, meu amor, e eu perdoei, mas a mancha ainda está lá. Aliás, Myfanwy, adoraríamos recebê-la para jantar qualquer noite dessas.

— Ah, nossa, isso seria bem legal — comentei, bebericando o champanhe para disfarçar minha surpresa. Há pouca socialização entre os membros da Corte; na verdade, é quase totalmente limitada a almoços de negócio e à festa de Natal. E eu não estava certa de como isso iria se encaixar na minha amnésia agendada.

— Deveríamos convidar Alrich para jantar também — continuou ela. — Ele parece tão magrinho.

Eu quase cuspi minha bebida diante desta ideia, mas só engasguei incontrolavelmente. Phillipa bateu nas minhas costas e me passou um guardanapo. Depois disso, beberiquei o champanhe com cuidado, ouvindo as pessoas normais dissecarem as vidas dos incomuns. Richard lembrou que os Gestalts eram peculiares e ele e a mãe concordaram que Gubbins era adorável. Então o gêmeo de Richard, Luke, se aproximou, e de certa forma me vi enclausurada no coração da família Eckhart. Enquanto eu os ouvia tagarelando, fui ficando cada vez mais sentimental.

Era inevitável que a festa seria constrangedora. Pelo menos para Gestalt, Gubbins e eu — os três membros da Corte que foram criados na Propriedade. Wattleman era anterior à Propriedade; Farrier, Grantchester e Eckhart desenvolveram seus poderes mais tarde. E Alrich, bem, ele faz essa dança há mais de um século. Eles todos sabem como era ser uma pessoa, antes de ser uma ferramenta. Mas os que foram criados para serem propriedades em primeiro lugar, guerreiros em segundo e pessoas se sobrasse um tempinho tinham dificuldades para ter uma conversa normal.

O que poderíamos conversar que não fosse trabalho? Que um dos corpos de Gestalt havia recentemente passado um ano inteiro estudando nos Estados Unidos para receber um certificado em administração, enquanto os outros três faziam operações simultâneas por todas as Ilhas Britânicas? Que Gubbins estava sofrendo uma depressão pesada desde que enviou cinco homens e sete mulheres para a morte num apartamento na Cidade do Vaticano? Quanto a mim, há sempre o tópico fascinante da iminente morte da minha personalidade... maquinada por alguém naquela mesma sala!

Olhei para aquelas pessoas e invejei todas, até o bebê que babava. Não, especialmente o bebê. Pessoas normais são livres para seguir com suas vidas diárias, com seus probleminhas e tribulações, seguras de que o sobrenatural não vai incomodá-las. Elas nem têm de acreditar no sobrenatural. Nós que temos de nos preocupar com isso. E os outros membros da Corte, os que estavam na sala tomando suas bebidas e comendo seus canapés, até eles têm mais liberdade do que eu tive. Até onde eles sabem, o futuro será bom — melhor até do que o presente. Mas sei que minha vida terminará em breve, na chuva.

O Checquy não é uma família. Até na mais disfuncional das famílias, você não manda seus irmãos e irmãs para lugares perigosos e os faz encarar atrocidades, sabendo que eles vão provavelmente morrer de dor e medo. Você não pega os corpos de irmãos mais velhos, disseca (cada pedaço catalogado é destruído) e depois os deixa com nada além de um nome num arquivo.

Não, não somos uma família.

Mas temos de ser um time. Podemos não gostar um do outro, mas devemos nos respeitar e sermos leais uns aos outros. Quando você vai para a Propriedade, é a única coisa que eles lhe prometem: que no Checquy você pode confiar nas pessoas ao seu redor.

Olhando para meus colegas, eu me sentia mais traída do que nunca. Sempre soube que reuniões como essa eram uma ficção prazerosa, mas o prazer dessa noite é uma mentira deslavada. Enquanto sorríamos uns para os outros e conversávamos sobre o clima, um dos meus colegas estava planejando me destruir.

Quem seria? Eu me perguntei enquanto os observava. Quem tinha o poder de apagar minha memória?

Farrier? Ela poderia me apagar? Sua habilidade de entrar na mente de uma pessoa e remexê-la como quiser a torna a candidata mais provável, mas ela tem uma dívida comigo. Minha pesquisa sobre a vida dela mostrou algumas fascinantes pontas soltas, que investiguei. Ela fez sérios inimigos no último conflito militar britânico e, recentemente, eles conseguiram localizá-la. Na semana passada, tentaram matar a família dela e eu os detive soltando os Barghests neles. O que foi ilegal. Ela reconheceu a dívida que tinha comigo e, como provei minha lealdade a ela, não sei por que a velhaca iria querer me atacar.

Alrich? Ninguém sabe do que consiste seus poderes ou quais são seus limites. Sabemos que vampiros têm estranhas capacidades mentais, incluindo hipnotizar a presa. Mas por que ele se importaria comigo? Os arquivos sobre ele são enormes, e ele já se enfiou em uma grande quantidade de situações complicadas, mas suas ações sempre foram para o bem do Checquy. Nunca houve sinal de que ele estivesse envolvido em algo traiçoeiro.

Eu diria o mesmo para quase todos. Alguns crimes foram cometidos e bem acobertados logo em seguida, mas não encontrei qualquer indicação de que foram motivados por outra coisa senão a maldade normal da humanidade. Em toda minha pesquisa, não encontrei nenhuma resposta.

Com amor,

Eu.

37

Myfanwy não tinha nem fôlego para gritar, apesar de querer muito.

É como nascer, só que ao contrário, pensou antes de entrar em pânico. Ao redor dela, carne e músculos pulsavam, esmagando-a. Sua pele queimava e seus sentidos, não aqueles que todo mundo tinha, mas aqueles que vinham junto com o ser Myfanwy Thomas, estavam subjugados.

Os impulsos de dezenas de sistemas nervosos gritavam em seu cérebro e lutavam uns contra os outros. Era como na colônia em Bath, mas lá as mentes e os corpos foram anestesiados, então estavam condescendentes. Aqui, estavam sendo castigados, escravizados, forçados em conjunto. E o cubo tentava fazer a mesma coisa com ela.

Fique calma. Não entre em pânico. Ela tentou se lembrar do que fizera em Bath. Ela tinha sondado, não? Mergulhado na massa e lido como seu sistema era. Certo, então ela devia se concentrar e fazer isso mais uma vez. Com muito esforço, cortou os gritos e conflitos de sua percepção e buscou sua consciência para tocar e avaliar o inimigo com cautela.

Era como colocar os lábios num canudo e ter um rio derramado na boca. Pouco antes de Myfanwy ser inundada, ela percebeu que estava sentindo não apenas o que os corpos faziam, mas tudo que eles já fizeram. Memórias enclausuradas a inundaram, agonizando em desespero.

De repente, cada centímetro do corpo de Myfanwy ficou sujeito às sensações que as pessoas na delegacia experimentaram. Ela sentia calor queimando seus dedos enquanto gelo era pressionado sobre eles. Seu cabelo foi arrancado, e seu escalpo foi carinhosamente massageado. Ela fez um esforço para ver a luz e ficou cega por um instante. Cada cor permeava sua pupila e retina. Seus pulmões respiraram pela primeira vez, e ela se afogou. Mãos, algodão, seda, bocas, couro, água e unhas tocavam sua pele, e ela levou um soco no queixo, um tapa na bochecha e um carinho na costela. Sentiu gosto de pimenta, açúcar e pêssegos, de vômito e do amargor da carne queimada. Ela engasgou, e sentiu cheiro de perfume. Ela fez amor enquanto era fodida.

Qualquer outro podia ter se perdido totalmente, mas ela era Myfanwy Thomas e se voltou abruptamente para si mesma. Ela sabia tudo que havia experimentado em sua breve vida e podia separar as próprias sensações do que era impingido nela. Seus pensamentos flutuaram no topo, e ela saiu do lamaçal.

Ok, então não vou fazer isso de novo. Essa experiência estonteante tinha durado talvez um segundo, mas naquele momento Myfanwy viveu algumas vidas inteiras. Sem pensar, ela abriu a boca, buscando ar, e sentiu algo se contorcendo contra seus lábios. Fechou bem a mandíbula.

Isso a impulsionou à ação. *Foda-se isso!*, pensou, ultrajada. Ela não podia gritar ou socar, mas sua mente podia soltar uma onda que congelaria um exército. Ao redor dela, os músculos estremeceram em choque e ficaram inativos por um tempo. Ela vasculhou bem rápido e encontrou algo que fazia sentido. Em silêncio, agradeceu aos Peões Motha e Carmine. Graças a suas descrições, ela tinha alguma ideia da geografia daquele lugar. O fato de que ela tinha pouco ar nos pulmões tornava difícil pensar. Significava que ela teria de trabalhar depressa, especialmente porque a mente controlando o cubo parecia estar se recuperando.

Não era como tocar uma pessoa normal, ou um grande número de pessoas normais. Os impulsos conflitantes e a colcha de retalhos de pedaços de corpos tornavam o espaço difícil de percorrer. Ainda assim, Myfanwy conseguiu localizar o ponto exato de onde vinham todas as instruções e fez o seu melhor para isolá-lo de tudo o mais. Lembrou-se de um truque que Thomas descreveu e tentou devolver os impulsos ao organismo, inundando suas sensações. Ela agora tinha uma biblioteca bem ampla para se basear, então reuniu forças e criou um fluxo de sensações, esforçando-se para dominar seu inimigo. Mas o cérebro absorveu as informações facilmente, canalizando-as e distribuindo-as entre a gama de lóbulos colhidos das vítimas. *Droga!* Aquele ataque, combinado com seus esforços para isolar o cérebro, a exauriram, e ela sentiu suas defesas fraquejarem.

Os pulmões de Myfanwy queimavam. *Ah, Deus! Me ajude! Me ajude!* Tentáculos suaves tocavam suas orelhas e seus olhos, e ela sentiu algo entrando pelo nariz. Ela estava apagando. *Socorro!* Não havia socorro. E ela estava sem ar.

Enquanto perdia a consciência, ela podia sentir seu corpo distante, em convulsões. Seu sistema nervoso estava sendo invadido. Então, ao perder o controle de seus membros, ela perdeu controle de seus poderes. Eles rugiram para fora dela, caóticos, selvagens. Uma torrente de diferentes ordens e impulsos, projetadas por seu cérebro em pânico, atravessaram a carne que a segurava.

Por todos os lados, a carne vibrava e alternava suas contrações, até deixar o corpo dela de pé. Os tentáculos pararam de entrar em seu nariz, e a pressão terrível, de certa forma, parou. Ao longe, ela ouviu um som abafado e então percebeu que não estava mais sendo sustentada pelo cubo, mas pelas próprias pernas. Ela respirou, e o ar cheirava a sangue. Seus olhos se abriram e ela pôde ver uma leve luz rosada, que se tornava mais forte conforme as paredes de carne se soltavam.

O cubo estava se dissolvendo ao redor dela, despencando em fluídos que borbulhavam como Coca-Cola sacudida. O cheiro de ácido queimou seu nariz quando ela respirou, mas a trouxe de volta à consciência. Houve um estalo e um conjunto de ossos foi ao chão. Ela viu uma massa de tecido cinza, que reconheceu como o cérebro antes de se dissolver em gosma. Ouviu um som atrás de si e, tonta, olhou para trás.

— Torre Thomas — falou o guarda-costas grandalhão, o que não havia sido puxado para o cubo. Ele estava parado na porta da delegacia e atrás dele estavam alguns membros do Checquy com olhos arregalados, incluindo Ingrid e o Peãozinho Alan. — Torre Thomas, pegue meu casaco.

— O quê? — respondeu ela, antes de perceber que estava nua e coberta de fluidos corpóreos. *Graças a Deus eu não me virei*, ela pensou enquanto o guarda-costas caminhava em sua direção e colocava o casaco sobre os ombros dela.

— Torre Thomas, acho que eu devia carregar você para fora daqui antes que meus sapatos se dissolvam — comentou ele, gentil.

Myfanwy olhou para baixo e viu que ela estava de pé, em uma ilhota de músculos. Por toda sua volta, havia uma grande piscina de fluido cáustico que estava enrugando o couro das botas do guarda-costas. Pedaços de pele e ossos estavam espalhados pela sala, junto a alguns corpos esbranquiçados. Ela assentiu e ele a pegou no colo como a um bebê. Ele caminhou depressa e, depois que saíram do prédio e desceram os degraus da escada, outra pessoa a pegou enquanto o guarda-costas tirava as botas. Um fio de fluido estava escorrendo pela escada, mas a imagem que ficou na mente de Myfanwy foi a da pequenina ilha que a manteve livre do ácido, perfeitamente posicionada sob os pés dela.

Por um tempo, os acontecimentos tomaram a forma de um borrão. Um novo trailer estava chegando, mas a sala de emergência de um hospital local fora requisitada e Myfanwy recebeu uma ducha fraca, mas completa, e resistiu à sugestão de que eles raspassem sua cabeça. Em vez disso, os médicos do Checquy lavaram seu cabelo com produtos químicos estranhos e avisaram que ele poderia perder a cor e precisaria ser tingido. Se fosse qualquer outro dia, Myfanwy teria se recusado em receber uma ducha na presença de várias pessoas, mas os testes médicos da manhã meio que a habituaram a ser observada. Ela então foi vestida com outro avental de papel aberto nas costas — o quarto do dia. Ela o puxou até a cintura enquanto uma enfermeira do Checquy esfregava bem suavemente sua pele, que estava coçando e descascando.

— Torre Thomas, ainda mantivemos a área isolada e estamos no processo de contatar as famílias dos civis — informou a Peão Watson.

Cyrus ainda estava no local, supervisionando a emissão de uma grande nuvem de fumaça preta. Quando o time forense deixou a cena, Cyrus criou um incêndio controlado mas intenso, que iria esconder uma enormidade de imoralidades. Isso também explicaria por que os corpos dos civis não poderiam ser entregues às famílias. No momento, cientistas do Checquy estavam coletando dados por lá com vários equipamentos, trocando de galochas em intervalos regulares quando a borracha começava a derreter.

— Que ótimo — comentou Myfanwy, com a cabeça nas nuvens. Ela olhou para baixo e viu que a enfermeira estava esfregando sua pele morta com cuidado e a guardando em tubos de teste.

— O Rookery está dizendo que provavelmente explicarão que o fogo foi obra de algum incendiário maluco — disse Watson. — Mas eles vão deixar claro que ele não estava afiliado a nenhum grupo e que tinha um longo histórico de doenças mentais. Nenhuma menção a nada não mencionável. — A circunspecta Peão escocesa não sorriu exatamente, mas conseguiu olhar para Myfanwy de uma forma que sugeria que estava espantada com a história inventada.

— Maravilhoso — concordou Myfanwy. — Ah, e não se esqueça de devolver esse casaco para meu guarda-costas grandalhão. — Ela olhou ao redor, procurando-o, mas ele estava lá fora com o Peãozinho Alan para lhe dar um pouco de privacidade, então ela havia ficado apenas com Ingrid, as Peões Watson e Motha, uma nova guarda-costas mulher, que era gorducha e tinha 60 e poucos anos, e uma enfermeira do Checquy.

— Ele não vai querer de volta — falou Ingrid.

— Por quê?

— Parece que os ácidos que lhe cobriram são excepcionalmente corrosivos — avisou Watson. — Eles comeram grandes porções do couro.

— Eles comeram o casaco, mas não me comeram? — perguntou Myfanwy.

— É, por isso que estamos coletando as amostras de sua pele — continuou Motha. — E eles guardaram toda a água usada para lavar você. Os médicos estão supondo que seus poderes a protegeram das enzimas do ácido, que eram orgânicas, e você estava no processo de desnaturá-las.

— Não entendi — falou Myfanwy, confusa. Não havia nem passado pela sua cabeça atacar o ácido; ela estava ocupada demais tentando matar o cérebro. Ah, e também estava morrendo. Taí uma coisa que prendeu parte de sua atenção.

— Parece que seu sistema imunológico entrou em ação para protegê-la — disse Watson. — Mas não conseguiu totalmente, por isso talvez você tenha sofrido uma insolação.

— Maravilhoso — comentou Myfanwy. — Então... espere um pouco! E quanto aos outros membros do Checquy que foram sugados? Meu guarda-costas? Steele? — Todo mundo fechou a cara. — O que aconteceu?

— Eles não sobreviveram — informou Ingrid baixinho. Myfanwy se lembrou dos corpos terrivelmente embranquecidos, caídos entre os despojos.

— Ai, Deus. — Ela suspirou e se lembrou das imagens. — Foram comidos.

— Foi uma sorte absurda *você* ter sobrevivido, Torre Thomas — disse Motha, suave. — Para ser sincera, mais um tempinho e o ácido teria começado a fazer um baita estrago. Se você não tivesse destruído o cubo de dentro, bem... — A jovem Peão parou, num silêncio receoso.

Bem, não é que tenha sido fácil. Eu estava prestes a ser esmagada como peça sobressalente. Ela não sentiu nenhuma vitória verdadeira em sobreviver, apenas uma melancolia pelas mortes de todas aquelas pessoas, pessoas cujas memórias ela havia vivenciado.

Em seguida, um pensamento grave lhe ocorreu. Quem poderia garantir que as mulheres na sala eram todas leais ao Checquy? Nem mesmo Ingrid tinha sido examinada ainda. Isso era crucial. Se fosse comunicado aos Grafters que Myfanwy podia destruir suas armas, eles não perderiam tempo em exterminá-la. Não precisariam arriscar usar as próprias armas biológicas com ela. Uma bala perfeitamente mundana de uma arma perfeitamente mundana faria o trabalho. Independentemente das ameaças psicóticas daquele esfolado contra Bronwyn, ela precisava comunicar à Corte a verdade sobre o envolvimento dos Grafters nesses dois ataques. Mas, primeiro, ela precisava saber em quem podia confiar.

— Ingrid, até onde foram os exames médicos da Corte?

— Deixe-me verificar — falou a secretária, e se afastou com o celular. Enquanto ela verificava os detalhes em Londres, Myfanwy teve outra ideia.

— Peão Motha, você viu o interior do cubo. Pode me dizer quanto dos cérebros dos civis restavam? Eu me lembro de você dizendo que algumas partes foram extirpadas.

A Peão fechou os olhos, lembrando-se do que vira.

— Bem, eles foram picados, obviamente — respondeu Motha. — E, até onde sei, houve uma lobotomia seletiva... feita para remover as partes do cérebro que lidam com a iniciativa. Acho que a ideia daquela coisa era deixar o cérebro central com toda a capacidade de armazenamento, sem ter de lidar com impulsos individuais. A equipe no local está examinando os restos, mas o ácido está dificultando qualquer estudo significativo.

— Mas você está dizendo que o mais provável é que as personalidades dos civis tenham sido apagadas ou destruídas antes de serem puxadas para dentro, certo? — perguntou Myfanwy, atenta.

— Não sei ao certo — confessou Motha. — Mas isso faria sentido.

É o tipo de coisa que eu esperaria dos Grafters, sem sombra de dúvida, pensou Myfanwy. *Especialmente daquele canalha esfolado. Mas quero acreditar que isso significa que eu não matei aquela gente. E, se ainda há alguma parte deles naquele troço, então espero que estejam em paz agora.*

— Torre Thomas — disse Ingrid, cobrindo o telefone com a mão. — O chefe de segurança Clovis está na linha. Ele disse que o Cavalo Eckhart foi examinado e aprovado. Mas não me disse quem está sendo examinado agora.

Myfanwy pediu o telefone.

— Clovis, aqui é Torre Thomas — falou Myfanwy, impaciente.

— Boa tarde, senhora — veio a voz de Clovis.

— Sim, oi. Agora, por que você não pode dizer quem será examinado em seguida?

— Me desculpe, Torre Thomas. Para poder fazer este trabalho, tudo precisa ser completamente aleatório. E secreto.

— Ótimo — comentou Myfanwy. — Alguém além de mim e Eckhart foi examinado até agora?

— Ainda não.

— Será esta noite?

— Não — disse Clovis. — Será mais para o final deste fim de semana.

— Isso é ótimo, mas nesse ritmo vamos ter de deixar instruções para nossos descendentes.

— Há mais quatro membros da Corte para serem examinados — disse Clovis, sensato. — Estamos trabalhando o mais rápido que podemos.

— Ótimo. Obrigada. — Ela desligou e devolveu o telefone. — Ingrid, providencie uma reunião com a Corte para amanhã à noite.

Até lá, a Corte toda já terá sido examinada. Gestalt não tinha nenhum implante Grafter... Pelo menos não nos corpos que temos sob custódia.

— Quando posso voltar para Londres? — ela perguntou à enfermeira.

— Em uma hora — informou a enfermeira, hesitante.

— Maravilha — Myfanwy disse, cruzando os braços. — Nesse meio-tempo, arranjem roupas que tenham a parte de trás.

A viagem ao heliponto foi silenciosa. Todos estavam cientes, com pesar, de que um dos guarda-costas grandalhões, cujo nome por acaso era Ronald, não estava entre eles. A nova guarda-costas, Emily, tricotava de forma plácida. O trânsito não estava bom, e a limusine se arrastava. Myfanwy viu o minibar e lamentavelmente chegou à conclusão de que, embora não houvesse dúvidas que merecia uma bebida forte, talvez não fosse uma boa ideia. Ainda havia muito a fazer. Enquanto isso, o Peãozinho Alan estava olhando para ela com o tipo de receio que jovens reservam para mulheres poderosas de quem já viram o traseiro.

Talvez eu devesse ligar para Bronwyn, pensou Myfanwy. *Só para me certificar de que ela está bem. E será que eu devo providenciar algum tipo de guarda-costas discreto? Aquele idiota sem pele provou que não posso confiar nele.* Mas ela concluiu que qualquer segurança que ela escolhesse para Bronwyn poderia estar trabalhando para os Grafters em segredo. *Não sei o que fazer agora. Tudo o que posso fazer é tentar localizar esse Grafter perdido, e isso vai ter de esperar até eu voltar para o Rookery. Sabe, vou simplesmente ligar para ela.* Ela procurou seu novo celular e percebeu que ele devia ter sido comido pelo cubo, junto com seus sapatos confortáveis. O fato de estar agora enrolada num macacão camuflado e com coturnos grandes demais não ajudava a melhorar seu humor. Ela olhou para Ingrid, que estava conversando no celular *dela,* e pensou em pegá-lo emprestado, mas lembrou que não sabia para que número discar e não estava lá muito a fim de ligar para o auxílio à lista na frente de toda aquela gente. Myfanwy se recostou e fechou os olhos, cansada. Ingrid terminou sua ligação e desligou o telefone com um estalo.

— A reunião foi marcada, Torre Thomas — avisou ela.

— Obrigada, Ingrid — respondeu Myfanwy, tirando as botas. Ela nem se preocupou em abrir os olhos quando o telefone tocou. A voz de Ingrid era reconfortante quando não se escutava de fato o que ela estava dizendo.

— Torre Thomas? É o chefe do Departamento de Comunicações. — Myfanwy abriu os olhos e pegou o celular.

— Alô?

— Boa noite, Torre Thomas. Aqui é Carruthers — disse uma voz insegura.

— O que houve? — perguntou ela com urgência.

— Ainda não conseguimos rastrear a chamada — falou, se desculpando.

— Continuem tentando. Tenho total confiança em você.

— Obrigado, Torre Thomas. Entretanto, conseguimos localizar a origem do fax com a mensagem — avisou, tirando-a de sua decepção.

— Está falando sério? — Todos no carro ficaram alertas. — De onde veio? Você tem um endereço exato?

— Sim, Torre Thomas. É em Londres.

— Espere um momento — disse Myfanwy. Ela abaixou o telefone e a barreira de privacidade que os separava do motorista. — Com licença, quanto falta para chegarmos ao helicóptero?

— Desculpe, Torre Thomas, mas o trânsito está ruim — respondeu o motorista, apontando para a massa de carros na frente dele.

— Temos algum tipo de sirene ou de luzes piscantes?

— Desculpe, mas não temos.

Myfanwy assentiu, relutante, e subiu a barreira.

— Torre Thomas? — disse Ingrid.

— Eles rastrearam aquele fax — informou Myfanwy. — Partiu de Londres e preciso cuidar disso agora, mas, como você pode ver, estamos presos aqui. Então vou ter de delegar. Quem mais tem um celular?

Por acaso, todo mundo tinha.

— Ótimo. Alguém ligue para o Cavalo Eckhart para mim. — Ela voltou a atenção para Carruthers, que estava esperando na linha. — Tudo bem, o que você pode me dizer sobre... *o quê?*

— Torre Thomas, só meu telefone tem o número do Cavalo Eckhart e é este que você está usando — falou Ingrid.

— Ótimo. Carruthers, ligue para seu novo menino, Alan — pediu Myfanwy impaciente, antes de jogar o telefone de volta para Ingrid. — Ligue para Eckhart.

Um telefone tocou e Alan passou para ela.

— Carruthers, me diga o endereço, espere um segundo. Está tocando? — perguntou a Ingrid, que assentiu. — Dê para mim. Carruthers, dê o endereço a Ingrid. — Ela passou um celular e segurou o outro na orelha.

— Residência dos Eckhart — disse uma voz feminina.

Merda, como é o nome da mulher dele?, perguntou-se. Ela se lembrou do que Thomas escreveu sobre a festa de Natal, mas não conseguia recordar o nome.

— Ah, oi, senhora Eckhart. É Myfanwy Thomas.

— Myfanwy! Querida, que ótimo falar com você. Joshua está dormindo depois de todos aqueles exames médicos horrendos. Você teve de fazê-los também?

— De manhã cedinho — respondeu Myfanwy, aturdida. — É uma emergência, pode acordá-lo, por favor?

— Claro, vou chamá-lo agora mesmo! — Houve uma pausa e Myfanwy olhou para Ingrid, que estava terminando de pegar o endereço com Carruthers.

— Ele ainda está na linha?

— Sim, Torre Thomas.

— Ótimo, fique com ele aí. Alan — ela olhou para o Peão —, ligue para o escritório de vigília no Rookery. Quero a posição dos Barghests que não estão em Reading. Agora!

— Torre Thomas, a senhora Woodhouse está com meu telefone — disse o Peãozinho.

— Use o meu — falou Emily rapidamente, jogando um telefone nas mãos dele. Myfanwy assentiu, aprovando. Houve um som vindo de outro telefone e ela o colocou de volta na orelha.

— Thomas, qual é a situação? — perguntou Eckhart.

Ela tinha de dar crédito ao homem: ele tinha acabado de acordar, mas parecia pronto para a ação.

— Eckhart, são os Grafters — avisou ela, ignorando o grito de horror de Emily. — Um dos líderes está na Inglaterra, e me mandou uma mensagem por fax com uma ameaça. Nós rastreamos e a localização é em Londres. Estou presa em Reading, então você precisa supervisionar a equipe de ataque.

— Muito bem. Você os ativou?

— Só um segundo. Ingrid, deixe-me falar com Carruthers. — A assistente passou o telefone. — Carruthers, não há razão para não atacarmos a fonte do fax agorinha, certo? Não é o porão de um colégio interno ou a embaixada da Bélgica, é?

— Não, é uma residência particular, Torre Thomas. — Foi a resposta.

Myfanwy olhou para o Peãozinho Alan, que estava com o Rookery na linha. O Peão assentiu e passou o telefone.

— Aqui é Torre Thomas. Qual é o status dos Barghests de Londres?

— A equipe dois ainda está se recolhendo em Reading; a equipe um está preparada aqui no Rookery.

— Ative a equipe um. Eles vão trabalhar sob o comando do Cavalo Eckhart. Precisamos ser discretos; estamos fazendo um ataque a uma área residencial. Carruthers no Departamento de Comunicações vai contatá-lo com o endereço em um instante.

— Sim, senhora.

Ela desligou.

— Eckhart, a equipe de ataque está pronta. Eu imagino que, mesmo se algum membro dos Barghests for um traidor, eles não serão capazes de pegá-lo. Ligue para mim se precisar de mais alguma coisa.

— Bom trabalho, Myfanwy, estou impressionado.

— Obrigada, Joshua. Mais uma coisa: nenhuma palavra a qualquer outro membro da Corte. Apenas eu e você fomos verificados até agora. Tenho motivos para acreditar que pelo menos mais um membro é um traidor, e não podemos permitir que os Grafters saibam desse ataque.

— Concordo. Mas qualquer menção aos Grafters não é comunicada automaticamente para os Bispos e para o Lorde e a Lady?

— Apenas você e o pessoal que está comigo agora sabe que o ataque é contra os Grafters.

— Então eu manterei você a par dos acontecimentos — concluiu Eckhart.

— Boa sorte. — Myfanwy desligou e se encostou no banco com um suspiro. *Sou um general. Tenho de mandar os outros para a batalha.* Então, ela pensou em outra coisa.

— Ingrid, cancelamos a chamada de Harp Callahan, certo?

— Sim, Torre Thomas, logo depois que você derreteu o cubo — informou Ingrid. — Ele pôde voltar à sua partida de críquete.

— Ah, bom, isso é bom. — *Suponho. Agora, só mais uma coisa.* — Emily — ela disse para a guarda-costas. — Claro que eu não preciso te dizer que tudo o que você escutar deve ser mantido em sigilo absoluto. Mas isso é muito, *muito* importante...

38

Myfanwy acordou duas vezes: quando eles chegaram ao heliponto e quando aterrissaram. A pequena comitiva se apertou no elevador do Rookery e então seguiu para o lobby principal. Todo mundo estava exausto, exceto o Peãozinho Alan, que parecia estar se divertindo horrores.

— Ingrid, vou me trocar — avisou Myfanwy, enquanto entravam na sala da assistente. — Veja se aconteceu algo mais, por favor, e acho que poderíamos comer alguma coisa. E vocês, por favor, esperem fora da minha sala — pediu para Emily, o Peãozinho Alan e o guarda-costas grandalhão que sobrara. Sua mão já estava na porta quando Ingrid a chamou.

— Torre Thomas, Cavalo Eckhart está na linha.

Myfanwy correu para a mesa.

— Sou eu. O que está havendo? — perguntou ela, cheia de expectativa.

— Thomas, estamos prestes a entrar — veio a voz afobada de Eckhart. — Há mais alguma coisa que devemos saber?

— Estamos lidando com os Grafters, então não dê mole. Se alguém começar a inchar de forma alarmante, mate sem dó! O último cara que inchou assim acabou me engolindo. E não tente preservar nada como amostra.

— Tudo bem. — Ele parecia surpreso.

— Não estou brincando, Joshua. Destrua-os completamente, com exceção daquele idiota sem pele. Veja se consegue capturá-lo.

— Um cara sem pele; vou passar o recado.

— Aguardo notícias suas. Boa sorte.

— Obrigado. — E ele desligou.

Myfanwy abaixou o telefone, desejando que Eckhart se saísse bem nessa. Entrou no seu escritório, abriu bem o retrato que levava às escadarias e, exausta, pensou em subir para seu apartamento. De repente, a grande poltrona fofona atrás da mesa pareceu ser uma ideia bem melhor. *Só por alguns minutos*, pensou, tirando os coturnos e caminhando pela sala. Ela tropeçou em seu macacão grande demais e bateu na mesa, derrubando uma das pilhas de documentos. Uma avalanche de papéis atravessou o escritório. *Ótimo*, avaliou, soltando-se na poltrona.

Ela se recostou e apoiou os pés na mesa. *Se eles não pegarem o Grafter esfolado, então o que vou fazer? Como vou conseguir localizar Ernst von*

Suchtlen? Ficou irritada de repente e empurrou os papéis com os pés, mandando todas as pilhas de documentos para o chão.

— Torre Thomas, está tudo bem? — perguntou, hesitante, o guarda-costas grandalhão.

— Sim, só estou preenchendo uns formulários.

— Bem, chegou a comida. Está na recepção.

— Tá, estou indo — respondeu ela, levantando com um suspiro. Olhou para o chão e para a papelada espalhada.

Myfanwy ficou de joelhos e pegou a pilha. Não eram dossiês secretos que Thomas tinha deixado para trás, mas registros pessoais. Seus olhos arregalaram quando ela viu um dos documentos, então começou a olhar um por um, como louca.

No escritório de Ingrid, Emily e o guarda-costas grandalhão olharam um para o outro. Gritos agudos vinham da porta e eles ouviam os papéis sendo revirados. Emily apontou em direção a porta e arqueou as sobrancelhas. O guarda-costas grandalhão meneou a cabeça rapidamente e apontou para ela com o queixo. O debate silencioso continuou e poderia ter ido bem mais longe, mas as portas se abriram e Myfanwy saiu, seu rosto frio e decidido. Atrás dela, o escritório estava coberto dos papéis que voaram durante seu acesso de fúria. Ingrid ergueu o olhar, surpresa, e o Peãozinho Alan deu um gritinho em sua cadeira.

— Reúna a Corte, agora mesmo — ordenou ela a Ingrid.

— Torre Thomas? Eu... sim, imediatamente. E quanto ao Cavalo Eckhart? Ele está naquele ataque.

— Não o tire de lá. Ele precisa terminar o trabalho. Mas chame todos os outros. Porém, mantenha segredo. Não é como qualquer outra reunião, daquelas que toda as equipes têm conhecimento, e depois todo o Checquy. Nem pode haver registros das ligações.

— Se está mesmo preocupada em não ter registros — avisou o Peãozinho Alan —, você devia usar a suíte de comando secreta no porão. Os telefones de lá são criptografados e não são conectados à mesa normal. E há um guarda armado na entrada o tempo todo.

Todo mundo olhou para ele.

— Que foi? — respondeu ele. — Sou do Departamento de Comunicações. Participei de uma palestra de treinamento sobre isso essa manhã.

— Bem, parece bom — comentou Myfanwy. — Gosto da ideia de mandar vocês dois para um local seguro. Ingrid, desça lá com o Peão Alan e façam as ligações. Mas, primeiro, arrume um carro para nós imediatamente. Vocês dois vêm comigo. — Ela apontou para os guarda-costas.

— Sim, Torre Thomas — falou Ingrid —, mas você vai colocar sapatos?

— Sapatos? — repetiu Myfanwy, incrédula, sua ira contida por um momento. — Certo.

— E um agasalho. Está friozinho hoje.

— Tudo bem.

— Torre Thomas, o que...? — Ingrid parou sem poder evitar.

— Você se lembra do que conversamos na Escócia? — perguntou Myfanwy baixinho. Ingrid parecia perdida. — Sobre um infiltrado na Corte? — O sangue sumiu do rosto de Ingrid enquanto ela assentia. — Eu descobri. Tudo. — Ela olhou hesitante para o Peãozinho Alan, Emily e o guarda-costas grandalhão, e então se inclinou perto do ouvido de sua assistente e cochichou um nome. Ingrid estremeceu com a notícia enquanto Myfanwy deu meia-volta e caminhou para longe, com Emily e o guarda-costas seguindo-a de perto.

Myfanwy estava sentada no carro, perdida em seus pensamentos, enquanto a porta da garagem subia. Emily e o guarda-costas a observavam com os olhos bem abertos enquanto ela massageava as têmporas e repassava suas acusações.

Essa pessoa é uma traidora do Checquy e do país.

Essa pessoa desviou fundos enormes e, em conjunção com a Irmandade Científica dos Cientistas, criou um exército particular dentro do Checquy, sequestrando crianças britânicas sem poderes para as tropas.

Essa pessoa... essa pessoa pode contar à Corte que roubou minhas lembranças.

Essa pessoa pode apontar que estou com amnésia e que acordei alegando uma posição de poder que desconhecia. Ela pode provar.

Essa pessoa pode destruir minha vida.

O que estou fazendo? O que vou... mas que droga está acontecendo?

O carro parou de repente e havia um tumulto do lado de fora. Eram os manifestantes que tinham se reunido ao redor da limusine, algo que, na visão deles, era uma evidência tangível de uma conspiração secreta, ou pelo menos alguém que valia a pena irritar.

— Saco, não acredito.

Myfanwy abriu o teto solar e se levantou, colocando a cabeça para fora e se arriscando a ter ovos ou vegetais podres jogados em seu rosto.

— Pessoal, caiam fora! Temos uma mulher aqui em trabalho de parto. Precisamos levá-la ao hospital!

Os manifestantes ficaram em silêncio por um momento.

— E ela é advogada! — acrescentou Myfanwy triunfalmente, sacando o celular de Ingrid e tirando fotos de uma má qualidade monumental. O grupo se dispersou e o carro seguiu.

— Inacreditável — falou ela, com a respiração pesada.

Os guarda-costas fizeram sons abafados, mostrando que concordavam, e ela fechou os olhos. Com esforço, ela se acalmou e voltou a ordenar os pensamentos.

Vou fazer isso? Vou mesmo confrontá-lo com isso?

Essa pessoa pode destruir minha vida.

Ela lembrou de Gallows Keep e dos terrores que aguardam uma pessoa em que o Checquy não podia confiar. Nas penalidades que podem ser impostas a um infiltrado.

Então pensou em todas as cartas que lera. Lembrou-se do desespero, da esperança e do esforço que Thomas colocou nelas.

Nela.

Essa pessoa pode destruir minha vida. Mas já destruiu a de Thomas e, por Deus, vai pagar por isso.

Ela voltou sua atenção a Emily e ao guarda-costas.

— Estamos prestes a acusar um membro da Corte de traição — avisou ela. — Pode haver tensão e acontecer coisas desagradáveis. Vocês dois estão preparados para lutar? — Os guarda-costas trocaram olhares espantados. — Estão prontos para morrer? Vou ser clara com vocês: há uma traição acontecendo e não posso me dar ao luxo de chamar mais ninguém, pois vocês já sabem de informações incrivelmente delicadas. Não estou bem certa de que posso confiar em vocês, mas pelo menos sei que não podem fazer nenhuma ligação para avisar ninguém, porque estou de olho em vocês.

— Torre Thomas, sou leal ao Checquy. Juro por Deus — disse o guarda-costas grandalhão, todo sério.

— Assim como eu — afirmou Emily.

— Gosto disso, mas já tive algumas decepções — comentou Myfanwy. — Motivo pelo qual estou monitorando vocês com os meus poderes a todo momento. E digo isso com todo apreço por suas disponibilidades em levar um tiro ou uma facada por mim: se um de vocês fizer um movimento contra mim, então vão se dar um tiro na cabeça. E *isso* não é uma metáfora. — Myfanwy os encarou ferozmente e ficou satisfeita em ver que os dois olhavam nos olhos dela sem recuar.

A Torre passou o resto da viagem verificando se eles estavam devidamente armados. Os dois carregavam armas extras — na verdade, cada um tinha duas, além de uma variedade intimidadora de facas, spray de pimenta e cassetetes enfiados sob seus casacos roxo-escuros.

— É, bem impressionante — falou Myfanwy. — Nada de crucifixo ou bala de prata?

— Isso não funciona, a não ser que você seja um padre ou esteja sendo atacado pela imprensa — disse o guarda-costas. — Que tipo de armas você carrega, Torre Thomas?

Myfanwy piscou, surpresa.

— Bem, nada — ela confessou. — Os membros da Corte não devem carregar armas, na verdade. Acho que é uma coisa cerimonial.

— Gostaria de uma? — perguntou Emily. — Há um pequeno arsenal no porta-malas do carro.

— É uma boa ideia — concordou Myfanwy. — Mas eu me sentiria ainda mais desajeitada com uma arma na mão. — *E não tenho certeza se seria bom,* ela pensou, lembrando-se com melancolia de quanto fora incompetente ao enfrentar Goblet com uma arma. Mesmo o manual de instruções de Ingrid dificilmente seria útil.

Lá fora, começou a chover.

— Torre Thomas, seu oponente estará carregando uma arma? — perguntou o guarda-costas grandalhão.

— Eu... não sei. Mas vamos a uma reunião de conselho. E o resto da Corte estará lá com seus guarda-costas.

— Ao ir para a batalha, você precisa de toda a vantagem que estiver ao seu alcance — ensinou Emily gentilmente. Os guarda-costas trocaram olhares e começaram a enrolar a perna direita do macacão de Myfanwy. — Vamos te dar uma boa, num coldre de tornozelo.

— Chocante — respondeu Myfanwy, distraída por um terror repentino. *O que vai acontecer comigo?*, pensou. Olhou para a chuva, invejando os carros que passavam por eles a caminho de compromissos que não eram como o dela.

— Torre Thomas, chegamos — avisou Emily, e Myfanwy ergueu o olhar, surpresa. Ela havia se perdido em devaneios e agora olhava a Apex House. Dentro daquele prédio estava o traidor, o inimigo que conspirara para apagar sua identidade. Ela pensou na Myfanwy Thomas original, a jovem tímida que havia escrito cartas contando seus medos secretos e seus pequenos prazeres. Myfanwy fechou os olhos e rezou, por Thomas e por si mesma. Então, deixou a raiva crescer dentro dela.

— Vamos nessa — falou, e saiu do carro.

Ela se encolheu na chuva, mas subiu os degraus do complexo resoluta, mesmo com sua vestimenta ridícula. Seus guarda-costas a acompanhavam. As portas se abriram diante deles. Por um momento, Emily se abaixou atrás de Myfanwy, mas uma rápida leitura de seu corpo garantiu à Torre que era simplesmente por segurança.

Eles foram recepcionados no saguão por um Servente esbelto, com uma postura impecável e cheio de gestos bajuladores.

— Torre Thomas, bem-vinda — falou ele, com um sorriso forçado.

— Obrigada, é maravilhoso estar aqui — disse ela, parando contra sua vontade, porque ele estava na frente dela. *É um desses pentelhos que ainda acham que podem empurrar Torre Thomas por aí?* — Agora, mexa-se.

Ela avançou até o elevador e apertou o botão.

— Torre Thomas, aquele Servente está falando ao telefone e olhando para nós — avisou Emily, enquanto esperavam.

Myfanwy assentiu.

— Gostaria que nós o matássemos? — perguntou Emily, e Myfanwy lançou um olhar chocado para ela.

— Entendo como um não.

— Até onde eles sabem — disse Myfanwy, com cuidado —, estou só de péssimo humor depois dos testes desta manhã e do incidente desta tarde. Ele provavelmente só está avisando à Corte que Torre Thomas chegou.

Eles entraram no elevador e, antes que a portas se fechassem, Myfanwy lançou um olhar duro para o Servente, que havia desligado o telefone e estava olhando para eles. Ele sorriu com educação e assentiu. *Lembre-se, Thomas nem sempre foi muito respeitada*, pensou Myfanwy. *Talvez eu devesse ter deixado Emily matá-lo.*

Myfanwy e seus guarda-costas seguiram para a sala de conferências. Do lado de fora, parados e atentos, estavam dois guardas da Apex, tão grandes quanto o guarda-costas de Myfanwy.

— Boa noite, Torre Thomas — disse o guarda da esquerda. — A Corte está reunida, esperando por você. Você e seus guarda-costas podem entrar.

— Obrigada — falou Myfanwy, fazendo um breve aceno com a cabeça. — Dia longo?

— Sempre — respondeu o guarda, de forma melancólica.

— Bem, tenha uma boa noite — disse Myfanwy. Todas essas boas maneiras estavam drenando sua fúria, e isso era perigoso. Ela olhou para Emily e seu guarda-costas grandalhão. — Tá, vamos nessa. — Eles entraram e fizeram uma curva que dava para a sala de reuniões.

Myfanwy parou. A sala estava vazia, com exceção da pessoa que ela ia acusar.

— Boa noite, Myfanwy.

39

Querida Você,

Meu fim está próximo.

Isso foi um pouco de humor negro. Gostaria de dizer que atingi uma calma budista. Que aceitei minha iminente obliteração. Mas o fato é que meu tempo está acabando. O pato disse que eu tinha um mês, no máximo (Deus me ajude, o meu guia é um pato), e esse mês está quase terminando. Não estou suportando mais.

Não sei se você vai receber esta carta. Não sei se hoje é o dia em que vai acontecer. Talvez a porta se abra e eu seja arrastada... e eles vão encontrar os restos dessa carta e, e... me pego tendo esses pequenos ataques de pânico. Qualquer barulho me faz surtar. Cada batida na porta, cada cantada de pneus ou buzina de carro lá fora. Minhas mãos tremem.

Sei que cada dia foi um presente, e sei que deveria ser grata, mas é tão difícil. Eu odeio isso. Odeio quem vai me trair, seja quem for. Estou chegando ao final do tempo que me foi concedido e ainda não sei por que isso vai acontecer comigo. É a parte que mais me irrita. Saber que vou perder a memória é terrível. Mas a possibilidade de morrer sem nunca saber o motivo é até pior.

Revirei várias coisas durante minha pesquisa. Vinganças. Desvio de fundos. Mas o que isso tem a ver comigo? Por que alguém iria querer me matar?

Aprendi tanto sobre meus colegas nos últimos tempos. A história de Farrier, que foi deixada de fora do testamento do pai dela. As comunicações que Gubbins mantém com uma mulher na Mongólia. O fato de a esposa de Grantchester ter abortado três vezes em três anos. Olho todos esses fatos e me pergunto se são importantes. O que deixei escapar?

No fundo, eu acho que poderia ter evitado que esse futuro viesse. Acho que, se eu tivesse encontrado uma resposta ou aprendido a tempo a não dizer algo ou fazer algo, poderia driblar a profecia de Lisa. Os cochichos daquele garotinho na Propriedade seriam apenas delírios. O pato seria esquecido.

Não ousei parar de fazer meu trabalho por medo de que isso levantasse suspeitas e que elas fossem catalisadoras da minha morte. Então trabalhei muito, mesmo fazendo minhas pesquisas particulares. Trabalhei quase até a exaustão. Mas, tentando cobrir cada área enquanto ainda cumpria meu dever como Torre do Checquy, fiquei sem tempo. Não voltei ao Acampamento Caius e nunca encontrei quem está por trás dele. Não sei quem vai me atacar, e quem vai me matar. Não sei dizer quem são meus inimigos.

Desculpe, mas não posso te dar todas as respostas.

Esta é a última carta que escrevo.

EU.

40

— Boa noite, Bispo Grantchester.

Algo deu errado, muito, muito errado, pensou Myfanwy, entrando na sala onde era evidente a falta de testemunhas e de não traidores. *Sem tempo para hesitar.*

— Atirem nele — ordenou ela aos guarda-costas. Eles sacaram as armas e ela fechou os olhos enquanto dois tiros foram disparados ao seu lado. Quando abriu os olhos, Grantchester ainda estava sentado, sem ferimentos, com uma expressão sarcástica.

— Vou te dar um desconto por ter pensado rápido — falou ele.

Ela olhou para seus guarda-costas e viu que os dois estavam caídos no chão, com buracos de bala em suas cabeças. Atrás dela, a vários metros de distância, estavam os dois guardas da porta, com armas apontadas para ela. Myfanwy usou seus poderes e em uníssono os atiradores miraram as armas um no outro e dispararam.

— Pensou *bem* rápido — disse Grantchester, e o sorriso calmo em seu rosto se tornou um pouco mais perigoso.

Myfanwy o alcançou com seus poderes, com cuidado. Havia uma torrente de sensações por baixo da pele dele. Enquanto o observava, os olhos dele mudaram de cor, traços de tinta flutuando pelo branco dos olhos. Uma escuridão cobria suas íris. Ela forçou a vista e concentrou sua mente em volta do corpo dele. Os reservatórios de substâncias químicas e enzimas estavam se revirando, tentando dispersar. Seus poros — minúsculas aberturas trêmulas — não conseguiram cumprir sua função, graças a ela. Grantchester ficou boquiaberto, e ela percebeu que os reflexos dela foram mais rápidos que ele.

Ainda assim, o sistema de ataque de Grantchester era tão intrincado, tinha tantas redundâncias, que contê-lo tomava toda a concentração de Myfanwy. Se ela afrouxasse um pouquinho o controle, a sala seria preenchida por um coquetel de substâncias químicas. Ela não conseguiu fazer o esforço necessário para evitar que o Bispo se movesse, e ele se sacudiu de pé, com dificuldade para respirar.

— Droga, mas isso é irritante — começou Grantchester, rouco. — Acho que eu devia ter mais consideração suas novas habilidades. Da última vez...

bem, da última vez você foi além das expectativas também. Mas isso é simplesmente impressionante.

Bem, este impasse é divertido, pensou ela com esperteza. *Nenhum de nós pode usar os poderes para apagar o outro*. Ela pensou na arma em seu tornozelo e se perguntou se tentaria pegá-la, mas sabia que dividir sua concentração parecia a pior coisa a se fazer.

De repente, ele chamou:

— Norman, Miriam, venham, por favor!

Mais guarda-costas grandalhões para fazer o desempate. Uma porta lateral se abriu, e duas pessoas entraram. Entretanto, eram muito menores do que ela esperava. Uma delas era menor do que Myfanwy. A outra era maior, mas extremamente magricela.

Que tipo de agentes Grantchester contrata? Myfanwy se perguntou antes de dar uma boa olhada neles. *Ah... crianças*. O agente baixinho era uma menina de uns 11 anos, e o mais alto era um desses garotos adolescentes quase feitos só de cotovelos e pomo-de-adão. *E escamas*, notou ela. Ambos seguravam armas, mas isso não era o que chamava a atenção dela.

O jovem magrelo estava coberto de escamas em tons cor de pele, que reluziam na luz. Longas cicatrizes cortavam seu rosto a partir dos cantos da boca. A menina tinha garras enormes que se projetavam dos dedos. Eles fitavam Myfanwy com olhos sem vida.

Formandos do Acampamento Caius, creio, pensou, com um medo crescente. *O que eu faço agora? Se eu soltar Grantchester para pegá-los, ele vai poder usar os seus poderes. Será que ele soltaria gás em seu pessoal?*, ela se perguntou, e rapidamente chegou à conclusão de que sim. *O que eu faço?* Naquele momento, o Bispo tomou a decisão por ela.

— Peguem-na — ordenou ele. O jovem sorriu e seguiu em frente, em direção a ela, abrindo a boca. Ele sibilou e o interior de sua boca era de um vermelho sangrento.

— Não! — exclamou Myfanwy em pânico, tirando seus poderes de Grantchester. Porém, antes que pudesse lançá-los ao jovem, a garotinha avançou, movendo-se com uma velocidade inumana, e saltou, acertando o queixo da Torre com um gancho.

Myfanwy cambaleou e caiu no chão, lutando para permanecer consciente. Ao longe, ouviu a voz de Grantchester e forçou seus olhos para abri-los.

— Ela não está morta, está? — perguntou o Bispo.

— Não, meu Lorde — disse a garotinha. — Gostaria que estivesse? — As garras em seus dedos cresceram e começou a pingar um fluido preto viscoso. Ela repuxou os lábios e mostrou uma bocarra cheia de presas.

Myfanwy tentou com suas mãos e seus poderes afastar a garotinha, mas o adolescente de escamas estava sobre ela. Os dedos secos dele se fecharam ao redor dos dela, e ela sentiu seus comandos serem interrompidos. A garotinha estremeceu um pouco, mas só isso. E Myfanwy pôde sentir uma anestesia arrepiante se espalhando por ela, apagando sua percepção do que havia ao seu redor. Ela se forçou contra aquilo, mas, com um solavanco, suas habilidades pararam.

Ai, que diabos é ISSO? Ela podia sentir seus poderes, mas não podia usá-los. Era sua imaginação ou ela podia *sentir* suas sinapses estalando sem produzir o efeito esperado?

— Isso levou um pouco mais de tempo do que o normal, Norman — falou Grantchester, com indulgência.

— Ela ofereceu uma boa luta, Lorde — respondeu o garoto de escamas num tom defensivo.

— Nada de queixas — ordenou Grantchester de modo áspero, e seus dois auxiliares se aprumaram.

— Sim, meu Lorde — disseram eles em uníssono.

— Coloquem-na sentada — disse Grantchester.

O jovem manteve seus dedos apertados nos dela e, com a outra mão, a ajudou a sentar. Myfanwy tocou o queixo com as mãos e estremeceu de dor. Para sua surpresa, parecia que ainda estava conectada com o resto de seu crânio. *Essa meninota desgraçada tem um bom soco de direita,* pensou, ainda um pouco tonta.

— Myfanwy, agora que temos essas formalidades fora do caminho e que você está um pouco mais dócil, talvez devêssemos ir para um ambiente mais confortável?

Sem esperar pela resposta dela, ele se virou e saiu. Os garotos do Acampamento Caius a colocaram de pé. Seus membros cooperavam quase tão pouco quanto seus poderes, mas ela conseguiu se arrastar enquanto Grantchester os conduzia pela porta lateral, descendo um corredor que dava na sala dele.

A dor estava diminuindo um pouco, e ela olhou ao redor com curiosidade. O escritório era bacana — mais bacana do que o dela. Havia um toque de riqueza, dava para notar. Chamas crepitavam na lareira. As paredes eram forradas de madeira e de grandes retratos, parecidos com aqueles que decoravam a sala dela. Cortinas pesadas emolduravam uma enorme janela, mas seu olhar foi atraído automaticamente para uma grande mesa, atrás da qual Grantchester se acomodara. Ele gesticulou e Myfanwy foi guiada até a cadeira de frente para ele. O moleque escamoso continuou o contato, movendo sua mão para a lateral do pescoço dela. A garotinha se posicionou atrás do Bispo.

— Bem, aqui estamos — começou Grantchester. — Temos muito o que conversar, mas, antes, gostaria de uma bebida? Já é tarde e o dia foi longo demais, sem dúvida uma bebida pode ser bastante reconfortante. — Ele se levantou e abriu um gabinete que revelou um bar muito bem abastecido.

Então vamos fingir que isso é apenas uma conversa normal?, pensou Myfanwy. *Ok, se ele pode, também posso bancar a educada.*

— É muito gentil da sua parte, mas estou bem — disse Myfanwy, tranquila.

Ela queria manter o máximo de sua consciência possível. Observou Grantchester misturar, mexer e servir a bebida dele. Era um homem tão bonito. Alto e em forma, com o cabelo escuro moldado em um belo corte. Usava um terno ajustado e cheirava bem. Que pena ser um traidor.

— Soube dos acontecimentos em Reading. — Grantchester olhou para trás, sobre o ombro. — Foi realmente tão complicado a ponto de exigir a presença do jovem Callahan?

— Naquele momento, parecia a melhor opção — retrucou ela. — Foi apenas uma questão de sorte a entidade ter sido destruída antes de ele chegar.

— Que felicidade que você tenha emergido relativamente incólume — comentou Grantchester, voltando para sua cadeira. — Agora, aos negócios. Imagino que você tenha percebido que o resto da Corte não virá. Eles não receberam seu chamado. — O coração de Myfanwy se apertou. Não era bem uma esperança, mas ela daria tudo para ver Alrich passando pela porta. Ou até o Lorde e a Lady. — Wattleman está dormindo em sua residência segura, Farrier está verificando os sonhos de todos os alunos da Propriedade e Alrich está na Escócia. E, graças ao alerta vermelho e à necessidade de examinar pessoas, a Apex House está funcionando em plantão nesse fim de semana.

— Mas como você sabia que eu iria revelar que você é o traidor? — perguntou Myfanwy, espantada.

— Seu escritório e o de sua assistente estão grampeados — respondeu, sem dar importância. — Tenho equipamentos de escuta lá desde que era o meu escritório. Você ficaria espantada com as coisas que as pessoas dizem enquanto esperam uma reunião. Na verdade, eu não usava o equipamento há anos, mas, depois dos últimos acontecimentos, mandei alguém ouvir em tempo integral.

Ele sorriu e deu um gole no martini.

— Então — continuou Grantchester —, quando ouvi que você sabia quem era o agente duplo na Corte, liguei para um dos meus no Rookery. Ele estava servindo de guarda na sala de comando, e ordenei que ele detivesse sua assistente e aquele jovem Peão. Bem, que atirasse neles — corrigiu-se ele.

Myfanwy sentiu uma pontada horrenda de dor ao ouvir suas palavras, e piscou para evitar que as lágrimas se formassem.

— Na verdade — disse Grantchester —, todas as tropas que vigiam a sala de comando são minhas. Você tem de ser estratégico com sua gente, sabe? Por que você estava arrastando aquele Peãozinho para lá, afinal? — perguntou, com curiosidade. — Se não se importa que eu pergunte.

— Ele só se envolveu nas coisas — falou Myfanwy, baixinho. — Alan me ouviu falando sobre os Grafters, e eu não queria arriscar que ele contasse a ninguém mais.

— Sei exatamente o que você quer dizer — garantiu Grantchester. — Eu, por exemplo, não podia deixar você contar a ninguém sobre minha lealdade dividida, podia? O que me traz à mesma pergunta: como você soube?

Myfanwy pensou em dar a ele algumas instruções criativas sobre aonde ele poderia ir e o que fazer consigo mesmo, mas se conteve. *Converse... Ganhe um pouco de tempo. Algo pode acontecer, alguma oportunidade pode surgir.* Ela respirou fundo.

— Bem, você lembra que imediatamente depois de Gestalt ter sido exposto como traidor, fui vê-lo em Gallows Keep — começou ela.

— Sim, mas ele me assegurou que não lhe contou nada de muito útil — respondeu Grantchester, dando golinhos em sua bebida.

O quê?, pensou Myfanwy. *Ah, certo, os outros corpos. Naturalmente eles estiveram em contato.*

— Na verdade, ele me disse algumas coisas que achei *muito* interessantes — admitiu Myfanwy. Ela sentiu uma pontada de satisfação quando o rosto de Grantchester azedou.

— Mesmo? O que exatamente?

— Bem, um dos detalhezinhos que ele deixou escapar era que havia outro traidor na Corte. — *Talvez pelo menos eu consiga colocar Gestalt em apuros.* — E eu não custei a acreditar — acrescentou Myfanwy, olhando-o bem nos olhos.

— Acho que não estou entendendo.

— Eu descobri algumas coisas que não faziam muito sentido — continuou Myfanwy, se encostando na cadeira e contando os vários pontos em seus dedos. — Para começar, há um acampamento secreto que treina um exército particular, estabelecido sob a proteção do Checquy. Acampamento Caius. — Com a menção ao nome, ela sentiu a mão do jovem de escamas se mover em seu pescoço, e a garota atrás de Grantchester se mexeu desconfortável. — Fica no País de Gales, é meio remoto e espartano, mas tem instalações médicas bem legais. E, claro, é ilegal para caramba.

"Segundo, há o fato obviamente estressante de que Gestalt nunca conseguiria pôr uma complicada mutreta administrativa como essa para funcionar. Um desvio financeiro que drena fundos substanciais enquanto evade tudo, menos a mais meticulosa contabilidade forense. Justificativas legais para adquirir crianças que não tinham habilidade anormal alguma; crianças expressamente fora dos limites do Checquy. Nós dois sabemos que Gestalt foi elevado à Corte por sua habilidade impressionante de meter porrada, não por seu intelecto.

"Depois, eu tive uma conversinha particular com um dos altos escalões da Broederschap. Ele conseguiu me localizar, apesar de eu ter saído à surdina do Rookery por uma passagem subterrânea. Alguém deve ter dado uma pista a ele.

"Daí, bem, há o detalhezinho do ataque a mim. Não o ataque desta tarde, você sabe, apesar disso ter sido uma bela merda. O delicioso incidente em Bath não foi particularmente prazeroso também. Mas estou falando do ataque que terminou comigo perdida em um parque, cercada por corpos de Serventes e sem lembrança de quem eu era."

— E você ia contar tudo isso para a Corte? — perguntou Grantchester.

— Bem, eu esperava manter a questão da memória em segredo. — disse Myfanwy. — Mas estava disposta a revelá-la se isso pudesse acabar com você. — Grantchester estava olhando para ela, sem esboçar expressão alguma em seu belo rosto.

— Enfim, Gestalt não poderia ter comandado tudo isso, mas você sim, e de maneira bem fácil. Você foi Torre por vários anos e tinha controle sobre as finanças. Você e eu organizamos um número suficiente de operações secretas para saber como se faz. Você era capaz de ter montado uma pequena escola e a mantido até subir ao posto de Bispo. Afinal, você foi responsável por recauchutar as finanças de toda a organização. Esse tipo de coisa poderia ter sido acobertada durante a reestruturação.

Grantchester encarava Myfanwy, com as mãos sobre a mesa formando uma pirâmide, mas ela continuou falando, decidida.

— Gestalt também disse que eu fui colocada na Corte de propósito, que os Grafters queriam isso. Mas eu aposto que você fez a ideia vingar. Você, com sua reputação de fazer promoções não ortodoxas que acabam se provando brilhantes. É capaz de medir as forças e as fraquezas de uma pessoa. Sabia que eu seria uma Torre excelente. Que eu manteria a organização nos eixos. E que eu compensaria a óbvia falta de habilidade de Gestalt nesse campo. Que eu me manteria ocupada demais para investigar qualquer anomalia inconveniente e que eu era reticente demais para ficar no seu caminho, mesmo se descobrisse algo.

"Depois do encontro entre mim e Graaf Gerd de Leeuwen, bem, eu confesso que achei que Bispo Alrich havia me entregado. Quer dizer, eu estava em uma boate com umas amigas e lá estava ele, procurando corpos quentes para sugar. Demos um com o outro e, imediatamente depois, eu estava cercada por um bando de brutamontes belgas descoordenados. Imaginei que Alrich tivesse sugado o cara que encontrou na balada e feito uma ligação rápida para o celular de um belga.

"Também pode interessar a você, Conrad, saber que depois que fui atacada, há duas semanas, entrei em uma passagem que vai do meu escritório para uma garagem privativa. E lá, no meio da crise mental pela qual eu estava passando, fui emboscada. Apenas Torres podem acessar esses túneis. E os quatro corpos de Gestalt estavam fora da cidade naquela noite.

"Eu poderia muito bem apostar que você tem mais algumas entradas particulares e talvez algumas câmeras, e deve ter sido assim que você entrou no Rookery e violou minha memória. E talvez tenha sido assim também que você soube que eu saí semana passada e mexeu os pauzinhos para que eu fosse perseguida."

— Tudo isso está longe de ser conclusivo — disse Grantchester. Ele falou num tom animado, que enfureceu Myfanwy.

— Verdade — concordou Myfanwy. — Por isso que eu não disse nada. Mas, recentemente, remexi nos arquivos de correspondência, oficiais e particulares, e achei o comunicado que você e sua esposa mandaram quando adotaram o bebê. — Myfanwy respirou e calculou como deveria continuar. — Eu estava interessada no retrato da família. Sabe, sua esposa me parecia familiar... e não apenas porque ela é a senhora Grantchester. Durante o interrogatório com Gestalt, tive a oportunidade de ver através dos olhos dele. De *todos* os olhos de Gestalt — acrescentou de forma soturna. — Acontece que Gestalt tem um quinto corpo, um corpo menor, e que aquele corpo estava na companhia de sua esposa, com seus inesquecíveis olhos azuis.

Então, fiz uma pesquisinha e descobri que Eliza Gestalt tirou uma longa licença há um tempinho, e voltou pouco depois que você adotou o bebê. E há outras coisas. Eu sei que ela tem uma cicatriz na barriga, e que anda introvertida. Resumindo, acho que seu filho adotivo é filho de Gestalt. Seu filho é Gestalt.

"Você trabalha para os Grafters, não é, Conrad? Não é à toa que você queria que cada traço de nova informação fosse enviada à Apex para sua análise de risco estratégico. Queria estar certo de que sabia tudo o que nós sabíamos."

— Bem, é impressionante — concluiu Grantchester. Ele sorriu de uma forma que fez Myfanwy querer quebrar o nariz dele. — Você tem tudo organizado de forma bem metódica. É um ótimo trabalho de detetive.

— Você deve ter se divertido — comentou ela — me vendo tatear por aí, tentando disfarçar minha amnésia.

— Bem, na verdade, não estávamos certos de quanto da sua memória havia sumido. É bom saber que de fato funcionou...

Ah, ele não pode estar falando sério, pensou Myfanwy. *Ele não sabia?*

— O que funcionou? — ela perguntou.

— Bem, é uma longa história. Tem certeza de que não quer uma bebida? — Myfanwy permaneceu em silêncio. — Não precisa olhar feio para mim, só estou sendo educado em oferecer. Apesar de que, sério, cometi uma terrível falta de etiqueta. Antes de irmos em frente, permita que eu apresente meus protegidos. Este é Norman, que você já encontrou antes e parece não se lembrar. — Myfanwy meneou a cabeça negativamente. — Bem, pelo menos isso ele fez certo. Norman é o responsável por sua amnésia atual. — Myfanwy olhou por sobre seu ombro. — Oh, sim. Ele me acompanhou, junto de alguns Serventes, até o Rookery, para pegar você, extirpar sua personalidade e removê-la do local.

— Para quê?

— Há várias possibilidades. Eu estava de fato meio perdido em meio a tantas opções. Você ficaria espantada em quão maleável uma pessoa sem memória pode ser. Se você a coloca na situação certa, ela pode ser muito aberta a sugestões.

— Você iria me fazer trabalhar para os Grafters? — perguntou ela, horrorizada.

— Ou satisfazer vários papéis recreativos — disse Grantchester, negligentemente.

Myfanwy sentiu uma náusea terrível, que transpareceu em seu rosto, e Grantchester explodiu em risadas.

— Estou brincando — confessou ele, esfregando os olhos. — Não seja ridícula. Não, não, na verdade, íamos fazer uma bateria de testes em você e depois dissecá-la.

— Entendo — disse Myfanwy, respirando fundo para se acalmar.

— Ou pelo menos algo assim; foi tudo decidido bem às pressas.

— E por que você decidiu isso de repente? Não era arriscado? Achou que ninguém ia perceber que eu sumi?

— Haveria uma investigação, é claro. O desaparecimento de um membro da Corte seria sondado. Bem, um Bispo teria se voluntariado a se ocupar disso pessoalmente, acompanhado de uma equipe escolhida a dedo. E tal oferta ganharia o grato apoio da Torre remanescente. Posso garantir a você, qualquer evidência deixada depois de sua rápida remoção teria sido varrida para baixo do tapete.

"Mas tinha de ser rápido, porque naquela noite fui informado que Torre Myfanwy Thomas entrara no Acampamento Caius algumas semanas antes. Um dos guardas foi encontrado em algum tipo de convulsão. Todos os acontecimentos desse tipo são examinados de perto, por medo de que um dos sujeitos de Caius possa estar causando efeitos não previstos nos colegas. Extensos exames de sangue, tomografia computadorizada, você sabe. Acabaram encontrando evidências de que você o controlou; encontraram suas digitais psíquicas, se preferir. Lembra-se de todos esses anos que passou fazendo exames na Propriedade? Bem, esses resultados são compartilhados, não oficialmente, com a equipe do Caius, e um dos membros da equipe reconheceu o padrão dos seus poderes.

"Admito que no começo eu fiquei incrédulo. O narizinho de Myfanwy Thomas estava sempre metido nos livros. Ela era ocupada demais com as operações domésticas do dia a dia do Checquy para ter tempo de fazer qualquer pesquisa extracurricular. Ou era o que pensávamos.

"Então, de repente, parecia que fomos descobertos. Tudo o que nos impedia de sermos destruídos por completo era sua inexplicável reticência. Felizmente — ele deu um sorrisinho de satisfação — sempre fui rápido em momentos de crise. Uma coisa que aprendi no campo era que, se alguém coloca uma faca no seu pescoço, você não hesita.

"Imediatamente, mobilizei uma equipe. Mantenho vários alunos do Acampamento Caius aqui na Apex em uma discreta posição de guarda-costas, e seguimos para o Rookery. Como você bem imaginou, há várias entradas secretas naquele prédio conhecidas apenas por mim. Uma delas leva aos aposentos particulares das Torres. Eu esperei você entrar e nos cumprimentamos.

"Vou lhe dizer uma coisa, Myfanwy, você agiu com muito mais calma do que eu esperava. Creio que jamais esquecerei seu olhar. Uma garota que geralmente gritava se alguém falasse mais grosso, que se encolhia se alguém se levantasse de repente. Bem, não naquela noite. Você entrou e me viu sentado no sofá, com Norman atrás de mim. Seus olhos se arregalaram, mas não houve mudança na sua expressão.

"Então, meus outros ajudantes entraram atrás de você e fecharam a porta. Você apenas caminhou pela sala me encarando. Estava absolutamente em silêncio e seus olhos estavam muito frios."

Grantchester parou de falar um pouco e balançou a cabeça, com um sorriso amargo.

— Eu queria lhe fazer perguntas, saber como você descobriu sobre o Acampamento Caius e por que não disse nada. Mas você apenas olhava para mim e, confesso, fiquei um pouco irritado. Comecei a falar, e você disse: "Cale essa boca e faça de uma vez, seu traidor imundo!" Foi o que Myfanwy Thomas, a Torre mais patética da história do Checquy, disse para *mim*.

A voz dele falhou de tanta raiva, mas ele se controlou e continuou.

— Então, eu me levantei, dei um tapa no seu rosto e mandei meus Serventes avançarem, enquanto você ainda cambaleava. Priya e Mark a seguraram pelos ombros, para que Norman aqui cuidasse de você. Eles usavam luvas, claro, e a pressionaram contra a parede, mas acho que um pouco daquele antigo treinamento da Propriedade voltou a você. Você os chutou e conseguiu desequilibrá-los. Tocou a bochecha de Mark e ele ficou cego; sem querer, você apagou as pupilas dele completamente. Priya teve ainda menos sorte. Usando um nível do seu poder que nunca havia demonstrado na Propriedade, você de alguma forma forçou os músculos faciais de Priya a se voltarem contra ela. Aparentemente eles fraturaram o crânio dela.

Ele olhou atentamente para Myfanwy, e ela deu de ombros.

— Felizmente, naquele momento, Norman conseguiu pôr as mãos em você. Norman é um dos produtos do Acampamento Caius, sobre o qual aparentemente você sabe tudo. É bem impressionante. Uma criança mundana pode ser aperfeiçoada de forma radical, se você estiver disposto a abrir seu crânio e seu torso e dar uma mexidinha. A injetar todos os dias vários coquetéis torpes. A estruturar um novo sistema de canais e reservatórios no corpo. E a enxertar um isolamento protetor na epiderme. E, claro, arranjar novos membros experimentais.

Myfanwy lançou um olhar horrorizado para trás, na direção do jovem de escamas, que não se perturbou enquanto Grantchester listava as modificações que fez nele. Ela estremeceu e voltou a olhar para o Bispo.

— É preciso tomar conta deles, claro. São muito delicados. Norman aqui não come mais comida de verdade, não é, Norman? — Grantchester não esperou uma resposta. — E só dorme com sete soros intravenosos presos a ele, pingando vários nutrientes, hormônios e substâncias químicas para garantir que seu sistema permaneça equilibrado. Dá muito trabalho. Porém, o resultado é um soldado com habilidades bem especializadas. Telepatia não, infelizmente — ele disse com um suspiro —, mas quando estabelece contato físico, Norman ganha certo controle sobre o cérebro da pessoa. É bem básico: apagar, evitar que ativem seus poderes, esse tipo de coisa. Mas quando ele tem um contato mais íntimo, consegue trabalhar com muito mais precisão. Nesse ponto, ele pode afetar a memória.

Myfanwy se mexeu desconfortavelmente em sua cadeira com a ideia dos membros experimentais de Norman tendo contato íntimo com ela.

— É, os truques de Norman se mostraram muito úteis no nosso pequeno empreendimento. Teríamos sido descobertos várias vezes se certas edições seletivas não tivessem acontecido. Raramente algo na sua escala, claro. Se as pessoas começassem a aparecer com amnésia completa por todo canto, bem, iam começar a levantar suspeitas. Mas, às vezes, uma pessoa vê ou ouve algo que não devia, e não precisamos só matá-la. Norman entra em ação e apaga algumas informações incriminatórias. É uma pena que o processo para criar este tipo de agente seja tão difícil, ou poderíamos ter vários em vez de só um. Mas o trabalho de Norman se provou bem eficiente para nossas necessidades; com uma notável exceção.

Grantchester parou, e lançou um olhar penetrante para ela.

— Naquela noite, Norman estava fazendo suas tarefas de sempre. E com relativa facilidade, correto, Norman? — O garoto magrelo assentiu com a cabeça. — Ele cancelou seus poderes e estava varrendo sua memória. Sentimos que você estaria muito menos propensa a atacar alguém se não tivesse lembranças. Ele terminou e você ficou deitada no sofá, com os olhos ausentes, como acontece nessas circunstâncias. Estávamos cuidando dos Serventes avariados e nos preparando para transportá-la para um laboratório quando a coisa mais extraordinária aconteceu. — Ele fez uma pausa, incrédulo. — Você se sentou, gritando. Em geral, Myfanwy, as pessoas sujeitas às manipulações de Norman são incapazes de fazer qualquer coisa depois. Especialmente no caso de um apagamento completo. A mente está ocupada demais, reagindo ao apagamento forçado, para criar uma resposta. A personalidade se dissolve e continua nesse processo por pelo menos uma hora, antes de uma pessoa nova e mais maleável emergir. Então, ficamos chocados com suas ações. Aquele grito foi, eu diria, incomum. Mas não tão incomum quanto o ataque psíquico que se abateu sobre nós. Era como um martelo acertando minha cabeça. Quando Norman e eu nos levantamos, vários minutos tinham se passado, e você sumira; provavelmente se arrastando pelos corredores do Rookery. Era óbvio, isso não poderia acontecer. As chances de você ser capaz de comunicar o que sabia antes de se esvair por completo eram poucas, mas ainda prováveis. Não podíamos correr o risco de que você encontrasse algum membro do Checquy, então despachei minha equipe de Serventes leais para as passagens secretas dentro do Rookery.

"No final, nenhum deles voltou. Vários foram encontrados num parque em Pinner, e fui obrigado a mandar uma equipe de limpeza ao local. Ah, estamos com seu carro, por sinal. Vários outros agentes simplesmente não voltaram, e eu supus que você os tivesse eliminado também."

Myfanwy se lembrou dos corpos apodrecendo no túnel que levava à garagem, mas não disse nada.

— Então houve o desastroso incidente no banco. Aquelas pobres almas tiveram de passar por uma terapia intensiva, tanto psicológica quando fisiológica, por causa do seu ataque. Foi uma pena também, já que eram da minha equipe de infiltração mais competente. Eles a localizaram no hotel depois, pois, num toque de gênio, você usou seu cartão no caixa eletrônico do hotel para ver o extrato bancário. Eles escutaram o rádio do táxi que você pegou e chegaram ao banco bem antes, já que você fez uma rota assustadoramente complicada.

— Eu estava admirando a cidade — disse Myfanwy, com dignidade. — E como você sabe a rota que eu tomei?

— Estamos em Londres — falou Grantchester. — O círculo de aço. Temos uma quantidade de câmeras na cidade que daria para fazer uma minissérie sobre sua ida ao banco. Porém, a perdemos depois disso. Nossa atenção estava na equipe que você deixou em coma.

"Nunca tivemos certeza da extensão de sua perda de memória. Norman jurou de pés juntos que havia feito o trabalho completinho, que todos os vestígios da sua identidade foram desnaturalizados, deixando-a como uma página em branco. Você ficaria com suas habilidades e parte de sua educação, mas pensamentos e memórias que faziam de você Myfanwy Thomas desapareceriam. Ele tinha certeza.

"Entretanto, ele também achou que, depois de terminar, você estaria completamente incapacitada. E os corpos espalhados por Londres contrariaram essa afirmação."

Ele suspirou, parecendo bem incomodado.

— Em todo caso, você foi ao trabalho naquela segunda parecendo que havia participado de uma guerra. Admito que fiquei meio em pânico. Imediatamente ativei os mecanismos de escuta de seu escritório e mandei que a monitorassem em tempo integral. Se você fizesse qualquer coisa que indicasse que se lembrava, se fizesse quaisquer acusações... bem, haviam os planos de contingência para tomar o controle do Checquy antes do previsto. Seria uma bagunça, e arriscado, mas acho que teríamos conseguido.

"Mas você continuou fazendo o seu trabalho e não causou problemas. Parecia um pouco confusa com as coisas, um pouco hesitante quando se tratava de questões rotineiras, mas achei que você podia ter perdido apenas alguns dias de memória, ou talvez só algumas horas. Afinal, você sabia quem você era e estava fazendo o seu trabalho com competência. Gestalt, que não sabia nada sobre sua modificação de memória, não tinha ideia de que algo estava acontecendo, apesar de notar que você estava mais assertiva do que o comum."

— Você não contou a Gestalt?

— Quanto menos gente sabe de um segredo, mais fácil fica mantê-lo — afirmou Grantchester. — Além do mais, eu não tinha certeza do que acontecera. Mas, graças à sua pequena exposição esta noite, sei que Norman estava certo: você não é ela. E quem quer que tenha se tornado, bem, você já provou que sabe demais. — Myfanwy ficou novamente consciente dos longos dedos em seu pescoço. — É uma pena, de certo modo. Adoraríamos descobrir toda a história, mas, nesse momento, estou inclinado a minimizar os riscos.

— Vai me apagar? — perguntou Myfanwy, tremendo. — Do mesmo modo como se livrou da personalidade de Thomas?

— Ou da falta dela — disse Grantchester. — E sim, vamos. Mas obviamente não vai ser feito da mesma forma. Antes queríamos uma mente cooperativa e maleável no seu corpo; uma que se comunicasse com eficiência e se mostrasse útil. Este é um risco, claro, que não podemos correr outra vez. Dessa vez, Norman vai apagar seu cérebro completamente. A próxima pessoa a olhar por esses olhos será um recém-nascido completo. Vamos mantê-la viva para alguns testes, rastrear alguns impulsos, ver como você reage num laboratório. Depois, vamos deixá-la em pedacinhos adequados para um microscópio.

— Como?

— Vamos fazer um estudo completo de você — disse o Bispo expansivamente. — Você aterrorizou os Grafters. Uma mulher que pode controlar matéria viva. A grande vantagem deles, as armas com as quais eles podem ferir o Checquy, são biológicas. E eles não poderiam ativar suas armas se você quissesse impedi-los. Qualquer aperfeiçoamento que os agentes possuíssem poderia ser destruído sob seu comando. Você, minha querida, é o pior pesadelo deles. E, também, a maior esperança. Você é urânio. Se conseguirmos criá-la ao reverso, não haverá nada que não possamos atingir.

— Os cientistas da Propriedade não conseguiram — apontou Myfanwy, tensa.

Os dedos de Norman estavam descendo, por dentro do macacão, até seus ombros.

— Os cientistas da Propriedade são crianças brincando de Lego em comparação a essa gente. — Grantchester fungou, com desprezo. — Os Grafters fazem isso há séculos. Eles mapearam o genoma humano quando a rainha Vitória ainda estava no trono. Inspecionaram o território do corpo humano e construíram arranha-céus! — Ele olhou além dela. — Ah, talvez você queira falar com meus outros convidados antes que a apaguemos? — Pelo canto do olho, Myfanwy viu duas figuras passando pela mesa para acompanhar Grantchester.

Eliza e Alex Gestalt olharam para Myfanwy com um ódio tremendo.

— Claro, Eliza pode não ter gostado dos comentários que você fez sobre a depressão pós-parto dela, mas você vai querer parabenizar os pais do meu filho — falou ele, com um olhar divertido. — Vou deixar você agora, mas Gestalt demonstrou interesse em ver Norman fazendo seu trabalho. Boa noite — encerrou, levantando-se.

Myfanwy ouviu seus passos enquanto ele andava pela sala, abria um retrato e subia as escadas.

— Então, Puta Thomas — disseram os irmãos Gestalt em uníssono. — Não tenho palavras para dizer o quanto é prazeroso ver você destruída desta vez. Não há dúvidas de que eu vou adorar presenciar isso depois de uma semana escondido na casa de Grantchester.

— Faz ideia de como tem sido? — perguntou a irmã Gestalt. — O medo de entrar nos outros corpos no momento em que os torturadores da prisão os estivessem mutilando? Caso eu abrisse meus olhos bem quando eles os tivessem arrancando? — Ela se apoiou na mesa e socou Myfanwy desajeitadamente na lateral da cabeça.

— Isso vai ser *tão* bom — disse o irmão.

Myfanwy não disse nada, nem para mentir a eles sobre o que estava acontecendo com os outros corpos. Na realidade, nada fora feito a Teddy e Robert. Atualmente, eles estavam imobilizados e vendados em salas à prova de som. Alrich e alguns cientistas e torturadores estavam tentando desenvolver um método que os fizesse tirar vantagem da comunhão da mente de

Gestalt para torturar os quatro corpos ao mesmo tempo. A Torre não tinha se empolgado com as ideias exageradas deles e resolveu não se envolver nisso. Agora, ela gostaria de ter se intrometido.

Norman mantinha suas mãos em Myfanwy, enquanto virava a cadeira dela em direção a ele e a puxava, para que ficasse de pé. Seus olhos encararam os dela, e ela se encolheu. Sua pele estava anestesiada onde ele havia tocado e ele a puxou para mais perto. O frio se espalhou até o topo dos braços dela, enquanto ele os apertava por dentro da roupa, para que ela não pudesse lutar. Se ela fosse chutar, seria apenas um chute na canela, como uma criança fazendo birra. Myfanwy resistiu à vontade de gritar quando ele abriu a boca e se inclinou sobre ela. Ele soprou um bafo no rosto dela e ela torceu o nariz para o odor químico. Ele tinha o mesmo cheiro do Grafter na boate.

A língua de Norman, de um roxo pálido, de repente se eriçou em longas fibras brancas. Os fiapos, como pelos, se pressionaram contra os lábios dela como um pesadelo vagamente lembrado. Os lábios dele arranhavam os dela enquanto ele empurrava sua língua na boca dela. Ela engasgou enquanto a língua descia por sua garganta.

Os olhos de Myfanwy se viraram, acrescentando imagens à sua memória que ela sabia que logo seriam dissolvidas. De um lado estava a menina do Acampamento, vendo-a apaticamente. Atrás dela estavam as respirações simultâneas de Gestalt. As bochechas escamosas de seu agressor raspavam de leve nas dela enquanto ele sondava sua mente com avidez.

Está vindo. Meu final. Sua mente hiperfocou e cada detalhe ganhou significância. O calor de seus sapatos, o atrito áspero do coldre no tornozelo, a maciez do macacão, a quentura confortável de seu casaco. Seus dedos tocaram a maciez de suas roupas. *Vai tudo embora,* pensou, então sentiu algo sob suas mãos.

Ela enfiou a mão direita no bolso do casaco e agarrou algo. *Vamos!*, pensou, desesperada. *Lute! Vale tentar!* Ela podia sentir o garoto recuando, preparando-se para avançar com toda a força de seus vis poderes. Moveu a mão como louca para tocar melhor o objeto. Norman sentiu seu movimento e hesitou. Ela apertou a mão e, olhando nos olhos do agressor, furou a coxa dele com a seringa de adrenalina que Thomas colocara no bolso do casaco, para o caso de ser picada por uma abelha.

Houve um clique.

Uma agulha com mola passou pela membrana da ponta da seringa, cortando o tecido da calça de Norman. A agulha deslizou através da pele e injetou 0,3 miligramas de adrenalina no sistema dele.

A medicação fez um ruído na corrente sanguínea de Norman, prendendo--se aos receptores de seu sangue. Myfanwy observou as pupilas dele se dilatarem. Ela podia ouvir a pulsação cardíaca do garoto acelerar. As substâncias químicas se alteravam, e os acréscimos artificiais feitos em seu corpo gritavam. Ele afrouxou sua ação sobre os poderes dela, e então parou. Ela o alcançou com sua mente e penetrou os escudos da consciência dele. Ambos ficaram parados, unidos num beijo terrível, e Myfanwy o sentiu morrer. Todos os sistemas delicados que os Grafters haviam ligado nele estavam falhando, o frágil equilíbrio completamente destruído. *Ainda não*, pensou ela. Sob o comando dela, o coração dele continuou batendo, e as pernas dele o mantiveram de pé. A língua de Norman, com todas as fibras, retraiu de sua boca, mas os lábios deles ainda estavam ligados.

Não quero entregar o jogo ainda.

Vamos com calma.

A garotinha ergueu a arma e, contra sua vontade, atirou nos gêmeos Gestalt. Alex tomou um tiro no ombro e caiu no chão, com um grito de espanto; Eliza foi atingida na cabeça e no pescoço e cambaleou contra o vidro. Rachaduras se espalharam como teia ao redor dela, e então ela atravessou o vidro e caiu na escuridão da noite. Um grito grave e terrível saiu da garganta do irmão, que estava se debatendo no chão.

A garotinha olhava para a arma em sua mão como uma idiota quando o corpo ainda livre de Gestalt, gritando de raiva, se aproximou dela com raiva. Ele tirou a arma da sua mão e esvaziou o cartucho na menina. Ela caiu ao chão. Gestalt se arrastou, fraco, pela mesa, mas parecia estar entrando em choque e caiu. Myfanwy se certificou de que ele não pudesse se levantar e, então, voltou sua atenção ao problema em mãos.

Ok, agora você pode morrer, concluiu ela, e deixou o coração de Norman parar de bater.

Ela suspirou, e houve uma insinuação de gemido quando o corpo de Norman se separou do dela. Ela esfregou a mão na boca, que sangrava. Podia sentir a pele ao redor de seus olhos inchada e machucada. *Isto é familiar*, avaliou, desgastada, e se apoiou na mesa de Grantchester, buscando ar.

— Sua puta — disse uma voz desesperada, e Myfanwy olhou para o chão, atrás da mesa.

— Ah, oi, Gestalt — falou ela, exausta.

— Sua puta desgraçada! Você percebe o que fez? Ela era a única que podia gerar uma nova criança, e agora eu vou morrer.

— O quê? — perguntou Myfanwy, tonta, respirando fundo.

— Não posso pegar novos corpos! Para uma criança ser parte de mim, os pais têm de ser meus corpos, e agora... — Ele começou a chorar, ferido. — Agora o único corpo que poderia gerar uma criança está morto, e eu vou *morrer*! — Myfanwy olhou para ele com horror quando entendeu o que as palavras de Gestalt sugeriam. Ela viu uma foto da família Grantchester na mesa. Já era ruim o suficiente saber que o bebê loiro tinha a mente de Gestalt, mas que era um produto de incesto, a mesma mente formando tanto os pais quanto a nova criança... o estômago dela revirou com o pensamento. *Meu Deus, Gestalt poderia ser imortal! Um exército.* Ela olhou para o indivíduo chorando, sangrando no chão, e não sabia o que sentir.

Vou ter de apresentar o bebê e deixar a Corte decidir o que fazer com ele. E Gestalt não sabia sobre minha amnésia... Mas porra! Grantchester!

Ela pegou a arma de Norman e olhou para os retratos antes de pegar o telefone para chamar socorro.

— Myfanwy — era a voz de Grantchester na linha.

— Conrad — disse ela, buscando fôlego.

— Estava vendo pela câmera. Estou muito impressionado. Sem dúvida você é mais capaz do que sua antecessora. Será que gostaria de se juntar a nós? — A afronta dele a deixou sem palavras, e Myfanwy não confiou em si mesma para responder. — Não? Bem, eu podia esperar por isso. Mas, em todo caso, é evidente que eu fui derrotado nessa batalha. Por causa disso, estou me retirando da Apex e me encaminhando para um local um pouco mais relaxante. Fiz planos para essa possibilidade há anos.

Parece que Thomas não era a única que estava preparada, pensou Myfanwy.

— Mas fique certa de uma coisa, Torre Myfanwy Thomas ou quem quer que você ache que é. — A voz se tornou ameaçadora. — Passei anos no Checquy preparando o caminho para os Grafters. Eles vão vir, e vão triunfar... então, você e eu vamos nos encontrar de novo. — Houve um clique do outro lado e ele se foi.

Myfanwy abaixou o telefone com os dedos trêmulos. Em poucos minutos, ela iria alertar a segurança, e Gestalt (ou o que restou de Gestalt) seria preso. Ela iria saber como foi o ataque de Eckhart e chamar a Corte para ouvir o que aconteceu. Iria verificar como está Bronwyn e ligar para Shantay contando as novidades. E iria lamentar a morte de Ingrid e do Peãozinho Alan.

Ela iria fazer tudo isso, mas primeiro precisava de um minutinho para reunir os pensamentos que chegou tão perto de perder.

41

— Espera, então o Peãozinho Alan pode descer porrada? — perguntou Myfanwy, incrédula, nos fundos do carro. — Contra um soldado com uma arma?

— O Peãozinho Alan pode alterar a composição de materiais inorgânicos, deixando-os quebradiços — respondeu Ingrid com precisão. — Se ele estiver tocando o material, pode afetar uma porção do tamanho do seu torso. Se ele não estiver tocando, então só pode afetar uma pequena porção. Mas é o suficiente para fazer um gatilho quebrar. Sorte nossa.

— Sim, você está com cara de quem teve sorte mesmo — comentou Myfanwy, vendo Ingrid com um braço na tipoia e o olho roxo.

— Não estou reclamando.

— Você levou um tiro! — exclamou Myfanwy.

— Não acertou nenhum osso — disse Ingrid. — E ainda que levar um soco no rosto e um tiro no braço não seja uma delícia, certamente é melhor que ser executada.

Depois que Myfanwy recuperou o fôlego na sala de Grantchester e chamou a segurança, ela encontrou o escritório de vigilância num alvoroço. Aparentemente, uma designer gráfica do Rookery, trabalhando em hora extra, passou pela entrada da sala de comando e viu um Peão adolescente lutando com um segurança, enquanto uma assistente executiva de uma Torre sangrava inconsciente no chão. Incerta de qual lado tomar, a designer escolheu cobrir todas as bases e acertou ambos os lutadores, deixando-os inconscientes com suas habilidades de emitir eletricidade, antes de chamar a segurança.

— Fico feliz que cuidaram de seus ferimentos rapidamente, assim você pôde me acompanhar na reunião da Corte! — disse Myfanwy.

— O médico fechou o buraco da bala com uma resina que ele extraiu das próprias glândulas — falou Ingrid sombriamente. — *Diretamente* das glândulas.

— Ui. Que glândulas?

— Não quero falar sobre isso — disse Ingrid. — Mas a reunião da Corte foi interessante.

— Foi uma das reuniões mais desconfortáveis que eu já participei. — Myfanwy bocejou. — Mas, considerando tudo, acho que eles levaram numa boa.

— A Corte foi vítima de muitos choques recentemente — apontou Ingrid. — Foram todos bem flexíveis, especialmente depois que o Cavalo Eckhart mostrou as fotografias dos corpos dos Grafters.

— Bem, é, mas as revelações sobre Grantchester... quer dizer, ele era um membro da Corte!

— Assim como Torre Gestalt.

— Verdade. Mas Gestalt era um membro da Corte de quem ninguém gostava mesmo — acrescentou Myfanwy.

— Eu sempre tive uma quedinha pelo Bispo Grantchester — confessou Ingrid. — Ele costumava flertar comigo descaradamente sempre que vinha ao Rookery.

— Ele *era* gato — admitiu Myfanwy.

Ela olhou pela janela. Era quase de manhã e Londres estava em silêncio, com poucos carros circulando. O comboio da limusine e das motocicletas de apoio parecia uma pequena parada passando pelas ruas. O café que ela finalmente conseguiu tomar na reunião da Corte estava lutando e perdendo a batalha contra os efeitos acumulativos de uma noite de balada, uma manhã de exames, uma tarde sendo absorvida por um cubo de carne e uma noite confrontando um traidor.

No final das contas, o processo burocrático dos acontecimentos levou quase tanto tempo quanto os próprios acontecimentos. O relato de Eckhart sobre seu ataque ao lar Grafter incluiu uma descrição clínica de como ele matou o belga sem pele. Myfanwy escutou, boquiaberta, enquanto Eckhart explicava que o líder Grafter tinha lâminas de osso em seus braços, e que os dois lutaram em uma câmara na qual casulos e sacos gigantes se penduravam do teto.

Os bolsões se abriram, guerreiros brotaram de dentro e os Barghests lutaram com eles enquanto Eckhart e Graaf Gerd de Leeuwen duelaram, metal contra osso. Dois membros dos Barghests eram traidores e se viraram contra seus camaradas. Mas seus aperfeiçoamentos não os salvaram. Finalmente, sem nenhuma emoção, Joshua contou a eles como arrancou uma corrente do teto, transformou-a em uma lança e a enfiou com precisão na cabeça do belga sem pele.

Depois da descrição de Eckhart, a conversa se voltou para as aventuras de Myfanwy em Reading, seguidas pelas aventuras da Torre com Grantchester. Naquele ponto, ela pensou rapidamente e chegou à conclusão de que talvez pudesse não admitir a perda de memória. Ela teve de caminhar por uma corda bamba estreita e confusa para explicar o que aconteceu, mas no final se safou de dar uma declaração totalmente detalhada, fingindo ainda estar meio aérea. Os ferimentos em torno de seus olhos fizeram todos a encararem de forma estranha, mas as revelações sobre Grantchester e os Grafters os distraíram o suficiente para não fazerem associações entre seus ferimentos atuais e os de duas semanas atrás. Myfanwy foi deliberadamente vaga sobre as capacidades de Norman e nenhuma menção foi feita sobre perda de memória.

Finalmente, ficou combinado que um interrogatório completo aconteceria no dia seguinte, depois que todos dormissem um pouco.

— E você não considerou contar à Corte sobre sua amnésia? — perguntou Ingrid. — Afinal, sobraram apenas quatro membros. Farrier já sabe, e Eckhart e Alrich parecem gostar bastante de você. Seria assim tão terrível?

Myfanwy parou por um momento e se lembrou do final da reunião.

Quando ela estava partindo, Lady Farrier a pegou pelo braço. Durante o relato, a colíder do Checquy permaneceu em silêncio, os olhos semicerrados, pensativa.

— No começo, fiquei preocupada — falou a Lady. — Achei que pagar minha dívida com sua antecessora havia sido um erro terrível. Isso podia ter colocado o reino em perigo. — Ela hesitou. — Se eu tivesse observado qualquer coisa no seu desempenho que fosse prejudicial ao Checquy, teria eliminado você. Mas posso ver agora que, mesmo que a princípio tenha sido uma obrigação, eu fiz a coisa certa permitindo que tomasse o lugar de Torre Thomas. — Ela apertou a mão de Myfanwy. — Estou ansiosa por trabalhar com você no futuro, Torre Thomas. — Myfanwy sorriu, constrangida. — E quem sabe, você pode ir além do posto de Torre! — Ela deu uma risada sem humor e se foi, deixando Myfanwy olhando para ela.

— Foi tentador — admitiu Myfanwy. — É exaustivo, sabe, esconder a verdade o tempo todo. E eu estava preparada para contar tudo quando expus Grantchester.

— Então por que não contou?

— Porque eu gosto do trabalho. E parece que posso fazê-lo muito bem. Mas o Checquy é uma organização de centenas de pessoas. Há aquelas que foram treinadas a vida toda para fazer esse tipo de coisa. Muitas delas são mais velhas do que eu, com mais experiência. E eu acho que, se todos os membros da Corte soubessem da verdade, eles não iriam aceitar que eu ficasse no emprego. Não importa o quanto gostem de mim.

— Acho que você tem uma vantagem por não ter toda essa familiaridade e doutrinação — disse Ingrid. — Você pensa diferente deles.

— Obrigada — respondeu Myfanwy. — E, se chegar a um ponto em que a segurança do Checquy esteja em risco, então contarei a eles sobre minha perda de memória. Ou talvez apenas me afaste. — As duas sorriram uma para a outra.

— Estou surpresa de que o chefe de segurança Clovis ainda esteja lhe oferecendo proteção tão intensiva — considerou Ingrid, olhando todas as motocicletas que as acompanhavam.

— Joshua Eckhart pode ter matado meu amigo esfolado com uma lança de aço no rosto, mas ainda há Grafters na cidade; isso sem falar nos seus esforços espalhados pelo país. E Grantchester escapou, apesar de termos sua mulher e o bebê Gestalt sob custódia. — Myfanwy estremeceu quando se lembrou do corpo de Gestalt apreendido e levado à Corte. Ela não iria esquecer da maldade que via nos olhos daquele bebê ou as obscenidades que saíram da boca da criança.

— A senhora Grantchester sabia quem a criança realmente era? — perguntou Ingrid.

— Ela diz que não — disse Myfanwy. — E acredito nela. Grantchester era insanamente sigiloso, ele não dividia nada com ninguém, a não ser que não houvesse outra opção. Além do mais, *você* levaria um bebê Gestalt para a sua vida sabendo o que era?

— Teria de ser bem comportado — pensou Ingrid. — E saberia ir ao banheiro sozinho desde o primeiro dia. Mas não. Acho que nem tudo está bem resolvido.

— Absolutamente não. Além do mais, ainda há o Acampamento Caius para nos preocuparmos — apontou Myfanwy.

Enquanto elas conversavam, os Barghests estavam planejando um ataque ao local; tinham ordens de ceifar o mínimo de vidas possível. *Não sei como vamos reabilitar essas crianças*, pensou Myfanwy, *mas vou tentar.* Ela não conseguia ter pena de Norman, mas a lembrança da menina com garras morta estava viva em sua mente.

— E você, está bem? — perguntou Ingrid.

Quando Ingrid chegou à Apex e viu os olhos roxos de Myfanwy, entrou em pânico. Mas, pelo menos dessa vez, os lábios da Torre não estavam tão esfolados. Myfanwy estremeceu com o pensamento e por um momento sentiu pena de Thomas, que não tivera tanta sorte. *Travada por aquela boca, sentindo seus pensamentos serem sugados.*

— Acho que sim — disse Myfanwy. — Eu consegui apagar Norman antes que ele pudesse mexer com minhas memórias. E fui examinada pela equipe médica da Apex em seguida, fazendo meu número de visitas hospitalares do dia chegar a três.

— Tem certeza de que não quer que eu fique no Rookery com você? — perguntou Ingrid.

— Não, tudo bem — insistiu Myfanwy. — Assim que eu entrar, o lugar todo será trancado pelo resto da noite. Estou planejando ir direto à residência, cair na cama e ficar lá por muitas, muitas horas. A não ser que haja uma explosão de cubos de carne pelo país, não quero nenhuma ligação me acordando.

Ingrid assentiu, sorrindo.

Quando o carro a colocou na entrada do subsolo, Myfanwy fez uma pausa.

— Estou mesmo feliz que você esteja bem, Ingrid. O melhor momento da minha vida foi quando disseram que você estava viva.

— Obrigada, Torre Thomas.

As duas mulheres apertaram as mãos e então Myfanwy acenou, despedindo-se de sua assistente.

Um dos guardas da segurança se aproximou dela com timidez.

— Torre Thomas, estamos prontos para trancar tudo — informou ele, baixinho. — O escritório de vigilância montou um centro na Apex, então no Rookery ficarão apenas você e a equipe de segurança, quando você der a palavra de ordem.

— Feche, por favor — disse ela e bocejou, cobrindo a boca com a mão.

O guarda assentiu e assinalou para seus compatriotas na cabine. Pesadas persianas de metal começaram a descer na garagem. Myfanwy se lembrou de ativar o sistema de segurança nas passagens privadas das Torres — pelo menos as que ela conhecia. Ela se perguntou se deveria se preocupar com as outras entradas secretas de Grantchester, e decidiu dormir no quarto de hóspedes da residência. Talvez fosse interessante colocar algumas latas na frente da porta.

Os corredores do Rookery estavam iluminados com uma luz tênue quando Myfanwy caminhou em direção ao seu escritório. Alguns guardas de segurança em suas rondas a cumprimentaram, mas na maior parte do tempo ela aproveitou a privacidade silenciosa do prédio. Desde que ela havia chegado ao Checquy, o lugar começava a parecer ser sua casa.

Acho que vai dar tudo certo, pensou Myfanwy. *Posso guardar meus segredos, só preciso pensar em como explicar tudo sem admitir que perdi a memória.*

Mas pensarei nisso durante um café da manhã bem tardio. Não me importa se forem três da tarde quando eu acordar: vou pedir o maior e mais gostoso café da manhã inglês da história da humanidade, e vou comê-lo na sala, apreciando minha vista maravilhosa. Vou ter uma explicação simples e racional para tudo isso. Daí, vou ligar para Bronwyn e combinar um encontro com meu irmão. Depois vou ligar para um decorador e trocar todos esses móveis. Vamos bater nas paredes e checar todas as passagenzinhas secretas.

Mas, antes de tudo, vou para a cama.

Ela estava cantarolando quando abriu a porta de seu escritório e acendeu as luzes. Estava totalmente despreparada para encontrar um enorme homem pelado e pingando, sentado atrás de sua mesa.

— Boa noite, Torre Myfanwy Thomas. Por favor, permita que eu me apresente. Sou Graaf Ernst von Suchtlen.

Myfanwy o encarou. *Claro que isso aconteceria,* concluiu ela, cansada. *Depois do dia e da noite mais longos da história já registrados, claro que haveria um homem pelado no meu escritório. E é um Grafter. Bem, pelo menos esse aí tem pele, ainda que só isso.*

— Então, por onde você entrou? — perguntou Myfanwy casualmente, mandando os tentáculos de sua mente para prender o sistema nervoso do belga pelado. Foi um esforço. Depois do pesadelo da sessão de agarramento com Norman, seu cérebro ainda estava cansado. Ainda assim, ficou surpresa quando seus poderes deslizaram pela pele dele.

Ele é o chefão. Tem o melhor sistema que eles podem criar. Talvez De Leeuwen teria a mesma imunidade se tivesse tido a chance de criar uma pele.

— Você deve se lembrar de ter recebido um coração pelo correio, há um tempinho — disse o belga.

Myfanwy assentiu evasivamente. Thomas o recebera, mas ela havia lido sobre isso.

— Sim, bem, era o meu.

A Torre levou um momento para processar a informação.

— Sinto muito, não entendi. Você passou aqui para pegá-lo de volta? — perguntou ela.

— Não, eu que sinto muito. Acho que não me expliquei direito. Eu cresci a partir do coração, dentro do freezer do laboratório dos seus cientistas.

— Entendi. E quanto tempo levou? — perguntou Myfanwy, com uma voz baixa e suave.

— O processo começou 24 horas depois que seus cientistas o examinaram — disse o Grafter, como quem não quer nada.

— Bem, impressionante — disse Myfanwy. Ela avaliou a situação e percebeu, consternada, que havia deixado a arma que estava em seu tornozelo na Apex. Quase tão perturbador era o fato de que ela iria ter de sentar em uma daquelas cadeiras desconfortáveis, já que o sofá ficava muito distante. Fazer um intervalo estava obviamente fora de questão.

— Você não temia que eles pudessem notar algo estranho no coração quando o examinaram? — ela perguntou.

— Somos discretos — disse o belga. — E ninguém na sua organização é bom o suficiente para detectar toda essa tecnologia. Ela é muito nova, muito experimental. — Myfanwy assentiu. — Sinto muito ter me sentado na sua cadeira — continuou ele. — Enquanto eu esperava por você, descobri que era muito mais confortável do que essas na frente da sua mesa. Mas, se quiser, posso trocar. — Para horror dela, ele começou a se levantar.

— Não! Está tudo bem — exclamou ela. — Por favor, não se levante. — *Vamos manter a nudez atrás da mesa*. Além do mais, ela não estava muito a fim de ver a meleca que ele tinha deixado na cadeira, com todo aquele fluido pingando dele. *Vou arrumar uma cadeira nova*, decidiu ela. *Se eu sobreviver*. Myfanwy se sentou na cadeira desconfortável, mas que não tinha nenhuma camada de gosma.

— Posso perguntar como você conseguiu sair da geladeira do laboratório e vir até meu escritório, totalmente pelado, sem chamar a atenção de ninguém da minha equipe?

— Bem, já é noite — considerou ele. — E a equipe de limpeza já se retirou. Seus seguranças fazem patrulhas regulares, mas não é muito difícil evitá-los quando se é capaz de se pendurar no teto. E este corpo é invisível às câmeras de vídeo.

— Bacana. E agora você está aqui, no meu escritório.

— Sim. Houve uma pausa que Myfanwy achou desconfortável, mas isso não pareceu importuná-lo.

— Me desculpe, mas *por que* está aqui? — perguntou ela, finalmente.

— Ah, sim. Bem, eu vim em segredo falar com você. Pode surpreendê-la, Myfanwy Thomas, saber que nas últimas décadas a Wetenschappelijk Broederschap van Natuurkundigen esteve manipulando as posições de poder dentro do Checquy. Também montamos uma operação de treinamento e experimentação, financiada pela Grã-Bretanha, que recruta à força cidadãos britânicos para se tornarem soldados. A Broederschap estabeleceu uma arma de destruição em massa baseada em novas aplicações da nossa tecnologia; é fortalecida por cidadãos britânicos, ainda mais os de dentro de uma proeminente cidade britânica. De fato, colocamos agentes por toda sua organização, em todos os níveis, incluindo... — ele fez uma pausa, querendo causar impacto — dentro da Corte do Checquy!

— Uau — disse ela, secamente. — Então... como? — perguntou ela. — Como se infiltraram?

— Ah, bem, é muito fácil influenciar seus Serventes — falou ele, um pouco ofendido pela falta de surpresa dela. — Eles ficam cansados de serem tratados como seres de segunda categoria. Não importa quão bons eles sejam, sempre serão normais, e nunca poderão ir além de um certo posto. Seus Peões se pavoneiam por aí com suas habilidades especiais, flutuando pelos corredores e digitando com tentáculos. E esses pobres Serventes os observam com inveja, sabendo que nunca serão respeitados.

"Claro, não somos capazes de influenciar todos os seus Serventes, mas, para aqueles que sentem muita inveja, oferecemos uma oportunidade de crescimento. Não tanto a ponto de se virarem contra nós, mas a ponto de poderem se olhar no espelho e ver uma pessoa notável."

— E os membros da Corte? — perguntou Myfanwy.

— Bem — suspirou o belga pelado. — Quanto mais extraordinária a pessoa, mais mundana e previsível é a isca. — Ele se encostou de novo na cadeira. — Riqueza. Poder. Os subornos de sempre. Um deles recebeu um substancial aumento na expectativa de vida.

Ah, sim, imortalidade. Aquele pinel, pensou Myfanwy, revirando os olhos mentalmente.

— Então, foi assim que conseguimos tanto poder sobre vocês — concluiu ele.

— Que triste — disse Myfanwy. — E agora, Graaf Ernst von Suchtlen? Vingança pelas injúrias forçadas sobre vocês depois da invasão à Ilha de Wight? Vai esmagar o Checquy? Com a gente fora de cena, vocês estariam livres para tomar controle da Inglaterra. E, depois, da América! Não sei quão fortes vocês se tornaram, mas talvez sejam capazes de tomar as forças Croatoan, especialmente se não estivermos lá para dar reforços. Há muitas possibilidades para vocês num mundo sem o Checquy. — Myfanwy estava orgulhosa de si mesma, por permanecer calma; mas, enquanto falava, ficava abruptamente ciente das implicações do Checquy despencando.

— Nunca nos interessamos em invasão. — O belga bufou. — Não depois daquela desastrosa primeira tentativa, que, preciso ressaltar, foi feita inteiramente por provocação dos governantes do meu país. Não, isso seria um ataque simulado, mostrar algo em uma mão para vocês, enquanto colocávamos uma faca na sua garganta com a outra. O Checquy controla um mundo secreto. Uma invasão? Por favor! — Ele bufou novamente, enojado. — O mundo ficou menor desde a última vez que nos enfrentamos, Myfanwy Thomas. Não podemos manter a conquista de um país em segredo e não podemos permitir que nossa existência se torne de conhecimento público. Mas o Checquy também não. Alguns segredos podem ser mantidos. E este é do tamanho certo. — Ele ergueu uma sobrancelha, e ela engoliu seco, avaliando o significado daquilo.

— Então vocês vão tomar o Checquy? À força?

— Essa ideia teve alguma aceitação nos altos escalões da Broederschap — comentou ele, sem expressão na voz.

Myfanwy pensou no belga sem pele flutuando em seu tanque. Havia ódio e ressentimento em sua voz, e uma luxúria por violência em seu corpo.

— Aposto que sim — concordou ela.

Por um momento, eles olharam um para o outro por cima da mesa. Uma alma que tinha séculos de idade observava uma mente que estava viva há apenas algumas semanas.

— Graaf von Suchtlen, posso fazer uma pergunta? — Ele assentiu, num gesto suave. — Você é um dos dois fundadores dos Grafters?

— Um dos investidores iniciais, sim — confirmou ele. O fluido estava menos encorpado em seu corpo, de algum modo, e seus músculos agora estavam mais ressaltados.

— Você tem séculos de idade e comanda todo o conhecimento e o poder da Wetenschappelijk Broederschap van Natuurkundigen, uma força maior do que qualquer outra na história. Durante a sua existência, a liderança do Checquy passou de mão em mão, enquanto você apenas obtia experiência. Não posso nem imaginar os poderes e as habilidades que foram acrescentados ao seu corpo, mas suspeito que você seja beneficiário de cada vantagem que a organização é capaz de dar. As forças que você descreveu são poderosas o suficiente para dominar o Checquy sem que você precisasse deixar a Bélgica. Então, por que veio até mim? Em segredo, sozinho e pelado?

O Grafter assentiu levemente e sorriu.

— Essa é a questão — disse ele. — E qual você acha que é a resposta?

— Você sabe que o Checquy nunca iria se render a vocês — argumentou Myfanwy. — Mesmo com os traidores na Corte, nunca seria uma opção.

— Isso é verdade.

— Nós teríamos de lutar. Poderíamos vencer essa guerra terrível, mas a Inglaterra nunca mais seria a mesma. Seria difícil esconder uma batalha internacional e isso — ela disse suavemente — é a nossa ordem: proteger, sempre em segredo. E você também veio aqui em segredo. Escondendo sua presença não apenas do Checquy, mas de seu parceiro.

O homem enorme na cadeira paralisou por um momento, e Myfanwy percebeu quão pequena ela era comparada a ele. Os dedos dele estavam firmes na madeira de sua mesa, e, apesar de ela não poder controlar seus músculos, ela podia sentir a força dentro deles.

— Você veio aqui, senhor Von Suchtlen, porque você não quer lutar conosco. Não quer mais se esconder de nós. Sabe que não iríamos, não *poderíamos* permitir que você existisse em liberdade. Não com sua história. Eu acredito que você tenha vindo para negociar termos, não de rendição, mas de aliança. Você quer se unir a nossas organizações, não quer?

Ele sorriu.

Talvez eu tenha retido um pouco dos talentos diplomáticos de Torre Thomas, avaliou ela.

Graaf von Suchtlen se recostou na cadeira, confortavelmente, e lhe contou uma história.

— Era meados de outono. Estava frio, é claro, e as folhas caíam em uma torrente na rua que levava à minha porta. Eu estava pensativo, sentado na escada da frente da minha casa do campo, enrolado num casaco de pele, bebendo algo quente e doce. Eu era o conde Von Suchtlen. Tinha 38 anos, era rico e, graças a um cavalo que se assustava com facilidade e a algumas pedras afiadas e inconvenientes, não tinha o final da minha perna esquerda havia oito meses.

"Estava sendo um ano pavoroso até então, não só pela perda da minha perna. Uma das minhas irmãs havia morrido dando à luz e um incêndio destruíra os lares de vários dos meus inquilinos. Politicamente, era uma época traiçoeira, com várias pessoas em Bruxelas, a maioria flamencos, discordando de algumas das minhas ideias. Ainda assim, eu tive um sucesso excepcional em uns empreendimentos financeiros e estava considerando me retirar da política, arrumar uma esposa e ter filhos.

"Então, rua abaixo, através da tempestade de folhas, meu primo chegou trotando seu cavalo. Ele era dez anos mais novo, o conde De Leeuwen, e nem chegava perto de ser tão rico quanto eu. Meu primo tinha perdido um pouco de dinheiro em alguns empreendimentos malsucedidos — um deles um elaborado golpe. Uma ou duas vezes, ele pegara dinheiro emprestado de mim e tinha demorado muito para pagar de volta. Mas eu gostava dele mesmo assim, e ele era minha família. Nós fomos caçar juntos várias vezes antes de eu perder minha perna e gostávamos da companhia um do outro, apesar de ele ser empolgado demais.

"Eu o recebi e ele me ajudou a entrar, enquanto um empregado cuidava de seu cavalo. Logo nos acomodamos ao lado da lareira, tomamos vinho e nos entretemos com nosso tradicional bate-papo. Notei que ele parecia distraído durante a conversa, e me preparei para seu inevitável pedido de dinheiro.

"— Ernst — disse ele de repente, olhando para mim. — Encontrei uma grande oportunidade de investimento, que acho que poderia lhe interessar.

"— É mesmo? — perguntei, tentando soar surpreso e (eu suspeito) não conseguindo. Ele sentiu minha resignação, e sua intensidade vacilou por um momento. Então assentiu e se inclinou à frente em sua cadeira, tirando uma faca do cinto de um jeito bem descontraído.

"— Sim, admito que eu já tive má sorte nos negócios. Mas, primo, acredito que isso poderia redefinir nosso futuro!

"Ele estava empolgado. Particularmente não gostei do uso da palavra "nosso" nem da forma como ele segurava a faca.

"— Como aquele negócio do cara de Florença? — perguntei num tom seco.

"— Não, não como o negócio com o cara de Florença! — retrucou ele, e suas bochechas coraram.

"O negócio com o italiano quase custou a casa dele e levou sua noiva a romper o compromisso.

"— Tudo bem, Gerd, sinto muito — falei, lançando um olhar desconfortável para sua faca.

"— Isso é diferente.

"Eu comecei a me perguntar se ele estava bêbado. Ou talvez louco.

"— Acredito em você — respondi, buscando minha própria faca com cautela. Meus dedos se fecharam no cabo e puxei a lâmina.

"Ele sorriu.

"— Vou te mostrar.

"E ele cortou fora seu próprio indicador.

"— Santo Deus! — exclamei.

"Os olhos de Gerd estavam em êxtase, o que achei tão irritante quanto o sangue jorrando no meu tapete. Busquei fôlego para gritar por alguém para contê-lo, ou para limpar o sangue, eu não estava certo, mas ele mostrou a palma da sua mão não mutilada.

"— Espere — pediu, calmo, e eu notei, com um pequeno horror, que ele ainda estava segurando a ponta cortada do dedo. Mais perturbador ainda, a ponta cortada do dedo estava se tornando azul-celeste. Lancei um olhar para seu ferimento e vi que estava ficando da mesma cor.

"Confesso que, nesse ponto, a possibilidade de possessão satânica começou a me ocorrer, e apertei a faca com mais firmeza. Eu estava me segurando para não enfiar a lâmina no seu olho e chamar os empregados quando ele aproximou o dedo cortado de sua mão mutilada. Diante dos meus olhos, as manchas azuis encolheram e observei os fiapos buscarem uns aos outros. Ouvi um leve som de sucção e, então, sua mão estava inteira novamente. Ele olhou para seus dedos com uma fascinação extasiada, enquanto os mexia.

"— Santo Deus — repeti, num tom mais contido.

"Ele sorriu como um serafim.

"Não preciso dizer que fiquei intrigado, ainda que levemente desconfiado de que meu primo estivesse negociando com o Diabo. Porém, me ocorreu que, se isso não fosse uma abominação aos olhos de Deus que nos levaria à nossa desgraça eterna, representava uma maravilhosa oportunidade de negócios.

"Então, com a mente aberta e alguns companheiros bem grandalhões das minhas propriedades como reforço, acompanhei meu primo à sua residência, onde um punhado de homens desgrenhados estavam metidos em alguns experimentos extremamente intrincados, num celeiro. Eles não eram muito sociáveis e não se interessaram por mim, como poderia acontecer com agentes recrutantes do Diabo. Em vez de fazer todo tipo de propostas pela minha alma, eles passaram várias horas explicando exatamente em que consistia o trabalho deles. Suas descrições determinadas me deram dor de cabeça, mas o otimismo deles em me arrumar uma nova perna foi tremendamente empolgante.

"Eu vi quando eles fatiavam ratos, cães e cavalos no meio, e então os grudavam novamente. Gerd estava em transe e minha mente viajava com as possibilidades. Fizemos um acordo: concordei em financiar a pesquisa, e eles assinaram vários contratos de compromisso. Então voltaram ao trabalho, que depois levamos a uma das minhas propriedades mais remotas.

"E foi assim que tudo começou."

— Bem, é fascinante — ironizou Myfanwy. — E alguns séculos depois, você está sentado pelado na minha cadeira. A série de acontecimentos é óbvia.

— Você conhece o resto da história — disse o belga, friamente. — Eu não tenho dúvidas de que o Checquy documentou tudo muito bem. Nossa ascensão ao poder, nossa conexão com o governo, a tentativa de conquista da Inglaterra, nosso dissolvimento forçado.

— É, apesar de que, depois disso, as coisas ficaram um pouco nebulosas. Havia algumas pistas muito vagas de sua presença na Europa. Mas vocês foram cuidadosos.

— Fomos obrigados a ser — constatou o belga, com tristeza. — Tantos dos nossos recursos primários foram perdidos. Fomos desprovidos de nossas propriedades e chegamos perto de sermos destruídos. Felizmente, sempre me esforcei ao máximo para estar preparado. Posições a retomar, fundos e recursos escondidos. Várias décadas foram necessárias para nos reerguermos ao ponto tecnológico em que estávamos. Vários de nossos mestres *handwerksmannen* morreram no contra-ataque do Checquy. Experimentos essenciais foram destruídos. Tanto Gerd quanto eu fomos forçados a nos ver sendo assassinados. Estávamos usando novos corpos naquela época, é claro. Sentamos a dez pés dos reis do meu e do seu país e pusemos fogo em nossos próprios corpos. Então, quando o fôlego foi recuperado e o sangue limpado, passamos pela Corte do Checquy e pela elite dos dois países, saindo para o mundo.

"Nós nos reconstruímos, retreinamos e continuamos a inovar. Nossa pesquisa agora era em escala menor, claro. Nossa riqueza também era bem mais modesta. Tínhamos de ser ainda mais sigilosos. Mas, ainda assim, nosso poder crescia. E então... Bem, então creio que a corrupção se estabeleceu.

"Alguns de nossos *handwerksmannen* são fascinados pelo conceito de corrupção. Eles dedicaram séculos a extirpá-la do corpo humano, para conter sua inevitável progressão. Eles sempre conversaram sobre isso. O nível molecular. As enzimas. Os órgãos. Infelizmente, há tanto foco na escala menor que as corrupções de escala maior são ignoradas. E a instabilidade se instalou. Prioridades se tornaram... relativas."

O Grafter se remexeu na cadeira, parecendo desconfortável.

— Alguns de nós se tornaram excêntricos.

— Excêntricos? — questionou Myfanwy.

Porque vocês foram muito sãos desde o começo, pensou ela. *Nada mostra mais normalidade do que invadir a Inglaterra com cavalos de chifres.*

— Um de nossos principais estudiosos, Jan, desenvolveu uma alarmante queda por cortar fora os próprios dedos do pé. Eles cresciam de volta, é claro, mas não dava para conversar com ele sem que ele estivesse arrancando um dedo.

— Que charmoso.

— Eu acho... — refletiu o belga — ... que algumas pessoas simplesmente não foram feitas para viver tanto tempo.

— Você não acha que pode ter sido toda essa bagunça com a genética? — perguntou Myfanwy, com um bocejo. A tensão e o medo estavam perdendo a batalha contra a exaustão.

— Sim, bem... não, não gosto dessa ideia.

— Não, claro que não. Quantos corpos você já teve?

— Você perde a conta depois de um tempo — respondeu o Grafter. — Pensei algumas vezes que estávamos atraindo as pessoas erradas. Meu primo, por exemplo, tem um capanga para resolver os problemas dele, um jovem chamado Van Syoc. Ele é um monstro, com hábitos perturbadores.

É, como arrancar os rostos de prostitutas, pensou Myfanwy. Ela pensou em dizer a ele que Van Syoc estava morto, mas decidiu não falar ainda.

— Em todo caso — continuou o homem pelado. — Fiquei preocupado...

— Com a coisa dos dedos?

— Bem, não, não tanto com a coisa dos dedos.

— Você não se preocupou com a coisa dos dedos? — perguntou Myfanwy, dando um chute nela mesma mentalmente por prolongar a conversa.

— Não, não estava fazendo nenhum mal realmente. Não estava nem interferindo no trabalho dele. O que me preocupava nos dedos era que havia se tornado um novo hábito; ele tinha passado várias centenas de anos sem fazer isso. E agora era compulsivo.

— Entendi.

Desde que não interferisse no trabalho.

— Sim, mas estou divagando. Eu notei umas tendências alarmantes. Alguns comunicados estavam sendo desviados de mim. Gerd se tornou mais sigiloso e, de repente, ficou mais empenhado nos detalhes de nossos esforços internacionais. Anteriormente, ele se satisfazia em apenas supervisionar as oficinas. Ele sempre gostou de aproveitar os prazeres da vida — falou o belga, suspirando.

Com certeza, pensou Myfanwy amargamente. *Uma longa limusine, um tanque brilhante de peixes.*

— Ele sempre foi empolgado, mas começou a ficar mais empolgado com nossos projetos na Grã-Bretanha. Eu fiquei desconfiado, mas não quero confrontá-lo diretamente. Não sem mais evidências. Então, providenciei que seu *geheimschrijver* fosse detido uma noite, quando meu primo estava no teatro.

— Seu *geheimschrijver*?

— Hum... é seu "escritor secreto", seu secretário. Eu o peguei e fiz com que alguns dos meus subordinados se infiltrassem na sua memória.

Myfanwy ficou tensa, pensando no jovem que fez sua própria infiltração de memória naquela noite.

— Caras com escamas?

— Escamas? Ah, não... sei o que está pensando, mas esses modelos são apenas úteis em pessoas com padrões, em mentes não multiplicadas. Não, nossa equipe de apoio é multiplicada para agir como comunicadores. Eles tocam diretamente na rede de telefonia com suas mentes, entrando no sistema. Falamos com eles como se fossem pessoas do outro lado da linha, e as palavras são transferidas. Quando alguém com quem estamos chamando fala no seu telefone, nosso secretário repete suas palavras na voz dele. É praticamente instantâneo e impossível de se rastrear.

Isso explica por que os coleguinhas do Peãozinho Alan não puderam rastrear a chamada, pensou ela, amargamente. *Mas acho que eles não podem mandar faxes, afinal, por onde eles iriam inserir o papel?*

— Eu observei enquanto eles o dominavam, insinuando vários implementos e baixando transcrições. Descobri, para minha grande decepção, que Gerd esteve em contato com nossos agentes do Checquy, preparando--os para um golpe. Devo dizer que um dos agentes duplos em sua Corte gosta particularmente da ideia de uma revolução violenta. Ele é bem insalubre. Para ser honesto, este foi um golpe tremendo. Eu comandei a aquisição e a doutrinação dos agentes, era a minha estratégia desde o começo. Supervisionei pessoalmente a construção do Acampamento Caius e o desenvolvimento de nossa arma de fungos de destruição em massa. Ah, sim — se interrompeu quando Myfanwy levantou uma sobrancelha —, é uma entidadezinha bem aterrorizante. Ela subjuga seres humanos e pode tomar várias áreas ao ser ativada.

— Mas você fez tudo isso tendo em mente unir nossas organizações? — perguntou Myfanwy, secamente.

Até aquele momento, ela se permitira relaxar. Parte disso era por cansaço, mas também porque o belga estava tão feliz em falar que ela... bem, ela não havia exatamente esquecido que ele estava pelado e era um inimigo de séculos, mas tinha parado de colocar esses fatos em primeiro lugar. Agora, a menção casual ao culto de fungos em Bath trouxe de volta a ela o terror daquele dia. E a forma despreocupada com que ele falou sobre se infiltrar na memória de uma pessoa a fez estremecer.

— Torre Thomas, você deve se lembrar que, aos olhos da Broederschap, o Checquy não é uma força benevolente. É um adversário que arrasou nossas tentativas de invasão e forçou nossa destruição. Eu fui obrigado a ver meus lares sendo destruídos e meus amigos serem mortos. Meu corpo foi queimado e as cinzas foram jogadas no oceano. Foi apenas com uma perspicácia excepcional que consegui sobreviver. Não tenho vergonha de dizer que, quando emergimos dessa provação, fazer ofertas de paz ao Checquy não estava em nossos planos. De fato, o objetivo inicial era esconder nossa existência de vocês e depois lhes provocar o máximo de sofrimento possível.

— Então o que houve?

— É curioso como a passagem de vidas muda um homem — refletiu o belga. — Para alguns, aparentemente traz uma compulsão em cortar os dedos do pé. Para mim, me encontrei perdoando o Checquy. Minha rixa começou a parecer mesquinha e, enquanto eu observava sua organização se expandir e se desenvolver, percebi que representava a melhor instituição governamental que poderia existir em tais circunstâncias. Tinha falhas, é claro, e era sujeita aos caprichos da humanidade, mas seus objetivos eram nobres. Eu cheguei a torcer para que pudéssemos nos encontrar sem ressentimentos. Com o passar dos anos, levei o assunto ao meu primo, e com o tempo ele se tornou receptivo. Continuei o processo de infiltração, colocando colaboradores no Checquy. Eu *não* fiz isso porque queria ferir vocês, mas porque o Checquy ainda nos assusta, e eu queria que vocês vissem que era interessante se juntar a nós.

— Fazendo uma ameaça? — perguntou Myfanwy.

— Demonstrando uma posição de vantagem mútua — falou o belga, diplomático. — Ou talvez deixando claras as punições e os prêmios. Se nos revelássemos e o Checquy decidisse que não podia permitir nossa existência contínua... bem, não temos intenção de morrer.

Myfanwy assentiu.

— Recentemente ficou claro que meu primo se desiludiu com minhas ideias. Ele achava que nossas preparações deviam ser usadas para alejá-los, em vez de... — Ele parou e balançou a cabeça, ironicamente.

— Sim?

— Em vez de transplantá-los.

Myfanwy deu um sorriso exausto.

— Ele estava baseando suas escolhas cada vez mais e mais em rixas pessoais. Alguns meses atrás, fiquei sabendo que os indivíduos do Acampamento Caius foram selecionados porque seus ancestrais foram soldados do Checquy na Ilha de Wight. Aquilo era mesquinho e tornava a operação mais vulnerável do que precisava ser. Eu desconfiava que essa pequena vingança era só a ponta do iceberg. Então, cuidei para que meu primo ficasse ocupado por várias semanas e me transportei até aqui com a intenção de criar algum tipo de tratado.

— E você escolheu o velho truque de entregar o coração e se fazer crescer em um novo couro, hein?

— Sim.

— Esse foi o único jeito que você arrumou para entrar em contato comigo? Nunca ocorreu a você o velho truque do telefonema? Ou, aqui está uma ideia totalmente aleatória, não poderia ter me sequestrado de uma boate?

— Você acha que aceitaria qualquer proposta que eu colocasse sob essas circunstâncias? — perguntou Von Suchtlen com indulgência.

Não, admitiu Myfanwy para si mesma, lembrando-se da raiva que sentiu no carro do belga sem pele.

— Além do mais, o coração era a única forma de eu deixar as instalações sem ser detectado. Meu primo estava ficando paranoico, e com razão, admito, já que armei *sim* para que seu assistente fosse interrogado. Linhas telefônicas foram grampeadas e eu não podia arriscar ter meu assistente interrogado, então não fiz nenhuma ligação com ele. Na verdade, as entradas e saídas dos meus laboratórios estavam sendo vigiadas. Descobri, para minha grande decepção, que eu era quase um prisioneiro. Eu não podia ir a lugar nenhum sem que meu primo soubesse. — O belga suspirou e seu rosto assumiu uma expressão soturna, enquanto ele contemplava a situação. — Eu deixei a caixa com o coração no correio. Ela foi enviada por um serviço de reenvio de correspondência, que a mandou para uma empresa de entregas, que a mandou para você.

— Me desculpe, mas como *você* mandou uma caixa contendo seu próprio coração?

Ela estava tendo uma dor de cabeça daquelas.

— Quer saber como funciona? — perguntou o belga, visivelmente mais animado. — É bem fascinante, sério. Uma tecnologia bem nova. Experimental. — Ele respirou fundo, e Myfanwy o cortou, desesperada para evitar mais uma palestra.

— Tenho certeza de que é fascinante, mas não preciso dos detalhes técnicos agora.

— Claro — disse o belga, e ela achou que ele ficou um pouco envergonhado. — Sinto muito, os... é nerds que se fala? Os nerds podem ser um pouco empolgados. Em todo caso, você pega uma amostra do coração, e o corpo que cresce desse coração vai ter todas as lembranças que você tinha naquele momento.

— Então poderia haver dois de você vagando por aí? — indagou Myfanwy, girando sua cabeça.

— Não, a amostra é completa, pegando vários componentes vitais. O corpo original começa a decair uma hora depois que a amostra é retirada. Ele fica de pé apenas tempo o suficiente para empacotar a amostra na caixa, despachá-la, se despir e entrar no chuveiro. Então, os restos se liquefazem. A amostra terá se tornado um coração no momento em que é entregue, então vai descansar por um tempo até se regenerar em uma pessoa inteira em algumas semanas. Pode até ser dissecado e ainda assim volta a crescer. — Ele olhou para ela com orgulho e ela assentiu. Soava nojento, mas ela achou que compreendia. — A pessoa que ele se torna pode selecionar algumas habilidades para renascerem com ele. Nada como as habilidades que podemos fazer com cirurgia, claro. E há alguns riscos envolvidos.

— É mesmo?

— Alguns dos indivíduos iniciais derreteram abruptamente num tipo de gosma. Mas nós já corrigimos essa imperfeição, e era um risco que eu estava disposto a correr. Meu primo soube que eu ficaria em meus aposentos, e ele sempre reconheceu minha necessidade ocasional de refletir e contemplar estratégias, então ele me deixou sozinho. Mesmo que ele tivesse quebrado a porta, não encontraria um corpo. Assim, estamos livres para discutir os detalhes da nossa fusão. Posso apresentar ao meu primo como uma missão cumprida. Se Gerd for incapaz de lidar com isso, então estou certo de que as forças combinadas do Wetenschappelijk Broederschap van Natuurkundigen e Os Soldados Secretos do Checquy de Vossa Majestade serão capazes de vencer a ele e às forças que ele for capaz de reunir. — O belga se recostou com um sorriso satisfeito.

— Sim, bem, tudo parece ótimo, mas temo ter péssimas notícias para você. Para começar, a tecnologia experimental do seu novo coração ainda tem alguns defeitos. Não foram semanas para ele crescer, foram meses. E quaisquer projetos que você tenha arranjado para manter a atenção do seu primo não funcionaram... — Myfanwy deu a ele um rápido parecer das atividades recentes de Gerd. — ... então parece que seu primo está morto; assassinado no ataque — concluiu ela, sem graça.

— Morto — repetiu o belga, apático. Ele parecia chocado. Myfanwy se remexeu em sua cadeira desconfortável e se perguntou se deveria oferecer condolências. *Talvez as condolências oficiais do Checquy?*, pensou. Mas concluiu que, qualquer solidariedade que expressasse, seria rude e obviamente falsa. Ela se permitiu dar uma boa olhada no homem sentado à sua frente. Ele parecia ter 30 e poucos anos e tinha o físico de alguém que malhava com regularidade. Estava completamente sem pelos quando ela entrou na sala, mas, durante a conversa, começaram a aparecer alguns fios de cabelo em sua cabeça.

— Morto — ele repetiu baixinho. Myfanwy assentiu em silêncio. — Ainda assim, talvez seja melhor dessa forma. — Ele suspirou. — Gerd teria problemas em se ajustar à nova situação. Ele teve problemas em se ajustar a muitas coisas recentemente.

Incluindo a ideia de uma linha de fax rastreável, pensou Myfanwy, com irreverência, então tentou afastar o pensamento inadequado.

— Graaf von Suchtlen, não tenho poder para fazer uma fusão entre nossas organizações — falou Myfanwy, gentilmente. — Você entende que isso tem de ser apresentado para toda a Corte. — Ele assentiu. — E, claro, a Croatoan vai precisar se envolver. Falando nisso, quais são suas intenções em relação aos americanos? Por que você mandou agentes para lá? — Von Suchtlen pareceu confuso e meneou a cabeça, perdido. — Um agente Grafter foi capturado em Los Angeles — explicou Myfanwy.

— Ah, parece que Gerd executou um de nossos gambitos de contingência. Se o Checquy ficasse sabendo de nossa presença na Grã-Bretanha, deixaríamos que um de nossos agentes mais dispensáveis fosse descoberto nos Estados Unidos. Isso seria uma isca falsa para distrair a Croatoan e garantir que eles não ofereceriam reforços inconvenientes para o Checquy.

— Hum... — disse Myfanwy. — Você disse que a ativação da fábrica de mofo em Bath foi outro de seus planos de contingência. E quanto ao cubo de carne em Reading?

— Não é dos meus — defendeu-se o belga, intrigado. — Parece que Gerd estava improvisando um pouco. — Myfanwy olhou para ele de perto, então deu de ombros.

Não entendo, avaliou ela, *mas esse cara tinha de saber que ativar esses planos evitaria a possibilidade de quaisquer relações. Aposto que aquele primo sem pele pegou um projeto que deveria ser a última opção e tentou usá-lo como primeiro ataque.*

— Bem, como eu disse, as negociações só podem começar quando as partes relevantes forem reunidas. Ainda assim, estou interessada em ouvir alguns dos seus termos. Está com fome? Eu sempre tenho uma fome desgraçada quando acabo de acordar, e você está crescendo na geladeira há meses.

— Eu gostaria de um café — confessou o belga.

— A cozinha está fechada por algumas horas — disse Myfanwy — e a máquina de café do escritório está quebrada. Na minha residência tenho uma máquina que é excepcionalmente complicada, mas tenho certeza de que posso dar um jeito. Como você toma? — Myfanwy ficou de pé e foi em direção ao retrato de Grantchester. Os olhos do retrato deram com os dela.

Espero que alguém diga que devemos remover isso.

— Puro e com açúcar, por favor — respondeu o Grafter, fazendo menção de se levantar da cadeira.

— Por favor, não se levante — pediu Myfanwy no mesmo instante. *Pelo menos não até eu arrumar um roupão para você*, pensou com tristeza, e talvez com uma pontada de arrependimento.

Ele era, afinal, excepcionalmente atraente.

42

Monica Jarvis-Reed se sentou com as pernas cruzadas em pleno ar. Bebericava um suco de caixinha diante da vista da praia italiana deserta, abaixo dela. Ondas de safira se estendiam por quilômetros, formavam cristas brancas e varriam a areia. A baía era pequena, com penhascos subindo nas laterais e arbustos verde-oliva desenhando uma linha perfeita ao redor da areia. O sol estava ofuscando sua visão mesmo através dos óculos escuros, e ela estava feliz por estar vestindo uma camisa de manga comprida e calça. Monica levantou o par de binóculos poderosos que levava pendurado em uma faixa ao redor do pescoço, e espiou uma figura alta num traje de banho entre os arbustos, se dirigindo para a cadeira de praia solitária na areia. Ela tirou um telefone a satélite do cinto e o colocou na orelha.

— Sinal? — disse ela.

— Esperando com respiração suspensa. — Veio uma voz entediada.

— É ele. Está com aquele sorrisinho. E uma sunga pequena demais. Além disso, eu vi uma pequena nuvem de fumaça quando ele se sentou.

— Bem, minha querida, a biometria do satélite atesta sua descoberta. — Foi a resposta, espantada. — É nosso Bispo rebelde. Confirmado.

— Ok — falou Monica. — Me passe para Torre Thomas.

— Que ótimo — disse Myfanwy. — Sim, por favor, vá em frente e cuide disso. Depois, aproveite o resto da sua semana na Itália. Sim, obrigada, Monica. — Ela desligou e voltou a atenção ao café.

— Então, se não foi um namorado violento, o que aconteceu com seus olhos? — perguntou Bronwyn, curiosa. Myfanwy continuou olhando para baixo e servindo café em três canecas. Acrescentou açúcar em duas e leite em uma.

— Airbag — disse Myfanwy, passando uma caneca para a irmã. Pegou as outras duas e caminhou até a sala, onde Shantay estava no sofá, lendo uma revista. A Bispo americana chegara à Inglaterra três dias antes, acompanhada de um Torre descendente de Comanche e de uma comitiva de advogados, para ajudar a negociar os termos da fusão.

Shantay aceitou o café agradecida e puxou suas pernas para permitir que Myfanwy se sentasse no sofá. Bronwyn se sentou em uma cadeira e ergueu Wolfgang em seu colo.

— Airbag? — repetiu ela.

— Sofri um acidente de carro — alegou Myfanwy. — Banco do passageiro. Acertaram atrás, o airbag abriu e me atingiu no rosto.

Shantay revirou os olhos atrás da revista.

— Ai! — Bronwyn fez uma careta. — Quando isso aconteceu?

— Um dia depois que saímos para dançar.

— Seus olhos roxos não causaram problemas durante as reuniões de trabalho?

— Houve alguns olhares embaraçosos — comentou Shantay —, mas sua irmã é tão importante que ninguém tem coragem de fazer nenhuma pergunta.

— Além da maquiagem — disse Myfanwy.

— Além disso — concordou Shantay.

— E a coisa toda da fusão, vai dar certo? — perguntou Bronwyn, sem jeito, fazendo carinho atrás das orelhas de Wolfgang. Era claro que ela não estava interessada de verdade, mas via que se tratava de uma coisa importante para a irmã. Shantay olhou para Myfanwy e arqueou as sobrancelhas.

— Vai — suspirou Myfanwy. — Claro, os detalhes vão levar meses. Teremos advogados brigando, compromissos, discussões. Eles se mostrarão orgulhosos demais para concordar com alguns dos nossos termos, e vamos ser muito desconfiados para concordar com os deles, mas no final vai funcionar.

E vai mesmo, pensou ela. *Vamos prendê-los com contratos, juramentos e ameaças de exposição total. Você deve manter seus amigos próximos e seus inimigos ainda mais próximos, e os Grafters são as duas coisas. Nesse meio-tempo, vamos eleger uma nova Torre, um novo Cavalo e um novo Bispo, e estou determinada a colocar algumas pessoas sem poderes sobrenaturais na Corte. E um pouco mais de mulheres. Farrier continua insinuando que me quer como a nova Bispo, o que é insano. Apesar que... Claro, teremos os típicos acontecimentos estranhos do dia a dia acontecendo ao redor do mundo de que precisamos cuidar. Mas, com a ajuda dos Grafters, poderemos fazer um trabalho melhor.*

— Bem, que legal — disse Bronwyn distraidamente.

— Sim, é bem satisfatório — concordou Myfanwy.

— E Jonathan vai voltar em dois dias — avisou sua irmã. — Você vai poder vê-lo depois do quê? Vinte e dois anos!

— Isso vai ser ótimo — comentou Myfanwy, com um sorriso. — Um irmão. Uma família. Um emprego. Um coelho. Dei muita sorte na vida, mesmo.

— Sim, agora você só precisa de um namorado — disse Shantay, num tom seco.

— Senhorita Thomas, você quer este cartão de visita? — perguntou Val, vindo com um cesto de roupa suja. — Diz: "Me ligue se você quiser aquele drinque um dia desses."

— De onde veio? — perguntou Myfanwy.

— Encontrei no bolso dessa camisa masculina supermanchada — disse Val, cheirando a camisa.

43

Querida Você,

Acho que eu deveria escrever uma nota final antes de levar meu último conjunto de cartas ao banco esta manhã. Já é tarde e estou em casa, sentada no sofá, com meu coelho aninhado aos meus pés. Está nevando, mas a lareira está acesa e aqui está aconchegante. Está seguro e quente, e estou achando difícil ficar acordada. Mas quero escrever essas coisas — para você e para mim.

Tem sido um dia longo, sem revelações espantosas ou ocorrências bizarras (o que não deixa de ser meio bizarro). Não tive tempo de fazer nenhum trabalho de detetive — apenas as tarefas do dia a dia de uma Torre. Durante minha hora do almoço, fui para a enfermaria do Rookery e fiz um checkup rápido. Eu quero deixar um corpo relativamente em forma para você herdar.

Quero lhe deixar o máximo que eu puder.

É tão fácil me desesperar. Sei que não tenho escolha no que está por vir, e não é uma questão de fé ou fatalismo. É simples conhecimento. Acho que você poderia dizer que isso significa que não há livre-arbítrio, mas, ao escrever essas cartas, gosto de pensar que estou fazendo minhas próprias escolhas. E, além do mais, nunca tive muito livre-arbítrio nessa vida, então estou grata pelo o que eu puder ter.

No fundo, tenho consciência de que você pode escolher a outra opção, usar a outra chave, e construir sua própria vida. Eu não poderia culpá-la se você fizesse isso. Claro, significa que todo o trabalho que estou fazendo agora, todas as preparações e cartas, é basicamente a troco de nada. Mas estão aqui para você, se as quiser.

No final, não importa que escolha você faça, eu espero que seja feliz. Não sei que tipo de pessoa você é ou o que vai fazer, mas lhe escrevi dezenas de cartas, e estou me importando desesperadamente. Você não existe ainda, mas é minha irmã (idêntica!). É minha filha. É minha família. Talvez você vá ser Myfanwy Thomas. Ou talvez escolha um novo nome e nunca pense em mim. Mas não importa que vida tenha escolhido, saiba que penso em você e que torço para que tudo dê certo e que tenha a melhor vida possível.

Sempre com amor,

Eu.

QUER SABER MAIS SOBRE A LEYA?

Fique por dentro de nossos títulos, autores e lançamentos.

Curta a página da LeYa no Facebook, faça seu cadastro na aba *mailing* e tenha acesso a conteúdo exclusivo de nossos livros, capítulos antecipados, promoções e sorteios.

A LeYa também está presente em:

www.leya.com.br

facebook.com/leyabrasil

@leyabrasil

instagram.com/editoraleya

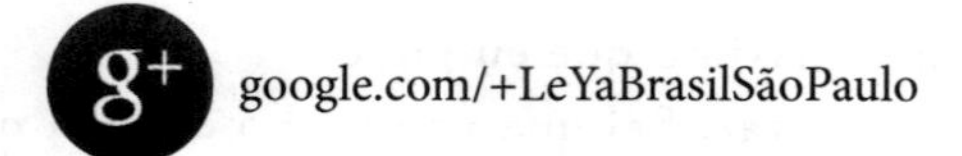
google.com/+LeYaBrasilSãoPaulo

skoob.com.br/leya

1ª edição Janeiro 2016
papel de miolo Pólen Soft 70 g/m²
papel de capa Supremo 250 g/m²
tipografia Electra LT Std
gráfica RR Donnelley